궁극의 아이 1

ⓒ장용민 2024

초 판 인 쇄 : 2024년 09월 23일
초 판 발 행 : 2024년 10월 04일

글 쓴 이 : 장용민

편   집 : 천강원, 황중하, 김도운, 김동주, 윤혜인, 이현희
디 자 인 : 이종건, 신다님, 최은정

펴 낸 이 : 황남용
펴 낸 곳 : ㈜재담미디어
출판등록 : 제2014-000179호
주   소 : 04035 서울특별시 마포구 월드컵로 8길, 48
전자우편 : books@jaedam.com
홈 페 이 지 : www.jaedam.com

인쇄·제본 : ㈜코리아피앤피
유통·마케팅 : ㈜런닝북
전   화 : 031-943-1655~6 (구매 문의)
팩   스 : 031-943-1674 (구매 문의)

ISBN : 979-11-275-5528-3 04810
          979-11-275-5527-6 04810 (세트)

궁극의 아이

1

장용민 장편소설

차례

궁극의 아이 1

예언

  다람살라는 유독 안개가 자주 끼는 곳이다. 햇살이 온전히 힘을 못 쓰는 새벽이면 고즈넉한 안개가 해발 천팔백 미터 도시를 감쌌다. 아마도 콧대 높은 히말라야의 드센 정기 때문이리라.

  14대 달라이 라마인 으뜸 갸초는 밤새 뒤척이게 만든 잡스러운 꿈을 떨쳐 내려는 듯 가슴 깊이 차가운 공기를 들이마셨다. 궁 너머로 펼쳐진 장관은 고향 티베트와 다름없이 아름다웠지만 늘 낯설기만 했다. 그가 서른일곱 명의 캄파와 노새를 이끌고 이곳에 망명정부를 세운 지 어느덧 반세기가 지났지만 고국 티베트의 독립은 묘연하기만 했다. 으뜸은 인도로 망명하던 날 밤을 떠올렸다.

1959년 봄. 으뜸은 국경 근처의 조그만 마을에서 사흘을 머물러야 했다. 앞으로 몇십 년 동안 돌아오지 못할 고국을 떠나야 했기에 그의 몸과 마음은 열병으로 사경을 헤매고 있었다. 변변한 약조차 없던 터라 열병은 곧 이질로 발전했다. 그렇게 사흘 동안 위태로운 숨을 몰아쉬던 으뜸은 더 이상 버티지 못하고 의식의 끈을 놓으려 하고 있었다.

"한 치 앞도 헤아릴 수 없는 칠흑 같은 밤, 새하얀 연꽃을 피우게 될 겁니다, 라마."

고열로 몽롱해진 의식 저편에서 누군가 손을 뻗으며 말했다. 실크처럼 부드러우면서도 영혼의 정중앙을 꿰뚫는 듯한 기묘한 힘을 지닌 목소리는 단숨에 으뜸을 죽음에서 끌어냈다. 기운을 차린 으뜸은 국경을 넘는 내내 그 목소리의 주인을 찾았지만 결국 알 수 없었다. 하지만 반세기가 지난 지금도 흔들릴 때면 불현듯 그 말이 떠올랐다. 어쩌면 선대 라마일지도 몰라. 그렇게 생각하며 으뜸은 방으로 돌아가 법의를 갖춰 입기 시작했다. 잠시 후 라다크의 이슬람학교에서 법회를 가질 예정이었다. 그는 법의를 입고 머리에는 닝마파의 전통 모자를 썼다. 오늘 법회에는 티베트 불교 중 닝마파 신자들이 많이 올 예정이었다. 그들은 으뜸의 설법을 듣고자 중국의 감시를 피해 험준한 산맥을 넘어오는 소중한 동포들이었다. 한때 그 수가 몇만에 달했지만 중국 정부의 집요한 방해 때문에 갈수록 줄어들고 있었다.

"이 늙은 중이 그리 싫을꼬."

으뜸은 고개를 저으며 옷섶을 여몄다.

똑똑.

"기침하셨습니까? 라마."

수발승 롭상이었다.

"들어오시게."

롭상이 문을 열며 들어왔다. 그는 오십 년 전 함께 국경을 넘었던 캄파 중 한 명으로 이제는 불가에 귀의해 으뜸의 수족 같은 존재가 된 귀한 인연이었다.

"편지가 왔습니다, 라마."

그의 손에 봉투 하나가 들려 있었다.

발신 - 미국 조지아주 애틀랜타

지구 반대편에서 날아온 편지였다. 하지만 발신자 칸은 비어 있었다. 으뜸에게 오는 편지는 하루 천여 통에 달했다. 그중 발신자가 적히지 않은 편지는 선별 과정에서 제외되는 게 관례였다. 세상에는 으뜸을 존경하는 이들만큼 증오하는 이도 많았다.

"왠지 인연이 깊은 분 같아 가져왔습니다."

롭상은 평소 돌부처로 불릴 만큼 신중하고 행동거지가 무거운 사람이었다. 으뜸은 편지를 개봉했다.

십 년 전 제가 했던 말을 기억하십니까? 라마.

그것은 이제껏 받은 편지 중 가장 짧은 글이었다. 으뜸은 봉투에 찍힌 우체국 소인을 확인했다. 놀랍게도 십 년 전 미국의 애틀랜타에서 오늘을 착신일로 지정하여 보낸 편지였다. 으뜸은 호기심의 꼬리를 잡고 조심스럽게 과거를 거슬러 올라갔다. 그러자 기억의 터널 끝에서 실낱같은 햇살을 등지고 한 사람이 나타났다. 그를 만난 건 십 년 전 애틀랜타의 에모리대학교에서였다.

평소 친분이 있던 총장의 초청으로 강연을 위해 그 대학에 방문했다. '창조를 위한 여정'이란 주제로 한 시간 동안 강의를 진행했다. 당시 상원의원이었던 현 대통령을 비롯해 영화배우, 노벨상 수상자 등 유명 인사들이 참석한 강연회는 대성황을 이뤘다. 편지의 발신자를 만난 건 강연을 마치고 숙소로 돌아가던 길에서였다. 강연장 입구에는 수많은 인파가 그를 보기 위해 장사진을 치고 있었고 경찰이 경찰 통제선을 치고 으뜸에게 길을 터 주고 있었다. 그가 준비된 승용차에 막 오르려던 순간, 경찰 통제선을 뚫고 한 동양 청년이 앞을 가로막았다. 경찰과 경호원이 총을 겨누며 제지하기 위해 달려들었다. 그런데 갑자기 청년이 무릎을 꿇고 절을 하는 것이었다. 이제 갓 스무 살이 됐을 법한 청년은 손대면 깨질 듯 여리고 아름다웠다. 숯처럼 검은 머리에 목화처럼 새하얀 피부. 그보다 더 인상적이었던 건 청년의 눈이었다. 그의 눈은 오드아이였다. 오른쪽 눈은 초록빛 바다를 연상시키는 에메랄드빛이었고 반대편 눈은 블랙홀처럼 깊고 짙은 검은색이었다. 그것이 청년을 더욱 신비롭게 만들었다. 청년은 공손히 두 번 절을 한 후 꼿꼿이 일어나 으뜸을 바라봤다. 재배(再拜)는 죽은 자에게 바치는 절이었다.

"이런 괘씸한 놈! 네 어찌 감히…….”

수행원이 청년에게 달려들자 으뜸이 가로막았다.

"내 아직 입적하지 않았거늘 왜 재배를 하셨는가?”

"라마의 입적에 관해 긴히 드릴 말씀이 있습니다.”

"해 보시게.”

"제 말을 명심하십시오. 앞으로 정확히 십 년 후 오늘, 라마께선 초승달 아래에서 암살을 당하실 겁니다. 삶과 죽음은 라마 손에 달렸습니다.”

이 말을 남기고 그는 사라졌다. 그 말은 시간이 지나자 수많은 기억에 묻혀 희미해졌고 이제껏 한 번도 다시 고개를 든 적이 없었다. 그런데 십 년이 지난 오늘, 그가 다시 경고하고 있었다.

"이분이 십 년 전 무슨 말을 했습니까? 라마.”

롭상이 물었다.

"열반에 관해 얘기했다네.”

"열반이라 하심은…….”

으뜸은 잠시 생각에 잠겼다가 입을 열었다.

"사람은 누구나 죽게 마련이야. 늦겠네. 출발하지.”

이슬람학교에는 으뜸을 보기 위해 몰려든 수천 명의 군중이 운집해 있었다. 각기 다른 종파의 불자들을 비롯해 이슬람과 기독교 신자, 심지어 힌두교 교도도 있었다. 으뜸을 태운 자동차가 도착하자 사람들이 몰려들었다. 으뜸은 차에서 내리기 전 학교 지붕을 바라봤다. 청동 돔으로 된 지붕 꼭대기에는 이슬람을 상징하는 초승달인 적신월(赤新月)이 일식처럼 태양을 등지고 있었다. 으뜸은 청년이 망상에 사로잡힌 병자가 아니라는 걸 알 수 있었다. 지난 칠십 년간 수행을 하면서 그가 깨달은 건 과거와 미래, 인연과 운명이 모두 거대한 우주의 섭리로 연결된 하나의 진리라는 것이었다. 그것을 조금 엿볼 수 있는 사람이 있다고 한들 조금도 이상할 건 없었다. 그 자신 역시 전대 라마에게 운명적으로 선택받은 사람이 아니던가.

"표정이 안 좋으십니다, 라마. 법회를 취소할까요?"

이젠 눈빛만으로도 마음이 통하는 롭상이 물었다.

"이 늙은 중을 보려고 수백 킬로를 달려온 동포들을 실망시킬 순 없지 않나."

으뜸은 문을 열고 군중 속으로 들어섰다. 그러자 전통 스카프 카딱에 그의 체취를 묻히려는 사람들이 몰려들었다. 경찰이 막아섰지만 워낙 많은 터라 소용없었다. 으뜸은 묵묵히 그들의 손길을 받아들이며 단상으로 향했다. 서로를 밀치던 무질서는 으뜸이 단상에 오르자 언제 그랬냐는 듯 질서정연하게 자리를 잡았다. 뒤를 이어 사막처럼 건조한 정적이 장내를 메웠다. 으뜸은 준비된 의자에 앉아 청중들과 일일이 눈을 맞췄다. 그것은 설법을 전하기 전 마음을 열기 위한 그만의 의식이었다. 그렇게 서서히 군중과 하나가 되어 가고 있었다. 그리고 드디어 으뜸이 마이크로 다가가려던 순간이었다. 맨 앞줄에서 흰색 카딱으로 얼굴을 가리고 있던 까규빠 종파 신도 한 명이 은밀하게 품 안으로 손을 집어넣는 것이었다. 잠시 후 그가 꺼낸 것은 치명적인 쇳덩이였다. 십 년 전 청년의 예언은 허튼소리가 아니었던 것이다. 그는 으뜸에게 기회를 주려 했던 것이다. 하지만 이것이 으뜸의 선택이었다. 그는 운명을 정면으로 맞이하듯 암살자의 눈을 똑바로 응시하며 입을 열었다.

"내 말을 명심해라. 관용을 연습하는 데 있어 네 원수는 최상의 스승이다."

곧이어 천둥 같은 총성이 울려 퍼졌다.

궁극의 아이 1

모든 것을 기억하는 여자

푸른 실을 매단 바늘이 능숙하게 옷섶을 지나고 있었다. 사라졌다 나타났다를 반복하던 실은 이윽고 제자리에서 원을 그리더니 작은 매듭을 지었다. 실타래를 잘라 낸 하얀 손은 아기에게 트림을 시키듯 인형의 등을 토닥이더니 다소곳이 무릎 위에 내려앉았다.

어느새 창밖은 환하게 밝아 있었다. 엘리스는 피곤도 잊고 방금 마무리 지은 자신의 작품을 만족스럽게 감상했다. 그녀가 지난 보름 동안 밤낮없이 매달린 건 다름 아닌 아기였다. 그것은 심장만 뛰지 않을 뿐 실제 아기와 조금도 다를 바가 없었다. 흠집 하나 없이 광을 낸 상아 볼 위에 그려 넣은 푸른 눈동자, 일일이 수작업으로 심은 갈색 머리카락, 심지어 몸무게마저도 사진 속 아기와 똑같았다. 엘리스는 다시 한번 사진 속의 아기와 인형을 비교하곤 녹초가 된 몸을 소파에 기댔다. 이것으로 서른네 번째 아기가 탄생한 것이다. 엘리스는 인터넷으로 주문받아 실제 아기와 똑같은 인형을 만드는 일을 하고 있었다. 대부분 병이나 사고로 아기를 잃은 부모들이 고객이었다. 그녀가 이 일로 유명해진 데는 생김새뿐 아니라 아기의 성격, 사연까지 담기 위해 혼신을 다하는 노력이 인형에 고스란히 묻어나기 때문이었다. 이번 아기는 태어난 지육 개월도 안 돼 교통사고로 세상을 뜬 여자아이였다.

"다음 세상에선 건강하게 오래오래 살아야 해, 수잔."

기도를 마치자 피곤이 몰려왔다. 엘리스는 버릇처럼 냉장고로 향했다. 몇 미터 되지 않았지만 엘리스에게는 대서양만큼이나 먼 거리였다. 그녀는 보행기 없이 한 발자국도 내딛지 못하는 초고도 비만이었다. 삼 년 전 마지막으로 쟀을 때의 몸무게가 168킬로그램이었다. 아마도 지금은 그 이상 나갈 것이다. 그녀에게 음식은 유일한 낙이었다. 그녀의 집에는 신문은 물론 TV도 나오지 않았다. 인터넷은 설치되어 있었지만 일 외에는 일절 거들떠보지도 않았다. 그리고 지난 십 년간 단 한 발자국도 집 밖을 나선 적이 없었다.

그녀는 희귀병을 앓고 있었다. 사실 그 증상을 병이라고 부르기에는 어폐가 있었다. 생명을 위협하거나 고통이 따르지는 않기 때문이다. 그러나 그녀는 스스로 병이라고 여기고 있었다. 그 증상 때문에 인생이 이 지경에 이르렀다고 굳게 믿고 있었다. 하지만 그녀가 세상과 담쌓고 살게 된 진짜 이유는 따로 있었다. 십 년 전 만났던 한 남자. 그리고 그와 지냈던 치명적인 닷새. 엘리스는 코끼리처럼 큼지막한 발을 움직여 냉장고로 향했다. 드디어 냉장고 문을 열려는 순간이었다.

"몰리가 나보고 웩·새·코래."

열 살 된 딸 미셸이 잠옷 차림으로 얼굴이 뿌루퉁한 채 서 있었다. 엘리스는 미셸과 눈이 마주치자마자 고개를 돌렸다. 미셸이 들고 있는 투명한 플라스틱 공 때문이었다.

미셸은 곰 인형 대신 그 공을 안고 잤는데 안에는 초콜릿 포장지를 접어서 만든 붉은색 종이 개구리가 들어 있었다. 녀석이 엘리스의 심기를 건드리고 있었다.

"웩새코가 뭔데?"

"역겨운 새끼 코끼리."

학년이 올라갈수록 별명도 진화하고 있었다. 얼마 전까지 미셸의 별명은 '돼지 마녀의 딸'이었다. 어디로 보나 미셸은 정상적인 아이였다. 솔직히 말하면 또래 아이들보다 월등히 아름다운 외모를 지니고 있었다. 그런데도 그런 별명이 생기는 이유는 모두 엘리스 때문이었다.

"이번 학교에서만 벌써 일곱 번째야. 아빠랑 살고 싶어."

미셸이 심통 날 때마다 입버릇처럼 하는 말이었다. 이제는 익숙할 때도 됐건만 여전히 비수가 되어 꽂혔다.

"학교 갈 준비해. 아침 만들어 줄게."

"아빠랑 살고 싶다니까."

"미셸, 제발. 엄마 밤새워서 피곤하단 말이야."

"그럼 아빠 전화번호라도 줘. 안 그러면 오늘 학교 안 갈 거야."

미셸은 일부러 고집을 피우고 있었다.

"아빠는 오래전에 돌아가셨다고 몇 번을 말해."

"그런데 어떻게 나한테 편지를 보내. 엄만 거짓말쟁이야."

"거짓말 아니라고 수도 없이 얘기했지. 어떻게 해야 내 말을 믿겠어? 그리고 제발 그 개구리 좀 치워. 엄마가 그거 싫어하는 거 잘 알잖아."

"왜? 아빠가 만든 거라서?"

"그래."

그러자 미셸이 보란 듯 플라스틱 공을 열어 종이 개구리를 꺼냈다.

"여기까지 보행기 없이 걸어와 봐. 그럼 이거 치워 줄게."

종이 개구리를 내밀며 미셸이 말했다. 비록 열 살짜리였지만 미셸은 어떻게 하면 사람 속을 긁는지 본능적으로 알고 있었다. 그럴 때면 이 아이가 자신의 배에서 나왔다는 게 의심스러울 정도였다. 망설이던 엘리스는 결국 잡고 있던 보행기에서 손을 뗐다. 그 외에는 달리 대화를 평화롭게 끝낼 방도가 떠오르지 않았다. 위태로운 발을 한 발자국 두 발자국 내딛기 시작했다. 살집이 붙어 애드벌룬처럼 부풀어 오른 상체 때문에 공중에서 외줄을 타는 코끼리를 연상시켰다. 식은땀을 흘려 가며 발을 내딛던 엘리스는 채 다섯 걸음도 못 걷고 쓰러졌다.

"내 그럴 줄 알았지!"

미셸은 들고 있던 종이 개구리를 내던지고 방으로 달려갔다. 엘리스는 바닥에 넘어진 채 한숨을 쉬었다. 꼼짝없이 뒤집힌 거북이 신세였다. 혼자서는 거대한 몸뚱이를 일으킬 수 없었다. 응급 구조대에 전화를 하든지 미셸이 화를 풀고 내려오기를 기다리는 수밖에 없었다. 미셸이 버리고 간 종이 개구리가 나란히 배를 내민 채 바닥에 누워 있었다. 종이 개구리는 십 년 전 그 남자가 엘리스에게 남겨 준 몇 안 되는 선물 중 하나였다. 하지만 그가 떠난 후 엘리스는 모든 걸 잊기 위해 그의 체취가 묻은 물건들을 상자에 담아 창고에 넣어 두었다. 그것을 미셸이 찾아내서 밤마다 안고 잤던 것이다. 대체 저걸 어떻게 찾아낸 걸까. 시간이 갈수록 미셸은 악동이 되어 가고 있었다. 그때였다.

딩동.

"사정상 못 나가니 알아서 들어와요."

지난 몇 년간 찾아온 사람은 택배 직원과 외판원이 전부였다. 잠시 후 문이 열리며 누가 집 안으로 들어섰다.

"이쪽이에요."

방문객이 목소리를 따라 소파 뒤로 다가왔다.

"엘리스 로자 양?"

그는 회색 정장에 베이지색 트렌치코트를 입은 30대 남자였는데 외판원이 아니라는 걸 한눈에 알 수 있었다. 보호 본능을 일으키는 가냘픈 얼굴은 며칠 밤을 설친 듯 야위어 있었고 트렌치코트 속의 어깨는 세상 고민을 몽땅 짊어지고 있는 것처럼 움츠리고 있었다. 하지만 눈빛만은 칠흑 같은 밤을 밝히는 촛불처럼 빛나고 있었다.

"그렇게 보고만 있지 말고 도와줘요."

남자는 그제야 엘리스를 일으켜 세웠다.

"때맞춰 잘 오긴 했는데 누구시죠?"

자세히 보니 남자는 어딘지 슬퍼 보였다. 그 슬픔은 마치 지울 수 없는 오래된 흠집처럼 남자의 눈가에 들러붙어 있었는데 제아무리 미소를 지어도 짙은 그늘을 드리우고 있었다.

"저는 FBI 요원 사이먼 켄이라고 합니다."

남자가 신분증을 보여 주었다. 푸른색 정부 로고를 확인한 엘리스는 고개를 갸웃했다. 정부에서 찾아올 일이라고는 전기료 연체 고지서가 고작이었다.

"FBI가 무슨 일이죠?"

"혹시 신가야라는 사람을 아십니까?"

이름을 듣는 순간 엘리스는 정신이 아득해졌다. 그는 십 년 전 있었던 닷새 동안의 치명적인 사랑이자 미셸의 아버지였다. 그리고 엘리스를 이 지경으로 만든 장본인이었다.

"그 사람은 왜요?"

"어젯밤 워싱턴 제퍼슨 호텔에서 벌어진 사건 아시죠?"

"성형에 실패한 여배우가 자살이라도 했나요?"

"어젯밤 9시경 워싱턴의 제퍼슨 호텔 정문에서 총격 사건이 있었어요. 나다니엘 밀스타인이라는 사업가가 머리에 총을 맞고 그 자리에서 즉사했죠. 범인은 아직 못 잡았어요."

"그게 신가야랑 무슨 상관이죠?"

"사건이 발생하기 한 시간 전 저한테 이 편지가 배달됐거든요."

사이먼이 안주머니에서 편지 한 통을 꺼내 건네주었다.

발신자를 확인한 엘리스는 자신의 눈을 의심했다. 어수룩하고 지나치게 정성을 기울인 초등학생 필체. 그의 친필이 분명했다. 봉투에 찍힌 우체국 소인 날짜는 십 년 전 오늘이었다. 엘리스는 조심스럽게 편지를 펼쳤다.

사이먼 켄 씨께.

안녕하십니까. 저는 신가야라고 합니다. 제가 이렇게 편지를 쓰게 된 건 당신에게 경고를 하기 위해서입니다. 이 편지가 배달되는 날부터 5일 동안 매일 한 명씩 사람이 죽게 될 것입니다. 그들을 제거하는 이유는 세상에서 사라져야 할 공공의 적이기 때문입니다. 그들이 있는 한 인류는 절대 평화롭게 공존할 수 없습니다. 물론 제 말을 믿지 못하실 겁니다. 하지만 이 편지가 배달된 다음 날, 당신은 두 번째 죽음을 직접 목격하게 될 겁니다. 만약 제 계획을 막고 싶다면 방법은 하나뿐입니다. 뉴저지 에디슨에 사는 엘리스 로자를 찾으십시오. 그녀의 기억 속에 모든 단서가 들어 있습니다.

엘리스의 손이 떨리고 있었다. 시간을 뚫고 날아온 한 통의 편지가 지난 십 년 동안 간신히 이룩해 놓은 작은 평화를 송두리째 흔들고 있었다.

"이건 장난 편지예요. 그러니 헛수고 말고 돌아가요."

엘리스가 편지를 넘겨주며 말했다.

"왜 장난 편지라고 확신하죠?"

"왜냐면 신가야는 십 년 전 죽었으니까. 그것도 내가 보는 앞에서 스스로⋯⋯."

엘리스의 분노에 찬 목소리는 더는 이어지지 못했다. 그녀를 가로막은 건 바로 평생을 쫓아다니던 그 병이었다. 그것은 일종의 발작과도 같았는데 어둠 속 괴한이 은밀히 나타나 뒤통수를 내려치듯 엘리스의 감각을 점령했다. 그리고 순식간에 십 년 전 늪 속으로 끌고 갔다.

그날 밤. 하늘에선 마치 세상을 끝장내려고 작정이라도 한 듯 억수같이 비가 쏟아졌다. 이미 자정이 넘은 시간, 엘리스는 잠옷 차림으로 뉴욕 뒷골목을 미친 듯이 달리고 있었다. 그녀의 가슴은 불길한 직감과 절박함으로 새까맣게 타들어 가고 있었다. 그녀가 늦은 시각 음침한 뒷골목을 헤매던 이유는 한 사람을 찾기 위해서였다. 조금 전까지 침대에서 슬픈 눈으로 자신을 바라보던 남자. 처음이자 마지막으로 자신의 심장을 온전히 내준 남자. 그가 한 장의 메모를 남긴 채 사라진 것이다.

메모를 읽는 순간 엘리스는 그가 두 번 다시 돌아오지 않으리란 걸 알았다. 뿐만 아니라 행간에는 비장함이 진하게 묻어 있었다. 엘리스는 직관이 이끄는 데로 달렸다. 그것 외에 그를 찾을 수 있는 방법이 없었다. 그러나 직관의 날카로운 창끝에는 알 수 없는 불길함이 잔뜩 배어 있었다. 그것이 그녀의 발길을 더욱 초조하게 만들었다.

그렇게 얼마나 정처 없이 달렸을까. 그의 실루엣이 골목 저편에 나타났다. 그는 처음 만났을 때와 똑같이 파일럿 점퍼에 낡은 보스턴백을 둘러메고 있었다. 엘리스는 엉망으로 달리며 목청껏 그의 이름을 부르려 했다. 그때였다. 누군가 엘리스의 입을 틀어막더니 골목 한편에 쌓여 있던 상자 더미 뒤로 끌고 가는 것이었다.

"엿같겠지만 세상엔 때라는 게 있어. 보내야 할 걸 잡으려다간 경을 치고 말지."

밑바닥 냄새를 물씬 풍기는 거친 목소리. 참을 수 없는 악취를 풍기는 그 남자는 온통 누더기를 뒤집어쓴 걸인이었다. 대체 이 사람은 누구지? 왜 나를 막는 거지? 그때 골목 안으로 수많은 불빛이 몰려들었다. 그리고 순식간에 소중한 그 사람을 에워쌌다. 그는 반항하지 않고 조용히 서 있었다. 오히려 그들을 기다리고 있던 것처럼 보였다. 이윽고 차에서 내린 십여 명의 남자들이 그를 둘러쌌다. 마치 사나운 맹수를 포위하듯. 이제 그가 정체불명의 남자들에게 제압당하려던 순간이었다. 그가 고개를 돌려 엘리스를 바라보는 것이었다. 어둠 속에서도 명확히 빛을 발하던 그의 눈은 다양한 감정을 품고 있었다. 고마움, 애틋함, 회한, 그리고 슬픔. 찰나의 순간 수많은 감정을 뿜고 나자 그는 수순처럼 주머니에서 뭔가를 꺼냈다. 총이었다. 그리고 주저하지 않고 자신의 머리를 겨눴다.

"안 돼!"
과거와 현재의 엘리스가 동시에 외쳤다.
"이봐요. 괜찮아요?"

사이먼이 물었다. 엘리스는 몸을 주체 못 하고 주저앉아 구토를 하기 시작했다. 그녀는 하얀 위액이 나올 때까지 내용물을 모두 토해 냈다.

"조금만 참아요. 구급차를 부를 테니."

"쓸데없는 짓 말아요. 그보다 날 좀 부축해 줘요. 앉고 싶어요."

사이먼은 엘리스를 소파에 앉히고 물을 가져다줬다. 물을 마신 엘리스는 조금 진정이 됐지만, 눈가에는 머리에 총을 발사하던 그의 잔상이 여전히 일렁이고 있었다.

"탁자에 가면 약이 있을 거예요. 가져다줘요."

약병은 쉽게 찾을 수 있었다. 항우울제였다. 약을 삼킨 엘리스는 먼 길을 돌아온 여행자처럼 지친 몸을 소파에 기댄 채 눈을 감았다. 그사이 사이먼은 집 안을 살폈다. 엘리스의 집은 지나치리만큼 무미건조했다. 벽지는 전부 무채색이었으며 가구들은 간단한 장식조차 없는 것들이 대부분이었다. 그 흔한 복제 그림은 물론이고 가족사가 담긴 사진첩도 없었다. 한마디로 식사만 할 수 있는 거대한 관같았다.

"여긴 전쟁터군요. 소리가 없지만 치열한……."

"그게 무슨 말이에요?"

엘리스가 눈을 떴다.

"우리에겐 기억을 소환하는 것들이 있죠. 장소, 음악, 사소한 물건 등등. 그중 소환력이 가장 낮은 게 색이에요. 가장 흔하기 때문이죠. 그런데 이 집에는 색이 없어요. 어디를 둘러봐도. 그건 여기가 전쟁터란 뜻이에요. 그것도 아주 치열한."

엘리스의 표정이 더욱 어두워졌다.

"나한텐 병이 있어요."

"어떤 병이죠?"

"과잉기억증후군."

사이먼의 미간이 좁아졌다. 언젠가 그 증상에 관한 논문을 읽은 적이 있었다. 몇 백만 명 중 한 명도 안 되는 사람에게 일어나는 희귀한 증세로 망각 능력이 상실되어 기억을 통제할 수 없게 되는 증후군이었다. 학계에 보고된 것도 얼마 되지 않아 이제 막 연구가 진행 중이었지만 과잉기억증후군에는 한 가지 명확히 공통된 증상이 있었다.

"모든 걸 기억하는군요."

"일곱 살 이후 벌어진 일을 하나도 빠짐없이."

"방금도 신가야의 기억이 떠올라서 그런 거군요."

엘리스는 대꾸 없이 허공을 떠도는 먼지를 응시하고 있었다.

"신가야와는 어떤 사이였죠?"

"내가 그 사람을 만난 건 닷새가 전부예요."

"하지만 평생 잊을 수 없는 닷새였군요. 아직도 전쟁을 치러야 할 만큼."

"당신은 머릿속이 온통 기억으로 가득 차 있다는 게 어떤 건지 죽었다 깨어나도 모를 거예요. 그건 평생 과거라는 철창 속에 갇혀 사는 거라고요."

엘리스의 눈빛과 집 안 풍경만으로도 충분히 짐작할 수 있었다. 다시 온통 무채색인 집 안을 훑던 사이먼은 붉은 물체를 발견했고, 조심스럽게 바닥에 놓여 있던 그것을 주웠다. 종이 개구리였다. 그런데 그 종이 개구리는 일반 개구리와는 다른 특이한 점이 있었다. 이마 한가운데 작은 뿔이 달려 있었던 것이다.

"아마존 악마 개구리네요. 만든 사람이 누군진 몰라도 동물도감을 즐겨 보는 사람같군요."

종이 개구리를 건네주며 사이먼이 말했다. 그런데 개구리를 받는 엘리스의 표정이 굳어 있었다. 사이먼은 재빨리 개구리를 접은 포장지를 살폈다.

"월넛과 계피가 든 자크 토레스 밸런타인 스페셜. 요즘은 절판되고 없는 물건이죠. 혹시 신가야가 선물했나요?"

"이제 그만 가 주세요. 애 학교 보내야 돼요."

"신가야한테서 특별히 이상한 점은 못 느꼈나요? 정신적으로 문제가 있다거나 약을 복용한다거나……."

그러자 엘리스가 더 이상 못 참겠다는 듯 소리쳤다.

"이봐요, FBI 아저씨. 그 사람은 내가 만난 사람 중 가장 자상하고 친절한 사람이었어요. 벌레 한 마리 못 죽일 남자였다고요. 그리고 마지막 날 내 앞에서 머리를 쏴서 자살했어요. 그런 사람이 어떻게 이제 와서 사람을 죽인다는 거죠?"

수사 절차상 왔지만 사이먼 역시 같은 생각이었다.

수많은 사람의 피가 흘렀던 십자가는 추적추적 내리는 비를 묵묵히 맞고 있었다. 흐린 날씨 때문인지 오늘따라 철골을 따라 흐르는 녹물이 더욱 을씨년스러워 보였다. 사이먼이 엘리스의 집을 나와 들른 곳은 뉴욕의 그라운드 제로에 세워져 있던 철골 십자가였다. 911테러 당시 월드 트레이드 센터 잔해 속에서 발견된 십자가는 인부들에 의해 이곳으로 옮겨진 후 하나의 상징이 되어 있었다. 과연 저걸 십자가라 부를 수 있을까. 볼 때마다 드는 생각이었다. 사실 그것은 부러진 철골 조각에 불과했다. 하지만 어쩐 일인지 이제껏 본 십자가 중 가장 마음을 움직였다. 십자가 주위에는 희생자들을 추모하는 기도문과 글귀들이 가득 적혀 있었다. 어쩌면 사람들의 슬픔이 녹슨 철골을 신성하게 만들었는지도 몰랐다. 사이먼이 이곳을 찾은 건 기도를 하기 위해서가 아니었다. 그는 신 따윈 믿지 않았다. 그런 그가 지난 십 년간 이곳을 찾은 건 아내 모니카 때문이었다. 모니카는 테러 당시 시신을 찾지 못한 백여 명의 실종자 중 한 명이었다.

"당신을 용서했다고 생각하면 오산이야."

백합 한 송이를 내려놓으며 사이먼이 나지막이 말했다. 그건 사랑하는 이에 대한 그리움 섞인 푸념이 아니었다. 사이먼은 정말로 아내를 원망하고 있었다.

"대체 그 이른 아침에 거기서 뭘 하고 있었던 거야?"

그건 아직도 풀지 못한 수수께끼였다.

테러가 있던 날. 그날은 아내의 생일이었다. 하지만 모니카는 돌아오지 않았다. 사이먼은 밤새도록 문이 보이는 소파에 앉아 아내를 기다렸지만 오지 않으리란 걸 알고 있었다. 그 시간 아내는 정부(情夫)와 함께 뉴욕의 한 호텔에 묵고 있었다.

그가 둘의 관계를 알게 된 건 그녀가 사망하기 한 달 전쯤이었다. 이유 없이 늦게 돌아오던 아내의 뒤를 밟다가 둘의 만남을 목격하게 된 것이다. 하지만 그 후로 한 번도 내색한 적이 없었다. 인정하긴 싫지만 그에겐 일종의 열등감이 있었다. 사이먼은 늘 아내를 과분한 여자라고 생각하고 있었다. 그건 단지 그만의 생각은 아니었다. 모니카가 사이먼과 결혼한다고 했을 때 그녀의 부모는 물론이고 주위 사람 모두 제정신이 아니라고 말했다. 모니카는 지금까지 살아오면서 본 여자 중 가장 아름다운 여자였다. 그녀를 처음 만났던 순간을 지금도 잊을 수가 없었다.

봄 햇살이 내리쬐는 4월. 대학 교정은 온통 겨울 때를 벗기 위해 뛰쳐나온 학생들로 붐비고 있었다. 그중에도 도서관 건물 앞 잔디밭은 아직 쌀쌀한 날씨에도 불구하고 일광욕을 하기 위해 비키니 차림을 한 여학생들과 농구 경기를 앞두고 트라이앵글 타워를 연습하는 치어리더들로 장관을 연출하고 있었다. 거기에 눈요기를 위해 가세한 남학생들이 보태져 도서관 앞은 그야말로 발 디딜 틈도 없었다. 하지만 그중 모든 이의 시선을 받던 여인은 토플리스의 메이퀸도, 금발의 응원단장도 아니었다. 낡은 청바지에 학교 마스코트가 그려진 면 스웨터를 입고 책을 읽던 한 여학생이었다. 그녀는 악명 높은 저널리즘 학과 교수 베네딕트의 총애를 받은 덕분에 지난 한 달간 미장원을 못 간 것은 물론이고 제대로 된 숙면도 못 취해 초췌한 모습을 하고 있었다. 하지만 대충 묶은 갈색 머리에선 후광이 빛났고 헐렁한 스웨터 안 어딘가에는 대리석 조각 같은 몸매가 숨어 있었다. 그곳에 있던 남학생들은 그녀가 검은 가죽 미니스커트를 입은 걸 볼 수만 있다면 무슨 짓이든 할 용의가 있었다.

그녀를 볼 수 있는 곳은 도서관과 강의실이 전부였다. 그녀는 퓰리처상을 두 번이나 수상했던 베네딕트의 질문에 대답할 수 있는 유일한 학생이었을 뿐만 아니라 대학 신문 『컬럼비아 스펙테이터』의 편집부장이기도 했다. 그런 그녀가 코넬과의 농구 경기에서 1점 차로 승리를 거뒀을 때 벌어진 맥주 파티에서 사이먼에게 먼저 말을 걸리라고는 누구도 상상하지 못했다.

"그동안 날 그린 그림 좀 볼 수 있어요?"

그녀가 물었을 때 사이먼은 당황하지 않을 수 없었다. 사이먼은 심리학과에 다니고 있었지만 어려서부터 좋아했던 그림을 손에서 놓은 적이 없었다. 그의 강의 노트 여기저기에는 영감이 떠오를 때마다 끼적인 스케치로 가득했고 방에는 몇 년 동안 완성 못한 유화가 이젤에 걸려 있었다. 하지만 먼발치에서 몰래 그녀를 그리고 있었다는 걸 그녀가 알고 있으리라고는 전혀 예상치 못했다.

"저기 그러니까…….'

"스토커인지 아닌지는 그림을 보고 판단할게요."

너무도 확고한 그녀에게 어쩔 수 없이 그림을 보여 줄 수밖에 없었다. 그런데 놀랍게도 모니카는 그림을 맘에 들어 했고 덕분에 두 사람은 그날 저녁을 함께 보낼 수 있었다. 그렇다고 그녀와 결혼까지 하게 되리라고는 단 한 번도 생각한 적이 없었다. 그녀의 아버지는 동부 지역에만 스무 개가 넘는 타이어 체인점을 운영하고 있었고 사이먼이 살고 있던 아파트 건물보다 큰 요트를 갖고 있었다. 그에 비하면 사이먼은 어느 모로 보나 보잘것없었다. 몬 태나의 촌구석에서 매일 아침 신문을 배달해야 했던 그는 우수한 학업 성적 덕분에 한 재단으로부터 간신히 장학금을 받아 컬럼비 아에 올 수 있었지만, 생활비를 벌기 위해 아르바이트를 두 개나 해야 했고 추수감사절에는 집에 갈 비행기표를 사기 위해 공사판 을 전전했다. 그런 그에게 모니카가 청혼했을 때 처음에는 농담이 라고 생각했다.

"왜 농담이라고 생각해?"

"왜냐면 넌 아름답고 똑똑하고 사랑스러우니까."

"당신도 똑똑하고 사랑스러워."

"시간을 갖고 생각해 보자."

그러자 모니카가 이해할 수 없다는 듯 물끄러미 바라봤다.

"날 사랑하지 않아?"

그 말이 최후통첩처럼 들려서 사이먼은 찍어 둔 중고 시빅을 사 기 위해 이 년간 모아 둔 통장을 해약하고 반지를 살 수밖에 없었 다. 그리고 두 사람은 결혼했다. 물론 그녀의 부모는 미친 듯이 반 대했고 결혼할 경우 모든 지원을 끊겠다며 협박을 했지만 모니카 는 아랑곳하지 않고 작은 교회에서 식을 올렸다. 하객이라고는 들 러리를 선 룸메이트가 전부였고 현미경을 들이대야 간신히 찾을 수 있는 다이아 반지가 예물이었지만 그것만으로 충분했다. 두 사 람에게는 서로가 있었고 전도유망한 미래가 있었다. 그렇게 두 사 람은 영원히 행복하리라 생각했다.

공사판 굉음이 사이먼을 현실로 불러들였다. 비가 그치며 구름 사이로 다시 태양이 고개를 내밀자 인부들이 일을 시작하고 있었다. 프리덤 타워는 과거의 상처를 잊고 어느새 골격을 갖춰 가고 있었다. 차디찬 냉기가 사이먼의 얼굴근육을 마비시키고 있었다. 그는 벌써 10분째 동상처럼 겨울비를 맞고 있었다.

"설마 나한테 사과를 하려던 건 아니지? 그럴 리 없지. 당신은 그런 여자가 아니니까."

삼 년이 넘는 시간을 함께 보냈지만 아내는 아직도 신비로웠다. 지금 와서 생각해 보니 아는 것보다 모르는 부분이 더 많았다. 그중에도 가장 의문스러운 건 왜 자신처럼 초라한 남자를 선택했냐는 것이었다. 몇 번이나 물으려 했지만 끝내 묻지 못했고 이제는 영원한 미스터리로 남고 말았다. 핸드폰이 울리고 있었다. 세계에서 가장 현실적인 도시에서 더 이상 낭만적인 추억에 빠져들지 말라고 경고하듯 냉정하고 전기적인 소리가 이어졌다. 하지만 사이먼은 받지 않았다. 그날 아침처럼.

블라인드 사이로 햇살이 스며들자 사이먼은 자리에서 일어났다. 그는 세면대로 가서 아무 일 없다는 듯 이를 닦았다. 이어 샤워하고 아침 뉴스를 들으며 단출한 식사를 했다. 메뉴는 스크램블드에그와 토스트, 오렌지 주스였다. 사이먼이 식사를 하는 동안 식탁에는 아내를 위해 준비한 생일 케이크가 덩그러니 놓여 있었다. 오늘은 아내의 스물여덟 번째 생일이었다. 사이먼은 작은 선물도 준비했다. 소호의 장신구 숍에서 산 귀고리였다. 하지만 이제는 쓸모없는 물건이었다.

식사를 마치고 짐을 싸기 시작했다. 예상대로 아내는 돌아오지 않았다. 순간순간 정부와 침대에서 뒹굴고 있을 모습이 떠올라 몸서리가 쳐졌지만 참을 수 있었다. 언제나 희망은 희망으로 끝난다는 걸 어려서부터 터득한 덕분이었다. 간단한 편지도 썼다. 거기에 원망 따위 들어 있지 않았다. 어차피 그에겐 과분한 여자였다. 서로 본연의 모습으로 돌아가는 일만 남았다. 목적지는 아직 정하지 않았다. 그저 아내와의 추억이 없는 곳이면 충분했다. 편지지를 몇 번 구기고 나서야 짧은 글을 완성할 수 있었다. 편지를 탁자 위에 놓고 아내의 선물을 멍하니 바라보다가 쓰레기통에 던져 넣었다. 그때 핸드폰이 울렸다. 모니카였다. 시계는 오전 9시 18분을 가리키고 있었다. 사이먼은 멍하니 울리는 핸드폰을 바라보고 있었다. 막상 아내로부터 전화가 오자 눌렀던 분노가 용암처럼 솟구쳤다. 참았던 감정이 폭발하며 눈물이 흘러내렸다. 무수한 말이 소용돌이치며 머릿속을 맴돌았지만 선뜻 어떤 말부터 꺼내야 할지 알 수 없었다. 한참을 망설이던 사이먼은 결국 전화를 받지 않았다. 그리고 짐을 챙겨 집을 나섰다.

그가 아내의 사망 소식을 들은 건 그로부터 이틀 후였다. 그는 일리노이 국도변 어느 허름한 모텔에 있었다. 그가 엉망으로 잠들어 있던 침대 주위에는 호세쿠엘보 한 병과 헤아릴 수 없을 만큼 많은 맥주병이 뒹굴고 있었다. 퀴퀴한 숙취를 뚫고 전화벨이 울리자 시체 같던 손이 곁탁자를 더듬었다.

"여보세요?"

"사이먼 켄 씨십니까?"

처음 듣는 남자 목소리였다.

"그런데요."

"부인 성함이 모니카 켄이시죠."

"누구시죠?"

"저는 뉴욕 경찰청의 토마스 샐리언 경위입니다. 오늘 오전 월드 트레이드 센터 잔해 속에서 부인의 핸드백을 발견했습니다."

잠시 끊어졌던 핸드폰이 다시 울리고 있었다. 사이먼은 발신자를 확인했다. 팀장이었다. 어디선가 사건이 터진 모양이었다.

"가 봐야 할 거 같아. 시간 되면 또 올게."

빗물에 젖은 반지가 식을 올리던 그날처럼 빛을 발하고 있었다.

"팀장이 묻더라. 그놈의 반지 언제까지 끼고 다닐 거냐고. 그래서 물었어. 사랑 중에 제일 무서운 사랑이 뭔지 아냐고. 뭔지 아니? 영원히 떠난 후에야 죽을 만큼 사랑했다는 걸 깨닫는 거야."

핸드폰이 초조하게 보채고 있었다.

"난 이제 어떻게 해야 하니."

녹슨 십자가가 흠뻑 젖은 사이먼을 내려다보고 있었다.

기분 탓인지는 모르겠지만 공항은 언제나 도심보다 추웠다. 아마도 탁 트인 공간 때문일 것이다. 주차를 한 사이먼은 코트 깃을 세우며 공항 청사로 향했다. 오늘 오후 있을 미세증거 채취기법 강의를 위해 시카고에서 강사가 오기로 되어 있었다. 아직도 애드가 후버 시절 향취에 빠져 있는 동료들에겐 귀찮은 잡일에 불과했지만 사이먼에겐 일 년에 몇 번 찾아오지 않는 즐거운 시간이었다. 간단하며 인간에 대해 실망할 일이 없고 도착 전까진 혼자만의 시간을 가질 수 있는 일종의 휴식 시간이었다. 공항에 들어서자마자 사이먼은 시간을 확인했다. 오전 9시 40분. 비행기가 도착하려면 아직 한 시간이나 남아 있었다. 사이먼은 스타벅스에 들러 카페인이 듬뿍 든 카푸치노와 크랜베리 머핀을 테이크 아웃 한 후 가판대에 들러 잡히는 대로 신문과 잡지를 샀다. 그리고 활주로가 내려다보이는 창가 벤치에 자리를 잡았다. 점심시간 전까지는 엠파이어스테이트빌딩에서 폭발이 일어나지 않는 한 전화 올 일은 없었다. 사이먼은 카푸치노를 한입 머금고 『뉴욕타임스』를 펼쳤다.

중국 정부, 달라이 라마 암살 사건 관련 공식 발표
중국은 이번 사건과 무관
달라이 라마, 탄환 제거 수술 성공적… 상태는 더 지켜봐야
티베트 전역에 대규모 시위, 참가자 백만 명 이상

신문 일 면은 온통 얼마 전 있었던 달라이 라마 암살 미수 사건으로 가득했다. 사건이 있은 후 전 세계에는 메가톤급 회오리가

몰아쳤다. 총격 직후 암살범은 현장에 있던 인도 경찰에 의해 사살됐고 라마는 곧바로 헬기에 실려 병원으로 이송됐다. 다행히 총탄이 심장을 비껴간 덕분에 목숨은 건졌지만 배후를 놓고 전 세계가 들끓고 있었다. 심지어 범인을 생포하지 않고 사살한 인도 경찰의 행동을 놓고도 수많은 음모론이 쏟아지고 있었다.

가장 먼저 용의선상에 오른 건 이전에도 라마를 암살하려 했던 중국이었다. 때문에 사건 직후 티베트 자치구는 전 자치구민이 봉기하여 중국 정부를 비난하기 시작했다. 대학은 폐쇄되고 시위에 참가한 티베트 시민은 갈수록 늘어만 가고 있었다. 이들을 막기 위해 흑룡강성과 길림성 공안까지 투입됐지만 역부족이었고, 결국 중국 정부는 마지막 칼을 뺄 준비를 하고 있었다. 이대로 가다간 흥분한 시위대가 폭도로 변하는 건 불을 보듯 뻔한 일이었고 군이 투입되는 건 예정된 수순이었다. 만약 그렇게 될 경우 1959년도에 있었던 대학살이 재현되지 않을까 하여 세계는 촉각을 곤두세우고 있었다. 워낙 엄청난 파급력을 지닌 사건인지라 이틀 전 있었던 나다니엘 밀스타인 총격 사건은 일 면 구석에 작게 고개를 내밀고 있을 뿐이었다.

비행기를 기다리던 로비의 사람들도 약속이나 한 듯 신문 일 면을 펼치고 있었다. 하지만 사이먼은 주저 않고 만화가 실린 페이지로 넘어갔다. FBI에서 일한다는 건 지독하게 암울한 현실을 다룬 다큐멘터리를 하루종일 보는 것과 흡사했다. 특히 그가 소속된 강력범죄 수사반은 지옥 문 앞에 책상을 갖다 놓고 숙식을 해결하는 곳이었다. 거기서 만난 사람들은 지옥의 밑바닥에서 살아남기 위해 발버둥 치는 아귀들이 대부분이었고 이들과 법을 사이에 두고 전쟁을 벌인다는 건 매일 영혼의 일부가 닳아 없어지는 일이었다. 때문에 요원들은 정기적으로 심리상담을 받았고 일부는 정신적인 문제로 일을 그만뒀다. 사이먼 역시 힘든 일과가 끝날 때면 남아 있는 영혼의 무게가 얼마나 되는지 머릿속으로 재 보곤 했다. 정확한 무게는 알 수 없었지만 십 년 전에 비해 상당히 줄어든 건 분명했다. 그래서 혼자만의 시간이 주어질 때면 평범한 사람들의 이야기를 접하려고 노력하고 있었다.

세계 3대 진미 중 하나인 송로버섯 양식 성공, 대중화 시대 열리나

사회면 헤드라인은 버섯 이야기였다. 기사 한쪽에는 50대 남자가 세상을 다 얻은 듯한 얼굴로 굳은 말똥 모양의 버섯을 들고 있는 사진이 실려 있었다. 세바스티앙 브에미라는 프랑스계 농부였는데 코네티컷에 있는 떡갈나무 숲에 틀어박혀 십 년간 연구한 끝에 양식에 성공했다는 내용이었다. 그 옆에는 송로버섯 양식 성공이 요식 업계에 미칠 경제적인 파급 효과까지 자세히 나와 있었다.

"버섯 1파운드에 만 달러라고. 헤로인보다 끝내주나 보지."

사이먼은 5달러짜리 머핀을 씹으며 다음 기사로 넘어갔다. 테니스 경기장에 나체로 뛰어든 게이 연인, 밤에 거대 파도를 점령하는 서핑 방법, 전직 스파이였던 러시아 미녀가 TV 앵커가 됐다는 등의 자질구레한 소식들이 적혀 있었다. 그런데 신문을 뒤적이던 사이먼의 머리에 무심히 질문 하나가 떠올랐다. 그것은 평평한 아스팔트 위에 튀어나온 돌처럼 오갈 때마다 발끝에 차였다.

'왜 나한테 보낸 걸까?'

나다니엘 밀스타인이 살해당한 곳은 워싱턴이었다. 그렇다면 당연히 사건 담당은 워싱턴 지부였다. 그곳은 FBI 본부가 있는 곳이었다. 전문 요원 역시 최고의 실력을 갖고 있었다. 그런데 신가야는 워싱턴에서 240마일이나 떨어진 뉴욕에 근무하는 사이먼에게 경고장을 보냈다. 이상한 점은 그것만이 아니었다. 엘리스가 뉴저지의 에디슨으로 이사를 한 건 신가야가 자살한 후 육 개월 뒤였다. 그런데 어떻게 엘리스가 에디슨에 살고 있다는 걸 알았을까. 장난 편지로 넘기기에는 석연치 않은 점이 있었다. 사이먼은 본부로 돌아가면 편지를 워싱턴 담당자에게 보내야겠다고 생각하며 머핀을 한입 물었다. 그때 대형 창 너머로 747기 한 대가 활주로를 지나 계류장으로 들어오고 있었다.

"한 사람을 태우고 다니기엔 너무 크군."

747기는 항공사 소속이 아니었다. 비행기는 마치 천국에서 내려온 것처럼 동체 전체가 새하얗게 칠해져 있었는데 그 흔한 이니셜 하나 적혀 있지 않았고 그림도 없었다. 하지만 비행기가 방향을 틀자 꼬리날개에 있던 문양이 나타났다. 유럽의 귀족 가문을 상징하는 엠블럼처럼 방패 모양을 하고 있었는데 중앙에 있던 동물이 인상적이었다. 그것은 사자나 용이 아닌 붉은 개구리였다. 전체적인 모양은 일반 개구리와 다를 바 없었으나 한 가지가 특이했다. 바로 이마 한가운데 있는 작은 뿔이었다.

"요즘은 악마 개구리를 자주 만나네."

사이먼이 입안 가득 머핀을 물고 중얼거렸다. 순간 사이먼의 척추를 타고 찌릿한 전류가 흘렀다. 그것은 오랜 요원 생활 동안 터득한 일종의 직감이었는데 불길한 일이 벌어질 때면 나타나는 현상이었다. 사이먼은 신문을 팽개치고 대형 창으로 달려갔다. 747기는 이제 계류장과 연결되려 하고 있었다. 그때였다. 저 멀리 공항 상공에 한 대의 경비행기가 나타나는 것이었다. 그것은 2인용 세스나 단발기였는데 중심을 잃고 비틀거리며 곧장 이곳을 향해 날아왔다.

"설마……."

불길한 예감은 그대로 적중했다. 경비행기는 일직선으로 날아들더니 그대로 747기에 충돌하고 말았다. 순간 거대한 불기둥이 사방으로 뻗치며 공항 일대는 아수라장으로 변했다. 사람들은 비명을 지르며 달아났고 사이렌 소리가 주변을 가득 메웠다. 그 와중에 사이먼은 석상처럼 굳어서 잿더미로 변해 버린 747기를 응시하고 있었다. 그의 뇌리에는 한 줄의 편지 문구가 아로새겨지고 있었다.

이 편지가 배달된 다음 날, 당신은 두 번째 죽음을 직접 목격하게 될 겁니다.

궁극의 아이 1

첫 만남

  엘리스는 계단을 응시하고 있었다. 미셸의 방이 있는 2층은 엘리스가 범접할 수 없는 성역이었다. 이유는 간단했다. 엘리스는 계단을 오를 수 없었다. 워낙 육중한 덕에 열여덟 개의 계단은 에베레스트산만큼이나 높고도 험준하게 느껴졌다. 하지만 지금 엘리스는 이사 온 후 단 한 번도 도전한 적 없던 등정을 할 생각이었다. 가야가 미셸에게 보냈다던 편지를 보기 위해서였다. 편지가 온 건 이 년 전 미셸의 입학식 날이었다. 미셸의 만류에도 불구하고 자원봉사자들의 도움을 받아 입학식에 참석했던 엘리스로 인해 미셸은 첫날부터 반 친구들의 곱지 않은 시선을 받아야 했다. 결국 화가 난 미셸은 식이 끝나기도 전에 집으로 돌아가 버렸고 엘리스는 며칠, 어쩌면 몇 주간 미셸의 짜증을 받을 각오를 해야만 했다. 그러나 어쩐 일인지 미셸은 방에 틀어박혀 나오지 않았고, 식사 시간이 돼서 나타난 미셸은 오히려 밝기까지 했다. 그리고 아빠에 대해 집요하게 질문하기 시작했다. 사실 엘리스는 가야에 관해 단 한 번도 미셸에게 말해 준 적이 없었다. 심지어 가야의 이름조차 입에 담은 적이 없었다. 그를 떠올릴 때마다 그가 죽던 모습이 악몽처럼 되살아났기 때문이다. 이번에도 엘리스는 대충 얼버무리려고 했지만 어쩐 일인지 미셸은 물러서지 않았다.

"오늘따라 유별나게 왜 그래? 아빠 십 년 전 교통사고로 돌아가셨다고 했잖아."

"아니. 아빠 살아 있어."

"왜 그렇게 생각해?"

"왜냐면 아빠가 나한테 편지를 보냈으니까."

미셸이 편지 봉투를 보여 주며 말했다.

"그럴 리가……. 엄마 좀 보여 줘."

"안 돼. 아빠에 대해 제대로 말해 주기 전까진."

그 후로 둘의 전쟁은 지금까지 이어지고 있었다. 그 전쟁을 오늘 끝내려는 것이다. 깊게 심호흡을 하고 엘리스는 계단을 오르기 시작했다. 한 발…… 두 발…… 발을 디딜 때마다 계단이 작고 괴로운 신음을 냈다. 그와 함께 그녀의 호흡도 가빠지고 있었다. 앞으로 남은 계단은 다섯 개. 엘리스는 땀을 닦으며 남은 힘을 쥐어짜 발걸음을 옮겼다. 이제 정상이 눈앞이었다. 하지만 에베레스트산은 호락호락하지 않았다. 발을 떼는 순간 몸무게를 지탱하던 난간이 부서졌다. 둔탁한 소리가 집 전체에 울려 퍼지며 엘리스는 바닥에 내동댕이쳐졌다. 정신이 아득하고 몸 여기저기서 고통이 몰려왔다. 눈물이 흘렀지만 고통 때문이 아니었다. 스스로가 한심하게 느껴졌다. 자기 몸조차 감당하지 못하는 자신이 역겨웠다. 흐느끼던 엘리스는 참지 못하고 몸부림을 치며 괴성을 질러 댔다. 이런 쓸모없는 고깃덩어리. 간단한 계단조차 못 오르는 밥버러지. 그녀의 입에서 자학적인 욕이 마구 튀어나왔다.

"엘리스. 정신 차려요."

사이먼이었다.

"당신이 여긴 어떻게……."

"안에서 비명이 들려서 들어왔어요. 괜찮아요?"

"당신한텐 언제나 추한 꼴만 보이는군요."

사이먼이 엘리스를 도와 소파에 앉혔다.

"오늘은 무슨 일이에요?"

그러자 사이먼이 사진 몇 장을 꺼내 탁자 위에 놓았다.

"오늘 오전 JFK 국제공항에서 충돌 사고가 있었어요. 세스나 경비행기가 747기를 들이받았죠. 덕분에 747기에 타고 있던 사람이 그 자리에서 사망했어요. 워낙 심하게 타서 아직 신원을 밝혀내진 못했어요."

사진은 비행기 충돌 사고 현장을 찍은 것이었다.

"그래서 어떻다는 거죠? 사고는 늘 있는 거잖아요."

"신가야의 편지 기억하죠? 충돌하는 순간 그 광경을 목격할 거라고 쓰여 있었잖아요. 내가 그 자리에 있었어요. 그리고 이걸 봐요."

사이먼이 사진 하나를 가리켰다. 꼬리날개에 그려진 개구리 문양이었다.

"어제 그 종이 개구리, 신가야를 만난 지 며칠째 되는 날에 받은 거죠?"

"둘째 날이요."

두 번째 날 받은 붉은색 종이 개구리. 그리고 두 번째 사건 현장에서 발견된 개구리 문양. 연결되고 있었다.

"그래서 가야가 저승에서 비행기를 폭발시키기라도 했다는 건가요?"

"나도 그렇게 생각진 않아요. 하지만 이번 사건과 연관됐을 가능성은 충분해요. 두 번째 날 신가야가 했던 말이나 행동 중에서 이번 사건과 연관된 게 없는지 생각해 봐요."

사이먼이 나머지 현장 사진들을 가리키며 말했다. 엘리스는 어쩔 수 없다는 듯 유심히 사진을 훑었다. 현장은 처참했다. 새하얀 날개를 뽐내던 붉은 개구리 비행기는 새까맣게 타 버렸고 내장을 고스란히 드러낸 채 두 동강 나 있었다. 세스나기는 형체도 없이 불타 있었다.

"누군지 엄청 부자였나 보네요."

비록 불에 탔지만 비행기 내부는 이제껏 본 비행기 중 가장 고급스러웠다. 온통 최고급 내장재로 장식된 기내는 최신식 바와 극장은 물론이고 거품이 나오는 욕조까지 갖춰져 있었다. 그런데 사진 중에 심한 화상을 입고 실려 가는 한 남자가 있었다.

"생존자가 있네요?"

"사고를 일으킨 경비행기 조종사예요. 이름은 해리 라임. 현재 병원에서 치료 중인데 의식불명이에요."

그러자 문득 뭔가 떠오른 듯 엘리스의 표정이 굳었다.

"뭔가 기억났어요?"

사이먼이 바짝 다가앉으며 물었다.

"뻐꾸기시계……."

"뻐꾸기시계? 그게 뭐죠?"

엘리스의 얼굴에 오래된 미소가 떴다.

"둘째 날 우리는 극장에 갔어요. 브로드웨이에 있는 고전 영화 상영관이었죠. 〈제3의 사나이〉라는 영화가 상영 중이었고요. 비엔나로 간 삼류 소설가가 음모에 빠지는 내용의 흑백영화였는데 영화가 끝나고 극장을 나오면서 가야가 물었어요. 기억에 남는 대사 없냐고. 저는 태어나서 이렇게 지루한 영화는 처음이라고 했죠. 하지만 가야는 아니었어요. 그는 거리 한복판에서 극 중 인물이 된 듯 감정을 잡더니 대사를 읊었어요. '보르지아 가문이 권력을 잡고 있던 삼십 년간 이탈리아에서는 전쟁과 테러, 살인, 유혈 참사가 끊이지 않았지만, 그들은 미켈란젤로, 레오나르도 다빈치와 르네상스를 창조했다. 반면, 스위스 사람들은 끈끈한 동포애로 뭉쳐 오백 년 동안 민주주의와 평화를 누렸다. 그런데 그들은 과연 무엇을 만들었는가? 뻐꾸기시계다.' 이게 가야가 좋아했던 대사예요. 그런데 그 대사를 했던 극 중 인물의 이름이 해리 라임이었어요."

엘리스는 단어 하나 빠뜨리지 않고 전부 기억하고 있었다. 사이먼이 낮게 한숨을 내쉬었다.

"내 말 잘 들어요, 엘리스. 오늘 사고가 난 비행기는 평범한 여객기가 아니에요. 보잉사에서 특별히 제작한 747 SB4C기예요. 대통령이 타는 에어포스원과 같은 기종으로 공중급유 기능까지 갖춘 최고 기밀급 기체라고요. 게다가 국적으로 등록된 나라가 무려 17개국이에요. 미국은 물론이고 영국, 프랑스, 심지어 러시아까지. 그 비행기가 JFK 국제공항 이전 마지막으로 착륙한 곳이 팔일 전 헝가리 부다페스트 공항이었어요. 아직 누구 소유인지 안밝혀졌지만 하늘에서만 생활하고 전 세계를 국경 없이 마음대로 드나들 수 있는 사람이에요. 그 사람을 누군가 죽였어요. 비록 신가야가 벌이는 일은 아니더라도 분명 연관된 건 틀림없어요. 그러니 당신이 알고 있는 모든 걸 말해 줘야 해요."

"당신은 슬픔을 잊지 못한다는 게 얼마나 괴로운 일인지 상상도 못 할 거예요. 슬픔은 제아무리 행복이 찾아와도 모든 걸 가로막고 말아요."

"물론 나는 상상할 수 없어요. 하지만 엘리스, 당신이 이 사건을 풀 수 있는 유일한 단서예요. 도와줘요."

엘리스는 담배 한 대를 물었다. 잠시 후 그녀의 입에서 흘러나온 연기가 두터운 커튼 사이로 실낱같이 스며든 햇살에 일렁였다. 그 모습이 태초로 시간을 거슬러 올라가는 여행자의 숨결처럼 느껴졌다.

"내가 가야를 만난 건 지금으로부터 십 년 전 스무 번째 생일날이었어요."

　뉴욕 브롱크스 골목길에 자리 잡은 마빈스 그릴은 점심 식사를 하려고 몰려든 인근 공사판 인부들로 북적였다. 특별히 요리가 맛있지는 않지만 저렴한 가격과 푸짐한 양 때문에 언제나 이 시간이면 줄을 서서 먹을 정도로 인기가 좋은 곳이었다.
"엘리스, 우린 언제 주문받을 거야?"
"지금 가요."
　갓 고등학교를 졸업한 엘리스는 이곳 웨이트리스 중에 가장 인기가 좋았다. 아직 콜로라도 시골티를 벗진 못했지만 그녀는 남자라면 누구나 다시 한번 돌아볼 정도로 아름다웠다. 여기저기 소스가 묻은 낡은 티셔츠 속에는 싱그러운 몸매가 숨어 있었고 짙은 갈색 눈썹과 에메랄드빛 눈은 보는 이의 가슴을 설레게 만들었다. 그렇지만 그녀가 가진 최고의 매력은 메마른 뉴욕 어디서도 마주칠 수 없는 순수함이었다.
"죄송해요. 워낙 손님이 많아서. 뭐 드릴까요?"
　엘리스가 주문 수첩을 펼치며 물었다. 손님들은 십 분을 넘게 기다렸지만 그녀의 상큼한 미소만으로도 불쾌함이 금방 사라졌다.
"뭘 물어봐. 우리야 항상 엘리스 추천 메뉴잖아. 오늘은 뭐가 맛있어?"
　인부들이 짓궂은 표정으로 물었다.
"오늘 마빈 아저씨 기분이 별로예요. 스테이크를 시키시면 아마 반쯤 태워서 나올걸요. 그러니까 라자냐 드세요. 그건 데우기만

하면 되거든요."

"좋아. 라자냐 3인분."

"조금만 기다리세요. 금방 가져올게요."

"엘리스, 오늘 저녁에 뭐 해? 뉴욕 메츠 경기 입장권 생겼는데 같이 안 갈래? 끝내주는 바도 알아 놨어. 내 진하게 한잔 사지."

인부 중 한 명이 느끼한 윙크까지 보태 가며 물었다.

"아저씨 바람둥인 거 소문 다 났거든요. 자꾸 그러시면 앞으로 주문 안 받을 거예요."

애교 있게 받아치곤 주문서를 주방에 건넸다. 비록 식당에서 서빙을 하고 있었지만 엘리스가 이 험한 뉴욕에 온 데는 이유가 있었다. 그녀에게는 꿈이 있었다. 화가가 되는 것이었다. 그녀가 태어난 곳은 콜로라도 아르바다였다. 독실한 기독교 신자였던 부모님은 지나칠 정도로 금실이 좋았고 덕분에 자녀를 무려 여섯 명이나 낳았다. 엘리스는 그중 다섯째였다. 손재주가 좋았던 아버지는 작은 목공소를 운영하며 수제 가구를 만들어 팔았는데 수입이 그다지 좋은 편은 아니었다. 때문에 형제 중 공부를 잘했던 첫째 언니만이 대학에 갈 수 있었지만 누구도 불평하지 않았다. 손재주를 물려받은 엘리스는 고등학교 졸업 후 아버지를 도와 가구 만드는 일을 할 생각이었다. 그런데 주립대학을 다니던 큰언니가 보내 준 졸업 선물이 그녀의 목표를 바꾸게 될 줄은 꿈에도 몰랐다. 선물은 인상파 화가들의 그림이 수록된 화첩이었는데 프랑스에서 출간된 한정판이었다. 그림을 본 엘리스는 한순간도 눈을 뗄 수가 없었다. 그중에도 그녀를 사로잡은 건 모네의 '수련'이었다. 유화로 그려진 그 그림은 너무도 아름다웠고 가슴속에 잠들어 있던 열정을 깨우기에 충분했다. 그 후 엘리스는 모아 둔 600달러와 어머니가 보태 준 1,200달러를 들고 뉴욕으로 왔다. 일단 그녀의 목표는 미술대학에 가는 것이었지만, 그것이 궁극의 목적은 아니었다. 그녀는 뉴욕의 예술가들과 만나 그들의 자유로운 생각을 공유하길 원했고 그들로부터 예술혼을 배울 수 있으면 그보다 더 좋을 순 없다고 생각했다. 점심시간이 끝나자 인부들은 썰물이 빠지듯 식당을 빠져나갔다. 하지만 엘리스의 일은 아직 끝난 게 아니었다. 인부들이 먹은 식기를 모두 닦아야 했다.

"너 그림 공부한다며?"

함께 일하는 웨이트리스 수잔이었다. 그녀는 이제 서른을 앞둔 배우 지망생이었다.

"소호에서 작업하시는 구스타프 선생님한테서요. 언니도 같이 배울래요? 수업료도 없어요."

닦은 접시를 옮기며 엘리스가 대답했다.

"그림이라. 좋지. 근데 말이야. 이건 같은 일에 종사하는 선배로서 하는 충고인데 말이지. 꿈은 적당히 꾸는 게 좋아. 결국 꿈은 꿈으로 끝난다구. 특히 우리처럼 개뿔도 없는 사람은 말이야. 나도 네 나이 때 여기 왔어. 그땐 나도 조금만 열심히 하면 금세 안젤리나 졸리가 될 줄 알았거든. 근데 날 봐. 내년이면 서른인데 아직도 다음 달 집세 걱정이나 하고 있잖아. 이젠 애 딸린 중년들이나 찝쩍댄다고. 한창 주가 날릴 때 괜찮은 남자 잡아서 눌러앉는 게 좋을 거다."

아마도 어제 있었던 오디션 결과가 안 좋은 모양이었다.

"왠지 사랑 따윈 필요 없다는 듯이 들리는데요."

"사랑 같은 소리 하고 앉았네. 얘야. 그런 건 영화 속에나 있는 거란다. 향수랑 비슷한 거라고. 첨엔 향기에 취하지만 금방 흔적도 없이 날아가고 말지. 지금은 모르겠지만 결국 돈이 최고야. 명심해."

엘리스는 더 이상 대꾸하지 않았지만 수잔의 말에 동의할 수 없었다. 그녀는 비록 가난했지만 꿈과 사랑이 없는 세상은 상상할 수도 없었다. 만약 세상이 돈으로만 이루어져 있다면 왜 세상은 온통 사랑에 관한 음악과 꿈에 대한 영화로 가득 차 있는 것일까. 꿈과 사랑이 없이 돈만을 위해 살아간다면 과연 행복할 수 있을까.

"쓸데없는 잡담 그만하고 점심이나 먹어. 저녁 손님 맞을 준비해야지."

주방장이자 사장인 마빈 아저씨가 소리쳤다. 그는 키가 190이 넘는 흑인으로 이십 년 전 캔자스에서 올라와 갖은 고생 끝에 이 작은 식당을 차린 사람이었다. 비록 거칠고 무뚝뚝했지만 마음만은 누구보다 따뜻한 사람이었다. 그는 점심시간이면 종업원들을 위해 손수 음식을 준비했고 언제나 재즈 전문 라디오 채널을 틀었다. 그 덕분에 재즈가 익숙하지 않던 엘리스도 이제는 따라 부를 정도로 전문가가 되어 있었다.

마빈의 오늘 메뉴는 미트볼 스파게티였다. 동네 전체가 먹고도 남을 만큼 푸짐한 스파게티를 한껏 나누고 나자 마빈은 버릇처럼 라디오의 주파수를 맞췄다. 로비 윌리엄스가 재즈 피아노 선율에 맞춰 '비욘 더 씨'를 부르고 있었다. 마빈은 덩치에 어울리지 않게 경쾌한 스텝을 밟으며 맥주를 땄다.

"저 한 시간 후에 올게요."

엘리스가 샌드위치를 주머니에 넣으며 말했다.

"매일 어딜 가는 거니? 남자 친구라도 생긴 거야?"

"비밀이에요."

엘리스가 활짝 웃으며 식당 문을 나서려던 참이었다. 라디오에서 엘리스의 이름이 흘러나오는 것이었다.

"한국에서 오신 신가야 씨가 축하 메시지를 보내 주셨네요. 브롱크스에 계신 엘리스 로자 양. 오늘 스무 번째 생일이시라고요. 화가의 꿈을 꼭 이루시길 바란다고 신가야 씨가 전해 달라고 하셨습니다."

엘리스는 자신의 귀를 의심하지 않을 수 없었다. 사실 오늘은 엘리스의 스무 번째 생일이었다. 하지만 아무도 그녀가 생일인 걸 알지 못했다. 오늘 아침 걸려 온 어머니의 축하 인사가 전부였다. 그런데 한국에서 온 누군가가, 그것도 라디오 방송을 통해 엘리스에게 축하 메시지를 전하고 있었다.

"나 말고 이 동네 엘리스 로자가 또 있나?"

엘리스는 반신반의하며 식당 문을 나섰다. 그녀와 동명이인이 있다 하더라도 꿈도, 생일도 같다니 정말 이상한 일이었다.

그녀가 향한 곳은 메트로폴리탄 미술관이었다. 그곳에는 그녀가 가장 사랑하는 모네의 '수련'이 있었다. 엘리스는 점심시간이면 그곳 벤치에 앉아 그림을 보며 점심을 먹는 게 하루의 낙이었다. 스테인드글라스를 통해 들어오는 형형색색 빛깔의 햇살을 맞으며 볼테르의 석상을 지나자 19세기 인상파 전시실이 나타났다. 미술관에서 제일 인기가 좋은 인상파 전시실은 오늘도 관람객들로 붐볐다.

"모네 씨와 점심 약속은 하셨나요? 아가씨."

프랑코 아저씨였다. 보기 좋게 머리가 벗겨지고 탐스럽게 수염을 기른 아저씨는 인상파 전시실 관리인이었는데 매일 점심마다 얼굴을 마주한 덕에 이제는 친구 같은 사이가 되어 있었다.

"설마 저 말고 다른 분과 식사 중이신가요?"

엘리스가 애절한 눈망울을 하며 장단을 맞췄다.

"아가씨 말고 또 다른 팬 한 분이 요즘 매일 방문하신답니다. 어쩌면 그분과 식사 약속이 있을 지도 모르거든요."

한때 연극배우를 꿈꿨던 아저씨가 모네의 비서 연기를 능청맞게 하고 있었다.

"또 다른 팬이라뇨? 저 말고 매일 찾아오는 팬이 또 있어요?"

"한 명 있단다. 매일 아침 문 열리기 전부터 기다리다가 오픈을 하자마자 '수련'으로 달려가는 친구가 있지."

"정말 그 사람과 식사 중인가요?"

"걱정 마. 그 친구는 남자야. 클로드 씨도 남자보다는 엘리스 같은 미인과 식사하고 싶을걸."

아저씨가 윙크를 하며 말했다. 엘리스는 인사 대신 활짝 웃어 보이고는 '수련'으로 달려갔다. 미술관에는 모두 세 개의 '수련'이 있었다. 그중에도 엘리스가 제일 좋아하는 건 '일본식 다리가 있는 수련'이었다.

"안녕하세요, 모네 선생님. 저 또 왔어요."

마치 모네가 그림 속 다리 위에서 기다리기나 하는 듯 엘리스가 인사말을 건넸다. 볼 때마다 느끼는 거지만 이 삭막한 도시에 그녀만의 작은 연못이 있다는 게 얼마나 감사한지 몰랐다. 거친 인부들 사이에서 정신없이 서빙을 하다가도 벽에 걸린 푸른 연못을 볼 때면 가슴 가득 삶의 의욕이 충만해졌다. 천장 돔을 통해 스며든 정오 햇살이 스피커에서 나지막이 흘러나오는 드뷔시의 음악과 어우러지며 전시실 공기를 노곤하게 만들고 있었다. 엘리스는 짧지만 소중하게 주어진 시간을 만끽하며 연못가에서 샌드위치를 먹고 있었다.

"누나가 엘리스 로자예요?"

이제 초등학교에 들어갔을 법한 어린아이가 엘리스에게 물었다.

"그런데?"

그러자 아이가 메모 한 장을 내밀었다.

"어떤 형이 이거 갖다 주래요."

"어떤 형?"

엘리스가 묻자 아이가 반대편 전시실을 가리키고는 더 이상 흥미 없다는 듯 사라져 버렸다. 엘리스는 고개를 갸웃하곤 메모지를 펼쳤다.

지금 그리니치 빌리지에 있는 바돌로매 드 피코 레스토랑으로 오세요.

메모를 읽자마자 엘리스는 반대편 전시실로 달려갔다. 하지만 메모를 전해 준 아이는 보이지 않았다. 뭔가 재밌는 일이 벌어지고 있었다. 방금 라디오 멘트도 메모의 주인이 보낸 게 틀림없었다. 갑자기 온몸에 아드레날린이 분비되며 발이 바닥에서 10센티가량 공중으로 떠오르는 듯했다. 이런 기분은 정말 오랜만이었다. 매일 아침 눈을 뜰 때마다 운명적인 누군가를 만날 것 같은 기분으로 지난 일 년을 보냈지만 뉴욕에 백마 탄 왕자는 없었다. 그런데 스무 번째 생일날 누군가 나타난 것이다. 대체 누굴까? 한 가지 분명한 건 엘리스를 잘 알고 있는 사람이라는 것이다. 그 사람은 마빈 아저씨가 점심을 먹을 때마다 듣는 라디오 방송에 축하 메시지를 보냈고 엘리스가 모네와 점심을 먹는다는 걸 알고 있었다. 설마 매일 치근덕대는 공사판 인부 중 한 명? 아무리 생각해도 그건 아니었다. 그들 중 그 누구도 라디오에 사연을 보내 생일을 축하하고 메모를 통해 고급 레스토랑으로 초대할 만큼 낭만적이지 않았다. 그렇다면 누구란 말인가. 아무리 머릿속을 뒤져 보아도 마땅한 사람이 떠오르지 않았다. 잠시 망설이던 엘리스는 미술관을 나섰다. 이 식사 초대를 놓치면 평생 후회할 것 같은 느낌이 들었던 것이다.

그곳은 버스를 타고 매일 지나치며 언젠가 꼭 한번 가 보고 싶었던 이탈리안 레스토랑이었다. 크진 않지만 역사가 느껴지는 내부에는 벽돌과 낙엽 문양이 수놓인 베이지색 벽지가 포근한 분위기를 자아냈고 하얀 테이블보가 깔린 둥근 식탁에는 언제나 흰 장미가 꽂혀 있었다. 점심시간의 레스토랑은 슈트를 차려입은 뉴요커들로 붐볐다. 숨이 턱에 차서 도착한 엘리스는 감히 들어서지 못하고 입구를 서성이고 있었다. 멋진 남자 친구와 우아한 칵테일 드레스를 입고 식사하는 모습을 꿈꾸던 곳에 소스가 잔뜩 묻은 티셔츠 차림으로 들어가려니 왠지 내키지 않았다. 하지만 메모의 주인을 만나려면 어쩔 수 없었다.

"어서 오십시오. 예약은 하셨습니까?"

보타이에 검은 정장을 차려입은 매니저가 엘리스를 맞았다. 이탈리안 레스토랑인데 어쩐지 매니저의 발음에선 불어 냄새가 났다. 그는 엘리스의 낡은 청바지가 맘에 안 드는지 힐끗 곁눈질을 했다. 엘리스는 머뭇거리다가 메모지를 내밀었다.

"혹시 엘리스 로자 양?"

"네."

"진작 말씀을 하시지요. 이쪽입니다."

메모지에 마법 가루라도 묻은 모양이었다. 갑자기 친절하게 돌변한 매니저가 손수 창가 테이블로 안내했다. 거리 풍경이 한눈에 들어오는 명당이었다. 하지만 메모의 주인은 보이지 않았다.

"기다리시면 주문하신 메뉴가 나올 겁니다."

메모의 주인이 이미 주문을 한 모양이었다.

"혹시 주문한 사람이 어떤 사람인지 아세요?"

매니저는 의미심장한 미소만 지을 뿐이었다. 누군지 호기심을 끝 의도였다면 제대로 먹히고 있었다. 엘리스는 궁금해서 몸이 달 지경이었다. 음식이 나오기 전까지 엘리스는 입구에서 눈을 떼지 못했다. 하지만 증권가 냄새를 풀풀 풍기는 슈트를 입은 사람 몇 명이 들어왔을 뿐이었다. 잠시 후 고깔모자를 쓴 웨이터가 촛불 두 개를 꽂은 케이크를 가져왔다. 그러자 기다렸다는 듯 다른 웨이터들도 합세해 생일 축하 노래를 부르는 것이었다. 그중 한 명은 성악을 했는지 구성진 목소리로 화음까지 넣었다. 노래가 끝나자 손님들 모두가 축하 박수를 쳐 주었다.

"소원을 빌고 촛불을 꺼요."

느닷없는 생일 파티에 엘리스는 무슨 소원을 빌어야 할지 몰라 망설였다. 그러자 매니저가 슬쩍 힌트를 줬다.

"스무 살엔 사랑이 최고죠."

맞는 말이었다. 그녀는 젊고 아름다웠지만 마지막으로 데이트를 한 게 언제였는지 기억도 나지 않았다. 고등학교 때 데이트를 몇 번 했지만 모두 호르몬 과다 분비를 주체 못 하는 시시한 남자들 뿐이었다. 엘리스는 눈을 감고 이 자리를 준비한 메모의 주인을 상상해 보았다. 처음에는 아이돌 스타 몇 명의 얼굴이 지나갔고 이어 조니 뎁이 해적 복장을 한 채 미소를 지었지만 이내 지워 버렸다. 지금 그녀에게 중요한 건 외모가 아니었다. 오늘 일어난 멋진 일들이 치기 어린 장난이 아닌, 진심이길 바랄 뿐이다. 그것만으로도 좋은 만남을 시작할 수 있다. 소원을 빌고 촛불을 끄자 전채요리가 나왔다. 코스는 모두 다섯 가지였다. 이제껏 받아 본 최고의 생일상이었지만 엘리스는 맛을 음미할 수 없었다. 그녀의 신경은 온통 입구를 향하고 있었기에. 그러나 식사가 모두 끝난 후에도 메모의 주인은 나타나지 않았다.

"계산은 이미 하셨습니다."

디저트로 딸기 시럽과 초콜릿 가루가 뿌려진 아이스크림선디를 서빙하며 매니저가 말했다.

"저기, 어떤 분인지 말해 주시면 안 될까요? 혹시 얼굴에 화상을 입어서 가면을 썼다거나 뭐 그런 건 아니죠?"

"죄송합니다만 그분이 신신당부를 하셨거든요. 하지만 생일이시니 힌트를 드리자면……."

엘리스가 귀를 쫑긋 세우고 다가갔다.

"가면은 안 썼습니다."

짓궂은 매니저 같으니라고. 엘리스가 눈앞에 펼쳐진 화려한 디저트의 유혹을 뿌리치지 못하고 크게 한입 뜨려는 순간이었다. 이상한 나라에서 카드 병정들과 숨바꼭질을 하던 엘리스는 현실에 두고 온 중요한 일이 떠올랐다. 그녀의 점심시간은 한 시간이었던 것이다.

"지금 몇 시죠?"

"1시 40분이요."

"맙소사! 음식 정말 맛있었어요. 노래도 멋졌구요."

엘리스는 하모니를 넣었던 웨이터에게 5달러를 쥐어 주고는 미친 듯이 달리기 시작했다.

"죄송해요. 오는데 갑자기 수도관이 터져서 길이 엄청 막히더라고요. 아시죠? 뉴욕이란 데가 원래 그렇잖아요."

들어서자마자 변명을 늘어놓는 엘리스를 빤히 보던 마빈이 물었다.

"오늘 생일이니?"

"아마 그럴걸요?"

"이거 너한테 왔다."

마빈이 금빛 리본이 달린 선물 상자 하나를 내밀었다.

"누가 가져왔어요?"

"택배 기사가."

엘리스는 허겁지겁 포장을 뜯었다.

"이런 세상에."

메모의 주인은 엘리스의 마음을 꿰뚫어 보고 있었다. 상자 속에 든 선물은 엘리스가 그토록 갖고 싶어 하던 프랑스제 유화 붓 세트였다. 그리고 한 장의 카드가 들어 있었다.

생일 축하해요, 엘리스. 당신은 훌륭한 화가가 될 거예요.

"꽉 잡아라. 놓친 다음에 후회하지 말고."

수잔이 부러운 듯 말했지만 엘리스의 귀에는 들리지 않았다. 그녀는 붓을 보며 결심했다. 누군지 모르지만 이젠 얼굴에 화상을 입고 가면을 써도 상관없다고. 메모의 주인은 외롭고 삭막한 뉴욕에서 가까스로 버티고 있는 엘리스에게 따뜻한 온기를 불어 넣고 있었다.

푸른 담배 연기가 낮게 깔린 어두운 실내에서 엘리스는 추억에 흠뻑 젖어 있었다.

"그 후 식당에 오는 손님을 눈여겨봤지만 그는 나타나지 않았어요. 하지만 머릿속은 온통 그 사람 생각으로 가득했죠. 정말 얼굴에 화상을 입어서 안 나타나는 걸까. 아님 부끄럼을 타는 소년일까."

　사이먼은 낭만적인 이야기 속에서 단서를 찾기 위해 노력하고 있었다.

"그래서 신가야를 만난 건 언제죠?"

"그를 처음 본 건 구스타프 선생님의 아틀리에에서였어요."

　엘리스의 입가에서 다시 과거로 회귀하는 담배 연기가 흘러나왔다.

　아틀리에는 이미 많은 화가 지망생이 이젤을 차지하고 있었다. 오늘 그림 주제는 누드 크로키였다. 구스타프 선생이 반라로 중앙에서 직접 포즈를 잡고 있었고 지망생들은 빙 둘러앉아 그림을 그리고 있었다.

"늦었군, 로자 양. 인간 신체의 아름다움을 믿는다면 서두르는 게 좋을 거야. 난방이 안 되는 아틀리에에서 옷을 벗고 있는 건 고역이니까."

"죄송합니다, 구스타프 선생님."

　엘리스는 서둘러 자리를 잡고 목탄을 꺼냈다. 목탄은 그녀가 가장 좋아하는 소재였다. 비록 근육질 몸매는 아니었지만 50대의 나이에도 불구하고 구스타프는 볼 만했다.

"오늘 내가 직접 모델이 된 건 인체를 그리는 목적이 단순히 근육이 가미된 아름다운 피부를 그리는 게 아니라는 걸 보여 주기 위해서다. 인간의 몸은 삶을 그대로 반영한다. 좌절로 인한 폭식 덕분에 튀어나온 뱃살, 슬픔이 배어 있는 눈가의 주름, 욕망으로 가득 찬 거시기 등등. 우린 그걸 찾아내 캔버스에 옮기는 거다. 내 몸에서 뭘 느끼지? 로자 양."

포즈를 잡으면서도 구스타프는 강의를 멈추지 않았다.

"제 태만을 경멸하는 날카로운 질책이 느껴집니다."

엘리스의 대답에 모두 미소를 지었다.

"좋은 대답이다, 로자 양. 오늘 그림은 기대해도 좋겠군."

수업은 화기애애한 분위기 속에서 계속됐다. 엘리스의 그림도 거의 완성되어 가고 있었다. 이제 남은 건 가장 어려운 손이었다. 손은 가장 복잡하고 섬세한 부분이다. 그만큼 제대로 그려 내기 힘든 부분이기도 했다. 엘리스는 연필로 비율을 재며 구스타프의 손을 관찰했다. 그런데 구스타프 너머에서 시선이 느껴졌다. 앳된 얼굴을 한 20대 청년이었다. 그는 윤기 나는 검은 머리와 수묵화 같은 심플한 이목구비를 하고 있었는데 그중에도 서로 다른 색깔의 눈이 빛나고 있었다. 그리고 그 눈은 엘리스를 향하고 있었다.

"한국에서 온 신가야……."

엘리스는 목탄을 떨어뜨리며 자리에서 벌떡 일어났다. 두 사람은 정면으로 눈이 마주쳤다. 순간 남자가 달아나기 시작했다.

"기다려요!"

엘리스는 그림은 제쳐 두고 남자를 쫓아갔다. 하지만 복도에 도착했을 때 남자는 이미 모습을 감춘 후였다. 엘리스는 날듯이 계단을 내려가 건물 밖을 살폈지만 그를 찾을 순 없었다.

"가면을 안 썼어."

결국 그림을 완성 못 한 엘리스는 버스를 타고 한국에 관한 책을 빌리기 위해 시립도서관으로 향했다. 사실 한국이라는 나라에 대해 관심을 가진 적은 한 번도 없었다. 알고 있는 정보라곤 말썽 많은 북한과 대치하고 있는 분단국이고 반세기 전 전쟁을 했으며 핸드폰을 잘 만든다는 것 정도였다. 그런데 갑자기 태평양을 건너 뉴욕 한복판에 등장한 한 남자가 엘리스를 도서관으로 향하게 만든 것이다.

"그런 눈은 태어나서 처음 봐."

부적처럼 핸드백 속에 있던 유화 붓을 만지작거리며 중얼댔다. 남자의 눈이 아직도 자신을 보고 있는 것처럼 느껴졌다. 대체 왜 달아난 걸까. 그는 화상을 입지도 않았고, 수갑을 찬 범죄자도 아니었다. 버스는 느릿느릿 웨스트 스트리트에 들어서고 있었다. 얼마 전 테러를 당했던 뉴욕은 전쟁터로 변해 있었다. 거리 여기저기에는 중무장한 경찰과 주 방위군으로 가득했고 검문 덕분에 도로는 주차장을 방불케 했다. 특히 무너져 버린 월드 트레이드 센터 주변은 군과 경찰에 의해 봉쇄되어 모든 버스가 거북이걸음을 하고 있었다. 엘리스가 탄 버스도 서서히 그라운드 제로로 들어서고 있었다. 경찰 통제선이 처진 웨스트 스트리트는 늦은 시간임에도 희생자들을 추모하는 사람들로 인산인해를 이루고 있었다. 엘리스도 이 거리를 지날 때면 마음이 아팠다. 테러 당시 그녀도 현장에 있었다. 그날 뉴욕은 삼백 년 역사 중 지옥에 가장 근접해 있었다. 세계로부터 추앙받던 도시는 한순간에 폐허로 변했고 사람들은 반쯤 정신이 나가 있었다. 하지만 그 와중에도 사람들은 약속이나 한 듯 구조를 위해 몸을 아끼지 않았고 엘리스 역시 그들 사이에서 도움을 주기 위해 최선을 다했다.

"모두 평온하길."

엘리스가 당시 기억을 떠올리며 기도를 했다. 그 순간이었다. 추모 인파 중에 검은 머리의 남자가 보였다. 그는 서로 다른 빛깔의 눈으로 그라운드 제로를 응시하고 있었다. 그 사람이었다.

"아저씨, 여기서 내려요!"

버스가 멈추자마자 엘리스는 인파 속으로 파고들었다. 남자는 경찰 통제선 바로 앞에서 국화 한 송이를 든 채 슬픔에 잠겨 있었다. 그는 180센티미터 정도의 키에 검고 곱슬거리는 머리를 어깨까지 늘어뜨리고 누군가에게 빌린 듯한 낡은 파일럿 점퍼를 입고 있었다. 하지만 허름한 차림에도 불구하고 그의 자태에선 묘한 기품이 풍겼다. 그것은 언젠가 봤던 일본 영화에서 적의 칼 앞에서도 고고함을 잃지 않던 사무라이를 연상시켰다.

"사랑하는 분을 잃었군요."

엘리스는 그의 신비로운 눈을 다시 보고 싶었지만 남자는 돌아보지 않았다.

"당신은 날 찾지 말았어야 해요, 엘리스."

외모만큼이나 섬세한 목소리였다.

"당신이죠? 나한테 선물을 보낸 사람이."

"선물은 맘에 들어요?"

"사람이 말을 할 땐 쳐다보는 게 예의 아닌가요?"

그러자 남자가 돌아봤다. 가까이서 보니 그의 눈은 더욱 아름다웠지만 돌이킬 수 없는 슬픔으로 가득 차 있었다. 마치 세상에 일어난 나쁜 일들이 모두 자신의 책임인 양 스스로를 자책하는, 무겁고도 어두운 눈이었다. 그것이 엘리스를 더욱 깊숙이 빨아들이고 있었다.

"왜 나한테 선물을 보낸 거죠? 난 당신을 처음 봐요."

"당신은 운명을 믿나요?"

"차라리 우연을 믿어요."

사실 엘리스는 누구보다 운명을 믿고 있었다. 모네를 사랑하게 된 것도, 이곳 뉴욕에 오게 된 것도, 그리고 저 멀리 동양에서 온 이 남자를 만나게 된 것도, 모두 가느다랗지만 끊어지지 않는 운명의 실로 연결된 덕분이라고 굳게 믿고 있었다. 그러나 엘리스는 남자의 진심을 알아야만 했다.

"당신은 누구죠?"

"나도 내가 누군지 몰라요."

"철학적으로 따지면 우리 모두 누군지 모르죠. 하지만 내 말은 그런 뜻이 아니잖아요."

남자가 처음으로 미소를 지었다. 솜털처럼 가볍지만 솜사탕처럼 달콤한 미소.

"왜 날 찾아온 거죠?"

"왜냐면 당신을 한 번이라도 봐야만 했기 때문이에요. 그리고 당신을 처음 본 순간 정말 다행이라고 생각했어요."

"왜요?"

"당신이 아름다워서요."

엘리스는 웃지 않을 수 없었지만 이내 감정을 숨기고 냉정한 모습을 보이기 위해 노력했다. 그때 남자가 한 발 다가왔다. 그의 숨결에서 솔잎향이 났다.

"엘리스, 당신 마음 이해해요. 처음 보는 남자가 나타나서 갑자기 선물을 주고 이상한 말만 늘어놓으니까. 하지만 세상에는 이해할 수 없는 일들이 많아요. 당신을 사랑하게 된 것도 그중 하나예요."

"날 사랑한다고요?"

"그래요. 당신을 사랑해요."

그건 엘리스가 태어나 처음으로 받은 사랑 고백이었다. 저 멀리 콜로라도에서 그라운드 제로까지 날아와 생면부지의 동양 남자로부터 받은 사랑 고백. 엘리스는 갑자기 어지러웠다.

"언제부터 날 지켜본 거죠?"

"당신을 처음 본 건 한 달 전이에요. 하지만……."

"하지만 뭐요?"

"우리는 아주 오래전부터 서로를 알고 있었어요."

이제 갓 스무 살이 됐을 법한 청년이 세상을 다 산 듯한 말투를 썼다.

"당신은 내가 만난 사람 중에서 가장 이상한 사람이에요."

"이해해요."

두 사람은 잠시 서로의 눈을 바라보았다. 그건 찰나와도 같이 짧은 순간이지만 오랜 시간 사지를 헤매다가 간신히 제자리를 찾은 방랑자들의 만남처럼 강한 인상을 남기고 있었다.

"이제 돌이킬 수 없어요, 우린……. 하지만 당신이 선택해야만 해요."

가야는 조심스럽게 주머니에서 뭔가를 꺼냈다. 그것은 간단한 이니셜이 새겨진 은팔찌였다.

"엘리스, 이건 선물이 아니에요. 신호기예요. 잘 들어요. 만약 나를 다시 보고 싶다면 이걸 차고 있어 줘요. 만약 당신이 이걸 안 차고 있으면 난 두 번 다시 당신 앞에 나타나지 않을 거예요."

이 말을 남기고 남자는 자리를 떴다. 그가 멀어져 가는 동안 엘리스는 팔찌를 든 채 멍하니 그의 뒷모습을 바라보고 있었다.

이야기를 하던 엘리스의 얼굴이 십 년 전으로 돌아간 듯 생기가 넘쳤다.

"그게 그와의 첫 만남이었어요."

어느새 담배는 재가 되어 사라지고 필터만이 남아 있었다.

"그 친구가 부럽군요."

"왜요?"

"여자 마음을 잘 아는 거 같아서요."

현실로 돌아온 엘리스는 사이먼의 손을 바라봤다. 왼손에 결혼

반지가 끼여 있었다.

"부인과 사이가 안 좋은가 보죠?"

사이먼은 흉터를 감추듯 왼손을 슬쩍 주머니에 넣었다.

"아 참. 지금 몇 시죠?"

"거의 세 시가 다 됐네요."

엘리스는 문득 잊고 있던 게 생각났는지 어디론가 급히 전화를 걸었다.

"신가야가 준 그 팔찌 좀 볼 수 있을까요?"

"옷장 선반에 보면 상자가 있을 거예요."

그때 상대방이 전화를 받았다.

"여보세요? 미구엘. 저 엘리스예요. 당신 솜씨가 필요해요. 난간이 부서졌어요. 이 근처에 있다고요? 정말 다행이에요."

엘리스가 수선공과 전화를 하는 사이 사이먼은 옷장 문을 열었다. 그녀의 말대로 선반 위에 큼지막한 상자가 있었다. 상자는 플루토늄이라도 들었는지 테이프로 여러 겹 묶여 있었다. 잭나이프로 상자를 해체하자 내용물이 나타났다. 내용물들은 또다시 지퍼락으로 밀봉되어 있었는데 자질구레한 잡동사니들이었다. 이탈리안 레스토랑의 냅킨, 고전 영화 전용관 극장표, 솜사탕 막대기, 그리고 한 번도 사용 안 한 프랑스제 유화 붓 등등. 한눈에 신가야와의 추억이 담긴 물건이라는 걸 알 수 있었다. 그중에서 은팔찌를 찾기란 어렵지 않았다. 팔찌는 어디서나 볼 수 있는 흔한 것이었는데 작은 고리들로 연결된 줄과 얇은 바로 이루어져 있었다. 그리고 바에는 음각으로 이니셜이 새겨 있었다.

FIDE 911

　생일 선물에 어울리는 낭만적인 문구는 아니었다. 사이먼은 가야가 팔찌를 건네주며 일종의 신호기라고 했던 말을 기억하고 있었다. 그렇다면 뭔가를 전하기 위한 일종의 코드일 가능성이 있었다.

　"믿음이라는 뜻의 라틴어예요. 911은 가야가 저를 처음 본 날이고요."

　"가야를 처음 만난 게 그날이 아니었단 말인가요?"

　"그래요. 나중에야 기억난 건데 그를 만난 건 테러가 벌어졌던 현장에서였어요."

　"그 얘기, 좀 자세히 해 줄 수 있어요?"

　그때 벨 소리가 났다. 수선공이었다.

　"미안하지만 지금 난간을 고쳐야 돼요. 내가 방을 뒤지려고 했다는 걸 미셸이 알면 적어도 한 달은 들들 볶일 거예요."

　"엘리스, 이건 누군가의 목숨이 걸린 중요한 문제예요. 그깟 난간 때문에……."

　"그깟 난간이 아니에요. 당신은 미셸이 어떤 아인지 몰라서 그래요. 그 애가 열 받으면 여긴 정말 전쟁터가 된다구요. 무슨 말인지 알겠어요?"

　사이먼은 더 이상 묻지 못하고 집을 나설 수밖에 없었다.

뉴욕 사무실로 돌아가는 내내 사이먼은 엘리스의 이야기 속에 숨어 있는 단서를 찾기 위해 노력했다. 겉으로 보기엔 흔한 러브 스토리였지만 그에게는 핵무기 제조 공식이 들어 있는 암호 메시지처럼 느껴졌다.

"바돌로매 드 피코……."

그것은 이탈리아어로 '바돌로매의 무화과나무'라는 뜻이었다. 바돌로매는 도마와 함께 아시아로 전도 여행을 떠났던 예수의 열두 제자 중 한 명이었고 무화과나무는 바돌로매가 예수를 처음 만난 장소였다.

"식당 이름 한번 거창하군."

사이먼은 가야가 낭만적인 분위기 때문에 그 식당을 선택한 게 아니라고 확신했다. 그건 단순한 직감이 아니었다. 가야는 이미 747기 테러를 예견했고 충돌한 세스나기의 조종사 이름을 십 년 전에 언급했다. 우연이라고 하기엔 퍼즐의 모서리가 너무도 정확히 들어맞고 있었다. 사이먼을 태운 쉐보레 타호는 뉴저지 턴파이크를 지나 베이브리지로 들어서고 있었다. 핸드폰 속 인터넷 창의 스크롤바를 연신 내리며 검색을 계속하던 사이먼은 한 블로그에서 멈췄다.

돌모매의 아들을 의미하는 바돌로매는 부칭(父稱)이었다. 마태와 마가와 누가는 그를 바돌로매라고 부르는 반면 사도 요한은 나다나엘이라는 이름을 사용했다.

"나다니엘?!"

이틀 전 암살당한 기업가 역시 나다니엘이었다. 게다가 이천 년 전 나다니엘 역시 전도를 위해 도착한 아르메니아에서 처참하게 참수를 당했던 것이다. 연결되어 있었다. 그렇다면 팔찌에 새겨진 내용 역시 뭔가를 암시하는 게 분명했다.

"FIDE…… 어떤 단체의 약자인가."

사이먼은 FBI 자료실에 접속하여 FIDE와 연관된 자료를 검색하기 시작했다. 그때 핸드폰이 울렸다.

"무슨 일이야?"

동료이자 자료 분석 요원인 론이었다.

"워싱턴에서 나다니엘 밀스타인 자료가 도착했어."

"그건 이미 알고 있는 내용이잖아. 747기 소유주 자료나 찾아보라니까."

나다니엘 밀스타인은 세계 곡물 업계의 거물이었다. 세계 최대의 곡물 기업인 캔톤의 창업자이자 대주주였고 농무부장관과 현 미국곡물협회 회장직을 맡고 있는 실력가였다. 캔톤 산하에는 무려 100여 개의 자회사와 800여 개의 공장이 있었고 밀가루에서부터 햄버거 패티, 심지어 개 사료까지 곡물과 축산물이 들어가는 모든 제품을 생산하고 있었다. 1981년 경쟁 업체이던 GFI(General Food Industries)마저 합병하여 현재는 세계 곡물 시장의 40퍼센트 이상을 장악한, 그야말로 식탁 위의 제왕이었다. 캔톤은 랭글리의 CIA 본부를 능가하는 위성망과 정보 체계를 갖춰 세계 곡물 작황을 각국 정부보다 먼저 파악하는 것으로 알려져 있었다. 이 엄청난 정보력과 시장 지배력을 이용해 매점매석하는 것으로 유명했고, 때문에 모든 NGO들의 첫 번째 표적이었다. 그러나 나다니엘 개인에 관해서는 세상에 알려진 게 거의 없었다. 그는 언론에 노출된 적이 없는 비밀스러운 인물로 백악관 만찬 때도 외부와 철저히 봉쇄된 상태에서 밀담을 나누는 것으로 유명했다. 세상에 알려진 그의 사진은 1941년 군 당국과 보급 식량 납품 계약을 체결하는 자리에서 아이젠하워와 찍었던 것이 유일했다. 그런 그가 이틀 전 제퍼슨 호텔 정문에서 총격을 받고 사망한 것이다. 그의 나이 87세였다. 당시 그는 자회사 CEO들과 회의 중이었던 것으로 알려졌지만 그 내용은 알 수 없었다.

그런데 이상한 점이 있었다. 나다니엘은 본사가 있는 애리조나 저택에서 모든 회의를 진행하는 것으로 알려져 있었다. 위성을 통한 영상 회의가 대부분이었고 특별한 경우를 위해 그의 저택에는 전용 비행기는 물론 활주로까지 갖춰져 있었다. 그런 그가 왜 워싱턴의 제퍼슨 호텔에서 회의를 한 걸까. 또 한 가지 이상한 점은 그가 올 때 사용했던 헬기를 놔두고 굳이 자가용 리무진을 이용했다는 점이었다. 보고서에 적힌 당시 상황은 이러했다.

이틀 전 새벽 4시 35분. 제퍼슨 호텔 입구에서 여섯 명의 경호원에 둘러싸여 대기 중이던 리무진으로 이동하던 나다니엘을 향해 두 발의 총격이 가해졌다. 한 발은 머리에, 다른 한 발은 심장에 정확히 명중했다. 대기 중이던 리무진은 대전차지뢰에도 견딜 수 있는 방탄 차량이었으며 입구에서 리무진까지 거리는 10미터도 채 되지 않았다. 그 짧은 시간에 범인은 정확히 급소를 명중시킨 것이었다. 시신에서 나온 총알로 볼 때 사용된 총은 러시아제 드라구노프 반자동 소총이었다. 러시아와 동유럽, 아프리카 등지에서 주로 사용되는 저격용 소총이었다. 사건 발생 직후 도로를 모두 봉쇄하고 인근 건물을 수색했지만 범인의 흔적은 찾을 수 없었다. 여러 정황으로 볼 때 범인은 제3세계 특수부대 출신으로 누군가로부터 사주를 받은 전문 킬러가 틀림없었다. 문제는 용의선상에 오른 인물이 헤아릴 수 없이 많다는 사실이었다. 그는 NGO들의 블랙리스트 1순위였고 개발도상국 농부들의 공동의 적이었다. 과장하면 인류의 5분의 1이 용의자였다.

"미안하지만 그건 빙산의 일각에 불과해."

"그럼 또 뭐가 있단 말이야?"

"나다니엘 밀스타인은 여러 분신 중 하나일 뿐이야. 그 사람, 각 나라마다 이름을 하나씩 가지고 있어. 제임스 오타드, 자크 루이스 모로, 허버트 코프만, 다니엘 월레스 등 무려 일곱 개나 돼. 국적도 가지가지야. 영국, 프랑스, 심지어 남아프리카도 있어."

"그게 가능한 일이야? 이중국적도 아니고 무려 일곱 개 나라?"

"가능한지 안 한지는 들어 봐. 우선 남아프리카 국적인 다니엘 월레스에 대해 얘기해 보면 세계 최대 보석 회사인 더 디바인의 최대 주주야. 잘 알겠지만 더 디바인은 다이아몬드와 사파이어, 루비 등 세계 3대 보석의 원석 시장 점유율 중 무려 70퍼센트나 차지해. 그중 다이아몬드 원석의 경우 점유율이 90퍼센트에 육박하지. 뿐만 아니라 세계 최대의 석탄 및 철광 회사 OTC 센트럴 서플라이의 주식도 38퍼센트를 가지고 있어. 다음으로 자크 루이스 모로를 보면 세계 7대 메이저 석유 회사 중 엑슨 모빌, 텍사코, 브리티시 국영 석유 회사를 제외한 4대 기업의 대주주이고 러시아 국영 회사인 로스네프트와 합작으로 러시아 대륙붕 원유 시추까지 하고 있어."

"한마디로 세계 곡물과 광물을 쥐락펴락하는 사람이군."

"한 나라를 굶겨 죽일 수도, 먹여 살릴 수도 있는 사람이지."

"그런데 신가야는 그 사람과 무슨 관계기에 죽인 걸까?"

"신가야? 그게 누구야?"

"어? 아무것도 아니야."

사이먼은 아직 편지 내용을 누구에게도 공개한 적이 없었다. 상부에 보고하기엔 정황상 허위 경고장일 가능성이 있었기 때문이었다. 게다가 조사한 바에 의하면 신가야는 제대로 된 자료조차 없는 한국의 이민자였다. 그는 열아홉 살 때 홀로 취업 이민을 했는데 고등학교 중퇴 학력에 변변한 자격증조차 갖고 있지 않았다. 그런 그가 영주권을 받을 수 있었던 건 모두 그를 초청한 어느 단체 덕분이었다. 그 단체의 이름은 '카이헨동 연구소'로 인간의 심리를 연구하는 곳으로 알려져 있었다. 그곳에서 가야를 특별 연구원 자격으로 초청했던 것이다. 하지만 정확히 무엇을 연구했는지는 알 수 없었다. 가야는 급료로 매달 3,700달러를 받았고 세금도 꼬박꼬박 냈다. 연구소에서 제공한 아파트에서 살았으며 이민 온 다음해에는 운전면허증도 취득했다. 그렇게 무미건조한 오 년을 보내던 어느 날 브루클린 뒷골목에서 스스로 머리를 쏴서 자살한 것이다.

"747기 주인에 대해서 알아낸 거 없어?"

"DNA 분석 결과가 막 나왔어. 안톤 쉬프라는 사람인데 놀라운 건 이 사람도 나다니엘 밀스타인만큼 엄청난 거물이라는 거야. 우선 미국 내 10위권 방산 업체 중 일곱 개 업체의 대주주일 뿐만 아니라 유로파이터 전투기를 생산하는 유럽 항공 방어 우주 산업, 프랑스의 닷소사와 영국의 로얄 브리튼, 이탈리아의 어거스트 웨스트랜드 등도 이 사람 영향권 내에 있어."

"이번엔 방산 업체의 대부로군."

"맞아. 차세대 미사일 방어 계획도 이 사람 주도하에 이루어지고 있어. 상하원 국방 예산 위원회도 상당수가 쉬프의 심복들로 채워져 있대. 사건이 사건인지라 국장이 직접 챙기고 있어. 모든 내용을 일급 기밀에 부치라는 공문이 각 부서에 하달됐고. 뭔가 엄청난 일이 벌어지고 있어."

"그 말은 당분간 골치 아파진다는 얘기지."

사이먼을 태운 차는 베이브리지를 지나 뉴욕으로 들어서고 있었다.

FIDE를 약자로 사용하는 단체 중 가장 유명한 곳은 세계체스연맹이었다. 본부는 스위스 로잔에 있었고 뉴욕 렉싱턴 에비뉴에도 지부가 있었다. 사이먼은 그곳을 찾아가 'FIDE 911'에 관해 물었지만 마땅한 단서를 찾을 수 없었다. 회원국도 아닌 한국에서 온 신가야가 회원일 리 없었고 당연히 그를 아는 회원도 없었다. 천재 체스 선수 보비 피셔의 숨은 체스 기법도 아니었고 뉴욕을 체스 판으로 삼아 살인을 벌이는 연쇄 살인마의 다음 한 수도 아니었다. 사이먼은 혹시나 회원 전용 로커까지 살폈지만 911번은 텅비어 있었다. 다음으로 FIDE를 사용하는 단체는 국제치과의사연맹이었다. 하지만 그곳은 그저 전 세계 치과 의사들이 어떻게 하면 세무서와 보험회사의 감시망을 뚫고 더 많은 이익을 창출할 수있을지 고민하는 단체일 뿐이었다. 그곳 말고도 다양한 단체가 같은 약자를 사용하고 있었지만 사건과는 무관해 보였다.

"자동차 번호판? 아니면 장소를 말하는 건가?"

사이먼은 나침반도 없이 사막 한가운데 떨어진 기분이었다. 단서는 나타날 기미가 보이지 않았고 러시아워의 뉴욕은 화려한 네온사인 불빛과 함께 거대한 주차장으로 변해 가고 있었다.

"분명 장난 편지가 아니야. 내일 누군가 또 죽게 될 거야."

경험에 의하면 연쇄살인의 경우 반복되는 일정한 패턴을 갖고있었다. 그것을 분석하는 게 사이먼이 하는 일이었다. 하지만 이번 경우는 일반 연쇄살인범과는 차원이 달랐다. 편지의 내용이 사실이라면 십 년 전 사망한 용의자가 제3자를 이용해 살인을 저지르고 있었다.

"그러고 보니 하루종일 머핀밖에 못 먹었잖아."

사이먼의 차는 지하철이 덜컹대며 지나는 고가도로 아래를 지나고 있었다. 사이먼은 샌드위치라도 먹어야겠다고 생각하며 주위를 둘러보았다. 저만치 길모퉁이에 핫도그 가판대가 보였다.

"맨날 이놈의 핫도그 아니면 케밥이군."

제대로 된 식사를 한 게 언젠지 기억도 나지 않았다. 사이먼은 잔뜩 밀려서 멈춰 버린 차에서 내려 핫도그를 사러 가려 했다. 그 때였다. 길 건너편 건물에 걸려 있던 네온사인이 시선에 들어왔다.

"FIDE 호텔⋯⋯."

붉은색과 녹색 글자가 한데 뒤엉켜 깜빡이고 있었다. 정확히 말하면 'FIDELIA 호텔'이었다. 간판이 낡아서 중간중간 전구가 꺼진 덕분에 'FIDE'로 보였던 것이다.

"설마⋯⋯."

하지만 현실은 상식과 거리가 멀며 수백 페이지의 분석 자료보다 우연이 강력한 힘을 발휘한다는 걸 사이먼은 경험을 통해 익히 알고 있었다. 사이먼은 핫도그를 포기하고 호텔로 달려갔다.

호텔은 식료품점과 세탁소가 자리 잡은 건물 2층에 위치하고 있었는데 별 한 개도 아까울 정도로 싸구려였다. 로비에는 출근을 준비하는 창녀들이 화장을 하며 수다를 떨고 있었고 그 너머로 방탄 창이 드리워진 카운터가 있었다. 사이먼은 호텔에 들어서자마자 층수를 확인했다. 호텔은 특이한 구조였다. 2층부터 6층까지가 객실이었고 7층과 8층은 사무실, 그리고 다시 9층이 호텔 객실이었다. 카운터에는 머리가 벗겨진 50대 남자가 TV를 보고 있었다.

"911호에 누가 있소?"

사이먼이 신분증을 보여 주며 물었다.

"투레라는 이름의 짐바브웨에서 온 흑인이요. 일주일 전부터 묵고 있어요."

"짐바브웨?!"

나다니엘의 저격범은 제3세계에서 온 킬러일 가능성이 농후했다.

"지금 있소?"

카운터 남자가 고개를 끄덕였다. 사이먼은 곧장 엘리베이터로 향했다. 손님이 없는지 9층은 지나치게 조용했다. 멀리서 지나가는 소방차 사이렌 소리가 다른 차원에서 들리는 듯 아득하게 멀어져 갔다. 사이먼은 복도를 지나 911호 앞에 멈췄다. 노크를 하기 전 사이먼은 허리춤에 차고 있던 권총의 안전장치를 해제했다. 그리고 똑똑. 하지만 대답이 없었다. 이번엔 조금 세게 두드렸다.

"누구요?"

굵고 절도 있는 말투였다.

"부탁하신 타월 가져왔습니다."

"타월 필요 없어."

사이먼은 다시 노크를 했다. 그러자 신경질적으로 문이 열리며 방 주인이 나타났다. 그는 2미터 가까운 거대한 키에 온몸이 근육질로 이루어진 흑인이었다. 머리는 모두 면도기로 밀었고 샤워를 하고 있었는지 실오라기 한 올 걸치고 있지 않았다. 강인한 광대뼈와 가느다란 눈은 허기진 야생 짐승처럼 위협적이었다. 종업원이 아닌 걸 눈치채고 문을 닫으려 하자 사이먼이 재빨리 발을 문틈에 끼워 넣었다.

"뭐야?"

남자가 잔뜩 경계를 하며 물었다.

"난 이틀 전 워싱턴에서 일어난 살인 사건을 조사하고 있소. 몇 가지 질문을 하고 싶은데 들어가도 되겠소?"

사이먼이 신분증을 보여 주며 말했다. 남자는 순간 쭈뼛했다. FBI 로고가 내부의 뭔가를 건드린 모양이었다.

"들어오시오."

사이먼은 조심스럽게 방으로 들어섰다.

"잠깐만 기다려 줘요. 옷을 좀 입겠소."

그는 화장실로 들어갔다.

"짐바브웨에서 여긴 무슨 일이오?"

사이먼이 방을 살피며 물었다. 하루 50달러짜리 호텔답게 방은 허름했다. 누우면 부서질 것 같은 낡은 침대에 녹이 잔뜩 슨 라디에이터, 제조 연도가 언젠지도 모르는 TV 등이 퀴퀴한 공기 속에 놓여 있었다. 커튼을 열면 당장이라도 80년대 뉴욕이 펼쳐질 것만 같았다.

"비즈니스요."

"무슨 사업을 하시오?"

"중고차를 수입해요. 부품도 같이."

방을 둘러보던 사이먼은 침대 옆에 놓여 있던 여행용 가방을 발견했다. 사이먼은 슬쩍 안을 살폈다. 가방에는 몇 벌의 스웨터와 속옷이 들어 있었는데 그중에 특이한 옷이 있었다. 그것은 제3세계 군인이 착용하는 황갈색 군복으로 어깨에는 대위 계급을 나타내는 붉은 계급장이 붙어 있었고 왼쪽 가슴에는 여러 개의 훈장이 달려 있었다. 군복을 들고 다니는 중고차 수입업자가 몇 명이나 될까. 사이먼은 뒤춤에 있던 총을 꺼냈다.

"재미는 좀 보셨소? 요즘 중고차 값도 많이 올랐던데."

"그래도 미국 좋아요. 차도 많고 자유의 여신상도 있고."

"그거 말고도 많지. 브로드웨이 뮤지컬도 괜찮고 쓸 만한 박물관도 몇 개 있고."

좁은 방이라 무언가를 숨길 곳은 그다지 많지 않았다. 사이먼은 서랍 몇 개를 열어 본 후 침대 밑을 살폈다. 그곳엔 또 다른 가방이 놓여 있었다. 가방은 군용 천으로 덮여 있었고 여기저기 긁힌 자국이 남아 있었다. 험준한 야전에서 생긴 상처가 분명했다. 사이먼은 가방을 꺼내려 손을 뻗었다. 그때였다. 남자가 화장실에서 뛰쳐나오며 총을 발사했다. 가방을 꺼내려고 엎드렸기에 망정이지 정통으로 총격을 당할 상황이었다. 남자는 계속해서 총을 쏘며 창문으로 달아났다. 바닥에 바짝 엎드려 있던 사이먼은 뒤늦게 응사했지만 남자는 이미 비상용 철제 계단을 내려가고 있었다. 사이먼도 정신을 차리고 뒤를 쫓기 시작했다. 남자는 오랜 훈련으로 단련된 군인처럼 날렵하게 난간과 난간 사이를 뛰어넘었다. 덕분에 사이먼과의 거리는 점점 벌어지고 있었다. 사이먼이 간신히 3층에 도착했을 때 남자는 이미 골목을 달리고 있었다. 그는 육상 선수를 연상시킬 만큼 빨랐다. 남자는 사거리가 나타나자 잠시 망설이다가 오른쪽 골목으로 들어갔다. 그는 사이먼이 안 보이자 안심하는 눈치였다. 하지만 사이먼에게는 남자에게 없는 무기가 있었다. 바로 이곳 지리였다. 그는 이 도시 구석구석을 손바닥처럼 알고 있었다.

"121번 도로로 갈 작정이군."

사이먼은 계단을 모두 내려가자 뒤를 쫓지 않고 반대편 건물 뒷문으로 들어갔다. 건물 안에는 중국 식료품점과 잡화상들이 있는 일직선 복도가 길게 이어져 있었고 끝에는 베이징덕 가게가 있었다. 그리고 그 가게는 곧장 121번가와 연결되어 있었다. 사이먼은 주저 않고 베이징덕 가게로 달려 들어갔다. 훈제된 오리들이 주렁주렁 매달린 주방 화덕을 지나 원반 테이블을 빠져나가자 대로가 나타났다. 거리는 퇴근길 인파로 북적였다. 그때 맨발의 흑인이 골목에서 뛰쳐나왔다. 그는 사이먼을 발견하자 다시 골목으로 달아나는 것이었다. 이번엔 해 볼 만했다. 사이먼은 총을 겨누며 남자의 뒤를 쫓았다. 그리고 자신의 장점을 이용했다. 남자가 갈림길에 도착할 때마다 총을 발사했다. 총알은 남자를 향하지 않고 벽에 날아가 박혔다. 그건 의도된 행동이었다. 사이먼은 남자를 막다른 골목으로 몰고 있었다. 그래서 남자가 갈림길에 도착할 때마다 원하는 길 반대편 벽을 쏴서 방향을 유도하고 있었다. 남자는 훈련된 군인답게 재빨리 응사하며 거리를 벌렸지만 사이먼의 덫을 향해 달리고 있었다. 이윽고 미로 같은 골목이 끝나며 커다란 벽이 나타났다.

"엄청 잘 뛰네. 짐바브웨 군인은 죄다 마라톤 선수인가 봐."

숨이 턱에 차서 도착한 사이먼이 총을 겨누며 말했다.

"한심하군. 소위 FBI 요원이라는 인간이 이걸 뛰고 헉헉대다니."

"미안하지만 난 필드 요원이 아니거든. 주로 분석을 하지. 하지만 이 정도면 나쁜 건 아니잖아. 어쨌건 잡았으니까."

남자가 씩 웃었다. 그의 손에는 아직도 총이 들려 있었다.

"쓸데없는 짓은 않는 게 좋아. 베레타는 탄창에 일곱 발이 들어가는데 넌 이미 다 쐈어. 그러니 서로 피곤한 짓 그만하자고."

남자가 허탈하게 자신의 권총을 바라봤다.

"총을 내려놔."

사이먼이 총을 겨눈 채 말했다.

"내가 받은 최고의 훈장은 은빛 무공 훈장이다."

남자가 낮은 목소리로 말했다. 사이먼은 분석 요원이었지만 사격에도 일가견이 있었다. 그러나 실제로 사람을 향해 총을 발사한 적은 한 번도 없었다. 그걸 눈치라도 챈 듯 남자가 천천히 사이먼을 향해 다가가기 시작했다.

"멈춰!"

남자는 사이먼의 경고에도 아랑곳 않고 다가오고 있었다.

"팔 년 전 나는 마풍가부시 숲에서 반군과 전투 중이었지. 주먹만 한 모기가 달려들고 강물은 온통 거머리투성이인 곳이야. 우린 그곳에서 보름간 전투를 벌였다. 화력에서 뒤처졌던 우리 부대는 전멸하고 나밖에 안 남았지. 그때 내가 갖고 있던 총알은 딱 열네 발. 놈들은 일개 대대였다. 하지만 나는 열네 발로 열여섯 명을 사살한 후 반군 지휘관을 생포해 부대로 복귀했다. 그때 받은 훈장이야. 그런데 부대로 돌아오고 나니 약실에 한 발이 남아 있더군."

남자는 계속해서 다가오고 있었다.

"경고한다. 멈추지 않으면 쏘겠어."

방아쇠를 움켜쥔 사이먼의 손가락이 떨리고 있었다.

"과연 이 총에도 한 발이 남아 있을까?"

둘 사이에 극도의 긴장감이 흐르고 있었다. 몇 초가 지났을까.

남자가 총을 겨눴다. 그 순간 사이먼이 방아쇠를 당겼다.

궁극의 아이 1

방문자

 약실은 비어 있었다. 방에서는 저격에 사용됐던 소총이 발견됐고 남자의 신원도 밝혀졌다. 그의 이름은 투레가 아닌 차막 알링기르였고 짐바브웨에서 훈장을 다섯 개나 받은 현역 군인이었다. 처음으로 사람을 사살한 사이먼은 현장 근처 계단에 앉아 있었다. 차막의 생명을 빨아들인 총열은 아직도 뜨끈했다.

 "총알이 없었어……."

 어쩔 수 없는 상황이었지만 지울 수 없는 죄책감이 몰려왔다.

 "처음이군?"

 현장을 수습하던 선배 요원이 물었다.

 "네……."

"나도 처음 사람을 죽인 날 잠을 못 잤지. 총에 맞아 죽어 가던 범인 모습이 계속 떠오르더군. 더 괴로운 건 아직도 잊히지 않는다는 거야."

얼굴에 시트가 덮인 채 앰뷸런스로 실리는 차막의 시신이 그의 눈에 들어왔다.

"넌 강을 건넌 거야. 두 번 다시 원래 있던 강 저편으로 돌아갈 수 없어. 그게 우리 운명이지."

선배 요원은 차막의 시신과 함께 현장을 떠났다. 사이먼은 차막의 사체가 놓여 있던 마킹 자국을 응시하고 있었다. 선배의 말처럼 영원히 흉터로 남을 한 발이었다.

"운명이라."

핸드폰이 울렸다. 론이었다.

"무슨 일이야?"

"해리 라임이 깨어났어."

해리 라임은 온몸에 3도 화상을 입고 뉴욕대학 메디컬 센터에서 치료 중이었다. 워낙 부상 정도가 심해 회생 가능성이 10퍼센트도 되지 않았다. 그런데 하루 만에 의식이 돌아온 것이다.

조사한 바에 의하면 해리 라임은 천재적인 엔지니어이자 사업가로 한때 시가총액이 수십억 달러에 달했던 LADS(Lime Aeronautical Defence System)라는 방산 업체의 대표였다. 그러나 천문학적 투자금이 들어간 차세대 미사일 방어 시스템이 경쟁에서 밀려나며 몰락하기 시작했고, 국방부와의 계약이 몇 차례 수포로 돌아가자 파산하여 경쟁 업체에 인수됐다. 몰락한 해리 라임은 실의에 빠져 지내다가 오늘 오전 자신의 경비행기를 몰고 흰색 747기로 돌진했던 것이다. 라임은 온몸에 붕대를 감은 채 산소호흡기를 물고 있었다. 팔에는 여러 색깔의 링거가 생명선처럼 연결되어 있었고 어린아이처럼 작은 숨소리가 호흡기를 타고 들려왔다.

"라임 씨, 내 말 들립니까?"

그러자 라임이 눈을 떴다.

"당신은 지금 안 좋은 상황에 처해 있어요. 당신이 낸 사고로 747기에 타고 있던 사람이 목숨을 잃었어요."

잠시 허공을 바라보던 라임이 힘겹게 입을 열었다.

"왜 날 살렸소. 그놈과 함께 죽으려고 했는데."

들릴 듯 말 듯 작은 목소리였다.

"그 말은 일부러 사고를 냈다는 겁니까?"

라임의 호흡이 거칠어졌다.

"747기에 누가 타고 있었는지 알고 있었군요?"

"나도 정확한 이름은 모르오. 딱 한 번 봤을 뿐이니까."

"그런데 왜 죽였죠?"

"놈이 내 꿈, 내 가족을 모두 산산조각 냈으니까."

그의 눈에서는 희망의 작은 부스러기조차 찾을 수 없었다.

"그 얘기를 해 줄 수 있겠습니까?"

라임은 마치 오랜 시간 잠수하기 위해 폐 가득 공기를 담으려는 듯 한참 동안 산소를 빨아들였다.

"내가 그를 만난 건 지금으로부터 십팔 년 전이오. 나는 당시 기존 재래식 폭탄을 정밀 유도폭탄으로 사용할 수 있는 장치를 개발하고 있었소. 그 시절 미 공군은 정밀도가 높은 레이저 유도폭탄 개발로 엄청난 양의 재래식 폭탄을 상당량 폐기 처분해야 하는 입장에 있었소. 하지만 레이저 유도폭탄도 완벽하진 않았지. 흐린 날씨에는 사용이 힘들었고 거금을 들여 전투기를 개조해야 하는 단점이 있었으니까. 그런데 내가 개발하던 활공형 유도 키트는 GPS 유도장치를 이용해 기존 재래식 폭탄을 유도폭탄으로 전환시키는 것이 가능했소. 날씨에 영향받지 않았고 전투기를 개조할 필요도 없었지. 게다가 레이저 유도폭탄의 10분의 1 가격이면 충분했거든. 만약 성공만 한다면 유도무기 체계를 바꿀 엄청난 게임 체인저였소. 그렇지만 문제가 있었소. 돈과 정부의 인가였지. 시제품을 만드는 데만 수백만 달러가 들었고 정부의 허가를 받는 데 수년이란 시간이 필요했소. 나처럼 가난한 발명가한텐 치명적인 시간이었지. 어쩔 수 없이 나는 아이디어를 기존 방산 업체에 팔기로 했소."

라임은 실의에 빠져 있었다. 그는 지난 삼 년의 세월을 낭비했다고 생각하고 있었다. 그의 책상에는 거의 완벽에 가까운 활공형 유도 키트의 설계도가 펼쳐져 있었지만 큼지막한 휴지 조각에 불과했다. 세상의 벽은 그의 생각보다 훨씬 높았다. 라임은 지난 몇 달 간 수십 차례에 걸쳐 방산 업체에 전화를 하고 편지를 보냈지만 그들은 지나치리만큼 냉담했다. 그는 아이비리그는커녕 대학 문턱에도 가 보지 못한, 작은 컴퓨터 회사의 엔지니어에 불과했다. 그런 그가 폭탄의 역사를 바꿀 엄청난 발명을 했다고 믿을 사람은 아무도 없었다. 이제 그의 지갑에는 고작 35달러가 남아 있었다. 라임은 그 돈을 들고 집을 나섰다. 35달러로 살 수 있는 가장 비싼 술을 사서 설계도를 안주 삼아 마실 생각이었다. 그때였다. 전화벨이 울렸다. 문고리를 잡았던 라임은 날듯이 달려가 수화기를 들었다.

"폭탄의 역사를 바꿀 발명가 해리 라임입니다."

하지만 상대방은 목매어 기다리던 방산 업체가 아니었다. 영국식 발음이 강한 노인이었다.

"라임 씨, 오늘 밤 9시 페어필드에 있는 트래비스 공군기지로 오시오. 그곳에 당신 발명품에 관심 있는 사람이 기다리고 있을 거요."

말을 마치자 상대방은 전화를 끊었다.

낡은 쉐비를 몰고 도착한 공군기지는 두 개의 활주로와 수십 개의 격납고를 갖춘 작은 군사도시였다. 전기 철책 선이 기지 전체를 감싸고 있었고 입구에는 진입 방지 턱과 여러 겹의 차단막이 둘러싸고 있어 철저히 외부와 격리되어 있었다. 한 번도 군 기지에 들어가 본 적 없던 라임은 입구에서 망설이고 있었다. 들뜬 기분에 무작정 달려와 보니 입장권이 없었던 것이다. 그는 초대한 사람의 이름조차 모르고 있었다. 라임은 일단 부딪혀 보기로 하고 입구 경비소로 향했다. 중무장한 군인이 라임의 차를 세웠다.

"무슨 일로 오셨습니까?"

"어, 그러니까 초대를 받았는데요. 누구냐 하면, 그게……."

경비병은 이해할 수 없다는 표정으로 바라봤다. 자신이 생각해도 어이가 없었다.

"미스터 라임?"

목소리가 들린 쪽으로 고개를 돌리니 어느 노인이 서 있었다. 그는 은빛 머리를 가지런히 빗어 넘긴 헤어스타일을 하고, 휴양지에 온 것처럼 하와이안 셔츠를 입고 토드 슈즈를 신고 있었다.

"네. 전데요."

그러자 노인이 조수석에 올라탔다. 그가 경비병을 향해 고개를 끄덕이자 차단막이 올라갔다.

"가시죠."

라임은 영문도 모른 채 기지로 들어갔다.

"당신이 전화한 사람입니까?"

"그렇습니다. 하지만 당신을 부른 분은 따로 있습니다."

그들은 F-16 전투기가 정비를 받고 있는 격납고를 지나 활주로로 향했다.

"나이 드신 분들이 살기에 적당한 곳은 아닌 것 같은데요."

그러자 노인이 씩 웃었다.

"저희 집은 하늘에 있습니다."

노인이 가리키는 방향으로 돌아서자 거대한 747기가 그들을 맞았다. 그것은 단순한 여객기가 아니었다. 미국 대통령이 타는 에어포스원과 똑같은 기종이었다. 조종석 아래에는 공중급유를 할 수 있는 흡유기가 장착되어 있었고 동체 뒷부분에는 열 추적 미사일을 따돌리는 플레어 발사 장치와 후미 레이더가 달려 있었다.

온통 새하얀 기체의 꼬리날개에는 붉은 악마 개구리 문양이 그려져 있었고 수화물 칸에 군인들이 보급품을 싣고 있었다. 하지만 군용이라고 하기엔 지나치게 고급품들이었다. 돔페리뇽 샴페인, 알마스 캐비아, 고베산 훈제 소고기 등 최고의 식재료들이었다.

"절 보자고 하신 분이 설마 대통령은 아니겠죠?"

"어쩌면 더 대단한 분일지도 모르죠."

노인이 탑승 계단을 가리키며 말했다. 라임은 얼떨결에 비행기에 올랐다. 비행기의 내부는 훨씬 감탄스러웠다. 그곳은 최고급 호텔의 로비를 연상시킬 정도로 화려했는데 벽면은 온통 여러 종류의 가죽과 고급스러운 나무 마감재로 뒤덮여 있었고 방금 유럽의 왕궁에서 가져온 듯한 바로크식 소파들이 페르시안 카펫 위에 놓여 있었다. 그 위에 별을 모아 놓은 듯한 크리스털 샹들리에가 달려 있었다.

"이쪽입니다."

안내를 받아 도착한 곳에는 불투명 유리문이 있었다. 일본 민속화 우키요에에 나오는 커다란 파도가 양각으로 그려진 유리문에 다가서자 자동으로 열렸다. 그러자 또 다른 세계가 펼쳐졌다. 그곳은 로비와는 달리 동양의 향취가 물씬 났는데 비행기 안이라고는 믿기지 않을 만큼 장관이었다. 대나무와 난을 빙 둘러 이루어진 작은 숲이 있었고 그 한가운데 고운 모래와 돌로 된 일본식 정원이 있었다. 정원 중앙에는 작은 차 테이블이 놓인 다다미 마루가 섬처럼 자리하고 있었다. 한마디로 일본의 고풍스러운 다실을 그대로 옮겨 놓은 듯한 분위기였다. 노인은 라임을 중앙의 차 테이블로 안내하고는 정원 숲속으로 사라졌다.

"날아다니는 궁전이 따로 없군. 대체 어떤 인간이 이런 데 살지?"

"세상의 끝을 본 사람이지."

라임은 놀라서 돌아봤다. 숲속에서 나타난 사람은 지팡이를 짚은 70대 노인이었다. 165센티 정도의 작은 키에 머리털은 하나도 남아 있지 않았고 풍경과 잘 어울리는 하얀 유카타를 입고 있었다. 하지만 일본인은 아니었다. 그의 파란 눈은 투명한 물잔에 푸른색 잉크를 떨어뜨린 것처럼 맑고 투명했다. 그가 천천히 정원을 지나 다가왔다. 가까이서 보니 그의 피부는 유카타만큼이나 하얗게 보였는데 마치 태어나 한 번도 태양을 못 본 사람 같았다. 그가 테이블에 앉자 안내했던 노인이 녹차가 든 다기(茶器)를 가져왔다. 유카타를 입은 노인은 말없이 차를 만들었다. 다도에 관해 전혀 모르던 라임이었지만 노인이 차를 제대로 만들고 있다는 걸 알 정도로 능숙한 솜씨였다. 이윽고 차가 모두 우러나자 노인은 정중히 권했다. 그때 비행기가 움직이기 시작했다. 비행기는 활주로로 이동하더니 곧장 이륙했다. 커다란 엔진음이 기체를 흔들었지만 노인은 조용히 차를 마시고 있었다. 조종사는 정교하게 이륙 각도를 조종해 잔이 쓰러지거나 물이 넘치지 않도록 능숙하게 비행기를 몰았다. 이윽고 비행기가 순항고도에 이르자 주변은 다시 고요해졌다.

"차 맛이 어떤가?"

"아주 좋습니다."

노인은 마치 외과 수술로 감정이라는 장기를 제거한 것처럼 무표정했다.

"자네가 만든 게 뭔지 아나?"

노인이 차를 마시며 물었다.

"전쟁의 양상을 획기적으로 바꿀 괴물입니다."

라임이 자신 있게 대답했다. 노인은 마음에 안 드는지 미간을 찌푸렸다. 그리고 라임의 머릿속에 들어가 필요한 자료를 찾듯 한참을 바라봤다.

"보르지아 가문이 권력을 잡은 삼십 년간 이탈리아에서는 전쟁과 테러, 살인, 유혈 참사가 끊이지 않았지만, 그들은 미켈란젤로, 레오나르도 다빈치와 르네상스를 창조했네. 반면, 스위스 사람들은 끈끈한 동포애로 뭉쳐 오백 년 동안 민주주의와 평화를 누렸지. 그런데 그들은 과연 무엇을 만들었을까? 뻐꾸기시계야. 자네는 르네상스와 뻐꾸기시계 중 하나를 고르라면 무엇을 선택하겠나?"

이상한 질문이었다. 라임은 잠시 고민에 빠졌다. 과연 이 엄청난 비행기의 소유주라면 어떤 답을 원할까.

"저라면 르네상스를 선택하겠습니다."

"이유는?"

"앞으로 나아가기 위해 희생은 필수적입니다. 그걸 두려워해서는 앞설 수 없습니다."

"그 말 꼭 기억하겠네."

노인이 날카롭게 노려보며 말했다. 그의 눈은 돌이킬 수 없는 메피스토펠레스의 계약서를 연상시켰다.

호흡이 거칠어진 라임은 잠시 숨을 골랐다.

"뻐꾸기시계……."

사이먼이 가야의 말을 떠올리며 중얼댔다. 또다시 연결되고 있었다. 이제 사이먼은 가야의 편지가 망상가의 허튼소리가 아님을 확신하고 있었다.

"그리고 나는 투자를 받았소. 내가 비행기에서 내리자마자 그는 필요한 모든 걸 제공했소. 나는 회사를 설립하고 시제품을 만들어 공군 참모총장이 보는 앞에서 멋지게 표적을 명중시켰소. 모든 재래식 폭탄에 내 발명품이 장착됐고 걸프전에서 엄청난 전과를 올렸소. 회사의 주가는 300배가 넘게 뛰었고 나는 억만장자가 되었소. 그렇게 꿈같은 칠 년이 흘렀소."

라임을 태운 은색 메르세데스는 LA 다운타운을 지나 US 뱅크 타워 앞에 멈췄다. 운전기사가 문을 열어 주자 베르사체 정장을 멋지게 차려입은 라임이 차에서 내렸다.

"에드몬드 장군한테 직접 들은 내용이야. 지금 당장은 멍청한 스톡 브로커 놈들이 주식을 내다 팔겠지만 석 달만 있으면 땅을 치고 후회하게 될 거야. 차세대 미사일 방어 계획은 분명히 국회 승인을 받게 되어 있어. 그러니 잔말 말고 시키는 대로 해."

통화하는 사이 엘리베이터는 어느새 35층에 도착해 있었다. 문이 열리자 기다리고 있던 비서가 다가왔다.

"2시에 하니콤사 간부들과 회의실에서 GPS 정밀도 관련 미팅이 잡혀 있습니다. 이게 오늘 아침 수신된 회의 자료입니다."

"내일로 미루자고 해. 에드몬드 장군을 만나는 게 먼저야. 또?"

"편지를 했던 발명가가 기다리고 있습니다."

라임이 걸음을 멈췄다.

"발명가?"

"석 달 동안 매일 대표님께 편지를 썼던 발명가, 기억 안 나세요? 오늘 약속 잡으라고 하셨잖아요."

라임은 그제야 기억이 떠올랐다. 한 무명 발명가가 매일 자신의 발명품을 설명할 기회를 달라고 편지를 썼던 것이다. 편지를 읽은 라임은 오래전 자신의 모습이 떠올라 그를 만나기로 했던 것이다. 사무실 입구 대기실에 이제 갓 스무 살이 됐을 법한 동양 청년이 앉아 있었다. 그는 라임을 보더니 정중히 인사를 했다.

"자네가 편지를 했던 친군가?"

"그렇습니다."

"들어오게."

라임은 무명 발명가를 데리고 자신의 방으로 들어갔다. LA 전경이 내려다보이는 멋진 방이었다.

"이름이 뭔가?"

"신가야라고 합니다."

"일본인인가?"

"한국에서 왔습니다."

"그래. 내게 보여 주고 싶다는 게 뭔가?"

라임이 회의 테이블에 앉으며 물었다. 그러자 가야의 입가에 미묘한 움직임이 있었다.

"사실 전 발명가가 아닙니다. 대표님께 긴히 드릴 말씀이 있어서 거짓말을 했습니다. 죄송합니다."

"할 말?"

가야가 잠시 망설이다가 입을 열었다.

"십 년 후 당신은 이 모든 걸 줬던 사람 때문에 모든 걸 잃게 될 겁니다. 심지어 가족마저도. 만약 그때 다시 새하얀 747기에 타고 싶으면 십 년 후 오늘 오전 열 시 JFK 국제공항에 가 보세요."

이 말을 남기고 가야는 방을 나섰다.

심전도 측정기의 신호음이 규칙적으로 울리는 중환자실에는 회상의 잔재가 음울하게 떠돌고 있었다.

"이상한 청년의 저주에도 불구하고 회사는 번창했소. 그중에도 가장 심혈을 기울였던 건 차세대 미사일 방어 계획이었소. 경쟁사들이 개념도 못 잡고 있을 때 우리는 이미 기술 개발 단계에 있었으니까. 그건 내 생애 최고의 작품이었소. 경쟁사들은 단순히 레이더를 이용한 위치추적과 정확도에 목숨을 걸고 있었소. 그건 바늘로 모기를 잡기 위해 매일 밤 고된 훈련을 하는 거나 마찬가지였지. 하지만 나는 개념 자체가 달랐소. 작고 재빠른 모기를 잡기 위해선 큼지막한 파리채가 효과적이란 걸 알고 있었으니까. 우리의 방어 시스템은 미사일 한 개에 서른두 개의 소형 탄두를 장착하는 다탄두 요격 시스템이었소. 날아오는 적의 미사일 앞에 미사일 장막을 치는 거지. 둘의 차이점은 실제 실험에서 극명하게 차이가 났소. 경쟁사의 시스템이 요격률 70퍼센트를 넘지 못할 때 우리 시스템은 무려 90퍼센트에 달했던 거요. 우리 시스템이 채택되는 건 불을 보듯 뻔한 일이었소. 드디어 방위산업계의 골리앗들을 물리치고 주도권을 잡게 된 거요. 그런데 그 순간 한 통의 전화가 왔소."

라임은 말리부 해변을 달리고 있었다. 그가 직접 차를 몰고 도시 외곽 해변까지 온 것은 서핑을 하기 위해서가 아니었다. 해변가에는 LA에서 가장 유명한 클램차우더 식당이 있었다. 라임은 거의 매일 그 식당을 방문하고 있었다. 모두 아내를 위해서였다. 임신 8개월인 아내는 배가 불러오자 먹지도 않던 클램차우더 수프를 거의 매일 찾았던 것이다. 결혼 육 년 만에 첫아기를 갖게 된 라임은 클램차우더 한 그릇을 위해 매일 대륙을 횡단할 수도 있었다. 퇴근길 고속도로는 거북이걸음을 하고 있었다. 그때 핸드폰이 울렸다.
"여보세요?"
해변을 따라 붉은 노을이 따라오고 있었다.
"내 목소리를 기억하겠나?"
분명 낯익은 목소리였다. 점잖지만 상대방을 꿰뚫는 날카로운 목소리.
"하얀 747기의 주인……."
라임의 오늘이 있게 한 익명의 투자자, 유카타 노인이었다. 그의 목소리를 들은 건 십칠 년 전 새하얀 747기에서 차를 마신 후 처음이었다.

"아, 안녕하셨습니까."

"아기가 생겼다고. 축하하네."

"모두 어르신 덕분입니다. 그런데 어쩐 일로……."

노인은 잠시 침묵을 지켰다. 몇 초 되지 않는 시간이었지만 폭풍 전날의 항구처럼 긴장감이 흘렀다.

"이번 미사일 방어 계획 입찰에서 빠져 줘야겠네."

십칠 년 만에 나타난 노인의 요구는 치명적이었다.

"이유가 뭐죠?"

"우리는 계단을 하나씩 오르는 걸 좋아하네. 그런데 자넨 밟아야 할 계단을 건너뛰었어."

"저기…… 뭔가 잘못 아시는 것 같은데. 그때 제게 투자해 주신 거 감사하게 생각하고 있습니다. 진심이에요. 제가 도와 드릴 수 있는 거라면 뭐든 해 드릴 생각입니다. 하지만 이건 도가 지나쳐요. 이번 사업은 제 인생이 걸린 일입니다."

"내가 십칠 년 전 했던 말 기억나나?"

"네, 기억하고 있습니다."

"자네는 미켈란젤로가 정말 당대 최고의 예술가라고 생각하나?"

"그럼요. 그는 인류가 낳은 최고의 예술가잖아요."

냉기를 잔뜩 머금은 웃음소리가 전화기를 타고 전해졌다.

"아니, 그보다 뛰어난 예술가는 많았어. 유럽 전체는 말할 것도 없고 이탈리아에도 그만한 예술가는 널렸었지. 그런데 왜 미켈란젤로가 최고의 예술가로 명성을 날렸을까? 선택을 받았기 때문이야. 신으로부터? 아니지. 힘을 가진 사람으로부터."

라임은 수화기를 든 채 얼음 동상처럼 굳어 있었다.

"나는 지금 부탁을 하는 게 아니야. 명령을 하는 거지. 만약 내일까지 제안서를 철회하지 않으면 자넨 모든 걸 잃게 될 거야."

말을 마치자 유카타 노인은 냉정하게 사라졌고 라임의 메르세데스는 목적지인 식당을 한참 지나 달리고 있었다.

"전화를 받고 나는 곧장 회사로 돌아갔소. 전쟁을 준비하기 위해서. 그건 선택의 여지가 없는 전쟁이었소. 내 인생이 걸린 입찰이었으니까. 나는 동원할 수 있는 모든 걸 끌어모았소. 그간 쌓았던 인맥, 가능한 자금, 언론 등. 나는 승리를 확신했소. 무엇 하나 우리에게 유리하지 않은 건 없었소. 그런데 사업자 선정 발표를 한 달 앞두고 이상한 일이 벌어지기 시작했소. 제일 먼저 터진 일은 한 회사가 우리를 산업스파이 혐의로 고소한 것이었소. 이름도 들어 본 적 없던 그 회사는 다탄두 요격 시스템이 자신들의 아이디어며 우리의 기술 중 상당 부분이 자신들의 것을 도용한 거라고 주장했소. 그와 더불어 우리 기술에 문제점이 있다는 기사가 언론에 돌기 시작했소. 완성되지 않은 기술을 완성된 것처럼 부풀려 과장했다는 거였지. 하지만 가장 치명적이었던 건 친분을 맺고 있던 정·군 관계자와의 스캔들이 터진 거요. 에드몬드 장군을 비롯해 정치자금을 지원했던 국회의원들 모두 살아남기 위해 일제히 나를 매도하기 시작했소. 놈들 뱃살을 불려 줬던 내 피 같은 돈은 더러운 뇌물이 되었고 놈들이 거들먹거리며 건네준 정보들은 내가 몰래 **빼낸** 정부 기밀문서가 되어 있었소. 이 모든 일 뒤에 유카타 노인이 있다는 건 안 봐도 뻔했지. 그는 첫인상만큼이나 무시무시한 인간이었소. 어떻게 하면 적을 산산조각 낼지 정확히 알고 있었소. 그는 심지어 내 사생활까지 철저히 이용했소. 미국에 있는 모든 신문에 내 불륜 사진이 실린 거요. 그가 어떻게 그 사진을 입수했는지 나는 지금도 놀라울 뿐이오. 나 자신도 잊고 있던 일이었으니까. 파장은 엄청났소. 존경받던 자수성가 기업가가 하루아침에 부패한 악덕 기업가로 변해 버린 거요. 문제가 커지자 결국 국방부는 경쟁사의 시스템을 사용하기로 최종 결정했소. 그간의 노력이 물거품으로 변하는 순간이었지. 주가는 곤두박질쳤고 투자자들도 하나둘 떠나기 시작했소. 부당 거래 혐의로 국세청에서는 회계장부를 압수해 갔고 넉 달 후 나는 알거지가 됐소."

아직도 그때의 분노가 가시지 않았는지 링거를 꽂은 라임의 손이 부르르 떨리고 있었다.

"하지만 비극은 거기서 끝나지 않았소. 충격을 받은 아내가 유산을 한 거요. 임신중독증이었소. 응급실로 옮겼지만 아내와 아기 모두 세상을 떠났소. 인생을 바쳐 이룬 모든 것이 한순간에 사라진 거요."

라임의 눈에서 하염없이 눈물이 흘렀다.

"그 후로 나는 집에 틀어박혀 술만 마셔 댔소. 어떤 희망도, 살아야 할 이유도 남아 있지 않았소. 내가 유일하게 할 수 있는 일은 죽은 아내와 얼굴도 보지 못한 자식을 뒤따라가는 것뿐이었지. 그런데 이틀 전 편지 한 통이 왔소.”

라임이 힘겹게 손을 들어 침대 옆 곁탁자를 가리켰다. 서랍을 열
자 편지 한 장이 들어 있었다. 사이먼은 조심스럽게 편지를 펼쳤
다. 그러자 한 줄의 글이 나타났다.

십 년 전 제가 했던 말을 기억하십니까?

엘리스는 며칠 만에 다시 작업대에 앉아 있었다. 이번에는 갓 한
살 된 흑인 아기였다. 엘리스는 작업에 들어가기 전 아기 사진을
보며 감정을 이입하고 있었다. 육 개월 전 호흡곤란으로 세상을
뜬 아기는 사진 속에서 너무도 환하게 웃고 있었다.

“이렇게 예쁜 아기들이 왜 자꾸 죽는 걸까.”

아이러니한 일이었다. 엘리스는 죽은 아기들 때문에 생활비를
벌고 있었지만 아기들이 죽지 않기를 바라고 있었다.

“이번엔 무슨 사연으로 죽은 아기인가요?”

엘리스가 깜짝 놀라 돌아봤다. 사이먼이었다.

“아니, 왜 남의 집에 막 들어와요?”

“벨을 눌러도 대답이 없길래 또 쓰러져 있나 들어와 봤어요.”

“난 맨날 넘어지는 줄 알아요? 앞으로 조심해요.”

작업할 마음이 사라졌는지 엘리스는 작업대에서 일어섰다. 사이
먼이 반사적으로 팔을 부축했다.

"나 장애인 아니거든요."

엘리스는 보행기도 짚지 않고 소파로 향했다.

"또 무슨 일이 있었나요?"

"어젯밤 해리 라임이 깨어났어요. 그 사람도 신가야를 만났어요."

엘리스가 어쩔 수 없다는 듯 담배에 불을 붙였다. 그녀는 요즘 부쩍 담배가 늘었다.

"그다음 얘기를 해 줘요, 엘리스."

"어디까지 얘기했죠?"

푸른 담배 연기가 다시 시간의 벽돌들로 다리를 쌓고 있었다.

엘리스는 오 분 넘게 팔찌 주변을 맴돌고 있었다. 이상한 일이었다. 그 남자를 만난 후 엘리스의 심장은 이제 비로소 뛰어야 할 이유를 찾은 것처럼 격렬하게 박동하고 있었다. 낯선 남자가 쫓아온 게 이번이 처음은 아니었다. 그들 중에는 아이비리그를 다니는 의대생도 있었고 메디슨 에비뉴에 사무실을 갖고 있는 유명 건축가도 있었다. 하지만 엘리스의 심장이 이렇게 민감하게 반응한 건 처음이었다.

"도대체 어떤 남자가 만나자마자 사랑 고백을 하냐고. 정신 나간 스토커도 아니고 말이야. 그리고 이걸 안 차고 있으면 두 번 다시 안 나타나겠다는 건 또 뭐야."

한참을 고민하던 엘리스는 결국 팔찌를 남겨 둔 채 집을 나섰다.

오전 식당은 간단한 브런치나 커피를 마시러 오는 단골손님들이 대부분이었다. 그런데 오늘따라 주문을 받는 엘리스의 모습이 산만해 보였다. 간단한 주문을 기억 못 해 여러 번 되묻기도 하고 엉뚱한 주문서를 주방에 넣기도 했다. 일하는 내내 그녀의 시선은 온통 입구에 고정되어 있었다. 아무리 신경을 끊으려 해도 눈치없는 심장이 그녀를 내버려두지 않았다. 그렇게 애간장을 태우던 그가 모습을 드러낸 건 오전 열한 시가 조금 지나서였다. 그는 주소를 잘못 찾은 이방인처럼 뻘쭘하게 식당으로 들어섰다. 그리고 맨 구석 테이블에 자리를 잡았다. 엘리스는 애태운 시간을 보상받으려는 듯 한참 동안 못 본 척 뜸을 들이다가 느지막이 다가갔다.

"뭘 드릴까요?"

쌀쌀맞을 정도로 냉랭한 목소리였다.

"왜 날 다시 만날 생각을 했죠?"

팔찌를 두고 출근 버스에 올랐던 엘리스는 세 정거장을 채 못 가서 다시 내렸고 팔찌를 도로 가져오느라 삼십 분을 지각해야 했다.

"어제도 말했지만 난 운명 따원 믿지 않아요. 하지만 고맙다는 인사를 하고 싶었어요. 어쨌건 어젠 즐거웠으니까요."

가야의 입꼬리가 보일 듯 말 듯 올라갔다. 그러자 주위가 조금 밝아진 느낌이었다. 그는 문득 생각났는지 주머니에서 뭔가를 꺼내 건넸다.

"또 뭐예요?"

"다시 만난 기념이에요."

그것은 붉은색 하트 모양 박스에 든 초콜릿이었다. 뉴욕의 명물

자크 토레스의 밸런타인데이 스페셜이었다.

"미안하지만 난 초콜릿 별로 안 좋아해요."

"초콜릿이 아니에요."

"그럼 뭐예요?"

가야가 직접 확인하라며 고개를 끄덕였다. 엘리스가 궁금증을 참지 못하고 박스를 열었다. 그의 말대로 안에 들어 있던 건 초콜릿이 아니었다. 초콜릿 포장지를 이용해서 만든 빨간 종이 개구리였다. 은빛 반짝이 장식 위에 손가락 마디만 한 붉은색 개구리가 앙증맞게 앉아 있었다.

"엉덩이를 누르면 뛰기도 해요."

가야가 엉덩이 부위를 누르자 개구리가 폴짝 뛰어올랐다. 그 모습을 보고 엘리스는 자신도 모르게 웃음을 터트렸다. 하지만 이내 정색을 하더니 말했다.

"장난 그만하고 주문하시죠."

"주문이요?"

"여긴 식당이에요. 식당에 왔으면 뭔가를 주문해야죠."

"그렇죠. 여긴 식당이죠. 그럼……."

가야는 메뉴판을 태어나 처음 보기라도 한 듯 이리저리 뒤적였다.

"정 먹고 싶은 게 없으면 커피를 시켜도 돼요."

"그럼 커피 한 잔 부탁해요."

엘리스는 주문서에 적지 않고 커피 한 잔을 가져왔다.

"이건 내가 사는 거예요. 그럼 비기는 거죠?"

"난 어제 이탈리아 요리를 풀코스로 샀는데요?"

"내 커피 값이랑 비슷하네요. 불만 있어요?"

가야가 수줍게 고개를 젓자 엘리스는 돌아서며 함빡 미소를 지었다. 엘리스는 가야의 차분하고 수줍은 모습이 좋았다. 개구리도 맘에 들었다. 하지만 마음을 들키고 싶진 않았기에 가야를 무시하기 위해 부단히 노력했다. 시선 한번 던지지 않았고 평소보다더욱 도도하게 목을 빳빳이 세우고 서빙을 했다. 그사이 가야는잔뜩 몰두해서 뭔가를 만들고 있었다. 엘리스는 신경을 안 쓰려고안간힘을 썼지만 도저히 궁금해서 참을 수가 없었다. 결국 리필을핑계 삼아 은근슬쩍 다가갔다.

"커피 더 드려요?"

가야는 커피에는 손도 대지 않고 정체 모를 식물들을 포크로 으깨고 있었다. 그것은 처음 보는 야생 풀이었는데 마디가 있는 갈색 줄기에 가는 털이 난 손바닥 모양의 이파리가 나 있었다.

"뭘 하는 거예요?"

엘리스가 물었지만 가야는 뜻 모를 미소만 지을 뿐이었다. 이윽고 식물을 모두 으깨자 가야는 손가락으로 즙을 찍더니 냅킨에 글을 쓰는 것이었다. 가야는 라이터 불을 이용해 즙을 건조시켰다.엘리스는 내용을 보려 했지만 이내 말라 버려 아무런 흔적도 남지않았다.

"이걸 뜨거운 물에 넣어 봐요."

엘리스는 잠시 망설이다가 냅킨을 받아 들었다. 그리고 주방에서 온수를 받아 와 냅킨을 담갔다. 그러자 잠시 후 마술처럼 숨어 있던 글이 나타났다.

오늘 우린 아주 즐거운 시간을 보내게 될 거예요.

연한 녹색의 글씨는 신기루처럼 이내 물속으로 사라졌다.
"어떻게 한 거죠?"
"이건 돌외초와 자귀풀이에요. 즙을 짜서 종이에 쓰면 뜨거운 물속에서 글자가 나타나요."
"당신은 사람 놀래는 재주가 있군요. 그런데 어떡하죠? 전 오늘할 일이 많아요."
"내 말을 믿어요, 엘리스. 우린 오늘 아주 즐거운 시간을 갖게 될거예요."
"당신은 정말 이상한 사람이에요."
엘리스가 접시를 치우며 말했다.
"저 사람이니?"
동료 웨이트리스 수잔이 바짝 붙으며 물었다. 거친 뉴욕에서 산전수전 다 겪은, 눈치 백단의 수잔이 간만에 흥밋거리를 놓칠 리없었다.
"중국 사람이야? 귀엽긴 한데 하고 다니는 꼴이 좀 구리다. 요즘중국 애들 잘나간다는데 뭐 하는 사람이야?"
"중국인이 아니라 한국인이고요. 뭐 하는진 저도 잘 몰라요."
"이 시간에 여기서 죽 때리고 있는 거 보면 텄네. 귀엽게 생겼으니까 적당히 데리고 놀다가 차. 그냥 버리긴 아깝잖아."

마지막 말이 엘리스의 심기를 건드렸다.

"저기 수잔 언니. 걱정해 주는 건 고마운데요. 저, 사람 쉽게 사귀고 쉽게 버리는 그런 사람 아니거든요. 그리고 저 사람, 좋은 사람이에요. 그러니까 함부로 말하지 마세요."

예상치 않은 일격에 수잔은 할 말을 잃고 서 있었다. 그때 문이 열리며 한 무리가 와자지껄하게 들어왔다. 그들이 나타나자 식당에는 일순 긴장감이 흘렀다. 그들은 인근 불량배들로 가끔씩 들러 식당 분위기를 엉망으로 만들고 가는 달갑지 않은 손님이었다. 그중에도 두목 격인 카를로스는 가장 거칠었다. 그는 갱단 출신으로 스무 살이 되기 전부터 소년원을 제집처럼 드나든 문제아였다.

"엘리스는 어디 갔어?!"

수잔이 주문을 받으려고 하자 카를로스가 소리쳤다. 그가 이곳을 찾는 이유는 항상 엘리스 때문이었다.

"엘리스. 너 찾는다."

눈치 없이 수잔이 주방을 향해 소리쳤다. 오븐 아래 몸을 숨기고 있던 엘리스는 어쩔 수 없이 주방 문을 열고 나왔다.

"뭐 드려요?"

마지못해 주문을 받던 엘리스는 몸을 부르르 떨었다. 카를로스의 느끼한 시선이 발정 난 거미처럼 엘리스의 몸을 타고 내려갔다.

"왜 그래, 엘리스? 처음 보는 사람처럼. 활짝 웃으면서 인사 좀 날려 봐."

"주문하시라니까요?"

"손님도 없는데 잠깐 앉지. 우리가 남이야? 얘기 좀 하자고."

"저 할 일 많아요. 그러니까 주문이나 빨리……."

순간 카를로스가 엘리스의 팔을 낚아채더니 강제로 자리에 앉혔다. 패거리들은 낄낄거리며 그 모습을 즐기고 있었다.

"왜 이래요?"

"알면서 왜 그래. 적당히 하고 진도 나가자고."

카를로스가 엘리스의 허리를 감싸며 말했다.

"저기요. 튕기는 게 아니라 싫은 거거든요. 그러니까 이 손 놔요!"

엘리스가 차갑게 뿌리쳤다.

"와우, 여왕 폐하 납셨네. 하찮은 소인이 언제까지 그 잘난 비위를 맞춰야 하나요? 가시는 길에 장미라도 뿌려 드릴까? 적당히 하라잖아. 이 콜로라도 촌년아! 말귀를 못 알아먹어."

화가 난 카를로스가 엘리스를 강제로 끌어안으려던 순간 가야가 힘껏 탁자를 치며 일어섰다.

"그 손 놓지."

순간 식당 안의 시간이 멈췄다.

"이건 또 뭐야? 요즘 영화가 애들 다 망쳐 놔요."

패거리들이 재미난 장난감이라도 발견한 듯 가야를 에워쌌다. 그들은 넷이었고 덩치도 가야보다 두 배는 컸다. 특히 카를로스는 유독 위압적이었다.

"혹시 엘리스 친오빠 되세요? 그럼 인사드리고요. 근데 종자 보니까 같은 품종은 아닌 것 같은데."

카를로스가 잔뜩 피어싱을 한 얼굴을 바짝 들이밀며 말했다. 하지만 가야는 일말의 흔들림도 없었다.

"난 엘리스 남자 친구요."

"이런 붕신 같은 게 남자 친구라고? 정말이야?"

카를로스가 어이없다는 듯 소리치자 박자를 맞추듯 패거리들이 동시에 웃어 댔다.

"그래요. 내 남자 친구예요. 그리고 병신 아니에요. 당신보다 백배, 아니 천배는 멋져요."

이 한마디가 임계점에 다다른 카를로스의 도화선에 불을 붙이고 말았다.

"그럼 어디 한번 데려가 봐. 남자 친구면 자기 여자 정도는 지킬 줄 알아야지. 안 그래?"

카를로스가 엘리스의 머리채를 움켜쥐며 소리쳤다.

"그 손 당장 놓지 못해! 이 쓰레기 같은 새끼야!"

가야가 뜨거운 커피를 카를로스 얼굴에 뿌리며 소리쳤다.

"이런 미친 새끼!"

카를로스가 가야를 향해 무쇠 같은 주먹을 날렸다. 정통으로 얻어맞은 가야가 허공을 날아가 저만치 바닥에 내동댕이쳐졌다. 뒤이어 카를로스가 달려들며 주먹세례를 퍼부었다. 가야는 제대로 된 반격 한번 못 하고 날아오는 주먹을 고스란히 맞고 있었다. 덕분에 그의 얼굴은 피범벅으로 변하고 말았다.

"제발 그만해요. 제발……."

엘리스가 울먹이며 소리쳤지만 카를로스는 주먹을 멈추지 않았다.

"이 자식아, 다시 한번 지껄여 봐. 뭐라고?"

카를로스가 멱살을 움켜쥐며 물었다.

"엘리스 근처에 얼씬거리지 마. 이 쓰레기 같은 놈아."

가야가 카를로스의 귀에 대고 또박또박 말했다.

"네가 관 속에 들어가려고 작정을 했구나. 소원대로 해 주마."

분에 못 이긴 카를로스가 스위치 블레이드를 꺼내 들었다. 칼을 보자 패거리들도 움찔 놀라 뒤로 물러섰다. 그때였다.

"당장 그만두지 않으면 머리통을 날려 버리겠어!"

마빈이었다. 그가 큼지막한 산탄총을 겨누고 있었다.

"에헤이, 마빈. 진정하라고. 그냥 장난 좀 친 거잖아."

그제야 카를로스가 물러났다.

"내 가게에서 당장 나가. 그리고 두 번 다시 얼씬거리지 마."

"이제 올 일도 없어. 솔직히 니 음식 존나 맛없었거든. 야, 콜로라도 촌년. 그 동양 놈이랑 잘해 봐. 한 쌍의 바퀴벌레네."

패거리들이 저마다 가운뎃손가락을 들어 보이고는 식당 문을 요란하게 닫으며 나갔다.

"괜찮아요? 어쩌자고 그랬어요."

엘리스가 달려와 부축했다. 가야는 엉망이었다. 콧잔등은 깨져 있었고 입가에는 피가 흥건히 고여 있었다.

"그 말 정말이에요?"

"뭐요?"

"내가 남자 친구라는 거."

"내가 그랬어요? 난 기억 안 나요."

"분명히 그랬어요. 다시 말해 봐요."

"그렇게 두들겨 맞고 고작 한다는 소리가 그거예요?"

"나한텐 중요해요."

엘리스가 어이없다는 듯 미소를 지었다. 그때 마빈이 두 사람을 향해 소리쳤다.

"너희 둘도 나가. 엘리스, 넌 해고야."

가게에서 쫓겨난 두 사람은 인근 공원 벤치에 앉았다.

"아야."

"엄살은. 이럴 걸 왜 덤볐어요."

엘리스가 가야의 상처에 소독약을 바르며 말했다.

"아직 대답 안 했어요."

"뭘요?"

"정말 날 남자 친구라고 생각해요?"

가야가 엘리스의 손을 잡으며 물었다.

"솔직히 말해 줘요?"

"난 당신의 진심을 알고 싶어요."

"사실 아까는 그냥 한 말이었어요. 그 사람이 너무 싫었으니까. 그런데……."

엘리스가 따뜻한 눈으로 가야를 바라보다가 조용히 입을 맞췄다. 그것은 1초도 안 되는 짧은 순간이었지만 이제껏 태어나 맛본 최고의 순간이었다. 세상을 비추는 모든 햇살을 다 모아도 그 순간의 환희에 비할 수 없었다.

"그나저나 당신은 뭐 하는 사람이죠? 난 당신에 대해 아무것도 몰라요."

"제일 먼저 알고 싶은 게 뭐예요?"

"부자인가요? 이제 나는 직장도 없고 주머니에 17달러밖에 없어요."

"나한테 5달러 있어요."

가야가 주머니에서 돈을 꺼내며 말했다.

"그럼 우리 전 재산은 22달러네요. 맥도날드에서 햄버거 하나씩 먹으면 되겠어요."

엘리스가 씁쓸한 미소를 지으며 말했다.

"엘리스, 내가 아까 냅킨에 뭐라고 썼죠?"

"즐거운 시간을 갖게 될 거라고요."

"엘리스, 난 절대 거짓말하지 않아요."

"좋아요, 신가야 씨. 어떻게 멋진 시간을 만들 건가요?"

"따라와요."

두 사람이 숨을 헐떡이며 도착한 곳은 뉴욕에서도 가장 번화한 메이시스 백화점 앞이었다. 오늘은 깜짝 세일이 있는 날이라 백화점 앞은 그야말로 인산인해를 이루고 있었다. 거기에 점심을 먹기 위해 쏟아져 나온 근처 직장인들이 합세해 사거리는 발 디딜 틈도 없었다. 가야가 자리를 잡은 곳은 사거리 횡단보도 신호등 앞이었다.

"여기 꼼짝 말고 있어요."

"뭘 하려는 거예요?"

"이건 어디까지나 빌리는 거예요. 알았죠?"

가야가 아이팟을 꺼내 엘리스의 귀에 꽂고 플레이 버튼을 누르자 음악이 흘러나왔다. 비발디의 사계 중 겨울이었다. 엘리스는 시베리아의 매서운 눈발처럼 쏟아지는 비발디의 차가운 선율을 들으며 흐르는 인파 속에 서 있었다. 잠시 후 신호등이 바뀌며 보행자 신호가 들어왔다. 그러자 가야가 바이올린 트레몰로에 맞춰 사뿐히 인사를 한 후 횡단보도를 건너기 시작했다. 횡단보도는 조류에 따라 군무를 펼치는 어군처럼 무리 지어 이동하는 사람들로 넘쳐 나고 있었다. 가야는 그 사이를 비집고 들어가더니 능숙하게 사람들의 지갑을 훔치는 것이었다. 온몸이 실크로 이루어진 한 마리 잉어처럼 때로는 부드럽게, 때로는 날렵하게 유영하고 있었다. 그것은 사계의 클라이맥스와 어우러져 멋진 도약으로 허공을 가르는 솔로 발레리나를 연상시켰다. 반대편 인도에 도착하는 데 채 일 분도 걸리지 않았지만 그는 보행자들을 상대로 마음껏 주머니를 농락했다. 이윽고 반대편 인도에 도착하자 가야가 사거리의 유일한 관객을 향해 인사를 했다. 그와 동시에 비발디도 무대를 떠났다. 엘리스는 한 편의 뮤지컬을 본 듯 넋을 잃고 서 있었다. 잠시 후 돌아온 그의 주머니에는 지갑이 수북하게 들어 있었다.

"제정신이에요? 이건 도둑질이라고요."

"아까 말했죠? 빌리는 거라고."

가야가 지갑에서 주인의 신분증을 꺼내 보이며 말했다.

"내일 중으로 돌려줄 거예요. 약속해요. 그러니 이제부터 재밌게 놀아요."

가야가 엘리스의 손을 잡고 달리기 시작했다.

엘리스는 눈을 감은 채 십 년 전 백화점 앞 34번가 교차로에 서 있었다. 평소에는 떨쳐 내고 싶은 병에 불과했지만 가끔 축복인 경우도 있었다.

"도둑질이 그렇게 우아한 건 줄 그때 처음 알았어요."

"한국 경찰이 보낸 자료에 의하면 신가야는 홀어머니 슬하에서 컸어요. 고등학교를 중퇴하고 밑바닥 친구들과 어울렸더군요. 아마도 그때 소매치기를 배웠을 거예요."

"미안하지만 그 사람은 내가 만난 사람 중에 가장 친절하고 선한 사람이었어요."

엘리스가 쏘아붙였다.

"난 그저 자료에 적힌 사실을 말했을 뿐이에요. 계속하죠."

분위기가 깨졌는지 엘리스는 피우던 담배를 신경질적으로 재떨이에 비벼 껐다.

"그다음 우리가 간 곳은 정기적으로 열리는 길거리 장터였어요."

날씨는 더할 수 없이 좋았다. 겨울이 코앞까지 다가왔지만 곧 봄이 시작될 것처럼 쾌청한 하늘이 펼쳐져 있었다. 10월의 봄을 만끽하며 가야는 갓 세상에 나온 아기처럼 뛰어다니고 있었다.

"이건 어느 나라 음식이에요?"

가야가 크레이프 노점상에게 물었다.

"글쎄요. 뉴올리언스?"

주인이 어깨를 으쓱이며 대답했다. 그런 질문을 한 사람이 가야가 처음인 모양이었다.

"프랑스 음식이에요."

엘리스가 대신 대답했다.

"엘리스는 안 먹어요?"

"우리가 얼마나 많이 먹은 줄 알아요?"

그는 이미 큼지막한 양고기 케밥 두 개와 태국 쌀국수, 거기에 인도식 볶음밥까지 남김없이 먹어 치운 후였다.

"엘리스, 맛있는 걸 맘껏 먹을 수 있는 게 얼마나 행복한 일인 줄 알아요? 먹어 봐요. 정말 맛있어요."

가야는 딸기와 바나나가 든 크레이프를 순식간에 해치웠다. 그때 또다시 뭔가가 가야의 호기심을 자극했다. 단추에 이름을 새겨 주는 노점상이었다. 가판대에는 여러 종류의 단추들이 늘어서 있었고 주인이 은을 녹여 가며 인두로 단추에 이름을 새기고 있었다.

"이게 있으면 절대 옷 잃어버릴 일 없겠네. 엘리스도 하나 골라 봐요. 빨간색이 어울리겠다."

엘리스는 대꾸하지 않았다. 그녀는 잔뜩 화가 나 있었다.

"왜 그래요? 내가 뭐 잘못했어요?"

엘리스는 어이가 없다는 듯 한숨을 쉬었다.

"잘못이요? 잘못이라면 내가 했죠. 오늘 나는 태어나 처음 보는 남자가 사랑 고백을 하며 준 팔찌를 덥석 찼어요. 나 때문에 그 남자가 피투성이가 되도록 두들겨 맞고 덕분에 직장까지 잘렸는데 난 그 사람이 뭐 하는 사람인지도 몰라요. 나이가 몇 살인지 가족 은 있는지, 여자 속옷을 입고 다니는지, 발가락은 온전하게 다 붙 어 있는지, 올리브를 먹으면 온몸에 두드러기가 생기는지 난 모른 다고요. 근데 단추에 이름이나 새기자고요?"

엘리스가 식식거리며 말을 하는 사이 가야는 조용히 듣고 있었 다.

"다 했어요?"

"그래요. 다 했어요."

"미안해요."

가야가 따뜻하게 엘리스를 안았다. 간단한 사과였지만 어쩐지 그가 말하면 감정이 눈 녹듯 사라졌다. 두 사람은 근처 노점 카페 로 갔다. 커플 몇이 10월 햇살을 즐기며 이야기를 나누고 있었다.

"난 예측을 해요. 일종의 분석가라고 생각하면 될 거예요. 올해 로 스물한 살이 됐고 유일한 가족이 한 달 전 세상을 떠났어요. 잘 때를 빼곤 속옷을 입는 편인데 남자 속옷이고요. 그리고…….

가야가 양말을 벗고 발가락을 보여 줬다. 가야가 발가락을 꼬물 거리자 엘리스가 웃음을 터뜨렸다.

"소매치기 기술은 어디서 배웠어요?"

엘리스가 의심스러운 눈으로 물었다.

"한국에 있을 때 가출한 적이 있어요. 그때 잠깐 나쁜 친구들과 어울렸죠. 그때 배웠어요."

"뭘 예측하죠?"

"여러 가지요. 예를 들자면……."

 가야가 주위를 둘러봤다. 그는 날카롭게 주변을 보며 뭔가를 찾고 있었다. 이윽고 그의 시선이 말끔하게 정장을 차려입은 30대 남자에게 멈췄다. 콧수염을 점잖게 기르고 한 손에 경제 신문을 든 신사였다.

"저 남자를 잘 봐요. 이제 곧 오래된 짝사랑이 이루어지게 될 거예요."

 엘리스는 의아한 표정으로 신사를 바라봤다. 신사는 한 케밥 노점상 건너편 분수대에 앉아 경제 신문을 읽고 있었다. 노점상 주인은 이민 온 지 얼마 안 된 아랍인이었는데 시계를 보더니 바닥에 모포를 깔고 메카를 향해 절을 하기 시작했다. 그때 케밥을 사기 위해 한 여인이 다가왔다. 대리석처럼 윤기가 흐르는 검은 피부에 방금 정글에서 튀어나온 것처럼 야성적인 몸매를 지닌 아름다운 여인이었다. 그녀는 메뉴를 고르더니 주문을 했다. 하지만 주인은 아랑곳 않고 코란 구절을 외우고 있었다. 몇 번을 주문해도 듣지 않자 여인은 다른 가게로 향하려 했다. 그때 거리를 가로지르며 돌풍이 불어왔다. 그러자 갑자기 주인이 벌떡 일어나더니 여인의 가슴에 손을 대는 것이었다. 놀란 여인이 비명을 지르자 주인도 어쩔 줄 몰라 하며 변명을 하려 했지만 서투른 영어를 하는 통에 전혀 알아들을 수 없었다. 그 모습을 지켜보던 신사가 끼어들었다.

"이 사람은 당신을 희롱한 게 아니에요. 바람에 날아간 코란을 잡으려고 한 것뿐이에요."

신사가 여인의 스웨터 사이에 끼여 있던 찢겨진 코란 페이지를 조심스럽게 꺼내며 말했다. 코란을 돌려주자 주인은 연신 고맙다고 인사를 하더니 다시 메카를 향해 절을 했다.

"난 그런 줄도 모르고…… 고마워요."

여인이 미소를 지으며 신사를 바라봤다.

"혹시 우리…… 어디서 만난 적 있나요?"

"저도 이 집 단골입니다. 줄 서 계신 걸 본 적 있습니다."

"아……."

"혹시 식사 전이시면 제가 대접해도 될까요? 저도 식전이거든요."

그러자 여인이 고개를 끄덕였다. 두 사람은 나란히 인파 사이로 사라졌다.

"도대체 어떻게 알았어요?"

그 모습을 지켜보던 엘리스가 믿을 수 없다는 듯 물었다.

"저 신사, 눈은 녹색이지만 피부는 갈색이에요. 어머니는 미인 대회 출신의 백인이고 아버지는 중동 석유 부자쯤 될 거예요. 덕분에 미국이나 영국에서 교육을 받았을 테고 UN이나 아랍계 투자사에서 근무하는 엘리트예요. 당연히 아랍어를 비롯해서 몇 개 국어를 하겠죠. 그런데 아까부터 누군가를 기다리고 있었어요. 길거리 케밥집 앞을 선택한 건 누군가가 저 집 단골이란 얘기고. 그런데 저 여인이 나타나자 눈빛이 달라졌어요."

"그건 그렇다 쳐도 코란이 바람에 날릴 건 어떻게 알았죠?"

"주인은 독실한 이슬람 신자예요. 그리고 가족을 무척이나 사랑해요. 봐요. 저 코란, 어렸을 때 아버지나 어머니한테 받은 것일 테죠. 낡아서 페이지가 모두 뜯어졌는데도 소중하게 보관하잖아요. 이렇게 바람이 부는 날 펼치면 날아갈 게 뻔하죠. 북동풍이 부니 여자 쪽으로 날아갈 거고 주인이 소중한 코란을 잡으려다가 얼떨결에 여자 가슴을 잡은 거예요. 영어가 서툴 테니 횡설수설할 테고 신사가 그 순간을 놓칠 리 없죠. 그리고 저 정도 외모와 매너면 점심 식사 정도는 나라도 같이 하겠어요."

엘리스가 믿기지 않는다는 눈으로 바라봤다.

"당신, 점쟁이군요?"

"난 그저 예측을 하는 사람일 뿐이에요."

"그럼 예측해 봐요. 이제 우린 뭘 하게 되죠?"

그러자 가야가 웃으며 대답했다.

"우리는 아주 지루한 영화를 보게 될 거예요."

어느새 재떨이는 꽁초로 가득 차 있었다.

"그래서 정확히 뭘 예측한다는 거죠? 주가? 아님 다음 대통령?"

사이먼이 메모를 하다 말고 물었다.

"점쟁이라고 했잖아요."

"결국 뭘 하는지 모른다는 거군요."

"더 이상 그런 건 중요하지 않았으니까요. 그냥 이 사람은 나쁜 사람이 아니구나. 날 정말 좋아하는구나. 스무 살이란 나이엔 그거면 충분해요."

사이먼은 잠시 펜을 내려놓고 반지를 바라봤다.

"어떻게 하면 정말 좋아한다는 걸 알 수 있죠?"

"그냥 알 수 있어요. 그 사람의 눈빛, 작은 행동, 어깨를 잡는 손, 그 모든 것에서…….."

사이먼은 아내와의 기억에서 작은 사랑의 실마리를 찾아보았다. 하지만 어쩐지 다른 사람의 추억을 엿보듯 멀게만 느껴졌다. 이유가 뭘까. 사 년을 함께 살았는데.

"그래서 어떻게 됐나요?"

"우리는 브로드웨이에 있는 고전 영화 상영관에 갔어요. <제3의 사나이>라는 영화가 상영 중이었어요. 오손 웰즈가 주인공으로 나오는 미스터리 영화였죠. 우리는 제일 큰 팝콘과 음료수를 사서 극장 안으로 들어갔어요. 흑백영화였는데 이제껏 본 영화 중 가장 지루했어요. 하지만 가야는 내내 팝콘도 먹지 않고 영화에 집중했어요. 그리고 영화가 끝나자 물었어요."

"르네상스와 뻐꾸기시계."

"그래요. 영화를 보고 나자 가야는 무척 피곤해 보였어요. 마치 오래전부터 모아 두었던 에너지를 모두 써 버린 것처럼."

두 사람은 브루클린의 선셋 공원 근처 낡은 아파트 앞에 서 있었다. 엘리스의 집이었다. 대부분 상점이 문을 닫은 시간이라 스산했지만 이곳까지 오는 동안 엘리스는 전혀 두렵지 않았다. 가야가 곁에 있었기 때문이다. 두 사람은 버스를 타지 않고 극장에서 이곳까지 걸어왔다. 평소에는 눈곱만큼의 애정도 보이지 않던 뉴욕의 밤공기가 오늘따라 두 사람을 푸근하게 감쌌다. 하지만 오는 내내 어쩐 일인지 가야는 입을 다문 채 걷기만 했다.

"오늘 재밌었어요."

"저도요."

저 멀리 경찰 사이렌 소리가 두 사람 사이의 어색한 공간을 눈치 없이 가로지르고 있었다.

"집이 어디예요?"

엘리스가 물었다.

"여기저기……."

"그 말은 집이 없다는 말이군요!"

가야가 미소를 지었다.

"내일 또 올게요. 엘리스."

가야가 이마에 키스를 한 후 돌아섰다. 무겁게 몇 발자국을 내디 뎠을 때였다.

"당신 정말 예의 없는 사람이군요!"

엘리스가 소리쳤다.

"뭐라고요?"

가야가 돌아섰다.

"어떻게 이런 식으로 사람을 모욕할 수 있어요?"

"내가 뭘……."

"정말 몰라요? 그럼 잘 들어요. 이 나라에서는 여자가 집에 들어 가지 않고 서성이고 있으면 꼭 물어봐야 되는 게 있어요."

"뭔데요?"

"오늘 밤 같이 있지 않을래요?"

엘리스가 팔짱을 끼며 당당히 말했다. 당황한 가야는 할 말을 잃고 있었다.

"뭐 해요? 안 물어볼 거예요?"

"오늘 밤…… 같이 있을래요?"

"좋아요."

방문을 열자 향긋한 집 안 체취가 두 사람을 맞았다. 엘리스는 재킷을 의자에 던지고 하루종일 발을 괴롭혔던 하이힐을 벗었다. 하지만 가야는 돌아온 탕자가 성역 주위를 맴돌듯 문턱을 못 넘고 있었다.

"왜 그래요?"

"그게…….."

"뭐예요? 말해 봐요."

엘리스가 가야의 손을 잡으며 물었다. 그는 떨고 있었다.

"혹시 가야 씨…….."

가야가 엘리스의 시선을 피했다.

"정말?"

가야가 고개를 끄덕였다. 그는 임무를 실패하고 돌아온 군인처럼 잔뜩 풀이 죽어 있었다.

"들어와요."

엘리스가 손을 당기자 그제야 무거운 발을 옮겼다.

"이리 앉아요."

엘리스가 옆자리를 손으로 툭툭 치며 말했다. 가야는 잠시 망설이다가 한 뼘 정도 거리를 두고 앉았다. 그의 심장은 10마일 밖에서도 들릴 만큼 격렬하게 뛰고 있었다. 기억하는 한 이토록 심장이 요동친 적은 한 번도 없었다. 그에 반해 엘리스는 차분해 보였다. 타닥타닥 소리를 내며 타고 있는 장작불 앞에 앉아 와인 몇 잔을 마신 후 듣는 피아노 선율처럼 따뜻하고 편안한 미소를 던지고 있었다. 엘리스는 스탠드 불빛이 서로 다른 빛깔로 반사되는 가야의 눈을 조용히 바라보다가 살며시 가야의 손을 자신의 가슴으로 가져갔다. 그러자 경련을 일으키듯 가야가 몸을 떨었다. 그의 눈이 마법 같은 열정으로 반짝이고 있었다. 잠시 후 갈망하는 영혼과 함께 그의 입술이 다가왔다. 서로의 존재를 확인하려는 듯 스쳐 지나던 두 사람의 입술은 이내 용광로처럼 달아올랐다. 숨소리는 거칠어졌고 입맞춤은 격렬해졌다. 이제 막 유치원에 입학한 아이처럼 떨던 가야는 어느새 본능에 내맡겨진 야수처럼 망설임 없이 엘리스의 체취를 강렬하게 빨아들이고 있었다. 두 사람은 서로의 겉옷을 거추장스러운 허물처럼 벗어 버리고 알몸이 되었다. 엘리스는 파괴적으로 달려드는 가야를 조심스럽게 침대로 인도했다. 마지막 껍질을 남김없이 벗겨 내자 가야는 엘리스의 아름다운 몸을 탐험하기 시작했다. 불타오른 그의 입술이 사막의 실루엣처럼 부드러운 가슴을 타고 올랐다. 이윽고 정상에 도착하자 사막을 건너온 목마른 야수는 붉은 오아시스 속으로 힘껏 달려들었다.

"잠깐만요."

엘리스가 숨 가쁜 정적을 깼다.

"할 말이 있어요."

"말해 봐요."

"나한테는 병이 있어요. 나는 일곱 살 이후에 일어난 모든 걸 기억해요. 그래서 두려워요. 왜냐면 지금 이 순간부터 나는 당신을 사랑하게 될 거기 때문이에요. 그런데 만약 당신이 배신하거나 상처를 준다면 난……."

가야가 살며시 엘리스의 입을 막았다.

"엘리스. 나는 절대 배신하지 않아요. 당신이 처음이자 마지막 사랑이에요."

엘리스는 조금의 거짓도 용서 못 하겠다는 듯 가야의 동공을 응시했다. 하지만 거기에는 눈곱만큼의 티끌도 존재하지 않았다.

"당신 같은 사람이 찾아오리라고는 상상도 못 했어요."

엘리스의 매끈한 다리가 똬리를 틀듯 가야의 허리를 감쌌다.

"사랑해요, 엘리스."

가야의 목소리는 진심을 넘어 신성하기까지 했다. 그리고 두 사람은 진정한 하나가 되었다.

격정의 시간이 지난 후 엘리스는 실오라기 하나 걸치지 않고 자신의 배에 기대고 있는 이 남자를 영원히 못 잊게 되리라는 걸 깨달았다. 세상은 생명력으로 넘쳐 나고 있었으며 무중력상태에서 유영을 하듯 모든 게 비현실적이었다.

"거기에는 누가 묻혀 있죠?"

엘리스가 가야의 긴 머리를 만지작거리며 물었다.

"어디요?"

"……그라운드 제로요. 누구에게 꽃을 바쳤어요?"

가야가 잠시 망설이다가 입을 열었다.

"어머니요."

"한 달 전 유일한 가족이 돌아가셨다더니 그분이 어머니셨군요."

"어머니는 나를 만나려고 뉴욕으로 오고 계셨어요."

가야의 눈가가 촉촉해졌다.

"미안해요. 내가 괜한 걸 물었나 봐요."

엘리스가 가야의 이마에 키스를 했다. 부드럽게 머리를 쓰다듬는 사이 가야는 엘리스의 배에 얼굴을 묻은 채 곤히 잠들었다. 그의 호흡이 부드러운 깃털처럼 엘리스의 배를 간질이고 있었다. 이 순간 그녀는 숨겨진 셰익스피어 작품의 여주인공이 된 기분이었다. 창문 너머에서 빛나는 도시의 불빛은 그녀를 위한 조명이었고 그녀의 작은 방은 무대였다. 그녀는 막연히 해피엔딩을 꿈꾸며 마지막 장면을 상상해 보았다. 하지만 어쩐 일인지 끝이 떠오르지 않았다. 마치 영원히 끝나지 않을 연극처럼.

다음 날 엘리스를 깨운 건 자명종 소리도, 커튼 사이로 스며든 햇살도 아니었다. 가야의 인기척이었다. 그는 식탁에 앉아 고운 천으로 뭔가를 조심스럽게 닦고 있었다.

"뭐 하는 거예요?"

엘리스가 잠이 덜 깬 목소리로 물었다. 시계는 7시를 가리키고 있었다.

"나 때문에 깼군요. 미안해요."

"괜찮아요. 어차피 출근하려면…… 아, 이제 출근할 필요 없지."

침대에서 일어나려던 엘리스는 베개에 도로 머리를 묻었다.

"아침으로 뭘 먹는지 몰라서 이것저것 준비했어요."

식탁에는 갓 구운 베이글은 물론이고 메이플 시럽이 뿌려진 팬케이크와 스크램블드에그, 그리고 잘 구워진 베이컨 등이 가지런히 차려져 있었다. 음식을 보자 잠이 달아난 엘리스는 벌떡 일어나 식탁에 앉았다. 아침에 이런 진수성찬을 받아 본 건 첫째 언니가 대학 기숙사로 떠나기 전날 아침 이후 처음이었다. 엘리스는 연신 박수를 치며 무엇부터 먹어야 할지 행복한 고민에 빠졌다. 결국 한 손에는 베이글을, 다른 손에는 팬케이크를 쥐고 허겁지겁 먹기 시작했다.

"전부 엘리스 거니까 천천히 먹어요."

"침대로 가져다줬으면 완전 감동이었을 텐데. 매일 이렇게 차려주면 결혼해 줄 수도 있어요."

엘리스의 농담에 가야는 미소를 지었다. 급하게 먹던 엘리스는 결국 목이 막혔다.

"물! 물!"

엘리스는 냉장고로 향했다. 음식이라면 가리지 않는 그녀였지만 물만은 까다로웠다. 수돗물을 못 마시는 건 물론이고 생수는 한 가지 종류만 마시고 있었다. 노르데나우어 워터였다. 고향 콜로라도에 있을 때는 로키산맥에서 녹아내린 맑은 빙하 물을 마셨던 터라 물에 민감한 줄 몰랐다. 그러나 뉴욕에 온 후 수돗물을 마시던 엘리스는 온몸에 반점이 생기며 이상한 반응을 보이기 시작했다. 물 때문이었다. 엘리스는 고향의 물과 흡사한 생수를 찾기 위해 모든 종류의 생수를 마셔 보았지만 소용없었다. 그러다 우연히

만난 생명수가 대서양을 건너온 노르데나우어였다. 그 후로 고가
였지만 그것만 마시고 있었다.

"이 물 찾아요?"

가야가 기다렸다는 듯 가방에서 생수병 하나를 꺼내 들었다. 노
르데나우어였다. 엘리스는 허겁지겁 물을 들이켰다.

"어떻게 알았죠? 내가 이 물밖에 못 마시는 걸?"

"엘리스가 알려 줬어요."

"내가요? 그런 적 없는데."

"당신이 알려 줬어요. 잘 기억해 봐요."

가야가 묘한 미소를 지으며 하던 일을 계속했다. 정말 신기한 남
자였다. 어떻게 필요한 게 뭔지 알고 모든 걸 준비하는 걸까.

"그나저나 그게 뭔데 신줏단지 모시듯 닦는 거죠?"

가야가 닦던 것은 주먹만 한 크기의 울퉁불퉁한 식물이었는데
동물의 변이 굳어서 생긴 덩어리처럼 민망한 모양을 하고 있었다.

"송로버섯이에요."

"무슨 버섯이 그렇게 못생겼어요?"

"못생겼지만 세상에서 가장 비싼 버섯이에요."

"얼만데요?"

"쓸 만한 건 10만 달러가 넘는 것도 있죠. 이 정도면 만 달러는
받을 수 있을 거예요. 팔면 어제 빌린 돈부터 갚아야겠죠."

"대체 맛이 어떻기에 10만 달러나 하는 거죠? 먹으면 천국이라
도 가나요?"

가야가 칼로 조금 떼어 내어 엘리스 입에 넣어 주었다. 하지만

몇 초 지나지 않아 뱉고 말았다.

"으웩! 이게 뭔 맛이래."

"지금 뱉은 게 100달러어치는 될걸요."

"내 혀가 이상한 건가요? 이게 뭐 맛있다고 그 돈을 내고 먹죠?"

"아직 익숙하지 않아서 그렇지만 엘리스도 분명히 좋아할 거예요."

"아무리 그래도 난 10만 달러는 죽어도 못 내요. 차라리 그 돈으로 소호에 있는 아파트에 아틀리에를 차리지."

그러자 가야가 닦던 손을 멈추고 엘리스를 의미심장하게 바라봤다.

"지금은 금보다 비싸지만 언젠가 많은 사람이 쉽게 먹을 수 있는 날이 올 거예요. 조만간 양식 버섯이 나올 테니까. 하지만 첫 번째 양식 버섯을 먹는 건 사람이 아니에요."

"그럼 누가 먹어요?"

가야가 선물로 줬던 붉은색 종이 개구리를 탁자 위에 놓으며 말했다.

"바다에 사는 뿔 달린 개구리요."

애기를 옮겨 적던 사이먼의 손이 멈췄다.

"잠깐. 지금 바다에 사는 뿔 달린 개구리라고 했어요?"

"그래요. 뭐가 잘못됐어요?"

"그건 악마 개구리 문양을 말하는 것 같아요."

틀림없이 세 번째 희생자를 암시하는 말이었다.

"금보다 비싼 버섯을 누구나 먹을 수 있다……."

순간 사이먼의 뇌리를 스치는 기사가 있었다.

"신문. 어제 신문 어딨죠?"

"난 신문 같은 거 안 봐요."

사이먼은 신문을 포기하고 핸드폰으로 검색을 했다. 그가 찾는 건 어제 오전 공항에서 봤던 『뉴욕타임스』 사회면 기사였다.

세계 3대 진미 중 하나인 송로버섯이 양식에 성공했다. 금보다 비싼 이 식재료의 양식에 성공한 주인공은 바로 코네티컷에서 버섯 농장을 하는 세바스티앙 브에미 씨로 십 년간의 연구 끝에 귀중한 양식 버섯을 손에 넣을 수 있었다.

또다시 연결되고 있었다. 사이먼은 곧장 전화를 걸었다.

"론. 지금 당장 세바스티앙 브에미라는 버섯 양식 업자를 찾아서 송로버섯을 사 간 사람이 있는지 확인해. 서둘러."

사건은 10만 달러짜리 버섯과 함께 또 다른 목표물로 향하고 있었다.

궁극의 아이 1

세 번째 표적

그 배는 지극히 평범해 보였다. 화물선만큼 엄청난 크기를 제외하면 일반 요트와 별반 다를 게 없었다. 인터넷 덕분에 거부가 된 젊은 기업가들이 엄청난 거금을 들여 만든 최신형 요트에 비하면 모양도 구식에 가까웠다. 특이한 점이라고는 선체 어디에도 배의 이름이 안 적혀 있다는 것과 선미에 매달린 붉은 악마 개구리 문양 깃발이 전부였다는 점이다. 하지만 내부로 들어가면 모든 게 달라졌다. 그 배는 단순한 호화 요트가 아니었다. 선미에는 유사시 대서양도 횡단할 수 있는 최신에 디젤 잠수함이 숨겨져 있었고 함교 위에는 전자 스캔 방식의 레이더가 설치되어 있었다. 군사 위성을 포함한 모든 위성과 교신할 수 있는 위성 접시가 하늘을 향해 펼쳐져 있었고 거기서 들어오는 모든 정보는 곧바로 갑판 아래 깊숙이 숨겨진 통제실과 연결되어 있었다. 그곳은 이 배의 선원도 출입할 수 없는 비밀스러운 공간으로 나사의 통제실을 방불케 하는 최신 장비들이 갖춰져 있었다. 월스트리트의 주가 전광판보다 큰 중앙 모니터에서는 연신 수많은 그래프와 숫자들이 흘러나오고 있었고 세계 최고의 금융 전문가들이 위성전화기에 대고 분주히 통화를 하고 있었다. 그들의 개인 모니터에는 각국의 환율, 주가, 국채, 선물 가격 등이 쉴 새 없이 뜨고 있었다. 어찌 보면 증권거래소와 다를 바 없는 풍경이었지만 이곳에는 월스트리트가 갖지 못한 엄청난 게 있었다. 바로 이 배의 주인, 조셉 체임벌린이었다. 그는 통제실이 내려다보이는 지휘실에 홀로 앉아 있었다. 그는 눈처럼 하얀 백발을 포니테일로 가지런히 묶고 테 없는 얇은 안경을 코에 걸치고 있었는데 여든이 한참 넘은 나이라고는 믿기지 않을 만큼 건강한 얼굴을 하고 있었다. 고령의 그가 가진 유일한 신체적 문제는 평생을 따라다닌 천식뿐이었다. 조셉은 항공모함의 함장석처럼 높은 가죽 의자에 앉아 분주하게 움직이는 모니터 요원들을 응시하며 습관적으로 천식 약을 흡입하고 있었다.

"어르신. 에커만 투자사에서 프랑스의 줄기세포 연구 법안이 언제 통과하는지 문의했습니다."

비서 한 명이 인터폰을 통해 물었다.

"디디에 의원을 바꿔."

몇 번의 신호음이 올리자 프랑스의 디디에 의원이 나타났다.

"어이, 체임벌린. 이 시간에 웬일인가."

디디에 의원은 뭔가를 우물거리고 있었다.

"지난번에 말했던 줄기세포 법안은 어떻게 됐나?"

"이봐, 자네도 알다시피 바티칸에서 반대를 하고 있어. 그게 이 나라에선 어떤 영향력이 있는지는 자네도 잘 알잖아. 조금만 더 시간을……."

"디디에. 너 지금 뭘 하고 있나? 뻔하지. 잠옷 차림에 슬리퍼도 안 신고 푸아그라를 잔뜩 쑤셔 넣은 필레미뇽을 처먹고 있겠지. 전채로는 캐비아를 뿌린 따빠를 먹었을 테고. 물론 올리브며 레몬을 잔뜩 뿌려서 말이야. 필레미뇽에 싸구려 소스를 뿌려 먹는 건 이해할 수 있어. 낭트 빈민가에서 뒹굴 때 늘 꿈꾸던 메뉴였을 테니까. 하지만 내가 정말 못 참겠는 건 네놈이 캐비아에 레몬을 뿌려 먹는 거야. 캐비아는 아무것도 뿌리지 않고 있는 그대로가 제맛인데 말이지. 그런 널 볼 때마다 역겨웠지만 지금까지 참은 건 네놈이 말을 잘 들었기 때문이야. 그러니 지금부터 내가 하는 얘기 잘 들어. 바티칸은 조만간 내가 언론 플레이를 할 거야. 내용은 간단해. 앞장서서 줄기세포 법안을 반대하던 드망즈 주교가 파킨슨병 치료를 위해 이번 주 은밀히 미국에서 줄기세포 치료를 받을 거야. 바티칸에는 비밀리에 말이지. 물론 내가 밑밥을 뿌려 뒀어. 그때 준비한 기사를 언론에 흘릴 거야. 르몽드고 피가로고 전부 말이지. 그러면 바티칸도 대놓고 반격할 순 없을 거야. 그때 통과시키면 돼. 알아들었나?"

"알겠네. 시키는 대로 하지."

디디에 의원이 풀이 죽은 목소리로 대답했다.

"그럼 식사 맛있게 하도록. 턱에 묻은 소스나 닦고 말이야."

전화를 끊자 체임벌린은 곧바로 인터폰 스위치를 눌렀다.

"이번 회기 안에 법안이 통과한다고 전해. 그리고 투자할 바이오 회사 목록에서 플레멜 바이오는 제외시키라고 해. 연구 허가 기업 명단에서 빠질 테니까."

"이유를 물으면 뭐라고 할까요?"

"이름이 맘에 안 들어. 실크로 똥구멍을 닦는 기분이야."

"알겠습니다."

피곤한지 체임벌린은 공기정화장치 스위치를 누르고 의자에 기댔다. 통제실이 내려다보이던 거대한 창이 닫히자 통풍구를 통해 순수한 산소가 흘러나왔다. 그의 방은 지병인 천식 때문에 완벽하게 정제된 공기만으로 이루어져 있었다.

"어르신. 파비앙이 도착했습니다."

집사 버렐이었다.

"마침 잘됐군. 출출했는데."

"어디서 드시겠습니까?"

"날씨는 어떤가?"

"부댕의 '트루빌 해변' 같은 구름이 수평선에 떠 있습니다."

"갑판에서 먹도록 하지."

사이먼은 오랜만에 경광등을 차 천장에 붙이고 전속력으로 달리고 있었다.

"신가야 이 자식, 대체 정체가 뭔데 죄다 알고 있는 거지? 멀린의 수정볼이라도 갖고 있는 건가?"

사이먼의 지능은 나쁜 편이 아니었다. 오히려 뛰어난 편에 속했지만 뇌세포를 총동원해도 해답이 나오질 않았다. 가야는 노스트라다무스를 능가하고 있었다. 그는 해석이 애매한 은유 따윈 쓰지 않고 정확하게 십 년 후 벌어질 일들을 조목조목 예언하고 있었다. 나다니엘 밀스타인의 암살범이 묵고 있던 호텔 이름도, 둘째 날 직접 목격하게 된 비행기 충돌 사건도, 그리고 송로버섯 양식까지 정확히 집어냈던 것이다.

"바다에 사는 악마 개구리가 첫 번째 버섯을 먹는다…… 바다."

그건 바닷가 내지는 배를 의미하는 게 분명했다. 하지만 미국은 알래스카에서 플로리다까지 온통 바다로 둘러싸인 나라였다. 그중에서 악마 개구리 한 마리를 찾는 건 우주에서 외계 생명체를 찾는 것만큼이나 힘든 일이었다. 그때, 상념에 잠긴 사이먼을 깨우듯 핸드폰이 울렸다.

"어떻게 됐어?"

"네 예상이 맞았어. 버섯을 사 간 사람이 있었어. 헬기를 타고 온 사람이었다는데 샘플이라 팔 수 없다는 걸 무려 30만 달러나 주고 뺏다시피 가져갔대."

"서론은 됐고. 그래서 누구야?"

"문제는 그게 누군지 모른다는 거야. 현금으로 계산해서 영수증도 없고 직접 가져갔으니 배달할 주소지도 없어."

"그럼 아무것도 모른다는 거잖아."

"참는 자에게 복이 있나니."

"뜸 들이지 말고 빨리 말해."

"양식장 주인이 헬기에 관해 문외한이라 애를 먹긴 했지만 헬기 기종과 색깔을 알아냈어. 아구스타 웨스트랜드의 AW139기야."

"색깔은 흰색이겠지."

"마누라 없이 십 년을 살더니 점쟁이가 다 됐군."

"론! 제발."

"알았어. 현재 미국 내에서 운용 중인 AW139기는 모두 241대인데 그중 흰색은 76대야. 동부 지역에 등록된 건 24대고. 지금 그 헬기들의 비행 기록을 체크하고 있어."

"AW139기의 최대 항속거리가 얼마지?"

"최대 740킬로미터."

"농장에서 370킬로미터 반경 내에 공항이 있어?"

"잠시 대기."

론은 지도를 검색해서 공항을 찾아보았다.

"아니, 없어."

"그렇다면 개인 저택이나 배야. 코네티컷주 바다 근처에 헬기장을 가진 개인 저택과 요트 중에서 AW139를 소유한 곳을 찾아봐."

"오케이."

론이 전화를 끊은 후 사이먼은 코네티컷으로 차를 돌렸다. 그의 머릿속은 한 가지 궁금증으로 가득했다. 과연 이번에는 어떤 방법으로 암살을 시도할 것인가.

2층 갑판에는 이미 모든 준비가 끝나 있었다. 그곳은 본래 야외 식사를 할 수 있도록 주방과 식사 테이블을 갖춘 곳으로, 그릴에는 발갛게 달아오른 숯불이 타고 있었고 얼음으로 신선하게 유지한 식재료들이 펼쳐져 있었다. 이곳에 있는 모든 식재료는 책임 요리사가 특정한 단골 없이 무작위로 시장이나 마트를 방문하여 직접 골라 온 것들이었다. 구입한 식재료는 또다시 독극물 검사기를 통과해야만 하고 한 번 더 요리사가 직접 시식을 해서 무해한 것이라는 걸 증명해야 했다. 이 모든 과정을 거쳐야만 체임벌린의 식탁에 오를 수 있었다.

수평선이 내려다보이는 전망 좋은 자리에는 커다란 파라솔이 펼쳐진 테이블이 준비되어 있었다.

"봉쥬르. 무슈 체임벌린."

자기 키만큼이나 큰 쿠킹 모자를 쓴 요리사가 깍듯이 인사를 했다.

"오랜만이군, 파비앙. 먼 길 오느라 수고했네."

"별말씀을요. 어르신을 모시는 건 언제나 영광입니다."

말은 그렇게 했지만 파비앙은 피곤해 보였다. 그는 어젯밤 두바이에서 무려 3,500킬로미터를 날아서 방금 도착했다.

"지난번 오렌지 소스를 곁들인 오리 요리는 정말 완벽했어. 꿈에서도 자네 요리가 보인다면 믿겠나?"

"과찬이십니다."

"음, 자작나무 숯불 냄새가 식욕을 자극하는군. 그래, 오늘은 어떤 요리를 준비했지?"

"오늘은 정말 특별한 걸 준비했습니다. 우선 애피타이저로 쿠르제트 파르시를 드시게 될 겁니다."

그것은 프랑스 코르시카섬 지방의 요리로 긴 호박에 치즈를 채워 구운 전통 음식이었다.

"설마 할머니 레시피까지 꿰차고 있는 건 아니겠지?"

체임벌린이 잔뜩 기대감에 차서 물었다.

"그다음으로 신선한 바닷가재에……."

"잠깐. 설명은 됐어. 날 놀라게 해 봐."

요리사가 정중히 인사를 하더니 요리를 시작했다.

론으로부터 다시 전화가 온 것은 십 분도 채 되지 않아서였다.

"다 뒤져 봤는데 그 기종을 갖고 있는 사람은 없어. 요트도 마찬가지고."

"코네티컷 말고 다른 주도 찾아보란 말이야. 배가 왜 배겠어. 움직이잖아."

"다른 주도 찾아봤어. 보스턴, 뉴베드퍼드, 저 아래 애틀랜틱시티까지 뒤져 봤지만 AW139기종을 소유한 저택이나 요트는 없다니까."

"아니야. 뭔가 빠진 게 있어."

그때 문득 뭔가 떠올랐다.

"잠깐, 우리가 잘못 짚었어. 우리가 찾는 배는 전 세계 모든 항구를 제집 드나들듯 마음대로 드나들 수 있는 배야. 미국은 물론이고 영국, 프랑스, 남아프리카, 심지어 러시아까지 국적을 갖고 있을 거고 선주의 신원은 어디서도 찾을 수 없을 거야. 그런 배가 코네티컷주 인근 항구에 들어온 적이 있는지 찾아봐. 서둘러."

사이렌 소리를 요란하게 울리던 사이먼의 차는 어느새 뉴욕을 지나 코네티컷 턴파이크로 들어서고 있었다.

소금기를 흠뻑 머금은 바닷바람이 테이블보를 간질이는 평화로운 갑판에서 체임벌린은 김이 모락모락 나는 부드러운 호박 속을 떠먹고 있었다. 질감이 거친 수제 도자기 위에 놓인 호박 요리는 보기에도 프랑스 시골 냄새가 물씬 풍겼다.

"내가 이 요리를 좋아하는 걸 어떻게 알았지?"

체임벌린이 마지막 한입을 음미하며 물었다.

"출발하기 전 고향 음식을 대접하고 싶어서 버렐 씨에게 물어봤습니다. 어르신 고향이 어디시냐고. 그런데 일급비밀이라며 말씀을 안 해 주시더군요. 그래서 제 나름대로 추측을 해 봤습니다."

"역시 내가 보는 눈이 있어. 다음 요리는 뭔가?"

"바닷가재와 가리비를 곁들인 성게알 리소토입니다."

파비앙은 요리를 서빙하기 전 버렐에게 먼저 가져갔다. 버렐은 익숙하게 시식 전용 포크로 요리의 일부를 먹었다. 그의 포크는 독에 민감하게 반응하도록 순은으로 만들어져 있었다. 아무 이상 없자 파비앙이 요리를 테이블에 내려놓았다.

"오늘은 전통적인 코스로 갈 생각이군."

"클래식은 질리는 법이 없죠. 본 아페티."

체임벌린이 버터에 구운 바닷가재를 한입 먹으려던 순간이었다.

위성전화기가 울렸다. 그것은 체임벌린이 늘 휴대하고 다니는 것으로 특별한 상황이 아니면 절대 울리지 않는 전화기였다. 체임벌린은 포크를 내려놓고 전화기를 들었다.

"당분간 직접 통화는 자제하기로 한 걸로 기억하는데, 조나단."

"알고 있어. 하지만 상황이 좋질 않아."

상대방은 체임벌린과 비슷한 연배의 노인이었다.

"무슨 얘기 할지 알아. 나다니엘과 안톤의 죽음 때문 아닌가."

"대체 어떤 놈들이 겁도 없이 이런 일을 벌이는 거지?"

"내 정보에 의하면 나다니엘은 짐바브웨의 무싸가 다이아몬드 광산 사건 때문에 벌인 거고 안톤 역시 차기 미사일 방어 계획에서 제외된 한 사업가가 가미카제식으로 죽인 거야."

"설마 그걸 믿을 정도로 진부해진 건 아니겠지?"

체임벌린이 미간을 주물렀다.

"조사를 지시해 놨어. 그러니까 좀 기다려 보자고."

"그렇게 간단한 문제가 아니야. 이건 내 생각인데……."

상대방은 입 밖에 내서는 안 될 금언을 발설하려는 듯 머뭇거렸다.

"아무래도 그 아이 짓인 거 같아."

그 말에 체임벌린이 자리에서 벌떡 일어났다.

"말도 안 되는 소리. 그 아이는 십 년 전에 죽었어. 우리 모두 직접 확인하지 않았나."

"하지만 만약에 그 실험이 성공했다면?"

"실험은 실패했어. 이미 끝난 얘기야."

두 사람 사이에 또다시 불안한 정적이 흘렀다. 음식이 식고 있었다.

"지금 식사 중이야. 뭔가 나오면 그때 다시 얘기하지."

"어쨌건 조심하는 게 좋아. 지금은 또 다른 밀레니엄을 준비하는 시기니까."

"내 걱정은 말아. 바다 한가운데 떠 있는 요새를 누가 감히 침범하겠나."

체임벌린이 저만치 수평선을 바라보며 말했다. 거기에는 공격형 헬기를 탑재한 이지스 구축함 한 척이 체임벌린의 요트를 그림자처럼 호위하고 있었다.

론은 자신의 사무실에서 나와 위성실로 향하고 있었다. 그는 방금 대서양과 인접한 북부의 모든 항구를 조사했지만 사이먼이 말했던 특별한 배는 찾을 수 없었다. 그러나 바다는 하늘과 달리 너그러웠다. 비행기처럼 국적과 입출국 일정 등을 미리 상대방 국가에 일일이 알리지 않고 영해를 지나는 배들이 상당수 존재하고 있었다. 그런 배들을 찾을 수 있는 유일한 길은 위성 감시실뿐이다. 방에 들어서자 벽면을 온통 메운 수많은 모니터에 대서양을 항해 중인 모든 배들의 위치와 정보가 빼곡히 나타났다. 현재 감시 활동 중인 항공기는 모두 열아홉 대로 해군 5함대와 6함대 소속 오라이온 해상 초계기와 공군 소속 조기 경보기였다. 그들은 실시간으로 미 영해를 항해 중인 모든 배들에 대한 정보를 이곳으로 보내고 있었다. 모니터에는 두 가지 색 점이 여기저기에 별처럼 퍼져있는 지도가 띄워져 있었는데 어선과 여객선 등 민간 배들은 초록색으로, 작전 중인 해군 소속 군함들은 붉은색으로 표시되고 있었다. 하지만 론이 찾는 건 그들이 아니었다. 론은 우선 세바스티앙의 버섯 농장이 있던 코네티컷주 브랜포드에서 가까운 바다부터 시작했다.

"온통 게잡이 배투성이구먼. 조금 한가한 데로 가 볼까."

론의 시선이 버저드만을 지나 조금씩 먼바다로 향했다.

"이것들은 잡어잡이일 테고. 큼지막한 이놈은 참치잡이쯤 되려나."

무심코 점들을 지나던 론의 손가락이 한 점에서 멈췄다. 역시 녹색 점이었지만 여느 배와는 다른 게 있었다. 바로 옆에 붉은색 점이 있는 것이었다.

"군함 옆에 왜 민간인 배가 바짝 붙어 있는 거지?"

론은 붉은색 점을 클릭했다. 그러자 모니터에 배의 정보가 나타났다.

제5항모 타격전단 소속 USS Ramage, 알레이버크급 구축함

뭔가 이상했다. 항모 타격전단 소속 구축함은 언제나 기함인 항공모함과 함께 있어야 했다. 그런데 주변 어디에도 항모의 모습은 찾아볼 수 없었다.

"네 아빠는 어딨니?"

론은 제5항모 타격전단의 현 위치를 찾아보았다. 그들은 항모

USS 해리트루먼호와 함께 얼마 전 페르시아만에서 임무를 마치고 모항인 버지니아 노퍽에 정박 중이었다.

"전단에서 떨어져 나와서 혼자 놀고 있는 구축함이라. 게다가 상대가 민간 요트라 이거지."

위성을 움직이기에 충분한 이유였다.

"어이, 스티브. 지금 보스턴 상공에 뜬 독수리가 뭐야?"

스티브는 미국의 상공을 지나는 모든 위성을 추적하고 필요에 따라 위성의 위치를 수정하는 임무를 맡고 있었다.

"빅 버드가 있는데. 왜?"

"빅 버드한테 위도 42.28, 경도 68.76 확대하라고 해 봐."

그러자 스티브가 고해상도 위성카메라를 사용해 그 지역을 찍기 시작했다. 그리고 잠시 후 곧바로 모니터에 전송됐다. 약간의 구름이 끼여 있어 흐릿했지만 충분히 형태를 확인할 수 있는 수준이었다. 그것은 축구장 3분의 2만 한 크기의 흰색 요트로 선미에 한 대의 헬기가 착륙해 있었다.

"요트 선미를 최대한 확대해 봐."

스티브가 몇 개의 키보드를 누르자 채 일 분도 걸리지 않아 확대된 사진이 전송됐다. 그러자 헬기가 모습을 드러냈다. 다섯 개의 프로펠러 블레이드, 두 개의 배기구가 양쪽으로 뻗은 트윈 엔진, 그리고 두 개의 꼬리날개까지. 틀림없는 AW139기였다.

"빙고."

자작나무 숯불이 타는 그릴에선 양갈비가 기분 좋게 익고 있었다.

"메인 요리는 양갈비 스테이크와 바스마티 필래프입니다. 소스는 부르고뉴 와인 소스입니다."

체임벌린은 양갈비 익는 냄새를 맡으며 잔에 든 포도주를 흔들고 있었다.

"파비앙, 한 가지 제안을 해도 될까?"

"물론입니다."

"그거 가져와."

그 말을 들은 집사 버렐이 아이스박스 안에서 뭔가를 꺼내 왔다.

"송로버섯 아닙니까?"

"이건 보통 송로가 아니야. 최초의 양식 송로지. 십 년간 벌링게임 숲에서 미국의 토양을 빨아들이다가 이틀 전 세상에 나온 녀석이야."

"송로 좋아하시는 건 익히 알고 있습니다."

"풍미도 좋지만 가장 자연적이기 때문이야. 푸아그라처럼 고통을 가하지도 않고 캐비아처럼 생존을 위협하지도 않아. 양식까지 된다면 더 이상 버섯 찾는 돼지도 필요 없겠지. 얇게 썰어서 고기의 잔열로 익히자고. 어때?"

"훌륭한 선택이십니다. 무슈 체임벌린."

요리사가 소중하게 버섯을 건네받았다. 그때였다. 구축함에 있던 공격용 헬기가 요란한 프로펠러음을 내며 요트 상공을 지나가는 것이었다.

"무슨 일이냐?"

그러자 버렐이 즉시 헬기와 연락했다.

"저희 배를 향해 헬기 한 대가 접근 중이랍니다."

체임벌린의 요트를 향해 전속력으로 다가오던 헬기는 뉴포트 스테이트 공항에서 사이먼이 직권남용으로 빌린 민간 헬기였다. 때문에 기체 외부에는 FBI 로고 대신 택배 회사 로고가 붙어 있었다.

"접근하는 헬기에 경고한다. 여기는 작전 상공으로 민간인 통제 구역이다. 당장 기수를 돌려라. 그렇지 않으면 발포하겠다. 다시 한번 경고한다. 지금 당장 돌아가라."

구축함에서 출동한 씨호크 헬기가 위협 비행을 하며 경고했다.

"돌아가야겠어요. 이러다가 격추당해요."

겁을 집어먹은 조종사가 선회하며 말했다.

"씨호크 조종사를 바꿔 봐요."

사이먼이 소리치자 조종사가 주파수 채널 다이얼을 돌려 씨호크 무선 채널을 맞췄다.

"씨호크에게 전한다. 여긴 FBI 요원 사이먼 켄이다. 지금 저 배에 탄 사람 목숨이 위험하다. 그러니 길을 열어 줄 것을 요구한다. 다시 한번 말한다. 저 요트에 타고 있는 사람이 위험하다."

사이먼이 다급하게 말했지만 씨호크는 위협 비행을 멈추지 않았다.

"젠장! 지금 급하다니까!"

화가 난 사이먼이 헤드셋을 집어 던졌지만 헬기는 요트를 향해 단 한 발자국도 다가갈 수 없었다. 그때 문득 뭔가 떠오른 듯 사이먼이 다시 헤드셋을 썼다. 그리고 씨호크를 향해 무선을 보내기 시작했다.

체임벌린은 조금 전 서빙이 된 음식의 향을 음미하고 있었다. 시큼하고 진한 소스 향 속에서도 송로는 숲의 풋풋한 향취를 잃지 않고 있었다.

"향이 쓸 만한걸."

까다로운 체임벌린이 만족스러운 듯 와인 잔을 잡았다.

"실례하겠습니다."

버렐이 양해를 구하고 접시에 담긴 요리를 일일이 검사했다. 물론 송로버섯도 그중 하나였다.

"이상 없습니다."

버렐이 물러서자 기다렸다는 듯 체임벌린이 포크와 나이프를 들었다. 양고기를 썰자 붉은 육즙이 흘러나왔다. 그 위에 송로버섯을 올리고 소스를 묻히자 보기에도 먹음직한 한입이 완성됐다.

"조금 전의 헬기는 어떻게 됐나?"

체임벌린이 세 가지 재료가 멋지게 하모니를 이룬 한입을 듬뿍 머금으며 물었다.

"FBI 요원이라고 주장하는 녀석이 저희 배에 볼일이 있다는 모양입니다."

"무슨 볼일?"

"지금 알아보고 있습니다."

버렐이 씨호크와 통화를 하는 사이 체임벌린은 양고기와 송로를 마음껏 즐겼다.

"기가 막히는군. 모든 게 완벽해. 버섯과 소스, 씹히는 육질과 부드러운 식감. 살아 있는 게 행복하군."

체임벌린은 이 시간을 최대한 즐기려는 듯 아주 천천히 식사를 했다. 그런데 씨호크와 무선을 주고받던 버렐의 표정이 굳었다.

"어르신. 정체불명의 헬기와 통화를 했습니다. 그런데……."

"그런데?"

체임벌린이 남은 양갈비에 송로를 얹으며 물었다.

"헬기 탑승자가 말하길 신가야라는 한국인이 첫 번째 양식 송로를 바다에 사는 악마 개구리가 먹게 될 거라고 했답니다."

이야기를 들은 체임벌린의 얼굴이 하얗게 변하며 얼음처럼 굳어 버렸다.

"어르신? 괜찮으십니까?"

버렐이 걱정스러운 듯 물었다. 그때였다. 체임벌린이 목을 움켜쥐며 숨을 가쁘게 몰아쉬기 시작했다. 그는 마치 목에 커다란 음식물이 걸린 듯 호흡을 못하고 고통스러워했다.

"약을 가져와! 어서!"

버렐이 소리쳤지만 체임벌린은 몸을 가누지 못하고 바닥에 쓰러진 채 경련을 일으키고 있었다. 부하 직원이 천식 약을 찾으러 간 사이 버렐은 체임벌린의 주머니를 뒤졌다. 다행히 체임벌린은 약을 지니고 있었다.

"어르신. 약을 빨아들이세요. 어서요."

버렐이 체임벌린의 입에 약을 물리며 소리쳤다. 하지만 체임벌린에겐 약을 빨아들일 만한 힘이 남아 있지 않았다. 희미해지는 의식 저편으로 사이먼을 태운 헬기가 저승사자처럼 다가오고 있었다.

"그러니까 당신이 직접 모든 음식을 먹어 봤다는 거요?"

"그게 제 일이니까요. 독에 반응하는 순은(純銀) 포크로 어르신이 드실 음식을 직접 검사하는 것."

버렐은 흔들림이 없었다. 그들이 있는 곳은 뉴욕 본부의 취조실이었다. 인간미라고는 보이지 않는 삭막한 공간이었지만 버렐은 차분하게 대처하고 있었다. 사이먼이 도착했을 때 체임벌린은 요트 내 응급실에서 주치의의 응급처치를 받고 있었다. 그곳에는 전기 충격기와 에피네프린 등 필요한 모든 응급 장비들이 구비되어 있었지만 그를 살려 내진 못했다. 사이먼은 부검을 위해 곧바로 뉴욕 본부로 이송할 것을 요구했지만 버렐이 앞을 가로막았다. 그는 변호사만큼이나 능숙하게 영장을 비롯한 법적 절차를 조목조목 따졌고 사적인 공간에서 나가 줄 것을 요구했다. 하지만 그렇다고 호락호락 쫓겨날 사이먼이 아니었다. 사이먼은 조용하게 수갑과 자발적 협조 중 하나를 고르라고 말했고 눈치 빠른 버렐은 더 이상 반항 않고 현장 목격자들과 함께 헬기에 올랐다.

"송로버섯도 먹었소?"

"물론입니다. 양식이었지만 자연산에 비해 전혀 떨어지지 않는 훌륭한 향이었습니다."

"그런데 당신은 멀쩡하고 피해자는 사망했다?"

"그렇습니다."

"피해자를 위해 일한 지 얼마나 됐소?"

"이십사 년 됐습니다."

"그럼 피해자가 어떤 일을 하는지 잘 알고 있겠군요."

"물론입니다."

"말해 줄 수 있겠소?"

"잘 모르시는 모양인데 우리 집사들은 첫날 모실 분 앞에서 서약을 합니다. 죽는 날까지 마스터의 비밀을 지킨다고. 이제껏 한 번도 서약을 어긴 적 없고 앞으로도 어길 생각이 없습니다."

사이먼이 작게 한숨을 내쉬었다.

"상황 파악이 안 되는 모양인데 당신은 살인 용의자 중 한 명이오. 그것도 아주 유력한."

그러자 버렐이 바짝 얼굴을 들이밀었다.

"요원님이야말로 상황 파악을 못 하고 계시군요. 요원께서 막든 말든 전 곧 여길 나가게 될 겁니다. 어르신과 함께."

사이먼은 버렐이 허풍을 떠는 게 아니란 걸 알 수 있었다. 그의 눈에서 조금도 주저하는 기색을 느낄 수 없었다. 아마도 그가 타고 있던 요트만큼이나 화려한 배후가 있는 모양이었다. 그러나 그런 건 아무래도 상관없었다. 사이먼의 관심은 오로지 하나였다.

"신가야라는 이름을 들어 본 적 있소?"

"처음 들어 봅니다."

버렐은 오랜 시간에 걸쳐 감정을 조절하는 법을 터득한 것처럼 능숙하게 표정을 관리하고 있었다.

"구세주가 누군진 모르지만 내 허락 없이 이 방을 나갈 수 없을 거요."

이 말을 남기고 사이먼은 취조실을 나섰다. 바로 옆방에는 요리사 파비앙이 겁에 질려 한 시간째 울고 있었다. 조사해 보니 그는 파리에서 명성을 쌓고 얼마 전 두바이 버즈 알 아랍으로 간 최고의 요리사였다. 십 년 전 그가 만든 요리를 먹어 본 체임벌린이 실력에 반해 정기적으로 요트에 초대하고 있었다. 미쉐린 가이드에 다섯 번이나 이름이 오를 정도로 탁월한 요리사였지만 바퀴벌레 한 마리도 못 잡을 정도로 심약한 위인이었다.

"분명 가야를 만난 놈이 있을 텐데."

그때 문이 열리며 흰 가운을 입은 연구원 지미가 들어왔다.

"결과 나왔어."

사이먼은 본부에 도착하자마자 성분 분석실에 피해자가 먹은 음식물에 독극물이 있는지 검사를 의뢰했다.

"좋은 소식?"

"미안하지만 희소식은 없어. 그냥 레어로 잘 조리된 양갈비야. 맛도 있고."

점심을 걸렀는지 지미가 입맛을 다시며 말했다.

"확실한 거야? 송로를 특히 신경 써 달라고 했잖아."

"버섯부터 검사했어. 하지만 치명적인 독성분은 검출되지 않았어. 버섯에는 없는 성분이 나오긴 했지만 인체에 해를 끼칠 만한 양은 아니야."

"버섯에 없는 성분이라니. 자세히 말해 봐."

"옥살산칼슘이라는 건데 피부에 닿으면 가려움증을 일으키기도 하고 다량 섭취할 경우 혀와 기도가 마비되며 부어오르긴 하지만 워낙 미량이라 문제를 일으킬 만한 수준은 아니야. 아마도 버섯이 자란 근처에 유칼립투스 나무가 있었나 봐."

순간 사이먼은 희생자 옆에 놓여 있던 흡입식 천식 약을 떠올렸다.

"만약 그 성분을 먹은 사람이 천식 환자라면?"

"그렇다면 얘기가 달라지지. 천식 환자의 경우 미량이라도 섭취하게 되면 예민하게 반응해서 기도가 막힐 수도 있으니까."

사이먼은 그제야 가야의 계획을 어렴풋이 눈치챌 수 있었다. 문제는 십 년 전 가야가 어떻게 존재하지도 않는 송로버섯에 옥살산칼슘을 넣었냐는 것이다. 가장 간단한 추리는 지금까지처럼 제3자를 이용하는 것이었다. 그렇다면 유력한 용의자는 세 명이었다. 요리사 파비앙, 집사 버렐, 그리고 버섯을 양식한 세바스티앙 브에미. 앞의 두 사람은 일단 용의선상에서 제외됐고 남은 건 한 명뿐이었다.

"너 나랑 어디 좀 가야겠다."

"아직 근무시간이야."

"이것도 일이야."

사이먼은 무작정 지미의 손을 끌고 어디론가 향했다.

그들이 세 시간가량을 달려 도착한 곳은 세바스티앙 브에미의 버섯 농장이었다. 농장은 브랜포드 남쪽 벌링게임 주립공원 인근에 위치하고 있었다. 떡갈나무 숲 사이로 난 이차선 도로를 얼마쯤 달리자 '브에미 버섯 농장'이라는 작은 간판과 함께 숲속으로 난 샛길이 나타났다. 가파른 비포장도로를 따라 300미터가량 숲속으로 들어가자 허름한 다섯 채의 건물이 보였다. 언덕을 따라 대충 지어진 건물은 헛간 네 채와 주거용으로 사용하는 단층 주택 한 채였다. 사이먼은 적당한 곳에 차를 세우고 집으로 향했다. 비스듬한 언덕에 위태롭게 지어진 집 현관에는 들어서면 발자국이 남을 만큼 수북이 먼지가 쌓여 있었고 처마에 달린 닭 모양 풍경은 원래 색을 알아볼 수 없을 정도로 까맣게 녹슬어 있었다. 한마디로 버려진 지 오래된 흉가 같은 모습이었다.

"꼭 〈양들의 침묵〉에 나오는 범인 집 같네. 설마 진짜 연쇄살인범 잡으러 온 건 아니지?"

"이래 봬도 곧 억만장자가 될 사람 집이야."

"금맥이라도 발견했나?"

"무게로만 따지만 금보다 몇십 배 비싸지."

똑똑. 문을 두드렸지만 아무도 나오지 않았다.

"계십니까?"

찢겨진 방충망 너머로 집 안을 살피며 소리쳤다. 아무런 인기척도 없었다. 사이먼은 헛간으로 발길을 돌렸다. 그곳은 일반 버섯을 양식하는 농장이었다. 어두컴컴한 내부에 나무토막들을 층층이 쌓아 놓은 철제 선반들이 일렬로 늘어서 있었고 눅눅하게 습기를 머금은 나무토막에선 표고버섯이 자라고 있었다. 얼마쯤 버섯 사이를 지나다 보니 어둠 저편에 인기척이 있었다.

"브에미 씨?"

그러자 어둠 속의 남자가 돌아봤다.

"니들 뭐야? 당장 내 농장에서 나가지 못해!"

브에미가 산탄총을 거누며 소리쳤다. 그는 이제 막 원시 동굴벽화에서 뛰쳐나온 것처럼 가슴까지 내려오는 수염에 봉두난발을 하고 있었다. 브에미의 갑작스러운 행동에 연구원 지미는 혼비백산하며 바닥에 납작 엎드렸다.

"네놈들도 내 비법을 홈쳐 가려고 온 게지? 혼꾸멍나기 전에 꺼지는 게 좋을 거야."

"브에미 씨. 우리는 도둑이 아니라 FBI입니다."

사이먼이 신분증을 꺼냈다.

"FBI?"

브에미는 못 미덥다는 듯 다가와 신분증을 자세히 살폈다.

"FBI가 이 촌구석엔 뭔 일이야?"

"당신이 생산한 송로버섯을 먹고 한 남자가 사망했어요."

"그럴 리가 없어. 내 버섯은 완벽해. 아무런 문제 없다고."

"버섯 문제가 아닙니다. 누군가 그 버섯에 독성분을 주입했어요. 지금 조사 중입니다."

"그래서 뭘 어쩌라는 거야? 내가 독이라도 발랐다는 거야?"

브에미가 총을 내려놓고 파이프 담배를 물었다.

"버섯이 피해자 손에 넘어간 과정을 자세히 말해 줘야겠어요. 그리고 한 번만 더 그 총을 들이밀면 그땐 공무집행방해로 쇠고랑을 찰 줄 아세요."

잠시 후 사이먼과 지미는 브에미를 따라 숲속을 걷고 있었다. 처음에는 언덕 수준이던 숲은 어느 순간 경사가 가팔라지며 날카로운 바위와 계곡으로 변해 갔다. 그런 험난한 지형을 브에미는 능숙하게 지나갔다.

"만약 여기 위치를 엄한 놈들한테 알리면 지옥 끝까지 너희 둘을 쫓아가서 저주를 퍼부을 테니 명심해."

브에미는 치매에 걸린 노인네처럼 가는 내내 한 말을 되풀이하고 있었다.

"걱정 말아요. 다시 오라고 애걸을 해도 안 올 테니."

숨을 헐떡이며 사이먼이 대답했다. 그들이 향하던 곳은 체임벌린이 먹었던 버섯이 재배된 장소였다.

"그런데 왜 유독 송로버섯만 인공 재배가 힘들죠?"

지미가 힘겹게 뒤를 따르며 물었다.

"당연히 힘들 수밖에. 먼저 씨를 얻어야 싹을 피우든 말든 할 텐데 이놈의 송로는 씨를 구할 수가 없어."

"자실체에서 포자를 분리하는 게 힘들다는 거군요."

지미가 말을 이었다.

"두 번째로 이놈은 떡갈나무나 헤이즐넛 같은 활엽수 뿌리에 기생해서 사는데 포자를 나무뿌리에 감염시키는 것 역시 말도 못 하게 까다로워. 잘못했다가는 그냥 썩은 곰팡이가 되고 말지. 설사 버섯이 된다고 해도 지저분한 잡버섯이 되는 게 다반사야."

"그럼 당신이 최초로 인공 재배에 성공한 건가요?"

어느덧 세 사람은 산 중턱에 다다르고 있었다.

"아니. 뉴질랜드에 사는 어떤 교수가 성공했다고 들었어. 하지만 실내에서 재배하는 수준이었지. 그럼 당연히 버섯의 풍미가 자연산만 못해. 나는 달라. 내 비법은 자연에서 재배하는 방법이야. 자연산과 똑같은 환경에서 송로를 만든 거지."

브에미는 자신만만했다.

"근데 여기는 주립공원 아닌가요? 공원에서는 작물이 금지되어 있는 걸로 아는데."

졸지에 산을 타게 된 지미는 아픈 발을 주무르고 있었다.

"쉿! 조용히 해. 여기가 바로 신성한 내 비밀의 화원이야."

브에미가 커다란 바위를 넘어서며 말했다. 사이먼도 뒤를 따라 바위에 올랐다. 그러자 멋진 풍경이 펼쳐졌다. 그곳은 하늘이 안 보일 만큼 거대한 떡갈나무들이 빼곡히 들어선 숲이었다. 바닥은 부드러운 흑토가 주단처럼 깔려 있었고 주위에는 맑은 개울이 숲을 감싸듯 휘감아 흐르고 있었다.

"동부의 숲이란 숲은 죄다 다녀 봤지만 이만한 데를 본 적이 없어. 아무리 가물어도 물이 끊이지 않는 개울. 떡갈나무 잎을 퇴비 삼아 비옥해진 토양과 계절 구분이 확실한 날씨. 송로가 자라기에 완벽한 곳이지."

브에미는 세상을 다 얻은 표정으로 숲을 바라보고 있었다.

"피해자한테 판 버섯은 어디서 키운 겁니까?"

"바로 저기 제일 큰 떡갈나무 보이지? 그 뿌리에서 자랐어."

사이먼은 연구원 지미와 함께 브에미가 가리킨 떡갈나무로 갔다. 나무는 장정 셋이 둘러싸야 할 만큼 크고 웅장했다. 뿌리 주위에는 이끼가 잔디처럼 끼여 있었고 그 위에 이파리 사이로 스며든 햇살이 일렁이고 있었다.

"잘 살펴봐. 분명 뭔가 있어."

"난 연구원이란 말이야. 이게 뭔 짓인지 모르겠네."

지미가 투덜대며 주위를 둘러보기 시작했다.

"버섯 연구를 시작한 게 정확히 언제부터였죠?"

"어디 보자. 재배지 찾는답시고 마운트 숲을 헤매던 게 마흔여섯 이었으니까, 정확히 십 년 됐구먼."

십 년 전이면 신가야가 계획을 시작했던 해였다.

"혹시 신가야라는 사람 만난 적 없습니까? 양쪽 눈 색깔이 다른 한국인이에요."

"십 년 동안 만난 인간이라곤 집배원이랑 술집 주인이 전부야."

브에미는 돌에 걸터앉아 파이프 담배를 피우고 있었다. 그때였다.

"사이먼. 이리 와 봐."

떡갈나무 주변을 살피던 지미가 뭔가를 발견한 모양이었다.

"뭔데 그래?"

사이먼이 다가가자 지미가 떡갈나무 주변 가득 자라고 있는 특이한 식물을 가리켰다. 그것은 무릎까지 오는 키에 손바닥 모양의 이파리를 가진 식물이었는데 꽃망울이 특이했다. 네 개의 꽃잎으로 이루어진 꽃봉오리는 둥그런 와인 잔 모양으로 땅을 향하고 있었는데 검은 잉크에 담갔던 것처럼 새까맸다.

"이건 요강나물이라는 거야."

"처음 들어 보는데."

"아주 희귀한 식물로 옥살산칼슘을 함유하고 있는 독초야."

"그럼 이 식물이 버섯에 옥살산칼슘을 주입했다는 거야?"

"만약 요강나물의 뿌리가 버섯에 닿았다면 가능성이 있지. 그런데 이상한 건 이 식물이 왜 여기 서식하고 있느냐야. 이 녀석이 사는 곳은 지구상에 딱 한 곳뿐이거든."

"그게 어딘데?"

"한국."

궁극의 아이 1

카이헨동 연구소

그곳에는 어느새 겨울이 도착해 있었다. 서슬 퍼런 북풍 입김이 동면을 준비하는 나무의 이파리를 떨구고 서리를 머금은 대기에는 겨울 냄새가 진하게 배어 있었다. 그 사이로 난 적막한 이차선 도로를 리무진 한 대가 달리고 있었다.

"미치겠군. 그놈이 돌아올 리 없잖아."

조나단 킨데마이어는 뒷좌석에 앉아 끝없이 이어지던 단풍나무 숲을 바라보고 있었다. 청명한 오후 햇살이 숲 구석구석을 비추고 있었지만 그에게는 모든 게 흐릿하기만 했다. 그의 시력은 이제 오래된 지하실 전구처럼 수명이 다하고 있었다. 시력뿐 아니라 그의 몸 전체가 현대 의학의 힘을 빌려 간신히 버티고 있었다. 나흘 전만 해도 그는 심장 발작을 일으켜 응급실에 실려 갔다. 하지만 노쇠한 장기들도 전 세계 미디어에 대한 그의 막강한 영향력을 약화시킬 수는 없었다. 그는 응급실에서 코에 튜브를 꽂은 채 최고의 M&A 전문가들도 반년이나 끌던 중국의 유력 일간지 『데일리 차이나』 합병 문제를 전화 한 통화로 해치워 버렸던 것이다. 이로써 그는 명실상부 전 대륙, 79개국에 391개 미디어 계열사를 거느린 거대 제국을 완성했던 것이다. 그것은 그야말로 제국이라 불릴 만했다. 인류 역사상 그 누구도 전 세계 사람들의 눈과 귀를 이처럼 완벽하게 장악했던 인간은 없었다. 그가 소유한 TV와 라디오, 신문, 그리고 인터넷 방송에 하루 접속하는 인구는 무려 23억 명에 달했다. 세계 인구의 3분의 1이 그의 통제하에 있는 거나 마찬가지였다. 그가 소유한 미디어 그룹의 일 년 광고 수익은 무려 6조 달러에 달했다. 미국 정부 예산의 두 배에 달하는 금액이다. 그가 맘먹고 의도적으로 사람들을 움직이려 한다면 한 나라의 정권은 물론이고 역사도 바꿀 수 있었다. 그런 그가 이처럼 두려움을 느낀 것은 이제껏 살아오면서 한 번도 없었다.

"그놈일 리 없어. 죽은 걸 내 두 눈으로 똑똑히 봤단 말이야."

주름으로 가득한 조나단의 손이 모피 코트 속에서 파르르 떨었다. 쿵쿵. 운전기사 파비오가 칸막이 유리를 두들겼다. 곧 도착한다는 신호였다. 그는 충실할 뿐만 아니라 벙어리였다. 선을 넘는 질문을 하지 않고 비밀을 발설할 일이 없기 때문에 오늘같이 은밀한 일에 동행하는 데는 제격이었다. 지루하게 이어지던 도로가 끝나자 목적지가 나타났다.

숲으로 둘러싸인 그곳은 악명 높은 교도소를 연상시켰다. 콘크리트 담은 높았고 그 위에는 고압전류가 흐르는 철조망이 설치되어 있었다. 중간중간 세워진 감시초소에는 중무장한 감시원들이 삼엄하게 지키고 있었다. 리무진이 두터운 철문 앞에 멈춰 서자 CCTV 카메라가 자석처럼 따라왔다. 조나단은 창문을 열고 말없이 카메라를 바라봤다. 그러자 주인을 알아본 철문이 둔탁한 쇳소리를 내며 열렸다. 문을 통과하고 잡초가 무성한 정원을 지나자 거대한 저택이 나타났다. 퇴색한 붉은색 지붕과 검버섯이 핀 화강암 벽돌로 이루어진 저택은 이제 막 발굴된 고대 유적을 연상시켰다. 파비오가 저택 정문 앞에 차를 세웠다.

"준비하란 건 가져왔나?"

파비오가 고개를 끄덕였다.

"들고 따라와."

조나단이 지팡이를 짚으며 앞장서자 파비오가 서둘러 트렁크에서 뭔가를 꺼냈다. 조금 전 마트에서 사 온 철거용 해머였다.

저택은 단순히 몰락한 거부의 과거 영화를 머금은 폐가가 아니었다. 그곳은 폐쇄된 병원이었다. 넓은 중앙 홀에는 여러 종류의 의료 장비들이 흰 천을 뒤집어쓴 채 무질서하게 놓여 있었고 복도에는 방치된 이동 침대가 늘어서 있었다. 한쪽 벽에는 유통기한이 한참 지난 음료수가 진열된 자판기가 놓여 있었고 홀 여기저기에 휠체어가 흩어져 있었다. 하지만 평범한 병원이라고 하기에는 어딘지 석연찮은 구석이 있었다. 창문은 모두 쇠창살로 막혀 있었고 복도마다 자물쇠로 잠긴 철문이 설치되어 있었다. 그런 공간을 조나단은 지팡이에 의지해 지나갔다. 철문이 나타나면 열쇠 꾸러미에서 맞는 열쇠를 찾아 자물쇠를 열고 통과했다. 그렇게 몇 개의 철문을 지나자 빛이 닿지 않는 공간 너머에 엘리베이터가 있었다. 스위치를 누르자 기지개를 켜듯 신음을 내며 문이 열렸다. 조나단은 지하 3층 스위치를 눌렀다.

"지금부터 여길 떠날 때까지의 시간은 네 인생에 없는 거다."

파비오는 버블헤드 인형처럼 연신 고개를 끄덕였다.

두 사람은 말없이 엘리베이터가 내는 기괴한 울음소리를 듣고 있었다. 이윽고 엘리베이터가 멈추며 문이 열렸다. 그러자 거대한 어둠이 나타났다. 어둠 속에는 오래전 동작을 멈춘 여러 물건들이 세월 순으로 차곡차곡 쌓여 있었고 그 위에 시간의 잔해가 두텁게 내려앉아 있었다. 조나단은 불도 켜지 않고 능숙하게 잡동사니들을 지나 반대편으로 걸어갔다. 정확히 스물일곱 걸음을 걷자 박스들 사이로 녹으로 뒤덮인 철문 하나가 나타났다. 조나단은 들고 있던 열쇠 꾸러미에서 제일 큼지막한 놋쇠 열쇠를 고르더니 열쇠 구멍에 밀어 넣었다. 철컥. 녹이 슨 쇳소리가 울리자 문 사이로 햇살만큼이나 밝은 빛이 새 나왔다. 두 사람이 도착한 곳은 수백 개의 조명이 태양을 대신하는 은밀한 지하 농장이었다. 그곳에는 붉은색 꽃이 융단처럼 가득 피어 있었고 꽃에서 흘러나온 묘한 향기가 대기를 메우고 있었다. 그 향은 향기로울 뿐만 아니라 온몸에 긴장을 풀어 주는 작용을 하고 있었다. 이제껏 흔들림 없던 파비오가 꽃향기에 취해 넋을 잃자 조나단이 미리 준비해 둔 방진 마스크를 던져 주었다.

"너무 오래 맡으면 마누라도 못 알아보게 될 거다."

그것은 양귀비였다. 물이 잔뜩 오른 양귀비들이 봉우리에서 찐득한 액체를 피처럼 흘리고 있었다. 모두 최상품들이었다. 마약상에게 넘긴다면 적어도 수천만 달러는 족히 받을 수 있는 양이었지만 그것은 마약 제조를 위한 게 아니었다. 언젠가 나타날 누군가를 위해 오래전부터 예비된 것이었다. 조나단은 양귀비 밭을 지나 반대편 콘크리트 벽 앞에 멈춰 섰다. 그는 콘크리트 벽을 유심히 살피더니 주변에 비해 색깔이 진한 곳을 가리켰다.

"여길 부숴라."

양손에 침을 뱉은 파비오는 해머로 벽을 내리치기 시작했다. 이윽고 벽이 무너지자 또 다른 공간이 나타나며 오랫동안 갇혀 있던 습하고 차가운 바람이 흘러나왔다.

"넌 여기서 기다려라."

조나단은 의미심장하게 벽 너머를 응시하다가 공간 속으로 발을 내디뎠다. 그곳은 이 저택의 가장 깊은 곳에 숨겨진 방이었다. 그곳에 방이 있다는 걸 아는 사람은 이 세상에 다섯 명뿐이었다. 하지만 그중 셋이 목숨을 잃고 이제는 단 두 명만이 이 방의 존재를 알고 있었다. 조나단도 그중 한 명이었다. 지난 십 년 동안 밀폐되어 있던 방에서는 퇴색한 콘크리트 냄새와 기묘한 화학약품 냄새가 뒤섞여 있었다. 그리고 어둠 저편에서 웅~ 하는 기계음이 들려왔다. 준비한 손전등을 켜자 광선검처럼 명확한 빛줄기가 어둠을 갈랐다. 조나단은 기계 소리를 향해 걸었다. 몇 발자국을 내딛던 조나단은 드디어 소리의 중심부에 도착했다. 그곳에서 울고 있던 것은 거대한 냉동고였다. 만들어진 지 오십 년은 족히 됐을 법한 낡은 냉동고가 벽면을 가득 채우고 있었다. 그것은 주문 제작된 것으로 관이 들어갈 만한 크기의 사각 문이 두 줄로 나란히 늘어서 있었는데 위아래 각각 여섯 개씩, 모두 열두 개였다. 문에는 묵직한 자물쇠가 붙어 있었고 일련번호가 쓰어 있었다. 조나단은 주저하지 않고 여섯 번째 문으로 다가갔다. 하지만 선뜻 냉동고 문을 열지 못했다. 그의 눈에는 사신(死神)이 내민 마지막 카드를 뽑기 전 두려움이 고스란히 배어 있었다.

잠시 냉동고를 응시하던 조나단은 결심을 했는지 자물쇠를 해체하고 문을 열었다. 그러자 미닫이 트레이 위에 놓여 있던 시체 한 구가 딸려 나왔다. 시체는 검은 비닐 커버에 싸여 있었고 성에로 잔뜩 덮여 있었다. 비닐 커버의 지퍼를 내리자 오래전 죽은 한 남자가 모습을 드러냈다. 조나단은 조심스럽게 손전등으로 시체의 얼굴을 비추었다. 핏기가 사라진 지 오래된 입술은 푸른 립스틱을 바른 것처럼 새파랬고 두 눈은 지렛대로도 열 수 없을 것처럼 굳게 감겨 있었다. 그리고 관자놀이에 커다란 총구멍이 나 있었다. 가야였다. 비록 죽은 지 십 년이 지났지만 청초한 아름다움이 갓 피어난 꽃처럼 향기를 뿜고 있었다. 조나단은 유심히 가야의 머리에 난 비탄(飛彈) 자국을 확인했다. 분명 오른쪽 관자놀이에서 시작된 총알이 뇌를 뚫고 반대편까지 이어져 있었다.

"그럼 그렇지. 네놈일 리가 없지. 넌 십 년 전에 죽었으니까."

그제야 안심이 된 듯 조나단은 죽은 가야의 시체를 보며 웃기 시작했다. 점점 커지던 그의 웃음소리는 양귀비 밭을 지나 반대편

창고까지 들릴 정도로 커졌다. 이윽고 조나단은 더 이상 볼일 없다는 듯 무심히 시체를 도로 냉동고에 밀어 넣으려 했다. 그런데 그 순간 무엇인가가 그의 심기를 건드렸다. 그것은 보일 듯 말 듯하나 거울에 비출 때마다 거슬리는 작은 얼룩처럼 그의 신경을 건드리고 있었다. 조나단은 평생 같은 양말을 두 번 신어 본 적이 없었고 보고서의 단어 하나가 맘에 안 들면 수십 번을 고치게 만드는 결벽주의자였다. 조나단은 시체를 다시 끄집어내곤 전신을 슥 훑어본 후 손에서 눈길을 멈췄다. 가야는 보물이라도 움켜쥔 듯 옹골차게 주먹을 쥐고 있었다. 조나단이 있는 힘껏 벌리려 했지만 오랫동안 얼어붙어 있던 주먹은 쉽사리 열리지 않았다.

"파비오! 이리 와서 이것 좀 펴 봐! 어서!"

힘이 장사였던 파비오도 주먹을 펴는 게 쉽지는 않았다. 하지만 결국 비밀의 문처럼 얼음 갈라지는 소리를 내며 가야의 주먹이 열렸다. 조나단은 황급히 손바닥을 살폈다. 거기에는 볼펜으로 한 단어가 적혀 있었다.

인과응보

양귀비 밭에 조나단이 뽑은 사신의 카드가 비명처럼 흩뿌려지고 있었다.

1981년 5월 14일 대한민국 서울 출생.

가족 사항 : 부친 신동해와 모친 정희연. 형제 없음.
1989년 아버지 신동해 사망. 사인 급성 뇌출혈.
2001년 어머니 정희연 실종.

학   력 : 동작초등학교 졸업, 서일중학교 졸업.
장운고등학교 중퇴.

성장 환경 : 고물상을 하던 아버지를 일찍 여의고
어머니 정희연이 파출부 등
잡역을 하며 힘들게 생활.

범죄 사항 : 1996년 4월 13일 지하철 소매치기 현장 검거.
일당은 도주.
미성년이고 초범인 것을 감안 훈방 조치.
1997년 7월 20일 암사동 **은행 현금인출기
파손 및 절도.
경찰과 추격전 끝에 검거.
징역 6개월 선고, 소년원 복역.
3개월 복역 후 모범적인 교도소 생활과
어머니의 병(췌장암)으로 인한 가석방.

특이 사항 : 1998년 11월 8일 미국 취업 이민.

이것이 한국에서 발송한 신가야의 신상 기록이었다. 그야말로
세상 어디에나 있을 법한 밑바닥 인생이었다. 그런데 이상한 건
신가야가 미국으로 이민을 오게 된 동기였다. 가야는 이민국이 정
한 자격에 하나도 충족되지 않는 부적격자였다. 이민국이 추천하
는 특별한 기술 자격증도 없었고 투자 이민을 할 경제적 여력도
없었다. 가장 치명적인 건 범죄 기록이었다. 그런 그가 한 연구 단

체의 초청장 한 장으로 영주권을 얻을 수 있었던 것이다. 그 단체의 이름은 '카이헨동 인간행동연구소'였다.

카이헨동 연구소는 1924년 영국의 심리학자이자 정치가 윌리엄 카이헨동이 세운 곳으로 본래는 런던의 서식스대학교 인근에 위치하고 있었다. 카이헨동이 주목을 받게 된 건 제1차 세계대전이 발발하면서부터였다. 참호전이라는 새로운 전쟁 양상이 벌어지면서 진흙투성이 전장에 고립된 병사들이 문제를 일으키기 시작한 것이다. 수천 명의 병사들이 정신적 충격과 스트레스를 버티지 못하고 자살과 탈영을 했고 전쟁 수행 능력에 문제가 생겼다. 이에 영국 정부는 참호 속 병사들의 심리 상태를 개선시킬 방법을 찾기 시작했고 정치적 수완이 뛰어났던 카이헨동이 기회를 놓치지 않고 프로젝트를 따내게 된다. 그리고 그로부터 오 개월 후 최초의 전쟁 심리 보고서 '늪 이론(Swamp Theory)'을 발표한다. 그 후 영국 정부와 밀착하게 된 카이헨동은 제2차 세계대전을 거치며 더욱 영향력을 키우게 되는데 심리전을 중점적으로 연구하며 영국 국방부 직속 연구소로 발전한다. 전쟁이 끝나자 아이젠하워의 요청에 의해 워싱턴에도 연구소가 건립된다. 이후 이들이 어떤 연구를 했는지 공식적으로 알려진 바는 없지만 한국전쟁과 베트남전쟁에 참여했던 것은 공공연한 사실로 받아들여지고 있다. 하지만 무엇보다 중요한 것은 이들이 여러 전쟁에 관계하면서 미국을 비롯해 세계 각국 정부들의 정치적인 자문을 맡았다는 것이다. 현재 카이헨동 연구소가 자문을 맡고 있는 국가는 미국을 비롯해 영국, 프랑스, 독일 등 유럽 국가와 남아프리카, 일본, 인도 등 전 세계 37개국에 달한다. 그런 곳에서 한국의 문제아였던 신가야를 영주권까지 지원하며 초청했던 것이다.

"이놈들이 답을 쥐고 있군."

사이먼이 서류에 붙은 가야의 사진을 보며 중얼댔다.

"성적 스트레스를 일로 풀려다간 불구 된다."

론이 허리띠 위로 불룩하게 튀어나온 배를 자랑하듯 내밀며 다가왔다.

"이거 한번 봐라. 재밌을 거다."

론이 서류 파일 하나를 툭 던졌다. 파일을 펼치자 프랑스 일간지 『르몽드지』의 기사가 나타났다.

몬테카를로의 특급 호텔 비야 빅토리아 펜트하우스에서 폭발 사고. 사망자 여섯 명 모두 중국인으로 밝혀져. 인터폴과 연계해 사건 수사 중.

"이게 이번 사건과 무슨 연관이 있는데?"

"진득하게 읽어 봐."

론이 먹다 남은 도넛을 집으며 말했다. 페이지를 넘기자 몇 장의 사진이 나타났다. 그것은 사고 현장에 있던 관광객이 촬영한 것으로 폭발 당시 누군가 펜트하우스 베란다에서 뛰어내리는 사진이었다. 찍힌 사람은 50대 흑인으로 폭발 직전 12층 펜트하우스에서 야외 풀장으로 뛰어내리고 있었다.

"무싸 뱅쿨라?"

사진 속 얼굴을 알아본 사이먼이 소리쳤다.

무싸 뱅쿨라는 사십 년 내전을 종식시키고 국민투표에 의해 선출된 짐바브웨의 대통령으로 아프리카 민주화의 상징 같은 존재였다.

"대통령이 점프도 수준급이야."

손가락에 묻은 도넛 부스러기를 빨아 대며 론이 말했다.

"한 나라의 대통령이 암살당할 뻔했는데 왜 기사에는 언급이 안 된 거지?"

"왜냐면 무싸 대통령이 몬테카를로에 온 걸 그 방에 있던 사람들 외에는 아무도 몰랐기 때문이지. 더 중요한 건 무싸가 만나고 있던 사람들이야."

사이먼이 페이지를 넘기자 사망한 여섯 명의 중국광물개발공사 직원의 사진이 나타났다.

"중국광물개발공사 사장? 대체 짐바브웨 대통령이 몬테카를로에서 중국광물개발공사 사장과 무슨 얘기를 하고 있었던 거지?"

"팔 개월 전 짐바브웨의 마수빙고 광산에서 엄청난 양의 다이아몬드 광맥이 발견됐어. 최소 추정치가 18억 7,000만 캐럿으로 세계 최대 광맥인 남아프리카 킴벌리 광산보다 많은 양이야. 당연히 다이아몬드 1위 기업인 더 디바인 수뇌부가 채굴권을 얻기 위해 짐바브웨로 날아갔지. 짐바브웨 내각과 의원들을 매수할 돈다발을 잔뜩 들고 말이야. 하지만 반년에 걸친 노력에도 불구하고 그들은 빈손으로 돌아가게 돼. 무싸가 거부권을 행사하거든. 그 후 비밀리에 중국광물개발공사와 접촉을 시도하지. 경제성장을 바탕으로 세계 광물시장에 혜성처럼 등장한 중국광물개발공사는 더 디바인과 경쟁하기 위해 마수빙고 광산이 꼭 필요했고 당연히 파격적인 조건을 제시했겠지. 구미가 당겼던 무싸는 이들과 계약을 하기 위해 비밀리에 몬테카를로로 날아갔고 펜트하우스에 방을 잡은 거야. 그리고 드디어 계약서에 도장을 찍으려는 순간, 보다시피 쾅!"

론이 폭발음을 흉내 내자 입가에 묻어 있던 도넛 조각이 폭탄 파편처럼 사방으로 흩어졌다.

"만약 중국광물개발공사가 마수빙고 광산을 가져간다면 다이아몬드 원석 시장의 90퍼센트를 장악하고 있는 더 디바인은 엄청난 타격을 입게 되겠지. 그래서 더 디바인의 대주주이자 광물산업의 대부인 나다니엘 밀스타인이 무싸의 암살을 사주했다는 거야?"

"한 놈이 기어오르기 시작하면 나중엔 이놈 저놈 전부 달려들 테니 본때를 보여 줄 필요가 있었겠지. 그런데 정작 무싸는 살아났고 중국 놈들만 골로 간 거야."

"사지에서 살아 돌아온 무싸가 복수를 위해 짐바브웨 최고의 군인이었던 차막 알링기르를 미국으로 보냈고 삼 일 전 제퍼슨 호텔 정문에서 나다니엘 밀스타인을 암살했다?"

기사를 바라보는 사이먼의 눈이 빛나고 있었다. 앞뒤가 들어맞고 있었다.

"그 정도 일이면 부처라도 열받지."

"그런데 왜 중국광물개발공사 직원들은 사망하고 무싸는 탈출할 수 있었던 걸까?"

"더 디바인의 내부인을 매수했겠지."

"아니, 특별한 정보원이 있었던 거야."

사이먼은 이번에도 가야가 개입했다고 확신했다. 하지만 물증이 필요했다. 증거를 갖고 있는 사람은 한 사람뿐이었다. 바로 무싸였다.

"론, 부탁이 있어."

마지막 도넛을 집던 론이 움찔했다.

"또 무슨 부탁을 하려고?"

"무싸 대통령과 연락할 방법을 찾아봐."

"제정신이야? 국가원수의 직통 연락망은 일급기밀이야. 잘못했다가는 외교 문제로 번질 수도 있어."

"네가 생각하는 그런 일은 절대 없을 테니 걱정 마. 꼭 필요한 일이야. 부탁해."

론은 입맛이 사라졌는지 도넛을 내려놓았다.

"뭘 하려는지나 알자."

"질문을 하려는 거야. 내가 아는 누군가를 만난 적 있냐고."

"그게 전부야?"

"그래. 전부야."

론이 힘겹게 알아낸 연락처는 무싸 대통령의 개인 이메일 주소였다. 사이먼은 곧장 무싸에게 메일을 보냈다.

"안녕하십니까. 대통령님. 저는 미국 FBI 요원 사이먼 켄입니다. 제가 이렇게 연락을 드린 건 한 가지 질문이 있기 때문입니다. 혹시 신가야라는 한국 청년을 만난 적 있으십니까?"

엔터 버튼을 누르기 직전 사이먼은 잠시 망설였다. 사실 이건 일종의 모험이었다. 론의 말대로 외교 문제로 발전될 가능성은 충분했다. 만약 그런 일이 발생한다면 책상을 빼는 건 물론이고 평생을 일용직으로 살아야 할지도 몰랐다. 그러나 사이먼은 결국 버튼을 눌렀다.

워싱턴 DC 북쪽에 위치한 카이헨동 연구소는 거창한 배경과는 달리 아담했다. 삼엄한 경비 시스템만 제외하면 일반 기업의 연구소보다도 작고 보잘것없는 규모였다. 사이먼은 출발하기 전 정확히 어떤 연구를 하는 곳인지 알기 위해 FBI 자료실을 뒤져 보았지만 헛수고였다. 모든 파일은 일급기밀에 부쳐져 있어서 일반 요원은 열람이 불가능했다. 하지만 인터넷에는 수많은 루머가 떠돌고 있었다. 대부분은 정부나 특정 단체의 의도대로 대중을 조종하기 위해 세뇌, 마인드 컨트롤, 집단 최면, 언론 조종 등을 연구한다는 음모론이었다. 그중에도 가장 흔한 건 911테러에 관한 음모였다. 이라크전쟁에서 등장한 용어인 '충격과 공포'가 카이헨동 연구소에서 오래전 만들어 낸 개념으로, 911테러는 미국의 자작극이며 사람들을 심리적 공황 상태에 몰아넣음으로써 미국 정부의 의도대로 대중을 조종했다고 주장하고 있었다. 그 외에도 케네디 대통령 암살과 닉슨 대통령의 하야가 이들의 시나리오였다는 주장도 있었다.

"겉보기엔 대충 세금이나 축내는 고리타분한 정부 연구소 같은데."

사이먼은 주차장 한편에 차를 세우고 연구소로 향했다.

금속 탐지기와 무장 경비가 지키고 있는 입구를 통과하자 건물 본관이 모습을 드러냈다. 제2차 세계대전 직후 세워진 건물답게 내부는 잡스러운 장식 하나 없이 심플했다. 커다란 통유리창과 몇 개의 조각상이 놓여 있던 로비에는 벽면을 따라 이곳 소장을 역임했던 인물들의 초상화가 일렬로 장식돼 있었는데 그중에도 초대 소장이었던 윌리엄 카이헨동의 그림이 가장 크고 인상적이었다. 그는 영국인답게 기다란 구레나룻과 콧수염을 기르고 장갑을 낀 손 위에 하얀 뇌를 든 채 정면을 응시하고 있었다. 그 모습이 인간의 뇌를 마음대로 움직일 수 있다는 자신감의 표현처럼 보여 조금은 섬뜩했다.

사이먼은 로비를 지나 3층 소장실로 향했다. 소장실은 긴 복도 끝에 위치하고 있었다. 문을 열고 들어서자 막 50년대 패션 잡지에서 튀어나온 듯한 금발의 비서가 맞이했다.

"어서 오세요, 사이먼 씨. 소장님께서 기다리고 계십니다."

그녀를 보는 순간 사이먼은 단 몇 초간이었지만 시간의 문지방을 넘어 과거에 발을 담그고 돌아온 기분이 들었다.

"소장님. 사이먼 켄 씨가 오셨습니다."

비서가 소장실 문을 정중히 열며 말했다. 소장은 클래식 음악을 틀어 놓고 골프 연습을 하고 있었다. 사이먼이 방에 들어섰지만 소장은 공에만 집중하고 있었다. 이윽고 소장이 퍼터를 움직이자

공이 자로 잰 듯 인조 잔디 위를 굴러 홀 안으로 빨려 들어갔다.

"나이스 퍼팅."

사이먼이 박수를 치자 그제야 소장이 돌아섰다. 그는 티끌 하나 없이 새하얀 셔츠에 보타이를 매고 초상화에서 본 윌리엄 카이헨동처럼 콧수염을 기르고 있었다. 여기 소장이 되려면 콧수염을 길러야 되는 모양이다.

"아, 오셨군요. 사이먼 씨."

"시간을 내주셔서 감사합니다."

"별말씀을요. 정부 일인데 당연히 협조해야죠. 차 드시겠어요?"

소장이 소파로 사이먼을 안내하며 물었다.

"아니요. 됐습니다."

"난 재스민차 한 잔 부탁해요."

비서가 알았다는 듯 미소를 짓고 방을 나섰다.

"얼마 전 이 앞 공원에 18홀짜리 골프장이 생겼어요. 유명한 프로 골퍼가 직접 디자인 했다는데 코스가 예술이에요. 뭐랄까. 아주 천천히 걷는 롤러코스터 같다고나 할까요. 덕분에 한창 재미가 붙었답니다. 골프 좋아하십니까?"

소장이 늦둥이 아들이라도 되는 양 헝겊으로 퍼터를 정성스럽게 닦으며 물었다.

"대학 시절 캐디 아르바이트를 한 적은 있습니다."

"그러시군요. 취미로 골프 한번 해 보시는 건 어때요?"

"뭐, 시간 나면요. 그보다 제가 부탁드린 자료는 어떻게 됐나요?"

소장은 책상 위에 놓여 있던 서류철 하나를 들고 돌아왔다.

"그런데 FBI에서 왜 이 친구에 관해 알고 싶어 하는지 궁금하군요."

사이먼이 서류철을 잡으려 하자 인질이라도 되는 것처럼 슬쩍 빼며 물었다.

"조사 중인 사건의 주요 용의자입니다."

"신가야는 십 년 전 죽었는데 어떻게 용의자가 될 수 있죠?"

"중요한 단서를 갖고 있다고 정정하죠."

사이먼이 빼앗듯 서류철을 건네받으며 대답했다.

성 명 | 신가야
국 적 | 한국
나 이 | 18세
키 | 178센티미터
몸무게 | 67킬로그램
혈액형 | O형
시 력 | 오른쪽 1.2, 왼쪽 0.8
직 책 | 2급 연구원
소 속 | 뇌 잠재 능력 향상 프로그램

신상명세서에는 학력, 경력, 군 복무 기록, 가족 사항, 특이 사항 등 수많은 란이 있었지만 모두 텅 비어 있었다.

"이게 전부입니까?"

"그렇습니다."

"이 연구소에서 삼 년이나 근무한 걸로 아는데 근무 기록이나 연구 내용이 없다는 겁니까?"

"그건 저희 연구소 대외비라 보여 드릴 수 없습니다. 아시다시피 저희 연구소는 국책 연구소거든요."

소장이 묘한 미소를 지었다.

"소속이 뇌 잠재 능력 향상 프로그램이라고 되어 있는데 뭘 연구했나요?"

"말 그대로 뇌의 잠재 능력을 향상시킬 수 있는 방법을 연구하는 부서입니다. 인간의 뇌는 은하계의 별 숫자만큼이나 많은 세포로 이루어져 있지만 평생 그중 10퍼센트도 안 되는 세포만 사용하죠. 우린 그 수를 늘리려는 겁니다."

그때 비서가 차를 가져왔다. 찻주전자에는 분홍색 꽃봉오리 모양을 한 재스민이 투명한 해파리처럼 둥둥 떠 있었다.

"가야의 직급이 2급 연구원이라고 적혀 있는데 2급이면 보통 어떤 수준이죠? 학력이나 경력 말입니다."

"대부분 박사 학위를 딴 분들이죠. 어떤 분들은 정기적으로 사이언스지에 논문을 올리는 분들도 계십니다."

"한마디로 모든 과정을 다 거친 분들이란 거군요."

"물론이죠. 여긴 세계적인 연구소니까요."

"한국에서 보내 준 자료에 의하면 신가야는 고등학교를 중퇴한 불량 청소년이었습니다. 당연히 성적도 형편없었죠. 심지어 소매치기로 소년원에 간 적도 있습니다. 그런데 어떻게 그런 친구가 2급 연구원이 될 수 있었죠? 사이언스지에 논문을 내는 박사들한테도 없는 특별한 능력이라도 있었나요?"

사이먼이 질문하자 소장 입가에 보일 듯 말 듯 미소가 떴다.

"돈을 지불해 가며 한 일에는 이유가 있기 마련이죠. 물론 신가야를 데려온 데도 이유가 있을 겁니다. 그 질문의 답을 원하시면 요원께서도 제 질문에 답을 해 주셨으면 합니다. 말씀하신 대로 경력도 보잘것없는 외국인을, 심지어 십 년 전 죽은 하찮은 불량배를 왜 이제 와서 FBI가 조사를 하는 겁니까?"

소장은 느긋하게 차를 음미하고 있었다. 사이먼도 그가 칼자루를 쥐고 있다는 걸 인정할 수밖에 없었다.

"삼 일 전 워싱턴의 제퍼슨 호텔에서 있었던 저격 사건 아십니까?"

"저도 신문을 읽습니다."

"어제 있었던 JFK 국제공항 비행기 충돌 사건은요?"

"비극적인 사건이죠."

소장이 차 스푼으로 재스민 꽃봉오리를 건져 냈다.

"그 사건이 벌어지기 몇 시간 전, 저한테 익명의 제보가 들어왔습니다. 그 사건들과 신가야가 연관되어 있다고."

"정확히 어떤 제보였는지 말씀해 주실 수 있겠습니까?"

소장이 찻잔을 내려놓고 사이먼을 바라봤다.

"그것까지 말씀드릴 순 없군요. 저희도 규칙이란 게 있거든요."

"그럼 안타깝지만 저도 일부밖에 대답을 해 드릴 수 없겠네요.

말씀하신 대로 신가야에게 특별한 능력이 있었습니다. 영주권을 지원할 만큼."

이후 몇 가지 의문점을 물었지만 소장은 모르쇠로 일관했고 끝내 잔뜩 부푼 의문들만 부둥켜안은 채 방을 나설 수밖에 없었다.

"특별한 능력이라."

대체 어떤 능력이기에 이런 엄청난 연구소에서 지원까지 해 가며 데려온 걸까. 겉으로는 평화로운 모습이었지만 카이헨동 연구소는 판도라의 상자처럼 은밀하고 치명적인 비밀을 내포하고 있었다. 그리고 그 상자는 일개 FBI 요원이 열 수 있는 게 아니었다. 하늘이 어둑어둑해지고 있었다. 돌아갈 시간이었다. 사이먼은 피곤에 쩐 목덜미를 주무르며 시동을 걸었다. 그때였다. 핸드폰에서 메일 도착음이 울렸다. 사이먼은 서둘러 메일을 확인했다.

"그를 아시오?"

그것은 놀랍게도 무싸 뱅쿨라 대통령으로부터 온 메일이었다. 신가야라는 미끼가 주효할 것이라는 예측이 맞았던 것이다. 사이먼은 곧장 답장을 보냈다.

"만난 적은 없습니다. 하지만 제가 수사 중인 사건과 깊은 연관이 있습니다. 지금부터 대통령님과 나눈 대화는 없었던 일로 하겠습니다. 그러니 몇 가지 질문에 대답을 해 주셨으면 합니다."

"어떤 질문인지에 따라 결정하겠소."

"다시 한번 약속드립니다. 오늘 대통령님과 나눈 대화는 무덤까지 가지고 가겠습니다. 그럼 질문을 드리겠습니다. 신가야를 만난 게 언제였습니까?"

"십 년 전이었소."

"그가 대통령님께 십 년 후 있을 일에 관해 일종의 예언을 했습니까?"

"그렇소."

"그것이 얼마 전 있었던 몬테카를로 호텔 폭파 사건과 연관이 있습니까?"

이 대목에서 무싸는 잠시 침묵을 지켰다. 그것은 분명 예민한 부분이었다. 만약 긍정을 한다면 나다니엘 사건과의 연관을 암묵적으로 시인하는 것이기 때문이다. 사이먼은 인내심을 갖고 그가 돌아오길 기다렸다.

"그렇소."

사이먼의 예상대로였다. 그가 나다니엘 밀스타인의 암살을 사주한 게 분명했다. 그러나 암살범 차막은 죽었고 그 사실을 입증할 증거는 남아 있지 않았다. 게다가 그는 한 나라의 국가원수였다. 정부가 외교 문제를 일으키면서까지 사건을 파고들 이유는 없었다. 그리고 사이먼이 무싸와 접촉을 시도한 이유는 따로 있었다.

"그를 만난 지 십 년 후, 그러니까 몬테카를로 테러가 있기 전. 그가 다시 편지를 보냈습니까?"

"그렇소."

"편지의 내용을 말씀해 주실 수 있습니까?"

"십 년 전 제가 했던 말을 기억하십니까, 라고 적혀 있었소."

"십 년 전 그가 뭐라고 했는지 말씀해 주실 수 있습니까?"

"십 년 후 다이아몬드 때문에 목숨을 잃게 될 거라고 했소."

답변을 읽는 순간 사이먼은 온몸에 소름이 돋았다. 신가야는 정확히 십 년 후에 일어날 일들을 예측하고 있었다. 그것은 상식적으로 불가능한 일이었다. 사이먼은 혼란스러웠다.

"이제 가 봐야 할 것 같소."

"대답해 주셔서 감사합니다."

"한 가지 묻겠소."

"물어보십시오."

"그의 정체가 뭐요?"

"저도 그걸 찾고 있습니다."

이 대화를 끝으로 무싸는 사라졌다. 이제 한 가지는 분명해졌다. 삼 일간 있었던 사건들의 배후에 신가야가 있다는 사실이었다. 그리고 아직 벌어지지 않은 두 개의 사건의 배후에도 분명히. 사이먼은 서둘러 차를 출발시켰다. 목적지는 사건의 단서를 기억하고 있는 한 여인의 집이었다.

궁극의 아이 1

이별

 식탁에는 메뉴가 다른 두 사람분의 식사가 차려져 있었다. 엘리스는 매번 미셸만을 위한 식단을 따로 준비하고 있었다. 유기농 재료를 사용한 자연식이었다. 미셸이 자신처럼 망가지지 않기를 바랐기 때문이다. 그러나 정작 자신은 식습관을 바꾸지 못하고 있었다. 오늘도 유기농 채소와 치즈가 들어간 파스타와 샐러드를 준비했지만 미셸은 입에도 안 대고 포크로 깨작거리고 있었다.
"음식 가지고 장난치지 말라고 했지."
 핀잔을 주자 미셸이 매섭게 노려봤다.
"내 방에 올라갔지?"
 미셸의 날카로운 일격에 엘리스가 먹다 말고 움찔했다.

"너도 알잖아. 엄마 계단 못 올라가는 거."

"근데 왜 난간을 새로 했어?"

역시 미셸은 보통내기가 아니었다.

"새로 하긴 뭘 새로 해. 그대론데."

"웃기고 있네. 저기 부서진 자국은 뭐야? 그리고 난간에 있던 낙서들은 다 어디 갔어? 내 방에 올라갔지? 아빠 편지 찾으려고."

"그래. 아빠 편지 찾으러 갔어. 그럼 안 돼? 여긴 엄마 집이야. 뭘 하고 말고는 엄마 마음이야."

"그건 아빠가 나한테 보낸 거니까 내 거야. 엄마가 건드릴 권리 없어. 한 번만 더 내 방 뒤지려고 해 봐. 그땐 가만 안 있을 거야."

미셸이 신경질적으로 포크를 내려놓으며 말했다.

"요즘 왜 사사건건 엄마한테 대드는 거니? 고민이라도 있어?"

"내 고민이 뭘 것 같아? 바로 엄마야."

"뭐가 맘에 안 드는데? 말을 해 봐. 그래야 고치든 말든 할 거 아냐."

미셸이 갑자기 벌떡 일어나더니 창문을 열어젖혔다.

"눈이 있으면 다른 엄마들은 어떤지 한번 봐. 같이 쇼핑도 가고 머리도 같이하러 간다고. 그런데 엄마는 맨날 이 시커먼 구석에 처박혀서 그런 쓰레기나 먹고 있잖아."

오늘따라 미셸의 목소리가 더욱 격앙되어 있었다. 입이 열 개라도 할 말이 없었다. 미셸이 걷기 시작한 이후로 함께 집을 나선 적이 한 번도 없었다. 그렇게 가고 싶어 하던 디즈니랜드는 물론이고 가까운 동네 놀이터조차 데리고 갈 수 없었다. 예민한 성격에 상처가 된 건 어쩌면 당연한 일이었다. 그때 창문 너머로 오토바이를 탄 일개 무리의 아이들이 다가오는 게 보였다.

"미셸, 조심해!"

엘리스가 소리치자 미셸이 반사적으로 돌아봤다. 동네 불량배들이었다. 녀석들은 가끔씩 심사가 뒤틀리면 찾아와 못된 장난을 하곤 했다. 이번도 예외는 아니었다. 쨍그랑. 서너 개의 돌멩이가 창문을 깨고 날아들었다.

"야! 돼지 마녀! 이번엔 누구 아길 잡아먹었냐!"

불량배들은 키득거리며 재빨리 달아났다.

"미셸. 괜찮니?"

엘리스가 다급하게 물었다. 다행히 미셸은 무사했다. 하지만 주체할 수 없는 분노를 어디에 둬야 할지 몰라 부르르 떨고 있었다.

"봤지? 이 동네 애들 전부 엄마가 마녀인 줄 알아. 집에서도 이런데 학교 가면 어떨 거 같아? 전부 나를 괴물처럼 본단 말이야."

"엄마가 왜 이러는지 알잖아. 엄마한테 어떤 병이 있는지."

엘리스가 유일한 도피처인 음식을 집으며 말했다.

"제발. 그 쓰레기 좀 그만 먹어! 역겹단 말이야!"

미셸은 더 이상 못 참겠다는 듯 닭다리를 빼앗아 집어 던졌다. 비록 아이였지만 미셸의 눈초리는 북극의 눈보라만큼이나 매서웠다.

"대체 날보고 어쩌란 말이니. 엄마도 이렇게 사는 게 지긋지긋해. 하지만 어떻게 해야 할지 모르겠단 말이야."

결국 엘리스는 울음을 터트리고 말았다.

"이젠 우는 것도 지긋지긋해."

미셸이 차갑게 노려보더니 재킷을 챙겨서 집을 나섰다.

"어디 가니? 미셸."

"어딜 가면. 따라오게?"

미셸이 날카롭게 물었지만 엘리스는 대답할 수 없었다. 그녀에게 이제 바깥세상은 낯설고 두려운 곳이었다. 미셸이 서 있는 현관은 십 년간 악몽처럼 쫓아다니던 무시무시한 기억 속으로 들어가는 입구였다.

"그럼 그렇지."

미셸이 원망하듯 노려보고는 휑하니 나가 버렸다. 폐허처럼 변해 버린 식탁에 혼자 덩그러니 남겨진 엘리스는 소리 죽여 흐느꼈다. 그녀는 이 좁고 절망적인 공간에 갇혀 죽는 날을 기다리는 것 외에는 달리 방도가 없다고 느끼고 있었다. 그녀에게 새로운 사람을 만나는 것은 또 다른 고통스러운 기억을 만들고 괴로워해야 하는 악순환의 시작이었다. 그 교훈을 가르쳐 준 사람은 다름 아닌 가야였다. 모든 것을 바쳐 사랑했던 한 남자. 하지만 마지막 순간 이유도 말해 주지 않고 자살한 남자. 그 사건으로 인해 엘리스는 사람과의 관계에 원초적인 두려움을 갖게 되었던 것이다.

"왜 그렇게 가 버린 거예요? 약속했잖아요. 상처 주지 않겠다고."

엘리스는 떠나간 가야를 원망하며 하염없이 울고 있었다.

"으흠."

인기척이었다. 엘리스는 황급히 눈물을 닦고 현관을 바라봤다.

"미셸이 화나서 나가는 것 같던데."

사이먼이 언제나 최악의 타이밍에 도착하는 자신을 탓하며 현관을 서성이고 있었다.

"지금은 얘기하고 싶지 않으니까 나중에 와요."

엘리스가 눈물을 닦으며 말했다.

사이먼은 길 건너편에 주차된 차에서 엘리스의 감정이 누그러지기를 기다렸다. 비록 쫓겨났지만 사이먼은 포기할 수 없었다. 내일이면 또다시 사건이 벌어질 게 불을 보듯 뻔했고 그 단서는 엘리스의 기억 속에 있었다. 그렇게 한 시간쯤 지났을 무렵 기다린 보답이 있었다. 엘리스가 창문 너머로 사이먼을 부른 것이다.

"미셸을 찾아봐야 되지 않아요?"

사이먼이 집으로 들어서며 물었다.

"아까 친구 어머니가 전화했어요. 오늘 그 집에서 자고 온다고. 차라리 잘됐어요. 집에 있었으면 밤새 난리를 쳤을 테니까."

"아이를 키운다는 건 보통 일이 아니군요."

"매일매일이 전쟁이에요. 천사 같다가도 어느 순간 악마로 돌변하죠. 그럴 때는 군대가 출동해도 못 막아요."

"우리도 아기를 가질 뻔했죠."

"그런데요?"

"유산했어요. 임신 4개월째. 만약 그때 그 아이가 태어났다면……."

사이먼이 허공에 모니카와 함께 아기를 안고 있는 모습을 그려보았지만 이내 신기루처럼 사라졌다.

"세상에 만약이라는 건 없어요. 벌어진 일은 벌어진 거예요. 쓸데없는 얘기 그만하고 본론으로 들어가죠. 또 무슨 일이 있었나요?"

"나다니엘 사건 역시 배후에 가야가 있었어요. 이제 남은 건 두 명이에요. 당신 손에 그 두 명의 목숨이 달려 있어요."

"부담 주지 말아요. 안 그래도 얘기해 주려고 했으니까. 어디까지 했죠?"

"송로버섯을 바다에 사는 악마 개구리가 먹게 될 거라는 데까지 했어요."

엘리스는 과거로 회귀하는 마법약이라도 되는 듯 탁자 위에 있던 담배를 집었다.

"우리는 버섯을 팔기 위해 시내로 나갔어요. 버섯을 파는 건 그다지 힘들지 않았어요. 요리사들마다 원더풀을 연발했거든요. 열시가 되기도 전에 버섯을 모두 팔았죠. 우리는 전날 돈을 빌렸던 사람들에게 지갑과 함께 돈을 부쳐 주고 코리아타운으로 향했어요."

오전의 코리아타운은 전부 휴가라도 떠났는지 뉴욕 한복판이라고 생각되지 않을 만큼 한가했다. 지구 반대편에 세워진 작은 서울에는 건물마다 빼곡히 한글 간판이 걸려 있었고 그곳 사람들도 대부분 한국인이었다. 익숙한 풍경 속의 일부가 되자 가야도 긴장이 풀렸는지 편안해 보였다.

"저거 뭐라고 쓰여 있는 거예요?"

엘리스가 신기한 듯 한글 간판을 가리키며 물었다.

"대박 노래방이요."

"대박?"

엘리스가 서툴게 따라 하자 먹기 좋게 녹은 아이스크림이 떠올랐다.

"노래방은 가라오케고 대박은…… 잭팟."

"잭팟 가라오케. 이름 맘에 드는데요."

세상에 슬픔이라곤 없는 것처럼 화창한 햇살 아래서 두 사람은 거리를 전세라도 낸 듯 팔짱을 긴 채 느릿느릿 걷고 있었다.

"가야 씨 나라에 한번 가 보고 싶어요. 한국은 어떤 곳이에요?"

"어떻다뇨?"

"사람들이 친절해서 화장실을 잘 빌려준다거나 매운 걸 좋아해서 음식에는 온통 고추투성이라거나 뭐 그런 거요."

엘리스가 애교 섞인 목소리로 얘기를 했지만 어쩐 일인지 가야 얼굴에는 그늘이 가득했다.

"사실 난 우리나라를 별로 좋아하지 않아요."

"왜요?"

가야가 이유를 찾듯 지나는 한국인들을 물끄러미 바라봤다. 그들은 한국 유학생 같았는데 지난밤 굉장한 파티를 벌였는지 아직도 술에 취해 있었다.

"어쩌면 즐거운 기억보다 슬픈 기억이 더 많아서 그럴 거예요. 그렇다고 이 나라를 좋아하지도 않아요. 어쩌면 애초에 나 같은 사람을 환영할 나라 따윈 없는지도 몰라요."

가야의 눈망울이 깊어졌다. 슬픔이 눈가에 맺힌 가야를 볼 때마다 엘리스는 새하얀 소금 사막이 떠올랐다. 쉬어 갈 나무 그늘도, 물 한 모금 마실 오아시스도 없이 펼쳐진 소금 사막. 어디에도 생명이라곤 보이지 않는 삭막한 땅. 가야는 그 한복판에서 방향을 잃은 이정표처럼 홀로 서 있었다. 제아무리 발버둥 쳐도 벗어날 수 없다는 걸 알고 있는 듯이 꼼짝 않고.

"환영할 나라는 없어도 환영할 사람은 있어요."

엘리스가 사막에서 수통을 건네주듯 가야의 손을 잡았다.

"우리 슬픈 얘긴 그만하고 재밌게 놀아요."

"뭘 하고 싶어요?"

엘리스가 의회로부터 힘겹게 얻어 낸 추가경정예산을 어디에 쓸지 정하듯 심각하게 고민하더니 손가락을 퉁겼다.

"정했어요. 오늘은 빈둥대는 날이에요. 그냥 마음이 가는 대로, 발 가는 대로 가는 거예요."

"그래요."

가야가 재밌겠다는 듯 미소를 지었다.

"빈둥대는 거라면 난 세계 챔피언이에요. 그리고 우린 이제 뉴욕 최고의 빈둥대는 커플이고요."

"근데 어떻게 하면 최고로 빈둥대는 커플이 되죠?"

"먼저 이렇게 걷는 거예요."

엘리스가 팔을 축 늘어뜨린 채 흐느적대며 걷기 시작했다. 그 모습이 땅에 내려온 나무늘보 같았다.

"자, 따라 해 봐요. 어서요."

가야도 하는 수 없이 엘리스를 따라 나무늘보처럼 걷기 시작했다. 두 사람이 어기적대며 걷자 지나는 사람들이 거리의 행위 예술가를 보듯 쳐다보았다.

"말도 이런 식으로 하는 거예요. 아~주~ 천~천~히~~~ 빨~리~ 따~라~해~요"

엘리스는 LP판을 느리게 재생했을 때 나는 일그러진 소리를 흉내 내며 말했다. 어정쩡한 걸음걸이와 우스꽝스러운 목소리가 어울리자 코믹한 만화 주인공이 떠올랐다. 결국 참다못한 가야가 웃음을 터트리고 말았다.

"뭐~가~웃~기~죠~~ 나~는~ 진~지~해~요~"

엘리스가 더욱 과장되게 목소리를 늘어뜨리자 가야의 웃음소리가 더욱 커졌다. 가야가 큰 소리로 웃는 건 처음이었다. 엘리스는 나무늘보 흉내를 멈추고 가야를 바라봤다.

"이제야 사막에서 나왔군요."

가야가 웃음을 멈추고 마주 봤다.

"당신이 웃으니까 세상이 훨씬 밝아진 것 같아요. 다신 슬픈 표정 짓지 말아요. 적어도 나랑 있을 때는."

엘리스가 가야의 목을 부드럽게 감싸 안았다.

"약속해요. 이제 슬픈 얼굴 하지 않을게요."

두 사람은 인류가 멸망하고 둘만 살아남은 듯 진하게 키스를 했다.

"자~ 하~던~ 놀~이~ 계~속~ 해~야~죠"

입맞춤이 끝나자 가야가 흉내 냈다. 그때 엘리스가 문득 뭔가를 발견하고 물었다.

"저긴 뭐 하는 곳이에요?"

그녀가 가리킨 간판은 요란하지도 않고, 특이한 것도 없는 낡아 빠진 흑백 간판이었는데 한글로 '김정자 철학원'이라고 적혀 있었다.

"저긴 한국식 점집이에요."

"점? 재밌겠다. 우리 저기 가요."

"난 점 같은 거 안 믿어요. 쓸데없는 돈 낭비예요."

"마음 가는 대로 하기로 했잖아요. 난 지금 저길 가고 싶어요. 따라와요."

점집은 건물 3층에 위치하고 있었다. 삐걱대는 계단 난간을 잡고 오르자 칠이 벗겨진 문이 두 사람을 맞았는데 한글로 쓴 작은 안내문이 붙어 있었다.

점은 주어진 운명을 읽는 학문이오.
운명을 믿지 않는 자는 돌아가시오.

"뭐라고 쓰어 있어요?"

"운명을 믿지 않는 사람은 들어오지 말래요."

가야가 불신 가득한 눈초리로 안내문을 노려봤다.

"가야 씨는 운명을 믿어요?"

"운명 따윈 없어요. 인생은 자기 하기 나름이에요."

가야가 사뭇 진지하게 말했다. 그에 반해 엘리스는 경쾌했다.

"난 믿어요."

"어제는 안 믿는다고 했잖아요."

"여자는 갈대예요. 몰랐어요?"

엘리스가 대뜸 가야를 끌고 점집으로 들어갔다.

내부는 전형적인 한국의 점집이었다. 벽에는 사천왕과 보살상 등을 그려 놓은 탱화가 붙어 있었고 공간을 빙 둘러 수십 개의 촛불이 켜져 있었다. 정면 제단에는 금칠을 한 옥황상제상이 놓여 있었고 그 아래 제사 음식들과 꽃이 가지런히 차려져 있었다. 하지만 어디에도 점쟁이는 보이지 않았다.

"좀 으슥한데요."

엘리스가 험상궂게 생긴 탱화 속 사천왕을 보며 말했다.

"그냥 그림일 뿐이에요. 계세요?"

가야가 소리쳤지만 아무런 반응이 없었다.

"아무도 없어요?"

가야가 큰 소리로 부르자 제단 뒤로 가려져 있던 쪽문이 열리며 점쟁이가 나타났다. 점쟁이는 50대 중반의 중년 여성이었는데 식사를 하고 있었는지 입가에 묻은 라면 국물을 닦으며 방 중앙에 있던 좌상으로 다가왔다.

"미안. 점심시간엔 바빠서 일찍 먹느라. 근데 앉아야 점을 보지."

멀뚱히 서 있던 두 사람은 그제야 자리를 잡았다. 가까이서 보니 점쟁이는 나이와는 달리 장난기 많은 개구쟁이처럼 천진난만해 보였다. 입술은 버릇처럼 시도 때도 없이 실쭉거렸고 할로윈 사탕을 받으러 온 아이처럼 반짝이는 큰 눈을 하고 있었다.

"자넨 한국 사람 같은데?"

점쟁이가 가야를 보며 한국말로 물었다. 가야는 특별히 동질감을 못 느낀다는 듯 덤덤하게 고개를 끄덕였다.

"무뚝뚝하긴. 그래, 뭘 알고 싶어서 왔지?"

이번에는 엘리스에게 영어로 물었다. 그러자 엘리스가 힐끔 가야를 바라봤다.

"두 사람의 미래에 관해 알고 싶어서 왔군."

엘리스가 수줍게 웃었다.

"이제 막 시작했구먼. 좋을 때지. 그럼 점을 치기 전에 먼저 복채를 줘야지. 난 선불이거든."

"얼마죠?"

엘리스가 묻자 점쟁이는 벽에 붙어 있던 가격표를 가리켰다.

1회 20분 40달러, 1명 추가 시 30달러 추가, 시간 초과 시 10분당 15달러

"무슨 스트립 바도 아니고."

가야가 못마땅한 듯 중얼대자 엘리스가 옆구리를 툭 쳤다. 가야는 마지못해 70달러를 건네줬다. 점쟁이는 돈을 받자 행운을 불어 넣듯 지폐에 입을 맞추고는 투표함처럼 생긴 통에 넣더니 제단 아래를 뒤지기 시작했다. 제단을 가리고 있던 금색 커튼을 걷어내자 잡동사니들이 나타났다.

"어디다 뒀더라. 이 상자 안에 둔 거 같은데…….”

자리로 돌아왔을 때 그녀는 자그마한 항아리 하나를 들고 있었다.

"각자 안에 든 걸 원하는 만큼 집어."

엘리스는 호기심을 못 이기고 항아리 안을 확인했다. 쌀이었다. 항아리 가득 백미가 들어 있었다.

"이걸로 뭘 어쩌려는 거죠?"

엘리스가 귀엣말로 물었다.

"한국 점쟁이 중에 쌀로 점을 치는 사람들이 있어요."

두 사람은 항아리 속의 쌀을 한 움큼씩 쥐었다.

"아가씨부터 책상에 펼쳐 봐."

엘리스가 쌀을 책상 위에 뿌리려는 순간 점쟁이가 손을 붙잡았다.

"명심할 건 옆에 있는 남자 친구 얼굴을 떠올리면서 뿌려야 된다는 거야. 알았지?"

엘리스는 고개를 끄덕이고는 조심스럽게 책상 위에 쌀을 뿌렸다. 쌀알은 저마다 운명을 찾아가듯 이리저리 튀어 다니다가 자리를 잡았다. 그러자 점쟁이가 돋보기안경을 끼더니 쌀이 흩어진 모양을 유심히 살폈다. 그녀는 쌀알을 이리저리 뒤적거리기도 하고 여러 각도에서 살피기도 하더니 점괘를 찾았는지 고개를 끄덕였다.

"이번엔 자네."

가야가 던진 쌀알은 이미 자리를 잡고 있던 엘리스의 쌀과 섞이며 또 다른 복잡한 형태를 만들었다. 이번에도 점쟁이는 돋보기안경 너머로 쌀알이 만든 지도를 유심히 관찰했다. 엘리스는 점괘가 궁금해서 못 참겠는지 바짝 다가앉았다. 그런데 쌀알을 뒤적이던 점쟁이의 표정이 심상치 않았다.

"이런 점괘는 점쟁이 생활 이십 년 만에 처음인데."

점쟁이는 석연치 않은 듯 점술 책을 뒤적였다.

"왜요? 안 좋아요?"

엘리스가 불안한 듯 물었다.

"모든 점괘에는 좋은 면도, 나쁜 면도 있어. 인생처럼 말이야. 제아무리 박복한 놈도 꿀 같은 시절이 있고 제아무리 천운을 타고난 놈도 똥 같은 때가 있는 법이야. 그런데……."

점쟁이가 점술 책을 넘기다 말고 가야를 뚫어지게 바라봤다.

"그런데 왜요?"

엘리스가 물었지만 점쟁이는 대답하지 않고 다시 제단 아래를 뒤지기 시작했다. 이번에는 라면 상자였다. 점쟁이는 상자 뚜껑을 열더니 대뜸 내용물을 책상 위에 쏟았다. 그러자 잡다한 물건들이 쏟아져 나왔다. 그것은 어린애들이 맘에 드는 물건을 무작위로 모아 놓은 듯한 잡동사니였는데 몽당연필, 싸구려 브로치, 손톱깎이, 구슬, 심지어 레고 인형까지 있었다.

"이게 다 뭐예요?"

가야가 어이없다는 듯 물었다.

"나만의 점술이지. 이십 년 노하우의 결정체야. 자, 여기 있는 것들을 눈여겨봐. 하나도 빼선 안 돼."

엘리스는 재밌다는 듯 점쟁이의 말대로 따랐다. 하지만 가야는 70달러가 아까운 표정으로 팔짱을 끼고 있었다.

"내 말 잘 들어, 말뚝 같은 총각. 내가 이 점술까지 쓰는 건 전부 자네 때문이니까 고마운 줄 알고 시키는 대로 해."

가야도 어쩔 수 없이 잡동사니를 하나씩 살펴보기 시작했다. 이윽고 관찰이 끝나자 점쟁이가 물건들을 도로 상자 속에 넣었다.

"자, 이제 봤던 것 중에 하나를 떠올려. 명심해. 딱 하나야."

두 사람은 눈을 감고 각자 맘에 드는 물건을 떠올렸다.

"골랐으면 이번에는 상자 안에서 떠올린 물건을 찾아봐."

먼저 엘리스가 상자 안에서 자신의 물건을 꺼냈다. 그녀가 선택한 건 흰색 종이학이었다. 뒤를 이어 가야가 물건을 꺼냈다. 푸른 구슬이었다. 점쟁이는 조심스럽게 두 사람의 물건을 건네받더니 골똘히 생각에 잠겼다. 엘리스는 점쾌가 어떻게 나올지 궁금해서 점쟁이의 일거수일투족을 지켜보고 있었다. 이윽고 점쟁이가 입을 열었다.

"두 사람 모두 처음에 생각했던 물건을 고른 거야?"

가야는 고개를 끄덕였지만 엘리스는 머뭇거렸다.

"아가씨는 다른 걸 고른 모양이군. 처음에 생각한 건 뭐였지?"

"저 구슬이요."

엘리스가 가야의 구슬을 가리켰다.

"그런데 왜 바꿨지?"

"종이학을 잡는 순간 이걸 꺼내야 될 거 같았어요."

엘리스의 대답을 들은 점쟁이의 표정이 굳어졌다.

"잘 들어. 처음 두 사람이 쌀을 뿌렸을 때 나온 점괘는 상극이었어. 태극으로 치면 아가씨는 파랑, 자네는 빨강이야. 화염과 파도가 부딪친 거지. 결국 불도 사그라지고 물도 없어지고 말아. 절대 만나선 안 되는 인연인 거지. 그런데 이게 가운데에 있었어."

점쟁이가 중앙에 모여 있는 쌀들을 가리켰다.

"초승달 같은데요?"

엘리스 말대로 쌀들은 초승달 형상을 하고 있었다.

"그래. 점술에서 달은 흙이야. 흙은 불에도 안 타고 물을 빨아들이지. 바로 중개자야. 두 사람 사이에 중개자가 있으면 행복할 수 있어."

"중개자라면……."

엘리스가 이해가 안 간다는 듯 고개를 갸웃했다.

"자식이지 뭐야. 바보 같긴. 그런데 문제는 이거야. 여길 봐."

점쟁이가 또 다른 쌀을 가리켰다. 그것은 특이하게도 붉게 채색이 된 쌀이었는데 약속이나 한 듯 오른쪽 구석에 모여 특이한 형상을 만들고 있었다. 어찌 보면 木(목) 자 같기도 하고, 달리 보면 사람의 이목구비처럼 보였다.

"이건 내가 색을 칠해서 섞어 둔 쌀인데 특별한 기운을 뜻해. 그런데 금발 아가씨가 고른 쌀에는 이 녀석이 하나도 없는데 자네가 고른 쌀에는 이게 들어 있었어. 게다가 약속이나 한 듯이 구석에 옹기종기 모여 있단 말이야."

"그게 뭘 의미하는 거죠?"

엘리스는 점괘에 푹 빠져 있었다. 그에 반해 가야는 내가 왜 이런 허튼소리를 듣고 있어야 하냐는 듯 시큰둥한 표정이었다.

"이건 전생을 의미하는 나무야. 이 친구한테는 전생의 기운이 현생에도 고스란히 영향을 미치고 있어. 그리고 그런 사람들 대부분 특별한 능력이 있지."

그 말을 듣는 순간 가야의 표정이 굳어졌다.

"저 친구는 보통 사람들한테는 없는 뭔가를 갖고 태어난 거야. 그것도 상당히 센 기운이야."

촛불 너머에서 점괘를 읊던 점쟁이의 모습이 숲속 마녀를 연상시켰다.

"그럼 우린 불행해지는 건가요?"

엘리스가 울상이 돼서 물었다.

"끝까지 들어 봐."

점쟁이가 두 사람이 뽑은 물건을 책상 위에 올려놓았다.

"먼저 자네가 뽑은 이 구슬은 신비로운 삶을 뜻해. 아가씨도 원래 이걸 뽑으려고 했다는 건 자네 역시 신비로운 삶을 살 운명이라는 거야. 하지만 마지막 순간 종이학을 뽑은 건 자네 스스로 신비로운 삶보다는 평범한 삶을 원한다는 거지."

"신비로운 삶이라는 게 어떤 삶이죠?"

엘리스가 물었다.

"말 그대로 신비로운 삶이야. 다른 사람들은 상상도 못 하는 특별한 삶. 그 삶이 행복한지 아닌지는 별개 문제고 평범한 인간들은 생각지 못하는 삶을 살게 된다는 거야. 그리고 그런 삶을 사는 사람들 대부분……."

점쟁이는 이야기를 하려다 말고 말을 삼켰다.

"대부분 뭐요?"

엘리스가 초조한지 바짝 다가앉으며 물었다.

"주위 사람들을 불행하게 만들지. 자네도 그렇지 않아, 총각?"

점쟁이가 의미심장하게 가야를 바라보며 물었다. 그러자 가야가 벌떡 일어났다.

"더 이상 못 들어 주겠네. 헛소리 그만 듣고 가요, 엘리스."

"하지만……."

"가자니까요."

가야가 엘리스의 손을 잡아끌며 소리쳤다. 어쩔 수 없이 엘리스도 자리에서 일어났다. 그때였다.

"하지만 이 아가씨는 달라. 자네 기운을 다스릴 수 있어. 왜냐면 자네만큼 강한, 자네와는 상극의 기운을 지녔거든."

그 말에 나가려던 가야가 멈춰 섰다.

"그 아가씨가 자네가 원하는 삶을 줄 수 있을지도 몰라. 힘들겠지. 많은 시련이 있을 거야. 그렇지만 가능할지도 몰라. 그러니 신줏단지 모시듯 소중히 아끼도록 해."

방 안은 엘리스가 피운 담배 연기로 가득했다.

"창문 좀 열어 줄래요?"

사이먼이 커튼을 젖히자 불침번을 서던 가로등이 일렬로 늘어섰다.

"결국 점괘가 틀렸군요."

사이먼이 창문을 열며 말했다.

"아니. 한 가지는 맞았어요. 가야 주변에 있던 사람은 모두 불행해졌어요."

웅어리진 엘리스의 눈동자가 지난 십 년의 세월을 원망스럽게 바라보고 있었다.

"술 한 잔 갖다줘요. 스트레이트로요. 찬장에 보면 있을 거예요."

"그 외에 특별한 일은 없었나요? 의미심장한 말을 했다거나 특이한 장소에 데려갔다거나."

사이먼이 찬장 문을 열며 물었다. 찬장에는 반쯤 남은 위스키 병이 있었다. 사이먼은 설거지통에 있던 적당한 잔을 찾아 헹군 후 위스키를 따랐다. 알코올을 머금은 오래된 액체가 잔에 닿으며 기분 좋은 소리를 냈다.

"있었어요."

"어떤 일이죠?"

"가야는 누군가로부터 쫓기고 있었어요."

뭔가 이상했다. 점집을 나온 후 가야는 연신 식은땀을 흘려 댔고 얼굴에는 핏기가 없었다.

"왜 그래요? 안색이 안 좋아요."

이마를 짚어 본 엘리스는 가야의 상태가 생각보다 심각하다는 걸 알았다. 이마는 불덩이였고 손은 심하게 떨고 있었다.

"안 되겠어요. 당장 병원으로 가요."

"괜찮아요. 잠깐 현기증이 났을 뿐이에요."

가야는 간단한 말을 하는 것조차도 힘겨워했다.

"무슨 소리예요? 독감에 걸린 애처럼 떨고 있으면서. 잔소리 말고 가요."

순간 가야가 엘리스의 손을 뿌리치며 소리쳤다.

"괜찮다니까요!"

갑작스러운 가야의 반응에 엘리스가 놀라서 쳐다봤다. 가야는 창백한 얼굴로 주위를 두리번거리고 있었다. 그 모습이 은신처를 찾는 상처 입은 표범 같았다.

"도와주려는 거예요. 내 말대로 해요."

엘리스가 부드럽게 손을 잡으며 말했다. 그런데 그 순간 가야가 발작을 일으키듯 온몸에 경련을 일으키며 머리를 움켜쥐는 것이었다. 마치 머릿속에 뇌를 파먹고 사는 기생충이라도 들어간 듯 고통스러워했다.

"이런 세상에. 택시!"

놀란 엘리스가 도로 한가운데로 달려들어 지나던 택시 앞을 막아섰다. 택시 기사가 급브레이크를 밟자 타이어 끌리는 소리가 주변 빌딩을 타고 울려 퍼졌다.

"죽고 싶어서 환장했어!"

화가 난 택시 기사가 소리쳤지만 엘리스에게는 들리지 않았다.

"최대한 빨리 가까운 병원으로……."

엘리스가 차 문을 열고 가야를 태우기 위해 돌아봤다. 그런데 조금 전까지만 해도 옆에 있던 가야가 보이지 않았다.

"가야 씨!"

주위를 둘러봤지만 가야의 모습은 어디에도 없었다. 엘리스는 정신없이 가야를 찾기 시작했다. 점심시간이 시작된 코리아타운은 식사를 하기 위해 쏟아져 나온 직장인들로 장사진을 이루고 있었다. 엘리스는 인파를 헤치며 뒷모습이 비슷한 동양인이면 닥치는 대로 멈춰 세워 얼굴을 확인했다. 하지만 가야는 증발이라도 한 듯 나타나지 않았다. 이제 코리아타운 거리도 거의 끝나 가고 있었다. 엘리스는 유사(流沙)처럼 흘러가는 사람들 틈에서 이제껏 한 번도 겪어 본 적 없던 뼛속 깊은 외로움을 느끼고 있었다. 그것은 천신만고 끝에 연결된 귀중한 인연의 줄이 끊어져 두 번 다시 닿을 수 없는 곳으로 사라질지도 모른다는 절망감이었다. 지금 이곳에는 모래알처럼 많은 사람이 있었고 손을 뻗으면 닿을 가까운 거리에 있었지만 그들 주위에는 콘크리트만큼이나 차갑고 견고한 벽이 둘러싸고 있었다. 이 도시에서 그녀와 이어진 사람은 오직 한 사람뿐이었다. 그가 사라진 순간 모든 것이 명확해졌다. 한 남자와의 이틀이 이토록 처절한 상실감을 안겨 줄 줄은 상상도 해본 적 없었다. 갑자기 두려움이 몰려왔다. 이대로 그 사람이 사라진다면, 그리고 두 번 다시 만날 수 없다면? 엘리스는 놀이공원에서 어머니의 손을 놓친 아이처럼 절박하게 가야를 찾기 시작했다.

그때였다. 저만치 한국 식당 옆 좁은 골목 입구에 낯익은 점퍼 하나가 버려져 있었다. 짙은 회색 파일럿 점퍼. 가야의 것이었다. 엘리스는 점퍼를 주워 들고 골목 안으로 달려들었다. 물이 고인 웅덩이를 몇 번 뛰어넘자 인근 식당에서 내다 버린 쓰레기 더미

뒤에서 인기척이 들렸다. 엘리스는 조심스럽게 다가갔다. 이윽고 쓰레기통을 돌아서자 웅크리고 앉아 있던 가야가 보였다. 엘리스는 반가운 마음에 달려가 와락 안기려 했다. 그런데 가야의 행동이 이상했다. 그는 금단증상이 온 알코올중독자처럼 온몸을 부들부들 떨면서 주머니에서 뭔가를 은밀히 꺼내고 있었다. 작은 앰풀에 든 정체불명의 약물과 일회용 주사기였다. 수상쩍은 물건을 보자 엘리스는 몸을 숨기고 지켜봤다. 가야는 떨리는 손으로 앰풀 주둥이를 깨더니 주사기로 약물을 빨아들였다. 그리고 왼쪽 팔뚝에서 능숙하게 정맥을 찾아 바늘을 꽂았다. 투명한 액체가 혈관으로 주입되자 가야 입에서 작은 신음이 흘러나왔다. 잠시 후 약기운이 퍼지자 창백하던 얼굴에 서서히 혈색이 돌아오고 떨리던 손이 진정됐다. 그제야 정신을 차린 가야는 서둘러 주사기와 약병을 쓰레기 더미 속에 버리고 자리에서 일어났다.

"무슨 약이죠?"

갑작스러운 엘리스의 등장에 가야는 소스라치게 놀랐다.

"엘리스……."

"무슨 약이냐고 묻잖아요?"

엘리스가 쓰레기 더미 속에 버려져 있던 주사기를 집으며 물었다.

"나한텐 병이 있어요."

"병이요? 그런 얘긴 안 했잖아요."

"말할 필요 없었으니까요."

"이젠 필요하겠네요. 말해 봐요. 무슨 병이죠?"

"정확한 병명은 몰라요. 의사들도 모른다고 했으니까. 하지만 당신은 이해할 수 있을 거예요. 당신도 나처럼 설명할 수 없는 증상을 앓고 있잖아요."

"날 바보로 아는군요. 거짓말하는 걸 내가 모를 거 같아요? 이건 병을 고치는 약이 아니에요. 솔직히 말해요. 어서."

엘리스가 소리치자 골목에 메아리처럼 울렸다.

"엘리스. 난 절대 거짓말하지 않아요. 약속했잖아요."

"그럼 이게 마약이 아니란 말이에요?"

가야가 움찔했다.

"왜 대답을 못 해요?"

"그래요. 이건 마약이에요. 정확히 양귀비에서 추출한 약물이죠. 하지만 당신이 생각하는 그런 종류의 마약이 아니에요. 내 병의 증상을 완화시키기 위해 특별히 제조된 거라고요. 정말이에요."

"대체 무슨 병인데 그래요?"

엘리스는 최후통첩을 하듯 매섭게 노려보았다.

"내 뇌는 보통 사람들과 달라요."

"설마 뇌종양이에요?"

"그런 게 아니에요."

"그럼 뭐예요? 어서 말해 봐요."

화가 난 엘리스가 대답을 기다렸다. 그 순간이었다.

"잠깐!"

무언가가 가야의 주의를 끌었다. 반쯤 감긴 가야의 눈동자가 데이터를 읽듯 이리저리 움직이기 시작했는데 마치 인공지능을 장착한 고성능 컴퓨터가 정교한 레이더망을 타고 입수된 정보를 분석하는 것처럼 보였다. 갑작스러운 가야의 행동에 엘리스는 움찔 뒤로 물러섰다.

"여길 벗어나야 돼요."

가야가 엘리스의 손을 잡고 달리기 시작했다.

"왜 그래요?"

엘리스가 물었지만 가야는 대꾸도 않고 골목을 빠져나가더니 대로를 가로질러 반대편 골목 안으로 들어갔다.

"무슨 일이에요? 갑자기 왜 그러는 거예요?"

"쉿!"

가야가 엘리스의 입을 막으며 벽에 몸을 바짝 밀착시켰다. 그때였다. 한 무리의 검은 SUV가 몰려오더니 건너편 길가에 멈춰 섰다. 그리고 문이 열리며 십여 명의 남자들이 쏟아져 나왔다. 그들은 척 보기에도 정보기관 소속 요원들처럼 보였는데 소형 무전기와 권총으로 무장하고 있었다. 그들이 나타나자 가야는 천적을 발견한 산짐승처럼 몸을 움츠리고 동태를 살폈다.

"저 사람들 누구예요?"

엘리스가 물었지만 가야의 신경은 온통 남자들에게 쏠려 있었다. 남자들은 대장쯤으로 보이는 사람의 지시를 받더니 사방으로 흩어져 누군가를 찾기 시작했다. 그중 한 명이 길을 건너 곧장 두 사람이 있는 골목으로 다가왔다. 그러자 가야가 엘리스의 손을 잡고 또다시 달아나기 시작했다. 엘리스는 영문도 모른 채 음침한 뒷골목을 달리고 또 달렸다. 미로처럼 이어진 골목을 달리던 가야는 쓰레기 더미에서 쓸 만한 물건을 찾던 노숙자를 보더니 멈춰섰다.

"이봐요. 저녁 식사로 잘 구운 스테이크 먹고 싶지 않아요?"

"왜 아니겠어. 기왕이면 마티니도 한잔하면 좋지. 하하하!"

노숙자가 어이없다는 듯 큰 소리로 웃었다. 그러자 가야가 100달러짜리 한 장을 꺼냈다.

"내 부탁을 들어주면 이건 당신 거요."

"뭐든 분부만 내리십쇼."

노숙자는 옳다구나, 100달러를 잡으려 했지만 가야는 호락호락하지 않았다.

"잠시 후 어떤 남자가 와서 사진을 내밀며 날 봤냐고 물을 거예요. 그러면 봤다고 해요. 어디로 갔냐고 물으면 저쪽으로 갔다고 하고요. 알겠어요?"

가야가 골목 사거리 갈림길 중 오른쪽을 가리켰다.

"그렇게만 말하면 되는 거야? 간단하네."

그제야 가야는 돈을 쥐여 주고 다시 달리기 시작했다. 그는 갈림길에서 노숙자에게 일러 준 방향 반대편으로 들어갔다. 그곳은 막다른 골목이었다. 몸을 숨길 만한 적당한 곳을 찾던 가야는 건물 구석에 있던 철문을 발견하곤 달려갔다. 비록 잠겨 있었지만 움푹 들어가 있어 두 사람이 몸을 숨기기에는 충분했다.

"대체 무슨 일이에요? 저 사람들은 누구고 왜 달아나는 거죠?"

엘리스가 숨을 몰아쉬며 물었다.

"엘리스, 부탁이니 지금은 잠자코 날 따라 줘요."

그때 골목 저편에서 인기척이 들렸다. 아까 검은 SUV에서 내렸던 남자였다. 그는 인디언이 사슴 발자국을 쫓듯 신중히 흔적을 살피며 골목으로 들어섰다. 그곳에는 여전히 쓰레기를 뒤지던 노숙자가 있었다. 가야는 잔뜩 긴장해서 남자와 노숙자의 행동을 유심히 살폈다. 남자는 예상대로 노숙자에게 사진 한 장을 건네며 사진 속 인물의 행방을 물었다. 노숙자는 가야가 부탁한 대로 오른편 골목을 가리켰다. 단서를 잡은 남자는 날렵하게 골목을 가로지르더니 이내 갈림길에 도착했다. 가야와 엘리스는 숨소리를 죽이고 남자가 지나가기를 기다렸다. 그런데 남자는 노숙자가 가리킨 방향으로 가다 말고 멈춰 서서 노숙자를 확인했다. 임무를 마친 노숙자는 의기양양하게 100달러를 쥐고 간만에 만찬을 즐기러 가고 있었다. 그 모습을 본 남자가 두 사람이 숨은 골목을 돌아봤다. 순간 놀란 엘리스가 움찔하며 바닥에 있던 유리 조각을 밟았다. 작지만 치명적인 소리가 골목에 울렸다. 소리를 들은 남자는 먹잇감을 포착한 맹수처럼 재빠르게 두 사람이 있는 곳으로 다가왔다. 드디어 문 근처에 다다른 남자는 뒤춤에서 전기 충격기를 꺼냈다. 엘리스는 긴장한 나머지 온몸의 피가 거꾸로 솟구치고 다리가 후들거렸다. 그에 반해 가야는 조금도 흔들림이 없었다. 이제 남자는 두 사람이 있는 곳까지 서너 발자국을 남겨 놓고 있었다. 꼼짝없이 잡힐 판국이었다. 그때였다. 골목 저편에서 요란한 엔진음을 내며 SUV가 나타났다. 안에는 방금 함께 도착했던 남자들이 타고 있었다. 남자는 무선 이어폰을 이용해 대화를 나누더니 새로운 지시를 받은 듯 서둘러 차로 돌아갔다. 그가 올라타자 SUV는 순식간에 골목 저편으로 사라졌다. 그제야 긴장이 풀린 엘리스가 제자리에 주저앉았다.

"저 사람들 경찰이에요? 아님 FBI?"

"그런 사람들이 아니에요."

"당신, 범죄자죠? 그렇죠?"

그 말에 가야가 화가 난 듯 바라봤다.

"범죄자는 내가 아니라 저들을 보낸 사람들이에요."

"당신 정말 이해 못 할 사람이군요. 대체 정체가 뭐예요?"

엘리스가 두려운 듯 물러서며 물었다.

"날 믿는다고 했잖아요, 엘리스."

가야의 눈은 간절함으로 가득했다.

"믿으라고요? 어느 날 하늘에서 뚝 떨어진 것처럼 나타나선 날마구 흔들어 놓더니 갑자기 마약을 하고 정체불명의 남자들한테쫓기는데 나보고 믿으라고요?"

"그래요. 혼란스럽겠죠. 하지만 엘리스, 세상에는 보이지 않지만중요한 게 있어요. 내 눈을 봐요, 엘리스."

가야가 엘리스 앞에 다가서며 말했지만 엘리스는 가야의 시선을외면했다.

"제발 내 눈을 봐요."

가야가 애절하게 부탁하자 엘리스가 마지못해 고개를 들었다.

"난 절대 나쁜 사람이 아니에요. 그리고 언젠가 때가 되면 당신한테 모든 걸 털어놓을게요. 하나도 빠짐 없이. 약속해요. 자, 내가 지금 거짓말을 하고 있나요?"

엘리스는 가야의 눈동자 속에서 실마리를 찾으려 했다. 하지만 그의 눈동자 속은 서로 다른 빛깔의 가스가 뒤엉키며 알 수 없는 혼돈만이 있을 뿐이었다.

"나도 모르겠어요. 시간을 줘요. 생각할 시간을……."

엘리스가 작은 목소리로 내뱉었다.

"나도 그러고 싶어요. 당신과 시간을 갖고 천천히 조금씩, 다른 사람들처럼 그렇게 사랑하고 싶어요. 하지만……."

가야가 말끝을 흐렸다.

"모두 내 잘못이에요. 내가 너무 많은 걸 바랐어요."

가야는 희망이 사라져 버린 폐허에 홀로 남은 듯한 표정을 짓고 있었다. 그것이 엘리스의 마음을 아프게 했지만 아무 말도 할 수 없었다.

"당신을 만난 건 내 인생 최고의 행운이었어요. 단 이틀이었지만 당신과 있었던 시간을 영원히 잊지 못할 거예요. 엘리스, 당신이 행복하길 빌겠어요. 언제 어디서나."

가야가 슬픈 미소를 지으며 돌아섰다. 그리고 끝이 보이지 않는 소금 사막을 향해 걸어갔다. 엘리스는 그를 잡지 못한 채 멀어져 가는 걸 멍하니 지켜볼 수밖에 없었다.

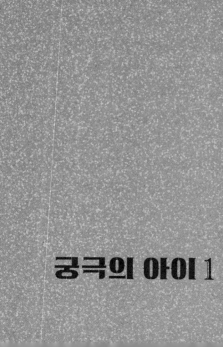

궁극의 아이 1

아담의 유치원

"그들이 누구였는지 모른다고요?"

"그렇다니까요. 한 잔 더 부탁해요."

엘리스가 빈 잔을 내밀며 말했다.

"잘 생각해 봐요. 경찰이었다면 이니셜이 박힌 방탄복을 입었을 거고 FBI나 CIA 역시 이니셜이 박힌 모자나 윈드브레이커를 걸치고 있었을 거라고요."

사이먼이 잔에 위스키를 채워 건네주었다.

"권총하고 전기 충격기를 갖고 있었지만 방탄복 같은 건 입고 있지 않았어요. 그리고 가야가 분명히 말했어요. 그런 종류의 사람들이 아니라고."

"당신 기억력이 특별하다면서요. 특징이 될 만한 걸 떠올려 봐요. 경찰이나 정부 요원도 아닌데 통일된 차량과 장비를 갖추고 있다면 사립 경비 업체나 용병들일 거예요. 회사 로고나 이름 같은 거 못 봤어요?"

엘리스는 눈을 감고 천천히 기억을 더듬었다.

"이게 단서가 될지는 모르겠는데 우리를 쫓아온 남자 말이에요. 그 사람 오른손 손등에 문신이 있었어요."

특수부대나 해병대 중에는 전우애를 기억하기 위해 단체로 문신을 새기는 경우가 있었다. 그리고 사립 경비 업체의 직원들 대부분이 특수부대나 해병대 출신이었다.

"어떤 문신인지 기억나요?"

엘리스가 밑동에서부터 기억을 짜내듯 미간을 찌푸렸다.

"초승달 모양이었어요. 그 주위에 글씨가 쓰여 있었던 거 같아요."

"어떤 글씨요?"

"글쎄요. 외국어 같았는데…… 적어도 영어는 아니었어요."

단서라고 하기에는 너무 애매했다.

"계속하죠. 가야와 헤어진 후 어떻게 됐죠?"

엘리스가 집으로 돌아온 건 오후 3시가 조금 지나서였다. 늦가을 뉴욕의 하늘은 손대면 깨질 것처럼 투명했고 잔인하도록 찬란했다. 짙푸른 하늘을 배경으로 가위로 오려 낸 듯 도시의 실루엣이 선명하게 드러났다. 하지만 더 이상 어디에도 엘리스를 위한 햇살은 없었다. 문을 열고 들어선 엘리스는 평상시와 다름없이 행동하기 위해 노력했다. 엘리스는 우선 식탁을 정리했다. 아침에 먹다 남은 음식을 버리고 식기를 닦았다. 수세미에 평소보다 많은 양의 세제를 뿌리고 접시에 묻은 음식물 찌꺼기를 티끌 하나 없이 닦은 후 식기 건조대에 널었다. 그리고 간밤의 기억을 고스란히 간직한 이불과 베개를 창가에서 털고 침대를 정리했다. 베개는 각을 맞춰 머리맡에 놓았고 이불은 구김 하나 없이 깔았다. 그 후 진공청소기로 집 안 구석구석 청소한 후 화장실 변기를 닦고 세면대를 정리했다. 거의 다 쓴 치약은 쓰레기통에 버리고 칫솔도 새것을 꺼내 양치용 컵에 꽂았다.

  그러고 나자 4시가 조금 지났다. 청소를 끝낸 후 엘리스는 신문 구인란을 뒤지기 시작했다. 대부분 시시한 일용직이나 허드렛일 뿐이었지만 엘리스는 꼼꼼히 밑줄을 그어 가며 일거리를 찾았다. 그렇게 얼마나 구인란을 뒤졌을까. 갑자기 엘리스가 울기 시작했다. 처음에는 작은 흐느낌이 방 안을 메우더니 이윽고 걷잡을 수 없는 눈물과 함께 오열 소리가 이어졌다. 단 사흘이었지만 가야는 생각보다 많은 것을 남기고, 또 가져갔던 것이다. 머리는 그와 헤어진 게 올바른 판단이라고 믿고 있었지만 그녀의 스무 살 심장은 그 사실을 받아들일 수 없었다. 엘리스는 가슴을 움켜쥔 채 바닥에 누워 흐느꼈다. 실제로 가슴에 커다란 구멍이 난 것처럼 아팠다. 이틀 전까지만 해도 뉴욕은 인생의 새로운 시작이자 꿈의 도시였지만 이제 매정한 콘크리트 덩어리로 바뀌어 있었다. 아니, 지구 전체가 아무런 가치 없는 허무한 행성으로 바뀌어 있었다.

분침이 완전한 원을 그리고 제자리로 돌아왔을 때도 엘리스는 여전히 바닥에 웅크리고 있었다. 더 이상 흘릴 눈물조차 없었다. 무미건조하게 이어진 벽지 문양을 따라 사흘 동안 있었던 일들이 모였다 흩어졌다를 반복했다. 엘리스는 이 고통을 평생 안고 살아가야 한다는 걸 잘 알고 있었다. 매일 아침 눈을 뜰 때면 그가 준비했던 베이글과 스크램블드에그가 떠오를 것이다. 냅킨을 볼 때마다 글자가 나타나는 신기한 편지와 눈부신 미소가 아른거릴 게 분명했다. 사흘 동안 죽음을 넘나드는 몹쓸 병을 앓고 난 것처럼 온몸이 저려 왔다.

"좋은 일에 끝이 있듯이 나쁜 일도 끝이 있을 거야."

이렇게 스스로를 위로하며 엘리스는 찬물로 세수를 하기 위해 일어섰다. 그때였다. 청소할 때까지도 발견하지 못했던 뭔가가 거실에 있었다. 가로 1미터 세로 80센티미터 정도 크기의 물건으로 거실 정면 벽에 걸려 있었다. 갈색 포장지로 덮여 있었는데 얼핏 보기에도 액자였다. 순간 엘리스는 지난밤 잠든 사이 집을 나서던 가야를 떠올렸다. 엘리스는 곧장 포장지를 뜯기 시작했다.

"오, 하느님……."

그것은 놀랍게도 모네의 '수련'이었다. 물론 진품은 아니었다. 누군가 오랜 시간 정성을 들여 완성한 모사품이었다. 훌륭한 솜씨였고 무엇보다도 누군가를 향한 진심이 수천 번의 붓질에 고스란히 배어 있었다. 이 그림을 그린 사람이 누군지 고민할 필요도 없었다. 그녀에게 이런 멋진 선물을 할 사람은 이 세상에 단 한 사람뿐이었다. 엘리스의 눈에서 다시 눈물이 흘러내리고 있었다. 그림을 보는 순간 모든 게 명확해졌다. 이제 그녀에게 필요한 건 모네의 '수련'도, 프랑스제 유화물감 세트도 아니었다. 지금 그녀가 간절히 바라는 건 가야였다. 하지만 그를 어디서 찾는단 말인가. 뉴욕은 인구 천만 명이 사는 세계에서 가장 크고 복잡한 도시였다. 가야를 찾는 건 지푸라기 더미에서 바늘 찾기나 다름없었다. 그렇지만 엘리스에겐 찾을 수 있으리란 막연한 확신이 있었다. 시작할 장소는 바로 그림이 걸려 있던 장소였다. 엘리스는 눈물을 흩날리며 달려 나갔다.

메트로폴리탄 미술관에서 가장 인기 있는 인상파 전시실은 언제나처럼 관광객들과 견학을 온 학생들로 빼곡했다. 엘리스는 곧장 전시실 담당자인 프랑코 아저씨를 찾았다. 아저씨는 늘 있던 입구 옆 의자에 앉아 책을 읽고 있었다.

"아저씨. 지난번에 말씀하셨던 사람 있잖아요."

"안녕, 엘리스. 요 며칠 안 보이던데 바빴나 보지?"

구수한 미소를 지으며 아저씨가 인사말을 건넸다.

"아저씨가 그러셨잖아요. 저 말고 매일 아침 수련을 그리러 오는 사람이 있다고."

"아, 그 친구. 엘리스처럼 하루도 안 빼고 왔지. 근데 왜?"

"그 사람 혹시 좌우 눈동자 색이 다른 동양 남자 아니었어요?"

"맞아. 그걸 어떻게 알았지?"

예상대로였다.

"그 사람을 꼭 찾아야 돼요. 그 사람에 관해 아시는 걸 모두 알려주세요. 부탁해요, 아저씨."

엘리스가 아저씨의 손을 꼭 잡으며 말했다. 그러자 아저씨가 돋보기를 벗으며 물었다.

"혹시 그 그림의 임자가 너니?"

엘리스가 고개를 끄덕였다.

"그랬구나. 그 행운아가 너였어."

엘리스의 양 볼이 붉어졌다.

"이번에 찾으면 두 번 다시 놓치지 마. 그런 사랑은 흔하게 찾아오는 게 아니니까."

"네."

"일단 차 한잔하면서 숨부터 좀 돌려."

아저씨는 의자 옆에 놓여 있던 보온병을 열고 일회용 컵에 차를 따라 주었다.

"그 친구가 처음 온 건 아마 한 달 전쯤일 거야. 매일 아침 미술관이 오픈하기 전부터 와서 기다렸어. 문이 열리면 곧장 이젤을 들고 모네의 '수련'으로 갔지. 그리고 묵묵히 그림을 그렸어. 굉장히 열심히 했지. 몇 시간을 꼼짝도 않고 그림만 그렸으니까. 미술관에는 모사를 하려고 오는 사람이 하루에도 수십 명이야. 어떤 사람은 십 년째 세잔의 '생트 빅투와르 산'만 그리는 사람도 있지. 그런데 그 친구는 처음부터 풍기는 느낌이 달랐어. 뭐랄까. 죽기 전 마지막으로 그리는 그림처럼 비장하다고나 할까. 하여간 아주 열심히 하더군. 그러다가 오후 12시 땡 하면 도구를 챙겨서 미술관을 나서는 거야. 신데렐라처럼 말이지. 그렇게 꼬박 한 달 동안을 하루도 안 빠지고 왔어. 난 조용히 그 친구가 완성해 가는 걸 지켜봤지. 처음에는 고향에 가져갈 기념품쯤으로 생각했는데 솜씨가 보통이 아닌 거야. 게다가 붓질 하나하나에 애정이 스며 있었어. 보아하니 소중한 누군가를 위해 그리는 그림 같았지. 그래서 하루는 슬쩍 물었어. 누구를 위해서 그리는 그림이냐고. 그러자 그 친구가 말했어. '제게 살아야 할 이유를 준 사람을 위해 그리는 겁니다.' 노래 가사에나 나올 멋진 사랑을 하고 있었던 거야. 그런데 그 사람이 너일 줄이야."

아저씨는 오랫동안 잊고 있던 첫사랑이 떠오른 듯 상기된 얼굴로 엘리스를 바라봤다.

"살아야 할 이유를 준 사람……."

순간 뿌옇게 서리가 껴 있던 망각의 창이 열리며 바람처럼 스쳐 간 한순간이 날아들었다. 가야를 처음 만난 건 이틀 전이 아니었다.

구름 한 점 없이 맑은 하늘을 양쪽으로 가르며 아흔두 명을 태운 아메리칸 항공사 소속 여객기가 한 치의 망설임도 없이 월드 트레이드 센터 북쪽 타워에 곤두박질쳤다. 뒤이어 거대한 불기둥과 함께 파편들이 우박처럼 쏟아져 내리자 사람들은 비명을 지르며 전쟁터로 변한 현장을 빠져나가기 위해 안간힘을 쓰고 있었다. 엘리스는 그 아비규환 한가운데 있었다. 출근 버스를 타고 있던 엘리스는 사고가 터지자 보물과도 같은 화구 박스를 끌어안은 채 버스에서 내리고 있었다. 그런데 내리는 순간 달아나던 사람들에게 밀려 넘어지고 말았다. 때문에 들고 있던 화구 박스가 쏟아지며 내용물이 사방으로 흩어졌다. 그건 식당에서 힘들게 일해서 번 돈으로 산 소중한 유화물감 세트였다. 엘리스는 지옥 같은 상황에서도 물감을 주워 담으려 했다. 그때였다. 그녀의 시선에 한 남자가 들어왔다. 가야였다. 그는 혼이 나간 듯 화염에 휩싸인 월드 트레이드 센터를 바라보고 있었는데 머리 위로 자동차만 한 콘크리트 더미가 쏟아지고 있었다.

"이봐요. 정신 차려요!"

엘리스는 화구 박스를 버려둔 채 가야의 손을 잡고 달리기 시작했다. 간발의 차이로 불붙은 콘크리트 더미가 폭격을 하듯 쏟아져 내렸다. 뒤를 이어 한 치 앞도 분간할 수 없는 짙은 먼지 폭풍이 사방으로 퍼져 나갔다. 손을 잡은 두 사람은 무작정 먼지 속을 달리고 또 달렸다. 얼마를 달렸을까. 가까스로 먼지가 가라앉자 엘리스는 가야를 부축해 보도블록에 앉혔다. 그의 초점 잃은 눈동자는 아직도 뿌연 먼지 속을 헤매고 있었다.

"블랙홀 속에도 빛이 있대요."

엘리스가 가방에서 생수를 꺼내 건네며 말했다. 그제야 정신을 차린 가야가 엘리스를 바라봤다. 엘리스는 환하게 미소를 지어 보이고는 다른 사람을 돕기 위해 다시 아비규환 속으로 들어갔다.

"그러니까 두 사람이 처음 만난 건 테러가 있던 순간 월드 트레이드 센터에서였군요."

"그래요. 워낙 짧은 시간이었고 정신이 없었기 때문에 잊고 있었어요. 그렇지만 가야는 모두 기억하고 있었던 거예요. 제가 아끼던 유화물감 세트를 잃어버렸던 것도, 노르데나우어 워터를 마신 다는 것도."

엘리스는 완전히 과거에 몰입해 있었다.

"그래서 어떻게 됐나요?"

"가야가 있을 곳은 이제 한 곳뿐이었어요. 우리가 두 번이나 만난 장소……."

모퉁이를 돌자 거대한 잔해 더미가 슬픈 기념비처럼 엘리스를 맞이했다. 테러가 벌어진 지 한 달이 지났지만 아직도 상당량의 잔해가 처참했던 당시 상황을 전하고 있었다. 엘리스는 곧장 임시 분향소로 달려갔다. 가장 붐비는 장소답게 꽃과 기도를 바치는 희생자 가족들과 추모객들로 발 디딜 곳이 없었다.

"가야 씨! 어딨어요."

기도와 바람 소리밖에 들리지 않는 침묵의 장소에 엘리스의 목소리가 울려 퍼졌다.

"가야 씨! 나 왔어요. 엘리스라고요."

엘리스는 사람들을 이리저리 밀치며 가야를 찾았다. 여기저기서 불평이 터져 나왔지만 그녀는 전혀 아랑곳하지 않으며 그곳을 비집고 다녔다. 하지만 가야는 보이지 않았다. 그녀의 목소리는 초조해진 만큼 더욱 커졌고 이천여 명의 영혼이 묻힌 현장은 가야의 이름으로 가득했다.

"제발 나타나 줘요, 가야 씨. 처음 만났을 때처럼 갑자기 나타나서 날 놀래키라고요."

엘리스는 사람들 틈에서 가야를 찾기 위해 필사적으로 돌아다니고 있었다. 그때 누군가 엘리스의 팔을 잡았다.

"가야 씨?"

엘리스가 반색을 하며 돌아봤지만 가야가 아니었다.

"아가씨, 여긴 신성한 곳이에요. 예의를 안 갖추려면 나가요."

검은 선글라스를 낀 경찰 둘이 팔짱을 낀 채 엘리스를 내려다보고 있었다.

쫓겨난 엘리스는 영혼이 빠져나간 사람처럼 넋을 잃고 거리를 헤맸다. 온몸이 가루가 되어 날아가 버릴 것처럼 위태로웠지만 이대로 주저앉을 수는 없었다. 그라운드 제로에서 나오자마자 엘리스는 곧장 마빈 아저씨 식당으로 향했다. 다음에는 메이시스 백화점 앞 횡단보도에서 삼십 분이 넘게 지나는 사람들을 지켜 본 후 고전 영화 극장으로 향했다. 두 시간이 넘는 영화 〈카사블랑카〉가 끝나도록 극장 입구를 서성인 엘리스는 생일 식사를 했던 이탈리안 레스토랑에 들렀다가 다시 코리아타운을 헤맸다. 그러나 결국 가야를 찾을 수 없었다. 희망은 없어 보였다. 그녀는 가야의 주소도, 전화번호도 갖고 있지 않았다. 이제 이국적인 두 눈과 상냥한 목소리를 더 이상 들을 수 없을 것만 같았다.

엘리스는 스스로를 탓했다. 그는 진심으로 그녀를 사랑했고 진실하기 위해 최선을 다했지만 믿지 않았던 것이다. 가야는 그녀를 위해 낭떠러지에서도 바람에 몸을 맡겼는데 기회조차 주지 않고 자신만을 생각했던 것이다. 또다시 눈물이 흘러내렸다. 오늘 하루 동안 몇 년 치 눈물을 한꺼번에 흘린 것 같았다. 그렁그렁 맺힌 눈물 너머로 매서운 겨울바람을 머금은 저녁 햇살이 일렁이고 있었다. 저녁 시간이 다가오자 술집들이 하나둘 네온사인을 켜고 손님을 불러 모으고 있었다. 엘리스는 이제껏 술을 마셔 본 적이 없었다. 하지만 오늘만큼은 그녀를 위로해 줄 유일한 친구가 술뿐이었다. 엘리스는 뻥 뚫린 가슴을 작은 손으로 가리며 가까운 술집을 찾았다. 바의 문고리를 잡으려던 순간이었다. 길 건너편에 있던 케밥 노점상이 보였다. 어제 오전 가야가 오래된 짝사랑을 예언했던 바로 그 케밥 가게였다. 유일하게 들르지 않은 곳이었다. 엘리스는 길을 가로질렀다. 몇 대의 차가 급정거를 하며 욕을 해 댔지만 엘리스는 개의치 않고 곧장 케밥 가게로 향했다. 어쩐 일인지 주인은 아직 해도 떨어지지 않았는데 장사를 접고 있었다.

"아저씨, 혹시 좌우 눈동자 색이 다른 동양 남자 안 왔어요?"

주인이 문을 닫다 말고 돌아봤다.

"무슨 말인지……."

엘리스는 주인이 영어가 서투르다는 걸 그제야 떠올렸다.

엘리스는 설명할 방법을 찾다가 가판대 채소 보관함에 있던 피망과 올리브를 들고 눈에 갖다 댔다.

"아, 다른 눈. 봤어요."

그제야 말귀를 알아들었는지 주인이 활짝 웃었다.

"그 사람 왔었어요? 언제?"

"이십 분쯤 전…… 이걸 줬어요. 좋은 사람이야."

주인은 가판대에 놓여 있던 책 하나를 들어 보였다. 포장도 뜯지 않은 새 코란이었다. 가야가 틀림없었다. 바람에 날리던 낡은 코란 덕분에 봉변을 당할 뻔한 걸 기억하고 새것을 선물한 모양이었다.

"그 사람 어디로 갔는지 알아요?"

주인이 손가락으로 건물 하나를 가리켰다. 그가 가리킨 곳은 바로 메트로폴리탄 미술관이었다. 너무 반가운 나머지 엘리스는 주인 뺨에 키스를 했다.

"고마워요, 아저씨. 다음에 꼭 먹으러 올게요."

엘리스는 미친 듯이 달리기 시작했다. 한 블록 거리였지만 지구 반대편에 있는 것처럼 멀게 느껴졌다. 엘리스는 마음속으로 그가 있기를 간절히 바라며 미술관에 도착했다.

"한 명이요."

엘리스가 숨을 헐떡이며 5달러 지폐를 매표소에 밀어 넣었다.

"미안하지만 십 분 후에 폐관이에요. 내일 오세요."

직원이 돈을 돌려주며 말했다.

"십 분이면 충분해요. 그 사람이 있는지 확인만 할 거예요."

"폐관 십 분 전에는 표를 팔 수 없어요. 돌아가세요."

직원은 매표소 문을 닫으려 했다.

"제발이요. 그 사람을 만나지 못하면 평생을 후회하면서 살게 될 거라고요. 부탁해요."

엘리스가 작은 매표구에 얼굴을 들이밀며 애원했다. 그러자 직원이 난감하다는 듯 한숨을 쉬었다.

"사랑하는 사람이에요?"

"네. 사랑하는 사람이에요. 지금 못 만나면 앞으로 영원히 못 만날지도 몰라요."

엘리스가 떨리는 목소리로 대답했다. 그러자 잠시 후 입장권 한 장이 매표구 너머에서 빼꼼히 고개를 내밀었다.

"서둘러요."

"고맙습니다. 정말 고맙습니다."

엘리스는 표를 집어 들고 미술관으로 향했다. 안에 들어서자 폐관을 알리는 안내 방송과 함께 관람을 마친 사람들이 입구로 몰려들고 있었다. 엘리스는 관람객들을 지나 메인 계단을 올랐다. 어느새 2층은 텅 비어 있었다. 몇 명의 관람객이 아쉬운 듯 못다 본 그림 앞을 서성거리고 있을 뿐이었다. 엘리스는 곧장 인상파 전시실로 달려갔다. 입구를 지키고 있어야 할 프랑코 아저씨도 보이지 않았다.

"가야 씨……."

엘리스는 소원을 빌듯 이름을 중얼대며 전시실 모퉁이로 돌아섰다. 하지만 관람실에 남아 있던 것은 실망뿐이었다. 세잔과 드가, 모네만이 벽에 걸려 있을 뿐 아무도 없었다. 맥이 풀렸다. 그를 찾아 도시 곳곳을 누볐던 두 다리는 몇 걸음조차도 부담스러운 듯 후들거리고 있었다. 엘리스는 늘 앉던 벤치로 다가갔다. 벤치에는 누군가 버린 빈 생수병 하나가 처량하게 놓여 있었다. 엘리스는 생수병 옆에 나란히 앉았다. 그녀가 그렇게도 좋아하던 '수련'과 처음으로 단둘이 마주하고 있었지만 아무런 감동도 느낄 수 없었다. 오히려 앞으로 '수련'을 볼 때마다 가슴이 아플 게 분명했다. 사흘 전까지만 해도 엘리스의 마음에 오로지 '수련'에 그려져 있는 이 작은 연못가만 있었지만, 지금은 달랐다. 이 작은 연못가에 귀중한 한 사람이, 들어선 것이다. 가슴이 눈물을 흠뻑 빨아들인 솜으로 가득 차 있는 것처럼 무겁고 쓰렸다.

"아가씨, 미술관 끝났어요."

청소부 아저씨가 빈 생수병을 쓰레기통에 넣으며 말했다.

"알아요."

일어서야 할 시간이었다. 안내 방송도 연신 폐관을 알리고 있었다. 엘리스가 천근만근 같은 몸을 움직인 그때, 청소부 아저씨의 쓰레기통에 낯익은 뭔가가 보였다. 조금 전 벤치에 있던 생수병이었다.

"아저씨, 잠깐만요."

엘리스는 쓰레기통에 있던 생수병을 집었다. 노르데나우어 워터였다. 상표는 색이 바랬고 여기저기 찌그러져 있었다. 한 달 전 테러 현장에서 엘리스가 건네준 그 병이 틀림없었다. 가야는 그 병을 엘리스의 일부라도 되는 양 소중히 간직하고 있었던 것이다.

"방금까지 있었어!"

간발의 차이로 놓친 것이다. 온몸에 다시 힘이 솟았다. 엘리스는 생수병을 움켜쥔 채 전시실을 달려 나갔다. 그때였다. 전시실로 누군가 헐레벌떡 달려왔다. 두 사람은 부딪힐 듯 멈춰 서서 서로를 바라봤다. 가야였다. 그토록 찾던 가야가 거짓말처럼 눈앞에 서 있었다. 그의 아름다운 눈동자가 엘리스를 바라보고 있었다. 엘리스의 온기가 묻은 생수병을 찾으려고 돌아온 것이리라. 갑자기 눈물이 쏟아져 내렸다. 태어날 때부터 찾아낼 수 없도록 깊숙이 숨겨 두었던 감정의 금고가 단번에 열리더니 눈물에 녹아들었다. 가야는 뭔가를 말하려는 듯 입술을 움직였다. 하지만 그는 아무 말도 할 수 없었다. 엘리스의 따뜻한 입술이 이제야 돌아갈 곳을 찾은 듯 가야의 입술을 덮었기 때문이다. 폐관을 알리는 안내방송이 저녁 햇살이 스며드는 미술관 내에 고즈넉이 울려 퍼지고 있었다.

따르릉. 전화벨이 정적을 깨며 울리고 있었지만 엘리스는 과거에 잠겨 듣지 못했다.

"그때 알았어요. 이 사람은 운명이구나. 이 사람 때문에 세상이 지옥으로 변한다 해도 이 사람 없이는 못 살겠구나."

엘리스가 얼마 남지 않은 담배를 깊이 빨아들였다.

"엘리스, 전화 왔어요."

사이먼이 수화기를 건네주며 말했다. 그제야 현실로 돌아온 엘리스가 수화기를 들었다.

"여보세요."

달콤한 꿈을 깨운 게 못마땅한지 냉랭한 목소리였다. 하지만 아스라한 과거의 여운은 상대방의 다급한 목소리와 함께 순식간에 날아갔다.

"그게 무슨 소리예요? 미셸이 응급실에 실려 갔다니!"

사이먼은 비상 사이렌을 켠 채 전속력으로 달리고 있었다. 친구 집에 있던 미셸은 갑자기 눈이 빠질 듯한 안구 통증을 호소했고 응급대원에 의해 가까운 병원으로 후송되었다. 당연히 엘리스가 가야 했지만 거동이 불편했던 탓에 사이먼이 대신 향하고 있었다.

"응급실이 어디죠?"

병원 안으로 들어서며 사이먼이 물었다. 간호사가 응급실 안내 판을 가리키자 사이먼은 고맙다는 인사도 없이 화살표 방향으로 달렸다. 응급실은 실려 온 환자들로 북새통을 이루고 있었지만 사이먼은 단번에 미셸을 찾을 수 있었다. 미셸은 촌각을 다투는 환자들 사이에서 침대에 걸터앉은 채 태연하게 닌텐도를 하고 있었다.

"어떻게 된 거니?"

사이먼이 묻자 미셸이 게임을 하다 말고 빤히 쳐다봤다.

"아저씨가 왜 여기에 있어요?"

"엄마 대신 왔어. 구급차에 실려 왔다던데 괜찮은 거니?"

"괜찮아요."

미셸은 관심 없다는 듯 다시 게임에 몰두했다. 그때 담당 의사가 다가왔다.

"아버님이십니까?"

"아니요. 어머니 친구예요. 어떻게 된 겁니까?"

"오른쪽 안구 통증으로 실려 왔어요. 일단 안압을 재고 백내장 검사를 했는데 아무 이상 없었어요. 홍채, 수정체 모두 정상이고요. 일시적으로 혈압이 상승하면서 안압이 올라간 모양인데 지금은 괜찮으니 데려가셔도 됩니다. 하지만 또 이런 증상이 생기면 그땐 정밀 검사를 해 보시는 게 좋을 겁니다."

의사는 인사할 틈도 없이 방금 실려 온 또 다른 환자에게 갔다. 주위는 온통 피비린내 섞인 시큼한 약품 냄새와 신음으로 가득했다. 그 와중에도 미셸의 신경은 온통 슈퍼 마리오 게임에만 집중되어 있었다.

"가자. 집에 데려다줄게."

　아까까지만 해도 미어터질 것처럼 자동차들로 가득하던 고속도로는 언제 그랬냐는 듯 한적했다. 어색한 차 안에는 게임기 소리만이 울리고 있었다.

"우리 아빠가 무슨 잘못이라도 했나요?"

　한 마디 말도 하지 않던 미셸이 문득 생각난 듯 물었다.

"아직은 몰라."

"그 말은 잘못한 게 있을 수도 있단 얘기네요?"

　사이먼은 대답하지 않았다. 비록 가야가 용의자이긴 했지만 어린아이에게 쓸데없는 말을 해서 상처를 줄 필요는 없었다.

"우리 아빠는 좋은 사람이에요."

"어떻게 알지? 만난 적도 없잖아."

"난 알 수 있어요."

　미셸은 돌처럼 확고했다. 사이먼은 생각했다. 과연 좋은 사람은 어떤 사람일까. 저 나이 또래가 생각하는 좋은 사람은 명료했다. 악당은 언제나 음침한 복장에 사악한 웃음을 날리며 세계를 정복하려 한다. 반면 정의의 용사는 화려한 원색 유니폼을 입고 위기의 순간에 나타나 여주인공을 구하고 악당을 해치운다. 그것이 열 살의 선과 악이다. 그러나 서른을 훌쩍 넘긴 FBI 십 년 차 사이먼에게 선과 악은 구분할 수 없는 거대한 혼란 덩어리였다. 심지어 자신이 좋은 사람인지도 확신할 수 없었다.

"아빠에 관해 알고 싶어요. 알고 있는 걸 말해 주세요."

"뭘 알고 싶니?"

"한국인이라는 것밖에 몰라요."

"이름도 몰라?"

"떠난 사람을 알 필요 없다면서 안 가르쳐 줬어요."

엘리스는 철저하게 가야에 관해 숨긴 모양이었다. 사이먼은 남의 가족사에 끼어들고 싶지 않았다.

"아저씨는 아빠 없이 살아가는 게 어떤 건지 알아요?"

사이먼은 선뜻 대답할 수 없었다. 비록 어머니와 사이가 안 좋아 이혼을 했고 일 년에 고작 몇 번 얼굴을 볼 뿐이었지만 그에게는 아버지가 있었다. 뿐만 아니라 떠올리면 미소를 지을 만큼 좋은 추억거리도 몇 개 있었다. 아빠 이름조차 모르는 미셸을 이해할 수 있을 리 없었다.

"그건 평생 우산 없이 사는 거랑 비슷해요."

사이먼은 학교 처마 밑에서 홀로 남아 비가 그치기를 기다리는 미셸을 상상해 보았다.

"네 아빠 이름은 신가야. 너처럼 부드러운 검은 머리에 피부가 새하얀 미남이었지. 특히 멋진 눈을 갖고 있었어. 네 엄마를 무척 사랑했고 살아 있었다면 분명 좋은 아빠가 됐을 거야. 나머지는 엄마한테 묻는 게 좋겠구나."

"아빠는 죽었나요?"

"미안하지만 그렇구나."

두 사람을 태운 차는 고속도로를 빠져나와 에디슨시로 연결된 인터체인지로 들어섰다.

"아니, 아빠 살아 있어요."

"왜 그렇게 생각하지?"

"난 알 수 있어요. 아빠 딸이니까."

사이먼은 더 이상 대꾸하지 않았다. 어린아이의 작은 소망을 깨고 싶지 않았다. 미셸이 드디어 슈퍼 마리오 세 번째 관문을 돌파하고 사이먼이 좋은 사람의 정의를 고민하는 동안 두 사람을 태운 자동차는 엘리스의 집 앞에 도착해 있었다.

"어떻게 된 거야? 어디가 어떻게 아픈 건데?"

문을 열자마자 엘리스가 걱정스러운 얼굴로 물었다.

"아무것도 아니야."

미셸이 귀찮다는 듯 방으로 올라가며 대답했다.

"의사가 뭐래? 이유가 있을 거 아냐?"

"아무것도 아니라니까."

미셸이 신경질적으로 방문을 닫았다.

"너무 걱정 말아요. 일시적으로 혈압이 높아져서 안압이 올라간 거래요. 검사를 했는데 아무 이상 없었대요."

사이먼이 대신 대답했다.

"전화를 해야 할 거 아니에요! 얼마나 마음 졸였는지 알아요?"

엘리스가 버럭 소리를 질렀다.

"서둘러 오느라 전화할 생각을 못 했어요. 미안해요."

그제야 긴장이 풀렸는지 엘리스는 무너지듯 의자에 앉았다.

"기다리는데 별생각이 다 드는 거예요. 뇌종양에 걸리면 안압이 올라간다는데 설마 저 애도 아빠처럼 뇌에 이상이 있는 건 아닐까. 미셸도 그 사람처럼 날 버리고 떠나면 어쩌나. 안 좋은 생각이 꼬리를 물고 계속 드는 거예요."

감정이 북받친 엘리스는 흐느끼기 시작했다.

"이제 나한테 남은 건 저 애뿐이라고요."

사이먼은 그녀의 눈에서 끝없이 펼쳐진 소금 사막을 보았다. 지평선까지 이어진 새하얀 사막에는 한 그루의 나무만이 존재했다. 작지만 생명력으로 가득한 어린 나무. 그 나무가 엘리스에겐 오아시스이자 유일한 그늘이고 살아야 할 이유였다.

"진정해요. 미셸은 괜찮을 거예요."

사이먼이 엘리스의 어깨를 감싸며 말했다. 그때 사이먼의 핸드폰이 울렸다.

"여보세요."

"지금 당장 본부로 와야 할 거 같은데."

론이었다. 사이먼은 시계를 봤다. 오후 8시 49분.

"이 시간에 무슨 일인데?"

"본부장이 직접 널 호출했어."

본부장이 보자는 건 둘 중 하나였다. 대서특필된 연쇄 살인 사건을 해결했을 때 기자들 앞에서 함께 포즈를 취하기 위해서거나, 지지부진한 수사를 보다 못해 태어난 걸 후회할 정도로 욕을 퍼붓기 위해서였다. 지금은 보나 마나 후자였다.

"각오 단단히 해라. 가뜩이나 못된 얼굴에 짜증이 가득하더라."

사이먼은 어쩔 수 없이 본부로 향했다.

늦은 시간에도 본부는 분주했다. 대형 사건이 연속으로 터진 데다 대통령 선거가 얼마 안 남았기 때문이다. 사이먼은 자리에도 들르지 않고 곧장 본부장실로 향했다. 깐깐한 성격에 시간을 재고 있을지도 모를 일이었다. 사이먼은 심호흡을 하고 문을 두드렸다.

"들어와."

사이먼이 사무실로 들어섰다. 그런데 방에는 본부장 외에 낯선 얼굴의 남자 세 명이 더 있었다. 그들은 점퍼와 청바지 차림에 짧은 머리를 하고 있었는데 척 보기에도 다른 정보기관에서 파견된 요원들 같았다.

"늦은 시간 오느라 수고했어."

의외로 본부장은 점잖게 맞이했다. 분위기로 봐서 욕을 해 댈 기미는 없었다. 대신 묘한 긴장감이 흐르고 있었다.

"무슨 일로 부르셨습니까?"

사이먼이 세 남자의 분위기를 살피며 물었다.

"이쪽은 국가안전보장국에서 온 마크 요원이야."

본부장이 소개하자 남자가 보일 듯 말 듯 고개를 끄덕였다.

"국가안전보장국에서 이 시간에 무슨 일이죠?"

"지금 수사 중인 사건 말이야. 이제부턴 국가안전보장국에서 담당하기로 했어. 그러니까 지금까지 나온 수사 자료 전부 넘겨주도록 해."

"왜 국내 사건을 NSA에서 맡죠?"

국가안전보장국(National Security Agency)은 국방부 소속 정보기관으로 같은 정부 기관과도 정보를 공유하지 않는, 가장 은밀한 조직이었다. 그들은 국가안보가 걸린 중대한 사안이 아니면 절대 모습을 드러내지 않는 것으로 유명했다.

"그건 우리가 판단할 문제요."

리더로 보이는 다부진 인상의 남자가 대답했다.

"나도 알 권리가 있는 것 같은데."

사이먼이 공고히 팔짱을 끼며 말했다.

"잔말 말고 시키는 대로 해. 자넨 내일부터 유괴 살인 사건을 맡게 될 거야. 그리고 좀 씻어. 대체 이게 무슨 냄새야? 하수도에라도 빠진 거야?"

그러고 보니 사건을 맡은 후로 한 번도 집에 가질 못했다.

"자료는 이 친구들한테 넘겨주고 집에나 가. 자네 꼬락서니를 보면 FBI에서 월급도 제대로 안 주는 줄 알겠어."

본부장은 골치 아픈 사건을 넘기게 돼서 속이 시원한 모양이었다. 그가 결정한 이상 말단 요원이 할 수 있는 일은 없었다. 사이먼이 방을 나서자 세 남자가 그림자처럼 뒤를 따랐다.

"옛날부터 궁금한 게 있었는데. NSA는 전 세계 모든 전화 통화를 감청한다는 말이 사실입니까?"

사이먼이 물었지만 그들은 본래 입이 없는 듯 묵묵부답이었다.

"소속이 공작국인 것 같은데. 그렇다면 B그룹 소속이겠군."

국가안전보장국의 핵심 부서인 공작국 중에도 B그룹은 아시아 국가를 담당하는 걸로 알려져 있었다. 가야에 관해 알고 있는지 은근히 떠보려는 것이다. 하지만 요원들은 초지일관 입을 다물고 있었다.

"뭘 넘겨 드리면 되나?"

사이먼이 책상 위에 점퍼를 벗어 놓으며 대답했다.

"전부 다. 하나도 빠짐없이."

"사건을 조사한 지 삼 일밖에 안 돼서 그닥……."

사이먼이 조사 수첩을 뒤적이는데 다부진 인상의 남자가 잽싸게 낚아챘다.

"이봐, 그건 내 개인 수첩이야."

"사건에 관련된 내용을 모두 복사한 후 분명히 돌려 드리겠소."

남자가 수첩을 들어 보이며 말했다. 그런데 수첩을 든 남자의 손등을 본 사이먼이 멈칫했다. 문신이었다. 세월에 바래긴 했지만 분명 초승달 모양을 하고 있었고 주위를 빙 둘러 글씨가 새겨져 있었다. 사이먼은 십 년 전 가야와 엘리스를 뒤쫓았던 남자를 떠올렸다.

Vouloir, c'est pouvoir

이것이 문신에 새겨진 글의 내용이었다.

"원하면 이루어질 것이다. 프랑스 속담을 새긴 걸 보면 프랑스 출신인가?"

사이먼이 슬쩍 떠보았지만 남자는 입을 굳게 다물고 자료들을 쓸어 담기 시작했다. 책상뿐 아니라 화이트보드에 적힌 내용까지 꼼꼼히 사진을 찍었다. 그들이 책상을 초토화시키는 동안 사이먼은 문신한 남자를 바라보고 있었다.

"NSA는 신원이 노출될 위험 때문에 문신을 허용 안 한다던데. 언제 새긴 겁니까?"

사이먼이 다시 떠봤지만 남자는 꿈쩍도 안 했다. 그러나 아무리 뒤져도 원하는 물건이 나오지 않자 입을 열었다.

"사건을 조사하기 전 누군가로부터 제보가 들어왔다고 하던데, 맞소?"

사이먼은 직감적으로 이 남자가 엘리스의 기억 속 남자라는 걸 알 수 있었다. 가야의 제보에 대해 아는 사람은 사이먼을 제외하고 두 사람뿐이었다. 엘리스와 얼마 전 만났던 카이헨동 연구소 소장. 그런데 이제 막 사건을 조사하기 시작한 NSA 요원이 그 사실을 알고 있었다.

"이틀 전 전화가 왔어요. 이번 사건과 신가야가 연관되어 있다고."

"정확히 뭐라고 했소. 단어 하나 빠짐없이 그대로 말해 보시오."

"이틀 전 오전 10시경 전화가 울렸어요. 전화를 받자 대뜸 이러는 겁니다. 어제 새벽에 있었던 제퍼슨 호텔 저격 사건과 오늘 오전 JFK 국제공항 비행기 충돌 사건의 배후에 신가야라는 인물이 있다고. 그래서 물었죠. 누구냐고. 그러자 전화를 끊었어요. 그게 전부요."

물론 꾸며 낸 말이었다. 남자는 진위를 가리듯 사이먼을 뚫어지게 바라보았다.

"물을 게 있으면 다시 연락하겠소."

문신한 남자가 책상에 있던 사이먼의 명함 한 장을 집더니 자료를 들고 사라졌다. 그들이 보이지 않자 사이먼은 안주머니에 넣어 두었던 가야의 편지를 꺼냈다. 십 년 전 과거에서 날아온 한 장의 편지. 그날부터 벌어진 상상을 초월하는 살인 사건과 엄청난 배후를 가진 피해자들. 그리고 모든 단서를 쥐고 있는 상처 입은 한 여인. 이젠 거기에 국방부를 등에 업은 최고의 비밀기관까지 끼어든 것이다. 문제는 더 이상 공식적으로 그가 낄 자리는 없다는 것이었다. 이제부터 어떻게 할 것인가. 상부의 명령을 어기고 계속 사건을 조사할 것인가. 아니면 이쯤에서 접고 유괴 살인범의 뒤를 쫓을 것인가.

"그러고 보니 아직 짐도 안 풀었군."

사이먼은 겨드랑이 냄새를 맡아 보곤 일단 집으로 향하기로 했다. 지금 그에게 필요한 건 뜨거운 목욕물과 포근한 침대였다.

사이먼은 이웃들과 어울리는 걸 그다지 좋아하지 않았다. 아내가 세상을 뜬 후 혼자 지내는 걸 즐겼고 대부분을 사건 해결에 쓰고 있었다. 집 안에는 언제나 피투성이 현장 사진들이 널려 있었고 때로는 현장에서 가져온 증거들이 있기도 했다. 그래서 이웃들은 그를 기괴한 변태쯤으로 여기는 경우가 많았고 경찰에 신고하는 경우도 있었다. 그럴 때면 사이먼은 이사를 했다. 이번이 뉴욕에 온 후로 여섯 번째 얻은 집이었다. 문을 열고 들어서자 아직 집이라고 하기엔 낯선 공간이 사이먼을 맞이했다. 바닥에는 풀지 않은 이삿짐들이 널려 있었고 낡은 벽지는 여기저기 떨어져 있었다. 사이먼은 짐을 풀 생각도 않고 곧장 욕조에 물을 받았다. 보일러를 틀고 온수 꼭지를 돌리자 처음 얼마간 녹물이 쏟아졌다. 하지만 이내 하얀 김을 내뿜으며 온수가 욕조를 채우기 시작했다. 물을 받는 사이 사이먼은 삼 일간 껍질처럼 입고 있었던 옷을 벗어버리고 소파에 걸터앉았다.

"면도부터 해야겠군."

사이먼은 수북하게 자란 턱수염을 만지작거리며 면도기를 찾았다. '욕실'이라고 쓴 상자를 열었지만 면도기는 보이지 않았다.

"어디에 뒀더라."

아직 풀지 않은 상자가 열 개쯤 남아 있었다. 뜨거운 탕에 몸을 담그기 전 면도를 안 하는 건 시럽 없이 팬케이크를 먹는 기분이었다. 사이먼은 상자를 하나씩 열어 보았다. 상자마다 대충의 메모가 적혀 있었지만 그대로 들어 있는 건 드물었다. 욕조에는 물이 가득 차고 있었다. 사이먼은 이번 상자에도 없으면 면도를 포기할 생각으로 잡동사니라고 쓰인 상자를 뜯었다. 그런데 안에 든 물건을 보는 순간 목욕할 생각이 사라졌다.

상자에 들어 있던 건 핸드백이었다. 구찌 자카드 숄더백. 십 년 전 월드 트레이드 센터 잔해 속에서 발견된 모니카의 마지막 유품이었다. 그것은 사이먼이 첫 번째 결혼기념일 선물로 준 것이었다. 비록 중고 매장에서 샀지만 포장을 푸는 순간 모니카는 날듯이 좋아했고 언제나 그 핸드백과 함께 외출했다. 그녀가 세상을 떠나자 사이먼은 그녀의 유품을 모두 불태웠지만 어쩐지 이 핸드백만은 태울 수 없었다. 어디선가 읽은 적이 있던 '망자의 유품엔 그 사람의 향취가 영원히 남는다'는 말대로 핸드백에는 십 년이 지났지만 그녀의 향취가 고스란히 묻어 있었다. 사이먼은 경찰서에서 가져온 후 한 번도 핸드백을 연 적이 없었다. 백을 여는 순간 정부와 있었던 적나라한 진실이 쏟아져 나올까 봐 두려워서였다. 어느새 욕조를 가득 채운 물이 넘치고 있었다.

"대체 그 시간에 왜…….."

어쩌면 이 안에 그 답이 있을지도 몰랐다. 갑자기 그날의 진실을 알고 싶은 충동이 일었다. 비록 영원히 상처로 남을 만큼 충격적인 물건이 튀어나오더라도 아내의 미스터리를 풀고 싶은 욕망이 끓어올랐다. 사이먼은 핸드백 지퍼를 열었다. 그러자 십 년간 동면하고 있던 내용물들이 모습을 드러냈다. 몇 개의 간단한 화장품과 손때 묻은 지갑, 향수, 물티슈, 그리고 집 열쇠. 그중 눈에 걸리는 물건이 있었다. 정체불명의 편지였다. 봉투에는 발신인 없이 '모니카 켄에게'라고만 적혀 있었다.

'분명 그녀의 정부가 생일을 축하하기 위해 준 편지겠지.'

사이먼은 아내를 에스코트해서 호텔로 들어가던 정부의 얼굴을 정확히 기억하고 있었다. 희끗한 은발을 가지런히 빗어 넘기고 잘 어울리는 맞춤 정장을 차려입은 40대 후반의 남자. 언뜻 보기에도 부유한 집안에서 자란, 자신과는 격이 다른 인간이었다. 아직도 그 얼굴이 떠오를 때면 분노와 자괴감이 동시에 가슴을 메웠다. 어쩌면 그 모습에 짓눌려 지난 십 년간을 비참하게 살아왔는

지도 모른다. 그런데 지금 눈앞에 그의 편지가 있었다. 이제 더 이상 그 빌어먹을 자식으로부터 달아나고 싶지 않았다. 사이먼은 편지 봉투를 뜯었다. 놀랍게도 안에 들어 있던 것은 살가운 연애편지가 아니었다. 텅 빈 백지였다. 앞뒤를 살폈지만 아무것도 적혀 있지 않았다. 순간 사이먼은 자신의 추측이 완전히 빗나갔다는 걸 깨달았다. 사이먼은 다시 편지 봉투를 살폈다.

모니카 켄에게

뭔가 이상했다. 정부가 보낸 편지라면 풀 네임을 쓰진 않았을 것이다. 그들은 서로 몸을 섞을 정도로 가까운 사이였으니까. 그렇다면 누가 보낸 편지란 말인가. 필체가 눈에 익었다. 유치원생처럼 서툴지만 또박또박 쓴 소문자 알파벳. 사이먼은 황급히 점퍼 안주머니에서 가야의 편지를 꺼내 비교해 보았다.
"말도 안 돼……."
놀랍게도 두 필체는 정확히 일치하고 있었다. 순간 사이먼의 뇌리에 십 년 전 가야가 쓴 메모 하나가 스쳐 지나갔다. 돌외초와 자귀풀 즙으로 냅킨 위에 쓴 메모. 사이먼은 편지를 들고 목욕탕으로 달려갔다. 그리고 물이 가득한 욕조에 편지를 담갔다. 뜨거운 물을 빨아들인 편지지가 천천히 유선을 그리며 욕조 바닥으로 가라앉았다. 잠시 후 놀라운 일이 벌어졌다. 빈 편지지에 녹색 글씨가 나타나는 것이었다.

아담의 유치원

 사건은 엘리스와 가야의 과거를 지나 사이먼과 모니카의 과거로
넘어가고 있었다.

궁극의 아이 1

쌍둥이

  멀리서 동포들의 목소리가 들려오고 있었다. 그들은 모두 화가 나 있었다. 물샐틈없이 포위한 인도 경찰의 삼엄한 경비도 병실까지 전해지는 그들의 분노를 막을 수 없었다. 그들은 으뜸을 암살하려 한 배후를 밝히길 바라고 있었지만 중국은 물론이고 미국과 러시아도 더 이상 깊숙이 발을 담그길 원치 않았다. 그것이 티베트의 현주소였고 그것이 이들을 분노케 하고 있었다.

  총격이 있은 직후 으뜸은 곧장 헬기에 실려 라호르시 에치슨대학 병원으로 후송되었다. 두 시간에 걸친 탄환 제거 수술은 성공적이었고 자정쯤 의식을 회복할 수 있었다. 동포들의 외침은 그때부터 계속되고 있었다. 으뜸은 메아리처럼 아득하게 울리는 외침을 들으며 침대에 누워 있었다. 비록 눈을 감고 있었지만 잠든 게 아니었다. 저승에서 돌아온 후 세상은 모든 게 달라져 있었다. 죽음의 문은 생의 정반대 편에 막다른 골목처럼 확고히 존재했고 문턱에 발을 디뎌 본 것만으로도 지금까지의 모든 걸 바꿔 버릴 만큼 강력한 힘을 지니고 있었다. 그것은 모든 물리법칙을 시작으로 육십팔 년간 수행하며 느꼈던 삶의 가치에 이르기까지 광범위한 것이었다. 으뜸은 이 순간 중용과 평등이라는 말을 실감하고 있었다. 지구상 어떤 생명도 더 귀하거나 못하지 않으며 아름답고 추한 것의 구분도 존재하지 않았다. 그것은 중력과 비슷했다. 갈릴레오가 피사의 탑에서 실시했던 자유낙하 실험은 삶에도 그대로 적용되고 있었다. 서로 다른 부피와 질량의 물체가 중력 앞에 평등하듯 세상의 모든 것은 삶과 죽음 앞에 같은 가치를 지니고 있었다. 지난 세월의 수행이 허무하게 느껴질 만큼 단순하고 명쾌한 답이었다. 그것이 죽음을 대면하고 돌아온 솔직한 심정이었다. 그러자 모든 것이 명확해졌다. 그는 지난 반세기 동안 티베트의 독립을 위해 낯선 인도까지 와서 투쟁했고 중국 정부는 그를 막기 위해 모든 방법을 동원하고 있었다. 그것이 불도수행과 더불어 평생을 해 온 일이었다. 그런데 저승의 삼도천(三途川)에 발을 담그고 돌아와 다시 이승의 빛을 본 순간 모든 것이 부질없어진 것이다. 대체 언제부터 인간이 이승 땅에 금을 긋고 자신의 소유를 주장했던 걸까. 수많은 제후와 자칭 황제들이 국가를 건립하고 국경을 만들었지만 황제들과 그들의 왕국은 어디로 갔단 말인가. 그들은 과연 저승에서도 금을 긋고 땅따먹기 놀이를 하고 있을까. 지금 지도에 그어져 있는 금들은 과연 얼마나 갈 것인가. 천 년은커녕 몇 백 년도 가지 못할 부질없는 짓거리였다. 생각이 거기에 미치자 뒤를 이어 아주 오랫동안 묻어 두었던 원초적인 바람이 수면 위로 떠오르고 있었다. 그것은 아주 간단하지만 오랫동안 실천하지 못한 일이었다. 으뜸은 그것을 두고 지난 이틀간 고민하고 있었다.

"몸은 좀 어떠세요? 수술 부위가 아프진 않으십니까?"

주치의 밍마였다. 그는 팔 년 전 라마의 책에 깊은 감동을 받고 이곳까지 설법을 들으러 왔던 동포였다. 라마를 직접 만난 밍마는 순리처럼 라마를 추종하게 됐고 망명정부에 남아 티베트의 독립을 위해 일하고 있었다. 하지만 그 때문에 고향의 가족들은 중국 정부에 의해 투옥됐고 팔 년이 지난 지금까지 고생을 하고 있었다. 그 일이 언제나 밍마를 괴롭혔다. 그리고 라마를 힘들게 했다. 라마는 밍마의 짐을 덜어 주기 위해 중국 정부와 UN 등에 탄원서를 제출했지만 아직 아무런 성과도 없었다.

"참을 만하네."

"수술은 잘됐습니다. 한 닷새 정도 치료를 받으시면 완쾌되실 겁니다."

"고맙네, 밍마. 그나저나 자네 가족은 어떤가? 편지는 왕래하고 있나?"

"네, 잘 지내고 있답니다. 걱정 마십시오, 라마."

밍마가 미소를 지었지만 그의 얼굴에는 숙명 같은 어두운 그늘이 짙게 드리워 있었다.

"라마, 뭘 좀 드셔야죠."

롭상이었다. 그가 마음을 담은 그릇을 쟁반에 받쳐 들고 서 있었다.

"이번에도 식사를 안 하시면 파계하고 속세로 내려가겠습니다."

롭상이 최후통첩을 하듯 진지하게 말했다. 그러자 으뜸이 몸을 일으켜 세웠다.

"그러셔야죠."

롭상이 활짝 웃으며 미음을 침대 식탁에 내려놓았다. 미음은 적당히 식어 있었고 여러 채소가 섞여 먹음직스러웠다. 으뜸은 단숨에 그릇을 비웠다.

"지금 고향은 한창 겨울나기 준비 중이겠구먼."

"그렇겠죠. 벌써 11월이 다 됐으니까요."

롭상이 접시를 치우며 대답했다.

"쑤여우차가 그립구먼. 갓 짠 야크 젖으로 만든 버터 냄새가 그리워."

"한 잔 만들어 드릴까요? 양젖으로 만든 버터는 있을 겁니다."

"야크 젖이 아니면 차 맛이 안 나. 그것도 우리 땅에서 자란 야크의 젖이어야만 해."

으뜸은 고향의 초원이 펼쳐져 있는 듯 물잔을 응시했다.

"고향은 지금 어떤가?"

"위험한 상태입니다. 대학생뿐만 아니라 시민들까지 데모에 참가하고 있습니다. 이대로 가다가는 불상사가 생길 게 뻔합니다."

밍마가 대답했다.

"다친 사람은?"

"정확한 숫자는 모릅니다만 공안과의 몸싸움으로 수백 명이 다친 모양입니다. 다들 사망자가 안 생긴 걸 다행으로 여기고 있습니다."

으뜬은 여전히 물잔을 바라보고 있었다. 물잔은 어느덧 천리안이 되어 수만 리 떨어진 라싸 초원 위를 날고 있었다. 거기에는 태초의 푸름을 그대로 간직한 하늘과 녹색 대지가 펼쳐져 있었고 그 안에 매일매일을 감사하며 살아가는 겸손한 순례자들이 있었다. 그들은 잔인하리만치 척박한 땅에 순종하고, 가난한 삶 속에서도 부처의 미소를 잃지 않는 아름다운 사람들이었다. 그들이 으뜬을 향해 손을 흔들고 있었다.

"이제 때가 됐어."

"무슨 말씀이십니까?"

롭상이 물었다.

"롭상, 밍마, 집에 가자."

"집이라 하시면……."

"우리 집 말이다. 고향 티베트."

으뜬이 환하게 웃으며 말했다.

그곳은 외부 세계와 완벽하게 차단되어 있었다. 지상으로부터 241미터 높이에 있었고 바깥세상과 연결된 계단이나 엘리베이터도 없었다. 더욱 놀라운 건 맨해튼 한복판에 이런 공간이 존재한다는 걸 알고 있는 사람이 전 세계에 단 두 명뿐이라는 것이다. 만약 그곳이 감옥이었다면 악명 높은 알카트라즈 교도소를 능가하기에 충분했지만 그곳은 감옥이 아니었다. 오히려 세상과 단절하기 위해 천재적으로 설계된, 한 사람만을 위한 완벽한 공간이었다.

그곳의 주인은 오귀스트 벨몽이었다. 그는 악마 개구리들의 우두머리이자 전 세계 부의 3분의 1을 전화 한 통으로 움직일 수 있는 유일무이한 인간이었다. 그러나 그에 관해 알려진 것은 거의 없었다. 혹자는 그가 현대적인 금융 기법을 만든 장본인으로 선물시장에서부터 모기지론까지 과거에는 없던 시스템을 만들어 금융시장을 과거에 비해 수백 배로 키웠다고 주장했고, 엄청난 자금력을 이용해 현존하는 대부분의 정치 후원 단체를 만들어 미국을 비롯한 서방국가들의 의회를 장악하고 있다는 이들도 있었다. 하지만 어느 것 하나 증명된 것은 없었다. 심지어 그의 나이를 정확히 아는 사람조차 없었다. 한 가지 확실한 건 그가 외계로부터 순간이동을 해 온 것처럼 어느 순간 나타나 순식간에 모든 것을 지배하기 시작했다는 것이다. 그는 그야말로 그림자 같은 인물이었다. 지구상에 그림자가 드리워지는 곳은 모두 그의 영토라고 해도 과언이 아니었다.

그런 그가 이런 기괴한 공간에 십 년 동안이나 은둔해서 살게 된데는 두 가지 이유가 있었다. 가장 치명적인 이유는 2001년에 있었던 암살 기도 사건 때문이었다. 당시 벨몽은 전미 기업가협회에서 기조연설을 하고 있었다. 그때 턱시도를 차려입고 객석에 앉아 있던 남자 한 명이 그를 향해 다섯 발의 총탄을 발사했다. 네 발은 빗나갔지만 한 발이 그의 오른쪽 다리를 관통했다. 범인은 그 자리에서 체포되었는데 놀랍게도 하버드대를 졸업하고 미 재무성 부국장까지 지낸 인물이었다. 테일러 하퍼라는 이름의 범인은 체포된 직후 벨몽이 미국의 경제정책을 마음대로 주무르고 있으며 그가 사라져야 국민을 위해 자유로이 정책을 결정할 수 있기 때문에 살해하려 했다고 주장했다. 그는 12년 형을 선고받고 복역 중이던 어느 날 심장마비로 사망했다. 테일러의 사망을 두고 사람들은 벨몽이 사주했다고 떠들어 댔지만 얼마 못 가 시간 속에 묻히고 말았다.

또 한 가지 이유는 벨몽의 외모 때문이었다. 벨몽은 160센티미터를 간신히 넘는 작은 키에 등이 굽어 있었다. 그래서 사람들은 '노트르담의 꼽추'의 주인공 이름을 따서 '거대한 콰지모도(Enormous Quasimodo)'라고 불렀다. '거대한'을 붙인 건 그의 엄청난 권력을 비아냥대기 위한 것이다. 뿐만 아니라 그는 처음 보는 이를 당황하게 만들 만큼 못생겼는데 얼굴 여기저기가 곰보처럼 얽어 있었고 코에는 커다란 사마귀가 나서 가뜩이나 큰 코를 더욱 흉측하게 만들었다. 때문에 벨몽은 마주하는 사람이 자신의 얼굴을 똑바로 보는 것을 극도로 싫어했고, 만약 사마귀를 보는 사람이 있으면 두 번 다시 직장을 얻거나 은행 거래를 할 수 없게 만들었다. 그리하여 이 기괴한 공간 어디에도 거울이 없었다. 손거울은 물론이고 얼굴을 비출 수 있는 어떤 물건도 없었다. 이 세상에서 유일하게 그의 외모에 대해 말할 수 있는 사람은 집사인 로드니뿐이었다. 그는 오래전부터 벨몽을 시중했고 이 기괴한 공간에서 함께 생활하는 유일한 인간이었다.

"오늘 내 모습이 어떠냐? 로드니."

벨몽이 머리를 깎다 말고 물었다. 그는 무기로 가득한 그만의 박물관에서 이발을 하고 있었다. 그곳은 알레시아 전투에서 갈리아군을 무찌를 때 사용됐던 로마의 글라디우스 검을 비롯해, 일본 최고의 장인 센지 무라마사가 만든 일본도, 그리고 제1차 세계대전 베르됭 전투에서 수많은 인명을 살상했던 맥심 기관총 등 실제 전투에서 피를 흠뻑 묻힌 무기 삼백여 점이 전시되어 있는 방으로 벨몽이 가장 사랑하는 곳이었다. 그는 이곳에서 힘의 원천을 느끼곤 했다.

"언제나처럼 멋지십니다."

로드니가 얼마 남지 않은 벨몽의 머리를 깎으며 대답했다. 그는 벨몽의 전속 이발사이자 요리사였고 집사이자 주치의였다.

"아니야. 흉측하겠지. 이젠 늙어서 추하기까지 할 거야."

이발용 가운을 입은 벨몽은 어린아이처럼 작았지만 쇠구슬처럼 단단한 인상을 지니고 있었다.

"아닙니다. 사십 년 전 제가 처음 뵀을 때처럼 당당하시고 품위 있으십니다."

로드니가 달래듯 부드럽게 말했다.

"넌 언제나처럼 거짓말을 하고 있어. 그게 네 유일한 장점이자 단점이지. 내 앞에선 알랑방귀를 뀌지만 내가 없을 땐 갖은 욕을 다 할 게야. 다른 놈들처럼 말이야."

"어르신은 세상을 한 손에 쥐고 계신 위대한 분입니다. 그런 분께 어찌 감히 거짓말을 할 수 있겠습니까."

늘 그렇듯 로드니는 능숙하게 넘어갔다. 그의 가위질 솜씨 역시 능숙했다.

"자, 이제 다 됐습니다."

로드니가 이발용 가운에 떨어진 머리카락을 치우며 말했다.

"거울을 가져와. 내 모습이 어떤지 보고 싶다."

벨몽이 전시용 유리에 어렴풋이 비친 자신의 모습을 보며 말했다.

"잘 아시지 않습니까. 집에 거울이 없다는 걸. 대신 제가 봐 드리겠습니다."

로드니가 벨몽의 얼굴을 이리저리 살펴봤다.

"깔끔하게 됐습니다. 십 년은 젊어 보이세요."

로드니가 활짝 웃으며 말했다.

"정말이냐?"

"험프리 보가트가 살아 돌아온 것 같습니다."

험프리 보가트는 벨몽이 가장 좋아하는 배우였다. 그리고 그 칭찬은 언제나 먹혔다.

"네놈은 정말 못 말리겠구나. 한 시간 동안 낮잠을 잘 테니 지구가 멸망하기 전에는 깨우지 마라."

"네, 알겠습니다. 그런데 어르신. 최고위원들이 며칠 새 세 분이나 돌아가셨는데 아무런 조치도 안 취하시고. 걱정 안 되십니까?"

벨몽은 휠체어를 돌려 전시실을 나섰다.

"중세에 흑사병이 돌자 사람들은 마녀를 찾아다녔다. 원인은 쥐였는데 말이야. 그런데 쥐는 밤에 돌아다니지."

커튼 사이로 오후 햇살이 스며들고 있었다.

"아직 해가 중천이구나."

벨몽은 기지개를 켜고는 침실로 향했다. 그때였다. 전화벨이 울렸다. 그것은 일반 전화가 아니었다. 벨몽의 책상 맨 아래 서랍 속에 숨겨져 있던 비상 전화였다. 로드니는 서랍에 걸려 있던 자물쇠를 해체하고 전화를 받았다.

"벨몽 경 저택입니다."

상대방의 목소리는 다급했다.

"어르신. 킨데마이어 경입니다."

"지금은 낮잠을 자야 하니 나중에 다시 걸라고 해."

"받아 보시는 게 좋을 것 같습니다. 촌각을 다투는 일이랍니다."

벨몽이 마지못해 수화기를 들었다.

"무슨 일인데 호들갑이냐."

"그 아이가 돌아왔어. 그 아이가 나다니엘과 안톤, 조셉을 죽이고 이젠 우리마저 죽이려 하고 있어."

킨데마이어의 목소리가 가늘게 떨리고 있었다.

"흥분하지 말고 차근차근 설명을 해 봐."

"어제 오후 조셉이 죽었다는 소식을 듣고 아이들 무덤에 갔어. 여섯 번째 냉동고를 열고 가야의 시신을 확인했지. 시신은 그대로였어. 그런데 가야 손에 이상한 글씨가 쓰여 있는 거야."

"인과응보……."

벨몽이 의미심장하게 말을 이었다.

"자네가 어떻게 알고 있지?"

"녀석이 사라지기 직전 내게 했던 말이니까."

"그럼 자네는 이 일이 일어날 줄 알고 있었다는 거야?"

"언젠가는 벌어질 일이었지. 그놈은 한다면 하는 놈이었으니까."

"녀석이 능력을 이용해서 우리를 암살하고 있어. 막을 방법이 없단 말이야."

킨데마이어의 초조함이 전화선을 타고 고스란히 전해졌다. 하지만 벨몽은 오랜만에 소일거리가 생겼다는 듯 씩 웃었다.

"이호경식지계(二虎競食之計)."

벨몽이 중국 원어민에 가까운 발음으로 고사성어를 말했다.

"지금 중국 고사성어 놀이나 할 때가 아니야."

"호랑이를 잡을 때 가장 쉬운 방법은 호랑이 굴에 또 다른 호랑이를 집어넣는 거야. 그리고 지칠 때까지 싸우게 만드는 거지. 그럼 두 마리 모두 손쉽게 잡을 수 있단 뜻이야."

"그 말은……."

"다음 궁극의 아이를 이용해서 가야의 계획을 막는 거야."

"하지만 십 년 동안 못 찾은 아이를 무슨 수로 단시간에 찾느냔 말이야."

"내일 있을 정기 회의나 잘 이끌어. 난 좀 자야겠다."

"이봐, 벨몽!"

킨데마이어가 애타게 불렀지만 벨몽은 대수롭지 않다는 듯 전화를 끊고 침대로 향했다.

"사실 저도 걱정이 됩니다, 어르신. 정말 가야를 막으실 수 있겠습니까?"

로드니가 벨몽을 침대에 눕히며 물었다.

"넌 가야가 왜 하필 죽은 지 십 년이 지난 지금 복수를 시작했다고 생각하느냐?"

"글쎄요?"

"다섯 번째 아이가 능력을 발현한 게 몇 살이었지?"

"제 기억으로 열 살입니다."

"그럼 가야가 능력을 발현한 건?"

"열 살입니다. 그럼 설마?!"

로드니는 비로소 벨몽의 생각을 읽을 수 있었다.

"네 녀석이 킨데마이어보다 낫구나. 이제부터 가능한 모든 인력을 동원해서 정보망을 철저히 감시해라. 경찰, FBI, CIA, 인터넷 소셜 네트워크까지 모든 정보망에서 아이에 관한 내용이 들어오면 철저히 조사해. 분명 조만간 나타날 거다."

모니카는 『뉴욕타임스』의 전도유망한 기자였다. 그중에도 편집장의 허가 없이 스스로 주제를 정할 수 있는 몇 안 되는 자유 기고 기자였는데, 그녀가 서른도 안 된 나이에 그런 커리어를 쌓을 수 있었던 것은 대학 졸업 직후 썼던 한 편의 칼럼 때문이었다.

'세계 자본자유화, 아시아를 노리다'라는 제목의 칼럼은 세계 금융시장이 통합되는 과정에서 상대적으로 금융시장이 취약한 동아시아 신흥 시장의 금융위기 발생을 강력하게 경고하고 있었다. 모니카는 이 칼럼을 자신의 블로그에 이 주간 연재했고 조회 수가 7만 회에 이르렀다. 그로부터 일 년 육 개월 후 그녀의 예언대로 태국의 바트화가 폭락하며 동아시아 여러 나라가 국가 부도 직전까지 몰리는 초유의 사태가 벌어지자 모니카에게 한 통의 전화가 걸려 왔다. 발신자는 놀랍게도 언론계의 회색 유령이라 불리던 『뉴욕타임스』편집장 데이비드 벤더였다. 벤더는 모니카를 플라자 호텔 오크 룸으로 불러『뉴욕타임스』정식 기자직을 제안했지만 모니카는 단박에 거절했다. 이유는 간단했다.『뉴욕타임스』의 논조가 자신과 맞지 않는다는 것이었다. 당돌한 그녀가 맘에 들었던 벤더는 일주일 후 파격적인 제안을 했다. 자유기고가였다. 당시『뉴욕타임스』의 자유기고가는 모니카의 스승인 베네딕트 교수를 비롯해 모두 저명한 저널리스트들이었다. 전무후무한 일이었다. 보수적인 이사회는 벤더의 도박에 압력 섞인 우려를 표했지만 회색 유령은 꿋꿋하게 밀고 나갔고 그의 직감은 보기 좋게 적중했다. 모니카는 고위 정치인과 군수기업의 커넥션, 이라크 전쟁의 배후 세력 등 기존 저널리스트들도 꺼려하는 주제를 본격적으로 다루며 승승장구하기 시작했다. 덕분에『뉴욕타임스』는 경쟁사를 제치고 판매 부수 수위를 탈환하며 예전의 명성을 되찾았다. 한번은 부통령이 국방부와 납품 계약을 체결한 모 군수기업의 주식을 부당 거래했다는 기사를 냈다가 암살 협박을 받기도 했다. 그러나 그런 일이 있을수록 그녀의 주가는 더욱 올라갔고 그녀의 펜은 더욱 날카로워졌다. 하지만 모니카는 단 한 번도 사이먼에게 자신의 기사에 관해 이야기하는 법이 없었다. 그것은 남편에 대한 일종의 배려였다. 당시 사이먼은 마땅한 직장을 못 찾아 파트타임 일을 전전했고 생활비 대부분을 모니카가 지불하고 있었다. 모니카는 그런 사이먼이 자신 때문에 위축되지 않기를 바랐던 것이다. 사이먼 역시 마찬가지였다. 모니카는 일 때문에 거의 매일 늦은 시간 돌아왔고 며칠 동안 집을 비우는 일이 다반사였지만 사이먼은 한 번도 화를 내거나 불평하지 않았다. 가장으로서 제대로 역할을 못하는 미안함에 그러는 것도 있었지만 서로의 사생활을 존중하자는 결혼 전 서약 때문이었다. 시간이 흐르면서 그것은 일종의 불문율처럼 굳어졌고 그녀가 세상을 뜨던 날까지 이어졌다. 그런데 십 년이 지난 지금, 사이먼은 처음으로 모니카의 기사에 관해 궁금증이 생겼던 것이다.

사이먼은 다시 사무실로 돌아와 있었다. 현장 요원 스물네 명이 함께 쓰는 사무실은 모두 퇴근하고 정적만이 가득했다.

1987, 51, A, 980 - 오클라호마시티 아담 버널 납치 사건

1976, 67, S, 119 - 아담 러셀, 뉴욕 남부 지구 마약조직 사건

2004, 34, F, 289 - 아담 휘태커 부동산 투자 사기 사건

1934, 29, AF, 671 - 아담 부쉬 아밀 공금횡령 사기 사건

2011, 30, SD, 220 - 아담과 이브 유치원 인질 사건

FBI 데이터에는 이 같은 파일들이 무려 칠백여 개가 들어 있었지만 일일이 읽어 볼 필요는 없었다. 모두 '아담'이나 '유치원'이란 단어가 들어간 파일들일 뿐 '아담의 유치원'과 연관된 내용은 없었다. 인터넷을 뒤져 보았지만 펜실베이니아와 아이오와에 있는 실제 유치원이 검색될 뿐 특이한 건 없었다. 사이먼은 스탠드 불을 끄고 의자에 기대어 미간을 주물렀다. 새벽 1시가 넘은 시간에 자료실을 기웃거리고 있었지만 그의 머리를 가득 채우고 있던 건 '아담의 유치원'이 아니었다. 대체 모니카의 핸드백에 왜 신가야의 편지가 들어 있단 말인가. 신가야는 어떻게 모니카를 알고 있었으며 둘은 어떤 관계였을까. 하지만 그 답을 알고 있는 두 사람은 이미 저세상으로 떠나고 없었다. 사이먼은 이것이 가야가 자신을 이 사건에 끌어들인 핵심적인 이유라는 걸 직감할 수 있었다. 사이먼은 편지를 응시하다가 전화기를 들었다. 그리고 지난 십 년간 단 한 번도 걸지 않았던 번호를 눌렀다.

"오랜만이군. 사이먼."

이제 막 잠에서 깬 목소리의 남자가 전화를 받았다.

"자고 계셨군요."

남자는 모니카의 상관이자 『뉴욕타임스』 편집장 데이비드 벤더였다.

"1시가 넘었어. 지구의 절반은 자고 있을 시간이라고."

"미안해요. 그렇지만 급하게 물어볼 게 있어서요."

벤더는 침대에서 일어나 물을 한 잔 들이켰다.

"무슨 일인데 십 년 만의 전화가 이 시간인가? 빈 라덴이 살아나기라도 했나?"

"모니카에 관한 일입니다."

벤더의 작은 한숨이 수화기를 타고 전해졌다.

"이봐, 사이먼. 벌써 십 년이나 지났어. 자네도 이제 잊을 때가 되지 않았나? 산 사람은 살아야 하는 거야."

산 사람이라. 사이먼이 속으로 되뇌었다.

"모니카의 핸드백을 정리하다가 편지 한 장을 발견했어요. 그런데 그 편지가 지금 제가 맡고 있는 사건의 용의자가 보낸 편지였어요."

"이해가 안 되는군. 지금 맡은 사건 용의자가 십 년 전 모니카에게 편지를 보냈다고?"

"자세히 설명할 순 없어요. 그보다 제 질문에 대답을 해 줘요. 모니카가 죽기 직전에 썼던 기사가 어떤 거였죠?"

"마지막 기사라⋯⋯."

벤더는 예상치 못했던 고소장을 받은 것처럼 난감해했다.

"자네도 알다시피 모니카는 기사가 완성되기 전에는 절대 입도 뻥끗 안 하는 타입이었어."

"그래도 뭔가 언질은 있었을 거 아닙니까. 편집장이시잖아요."

"그렇지. 그때도 지금도 편집장이지. 잠깐 기다려 봐. 정신 좀 차리고."

벤더는 잠을 포기한 듯 언더록 잔에 위스키를 따랐다. 잔에 얼음 부딪히는 소리가 달그락달그락 들려왔다.

"혹시 '아담의 유치원'에 관해 이야기한 적 없습니까?"

"아담의 유치원? 금시초문인데."

"잘 생각해 보십시오. 아주 중요한 사건입니다."

벤더는 위스키 잔을 홀짝였다.

"그러고 보니 그때 모니카는 이전과 달리 긴장한 기색이 역력했어. 당찬 모니카가 긴장할 정도면 뭔가 대단한 건수를 잡았다고 생각했지. 아니나 다를까 모니카는 사무실에 출근도 안 하고 한 달이 넘게 취재를 다녔어. 그러던 어느 날 취재비 명목으로 12,000달러를 신청했지. 제아무리 모니카라고 해도 12,000달러를 내주려면 사유를 알아야 했어. 그래서 물었지. 뭘 쫓고 있냐고. 그런데 막무가내인 거야. 요리가 다 되면 제일 먼저 맛보게 해 주겠다고. 그래도 대충은 알아야 취재비를 주겠다고 하니까 마지못해 한마디를 했어. 뭐라고 했냐면……."

벤더는 오랫동안 열지 않던 낡은 금고의 열쇠를 찾듯 기억을 더듬었다.

"무슨 개구리 얘기를 했는데……."

순간 사이먼은 뒤통수를 얻어맞은 듯 정신이 번쩍 들었다.

"혹시 악마 개구리였나요?"

"맞아. 악마 개구리를 쫓고 있다고 했어."

수화기를 쥔 사이먼의 손이 떨리고 있었다.

"그 외에 또 무슨 얘길 했나요?"

사이먼이 다그치듯 물었다.

"그게 전부야. 나는 12,000달러를 내줬고 사흘 후 월드 트레이드 센터가 주저앉았어."

사이먼은 멍하게 굳어 있었다. 쓰나미가 머릿속을 휩쓸고 지나간 것처럼 생각의 파편들만 둥둥 떠다니고 있었다.

"사이먼, 자네 괜찮은가?"

"늦은 시간 고마웠습니다. 다시 연락드릴게요."

사이먼은 조용히 수화기를 내려놓았다. 등골이 서늘하고 손바닥에 땀이 흥건히 배었다. 모든 것이 신가야를 매개로 긴밀히 이어져 있었다. 악마 개구리, 엘리스의 과거, 그리고 모니카의 죽음. 도대체 신가야는 어떤 존재이기에 십 년이란 시간을 뛰어넘어 인간들을 체스 판의 말처럼 자유자재로 갖고 노는 것인가. 대체 무엇을 위해 이 엄청난 계획을 세웠단 말인가. 모든 답은 사건 속에 있었다. 어쩌면 사랑하는 모니카의 죽음마저도.

쿵 하는 소리에 사이먼은 단잠을 깼다. 그것은 큼지막한 파일 더미를 책상에 내려놓는 소리였다.

"제니퍼 알즈윅 사건 파일이야. 네가 오늘부터 담당이라며. 오늘 안에 전부 읽고 분석 보고서 작성하란다."

론이었다. 어느새 사무실은 분주히 돌아가고 있었다. 사이먼은 시계를 봤다. 8시 35분.

"일단 경찰이 찾은 지문부터 확인해."

론은 어젯밤 과음을 했는지 술 냄새가 진동했다.

"서두르는 게 좋을 거야. 금요일이라 감식반 미어터질 거다."

어제 국장이 새로 맡긴 사건이었다. 어쩔 수 없는 일이었다. 사이먼은 커피 한 잔을 비우고 대충 파일을 살펴보기 시작했다.

피해자는 닷새 전 뉴욕 외곽의 한 야산에서 살해당한 채 발견된 제니퍼 알즈윅이라는 13세 여아였다. 시체 부검 결과 강간 후 목이 졸려 살해당한 것으로 나와 있었다. 현장 사진에는 처참하게 살해당한 어린아이가 눈을 뜬 채 죽어 있었다. 하지만 이런 사건에 익숙해져 버린 사이먼은 아무런 연민도 느낄 수 없었다.

"괴물이 다 됐군."

오늘도 어김없이 영혼의 조각이 떨어져 나가고 있었다. 사이먼은 보고서를 읽으려 했지만 채 세 페이지를 넘길 수 없었다. 그의 눈앞에는 욕조에 가라앉던 가야의 편지가 아른거렸다. 사이먼은 일단 사체에서 나온 두 개의 지문을 감식반에 맡기기 위해 사무실을 나섰다.

감식반은 반대편 건물 7층에 있었다. FBI에서 가장 바쁜 곳 중 하나인 감식반은 한시가 급한 현장 요원들이 결과를 기다리며 장사진을 이루고 있었다. 사이먼은 커피 전문점에서 산 에스프레소를 들고 소파에서 곯아떨어진 요원들을 지나 방으로 들어갔다.

"노크 좀 하면 어디 덧나나?"

입사 동기이자 감식반 요원인 아론이었다. 그는 어제도 밤을 새웠는지 눈이 빨갛게 충혈되어 있었다.

"네가 좋아하는 설탕 잔뜩 넣은 에스프레소야."

사이먼이 가져온 에스프레소를 책상에 놓았다.

"가끔 뇌물도 바꿔 봐. 어째 맨날 에스프레소냐? 그나저나 어쩌냐. 좀 기다려야 할 거 같은데. PC가 맛이 갔다."

"이게 얼마짜린데 맛이 가?"

"이놈도 늙었어. 벌써 몇 년째냐. 칠 년 동안 하루도 쉬질 못했으니 버벅댈 만도 하지."

아론은 컴퓨터를 재부팅시켰다.

"이번엔 또 누가 죽었냐?"

"열세 살 된 여자아이야."

"또 강간 사건이구먼. 거기 두고 가. 결과 나오면 전화할게."

"그래. 부탁해."

사이먼은 용의자의 지문을 책상 위에 두고 방을 나서려 했다. 그때였다. 부팅이 끝난 컴퓨터 모니터에 지문인식 프로그램이 로딩되며 프로그램명이 뜨는 것이었다.

아담의 유치원

로고는 순식간에 사라졌다. 사이먼은 자신의 눈을 의심했다.

"방금 뭐라고 떴지?"

"뭐 말이야?"

"프로그램 이름."

"'아담의 유치원' 말하는 거야?"

"그게 지문인식 프로그램의 명칭이야?"

"응. 근데 왜?"

"다시 한번 로딩해 봐. 어서."

아론은 이해할 수 없다는 듯 프로그램을 종료하고 다시 시작했다. 그러자 잠시 후 검은 화면을 배경으로 붉은색 로고가 떴다. 틀림없는 '아담의 유치원'이었다. 예상치 못한 반전이었다. 대체 왜 지문 검색 프로그램의 이름을 모니카의 핸드백에 남겨 놓은 것일까. 아론은 제니퍼 알즈윅을 살해한 용의자의 지문을 검색하고 있었다. 눈으로 가늠이 안 될 정도로 빠르게 수많은 지문이 스쳐 지나갔다. 그 모습이 인간의 본성을 그대로 옮겨 담은 지도 위를 무작위로 찍으며 날아가는 인공위성처럼 느껴졌다. 사이먼은 지도에서 약속된 장소라도 찾듯 화면을 뚫어져라 응시하고 있었다.

"신가야의 지문을 찾아봐."

"이건 어쩌고?"

"그게 중요한 게 아니야. 신가야. 1981년 5월 14일 한국 출생. 1998년 11월 8일 이민."

아론은 어쩔 수 없이 작업을 멈추고 가야의 지문을 찾았다. 지문은 입력과 동시에 나타났다. 전문가가 아닌 사이먼이 보기에 지극히 평범한 지문이었다. 하지만 아론은 달랐다.

"지문하고 씨름한 지 어언 십오 년인데 이런 지문은 처음이네."

아론은 학문적 호기심이 생겼는지 가야의 지문을 유심히 살폈다.

"뭐가 이상해?"

"지문에는 여러 종류가 있는데 이건 동양인에게서 많이 발견되는 공작 문형이야. 중심의 융선과 골의 형태가 공작을 닮아서 지어진 이름이지. 그런데 공작 문형 대부분이 공작의 머리 모양만을 그리는 게 일반적인데 이 사람은 공작의 날개 모양까지 들어 있어. 한마디로 엄지에 온전한 공작 한 마리가 들어 있는 셈이지. 그리고……."

"그리고?"

"테오도어 로셔라는 지문 연구가의 이론에 따르면 지문의 형태에 따라 그 사람의 성격과 지능을 알 수 있어. 마디의 형태가 촘촘하고 파형을 많이 이룰수록 지능이 높지. 그런데 이 친군 거의 천재에 가까울 정도로 지능이 좋아. 범죄자라면 거의 잭 더 리퍼 수준인걸."

사이먼은 아론의 말에 공감하지 않을 수 없었다. 신가야는 십 년전 모든 걸 예상하고 사건을 이끌어 가고 있었다.

"그런데 왜 프로그램 이름이 아담의 유치원이지?"

"정확한 건 모르지만 프로그래머가 독실한 기독교 신자였대. 그래서 아담의 유치원이라고 지었다는 설이 있어."

사이먼은 지문인식 프로그램이 찾아낸 신상 데이터의 기록을 살펴보았지만 기존의 것과 다른 걸 발견할 수 없었다. 그렇다면 무엇을 말하려는 걸까. 왜 하필 지문인식 프로그램일까. 그때 문득 뇌리를 스치는 생각이 있었다.

"지문이 같은 사람이 존재할 수도 있을까?"

"그건 불가능해. 확률로 따지면 640억 분의 1이야. 지금까지 지구상에 살았던 인류의 지문을 모두 입력해도 한 명 있을까 말까라고."

"밑져야 본전이야."

아론은 마지못해 가야의 지문과 같은 지문이 있는지 검색하기 시작했다.

"소용없는 짓이라니까. 일란성 쌍둥이조차 지문이 달라. 그런데 동양에서 온 이민자와 같은 지문을 가진 사람이 있을 리가 있겠어?"

그런데 아론의 말이 채 끝나기도 전에 놀라운 일이 벌어졌다. 검색창에 가야의 지문과 정확히 일치하는 지문이 뜬 것이다.

"이런 말도 안 되는……."

아론은 자신의 눈에 보이는 것을 믿을 수 없다는 듯 눈을 비볐다. 프로그램이 제시한 지문 일치 확률은 무려 98.6퍼센트였다. 그 정도면 오차 범위를 계산해도 완벽하게 일치하는 것이었다. 지문의 임자는 존 마이어스라는 남자였다. 그는 로스앤젤레스에서 출생한 백인이었는데 파란 눈에 눈이 부실 정도로 빛나는 금발을 하고 있었다. 더욱 놀라운 것은 지문만이 아니라 생김새도 가야와 빼다 박은 듯 똑같았다. 비록 가야에 비해 살이 쪘지만 일란성 쌍둥이처럼 똑같은 이목구비를 하고 있었다. 하지만 쌍둥이일 가능성은 없었다. 그는 1963년에 출생해서 1973년에 실종됐던 것이다.

"서로 다른 시대, 서로 다른 인종의 두 사람이 생김새뿐만 아니라 지문까지 똑같을 확률은 얼마나 될까."

사이먼이 가야와 존 마이어스의 얼굴을 번갈아 보며 물었다.

"내가 클레오파트라랑 결혼할 확률 정도 되지 않을까?"

사건은 새로 등장한 다른 인종의 쌍둥이와 함께 새로운 국면으로 접어들고 있었다.

존 마이어스의 자료 중 가장 특이했던 건 1973년도 기사였다. 그것은 당시 신문 일 면과 TV 뉴스를 온통 장식할 정도로 유명한 사건이었는데 지금까지도 논란이 되고 있는 '로 대 웨이드 사건 (Roe vs. Wade)'을 배경으로 하고 있었다. 로 대 웨이드 사건은 달라스의 지방 변호사 제인 로와 헨리 웨이드의 소송 사건으로, 낙태권에 관한 미국 대법원의 획기적인 판결이었다. 이 판결로 낙태를 금지하거나 제한하는 미국의 모든 주와 연방의 법률들이 폐지되었다.

그런데 판결이 난 지 일주일 후 로 대 웨이드 사건 판결을 공공연히 지지했던 마틴 버거 코네티컷 주지사의 외동딸이 하굣길에 납치되는 사건이 벌어졌다. 경찰은 마틴 주지사를 협박했던 낙태 반대주의자의 소행으로 보고 전 병력을 투입해서 수색했지만 한 달이 넘도록 범인을 잡지 못하고 있었다. 그러던 어느 날 하트퍼드 경찰서로 한 통의 제보 전화가 걸려 왔다. 제보자는 앤드류 모거슨 정신병원에 근무하던 간호사였는데 주지사의 딸은 아직 살아 있으며 윌포드 근처 한 오두막에 잡혀 있다고 알려 준 것이다. 즉시 출동한 경찰이 오두막에서 무사히 딸을 구출했지만 범인은 이미 사라진 후였다. 감격한 주지사는 포상을 위해 직접 간호사를 찾아갔는데 놀랍게도 실제 제보자는 간호사가 아니라 정신병원에서 치료 중이던 '존 마이어스'라는 열 살짜리 환자였다. 사건은 여기서 끝나지 않는다. 범인을 놓친 경찰은 추적 끝에 독실한 몰몬교 신자이자 몰몬교 박물관 경비원이던 '슈로더 롬니'라는 남자를 체포하게 된다. 슈로더는 무죄를 주장했지만 결국 8년 형을 선고받고 코네티컷 교도소에 수감되는데 그날부터 존의 이상한 증상이 시작된다. 존이 '슈로더는 범인이 아니며 진짜 범인이 자신을 노리고 있다'고 괴성을 지르며 발작을 일으킨 것이다. 의사는 존을 독방으로 옮겨 특별 치료를 하지만 증상은 갈수록 악화된다. 그리고 독방에 격리된 지 닷새가 지난 어느 날 존은 연기처럼 사라진다. 철로 된 방문은 밖에서 잠겨 있었고 창문의 철창도 모두 그대로였다. 말 그대로 사라진 것이다. 마틴 버거 주지사가 모든 수단을 써서 존을 찾으라는 특별 지시를 내리지만 결국 존은 발견되지 않았다. 사십 년이 지난 지금까지 존 마이어스 실종 사건은 미결로 남아 있었다.

사이먼은 하트퍼드 사우스 엔드의 한 집 앞에 서 있었다. 존 마이어스의 어머니가 살고 있는 집이었다. 낡았지만 애정을 가지고 돌본 주인의 손길이 배어 있는 아담한 2층집이었다. 얼마 전 칠을 새로 했는지 벽과 기둥에서 유성페인트 냄새가 은은하게 풍겼다. 사이먼은 밤새 헝클어진 머리를 만지곤 초인종을 눌렀다. 잠시 후 문이 열리며 인상 좋은 할머니가 나타났다.

"사이먼 요원?"

존 마이어스의 어머니였다. 그녀는 귀한 손님을 대하듯 환한 미소로 맞이했다.

"안녕하십니까, 마이어스 부인."

"어서 와요. 기다리고 있었어요."

마이어스 부인은 앞치마를 두르고 요리를 하고 있었다. 가스레인지 위에는 커다란 냄비가 구수한 토마토소스 냄새를 뿜으며 끓고 있었고 오븐 안에는 먹음직스러운 닭이 레몬을 곁들인 채 익고 있었다.

"손님이 오시나 봅니다."

"손님은 이미 오셨는걸요. 식사를 안 하고 올 것 같아 준비했어요. 이 나이에 혼자 살면 외판원마저도 반갑답니다. 편히 앉아요."

부인은 잘 익은 닭을 오븐에서 꺼냈다.

"그럼 신세 지겠습니다."

사이먼은 어색하게 식탁 한편에 자리를 잡았다. 테이블에는 부인이 직접 만든 퀼트 테이블보가 깔려 있었고 촛대와 과일이 담긴 바구니가 가지런히 놓여 있었다.

"오랜만에 만들었는데 입에 맞을지 모르겠네."

부인이 요리를 테이블에 놓자 구수한 닭고기 냄새가 사방으로 풍겨 나갔다.

"이런 훌륭한 식사를 마주한 게 언젠지 기억도 안 납니다."

"나도 이렇게 젊고 잘생긴 남자랑 마주앉아 식사하는 게 얼마 만인지 모르겠네."

부인이 냄비에서 비프스튜를 떠서 사이먼 앞에 놓아 주었다. 그 옆에 갓 구운 빵을 놓자 왕의 식탁도 부럽지 않은 만찬이 완성됐다.

"잘 먹겠습니다."

더는 참을 수 없던 사이먼이 빵을 집으려 했다. 그때 부인이 두 손을 모으며 말했다.

"사이먼 씨, 기도를 부탁해요."

사이먼은 열아홉 살 때 집을 나온 이후 한 번도 식사 기도를 한 적이 없었다. 부인은 조용히 눈을 감고 두 손을 모은 채 사이먼의 기도를 기다리고 있었다. 사이먼도 어쩔 수 없이 두 손을 모았다.

"하늘에 계신 우리 아버지. 오늘 이렇게 인자하고 자상하신 마이어스 부인을 만나 훌륭한 식사를 할 수 있게 해 주셔서 감사합니다. 부인을 언제나 지켜 주시고 아드님을 찾을 수 있도록 도와주십시오. 아멘."

"아멘."

기도를 마친 부인의 눈가가 촉촉했다.

"존이 살아 있다면 올해 쉰셋이 됐겠군요."

"죄송합니다. 제가 괜히……."

"아니요. 훌륭한 기도였어요. 자, 우리 먹죠."

부인이 빵을 손수 집어 주며 말했다. 배가 고팠던 사이먼은 허겁지겁 먹기 시작했다. 부인의 음식 솜씨는 그야말로 최고였다. 닭고기는 입에 넣자마자 순식간에 녹았고 스튜는 눈물이 날 정도로 맛있었다. 사이먼은 부인을 찾아온 이유도 잊은 채 정신없이 한 그릇을 비웠다.

"이렇게 맛있는 스튜는 태어나 처음입니다."

"맛있다니 다행이네. 얼마든지 있으니 많이 먹어요."

부인은 사이먼을 오랜만에 돌아온 아들 대하듯 하며 빈 그릇을 가득 채워 주었다. 그녀의 눈빛만으로도 얼마나 아들을 그리워하는지 알 수 있었다. 사이먼은 다시 한 그릇을 비우고 남은 소스까지 빵으로 찍어 먹고서야 포크를 내려놓았다. 부인이 더 권했지만 더 이상 들어갈 곳이 없었다. 식사를 마치자 부인은 손수 갈아 만든 커피를 내왔다.

"정말 잘 먹었습니다. 요즘 거의 매 끼니를 핫도그나 샌드위치로 때웠거든요."

"언제든지 와요. 다음번에는 큼지막한 스테이크를 구워 줄 테니."

두 사람은 추수감사절 같은 기념일에 오랜만에 만난 모자처럼 사이좋게 커피를 마셨다. 하지만 사이먼이 찾아온 이유는 따로 있었다.

"아드님에 관해 몇 가지 여쭤봐도 될까요? 부인."

"납치 사건과 관련된 건가요?"

"아닙니다. 다른 사건 때문이에요."

부인은 실망한 듯 한숨을 내쉬었다.

"73년도 기사를 보니 존이 마틴 주지사의 딸을 구했던데, 자세히 말씀해 주실 수 있습니까?"

그러자 부인이 곁탁자에 놓여 있던 존의 사진을 쓰다듬으며 입을 열었다.

"존은 미래에서 온 아이예요."

"미래에서 온 아이라뇨?"

"늘 말했어요. 자긴 미래에서 왔다고. 그것 때문에 정신병원에 가게 된 거죠. 하지만 존이 원래부터 그랬던 건 아니에요. 아홉 살까지는 지극히 평범한 아이였죠. 그런데 열 살이 되던 해부터 이상해지기 시작했어요. 방에 틀어박혀 알 수 없는 글을 쓰고 처음 보는 물건을 그리기 시작했는데, 문제는 그것만이 아니었어요. 갈 수록 시간관념이 없어졌어요."

"날짜 개념이 없어졌다는 건가요?"

"그 정도가 아니에요. 하루는 신문을 보고 있는데 느닷없이 왜 오래된 신문을 보고 있냐는 거예요. 그래서 올해가 몇 년도냐고 묻자 1980년이라고 답하더군요. 그해는 1973년이었거든요. 또 하루는 집 안을 마구 뒤지는 거예요. 그래서 뭘 찾느냐고 묻자 자기 비디오 게임기를 못 봤냐고 하더라고요."

"1973년에 비디오 게임기를요?"

부인이 고개를 끄덕였다. 날짜별로 정리되어 있던 일기장이 한순간 엉망으로 섞여 버린 기분이었다. 최초의 가정용 게임기는 1977년도에 발매된 아타리 2600이었다. 당시 고가에도 불구하고 엄청난 인기를 끌었던 게임기였다. 그런데 1973년도에 비디오 게임기를 알고 있었다니. 이야기는 시작부터 심상치 않게 전개되고 있었다.

"그뿐이 아니에요. 하루는 친구들과 놀다 오겠다며 오전에 나갔어요. 그런데 밤이 깊어질수록 돌아오질 않는 거예요. 잔뜩 걱정하고 있는데 초인종이 울리더군요. 문을 열어 보니 경찰이 존을 데리고 왔더라고요. 무슨 일이냐고 물었더니 고속도로를 헤매고 있는 걸 데려왔다는 거예요. 저는 어이가 없어서 대체 고속도로에서 뭘 하고 있었냐고 물었죠. 그랬더니 인근 고속도로에서 TV 시리즈 〈기동순찰대〉 촬영이 있어서 구경을 갔다는 거예요."

"당시 인기 있는 시리즈였나 보군요."

사이먼이 묻자 부인은 야릇한 미소를 지었다.

"그 후로 존은 몇 번이나 촬영을 보겠다며 고속도로에 갔다가 경찰에 잡혀 왔어요. 한번은 고속도로를 무단으로 건너다가 큰 사고가 날 뻔도 했죠. 결국 저는 남편과 상의해서 존을 병원에 입원시켰어요. 그런데……."

부인은 잠시 말을 멈추고 허공을 바라봤다. 그녀가 응시하는 공간에는 회한과 슬픔이 섞인 과거 향취가 응어리져 있었다.

"존이 실종된 지 사 년 후 NBC에서 새로운 시리즈를 시작했어요. 제목은 〈기동순찰대〉. 존과 펀치라는 두 명의 고속도로 경찰관 이야기였죠. 시리즈는 선풍적인 인기를 끌었어요. 동네 꼬마들이 전부 흉내를 내며 고속도로 순찰대가 되겠다고 할 정도였으니까요. 그리고 얼마 후 동네가 떠들썩해졌어요."

"인근 고속도로에서 촬영이 있었군요."

"맞아요."

부인의 눈에서 눈물이 흘러내렸다.

"존은 미친 게 아니었어요. 그 아이는 달랐던 거예요. 정말 미래에서 왔던 거죠. 그렇지 않고는 어떻게 그걸 알았겠어요. 그런데 그런 것도 모르고 그 불쌍한 아이를……."

감정이 북받친 부인은 결국 눈물을 터트리고 말았다. 사이먼은 더 이상 질문을 할 수 없었다. 그것은 오랜 시간 동안 매 순간 조금씩 쌓여 온 한이 흘러넘친 눈물이었다. 그 한의 깊이가 얼마인지 가늠도 되지 않았다. 사이먼이 할 수 있는 일은 부인에게 어깨를 빌려주는 것 외에는 없었다. 한참이 지난 후에야 부인은 비로소 진정했다.

"미안해요. 초면에 실례를 하고 말았네."

"괜찮습니다. 그런데 존이 썼다는 이상한 글을 볼 수 있을까요?"

"2층에 가면 존의 방이 있어요. 계단을 올라가자마자 첫 번째 방이에요."

계단을 오르자 홀로 남겨진 채 응고되어 가던 공기가 사이먼을 맞았다. 사이먼은 조심스럽게 문을 열고 들어갔다. 방은 이제 곧 존이 학교에서 돌아올 것처럼 예전 모습 그대로 보존되어 있었다. 바닥에는 먼지 하나 없었고 존의 물건들도 제자리를 지키고 있었다. 그리고 당시 존의 심리 상태를 그대로 반영하고 있었는데, 방 안은 지독한 편집증 환자의 병실처럼 빈 공간이라곤 찾아볼 수 없이 온통 손수 그린 그림과 스크랩한 잡지, 그리고 글들로 빼곡했다. 심지어 창문에도 그림이 붙어 있어 햇빛조차 들어오지 않았다. 첫눈에는 아무런 법칙 없이 무작위로 붙여 놓은 것 같았지만 시간이 갈수록 직감에 따라 자리를 배열한 듯 묘한 질서가 느껴졌다. 사이먼은 유심히 그림들을 둘러보았다. 존의 그림 실력은 상당했다. 묘사는 사실적이었고 장면들은 눈앞에 펼쳐진 걸 그대로 옮겨 놓은 것처럼 생생했다. 그림을 살펴본 사이먼은 부인의 말이 허튼소리가 아니라는 걸 알 수 있었다. 존의 그림은 분명 당시 시대를 초월했다. 80년대 유행했던 게임 '팩맨'부터 〈스타워즈〉의 캐릭터 다스베이더와 스톰트루퍼, 1979년형 링컨 컨티넨탈 리무진까지 다양했다. 그것만이 아니었다. 그림 중에는 신문에 실렸던 유명한 사진을 묘사한 것도 있었다. 가장 인상적인 것은 1981년 워싱턴 힐튼 호텔에서 나오던 레이건 대통령을 존 힝클리가 저격하는 장면이었다. 당시 『워싱턴포스트지』에 실린 가장 유명한 사진을 펜으로 그린 것이었는데 총격당한 레이건 대통령의 표정과 대통령을 보호하려는 경호원들의 모습이 생생하게 묘사되어 있었다. 그 외에 1979년 이란 주재 미국 대사관 인질 사건으로 유명한 호메이니의 초상, 베트남전쟁 종전 후 배에서 내리는 군인 등 그야말로 한 시대를 대표하는 장면들이 역사박물관의 사진 전시실처럼 벽면을 가득 메우고 있었다.

"돌아 버리겠군."

신가야의 예고장을 따라 도착한 곳에는 비논리의 세계가 전개되고 있었다. 존 마이어스는 1973년 2월 2일 앤드류 모거슨 정신병원에 입원한 후 그해 5월 17일 실종됐다. 그런데 그의 방에는 1981년 레이건 대통령 저격 사건을 묘사한 그림이 붙어 있었다. 사이먼은 고장 난 타임머신을 타고 혼돈 한가운데 불시착한 기분이었다. 일단 사이먼은 방 안에 있는 그림과 글들을 꼼꼼히 사진으로 남겼다. 쓰레기통에 버려져 있던 것까지 남김없이 기록했다. 그리고 존의 일기장을 가져가서 조사할 수 있게 해 달라고 부인께 부탁했다. 부인은 흔쾌히 승낙하며 마중을 해 주었다.

"이걸 다 보려면 족히 한 달은 걸리겠는걸."

하지만 시간이 없었다. 가야의 예고장에 따르면 오늘도 누군가 살해당할 게 분명했다. 사이먼은 최대한 인원을 긁어모아야겠다고 생각하며 본부로 출발했다. 고속도로 진입로 앞에 멈춰 섰을 때 핸드폰이 울렸다. 론이었다.

"이게 제니퍼 알즈윅 사건이랑 무슨 상관이냐?"

"알아보긴 한 거야?"

"그래. 알아봤어. 아담의 유치원 프로그램을 만든 사람은 데이브 얀코빅이라는 친구야. 오러클에서 프로그래머 생활을 시작해서 초창기 구글에도 잠깐 있었고 유명한 게임 개발에도 참여했던 베테랑이야. 지금은 어쩐 일인지 프로그래머 생활을 청산하고 LA에서 장로교 목사를 하고 있더라고."

"이력은 됐고 신가야를 만난 적 있대?"

"신가야를 만나진 않았어. 하지만 네가 흥미로워할 만한 사실이 있어. 아담의 유치원을 의뢰한 게 미국 경찰청이 아니었대. 그 프로그램은 범인 검거를 위해서 개발된 게 아니라 어떤 사람을 찾기 위해 개발된 거래."

"그게 무슨 말이야? 사람을 찾기 위해서라니?"

"1983년 여름, 하와이안 셔츠를 입은 한 남자가 찾아와서 의뢰를 했대. 100만 달러를 줄 테니 지문으로 사람을 찾을 수 있는 프로그램을 만들어 달라고. 돈이 궁했던 얀코빅은 그 자리에서 제안을 수락했어. 그러자 남자가 익명의 지문 하나를 주면서 모든 프로그램을 그 지문에 맞춰 짜라고 했대. 얀코빅은 요구대로 그 지문에 맞춰 프로그램을 짰고 넉 달 후 완성했어. 그런데 남자가 또 이상한 요구를 했다는 거야. '얼마 후 경찰청에서 범죄자 식별 지문감식 프로그램을 개발해 달라는 요청이 들어올 거다. 그러면 검색 기준으로 썼던 그 지문을 경찰 프로그램 속에 숨겨서 납품해 달라.'는 거였어.

뿐만 아니라 경찰이 같은 지문을 입력하면 곧바로 자기가 알 수 있도록 설정해 달라고 했대. 불법이었지만 돈을 잔뜩 받았던 얀코빅은 거절할 수가 없었지. 그런데 한 달쯤 후에 정말로 뉴욕시 경찰청장한테서 전화가 온 거야. 지문감식 프로그램을 만들어 달라고 말이야. 이후 경찰청과 계약을 하게 됐고 남자의 요구대로 지문을 프로그램에 숨겨 납품했대. 그게 현재 미국뿐 아니라 전 세계 경찰에서 사용하는 지문감식 프로그램이래."

"그래서 프로그램 속 지문의 임자가 누군데?"

"그건 모른대. 의뢰인이 인적 사항 없이 지문만 줬대. 그런데 지문 모양이 좀 특이했던 모양이야."

사이먼은 파란불이 켜졌는데도 출발하지 않고 있었다.

"지문이 공작새가 날개를 펼치고 있는 모양이었대."

"공작새?!"

기다리다 지친 운전자들이 경적을 울리고 있었다.

궁큭의 아이 1

무덤에 꽃을 바치는 남자

"열둘…… 열셋…… 열넷……."

미셸은 가야가 만든 종이 개구리를 만지작거리며 늘 앉던 느릅나무 아래서 아버지들을 세고 있었다. 학교 앞 도로는 수업을 마친 아이들과 데리러 온 부모들로 시끌벅적했다. 오늘따라 아버지들이 꽤 많이 보였다.

"경기가 안 좋다더니."

미셸은 세는 걸 포기하고 아버지들 얼굴을 유심히 관찰했다.

그건 미셸의 버릇 중 하나였다. 학교가 파하고 스쿨버스를 타기 전에 아이를 데리러 온 아버지들을 평가하는 것이다. 미셸의 기준은 상당히 까다로웠다. 외모뿐 아니라 아이를 대하는 표정, 친구를 다루는 태도까지 등급을 나눠 점수를 매기고 있었다. 하지만 솔직히 말하면 아버지들 모습에서 가야의 얼굴을 찾고 있었다.

"저 인간, 운전하면서 먹네. 저러니 애도 뒤룩뒤룩 쪘지. 우리 아빠였으면 당장 해고야. 애한테 짜증 내는 저 인간, 안 봐도 뻔하지. 새아빠군."

오늘은 맘에 드는 아버지가 없었다. 미셸이 엉덩이를 털고 일어서려던 순간이었다. 한 아버지가 시선에 들어왔다. 같은 반 제시의 아버지였다. 제시의 아버지는 얼마 전 부인과 이혼하고 일주일에 한번 제시를 보러 왔다. 오늘도 선물을 한 아름 사 가지고 제시를 기다리고 있었다. 이윽고 제시를 발견하자 제시 아버지는 몇년 만에 재회한 것처럼 부둥켜안고 키스 세례를 퍼부었다. 제시역시 반가워 어쩔 줄 몰라 하며 아빠 볼에 입을 맞췄다. 살가운 인사가 끝나자 제시는 지난 일주일 동안 있었던 일을 남김없이 이야기했고 제시 아버지는 눈에 넣지 못하는 게 안타까운 듯 흐뭇하게 지켜봤다. 어디서나 볼 수 있는 흔한 풍경이었다. 그러나 미셸에게는 영원히 맛볼 수 없는 그림 속의 만찬이었다. 누구나 먹을 수있지만 미셸에게만은 허락되지 않은 식탁. 이야기를 나누던 두 사람은 나란히 손을 잡고 저녁 식사를 위해 차에 올랐다. 스쿨버스가 출발하고 있었지만 미셸은 멀어지는 두 사람의 뒷모습에서 눈을 떼지 못했다. 태어날 때부터 빈자리로 남겨진 마음 한 귀퉁이에 슬픔을 머금은 바람이 불고 있었다. 어린아이가 감당하기에 벅찬 상실감이었다. 미셸은 일생일대의 중대한 결심을 하고 일어섰다. 그것은 오랫동안 준비했지만 아직까지 실행하지 못한 비장의 계획이었다. 미셸은 핸드폰을 꺼내 전화번호를 찾았다.

　사립탐정 하워드 레이크

　미셸은 사립탐정에게 아빠를 찾아 달라고 의뢰할 생각이었다. 그것이 가장 확실한 방법이었다. 아빠를 찾을 수만 있다면 미셸은 그동안 모은 전 재산 170달러와 두 개의 저금통을 모두 쓸 용의가 있었다. 이 번호는 뉴욕의 사립탐정을 검색하던 중 가족 찾기를 전문으로 한다는 광고 문구가 맘에 들어 점찍어 둔 것이다. 발신 버튼을 누르자 신호가 갔다.
　"하워드 레이크 탐정 사무소입니다. 뭘 도와 드릴까요?"
　사무적인 목소리의 여자가 전화를 받았다.
　"사람을 찾으려고요."
　"누굴 찾으시는데요?"
　"저기, 탐정님과 직접 통화하고 싶은데요."
　"잠깐 기다리세요."
　여자가 대기 버튼을 누르자 대형 마트 엘리베이터에서 나오는 음악이 흘렀다.
　"사립탐정 하워드 레이크입니다. 뭘 도와 드릴까요?"
　듬직하고 성실한 목소리였다. 미셸은 탐정이 맘에 들었다.
　"아빠를 찾고 싶어요."
　"혹시 나이가 어떻게 되는지 여쭤봐도 될까요?"
　"돈 때문이라면 충분히 있으니까 걱정 말아요."

"목소리를 들어 보니까 상당히 어린 것 같은데. 어머니도 이 사실을 아나요?"

"어린아이도 아빠를 찾을 권리는 있어요. 그러니까 찾아 주세요."

탐정은 잠시 침묵을 지켰다.

"좋아요. 아빠 성함이 어떻게 되죠?"

"신가야. 한국에서 이민 왔어요."

"그 외에는요?"

"몰라요. 그럼 문제가 되나요?"

"그런 특이한 이름은 많지 않으니까 찾을 수 있을 거예요. 일단은 사무소에 한번 오세요. 서류도 작성해야 하고 여러 가지 설명해야 할 것도 있으니까. 그리고 가능하면 어머니랑 함께 오세요."

"이건 제 개인적인 일이에요. 수수료는 얼마죠?"

"음. 저희는 시간당 계산을 합니다."

"시간당 얼마죠?"

"케이스마다 다르지만 이런 경우는 시간당 250달러예요."

"250달러?! 이런 도둑놈!"

미셸은 전화를 끊고 말았다. 모자랄 수 있다고 생각은 했지만 이건 예상치를 한참 벗어났다. 하지만 그렇다고 포기할 미셸이 아니었다. 만약을 대비해 준비한 두 번째 계획이 있었다.

"택시!"

미셸은 지나가는 택시를 잡았다.

"어디 가니?"

미셸이 올라타자 기사가 물었다.

"뉴욕 경찰서로 가 주세요."

"뉴욕까진 꽤 먼데."

"걱정 말고 출발해요."

미셸이 칸막이 유리를 통통 치자 택시가 출발했다.

미셸이 내린 곳은 뉴욕의 노스 미드타운에 위치한 경찰서였다. 입구에 커다란 성조기가 걸린 4층짜리 건물 앞에는 경찰차가 서너 대 주차되어 있었고 정복을 입은 경찰들이 분주하게 드나들고 있었다. 미셸이 뉴욕 경찰서를 선택한 데는 나름 이유가 있었다. 가야가 보낸 편지에 찍힌 우체국 소인이 뉴욕이었기 때문이다.

"자, 이제 네 실력을 보여 봐. 미셸."

지금 그녀에게 필요한 건 브로드웨이 배우 뺨치는 연기였다. 미셸은 눈을 감고 아빠에 대한 그리움을 가슴속 깊은 곳에서부터 끌어냈다. 어두운 방에서 엄마와 단둘이 보내야 했던 외로운 크리스마스, 언제나 부러운 눈으로 친구들의 아빠를 바라봐야만 했던 대리 수업 시간 등 아빠의 부재로 상처받았던 장면들이 뇌리에 스쳐지나갔다. 그러자 자연스럽게 눈물이 흐르기 시작했다. 미셸은 때를 놓치지 않고 경찰서로 들어갔다. 경찰서는 그야말로 혼란 그자체였다. 잡혀 온 범죄자들과 면회하러 온 가족, 변호사, 거기에 길 잃은 관광객까지 더해져 도떼기시장을 방불케 했다. 경찰들은 이들을 상대하느라 혼이 빠질 지경이었다. 그런 와중에 미셸은 슬픈 고양이 표정으로 눈물을 흘리고 있었다. 어린 여자아이가 갖고 있는 가장 강력한 무기였다. 아니나 다를까 정복을 입은 여자 경찰관 한 명이 미셸을 발견하고 다가왔다.

"무슨 일이니? 엄마를 잃어버렸어?"

경찰관이 묻자 미셸은 기다렸다는 듯이 더 크게 울기 시작했다. 그러자 경찰관이 손수건을 꺼내 닦아 주었다.

"울지 말고 차근차근 말해 봐. 언니가 도와줄게. 자, 뚝."

미셸은 손수건을 받아 들더니 코까지 풀었다.

"아빠를 잃어버렸어요."

"역시 그랬구나. 이리 와."

경찰관이 미셸의 손을 잡고 자기 자리로 향했다.

"어쩌다가 아빠를 잃어버렸어."

"아빠랑 식당을 찾고 있었는데 인형을 놓쳐서 그걸 찾으려다가……."

"와 보니까 아빠가 없었구나. 그럴 땐 같이 가자고 했어야지. 어쨌건 곧장 경찰서로 온 건 잘한 거야. 자, 이제 아빠를 찾아보자. 먼저 이름이 뭐지?"

"미셸 신."

사실 미셸의 성(姓)은 로자였다. 미혼모인 엘리스의 성을 따른 것이다. 하지만 지금만큼은 아빠의 성을 따르고 싶었다.

"그래, 미셸. 혹시 집 주소나 전화번호 기억하니?"

"핸드폰은 없고 뉴욕으로 이사 온 지 얼마 안 돼서 주소를 몰라요."

"그럼 아빠 이름은 알겠지?"

미셸은 쾌재를 불렀다. 이 순간을 위해 뉴욕까지 와서 연기를 했던 것이다. 경찰 데이터베이스에는 미국에 거주하는 모든 사람들의 주소와 신상 기록이 들어 있을 게 분명했다.

"성은 신, 이름은 가야."

"잠깐만 기다려. 검색하면 금방 나올 거야."

경찰관은 아무런 의심 없이 신원 조사 프로그램 검색창에 '신가야'를 입력하고 엔터 키를 눌렀다. 컴퓨터가 경찰청 데이터베이스에서 파일을 불러들이기 시작했다. 그것은 경찰서에서 늘 있는 일상적인 일이었지만 이번만은 달랐다. 경찰청 데이터베이스에는 경찰들도 모르는 비밀스러운 프로그램이 깔려 있었다. 바로 아담의 유치원이었다. 거기에는 특정한 단어나 사진, 지문을 입력하면 그 내용을 곧바로 악마 개구리들의 서버로 전송하게끔 설정되어 있었다. '신가야'도 그중 하나였다. 경찰관이 입력한 이름은 경찰청 서버에 도착하자 잠자고 있던 비밀 프로그램을 깨웠고 프로그램은 곧바로 악마 개구리들의 서버에 신호를 보냈다. 그리고 잠시 후 경찰관의 모니터에 창이 하나 나타났다.

검색 이유는?

"왜 이런 게 뜨지?"

아이디와 비밀번호를 묻는 경우는 있었지만 검색 이유를 물은 적은 한 번도 없었다. 경찰관은 잠시 망설이다가 자판을 두드렸다.

길 잃은 미아의 아버지를 찾기 위해

엔터를 치자 잠시 후 다시 창이 떴다.

미아의 이름은?
미셸 신

경찰관이 답신을 보내고 나자 데이터베이스와의 연결이 끊어졌다.
"이상하네. 이런 적이 없었는데."
"뭐가 잘못됐어요?"
미셸이 물었다.
"아니야. 잠깐만 있어 봐."
경찰관은 다시 경찰청 데이터베이스에 접속을 하려 했다. 그때였다. 전화벨이 울렸다.
"뉴욕 경찰서 에드나 경사입니다."
"에드나 경사. 저는 국가안전보장국의 토마스 요원입니다. 지금 신가야 씨의 자녀와 함께 있습니까?"
군대식 말투의 남자였다.
"안보국이요? 거기서 왜……."
"제 질문에 대답하십시오. 그 아이와 함께 있습니까?"
"무슨 일이죠?"

"그 아이는 국가안보에 상당히 중요한 인물입니다. 절대 보내선 안 돼요. 지금 요원을 보낼 테니 그 아이를 잘 데리고 계십시오. 아빠를 찾았냐고 물으면 찾았다고 대답하세요. 알아들었습니까?"

"잠깐만요. 저도 무슨 일인지 알아야 할 거 아니에요?"

"국가안보에 관련된 중대한 일이라는 것만 아십시오. 만약 지시를 어길 경우 엄청난 불이익이 생길 겁니다. 명심하세요."

남자는 말을 마치자 전화를 끊어 버렸다. 경찰관은 예상치 못한 상황에 혼란스러웠다.

"무슨 일이에요?"

미셸이 묻자 경찰관은 잠시 망설이다가 입을 열었다.

"네 아빠를 찾은 것 같구나."

사이먼이 도착했을 때 엘리스는 가야의 물건을 정리하고 있었다. 작업 테이블에는 시계 수리공이 부품을 조립 순서대로 늘어놓듯 유품들이 일렬로 놓여 있었다.

"추억의 순서인가요?"

사이먼이 무심히 하나를 집으며 물었다. 그러자 엘리스가 신경질적으로 물건을 도로 제자리에 갖다 놨다.

"당신한텐 쓸모없는 잡동사니처럼 보일지 모르지만 내겐 소중한 물건이에요. 함부로 만지지 말아요."

"기분 상했다면 미안해요. 그런데 왜 갑자기 정리하는 거죠?"

"이제 미셸에게 얘기를 해 줘야 될 때가 된 것 같아요. 가야에 관해서."

"왜 그동안 얘기를 안 해 줬죠?"

"나도 몰라요. 그냥 하고 싶지 않았어요. 어쩌면……."

엘리스는 말을 멈추고 미간을 찌푸렸다. 그건 마치 주기적으로 반복되는 고통이 왔을 때 하는 그녀만의 버릇처럼 보였다.

"그 아이를 볼 때마다 가야가 떠올라서일 거예요. 어릴 때는 몰랐는데 클수록 미셸은 점점 가야를 닮아 가고 있어요. 어떨 땐 미셸을 보고 소스라치게 놀랄 때도 있다니까요. 그게 두려워요."

"어째서죠?"

"가야처럼 될까 봐. 미셸도 가야처럼 불행해질까 봐."

엘리스는 또 미간을 찌푸렸다. 사이먼은 엘리스를 보며 어디선가 읽었던 구절을 떠올렸다. 슬픈 유전자는 피를 타고 다음 세대로 전이된다고. 정리가 끝났는지 엘리스는 물건들을 원래 있던 상자에 조심스럽게 담았다.

"아내의 핸드백에 이게 들어 있었어요."

사이먼이 가야의 편지를 내밀었다.

"부인 핸드백에요?"

"아내는 911테러 당시 월드 트레이드 센터에서 목숨을 잃었어요. 핸드백이 유일한 유품인데 그 안에 이 편지가 들어 있었어요. 가야가 아내한테 보낸 거예요. 더 놀라운 건 아내가 마지막으로 쓰려고 했던 기사가 악마 개구리에 관한 것이었어요. 모든 게 연결되어 있어요. 가야가 내게 편지를 보낸 것도, 당신을 만난 것도, 그리고 아내의 마지막 기사도."

"뭐가 뭔지 모르겠네요."

엘리스가 머리를 감싸며 신음하듯 말했다.

"넷째 날 이야기를 해 줘요. 엘리스."

그러자 엘리스가 문득 떠오른 듯 가야의 물건 중 하나를 집었다. 투명 아크릴로 코팅한 데이지 꽃이었다. 엘리스가 바라보자 오래전 고사한 꽃이 다시 피어나는 것처럼 빛깔을 띠었다.

"매일 무덤에 꽃을 바치는 남자가 있었어요."

재회한 두 사람은 두 번 다시 서로를 놓치지 않으려는 듯 밤새도록 사랑을 나눴다. 이제 더 이상 사랑한다는 말도 필요 없었고 주저할 이유도 없었다. 신이 내일 새로운 태양이 뜨지 않는다고 귀띔해 준 것처럼 두 사람은 서로의 몸을 안고 또 안았다. 그리고 지치면 잠을 잤다. 그렇게 몇 번을 깨어나며 서로에게 매달렸다. 커튼이 드리워진 어두운 방에는 두 사람의 사랑만큼이나 찐득해진 시간이 덫에 걸린 것처럼 느리게 지나고 있었다. 시계도 방해하지 않으려는 듯 숨을 죽이고 있었다. 얼마나 시간이 흘렀을까. 가야가 침대에서 일어나 옷을 입기 시작했다.

"난 커다란 치즈버거랑 감자튀김이요. 어니언링도 많이."

엘리스가 이불을 둘둘 말며 말했다.

"미안해요, 엘리스. 저녁은 혼자 먹어야겠어요. 난 오늘 늦게 돌아올 거예요."

"어딜 가는데요?"

엘리스가 자리에서 벌떡 일어나며 물었다.

"나를 이 나라로 부른 사람을 만나러 가요."

"친구예요? 그럼 나도 갈래요. 보고 싶어요. 가야 씨 친구."

"하지만 엘리스……."

"지금까지 가야 씨가 하자는 대로 했어요. 이번만은 안 돼요."

엘리스는 침대에서 나와 옷을 입기 시작했다.

"그 사람과 둘이 긴히 할 얘기가 있어요. 그러니까 오늘은……."

"이야기해요. 난 조용히 있을 테니. 자, 가죠."

어느새 옷을 다 입은 엘리스가 앞장서 집을 나섰다.

가야가 향한 곳은 공동묘지였다. 뉴저지 외곽 숲속에 자리 잡고 있던 그곳은 여느 묘지와 다를 바 없이 비석들만이 차가운 10월의 바람 속에서 외롭게 서 있었다. 수북이 쌓인 낙엽을 밟으며 묘지에 들어서자 앙상한 나무의 가지들이 죽은 자들을 대신해 웅— 하는 스산한 소리를 냈다.

"이런 곳에서 만나기로 한 거예요?"

엘리스가 코트 속으로 움츠리며 물었다.

"그 사람은 내가 오는 줄 몰라요."

가야는 묘비명에 쓰인 이름을 일일이 확인하고 있었다.

"설마 여기서 일하는 분은 아니겠죠?"

"누군가의 무덤을 찾아올 거예요."

"만약 안 오면 어쩌려고요?"

어느새 뉘엿뉘엿 해가 지고 있었다.

"틀림없이 와요. 그 사람은 매일 이 시간, 이 무덤에 꽃을 바쳐요."

가야가 어떤 묘비 앞에 멈춰 섰다. 만들어진 지 얼마 안 된 묘비에는 데이지 꽃이 다소곳이 꽂혀 있었다.

"대체 누군데요?"

"이제 곧 알게 될 거예요."

"가야 씨는 정말 비밀투성이군요."

엘리스는 더 이상 묻지 않고 가야와 근처 벤치에 앉았다. 해가 지평선에 걸리자 날씨는 더욱 쌀쌀해졌다. 엘리스가 옷깃을 잔뜩 세운 채 가야 품에 안겨 있는 사이 가야는 말없이 묘지 입구를 응시하고 있었다. 어두워지자 어디선가 나타난 묘지기가 가로등에 불을 켰다. 그는 벤치에 앉아 있던 두 사람을 발견하고도 원래부터 그 자리에 있던 석상이라도 되는 양 눈길 한 번 주지 않고 이내 사라졌다. 묘지기의 발소리가 멀어지자 묘지는 죽음만큼 무거운 정적으로 가득 찼다.

"궁금해서 못 참겠네. 기다리는 사람이 누군지 정말 얘기 안 해 줄 거예요?"

엘리스가 정적을 걷어차며 물었다. 그때였다. 흰색 BMW 한 대가 묘지 입구에 멈춰 섰다.

"저 사람이에요."

가야가 벤치에서 일어나며 말했다. 차에서 내린 어떤 사람이 가야가 발길을 멈췄던 무덤을 향해 곧장 걸어왔다. 드문드문 가로등이 있었지만 남자의 얼굴은 쓰고 있던 중절모자에 가려 보이지 않았다. 하지만 어둠 속에서도 남자가 들고 있던 물건만은 분명히 알아볼 수 있었다. 데이지 꽃이었다. 남자는 한 손을 코트 속에 찔러 넣은 채 데이지 꽃다발을 들고 무덤으로 향했다. 이윽고 무덤에 다다르자 남자는 꽃병에 꽂혀 있던 꽃을 버리고 가져온 데이지를 담았다. 그리고 한동안 무덤을 바라보며 혼잣말을 하는 것이었다. 그가 뭐라고 하는지 들리지는 않았지만 깊은 사연이 있는 듯했다. 그는 말하는 동안 하늘을 쳐다보기도 하고 무릎을 꿇고 비석을 쓰다듬기도 했다. 가야는 그 모습을 숨죽인 채 지켜봤다. 그런데 가야의 표정이 이제까지와는 달리 사뭇 섬뜩했다. 마치 오랜 시간 공들여 찾아낸 원수를 제거할 적당한 기회를 노리는 듯 서슬이 퍼런 입김을 내뿜고 있었다.

"여기 잠깐만 있어요."

때가 된 듯 가야가 남자를 향해 다가가기 시작했다. 그의 뒷모습에서 느껴지는 비장함에 엘리스는 왠지 모를 걱정에 휩싸였다.

"가야 씨!"

엘리스는 본능적으로 가야의 팔을 잡았다.

"걱정 말아요. 금방 끝날 테니까."

가야가 어린아이처럼 선한 미소를 지었지만 불안은 가시지 않았다. 엘리스는 앞으로 무슨 일이 벌어질지 가슴 졸이며 두 사람을 지켜봤다. 이윽고 인기척을 느낀 남자가 반사적으로 돌아서더니 소스라치게 놀랐다. 마치 죽은 사람이 다시 살아 돌아오기라도 한 듯한 표정이었다. 그에 반해 가야는 지나치게 차분했다. 방금 느껴졌던 살기는 작고 단단한 화살촉이 되어 매섭게 남자를 겨누고 있었다. 두 사람은 한동안 서로의 존재를 확인하듯 상대방을 응시하며 서 있었다. 잠시 후 가야가 먼저 입을 열었다. 다행히 걱정했던 일은 벌어지지 않았다. 두 사람은 꽤 오랜 시간 은밀한 대화를 나눴다. 마치 이제 곧 있을 인류 종말에 관해 토론하듯 조금은 비관적이고 회의적인 분위기의 대화였다. 엘리스는 궁금증과 추위에 몸이 오그라들 지경이었다. 대화가 끝나길 기다리며 벤치 주위를 맴돌던 엘리스는 결국 참지 못하고 두 사람에게 다가갔다. 엘리스의 갑작스러운 등장에 남자는 말을 멈췄다. 가까이서 보니 남자는 40대 초반의 백인이었는데 훤칠한 키에 준수한 외모를 하고 있었다. 적당히 기른 수염과 총기 넘치는 갈색 눈은 가뜩이나 핸섬한 얼굴을 이지적으로 만들었고 넓은 어깨 위에 걸친 코트와 양복은 본래 그를 위해 만들어진 것처럼 잘 어울렸다. 한마디로 금수저를 입에 물고 태어나서 아이비리그를 두루 거친 학자풍이었다.

"안녕하세요. 전 엘리스 로자예요. 가야 씨 여자 친구죠."

"여자 친구?!"

남자가 믿을 수 없다는 듯 가야를 바라봤다.

"네, 제 여자 친구예요. 엘리스, 인사해요. 이분은 제……."

가야는 남자를 소개하려다 말고 잠시 망설였다. 그러자 남자가 눈치 빠르게 악수를 청했다.

"반가워요. 난 요르겐 짐머만이라고 해요. 가야의 오랜 친구죠."

스쿨버스가 도착한 소리에 엘리스는 이야기를 멈췄다. 엘리스는 몸을 일으켜 창밖을 살폈다. 아이들이 버스에서 내렸지만 미셸은 보이지 않았다.

"또 버스를 놓쳤나 보네. 하여간……."

엘리스가 커튼을 도로 치며 말했다.

"공동묘지 이름 기억해요?"

사이먼이 공란을 채우려는 듯 물었다.

"미들타운의 타운십 공동묘지였어요."

"타운십 공동묘지요?"

사이먼이 멈칫했다.

"네. 뭐가 잘못됐나요?"

"아, 아니에요."

그곳은 모니카의 무덤이 있는 곳이었다. 시신도 없이 묘비만 덩그러니 세워진 텅 빈 무덤. 사고 후 모니카의 시신을 찾을 수 없게 되자 그녀의 부모는 모니카가 태어난 고향 교회에 무덤을 만들고자 했다. 그러나 그곳은 자주 찾기에는 너무나 멀어서 사이먼은 부모님과 마지막까지 언쟁을 벌여 간신히 그곳에 무덤을 만들었다.

"그나저나, 신가야에게서 분노가 느껴졌다고요?"

"그래요. 두 사람은 단순한 친구가 아니었어요. 묘한 거리감이 느껴졌거든요. 오래된 앙금이라고 할까. 그러면서도 둘은 형제처럼 가까웠어요."

완전한 어둠이 내리자 묘지는 더욱 스산해졌다. 비록 인사를 나눴지만 세 사람 사이에는 서먹한 바람이 지나고 있었다.

"그럼 잘 있어요, 짐머만. 지금 내가 한 말을 꼭 명심해요."

가야가 더 이상 볼일이 없다는 듯 엘리스를 데리고 묘지를 나서려 했다.

"잠깐. 오랜만에 만났는데 같이 식사라도 하지. 엘리스 양도 처음 뵀고."

"우린 선약이 있어요."

"그렇게 해요, 가야 씨. 저도 친구분한테 궁금한 게 많아요. 가야 씨에 관해 묻고 싶은 게 많다고요."

엘리스가 말했다.

"가야가 이야기 안 해 주던가요? 자기가 어떤 사람인지?"

짐머만이 암시로 가득 찬 눈빛을 던지며 물었다.

"전혀요. 가야 씨는 비밀투성이예요. 러시아 스파이처럼요."

"그런데도 사랑하는군요. 가야가 부럽네요."

짐머만이 데이지 꽃이 놓인 묘비를 쓰다듬으며 말했다.

"같이 식사하자, 가야. 이제 두 번 다시 못 볼 텐데."

그 후 세 사람이 함께 향한 곳은 뉴욕 외곽에 위치한 짐머만의 집이었다.

인적이 드문 바닷가 절벽 위에 지어진 집은 발코니 창 너머로 대서양이 내려다보이고 수천 권의 책이 소장된 서재와 실내악을 연주할 수 있는 작은 홀을 갖춘 고급 저택이었다. 얼핏 보아도 유명 건축가가 설계한 것을 알 수 있는 독특한 외형에 미래와 전통이 잘 어우러진 멋진 집이었다. 요르겐은 그곳에서 혼자 살고 있었다.

"말씀하신 것을 준비해 뒀습니다."

도우미 아주머니가 나갈 채비를 하며 말했다.

"고마워요. 수고했어요."

"더 시키실 일 없으면 가 볼게요."

아주머니는 숄과 핸드백을 챙기더니 집을 나섰다.

"친구 분이 엄청 부잔가 봐요?"

집을 보고 눈이 휘둥그레진 엘리스가 들릴 듯 말 듯 물었다.

"이 집값의 절반은 발코니 너머에 있어요. 날씨가 좋으면 수평선에서 윌리엄 터너의 그림 같은 멋진 해가 뜨죠. 하지만 안타깝게도 내 집이 아니에요. 연구소에서 빌려준 집이죠."

귀엣말이 들렸는지 짐머만이 대답했다.

"편히 있어요. 금방 돌아올 테니."

짐머만이 방으로 간 사이 엘리스는 집 안을 둘러봤다. 짐머만은 1950년대 팝아트에 푹 빠져 있는 듯했다. 베이지색 카펫이 깔려 있던 거실에는 비틀스의 뮤직비디오에 나올 법한 원색 가구들이 놓여 있었고 벽에는 로이 리히텐슈타인의 그림이 걸려 있었다. 그 유명한 '행복한 눈물'이었다.

"설마 진품?"

혹시나해서 그림을 살폈지만 도저히 알 수 없었다. 그런데 리히텐슈타인의 그림보다도 더 인상적인 건 짐머만의 서재였다. 거실과는 달리 고전적으로 꾸며진 서재는 엘리스의 아파트보다 몇 배는 넓었는데 사다리를 타고 올라야 할 만큼 높은 책장도 모자라 바닥 여기저기 책들이 수북이 쌓여 있었다. 서재 한가운데에는 킹사이즈 침대만큼이나 큼지막한 책상이 있었고 그 위에 노트북과 뇌 모형들이 놓여 있었다. 짐머만은 뇌 모형을 수집하는 모양이었다. 책상뿐 아니라 서재 곳곳에 각양각색의 모형들이 보였는데 실제 뇌와 똑같은 것에서부터 연필 꼭지에 꽂는 지우개 뇌까지 없는 게 없었다.

"뇌는 생수병만 한 우주예요."

청바지로 갈아입자 짐머만은 십 년은 젊어 보였다.

"뇌를 굉장히 좋아하시나 봐요?"

"좋아한다는 말로는 모자라죠. 이십 년째 연구하고 있으니까."

"의사세요?"

"물론 의사 자격증도 있어요. 하지만 연구원에 가까워요. 뇌는 1.5리터밖에 안 되는 크기지만 원인 모를 병이 가장 많은 장기죠."

짐머만이 모형에 내려앉은 먼지를 섬세하게 털어 냈다. 순간 코리아타운에서 괴로워하던 가야의 모습이 떠올랐다.

"혹시 가야 씨를 만난 것도 원인 모를 병 때문인가요?"

짐머만은 곧바로 대답하지 않았다. 그는 실제와 똑같은 뇌 모형을 손바닥 위에 놓고 이리저리 무게를 쟀다. 그 모습이 초현실주의 화가의 그림 같았다.

"가야를 만난 지 얼마나 됐죠?"

"나흘이요."

"그사이 발작을 몇 번 일으켰나요?"

"한 번이요. 원인을 아세요?"

"몰라요."

"목숨이 위태로운 병인가요?"

"그것도 알 수 없어요. 한 가지 분명한 건 가야의 뇌가 일반인과는 다르다는 거예요."

"어떻게 다르죠?"

"가야는 다른 사람이 볼 수 없는 걸 볼 수 있어요."

"구체적으로 어떤 거죠?"

짐머만은 비로소 뇌의 무게를 알아냈는지 도로 제자리에 내려놓았다.

"내가 설명하지 않아도 곧 알게 될 거예요. 자, 재미없는 얘기는 그만하고 식당으로 가죠. 배가 고파서 구두도 삶아 먹을 수 있을 거 같아요."

그건 엘리스도 마찬가지였다.

거실에는 열 명이 함께 식사할 수 있는 커다란 식탁이 있었지만 짐머만은 주방으로 향했다. 주방에는 도우미 아주머니가 준비한 요리 재료들이 싱크대 위에 깔끔하게 정리되어 있었고 냄비와 프라이팬 등도 가스레인지 위에서 기다리고 있었다.

"기대해도 좋아요. 이래 봬도 미쉘린 가이드 별 두 개짜리 셰프가 인정한 솜씨니까."

짐머만은 증명이라도 하려는 듯 능숙한 솜씨로 재료를 다뤘다.

"가야 씨는 어딨죠?"

그러고 보니 언제부턴가 가야가 보이지 않았다.

"걱정 말아요. 길을 잃지는 않을 테니. 여긴 가야 집이기도 하거든요."

그때 어디선가 음악이 흘러나왔다. 〈G선상의 아리아〉였다. 그런데 연주하는 악기가 생소했다. 이질적이지만 묘하게 어울리는, 처음 들어 보는 악기였다.

"가야금이라는 거예요. 한국의 전통 악기죠. 가야가 제일 좋아하는 음악이에요."

요르겐이 채소를 다듬으며 말했다.

"가야 씨에 관해 얘기해 주세요."

엘리스가 주방 아일랜드 옆 의자에 앉으며 말했다.

"뭐가 알고 싶어요?"

"가야 씨를 미국으로 부른 사람이 짐머만 씨라고 들었어요. 두 분은 어떻게 아는 사이예요?"

"어떻게 아는 사이냐……."

짐머만이 샴페인 한 병을 따서 잔에 담아 엘리스에게 건네주고 자신도 한 모금 마셨다.

"우리가 처음 만난 건……."

그때 문이 열리며 가야가 들어왔다. 그는 검열이라도 하려는 듯 엘리스 옆에 자리를 잡고 짐머만을 빤히 바라봤다.

"처음 만난 건 삼 년 전이에요. 지금 일하는 연구소에서 만났죠. 당시 나는 특별한 뇌 기능에 관한 연구를 하고 있었는데 가야는 연구 대상자로 초대됐어요. 지금도 기억나요. 낡은 점퍼에 머리는 노란색으로 물들이고 껌을 씹으면서 들어왔죠."

"노란색? 진짜 이상했겠다."

엘리스가 상상이 안 간다는 듯 가야를 이리저리 봤다.

"그때 한창 유행이었어요."

가야가 멋쩍게 머리를 쓸어 올렸다.

"한마디로 한국에서 온 불량 청소년이었죠. 게다가 할 줄 아는 영어라고는 굿모닝이 전부였어요. 그런데 보자마자 한국말로 뭐라고 하는 거예요. 통역도 없던 터라 무슨 말인지 알아들을 수가 없었죠. 그런데 다짜고짜 내 손을 잡더니 씹던 껌을 주는 거예요. 껌 뱉을 종이가 필요했던 거죠. 그게 첫 만남이었어요."

"초면에 너무했다."

엘리스가 어깨를 툭 치자 가야가 미소를 지었다.

"자, 준비됐습니다."

짐머만이 준비한 재료들을 둥그런 불판에 담아 아일랜드 식탁으로 가져왔다. 그는 아일랜드 식탁에 놓여 있던 휴대용 가스레인지에 불을 켜더니 불판을 올려놓았다.

"불고기라는 요리예요. 가야한테 처음으로 만들어 준 한국 음식이죠."

"기억해요. 지금에서 말하지만 정말 형편없었어요."

가야가 말했다.

"쟤가 저래요. 열심히 해 줘 봐야 고맙다는 소리 한번 못 들어 봤다니까요. 어쨌건 덕분에 지금은 한국 음식 마니아가 됐어요."

불고기가 끓는 동안 짐머만은 밥을 그릇에 담아 각자에게 나눠줬다. 그리고 냉장고에 있던 김치와 샐러드를 가져오자 식탁이 완성됐다.

"이제 막 피기 시작한 사랑을 위하여."

짐머만이 샴페인 잔을 들자 가야와 엘리스가 잔을 부딪쳤다. 쨍,

기분 좋은 소리가 주방에 울려 퍼졌다.

"그래서요?"

엘리스가 단숨에 잔을 비우곤 물었다.

"가야는 연구소 기숙사에서 살게 됐어요. 하지만 적응을 못 했죠. 낯선 나라에서 혼자 생활하려니 힘들었던 거예요. 그래서 고민 끝에 영어도 가르칠 겸 우리 집으로 데려왔어요. 2층 방을 주고 식사는 되도록 한국 음식을 준비했죠. 그렇지만 가야는 방에서 꼼짝도 안 했어요. 식사도 방에 갖다줘야 먹는 둥 마는 둥이었죠. 마음을 풀어 주려고 별짓을 다 해 봤지만 고슴도치처럼 방에 틀어박혀서 나오질 않았어요. 그렇게 이 주쯤 지난 어느 날이었어요."

"짐머만, 그 얘기는 안 하면 안 될까요?"

가야가 쑥스러운지 이야기를 가로막았다.

"아니에요. 계속하세요."

엘리스가 가야 입을 막으며 말했다.

"방에 들어갔는데 구린내가 진동을 하는 거예요. 생각해 보니 미국에 온 후로 양말이며 옷을 한 번도 안 빨았더라고요. 나는 당장 냄새나는 옷을 버리고 백화점에서 새 옷을 사다 줬죠. 최신 유행하는 걸로요. 그런데 옷이 없어진 걸 알자 난리를 치는 거예요. 자기 옷 어쨌냐고. 냄새가 나서 버렸다고 하니까 꼭 찾아야 한다면서 쓰레기통을 마구 뒤지는 거예요. 하지만 이미 쓰레기차가 수거해 간 후였어요. 그러자 갑자기 펑펑 눈물을 흘리는 거예요. 동생이라도 잃어버린 것처럼 서글프게 말이죠. 알고 보니 그 옷은 가야가 미국에 오기 전에 가야 어머니가 날품을 팔아서 사 준 옷이었어요. 그런 줄도 모르고 무심하게 버린 거죠. 미안하더라고요. 그래서 그날 밤 쓰레기 처리장으로 갔어요. 그리고 밤새도록 쓰레기 더미에서 옷을 찾기 시작했죠. 처리장은 맨해튼만큼이나 넓었어요. 옷을 찾는 건 그야말로 모래사장에서 바늘 찾기였지만 달리 방도가 없었어요. 그렇게 아침 해가 뜰 때까지 쓰레기 더미를 뒤졌어요. 완전 녹초가 됐지만 옷은 나타날 기미가 없었죠. 이제 포기해야겠다고 생각할 때였어요. 저만치서 쓰레기 더미를 뒤지던 노숙자 한 명이 보였죠. 그런데 그 노숙자가 가야 점퍼를 입고 있는 거예요. 틀림없는 가야 옷이었어요. 나는 노숙자에게 100달러를 주고 그 옷을 돌려받았어요. 그리고 당장 세탁소로 가서 옷을 세탁했죠. 점퍼를 찾아서 집에 오니까 저녁이 다 됐더군요. 나는 점퍼를 가야 방 문틈으로 밀어 넣고는 그대로 곯아떨어졌어요. 아마 열두 시간은 잤을 거예요. 다음 날 아침에 눈을 떠 보니까 주방에서 부스럭대는 소리가 나는 거예요. 도둑이라도 들었나 조심조심 문을 열었죠. 그런데 가야가 아침을 만들고 있더라고요. 우리는 그날 처음 얼굴을 맞대고 식사를 했어요."

불고기가 지글지글 맛있는 소리를 내며 끓고 있었다.

"설마 그 옷이 저 옷은 아니겠죠?"

엘리스가 가야의 파일럿 점퍼를 가리키며 물었다.

"바로 그 옷이에요."

"정말요? 그렇게 사연 많은 옷인 줄 몰랐어요."

"노숙자한테 100달러 줬다는 얘기는 안 했잖아요."

가야가 물었다.

"사실은 200달러 줬어. 하지만 더 달라고 했어도 줬을 거야."

짐머만이 다 익은 불고기를 떠 주며 말했다.

"고맙다는 말 했어요?"

엘리스가 가야에게 물었다.

"가야는 그런 말 할 녀석이 아니에요."

"그럼 제가 대신 할게요. 고마워요, 짐머만 씨."

엘리스가 짐머만의 볼에 가볍게 키스해 주었다.

"별말씀을. 자, 우리 먹죠."

짐머만이 김이 모락모락 나는 불고기를 크게 한 숟가락 떴다. 가야와 엘리스도 함께 음식을 맛보았다.

"끝내주는데요."

"맛있다니 다행이네요. 가야는 어때?"

"먹을 만해요."

가야가 한입을 물며 대답했다.

"가야 씨 원래 이래요? 딴사람 같아요."

"엘리스한테는 다정한가 보죠?"

"네. 얼마나 잘해 주는데요. 그림도 그려 주고."

"그림?"

"네. 모네의 '수련'을 직접 그려 줬어요."

엘리스가 가야의 어깨에 애교스럽게 기대며 말했다. 짐머만이 두 사람을 부러운 눈으로 바라봤다.

"이제 비로소 사랑을 하게 됐구나."

세 사람은 한동안 허기진 배를 채웠다.

"근데 궁금한 게 있어요."

엘리스가 문득 생각난 듯 물었다.

"뭐든 말해 봐요."

"꽃을 바치셨던 무덤이요. 사연이 있으신 것 같던데."

"엘리스, 그건 사적인 일이에요."

가야가 말했다.

"아니, 괜찮아. 그 사람은 제가 진심으로 사랑했던 여자예요."

"그런데 어쩌다가……."

짐머만이 돌이킬 수 없는 순간을 원망하듯 잠시 허공을 응시하다가 입을 열었다.

"월드 트레이드 센터에서 사고가 나던 날, 그녀는 스카이라운지에서 나를 기다리고 있었어요."

재빠르게 움직이던 사이먼의 펜이 멈췄다.

"그날이 사랑했던 여자분 생일이었대요. 하지만 출장 때문에 멀리 떠나야 돼서 선물을 주려고 이른 아침 거기서 만나기로 했는데 사고가 난 거죠. 결국 시신도 못 찾았대요."

걷잡을 수 없는 불길한 예감이 사이먼을 엄습했다. 911테러와 월드 트레이드 센터, 생일, 그리고 타운십 공동묘지의 무덤. 우연이라고 하기에는 교집합이 너무 많았다.

"혹시 짐머만이 꽃을 바치던 무덤 주인이 누군지 기억해요?"

펜을 쥔 사이먼의 손이 떨리고 있었다.

"묘비에 적힌 이름은 모니카 켄이었어요."

이름을 듣는 순간 사이먼은 무거운 돌을 다리에 묶은 채 까마득한 심연으로 빨려 들어가는 느낌이 들었다. 네 번째 사건의 단초를 쥐고 무덤에 꽃을 바치던 남자는 바로 모니카의 정부였던 것이다. 이제는 십 년 전 사이먼의 과거와 뒤엉켜 예상치도 못한 급류에 휩쓸려 가고 있었다.

경찰서는 근처에서 있었던 3중 충돌 사고 때문에 운전자들의 고함과 욕설로 떠나갈 듯했다. 하지만 미셸을 불안하게 만든 건 여자 경찰관의 행동이었다. 미셸은 경찰관의 시선을 끌기 위해 눈도 깜빡이지 않고 뚫어지게 응시했지만 경찰관은 눈 한번 맞추지 않고 무시했다. 참다못한 미셸이 다가갔다.

"경찰관 언니, 정말 아빠랑 통화한 거 맞아요?"

"그렇다니까. 기다리고 있으면 곧 데리러 올 거야."

경찰관이 쳐다보지도 않고 대답했다. 미셸은 직감적으로 경찰관이 뭔가를 숨기고 있다는 걸 느낄 수 있었다.

"그럼 직접 통화할 수 있게 해 줘요. 아빠 목소리를 듣고 싶어요."

미셸이 당돌하게 요구했지만 경찰관은 못 들은 척하며 사고 운전자들을 상대하고 있었다.

"경찰관 언니!"

미셸이 소리치자 그제야 경찰관이 돌아봤다.

"지금 바쁜 거 안 보이니? 당장 자리로 돌아가."

경찰관은 방금과는 전혀 다른 사람처럼 보였다. 미셸은 더 이상 대화가 안 된다는 걸 깨닫고 돌아섰다. 분명 뭔가 잘못되고 있었다. 여자 경찰관은 아빠와 통화를 한 게 아니었다. 그렇다면 지금 미셸을 데리러 오는 사람은 누구란 말인가. 적어도 제시 아빠처럼 선물 꾸러미를 잔뜩 들고 키스 세례를 퍼부으러 오는 게 아닌 건 확실했다. 그렇다면 이대로 앉아서 기다릴 필요가 없었다. 미셸은 여자 경찰관의 눈치를 살피다가 조심스럽게 경찰서 입구로 향했다. 여자 경찰관은 설전을 벌이는 운전자들을 뜯어말리느라 미셸을 신경 쓸 겨를이 없었다. 이제 문을 열고 나가려던 순간이었다. 갑자기 오른쪽 눈이 바늘로 찌르듯 아팠다. 어젯밤 응급실에 실려 가게 만든 바로 그 눈이었다. 통증은 점점 심해지더니 신음조차 못 낼 정도로 고통스러워졌다. 미셸은 눈을 부여잡고 바닥에 주저앉았다.

"꼬마야. 괜찮니?"

지나던 흑인 아줌마가 물었다.

"눈이…… 눈이……."

"여기요! 이 아이가 이상해요."

흑인 아줌마가 소리치자 여자 경찰관이 달려왔다.

"왜 그래? 무슨 일이야?"

순간 미셸의 눈에서 붉은 피가 흘러내렸다.

"여기 앰불런스 좀 불러요! 어서!"

911에 전화를 하는 사이 여자 경찰관이 응급 상자를 가져왔다.

"외상은 아닌 것 같은데."

경찰관이 조심스럽게 거즈로 피를 닦아 냈다. 그러자 뽑힐 것처럼 고통스럽던 눈이 순식간에 멀쩡해지는 것이었다. 오랫동안 쌓인 독이 빠져나간 듯 오히려 시원하기까지 했다. 피도 더는 흐르지 않았다. 미셸은 천천히 눈을 뜨고 주위를 둘러봤다. 시력에는 이상이 없었다. 하지만 미셸의 눈에 본인도 눈치 못 챈 커다란 변화가 일어나고 있었다.

"꼬마야, 네 눈…….."

여자 경찰관이 벽에 걸려 있던 거울을 가리켰다. 거울에 비친 자신의 눈을 본 미셸은 혼란스러웠다. 미셸의 오른쪽 눈은 더 이상 검은색이 아니었다. 흑요석처럼 짙은 흑색 눈동자는 허물을 벗고 한여름 낮의 숲속같이 에메랄드 빛깔로 변해 있었다.

"내 눈…… 왜 이래?"

미셸의 두 눈은 이제 가야의 눈처럼 완전한 오드 아이가 되어 있었다. 하지만 단순히 표면적인 변화만이 아니었다. 좀 더 근원적이고 삶의 본질을 바꿀 엄청난 변화가 도사리고 있었다. 그리고 그 변화는 이내 정체를 드러냈다. 미셸의 오른쪽 눈에 카메라 플래시가 터지듯 번쩍번쩍 낯선 모습이 스쳐 가는 것이었다. 장면은 찰나의 순간이었지만 석고에 찍힌 발자국처럼 선명했다. 그것은 무작위로 편집된 영화 장면과 흡사했는데 모두 네 개의 장면이었다. 첫 번째 장면은 검은 양복을 입은 한 무리 남자들이 미셸을 향해 다가오는 모습이었다. 그들은 모두 건장한 체격에 감정 따윈 없는 사람들처럼 무표정한 얼굴을 하고 있었다. 두 번째는 슬로모

션처럼 천천히 움직였는데 구름이 잔뜩 낀 잿빛 하늘에서 새하얀 천사들이 내려오는 장면이었다. 세 번째는 움직이는 그림을 배경으로 앉아 있던 노인이 머그잔을 건네는 장면이었다. 머그잔에는 금박으로 된 개구리 문양이 그려져 있었다. 마지막 네 번째 장면은 끝없는 어둠 속에서 휠체어에 탄 괴물이 웃고 있었다. 괴물은 어렴풋이 윤곽만 보였는데 구부정한 등에 얼굴 여기저기가 곰보처럼 얽어 있었고 소름이 끼칠 정도로 흉측한 웃음소리를 냈다. 놀라운 것은 이 장면들이 스치는 와중에도 왼쪽 눈에는 여전히 현실의 모습이 보인다는 것이었다. 미셸은 한기를 느끼며 몸을 움츠렸다. 이렇게 두렵고 떨리기는 처음이었다. 미셸은 낯선 도시에서 홀로였고 주변은 온통 생소한 얼굴뿐이었다. 게다가 몸에는 엄청난 변화가 일어나고 있었다.

"엄마……."

방금까지만 해도 원망스럽던 엄마를 간절히 보고 싶었다.

"가야겠어요."

"어딜?"

여자 경찰관이 물었다.

"집에요."

"길을 잃었다며. 그리고 이제 곧 아빠가 올 텐데."

"엄마한테 갈 거예요."

미셸은 경찰관의 손을 뿌리치고 일어섰다.

"꼬마야! 잠깐만!"

미셸은 어느새 입구를 향해 달리고 있었다.

"저 꼬마를 잡아요!"

여자 경찰관이 소리치자 다른 경찰들이 미셸을 잡으려 했다. 하지만 다람쥐처럼 작고 날렵한 미셸은 경찰 사이를 요리조리 빠져나갔다. 문을 밀치고 밖으로 나서려던 순간이었다. 검은 SUV에서 내린 서너 명의 건장한 남자들이 장벽처럼 앞을 막으며 다가왔다. 그들을 보는 순간 미셸은 바닥에 주저앉았다. 검은 양복을 차려입은 한 무리의 건장한 남자들. 방금 오른쪽 눈에 스쳐 갔던 장면 속의 남자들이었다. 다행히 그들은 미셸을 무시하고 경찰서로 향했다. 미셸은 정신을 차리고 거리로 달려 나갔다.

"저 아이 잡아요!"

여자 경찰관이 문을 밀치고 나오며 소리쳤다. 그때 검은 양복 중 한 명이 경찰관을 붙잡으며 물었다.

"국가안전보장국에서 나왔소. 그 아이는 어딨소?"

"저 아이가 바로 그 아이예요. 어서 잡아요!"

그제야 눈치를 챈 남자들이 미셸을 뒤쫓기 시작했다. 남자들은 훈련된 요원답게 일사불란하게 흩어지더니 일부는 지름길로 달려갔고 일부는 차를 몰고 뒤쫓았다. 검은 양복들이 쫓는 걸 안 미셸은 죽을힘을 다해 달렸지만 이제 갓 열 살 된 여자아이가 훈련된 요원을 따돌리기는 쉽지 않았다. 채 한 블록도 못 가 요원들이 바로 뒤까지 쫓아왔다. 한 요원이 자동차 보닛만큼 커다란 손을 뻗어 미셸의 목덜미를 잡으려는 순간, 미셸이 재빨리 방향을 돌려 골목으로 뛰어들었다. 골목에는 손수레 한 대가 오고 있었다. 미셸은 재빨리 몸을 돌려 수레를 빠져나갔다. 하지만 덩치 큰 요원은 미처 피하지 못해 정면으로 충돌하고 말았다. 덕분에 손수레에 실려 있던 물건들이 공중으로 솟구쳤다. 곧이어 들리는 요란한 소리에 미셸이 뒤를 돌아봤다. 수레에 진열되어 있던 물건은 도자기로 만든 천사 인형이었다. 먹구름이 가득한 하늘로 솟아오른 천사 인형들이 미셸의 머리 위로 우박처럼 떨어졌다. 두 번째 장면이었다. 미셸은 지금 무슨 일이 벌어지고 있는지 감도 잡히지 않았다. 데자뷔처럼 보인 장면들은 무엇이며 나를 쫓는 저 남자들은 누굴까. 허파가 터질 것 같았다. 하지만 이대로 멈출 수는 없었다. 미셸은 젖 먹던 힘까지 끌어내 힘껏 달렸다. 드디어 골목이 끝나고 반대편 거리로 나가려던 순간이었다. 미셸 앞을 거대한 리무진 한 대가 막아서는 것이었다. 미처 멈추지 못한 미셸이 리무진에 부딪히며 쓰러졌다. 미셸은 더 이상 움직일 힘조차 없었다. 그때 리무진 뒷좌석 문이 열리며 누군가 내렸다. 은발을 가지런히 빗어 넘긴 70대 노인이었다.

"괜찮니? 꼬마야. 다친 데 없어?"

노인이 걱정스러운 얼굴로 물었다. 손수레와 부딪혔던 요원들이 다시 쫓아오고 있었다.

"도와주세요. 이상한 아저씨들이 쫓아와요."

"어서 타거라."

노인은 서둘러 미셸을 리무진에 태웠다. 노인이 올라타자 운전기사가 차를 출발시켰다. 뒤늦게 쫓아온 요원들이 안타까워했지만 리무진은 이미 멀어진 후였다.

"정말 감사합니다. 큰일 날 뻔했어요."

"고맙긴. 이걸 마시면 좀 진정이 될 거다. 뜨거운 코코아야."

노인이 보온병에 들어 있던 코코아를 머그컵에 따라 주었다.

"고맙습니다."

코코아를 받으려던 미셸은 머그컵에 그려진 문양을 보고 멈칫했다. 금박으로 수놓은 개구리였다. 미셸은 천천히 고개를 들어 노인을 바라봤다. 노인은 달리는 차창 풍경을 배경으로 인자한 미소를 짓고 있었다. 세 번째 장면이었다.

"왜 그러니?"

노인이 물었다.

"혹시 어떤 장면을 이전에도 본 경험 있으세요?"

노인 얼굴에서 미소가 사라졌다. 그러자 전혀 다른 사람처럼 느껴졌다.

"어떤 장면인데?"

"믿으실지 모르겠는데 지금 이 장면, 조금 전에 봤거든요."

미셸은 긴장을 풀고 천천히 코코아를 마셨다. 노인은 그 모습을 유심히 지켜보고 있었다.

"이름이 뭐지?"

"미셸이에요."

"혹시 아버님 성함이 신가야 아닌가?"

미셸이 코코아를 마시다 말고 멈칫했다.

"할아버진 누구예요?"

미셸이 잔뜩 경계하며 물었다. 그러자 노인이 다소곳이 양손을 무릎에 올리며 공손하게 대답했다.

"저는 로드니라고 합니다. 아버님을 모셨던 사람이죠."

노인은 벨몽의 집사였다.

"아빠를요?"

"네. 삼 년이나 모셨죠."

로드니가 주머니에서 사진 한 장을 꺼내 건네주었다. 사진에는 담배를 문 가야가 반항적인 눈으로 렌즈를 노려보고 있었다. 미셸은 단번에 알아볼 수 있었다.

"아빠 지금 어딨죠?"

"아버님을 만나고 싶으십니까?"

"네."

"그럼 잠깐 실례하겠습니다."

로드니가 미셸의 목에 마취제를 주사했다.

"주무시고 나면 목적지에 도착해 있을 겁니다."

로드니의 정중한 목소리가 의식 저편으로 멀어져 갔다.

모니카의 무덤에는 데이지 꽃이 꽂혀 있었다. 그동안 사이먼은 모니카의 무덤을 찾지 않았다. 시신도 없는 빈 무덤을 볼 때면 마음이 아팠기 때문이다. 그래서 그리울 때면 그라운드 제로의 철골 십자가를 찾았다. 그곳이 오히려 모니카를 가깝게 느낄 수 있었다. 그런데 생각지도 못한 사람이 매일 모니카의 무덤을 찾고 있었다. 그는 사이먼에게 잊지 못할 상처를 주고 심지어 아내를 죽게 만든 장본인이었다. 엘리스의 집을 나와서 이곳까지 오는 동안 사이먼은 처음으로 살의를 느꼈다. 심장이 뜯기는 고통을 삼키며 지냈던 분노가 일순간 터지며 화산처럼 불을 뿜고 있었다. 모든 것이 생생했다. 처절하게 가슴 저미는 상실의 아픔도, 질투와 함께 솟구치는 분노도 그날 밤과 똑같았다. 하지만 한 가지 다른 점이 있었다. 그의 손에는 국가에서 허락한 총이 있었다. 그게 사이먼을 두렵게 만들었다. 어디선가 날아온 까마귀가 무덤 여기저기를 날아다니며 음산하게 울고 있었다.

'차라리 나타나지 마라. 네놈의 뻔뻔한 얼굴을 보게 되면 무슨 짓을 저지를지 몰라.'

그때였다. 저승사자의 마차처럼 흰색 BMW가 묘지 입구에 멈춰 섰다. 그리고 엘리스의 기억대로 중절모를 쓴 남자가 내렸다. 그는 갓 사 온 데이지 꽃을 한아름 들고 있었다. 짐머만이었다. 사이먼은 아내의 정부가 아니길 바라며 짐머만의 얼굴을 유심히 살폈다. 하지만 불길한 예감은 언제나 적중했다. 십 년 전 엘리스와 호텔로 들어갔던 바로 그 남자였다. 사이먼의 심장이 미친 듯이 뛰기 시작했다. 새하얀 데이지를 보는 순간 적개심이 폭발하며 온몸의 세포가 제각각 반란을 일으키고 있었다.

'더러운 자식. 염치도 없이 모니카의 무덤을 찾다니.'

사이먼은 참지 못하고 짐머만에게 다가갔다. 짐머만은 인기척을 못 느꼈는지 꽃을 꽃병에 꽂고 있었다. 차분한 그의 모습이 오히려 사이먼을 부추겼다. 드디어 모니카의 무덤에 도착하는 순간이었다.

"오셨군요, 사이먼 씨."

사이먼은 움찔했다. 그러자 짐머만이 중절모를 벗고 돌아섰다.

"당신을 기다리고 있었소."

그의 얼굴을 보고 사이먼은 놀라지 않을 수 없었다. 그는 50대 초반이라고는 믿기지 않을 정도로 늙어 있었다. 깡마른 얼굴에 눈두덩은 움푹 패어 있었고 깊게 팬 주름이 거미줄처럼 퍼져 있었다.

"내가 올 줄 어떻게 알았지?"

"가야가 당신이 올 거라고 했거든. 그리고……."

짐머만은 호흡을 가다듬었다.

"당신 총에 죽게 될 거라고 했소."

저 멀리 마른 나뭇가지에서 까마귀가 을씨년스럽게 울고 있었다.

궁극의 아이 1

궁극의 아이

사이먼은 자신이 권총을 움켜쥐고 있다는 걸 깨달았다.

"그런 일은 없을 거요."

사이먼은 짐머만이 보는 앞에서 탄창의 총알을 모두 버렸다. 그런데 그 모습을 지켜본 짐머만이 피식 웃는 것이었다.

"왜 웃는 거요?"

"당신 정말 가야에 대해 아무것도 모르는군."

실제로 마주한 짐머만은 엘리스의 이야기와 달랐다. 총기 넘치던 눈은 세파에 찌들어 뿌옇게 변해 있었고 말투는 시니컬했다.

"대체 신가야의 정체가 뭐지? 예언자?"

그 말에 짐머만이 다시 미소를 지었다. 그가 웃을 때마다 얼굴의 주름이 새끼를 치듯 늘어 가는 것 같았다.

"가야는 '궁극의 아이'요."

"궁극의 아이?"

"그들은 그 아이들을 그렇게 불렀소."

"그들은 누구고 궁극의 아이는 뭐요?"

"궁극의 아이는 미래를 기억하는 아이들이오."

짐머만은 기억이라는 단어에 힘을 주었다.

"미래를 본다는 말은 들어 봤어도 기억한다는 말은 처음인데."

"왜냐면 말 그대로 기억하기 때문이오. 그 아이들은 태어날 때부터 죽을 때까지 모든 기억을 갖고 태어나오. 인생 전체를 뇌 속에 저장한 채 세상에 나오는 거지."

사이먼은 할 말을 잃었다.

"그게 가능하단 말인가요?"

"나도 처음에는 믿지 못했소. 그 아이들을 보기 전까진."

"아이들이라면 가야 외에…… 설마 존 마이어스?"

"알고 있군."

"존은 1973년에 실종됐어. 그런데 어떻게 알고 있지?"

"존은 실종된 게 아니오. 그들이 데려간 거지."

"아까부터 계속 그들이라고 하는데 누구를 말하는 거요?"

"가야가 제거하고 있는 사람들. 당신이 조사하고 있는 사람들."

"악마 개구리를 말하는군. 당신이 어떻게 그들을 알고 있지?"

"나 역시 그들이 불러서 이 나라에 왔거든."

이야기가 점점 같은 목적지를 향해 모이고 있었다.

"악마 개구리들의 정체는 뭐요? 왜 가야와 존 마이어스를 데려간 거요?"

그러자 짐머만이 이해할 수 없다는 표정으로 빤히 쳐다봤다.

"당신은 모니카의 반도 안 되는 인간이군. 대체 당신 같은 인간의 어디가 좋아서 모니카처럼 멋진 여자가 사랑에 빠진 거지?"

순간 사이먼은 분노를 참지 못하고 짐머만의 멱살을 잡았다.

"이 자식! 네놈이 내 아내를 유혹했다는 거 알아. 뿐만 아니라 내 아내를 죽게 만든 것도!"

하지만 짐머만은 조금도 흔들리지 않았다.

"그날 당신이 우리 뒤를 미행하는 걸 알고 있었어. 내가 누군지 궁금했겠지. 사랑하는 아내가 빠진 남자가 어떤 놈일까. 식사를 할 때부터 당신이 우릴 지켜보고 있다는 걸 알았어. 어쩌면 당신의 시선을 즐기고 있었는지도 몰라. 그래서 난 일부러 모니카와 호텔로 들어갔어. 보란 듯이 말이야."

"어디 계속 지껄여 봐! 주둥이를 날려 줄 테니까!"

사이먼이 짐머만의 턱에 총구를 겨눴다.

"방금 총알을 다 버리지 않았나? 아, 약실에 아직 한 발 남아 있군. 근데 뭘 망설여?"

방아쇠를 쥔 사이먼의 손가락이 바르르 떨리고 있었다.

"생각한 대로 심약한 인간이군. 나 같았으면 주저하지 않고 방아쇠를 당겼을 텐데. 화가 나지도 않아? 그토록 사랑했던 아내를 빼앗아 간 남자가 눈앞에 있는데. 심지어 나 때문에 아내가 죽게 됐는데 말이야."

순간 노리쇠 공이가 움찔하고 움직였다. 분노에 찬 사이먼의 심장 소리가 총구를 타고 선명하게 전해졌다. 깃털만 한 자극이 오면 돌이킬 수 없는 상황이 벌어지기에 충분했다. 하지만 마지막 순간 사이먼은 총을 거뒀다.

"나는 FBI다. 계속 쓸데없는 말을 지껄이면 공무집행방해죄로 체포하겠다."

사이먼이 총을 도로 집어넣자 짐머만은 어쩐 일인지 아쉬운 표정을 지었다.

"질문에 대답이나 해. 악마 개구리와 가야는 무슨 관계지?"

"당신은 정말 모니카가 날 좋아해서 만났다고 생각하는 건가?"

"질문에 대답하라니까!"

사이먼의 고함이 묘비에 반사되며 메아리처럼 울려 퍼졌다.

"모니카는 궁극의 아이의 존재를 확인하기 위해 내게 접근했던 거요. 그녀가 어떻게 아이들의 존재를 알게 됐는지는 나도 모르오. 그렇지만 분명한 건 모니카가 아이들의 존재를 알고 있었고 악마 개구리들과 밀접한 관계라는 걸 눈치채고 있었다는 거지. 그러니 정 궁금하면 모니카의 마지막 기사 내용을 조사해 보시오. 내가 해 줄 수 있는 얘기는 여기까지요."

말을 마치자 짐머만은 발길을 돌렸다. 그런데 얼마쯤 가던 짐머만이 문득 할 말이 생각난 듯 멈춰 섰다.

"그날 호텔에서 당신이 생각했던 그런 일은 없었소. 물론 나는 그녀를 안고 싶었지. 간절하게 말이야. 모니카도 나를 거부하진 않았지만 결국 할 수 없었지. 왜냐면 그녀의 마음이 다른 곳에 있었기 때문이오. 모니카는 한순간도 당신을 떠난 적이 없소."

이 말을 남기고 짐머만은 떠났다. 구름이 낀 밤하늘에서 한 송이 두 송이 눈이 내리고 있었다. 첫눈이었다. 점점 커지던 눈송이는 탐스러운 솜이 되어 모니카의 무덤을 포근하게 덮었다. 텅 빈 묘지에는 이제 사이먼만 남아 있었다. 그는 묘지의 일부가 된 것처럼 미동도 않고 모니카의 비석을 바라보고 있었다.

"그 얘기가 사실이라면……."

한 줄기 눈물이 사이먼의 뺨을 타고 흘러내렸다.

"용서를 구해야 할 사람은 나였구나, 모니카."

드문드문 내리던 눈은 어느새 앞을 분간할 수 없을 정도로 변해 있었다.

희미한 의식 저편에서 낯선 사람들의 목소리가 들려왔다.

"이 아이가 틀림없군. 빼다 박은 것처럼 똑같아."

"유전자 검사 결과도 일치합니다. 친자가 분명해요."

"가야한테 자식이 있으리라고는 상상도 못 했어."

"하지만 그렇다고 이 아이가 궁극의 아이라고 확신할 수는 없잖습니까."

"아니, 이 아이가 확실해. 본시 궁극의 아이는 자식을 가질 수 없어. 모두 서른 살이 되기 전에 사망하고 생식능력이 현저히 떨어지기 때문이지. 그런데 딱 한 번 자식을 낳은 아이가 있었어. 세 번째 궁극의 아이였지. 그런데 놀랍게도 그 아이가 낳은 아이 역시 궁극의 아이였어. 바로 네 번째 궁극의 아이였지."

"그 말씀은 궁극의 아이의 피를 이어받으면 그 아이도 궁극의 아이가 된다는 건가요?"

"그럴 가능성은 충분해. 어쨌건 이 아이를 서둘러 테스트해야 해. 시간이 없으니까."

사람들의 목소리가 점점 가까워지고 있었다.

"그렇지만 이 아이는 아직 너무 어립니다. 실험을 감당할 수 없어요."

"쓸데없는 소리 말고 시키는 대로 해."

누군가의 고함이 여러 명의 고함처럼 사방으로 반향 되었다. 순간 미셸은 눈을 떴다. 그녀가 있던 곳은 온통 암흑으로 둘러싸인 방이었다. 안개처럼 주위에 퍼져 있던 어둠은 끝이 보이지 않았고 오직 미셸이 있는 곳에만 한 줄기 조명이 기둥처럼 비추고 있었다. 미셸은 움직이려 했지만 꼼짝할 수 없었다. 팔과 다리가 의자에 단단히 포박되어 있었다. 심지어 머리도 고정대에 묶여 고개조차 돌릴 수 없었다.

"계세요? 아무도 없어요?"

미셸이 겁에 질려 소리쳤다. 그러자 어둠을 뚫고 누군가 다가왔다.

"여기가 어디예요? 왜 날 이런 데로 데려온 거예요?"

"익숙해져야 할 거다. 죽는 날까지 있어야 할 테니까."

휠체어를 탄 벨몽이었다. 그는 어둠을 가면처럼 쓰고 미셸을 응시하고 있었다. 그 모습은 기시감에서 봤던 네 번째 장면과 정확히 일치했다. 어둠 속의 괴물은 바로 벨몽이었던 것이다.

"돌려보내 줘요. 내가 뭘 잘못했다고 이러는 거예요."

미셸은 두려움에 엉엉 울기 시작했다.

"미안하지만 그럴 수 없다. 이게 네 운명이니까. 그렇지만 꼭 나쁜 일만 있는 건 아니란다. 네 할 일만 제대로 하면 너와 네 가족은 세상을 얻게 될 거야. 원하는 건 뭐든 가질 수 있지. 커다란 집, 비행기, 심지어 사람도. 하지만 그보다 중요한 건 네가 세상을 마음대로 움직일 수 있다는 거야. 신이 되는 거지. 성경이나 코란 따위에 적힌 종이 쪼가리 신이 아니라 살아 있는 신 말이야. 너와 내가 손가락만 까딱하면 수십만 명을 살릴 수도 있고 죽일 수도 있어. 도시 하나를 눈 깜짝할 새에 없애 버릴 수도 있지. 어때? 멋지지 않아?"

눈앞에서 도시를 파괴하기라도 하듯 벨몽이 허공으로 손을 뻗으며 말했다.

"그딴 거 다 필요 없으니까 집에 보내 줘요!"

미셸이 내뱉은 소리는 어디로도 향하지 못하고 신기루처럼 사라졌다.

"그래. 처음엔 그렇게 말하지. 신이 된다는 게 뭔지 모르니까. 하지만 일단 시작되면 분명 이해하게 될 거다. 어쩌면 즐기게 될지도 몰라. 너를 위해서도 그러길 바란다. 만약 그렇지 못하면 남은 인생이 힘들어질 테니까. 자, 시작해."

벨몽이 어둠 속으로 돌아가며 말했다. 그러자 잠시 후 반대편 어둠에서 또 다른 남자가 나타났다. 짐머만이었다. 그의 손에는 치명적인 약물이 담긴 주사기가 들려 있었다.

"살려 주세요, 아저씨. 제발……."

"미안하다. 나도 어쩔 수가 없구나. 용서해라."

짐머만이 미셸의 팔에 약물을 주사했다.

그것은 신경 억제제인 스코폴라민과 환각제의 일종인 실로사이 빈이었다. 질문에 거짓 없이 자백하도록 만드는 약물이었다. 약이 정맥을 타고 퍼지자 미셸은 온몸에 힘이 빠지며 의식이 몽롱해졌지만 완전히 의식을 잃은 건 아니었다. 주변 사물들은 여전히 또렷했지만 어딘지 일그러지고 왜곡되어 있었다. 마치 육체를 버려둔 채 정신만 이탈하여 공중으로 떠오르는 것 같은 기분이었다.

"이제부터 난 너의 뇌다. 너의 입이고 너의 손이다. 파란불이 보이면 고개를 끄덕여라."

약효가 나타나자 짐머만의 목소리는 천상에서 들려온 것처럼 거부할 수 없는 힘을 지니고 있었다. 잠시 후 어둠 한가운데서 천국의 길처럼 푸른빛이 나타났다. 미셸은 고개를 끄덕였다.

"지금부터 나는 네 뇌 속으로 들어간다. 그사이 너의 모든 신경세포는 잠에 빠질 거다. 하지만 너의 의식은 나와 함께 있을 거야. 알겠니?"

미셸이 고개를 끄덕이자 짐머만은 수술을 시작했다. 수술은 장기 기억을 담당하는 해마와 측두엽, 전뇌 기저부에 마이크로 칩을 심는 것으로, 조금의 실수에도 뇌사 상태에 빠질 수 있는 치명적인 위험을 내포하고 있었다. 일명 '야누스'라고 불리는 이 칩은 짐머만이 직접 고안했으며 과학계의 이정표를 세울 획기적인 발명품이었다.

칩은 이름처럼 두 가지 기능을 가지고 있었다. 우선 첫 번째 기능은 뉴런의 접합 부위인 시냅스에서 발생되는 전기적·화학적 신호를 감지하는 것이다. 시냅스에는 뇌세포와 신경계에서 발생되는 4,000여 종의 정보 전달 물질이 이동하는데 야누스는 그중 기억에 관련된 신호와 물질을 80퍼센트 이상 감지할 수 있는 능력을 갖고 있었다. 하지만 이 시스템의 놀라운 부분은 감지한 내용을 완벽하게 조합하고 분석해 내는 프로그램이었다. 야누스가 감지한 내용은 곧바로 '골지의 뇌(Golgi's brain)'라 불리는 슈퍼컴퓨터로 전달된다. 신경 말단 구조를 밝혀내 노벨 생리학상을 받은 카밀로 골지(Camillo Golgi)의 이름을 따서 붙인 이 컴퓨터는 신경 전달 물질을 판독할 수 있는 최초의 컴퓨터였다. 한마디로 인간의 뇌 속을 실시간으로 관찰할 수 있는 시스템이었다. 이것은 은하계의 지도를 완성하는 것과 비견될 만큼 엄청난 과학적 성과였다. 야누스의 또 다른 기능은 기억 저장 세포 속으로 전류를 흘려보내 잠들어 있는 기억을 깨우는 것이다. 이것은 기억력을 두 배 이상 증폭시킬 수 있는 획기적인 기능이었다. 과거 냉전 시대 CIA가 이와 흡사한 실험을 한 적은 있지만 성공한 적은 없었다. 그런데 짐머만이 성공한 것이다. 그 배후에는 벨몽이 있었다. 그는 이십 여 년 전 이 시스템에 관한 짐머만의 논문을 읽은 후 지금까지 수억 달러를 투자했고 결국 성공한 것이다.

윙- 하는 날카로운 기계 소리를 내며 드릴이 미셸의 두개골에 작은 구멍을 뚫기 시작했다. 양쪽 관자놀이와 정수리 바로 아래

부분이었다. 짐머만은 원하는 위치를 정확히 찾아 노련하게 구멍을 뚫고 칩을 삽입했다. 수술은 한 시간가량 이어졌다. 그동안 미셸은 깨어 있었지만 약물 덕분에 아무런 고통도 느낄 수 없었다. 곧이어 상처를 봉인하자 짐머만은 곧장 다음 단계를 진행했다.

"잘 들어라. 이제 네 앞에 과거이자 현재이고, 현재이자 미래인 장면들이 지나갈 거다. 어떤 장면은 아름다울 거고 어떤 장면은 역겨우리만치 잔인할 거야. 하지만 절대 눈을 감아선 안 돼. 모두 네 기억이니 네 것으로 받아들여야 한다. 알겠니?"

짐머만의 목소리가 신의 계시처럼 장중하게 울려 퍼졌다.

"네……."

미셸이 대답하자 짐머만은 기계장치의 전원을 올렸다. 그러자 잠자던 용이 눈을 뜬 것처럼 정면에 두 개의 빛이 나타났다. 그 빛은 정확히 미셸의 오른쪽 눈을 겨냥하고 있었는데 그 안에는 무의식을 건드리는 복잡한 영상이 들어 있었다. 농부가 양털을 깎는 모습, 잘린 손가락이 세면대에 빠지며 피가 번지는 장면, 둥지에서 떨어진 새끼 제비를 줍는 스님, 사형수가 울부짖으며 전기의자에서 발버둥 치는 장면 등 평범하지만 기괴한 현실들이 1.5초 간격으로 나열됐다. 그 속에는 무의식을 자극하도록 계산된 고도의 심리학이 숨어 있었다. 목적은 하나였다. 미셸의 뇌를 자극하여 미래에 대한 기억을 찾아내는 것이다. 칩이 규칙적으로 전류를 흘려보낼 때마다 미셸은 미세하게 몸부림쳤다.

짐머만은 이 장치를 실험하기 위해 이미 두 명의 궁극의 아이를 희생시킨 경험이 있었다. 바로 존 마이어스와 신가야였다. 불행히도 존 마어이스는 실험 도중 뇌사 상태에 빠졌고 가야 역시 원인 모를 발작을 일으켜 실험을 중단해야 했다. 그 후로 가야는 약물 없이 생활할 수 없는 약물중독자가 되고 말았다. 하지만 짐머만은 포기하지 않고 지난 십 년간 이 시스템을 개선하기 위해 모든 걸 바쳤고 이것이 그 결과물이었다. 짐머만은 자신이 만든 장치를 확신했다. 이제 남은 건 미셀이 어딘가에 숨겨진 미래의 기억을 되살리는 것뿐이었다. 실험이 시작된 지 채 일 분도 되지 않아 골지의 뇌가 출력을 시작했다. 연속된 사진이었다. 심리적인 영향 때문에 일부 변형되긴 했지만 미셀의 눈에 투사된 장면이 컴퓨터를 통해 그대로 출력되고 있었다.

"결과가 언제쯤 나타날까?"

벨몽이 물었다.

"그건 알 수 없습니다. 이건 외계 생명체에 무전을 보내는 것과 같아요. 운이 좋으면 오 분 만에 답이 올 수도 있지만 영영 안 올 수도 있습니다. 그게 과학이에요."

과학자로서 솔직한 견해였다. 하지만 벨몽은 이미 오래전에 인내심이 바닥이 난 상태였다.

"지금 그게 과학이라고 했느냐."

벨몽이 서슬 퍼런 눈으로 쏘아봤다. 뼛속까지 한기가 스며드는 무시무시한 눈빛이었다.

"난 평생 과학자 놈들을 수도 없이 만났다. 전부 투자를 해 달라고 찾아온 것들이었지. 세상이 그렇듯이 그놈들 중에도 쓸 만한 놈과 쓰레기가 있었어. 그런데 다행히도 나한테는 쓰레기를 구분하는 방법이 있어. 뭔지 아느냐? 바로 태도야. 쓰레기들은 하나같이 과학을 순수한 탐구라고 생각하지. 지들이 인류의 진보에 기여라도 하는 것처럼 거들먹대면서 말이야. 그런 것들은 그냥 쓰레기통에 처넣으면 돼. 그렇다면 쓸 만한 것들은 뭐가 다를까? 바로 결과물이야. 인풋이 있으면 아웃풋이 있어야 한다는 건전한 생각을 갖고 있단 말이다. 나는 지난 이십 년간 네놈의 저 빌어먹을 기계에 수억 달러를 쏟아부었다. 그런데 이제 와서 외계인이 보내는 신호나 기다리라고? 내 말 잘 들어, 이 염병할 독일 놈아. 앞으로 정확히 한 시간을 주겠다. 그 안에 저 아이를 완전한 궁극의 아이로 만들어 봐. 아님 네놈을 6등분 해서 각 대륙마다 하나씩 던져 놓을 테니. 알아듣겠느냐?"

겁먹은 짐머만이 고개를 끄덕였지만 달리 방도가 없었다. 짐머만의 목숨은 이제 미셸 손에 달려 있었다. 짐머만은 장치가 제대로 작동하기를 간절히 바라며 미셸의 뇌가 보내는 사진들을 응시했다. 그런데 놀랍게도 얼마 되지 않아 결과가 나타나기 시작했다. 그것은 한 장의 흐릿한 사진이었는데 익숙한 남자의 실루엣이었다. 이제껏 투사된 적 없던 장면이었다. 짐머만은 보정 프로그램을 이용해 사진을 하나씩 맞췄다. 그러자 점차 남자의 정체가 드러나기 시작했다.

"어르신, 이걸 보십시오."

짐머만이 보정이 끝난 사진을 벨몽에게 건넸다. 그런데 사진을 본 벨몽의 눈가가 미세하게 떨렸다.

"이놈은?!"

그는 바로 킨데마이어였다. 피투성이가 된 킨데마이어가 들것에 실려 어디론가 이송되는 모습을 시작으로, 더 놀라운 사진이 그들을 기다리고 있었다.

이토록 스스로가 한심하게 느껴진 적은 없었다. 하수도 오물 위를 기어 다니는 벌레도 지금의 자신보다 가치 있었다. 진실을 알게 된 사이먼은 아내를 원망했던 자신이 얼마나 옹졸했는지 뼈저리게 깨닫고 있었다. 지난 십 년간 아내의 배신이 만든 구덩이에서 허우적댔다고 생각했지만 실은 열등감이 만든 허상이었던 것이다.

"이런 구제 불능을 너는 왜 선택한 거지?"

자책해 봐야 소용없었다. 모니카는 이미 저세상으로 떠난 지 오래였다. 그런데 그때 망각의 늪 바닥으로부터 전화벨이 울렸다. 십 년 전 아내가 죽기 직전에 사이먼에게 건 전화였다. 그날 사이먼은 밤새도록 아내를 기다렸지만 예상대로 아내는 돌아오지 않았고 상처 입은 사이먼은 짐을 챙겨 집을 떠났다. 그런데 나서기 직전 사이먼의 핸드폰이 울렸던 것이다. 아내로부터 걸려 온 전화. 지금도 그 벨 소리를 잊을 수 없었다. 받기를 기다리며 애달프게 울려 대던 전화벨. 사이먼은 끝내 받지 않았고 그대로 집을 나섰다. 그리고 이틀 동안 핸드폰 전원을 끈 채 술에 취해 곯아떨어져 있었다. 그리고 사흘째 되던 날 새벽, 무심코 켠 핸드폰에 음성 메시지 하나가 도착해 있었다. 아내의 음성 메시지였다. 하지만 이번에도 사이먼은 메시지를 확인하지 않고 지워 버렸다. 그만큼 상처가 깊었던 것이다. 그로부터 몇 시간 후 경찰로부터 전화가 왔다. 월드 트레이드 센터 잔해 속에서 아내의 핸드백을 발견했다는 소식이었다. 그 후 십 년간 아내의 메시지는 망각의 늪 바닥에 가라앉아 있었다.

"왜 이렇게 오래 걸리는 거지?"
사이먼이 삼십 분째 서성이고 있던 곳은 통신 회사의 뉴욕 지사였다. 진실을 알게 된 사이먼은 아내가 남긴 음성 메시지를 확인하기 위해 통신사에 문의했다. 물론 십 년 전 메시지가 남아 있을 가능성은 제로에 가까웠다. 대부분 통신사가 메시지 보관 기간을 일주일에서 한 달로 정하고 있었기 때문이다. 하지만 사이먼은 테러 직후 정부가 내린 특별 지침을 기억하고 있었다. 당시 붕괴된 월드 트레이드 센터 잔해 속에서 살아남은 생존자들 상당수가 핸드폰 덕분에 위치를 확인할 수 있어서 목숨을 건질 수 있었다. 구조 작업이 지체되자 정부는 신원 확인을 위해 희생자들의 통화 내용을 영구 보관하도록 통신사에 지침을 내렸던 것이다. 그리고 다행히 사이먼의 기억대로 통신사 뉴욕 지부에 모니카의 메시지가 보관되어 있었다.
"기다리게 해서 죄송합니다. 워낙 오래전 기록이라 찾는 데 시간이 걸렸어요."
직원이 상담실로 들어오며 말했다. 그는 작은 저장 장치를 들고 있었다.

"총 1분 23초입니다. 여기서 들으시겠습니까, 아니면 핸드폰에 저장해 드릴까요?"

"저장해 주십시오."

사이먼이 핸드폰을 건네주며 말했다. 직원은 곧바로 저장 장치에 들어 있던 내용을 옮겨 주었다.

"필요한 게 있으면 언제든 말씀하십시오."

저장이 끝나자 직원은 상담실을 나섰다. 사이먼은 핸드폰을 바라봤다. 작은 기계 뭉치 안에 십 년 전 아내의 마지막 목소리가 담겨 있었다. 콘크리트 더미에 사지가 깔린 채 힘겹게 메시지를 보내는 모니카의 모습이 생생하게 그려졌다. 아내는 죽음을 목전에 두고 못난 남편의 목소리를 듣기 위해 번호를 눌렀을 것이다. 자책감이 한꺼번에 몰려왔다. 하지만 언제까지 주저하고 있을 수는 없었다. 사이먼은 조심스럽게 재생 버튼을 눌렀다. 몇 초간 잡음 소리가 이어지다가 이윽고 아내가 나타났다.

"굿모닝, 사이먼. 당신이 이 메시지를 확인할 때쯤 난 이미 저세상 사람이 되어 있을 거야. 난 항상 죽음이 찾아온다면 도둑처럼 몰래 왔으면 좋겠다고 생각했는데 정말 그렇게 됐어. 돌이켜 보면 내 삶은 행복했어. 내 주변엔 항상 좋은 사람들만 있었거든. 그중에도 당신을 만난 건 최고의 행운이었어. 기억나? 우리가 처음 만난 날. 우리 학교 농구팀이 코넬을 이긴 날 술 파티가 벌어졌잖아. 친구들하고 오랜만에 맥주를 마시고 있는데 바 구석에 당신이 혼자 있는 거야. 셔츠 단추를 목까지 채우고 노트에 뭔가를 끼적이고 있었지. 당신은 모르겠지만 난 당신을 알고 있었어. 언제나 점심시간이면 신발을 손에 들고 맨발로 도서관 앞 잔디밭을 거닐었잖아. 참 보기 좋았어. 마치 바람이랑 이야기를 나누는 것 같았거든. 그래서 술기운에 말을 건 거야. 당신은 당황해서 어쩔 줄 몰라 했지. 그 모습이 어찌나 귀엽던지. 당신은 늘 내가 왜 당신을 선택했는지 궁금해했지만 그건 바보 같은 생각이야. 왜냐면 난 그냥 당신이 좋았던 거니까. 빌딩 속에서 날아온 낙엽을 소중히 수첩에 보관하는 당신, 매일 아침 도둑고양이를 위해 뒷마당에 밥을 놓아두는 당신, 브로콜리를 싫어하는 날 위해 요리책을 뒤지는 당신. 난 그런 당신이 좋았던 거야. 그래서 당신을 선택한 거고. 근데 막상 결혼을 해 보니 여러 가지가 힘들었어. 뭐 하나 맘대로 되는 게 없었거든. 다 내 욕심 때문이었어. 상 하나 받겠답시고 당신을 늘 뒷전에 둔 채 일만 했으니까. 근데 당신은 불평 한마디 안 했지. 늘 그랬듯이 말이야. 고마워. 그리고 미안해. 당신 아이를 낳고 싶었는데…… 당신한테 딸을 선물하고 싶었는데…… 여보, 마지막으로 부탁 하나 할게. 내가 쓴 기사가 있어. 그걸 편집장 데이비드한테 전해 줘. 기다리고 있을 거야. 기사 원고는 소호에 있는 체이스 뱅크 내 개인 금고에 보관해 두었어."

그때 갑자기 커다란 굉음이 들려왔다. 건물이 붕괴되는 모양이었다. 굉음과 함께 사람들의 비명이 이어졌다.

"시간이 얼마 안 남았어, 여보. 이제 가야 할 때가 된 거 같아. 그동안 고마웠어. 사랑해. 처음 봤을 때도, 지금도……."

모니카가 말을 마치기도 전에 다시 엄청난 굉음이 울리더니 전화가 끊어졌다. 뒤이어 얼마간 치이익 하는 잡음이 이어지다가 그마저도 사라졌다. 눈물이 하염없이 흘러내렸다. 슬픔으로 만든 채찍에 심장을 수없이 맞아 불구가 되어 버린 것처럼 손가락 하나 까딱할 수 없었다.

"사랑해, 모니카…… 처음 봤을 때도, 지금도……."

온몸이 모래로 변해 과거에서 밀려온 파도에 조금씩 씻겨 나가는 듯했다.

뒤를 이어 출력된 사진은 불타고 있는 거대한 배의 모습이었다. 선원들이 화재를 피해 달아나고 갑판은 폭격을 받은 듯 파손된 채 불길에 휩싸여 있었다. 하지만 워낙 흐릿했기 때문에 정확히 어떤 배인지 분간할 수 없었다.

"몇 억 달러를 투자한 기계가 왜 이 모양이냐?"

벨몽이 신경질적으로 사진을 구기며 말했다.

"기다려 보십시오."

짐머만이 보정 프로그램을 이용해 수정하자 잠시 후 배의 정체가 드러났다. 그것은 거대한 구식 군함이었는데 함교에 커다랗게 '64'라는 함번이 적혀 있었다.

"가야, 이놈…… 역시 만만찮아."

벨몽이 함번을 응시하며 중얼댔다.

"믿을 수가 없군요. 대체 어떻게 회의 장소를 알아냈을까요. 그것도 십 년 전에 말입니다."

이제껏 침묵을 지키던 로드니가 말했다.

"놈은 이제껏 아이 중에 최고라고 해도 과언이 아니야."

벨몽도 짐짓 놀란 모양이었다.

"아무래도 이번 회의는 취소하시는 게……."

로드니가 조심스럽게 말했다. 그러자 벨몽이 사진을 응시하다가 입을 열었다.

"아니, 그럴 필요 없다. 물러선다고 될 문제가 아니야. 그보다 더 많은 정보가 필요해."

"어르신, 이 아이는 아직 어립니다. 실험을 더 감당할 수 있을지 장담 못 해요. 만약 저 아이한테 무슨 일이 생기면 또다시 십 년을 기다려야 하는데 괜찮으시겠습니까?"

짐머만의 말대로 미셸은 심한 몸살에 걸린 것처럼 온몸을 부르르 떨고 있었다.

"전쟁이라는 건 인간을 언제, 어디서 죽일지 결정하는 일이다. 그리고 여기는 전쟁터야. 계속해."

미셸의 경련은 시간이 갈수록 심해지고 있었다. 짐머만이 미셸의 이마를 쓰다듬었다.

"미안하다. 날 용서해라."

환각제를 더 주사하자 일시적으로 경련은 멈췄지만 동공이 흔들리기 시작했다. 그것은 안 좋은 징조였다. 미셸의 어린 뇌가 더 이상 버틸 수 없다는 신호였다. 하지만 어쩔 수 없었다. 짐머만은 야누스에 전선을 연결하고 전류를 흘려보냈다. 그러자 미셸이 몸부림을 쳤다. 이번엔 팔과 다리를 잡아야 할 정도로 심했다. 잠시 후 사진이 출력되기 시작했다. 그러나 불안정해진 뇌파 때문에 사진 속 형상은 깨지고 일그러져 알아볼 수조차 없었다.

"약을 더 먹이든지 어떻게든 해 봐!"

벨몽이 소리쳤다. 여기서 약물을 더 주사했다가는 뇌사 상태에 빠질 수도 있었다. 짐머만은 결국 뇌로 흘러들어 가는 전류의 양을 늘리기로 했다. 차선책이었다. 이 방법 역시 뇌에 무리를 줄 게 뻔했지만 달리 방도가 없었다. 짐머만이 전류 스위치를 올리려던 순간이었다. 갑자기 미셸이 웅얼거리기 시작했다.

"테스트 중이던 차기 스텔스기가 쏜 미사일이었습니다…… 희생자는 킨데마이어 경뿐입니다…… 그게 어떻게 회의장에 떨어질 수 있지? …… 누군가 폭격 좌표를 바꾼 것 같습니다……."

미셸은 무의식 속에서 여러 사람의 목소리를 동시에 흉내 내고 있었다. 그것은 마치 복화술사가 여러 개의 인형 목소리를 제각각 연기하는 것과 흡사했는데 익숙한 누군가의 목소리를 놀라우리만치 똑같이 흉내 내고 있었다. 벨몽과 로드니였다. 미셸이 본격적으로 미래를 기억하기 시작한 것이다.

"사건이 해결되기 전까지 모든 회원들 간의 연락을 금한다…… 어르신도 은신처로 피하시는 게 어떠실지요…… 대통령을 연결해…… 중국 사태는 내가 준 시나리오대로……."

미셸은 녹음기를 랜덤으로 재생한 것처럼 이어지지 않는 대화들을 무작위로 재현하고 있었다. 예언을 주의 깊게 듣던 벨몽이 입을 열었다.

"미사일 폭격 사건에 관해 기억해 보라고 해."

그러자 짐머만이 미셸의 귀에 조용히 속삭였다.

"미셸, 미사일 폭격 사건에 관해 떠올려 봐. 조사 결과가 나온 순간이야. 넌 지금 그 순간을 보고 있어."

미셸의 눈동자가 빠르게 움직이기 시작했다. 그리고 이윽고.

"위조범과 비서 모두 혐의를 부정하고 있습니다. 하지만 미사일 허가서를 위조한 방법이나 솜씨로 볼 때 범인이 틀림없습니다. 문제는 비서인데…… 중요한 건 둘이 가야와 만난 적이 있느냐야…… 혹시 도움이 될진 모르겠는데 두 사람 모두 재밌는 공통점이 있었습니다. 두 사람 모두 911테러 직전에 월드 트레이드 센터에서 빠져나왔습니다. 사고가 날 줄 미리 알고 있었던 것처럼……."

미셸이 다시 격렬하게 경련을 일으키기 시작했다. 짐머만이 진정제를 주사했지만 아무런 소용이 없었다.

"어르신. 실험을 중지해야 합니다. 이대로 가다가는 목숨을 잃을 수도 있어요."

짐머만이 소리쳤지만 벨몽의 귀에는 들리지 않았다.

"실험 중이던 차기 스텔스기의 미사일이 회의장에 떨어져서 킨데마이어가 죽었다. 미사일은 회의장 좌표가 적힌 위조 실험 허가서 때문에 원래 목표 지점을 벗어나 회의장에 떨어졌고 거기에는 911테러에서 살아남은 두 사람이 연루되어 있다. 그리고 그들은 테러 직전에 가야를 만났다……."

추리를 끝낸 벨몽이 휠체어를 끌고 미셸에게 바짝 다가갔다.

"두 사람 이름이 뭐지? 여비서와 위조범의 이름이 뭐냐고!"

벨몽이 미셸의 귀에 대고 소리쳤다.

"이러시면 더 위험해집니다."

짐머만이 말렸지만 벨몽은 꿈쩍도 안 했다.

"둘의 이름을 대란 말이야!"

그 순간이었다.

"마욜 푸에르코…… 린다 셀리그먼……."

이 말을 마지막으로 미셸은 의식을 잃었다.

"미셸! 정신 차려! 안 되겠어요. 응급실로 옮겨야겠어요."

짐머만은 서둘러 전선을 제거하고 미셸을 안아 응급실로 달렸고, 벨몽은 냉정한 눈으로 그 모습을 응시했다.

"로드니."

"네, 어르신."

"지금 당장 마욜 푸에르코라는 문서위조범과 린다 셀리그먼이라는 국방부 소속 여직원을 수소문해."

"찾으면 어떡할까요?"

"그 자리에서 없애라."

"알겠습니다."

"한 가지 더."

"말씀하십시오."

"미셸의 어미와 귀찮은 FBI 요원 놈도 함께 처리해."

"신분증과 열쇠를 제시해 주십시오."

사이먼은 모니카의 핸드백에 들어 있던 신분증과 개인 금고 열쇠를 건네주었다.

"대리자분 신분증도 있어야 합니다. 규칙이거든요."

직원이 말했다. 사이먼은 FBI 신분증을 보여 줬다.

"여기서 잠깐 기다리시면 가져오겠습니다."

직원은 신분을 확인하고는 개인용 금고로 들어갔다. 업무 시간이 지났지만 은행은 잔무를 처리하는 직원들로 분주했다. 사이먼은 아내의 유품을 찾기 위해 소호의 한 은행에 와 있었다. 고여 있던 십 년의 세월이 오늘 하루 한꺼번에 흘러넘친 기분이었다. 그동안 괴롭혔던 궁금증들이 해결되자 개운하기도 했지만, 한편 허탈한 심정도 들었다. 그렇다고 모든 문제가 풀린 건 아니었다. 가야와 모니카의 관계가 남아 있었다. 둘은 어떤 계기로 알게 됐으며 가야는 왜 모니카에게 편지를 남겼을까. 답은 직원이 들고 올 모니카의 기사 초고에 있었다.

"이게 모니카 켄 씨의 개인 금고 안에 있던 내용물입니다."

금고에서 돌아온 직원이 봉투 하나를 건넸다.

"고마워요."

사이먼은 인수증에 사인을 한 후 차로 돌아갔다. 봉투는 두툼하고 묵직했다. 열어 보지 않고도 취재 내용을 적은 노트라는 걸 알 수 있었다. 모니카는 일주일에도 두세 권씩 노트를 갈아 치웠다. 그만큼 열정적으로 일에 몰두했고 모든 내용을 꼼꼼히 기록해 두었다. 사이먼은 조심스럽게 봉투를 열고 내용물을 꺼냈다. 하얀 종이 모서리에 모니카의 손때가 고스란히 남아 있는 취재 노트였다. 사이먼은 아내의 숨결을 느끼며 조심스럽게 첫 장을 펼쳤다. 그런데 모니카의 기사는 엉뚱하게도 유럽의 한 가문으로부터 시작하고 있었다.

 이제부터 내가 쓰려고 하는 기사는 심심풀이로 읽었던 한 권의 책에서 시작됐다. 『불패의 가문』이라는 제목의 책은 독일의 작은 은행에서 시작해 전 세계의 부를 거머쥔 '호크실드(Hochschild) 가문'의 역사를 기록한 것이다. 사실 호크실드라는 이름은 종종 음모론자의 구설수에 오르긴 했지만 책에서 이야기하는 그들의 실체는 실로 엄청났다. 내용은 이러했다. 18세기 후반 독일 프랑크푸르트에서 은행업을 시작한 조셉 호크실드는 뛰어난 금융 감각으로 점차 세력을 확장해 오스트리아와 프랑스, 이탈리아 등지에 지점을 세우게 된다. 하지만 영세했던 당시 금융 시스템과 금융업을 천시하는 풍토 때문에 한계에 부딪히게 된다.
 그러던 중 19세기 초 중요한 사건이 터진다. 워털루전투이다. 영국과 프랑스가 국운을 놓고 한판 벌였던 이 전쟁은 각국의 국채를 놓고 투자자들이 벌이는 엄청난 도박이기도 했다. 워털루전투는 누가 봐도 나폴레옹이 이끄는 프랑스가 승리할 게 뻔한 전투였다. 하지만 예상을 깨고 웰링턴 장군이 이끄는 영국 주축의 연합군과 프로이센군에 밀려 패배한다. 그런데 여기서 호크실드의 뛰어난 수완이 발휘된다. 당시 영국에 거주하고 있던 조셉 호크실드는 영국 정보부보다도 먼저 전쟁 결과를 알아내 영국 국채를 사들이기 시작한다. 다음 날 영국의 승전보가 전해지자 영국 국채 가격은 천정부지로 치솟고, 호크실드는 영국 정부 최고의 채권자로 등극한다. 그리고 그때부터 호크실드는 영국의 국채 가격과 통화를 마음대로 주무르기 시작한다. 뿐만 아니라 호크실드는 투자하는 모든 사업에서도 엄청난 성공을 거둔다. 19세기 중반 증기기관차가 발명됐지만 사람들은 엄청난 자금이 들어가는 철도 사업을 미친 짓이라고 생각했다. 하지만 조셉의 아들 에브라임 호크실드의 생각은 달랐다. 그는 철도가 세상을 바꿀 것이며 엄청난 부를 창출할 거라 확신했다. 결국 그의 예상은 보기 좋게 적중했고 철도는 유럽 전역으로 퍼져 나간다. 이들의 성공은 여기서 그치지 않는다. 1859년 프랑스가 이집트와 함께 수에즈운하를 건설하자 해상권을 빼앗길 위기에 처한 영국은 이집트 소유의 운하 운영권을 사들이려 한다. 그러나 당시 영국 정부는 막대한 재정적자를 기록하고 있었기 때문에 운영권 매입이 여의치 않았다. 이때 호크실드 가문이 싼 이자에 수에즈운하 운영권을 살 자금을 빌려준다. 이 일을 계기로 호크실드는 광물 개발에 대한 독점적인 지위를 인정받게 되고 그 유명한 '더 디바인(The divine)'을 세워 다이아몬드, 에메랄드, 루비, 오팔 등 보석 산업을 독식하기 시작한다. 이 일을 계기로 호크실드의 영향력은 유럽을 넘어서게 된다. 1775년 미국이 영국과 독립 전쟁을 일으키자 호크실드는 은밀히 프랑스 정부를 움직여 미국을 지원한다. 이를 통해 미국 지도층과 관계를 맺게 된 호크실드는 본격적으로 미국의 경제를 지배할 준비를 한다. 그들은 영국과 마찬가지로 미국의 통화량을 손에 쥘 계획을 세우는데, 바로 연방준비은행을 설립하는 것이다. 하지만 이를 눈치챈 미국 대통령과 정부는 강력하게 반대한다. 그러자 경제공황을 일으켜 미 정부를 길들이기 시작한다. 돈줄을 틀어막음으로

써 국민들이 정부로부터 등을 돌리게 만들려는 것이었다. 1837년, 1857년, 1907년에 걸친 세 차례의 경제공황 앞에 결국 미 정부는 굴복할 수밖에 없었고 연방준비은행이 드디어 문을 열게 된다. 호크실드 가문이 세계를 손에 넣은 것이다. 그 후 20세기는 호크실드와 이들을 추종하는 금융가들의 독무대였다. 한마디로 전 세계의 돈과 정부를 호크실드 가문이 배후에서 지배한다는 게 이 책의 주장이었다. 그런데 이 책을 읽으며 나는 한 가지 의문이 생겼다. 이 책에서 제시했던 실례에 따르면 호크실드 가문은 단 한 번의 실패도 없이 정확히 미래를 예측하고 있었다. 역사 속 중요한 모멘텀은 물론이고 투자 종목과 시기도 예언자처럼 정확했다. 그것은 제아무리 뛰어난 리스크 관리자라도 불가능한 일이다. 성장의 발판이 된 워털루전투만 해도 그렇다. 당시 영국은 당대 최고의 정보력을 갖고 있었다. 유럽은 물론이고 인도, 중국, 동남아시아 등지에도 연락망을 갖추고 있었다. 그런데 어떻게 일개 은행가가 영국 정보부보다도 먼저 영국의 승리를 알 수 있었을까. 뿐만이 아니라 철도사업 역시 의문투성이다. 당시 증기차를 만든 발명가가 스티븐슨만이 아니었다. 프랑스의 니콜라 조제프 퀴뇨를 비롯해 많은 발명가가 증기자동차를 이미 발명한 상태였다. 증기자동차는 증기기관차에 비해 개발이 빨랐을 뿐 아니라 엄청난 자금이 들어가는 철도를 깔 필요가 없었다. 그런데도 에브라임 호크실드가 증기기관차를 선택한 이유는 무엇일까? 어떻게 자동차가 아닌 철도가 당시 세계를 지배할 운송 수단이 될 줄 알았던 걸까? 이것 외에도 호크실드 가문의 행적은 그야말로 놀라움의 연속이었다. 호기심이 생긴 나는 몇 달 동안 이들의 자료를 찾아 직접 확인했다. 놀랍게도 이 책에서 제시했던 예들은 실제 자료와 일치했다. 하지만 당시에는 해답을 찾을 수 없었다. 그런데 그로부터 육 년이 지난 후 해답이 운명처럼 나타났다. 잊고 지내던 호크실드 가문이 다시 수면 위로 떠오른 건 한 사건 때문이었다. 호크실드 투자은행의 회장 오귀스트 벨몽 암살 시도 사건이 발생한 것이다. 그날 보도된 뉴스에 의하면 당시 벨몽을 향해 다섯 발의 총탄이 발사됐지만 다행히 다리에 관통상을 입었을 뿐 무사했고 범인 테일러 하퍼는 현장에서 체포되었다고 한다. 그런데 호기심을 끈 건 테일러 하퍼가 체포된 직후 한 말이었다. 하퍼는 미 재무성에서 국장까지 역임한 인재였는데 체포 직후 벨몽이 미국의 경제정책을 마음대로 주무르고 있으며 그가 사라져야 정부가 국민을 위해 정책을 결정할 수 있기 때문에 살해하려 했다고 주장했다. 나는 그 뉴스를 보는 순간 본능적으로 배후에 거대한 이야깃거리가 웅크리고 있다는 걸 느낄 수 있었다. 그래서 곧장 하퍼와 인터뷰를 하기 위해 움직이기 시작했다.

마욜 푸에르코는 홀가분한 기분으로 맥주를 마시며 TV를 시청하고 있었다. 그는 막 오래된 빚을 청산하고 돌아온 길이었다. 그는 십 년 전 한 동양인 청년 덕에 목숨을 건진 몇 명의 생존자 중 하나였다. 만약 그 순간 그 청년의 말을 믿지 않았다면 그는 마흔을 채우지도 못하고 공동묘지 한편에 묻혀 있을 게 분명했다. 지금도 그 순간을 떠올리면 몸서리가 쳐졌다. 당시 그는 불법 이민자들을 상대로 가짜 신분증을 위조해 파는 문서위조범이었다. 열아홉 살 때부터 이 바닥에 발을 담갔던 마율은 암시장에서도 꽤 이름을 날리던 솜씨꾼이었다. 그가 위조한 신분증은 단 한 번도 경찰 검문에 걸린 적이 없었다. 때문에 다른 위조범에 비해 두 배 이상의 수수료를 챙겼지만 언제나 일거리가 넘쳤다. 그날도 마율은 얼마 전 밀입국한 멕시코인들의 위조 여권과 신분증을 넘겨주기 위해 약속 장소에서 브로커를 기다리고 있었다. 약속 장소는 월드 트레이드 센터 78층 스카이 로비였다. 그들은 뉴욕에서도 가장 번화한 이곳을 선호했다. 이유는 간단했다. 음지보다 양지가 오히려 경찰의 시선을 덜 끌기 때문이었다. 그중에도 출근 시간 직전이 가장 안전하다는 걸 경험을 통해 잘 알고 있었다. 마율은 얼마 전 맞춘 아르마니 양복과 페레가모 구두로 위장하고 이제 막 출근한 펀드매니저들 사이에 섞여 있었다. 시계는 오전 8시 35분을 가리키고 있었다. 약속까지 이십오 분 남아 있었다. 어차피 브로커 녀석은 밤새 테킬라를 마시고 늦잠을 자고 있을 게 뻔했다. 간단한 식사를 할 시간은 충분했다. 마율은 메뉴를 고른 후 웨이터를 불렀다. 그때였다. 이제 막 도착한 엘리베이터에서 내린 한 동양인 청년이 고함을 치는 것이었다.

"여러분, 당장 여길 빠져나가야 돼요! 이제 여긴 곧 불바다가 될 거라고요. 내 말이 이상하게 들리겠지만 믿어야만 해요. 앞으로 몇 분 후면 여기에 점보제트기가 충돌할 거라고요. 어서 나가요! 어서!"

청년의 목소리는 간절했다. 그는 이 말을 하기 위해 태평양 건너편에서부터 달려왔는지 온통 땀으로 범벅이었다. 하지만 그의 말에 귀를 기울이는 사람은 아무도 없었다. 하나같이 뉴욕의 명물인 종말론 광신자가 이젠 여기까지 나타나는군, 하는 표정으로 경제 신문을 읽고 있었다. 그러나 청년은 포기하지 않았다. 그는 연신 소리치며 사람들을 끌어내리려고까지 했다. 결국 경비원이 출동해 청년을 건물 밖으로 연행했다. 청년은 끌려가면서도 애절하게 소리쳤지만 로비에서 청년에게 관심을 갖는 사람은 마욜이 유일했다. 청년의 목소리에는 묘하게 사람을 끄는 힘이 있었다. 진정성이 강하게 느껴졌다. 마욜은 주문하는 것도 잊고 청년이 끌려 나가는 걸 지켜보고 있었다. 그런데 엘리베이터에 강제로 태워지던 청년이 마욜의 시선을 느끼고 정면으로 바라보는 것이었다. 그리고 소리 없이 입 모양만으로 말했다.

'달아나요. 제발.'

이 말을 남기고 청년은 사라졌다. 라운지는 아무 일도 없었던 것처럼 따분한 음악이 흐르고 찻잔 부딪히는 소리가 들렸지만 마욜은 석연찮은 기분을 떨칠 수 없었다. 청년의 눈빛은 정신병자의 그것이 아니었다. 그는 진심으로 걱정하고 있었다. 특히 마지막에 자신을 향해 남긴 한마디는 묘비명처럼 깊이 각인되어 뇌리를 맴돌았다. 마욜은 잠시 망설이다가 청년의 말을 믿기로 하고 라운지를 빠져나왔다. 그로부터 정확히 오 분 후 거대한 비행기가 로비에 충돌했다.

아비규환으로 변한 월드 트레이드 센터 주변은 달아나는 사람들과 구경하기 위해 몰려든 인파로 인산인해를 이루고 있었다. 어떤 이는 북받치는 감정을 주체 못해 눈물을 흘렸고 어떤 이는 신문사에 투고하기 위해 현장을 연신 찍어 대고 있었다. 소방차 사이렌 소리가 가까워지고 있었고 기체 파편이 사방에서 쏟아져 내렸다. 이런 대혼란 속에서 마욜은 그 동양 청년을 찾고 있었다. 그가 아니었으면 지금쯤 엄청난 화염에 형체도 안 남고 증발했을 게 뻔했다.

평소 마욜은 운명이나 행운 따위의 미신적인 것들을 맹신하고 있었다. 부두교 주술사가 준 반지를 잘 때도 끼고 자며 위험한 거래를 할 땐 언제나 밀입국 때 신었던 구멍 뚫린 양말을 신었다. 하지만 이제껏 이토록 강렬한 체험은 처음이었다. 마욜은 청년을 만나기 위해 아수라장을 몇 시간이나 뛰어다녔지만 끝내 만날 수 없었다.

그로부터 보름 후. 누군가 그의 작업실 문을 두드렸다. 브롱크스의 낡은 건물 지하에 있던 그의 작업실을 알고 있는 사람은 그의 브로커 외에는 아무도 없으니 분명 경찰 아니면 경쟁 업체 똘마니들일 터였다. 마욜은 만약을 대비해 비치해 두었던 산탄총을 꺼내 들고 조심스럽게 문밖을 살폈다. 그런데 놀랍게도 문을 두드린 사람은 바로 그 동양 청년이 아닌가. 마욜은 주저 않고 다섯 개의 자물쇠를 풀었다. 지난 열흘 동안 마욜의 인생은 달라져 있었다. 죽음이 간발의 차이로 비껴간 순간, 마약과 여자로 뭉쳐진 방탕한 삶은 월드 트레이드 센터의 잔해 속에 묻혔고 스스로 자른 짧은 머리와 함께 새로운 인생이 시작되고 있었다. 그 중심에는 동양 청년이 있었다. 그가 문 앞에 서 있었다. 그런데 청년은 어딘지 그때와 달랐다. 그는 초점 잃은 눈으로 멍하니 얼룩진 벽을 바라보고 있었다.

"들어와요."

마욜이 말하자 그제야 청년은 정신을 차리고 작업실로 들어섰다. 대형 프린터와 각종 장비로 가득한 작업실 내부에는 마땅히 앉을 만한 자리도 없었다.

"여기 앉아요."

마욜은 쌓여 있던 물건을 대충 치우고 간이 의자를 가져다주었다.

"여긴 어떻게…… 아니 그딴 건 상관없지. 당신을 얼마나 찾았는지 알아? 묻고 싶은 게 한둘이 아니라고."

마욜이 말했다. 하지만 청년은 영혼의 일부를 악마에게 팔고 온 것처럼 혼이 빠져 있었다.

"이봐, 괜찮은 거야? 혹시 마약 같은 걸 하나?"

청년은 여전히 묵묵부답이었다.

"이런 젠장. 왔으면 말을 해야 할 거 아냐. 대체 그 빌어먹을 비행기가 처들어올 걸 어떻게 알았냐고? 당신 정체가 뭐야? 양심 있는 테러범이야? 아님 주술사?"

그때 할 말이 생각난 듯 청년이 고개를 들었다.

"실은 부탁이 있어서 왔어요."

"당신 덕에 살았는데 뭘 못 해 주겠어. 뭐든 말해 봐. 마약이 필요해? 아님 돈?"

"제게 필요한 건 당신 솜씨예요."

"너, 내가 뭐 하는 사람인지 알아?"

청년은 주머니에서 무언가를 꺼냈다.

"이걸 실제 문서와 똑같이 만들어 주세요."

청년이 건넨 건 한 장의 구겨진 냅킨이었다. 거기에는 어린아이처럼 또박또박한 글씨로 다음과 같은 내용이 적혀 있었다.

공군 시제기 실험 허가서

대상 : 차세대 스텔스 전폭기 X-47

제작사 : 노드롭 그루먼사

시험 장소 : 버지니아주 랭리 공군기지

내용 : 공격 시 자동제어 능력 시험 및 정확성 평가

사용 무기 : AGM-84 하푼 대함미사일

공격 좌표 : 위도 39.78, 경도 -70.12 (이동 목표)

목표 : 퇴역 항공모함 컨스털레이션호

"이봐, 이건 국가 기밀문서야. 신분증이랑은 차원이 다르다고."

"제가 왜 이런 부탁을 하는지 들어 보겠어요?"

"그래, 해 봐. 어울리지도 않게 왜 이런 짓을 하려는 건데?"

"보름 전 월드 트레이드 센터에 충돌한 비행기 안에 제 어머니가 타고 계셨어요. 지난 삼 년 동안 절 찾아다니셨죠. 그런데 이 항공모함에 탈 사람이 어머니를 죽게 만들었어요. 당신이라면 이 배를 어떻게 하겠어요?"

"아작을 내 버리겠지."

"만약 십 년 후 오늘도 그렇게 생각한다면 이 문서를 이분에게 보내 주세요."

청년이 냅킨 뒷면에 누군가의 이름과 주소를 적었다.

린다 셀리그먼, 15 Rhode Island Ave. NW, Washington D.C.

린다 셀리그먼은 간신히 고통을 참으며 진통제를 입에 물었다. 이제 남은 시간이 얼마 없었다. 그녀는 죽어 가고 있었다. 자궁에서 시작된 암은 이미 장기 여기저기로 전이된 상태였다. 의사가 예상한 시간은 채 한 달이 못 됐다. 그러나 린다는 슬프거나 두렵지 않았다. 그녀는 이미 십 년 전에 세상을 떴어야 할 사람이었다.

그날 린다는 월드 트레이드 센터 82층에 머물고 있었다. 당시 국방부 소속 직원이었던 린다는 뉴욕항의 해군 전용 정박 시설 확장 공사를 위한 회의에 참석하기 위해 상사인 국방부 군수참모와 함께 82층 국방부 사무실에서 이틀째 숙식을 해결하고 있었다. 밤새 회의 준비를 마친 린다는 아침 식사를 하기 위해 78층 로비로 향하고 있었다. 엘리베이터에 오르며 린다는 워싱턴에 있는 아들에게 전화를 걸었다.

"안녕, 아들. 일찍 일어났네. 유치원 갈 준비는 다 했어?"

"응, 엄마. 언제 와?"

"회의 끝나자마자 갈 거야. 그동안 아빠 말 잘 들었지?"

"응."

"말 잘 들었으니까 선물 사 줘야지. 뭐 갖고 싶어, 아들?"

"강아지."

"강아지는 안 된다고 했잖아."

엘리베이터가 78층에 도착하자 문이 열렸다. 그런데 내리려는 순간 커다란 고함과 함께 두 명의 경비원이 동양 청년을 끌고 타는 것이었다.

"제발 부탁이니 내 말을 믿어요. 이제 여긴 불바다가 된다고요. 비행기가 충돌하게 될 거라고요."

청년이 몸부림을 치며 소리쳤다.

"한 대 갈기기 전에 그만 입 닥치지."

경비원이 청년의 팔을 비틀며 말했다. 갑작스러운 상황에 린다는 내릴 타이밍을 놓치고 말았다. 문이 닫히자 엘리베이터는 다시 하강하기 시작했다.

"아저씨, 그냥 미친 척하고 내 말 한번 믿어 봐요. 이 건물에 있는 사람들을 대피시켜요. 십 분이면 돼요. 십 분 후에도 아무 일 안 생기면 그땐 절 경찰서에 넘기고 다시 돌아오면 되잖아요. 십 분이면 된다고요."

청년은 양쪽 팔을 제압당하고도 계속 소리쳤다.

"살기 힘들어지니까 별놈이 다 지랄이네. 조용히 보내 줄 때 가라, 꼬마야. 후세인이 쳐들어오는 것도 아니고 무슨 비행기가 충돌한다는 거야. 그것도 뉴욕 한복판에."

경비원들은 깔깔대며 웃었다. 청년은 포기한 듯 벽에 머리를 박은 채 흐느끼고 있었다. 이제 곧 엘리베이터는 1층 로비에 도착할 참이었다. 린다는 청년이 불쌍하게 느껴졌다. 그녀는 주머니에 있던 손수건을 꺼내 청년에게 건넸다.

"이거……."

그러자 청년이 린다를 바라봤다. 이제 갓 스무 살이 됐을 법한 청년의 눈은 아름다운 오드 아이였다.

"닦아요."

린다가 부드럽게 말했다. 그런데 갑자기 청년이 덥석 손을 잡는 것이었다.

"제게 십 분만 주세요. 십 분이면 충분해요."

청년의 눈망울이 맑게 흔들리고 있었다. 거짓 없는 눈이었다. 그때 엘리베이터가 1층에 도착했다. 경비원들은 말없이 청년을 끌고 내렸다. 린다는 식사를 하러 가기 위해 78층 버튼을 다시 눌렀다. 문이 닫히고 엘리베이터가 출발하기 직전이었다. 닫히던 문 너머로 끌려가던 청년이 보였다. 청년은 끌려가면서도 린다에게서 시선을 떼지 않았다.

"제게 십 분만 주세요. 후회하지 않을 거예요."

그가 눈물을 흘리며 마지막으로 말했다. 그리고 문이 닫혔다. 그런데 마지막 순간 린다는 열림 버튼을 눌렀다. 알 수 없는 울림이 가슴속에서 파문을 일으키고 있었다. 그것은 정체불명의 두려움과 감동이 한데 뒤섞인 기묘한 울림이었다. 문이 열리자 린다는 서둘러 내렸다. 그리고 입구를 향해 달렸다. 입구는 출근하는 사람들로 붐볐다. 몇 명의 사람과 부딪히며 건물을 빠져나온 린다는 하늘을 살폈다. 하늘은 구름 한 점 없이 맑았다. 하지만 어디에도 비행기 그림자는 보이지 않았다. 린다는 고개를 돌려 그 청년을 찾았지만 청년 역시 보이지 않았다.

"바보 같긴."

린다는 하늘을 향해 크게 기지개를 켜고는 길 건너편 베이글 가게로 향했다. 가게는 아침을 먹으려는 손님들로 붐볐다. 린다는 차례를 기다렸다가 플레인 베이글 두 개와 커피 한 잔을 주문했다. 모두 6달러 50센트였다. 계산을 하고 빵이 든 봉투를 들고 나오려는 순간이었다. 거리가 웅성대고 있었다. 그리고 잠시 후 거대한 그림자 하나가 도로를 가로지르더니 엄청난 굉음이 하늘에서 들려왔다. 그렇게 린다는 죽음을 피할 수 있었다.

집으로 오자 린다는 아들을 꼭 끌어안았다. 그리고 휴가를 내서 가족과 함께 시간을 보냈다. 그동안 미뤘던 일들도 하나둘 해 나갔다. 흩어져 있던 사진을 모아 앨범을 만들고 아들이 갖고 싶어 하던 강아지도 분양받았다. 그 와중에도 청년의 아름다운 눈이 불현듯 떠올랐다. 그가 내어 달라고 했던 십 분이 그녀에게는 십 년의 세월이었던 것이다. 린다는 모든 방법을 동원해 청년을 찾았지만 그는 본래 존재하지 않았던 사람처럼 나타나지 않았다. 그러던 어느 날이었다. 린다는 저녁을 준비하기 위해 마트에서 장을 보고 있었다. 리스트를 보며 물건을 담고 있는데 누군가의 시선이 느껴졌다. 린다는 반사적으로 돌아봤다. 그런데 익숙한 눈빛이 그녀를 바라보고 있었다. 그 청년이었다. 두 사람은 인근 카페로 향했다.

"당신을 만나고 싶었어요. 뭐라고 감사를 해야 할지. 당신 덕분에 아들을 다시 볼 수 있었어요. 진심으로 감사해요."

"아니, 오히려 제가 고마워요. 살아 줘서."

"저는 린다예요. 린다 셀리그먼. 당신은 이름이 뭐죠?"

"가야예요. 성은 신."

"가야…… 예쁜 이름이네요. 그런데 가야 씨. 어떻게 비행기가
충돌할지 알았죠?"

"설명할 수 없어요. 한다 해도 믿지 못할 테고. 그보다 부탁이 있
어서 왔어요."

"뭐든 말해 봐요. 제가 할 수 있는 일이면 도와줄 테니까."

"당신만이 도와줄 수 있어요."

"그게 뭐죠?"

"지금으로부터 십 년 후 오늘, 당신 앞으로 한 장의 편지가 도착
할 거예요. 그 편지를 당신 상관에게 전해 주기만 하면 돼요."

청년의 요구는 의외였다.

"십 년 후 오늘?"

"그래요. 그 편지를 받고 당신은 잠시 혼란스러울 거예요. 그때
이 말을 꼭 기억해 줘요. 이 일은 얼마 전 있었던 테러 사건 때 희
생된 사람들을 대신해 우리가 벌을 내리는 거예요. 절대 선량한
사람들은 다치지 않아요."

"대신 벌을 내린다니, 혹시 테러범들을 말하는 거예요?"

"린다, 지금 내가 하는 질문에 답을 해 봐요. 세 종류의 사람이
있어요. 첫 번째는 신의 이름을 거룩하게 한다는 말에 현혹되어
폭탄이 잔뜩 실린 자동차를 몰고 건물로 돌진하는 사람이에요. 두

번째는 자신의 권력을 유지하기 위해 무지한 부하들에게 신의 이름을 들먹이며 폭탄이 든 차를 몰고 건물로 돌진하게 만드는 사람이에요. 마지막 세 번째는 그들에게 폭탄을, 반대편 사람들에게는 그들을 찾아 없앨 수 있는 미사일을 팔아요. 뿐만 아니라 무기를 팔기 위해 끊임없이 전쟁을 일으켜요. 그리고 그들이 피 흘리며 죽어 가는 모습을 보며 샴페인을 마셔요. 자, 이 세 종류의 사람 중 누가 최고의 악당일까요?"

린다는 대답할 수 없었다.

"만약 당신이 마지막 세 번째 인간이 최고의 악당이라고 생각한다면 상관에게 편지를 전해 주세요."

그때 주문한 커피가 나왔지만 청년은 마시지 않고 자리를 떴다.

그로부터 정확히 십 년 후 린다의 집으로 편지 한 통이 배달됐다. 발신자 칸은 비어 있었다. 린다는 무심히 편지를 뜯었다. 그런데 그 안에 들어 있던 건 한 장의 문서와 간단한 문장이 적힌 편지였다.

십 년 전 제가 했던 부탁 기억해요?

편지를 읽는 순간 린다는 십 년 전 기억이 떠올랐다. 그동안 그녀는 가야의 존재를 잊고 행복하게 살아왔다. 하지만 얼마 전 말기 암 판정을 받은 상태였다. 가족들은 아직 이 사실을 모르고 있었다. 린다는 직장을 그만두고 남은 삶은 정리할 생각이었다. 그런데 오래전 커다란 빚을 졌던 청년이 나타난 것이다. 린다는 문서를 살폈다. 그것은 위조된 차세대 무인 전투기의 실험 허가서였다. 십 년 전 가야가 상사에게 전해 달라던 편지는 위조 기밀문서였던 것이다. 린다는 국방부 차세대 무기 선정 사업부에 근무하고 있었다. 그중에도 결정권자인 포드 장군의 비서였다. 오늘 밤 11시에는 차세대 무인 전투기인 X-47의 야간 무기 투하 실험이 계획되어 있었다. 실제 미사일을 이동하는 목표물에 명중시키는 중요한 테스트였다. 실험에는 항공기 제작사 관계자와 공군 참모총장을 비롯해 주요 인사들이 모두 참석할 예정이었다. 린다는 망설일 수밖에 없었다. 그것은 엄청난 불법행위였다. 게다가 이번은 실제 무기가 사용되는 중대한 테스트였다. 만약 무고한 사람들이 있는 장소로 미사일이 떨어질 경우 사상자가 생길 수도 있었다. 한참을 고민하던 린다는 일단 위조문서를 들고 출근했다. 일급 보안을 취급하던 린다는 프리패스를 가지고 있었기 때문에 입구를 통과하는 데 아무런 문제가 없었다. 린다는 사무실에 도착하자마자 실제 문서와 비교했다. 위조문서는 실제 문서와 구분이 안 될 정도로 정교하게 만들어져 있었다. 국방부 씰이 배경에 새겨진 보안 용지와 기밀문서 인증 도장 등 작은 디테일 하나하나 거의가 실제와 똑같았다. 다른 점은 한 가지였다. 공격 목표물이었다. 실제 문서에 적힌 목표물은 얼마 전 퇴역한 구축함이었다. 하지만 위조문서에는 퇴역 항공모함 컨스털레이션호로 바뀌어 있었다. 린다는 이제껏 단 한 번도 법을 어긴 적이 없었다. 연체된 주차 위반 벌금도 없었고 매달 아프리카의 아이들을 위해 30달러를 기부하고 있었다. 그런데 생의 마지막을 앞두고 어마어마한 불법행위를 저지르게 된 것이다. 문제는 이 일을 부탁한 사람이 목숨을 구해 준 은인이라는 것이었다.

"세 부류의 인간……."

린다는 국방부에서만 삼십 년을 근무했다. 그동안 수많은 인간 군상을 목격했고 그중에는 가야가 말했던 세 번째 부류의 인간도 있었다. 그들은 돈을 위해서라면 무슨 짓이든 저지를 수 있는 인간들이었다.

"대체 뭘 하려는 거예요, 신가야 씨."

그때 문이 열리며 상관인 포드 장군이 출근했다.

"굿모닝, 린다."

"오셨습니까, 장군님."

린다가 위조문서를 감추며 대답했다.

"안색이 안 좋아 보이네? 무슨 일 있어?"

장군이 자신의 사무실로 들어서다 말고 물었다.

"아닙니다. 조금 피곤할 뿐이에요."

린다가 커피를 건네주며 말했다.

"이제 나이도 있는데 적당히 요령을 피워. 그러다 쓰러지기라도 하면 아군 전력에 엄청난 손실이니까."

장군은 커피잔을 들고 사무실로 향했다.

"저기 장군님."

"응?"

장군이 돌아봤다.

"만약에 말입니다. 장군님이 목숨을 빚진 은인이 있습니다. 그 사람이 아니었으면 지금 같은 행복을 누릴 수 없었죠. 그런데 그 사람이 어느 날 갑자기 나타나서는 도와 달라고 부탁을 하는 겁니다. 그런데……."

"난처한 부탁이로군."

"만약 그 부탁이 사람을 해칠 수도 있는 거라면 어떻게 하시겠습니까? 그래도 부탁을 들어주시겠습니까?"

"오늘 자네 이상한데. 무슨 일이야? 왜 그런 질문을 하는 거지?"

"죄송합니다. 쓸데없는 소리를 해서."

"자네 정년퇴직이 언제지? 내년인가?"

"네."

"내년이면 연금을 받으면서 여생을 편하게 보낼 수 있어. 쓸데없는 말썽은 피하도록 해."

여생이라는 말에 린다의 표정이 굳었다. 이제 그녀에게 남은 시간은 한 달이 채 안 됐다.

"네. 필요한 게 있으시면 부르십시오."

린다는 자리로 돌아가려 했다.

"해치려는 사람이 어떤 부류냐에 따라 달라질 수 있지."

장군이 느긋하게 커피를 마시며 말했다.

"정치인들에게 전쟁은 복잡한 수학 같은 거지만 우리 군인들에게는 아주 단순한 거야. 아군과 적군, 둘 중 하나지. 아군의 피해는 최소한으로 줄이면서 적은 최대한 살상하면 그게 승리인 거야. 만약 자네 은인이 해치려는 사람이 적군이라면 나는 그 친구를 도와주겠네. 목숨에는 목숨으로 보답하는 거니까. 이 정도면 답이 됐나?"

"네, 장군님."

"오늘 밤에 있을 실험 허가서는 준비됐나?"

장군이 다 마신 커피잔을 내밀며 물었다.

"준비됐습니다."

"가져와."

자리로 돌아온 린다는 책상 위에 놓여 있던 두 개의 문서를 바라봤다.

"아군과 적군······."

린다는 십 년 전 가야의 말을 떠올렸다.

'이 세 부류 중 누가 최고의 악당이라고 생각해요?'

이 말을 하던 청년의 눈은 영혼의 바닥이 비칠 정도로 투명했다.

"장관님과 회의가 있으니까 서둘러."

"네. 지금 갑니다."

린다는 실험 허가서 중 하나를 장군에게 건넸다. 장군은 의심 없이 서류를 훑더니 서명란에 사인을 하고는 사무실을 나섰다. 장군이 방을 나가자 린다는 남아 있던 서류를 문서 세단기에 넣었다. 기계 속에서 가루가 되던 문서는 진짜 실험 허가서였다.

TV에서는 한창 인기를 얻고 있는 시트콤이 방영되고 있었다. 마욜은 이 시간이 가장 행복했다. 시원한 맥주와 푹신한 소파만 있으면 세상에 부러울 게 없었다. 게다가 오늘은 오랫동안 품고 있던 빚을 말끔히 청산한 터였다. 마욜은 맥주를 마시다 말고 웃음을 터트렸다. 오늘따라 시트콤이 유난히 재밌었다.

"멍청하긴!"

마욜이 봉변을 당한 시트콤 주인공을 향해 커다랗게 소리쳤다. 한참을 웃다 보니 어느새 맥주병이 비었다. 마욜은 빈 맥주병을 쓰레기통에 던지고 냉장고로 향했다. 냉장고에는 맥주가 종류별로 가득했다. 마욜은 뭘 마실까 하는 행복한 고민을 하다가 일본 맥주를 집어 들고는 소파에 몸을 묻었다. 마개를 따려는 순간이었다. 갑자기 요란한 소리와 함께 문이 부서지며 일개 무리의 남자들이 들이닥쳤다. 그들은 총을 겨누며 순식간에 마욜을 포위했다. 얼핏 보기에도 정부 요원인 걸 알 수 있었다. 마욜에게 이 상황은 그다지 놀랍지 않았다. 이전에도 두 번이나 체포되어 교도소 신세를 진 경험이 있었다.

"손들고 바닥에 엎드려! 어서!"

요원 중 리더로 보이는 남자가 소리쳤다. 이 상황에선 시키는 대로 하는 게 최선이었다. 마욜은 바닥에 바짝 엎드렸다.

"무고한 시민 집에 노크도 안 하고 이렇게 처들어와도 되는 거요?"

"마욜 푸에르코. 위조한 문서는 어딨나?"

"뭔 문서?"

마욜이 시치미를 뗐다.

"당신이 공군 시제기 실험 허가서를 위조했다는 증거를 갖고 있다. 위조문서 어디 있어!"

마욜은 한숨을 쉬었다. 제대로 걸린 것이다.

"전화 한 통화만 합시다. 내 변호사가 십 분 안에 올 거요."

"방을 뒤져 봐!"

리더 요원이 소리치자 요원들이 일사불란하게 집을 뒤지기 시작했다.

"근데 저 문은 어쩔 거야? 집주인이 난리를 칠 거라고."

마욜이 능청맞게 물었다. 하지만 리더 요원은 대꾸 없이 총을 겨누고 있었다. 그때 리더 요원의 무전기가 울렸다.

"여긴 폭스 원. 말씀하십쇼."

"독수리가 둥지를 떴다. 목표물을 제거하고 철수하라."

"카피. 전원 철수한다."

리더 요원이 소리치자 나머지 요원들이 순식간에 집을 빠져나갔다. 이제 방에는 마욜과 리더 요원 둘뿐이었다. 그런데 리더 요원은 마욜을 연행할 생각도 않고 가방에서 휘발유가 든 통과 휴대용 소이탄을 꺼내는 것이었다. 뭔가 이상하게 돌아가고 있었다.

"당신들 어디 소속이야? 경찰은 아닌 거 같고."

순간 리더 요원이 방아쇠를 당겼다.

린다는 병가를 내고 집으로 향하고 있었다. 오늘 밤에 있을 시제기 테스트 현장에서 장군을 모셔야 했지만 더 이상 버틸 수가 없었다. 고통은 시간이 갈수록 점점 더 심해지고 있었다. 린다는 하는 수 없이 자신의 병에 관해 털어놨고 장군은 안타까워하며 퇴근을 허가했다. 간신히 운전대를 잡고 있었지만 밀려오는 고통에 중간중간 멈춰 숨을 돌려야 했다. 고통의 주기도 갈수록 짧아지고 있었다. 린다는 진통제를 먹기 위해 갓길에 차를 세웠다. 떨리는 손으로 간신히 핸드백에 있던 약을 집었다.

"린다 셀리그먼 씨?"

누군가 운전석 너머에 서 있었다. 린다는 깜짝 놀라 약을 떨어뜨리고 말았다.

"누구세요?"

그러자 누군가가 신분증을 꺼내 보여 줬다. 그는 정부 요원이었다.

"린다 셀리그먼 씨죠?"

"그런데요?"

"시제기 실험 허가서에 관해 물을 게 있으니 함께 가시죠."

린다는 순순히 차에서 내려 요원을 따라갔다. 요원은 준비된 차에 린다를 태우더니 어디론가 달리기 시작했다. 차에는 다른 요원이 타고 있었지만 가는 내내 입을 굳게 다물고 있었다. 린다 역시 말할 기분이 아니었다. 명예로운 퇴직은 물 건너간 것이다. 어차피 상관없었다. 한 달 후면 흙으로 돌아갈 몸이었다. 그때 고통이 다시 시작됐다. 하지만 그녀에게는 진통제가 없었다.

"저기…… 이봐요. 혹시 진통제 가진 거 있으면 좀 주겠어요? 내가 지금 너무 아파서 그래요. 부탁해요."

린다가 배를 움켜쥐며 말했지만 요원들은 끔쩍도 안 했다.

"이봐요. 꾀병을 부리는 게 아니라구요. 난 지금……."

그때 차가 멈췄다. 요원들은 린다를 짐짝처럼 끌고 차에서 내렸다. 그들이 도착한 곳은 워싱턴 외곽에 있는 삼나무 숲이었다.

"여긴 어디죠? 왜 날……."

순간 요원이 총을 겨눴다. 그제야 린다는 이곳이 자신의 무덤이라는 걸 깨달았다.

"당신들, 정부 요원이 아니군요?"

남자는 대답하지 않았다. 하지만 린다는 이들이 누구를 위해 일하는지 어렴풋이 알 수 있었다. 가야가 말했던 세 번째 부류의 인간들이었다.

"마지막으로 아들을 보고 싶어요."

남자가 보일 듯 말 듯 고개를 끄덕였다. 린다는 지갑에서 가족사진을 꺼냈다. 이제는 장성한 아들이 모교 로고가 적힌 티셔츠를 입고 환하게 웃고 있었다. 가족들 곁에서 세상을 떠나지 못한다는 게 아쉬웠지만 오드 아이의 청년이 선물한 지난 십 년은 행복한 시간이었다. 린다는 사진을 꼭 쥐고 눈을 감았다. 이윽고 숲속에 총성이 울려 퍼졌다.

미셸은 간신히 의식을 되찾고 잠들어 있었다. 심전도 측정기가 규칙적인 기계음을 내며 미셸이 정상임을 알려 주고 있었다. 벨몽은 방문 너머에서 잠든 미셸의 모습을 바라보고 있었다. 언제나 느끼는 거지만 정말 놀라운 능력이었다. 미래를 알 수 있다니 얼마나 대단한 아이인가. 침대에 누워 있는 저 작은 여자아이가 핵잠수함보다도 강력한 힘을 지니고 있었다. 이제 그 힘이 수중에 들어온 것이다. 벨몽은 온몸에 피가 솟구치는 걸 느꼈다. 작은 몸에 응축된 신의 능력이 그의 몸에 전해지는 것 같았다. 그때 전화벨이 울렸다.

"벨몽 경 저택입니다."

로드니가 수화기를 들었다. 통화 시간은 길지 않았다.

"어르신. 말씀하신 대로 마욜 푸에르코와 린다 셀리그먼을 처리했습니다. 그런데 문제가 생겼습니다."

"어떤?"

"위조 허가서를 회수하지 못했습니다. 어떻게 할까요? 손을 써서 시험기 테스트를 멈출까요? 아님 회의를 취소하고 킨데마이어 경을 대피시킬까요?"

벨몽은 지니고 있던 회중시계를 바라봤다. 시계는 오후 8시 10분을 가리키고 있었다.

"회의가 언제지?"

"11시에 시작입니다."

"실험은?"

"같은 시각입니다."

벨몽은 잠시 생각에 잠겼다가 입을 열었다.

"회의는 예정대로 진행한다."

"그럼 시제기 테스트를 멈출까요?"

"테스트도 예정대로 진행한다."

"그럼 킨데마이어 경이……."

"킨데마이어도 물러날 때가 됐다."

로드니는 그제야 벨몽이 침착한 이유를 알 수 있었다. 그는 가야의 계획을 간파하고 그것을 이용해 나머지 악마 개구리들을 제거하고 있었던 것이다.

궁극의 아이 1

모니카

철컹. 둔탁한 소리를 내며 철문이 열리자 비현실적으로 곧게 뻗은 복도가 나타났다. 철의 여인이라 불리던 모니카였지만 선뜻 복도로 들어서지 못하고 망설이고 있었다. 그녀가 도착한 곳은 리커스 아일랜드 교도소 중에서도 흉악범들만 관리하는 수감동이었다. 창문 하나 없이 사방이 가로막힌 복도와 맹수 우리를 연상시키는 차가운 철문, 그리고 그 너머에서 들리는 기분 나쁜 웅얼거림은 제아무리 강철 심장을 지닌 사람이라도 주눅 들게 만드는 음습한 기운을 지니고 있었다.

"걱정 말아요. 끝날 때까지 내가 옆에 있을 테니."

안내를 맡은 간수가 느끼한 윙크를 날리며 말했다.

"말만 들어도 든든하네요."

모니카는 복도로 발을 내디뎠다. 복도는 일정한 간격을 두고 중간중간 철창이 가로막고 있었고 간수가 지키고 있었다. 그들이 도착할 때마다 간수들이 문을 열었고 두 사람은 묵묵히 복도를 지나갔다. 모니카의 하이힐 구두 소리가 메아리치며 수감동 저편으로 멀어져 갔다. 철창 다섯 개를 지나자 면회실이 나타났다.

"여기예요."

안내를 맡은 간수가 문을 열어 주었다.

"저기…… 인터뷰는 단둘이 했으면 좋겠는데."

모니카가 천사 같은 미소를 날리며 말했다. 그녀는 필요할 때마다 자신의 미모를 이용했고 그건 언제나 먹혀들었다.

"난 여기서 기다릴 테니 무슨 일 있으면 불러요."

"고마워요."

면회실은 텅 비어 있었다. 철제 의자와 탁자, 그리고 구석에 설치된 두 대의 감시카메라만이 그녀를 기다리고 있었다. 방 안에는 터줏대감처럼 자리를 잡고 있던 곰팡이가 퀴퀴한 냄새를 풍기고 있었다. 산전수전 다 겪은 모니카였지만 교도소는 처음이었다. 모니카는 안정을 찾기 위해 연필로 줄을 그어 가며 인터뷰 내용을 점검했다. 그때 문이 열리며 육중한 쇠사슬 소리와 함께 세 명의 남자가 들어왔다. 테일러 하퍼와 간수였다. 오렌지색 죄수복을 입은 하퍼는 양손과 발에 수갑을 차고 있었다. 수감된 지 한 달이 지났지만 하퍼는 깔끔했다. 잘 빗어 넘긴 갈색 머리에는 윤기가 흘렀고 혈색도 좋아 보였다. 죄수복과 수갑만 아니면 영락없이 의뢰인을 면회 온 변호사였다. 간수들은 하퍼를 반대편 의자에 앉힌 후 말없이 빠져나갔다. 이제 방 안에는 두 사람뿐이었다.

"안녕하세요. 저는 『뉴욕타임스』에서 온……."

"담배 있소?"

인사 따윈 관심 없다는 듯 하퍼가 물었다.

"난 원래 담배를 안 피워요. 혹시 피우고 싶다면……."

"아니 됐소. 나도 끊은 지 육 년 됐소."

그는 살인미수죄로 12년 형을 선고받은 상태였다. 다시 담배를 피우고 싶을 만도 했다.

"우선 인터뷰에 응해 줘서 고마워요. 다른 신문사 기자들도 많았을 텐데."

모니카가 테이블 가운데 녹음기를 놓으며 말했다.

"당신 기사를 매주 읽었소. 쓸 만하더군. 특히 네오콘과 군수 업체 간의 공생 관계에 관한 기사는 인상적이었소."

"고마워요. 당신이 체포되면서 주장한 걸 봤어요. 벨몽을 쏜 이유가 그가 죽어야 정부가 독립적인 경제정책을 세울 수 있기 때문이라고 했더군요. 그래서 간단하게나마 오귀스트 벨몽에 관해 조사를 해 봤어요. 1925년 프랑스 리옹 출생. 파리 제1대학에서 정치학을 공부하고 영국 옥스퍼드에서 경제학 석사 학위 취득. 미국 이민 후 하버드에서 명예경제학 박사 학위를 받았더군요. 골드만삭스, JP모건 CEO를 거쳐 현재는 호크실드 투자은행 명예회장을 역임. 인맥도 엄청났어요. 전직 대통령을 비롯해서 상하원의원 중 상당수가 그의 회사에 자산을 맡기고 있었고 사우디아라비아와 브루나이 왕가 등 해외 왕족들 상당수도……."

"돈이 뭐라고 생각하시오?"

지루한지 하퍼가 말을 잘랐다.

"글쎄요. 양날의 검?"

"나쁜 대답은 아니군."

"당신은 뭐라고 생각하는데요?"

"돈은 피요. 돈이 있는 곳에는 꼭 피가 흘러넘치거든. 힘없고 아둔한 노예들의 피 말이야."

하퍼는 모니카를 바라보고 있었지만 초점은 모니카 너머 무언가에 맞춰져 있었다. 마치 인간을 초월한 존재를 기다리는 듯이 보였다.

"왜 그걸 묻는 거죠?"

"왜냐면 벨몽이 흡혈귀니까. 늘 피 냄새를 쫓고 아무리 마셔 대도 늘 목이 마르지. 중요한 건 놈이 흡혈귀라는 사실을 아무도 모른다는 거야. 당신처럼 말이지."

하퍼의 초점이 모니카에게 맞춰졌다.

"당신은 그의 정체를 알고 있군요. 말해 봐요. 벨몽은 어떤 사람이죠?"

"놈의 정체를 제대로 알고 있는 사람은 없소. 나 역시 퍼즐의 일부만 알고 있을 뿐이니까. 하지만 한 가지 분명한 건 지금의 놈은 실제 자신을 숨기기 위해 만든 완벽한 분신이라는 거요."

"당신 말이 사실이라면 벨몽은 숨겨야 할 과거가 많은 사람이군요. 그것도 피로 얼룩진."

"당신을 선택하길 잘했군."

하퍼가 씩 웃었다.

"시간이 없으니 본론으로 들어가죠. 당신이 주장한 대로 벨몽이 정부 정책마저 좌지우지할 정도로 막강하다면 이른바 그림자 정부라는 건데, 그러려면 음모론자들의 주장처럼 엄청난 자금을 확보하고 정부 요직을 장악해야 해요. 그걸 입증할 자료나 증거가 있나요?"

"없소."

"그렇다면 당신이 보장된 인생을 포기하면서까지 그를 죽이려고 한 진짜 이유를 말해 봐요."

"그건 내가 말한 내용이 전부요. 난 이 나라, 아니 세계가 인간 몇몇의 이익을 위해 돌아가서는 안 된다고 생각하오. 진심이오."

"지금 몇 명의 인간이라고 했는데 설마 그게 음모론자들이 말하는 300인 위원회니 로마클럽 같은 비밀 단체를 말하는 건가요?"

"당신은 세상이 얼마나 비상식적이고 현실이 영화보다도 비현실적이라는 사실을 인정하지 않는군."

"그럼 정말 그런 단체가 존재한다는 거예요?"

"그렇소."

"어떻게 확신하죠?"

"왜냐면 내가 그 모임의 회원이었기 때문이오. 그리고 벨몽은 그 모임의 최고위원이오."

모니카는 잠시 할 말을 잃었다.

"좋아요. 그럼 정확히 어떤 단체의 회원이었죠? 로마클럽? 아님

빌더버그 회의?"

"그 모임에 이름 따윈 없소. 그건 책을 팔아먹으려고 음모론자들이 붙인 이름일 뿐이오. 그리고 정확한 회원 수도 모르오. 그걸 알고 있는 사람은 세상에 다섯 명뿐이오."

"그 다섯 명이 누구죠?"

하퍼가 잠시 말을 멈추고 눈을 감았다. 그 모습이 전기의자에 앉기 직전에 기도를 하는 사형수 같았다. 이윽고 결심이 섰는지 하퍼가 눈을 떴다.

"지금부터 내가 하는 말을 잘 기억하시오."

모니카가 바짝 다가앉았다.

"아담 호크실드, 아담의 유치원, 그리고 궁극의 아이. 이 안에 당신이 찾는 모든 답이 들어 있소."

말을 마치자 하퍼는 자리에서 일어났다.

"잠깐만요. 아담 호크실드라면 호크실드 가문의 마지막 후손인 그 아담 호크실드를 말하는 건가요?"

"호크실드 가문에 관해 알고 있군."

"오래전 그 가문에 관한 글을 읽은 적이 있어요. 그런데 호크실드 가문이 벨몽과 무슨 연관이 있다는 거죠?"

그러자 하퍼가 묘한 미소를 지으며 말했다.

"당신은 독일의 보잘것없는 은행가가 세계를 지배하는 괴물이 되는 동안 단 한 번의 실패도 없었다면 믿을 수 있겠소?"

이 말을 남기고 하퍼는 감방으로 돌아갔다. 하지만 그가 사라지고 한참 동안 모니카는 석상처럼 앉아 있었다. 오래전 품었던 의

문이 육 년의 하늘을 가르고 돌아와 살인미수범의 입을 통해 부메랑처럼 뒤통수를 때렸기 때문이다.

하퍼를 만난 후 나는 곧장 그가 준 세 개의 단서를 조사하기 시작했다. 가장 먼저 손댄 건 아담 호크실드였다. 호크실드 가문을 굴지의 가문으로 키운 조셉 호크실드와 그의 외아들 에브라임 호크실드에 관한 자료는 넘쳐 날 정도로 많았지만 아담 호크실드에 관한 자료는 많지 않았다. 이유는 간단했다. 업적이 전무했기 때문이다. 1911년 런던에서 출생한 아담 호크실드는 태어날 때부터 병약했다. 때문에 대부분 집에서 보냈고 학교 공부 역시 가정교사로 대신했다. 하지만 영특했던 아담은 열다섯 살이 되기 전 고등 과정을 모두 이수하고 열여섯 살에 옥스퍼드 경제학부에 입학하게 된다. 그곳에서도 아담은 뛰어난 성적을 거두지만 채 일 년을 다니지 못하고 중퇴하고 만다. 아담에게 가문의 사업을 물려주려던 에브라임은 아담을 스위스로 보내 요양을 시킨다. 알프스의 맑은 공기를 마신 아담은 병세가 많이 호전되어 에브라임의 오른팔이자 보석 산업계의 대부인 필립 크롬웰로부터 사업 노하우를 전수받기 시작한다. 그런데 스물여섯 살 생일을 며칠 앞둔 1937년 어느 날 의문의 돌연사를 하게 된다. 아담의 죽음을 두고 지금까지도 많은 음모론이 제기되고 있다. 여기까지가 아담 호크실드에 관해 찾을 수 있는 내용이다. 하지만 이야기는 거기서 끝나지 않는다. 에브라임은 아담이 죽은 후 상실감에 빠져 칩거를 한다. 아담 이외에도 첩에게서 얻은 많은 자식이 있었지만 그는 누구도 자신의 성을 쓰도록 허락하지 않았다. 그만큼 아담에 대한 그의 애정은 남달랐다. 그러던 어느 날 에브라임은 자신이 중병에 걸린 사실을 알게 된다. 삶이 얼마 남지 않자 에브라임은 고민 끝에 가문을 이어 갈 후계자 선출 계획을 필립 크롬웰에게 전달하는데 그것이 바로 '아담의 유치원'이다. 죽은 아들의 이름을 따서 지은 이 계획은 전 세계에 있는 인재 중 최고의 인재를 뽑아 경쟁시켜 마지막까지 살아남은 자를 후계자로 선출하는 것이었다. 하지만 겉으로 보기에는 민주적인 이 계획은 사실 피로 물든 싸움이었다. 엄격한 기준에 의해 선발된 후보들은 엄청난 재산과 권력을 놓고 피비린내 나는 암투를 벌이게 된다. 후보들은 호크실드 가문이 지정한 계열사에 입사해 경쟁적으로 성과를 내야만 했다. 문제는 이들이 입사한 기업이 일반적인 곳이 아니라는 것이다. 어떤 이는 군수 업체의 아프리카 반군 전담 로비스트로 보내졌고 어떤 이는 마약 밀매상의 자금을 세탁하는 금융사로 보내졌다. 독재자와 거래를 해야 하는 석유 회사 중동 지부로 보내진 사람도 있었다. 후보들은 그중에도 최전선에 던져졌고 아무런 지식 없이 마피아와 독재자들을 상대해야만 했다. 이 과정에서 납치되어 몇 달간 억류되기도 하고 반군의 총격에 사망하는 사람도 있었다. 심지어 경쟁자 간의 암투로 상대방을 암살하는 사건까지 벌어졌다. 그렇게 몇 년이 지난 후 다섯 명의 후보가 살아남는다. 그리고 이들은 에브라임의 유언에 따라 엄청난 재산을 상속받게 되는데 이들이 바로 '악마 개구리'라고 불리며 현재 세계 산업을 지배하는 다섯 명의 거물, 나다니엘 밀스타인, 안톤 쉬프, 조셉 체임벌린, 조나단 킨데마이어, 그리고 오귀스트 벨몽인 것이다. 이들은 권력을 쥐자 곧바로 다양한 단체와 연구소를 결성하여 미국을 비롯한 각국 정부에 영향력을 발휘하기 시작한다. 그중에도 단연 두각을 나타내는 곳이 바로 카이헨동 연구소이다. 카이헨동 연구소는 일 년에 두 번 세계 각국의 유력 인사들을 초청해 인류의 미래에 관한 보고서를 작성하는데 이들이 바로 악마 개구리들을 추종하는 세력이자 실질적으로 세상을 움직이는 손과 발이다. 이들이 바로 하퍼가 말했던 모임이다. 이들 중에는 세계 유수의 기업 총수, 노벨상 수상 학자, 각국 장관과 의원, 심지어 왕족과 전현직 대통령도 있다. 하지만 이들의 정확한 명단은 파악할 수 없다. 이들은 매년 같은 날 같은 장소에 모여 구체적인 정책 시나리오를 만들고 각자 돌아가 각국 정부에 이 내용을 전달한다. 그러면 실행할 정책으로 채택되어 세상을 움직인다. 그중에는 한국전쟁과 베트남전쟁, 이라크전쟁과 같은 대규모 전쟁을 비롯해 의료보험 개혁안, 총기류 불법화 법안 등도 포함되어 있다. 모든 건 이들의 이익에 부합되는 방향으로 결정되고 실행된다. 대다수의 가난한 국민들이 혜택을 입을 수 있는 의료보험 개혁안은 제약 회사와 의료 기구 회사, 그리고 보험사의 이익에 부합되는 법안으로 대체되고, 많은 사람의 생명을 구할 수 있는 총기류 불법화 법안은 무기 회사들의 로비로 폐기되는 것이다. 이 모든 배경에는 언제나 악마 개구리가 있다. 하퍼의 말은 사실이었던 것이다. 음모론자들이 만들어 낸 허구라고 믿었던 그림자 정부는 실제로 존재하고 있었다. 이 사실은 내게 커다란 혼란으로 다가왔다. 나는 세상이 이기주의와 탐욕 같은 악과 대항할 수 있을 만큼의 선이 저울 반대편에서 무게중심을 이루고 있으리라 생각했다. 하지만 이번 조사를 하면서 내 생각이 완전히 틀렸다는 것을 깨달았다. 세상은 하퍼의 말처럼 몇 명의 인간들을 위해 돌아가고 있었다. 이것은 내가 이제까지 보지 못한 불공정이었다. 이 나라, 아니 지구 전체가 애국심이라는 명목 아래 전쟁터에서 목숨까지 잃어 가며 이들의 이익을 위해 희생해야 한다는 건 용납

할 수 없는 일이다. 나는 조사를 하면 할수록 이 내용을 세상에 알려야겠다는 의무감이 들었다. 마치 이 기사를 쓰기 위해 기자가 된 것 같은 기분마저 든다. 나는 목숨을 걸고 진실을 파헤쳐야겠다고 다짐하며 마지막 세 번째 단서를 조사하기 시작했다. 그런데 문제는 세 번째 단서에 관한 내용을 전혀 찾을 수 없다는 것이다. 궁극의 아이. 나는 모든 수단과 방법을 동원해 이 아이의 실체를 파악하려 했지만 실마리조차 발견할 수 없었다. 유일한 돌파구는 하퍼뿐이었다. 그런데 문제가 생겼다.

"뭐라구요? 언제요?"

"점호 시간에 안 보여서 들어가 보니 죽어 있더래요. 그거 때문에 지금 교도소가 발칵 뒤집혔수다."

이른 아침, 모니카는 하퍼를 만나기 위해 면회 신청소에 도착했지만 기다리고 있던 건 비극적인 소식이었다.

"사인이 뭐죠?"

"심장마비라던가."

얼마 전에 만난 하퍼는 교도소 담장을 뚫고 탈출할 수 있을 정도로 건강했다. 그런데 심장마비라니. 게다가 심장마비는 죽음을 은폐하는 데 가장 많이 사용되는 사인이었다.

"담당 간수를 만날 수 있을까요?"

"왜? 데이트라도 하시게? 이봐, 기자 아가씨. 이 일은 교도소 담장 안에서 일어난 일이야. 가뜩이나 쑤셔 놓은 벌집 같은데 더 들쑤시지 말고 돌아가."

기자를 안 좋아하는지 교도관은 꽤나 시니컬했다. 모니카는 더 이상 묻지 않고 돌아섰다. 하지만 그렇다고 포기할 그녀가 아니었다. 교도소를 나선 후 모니카는 유일한 출입문인 동쪽 게이트 앞에 차를 주차하고 간수들이 퇴근하기를 기다렸다. 이윽고 6시가 조금 넘자 무거운 철문이 열리며 사복으로 갈아입은 간수들이 하나둘 모습을 드러내기 시작했다. 그들은 간수 유니폼을 벗었음에도 불구하고 죄수들의 찌든 인생과 교도소 특유의 암울함이 훈제 연기처럼 배어 있었다. 모니카는 퇴근하는 간수들을 유심히 살폈다. 얼마를 기다렸을까. 익숙한 인상의 간수 한 명이 커다란 백을 둘러메고 나타났다. 하퍼를 연행했던 바로 그 간수였다. 그는 머리가 희끗한 50대 중반이었는데 평생 동안 인간의 이면이 배설한 구정물을 마시고 살아온 것처럼 눈빛이 탁했고 고난의 지도 같은 불규칙한 주름이 얼굴을 덮고 있었다. 길거리에서 마주친다면 뒤로 물러설 것 같은 불길한 인상이었다.

"실례합니다."

모니카가 인사를 하자 담당 간수가 멈춰 섰다. 그는 태생적으로 사람을 정면으로 보지 못하는 듯 곁눈질로 쳐다봤다.

"뭐요?"

"전 『뉴욕타임스』에서 온 모니카 켄이에요. 오늘 사망한 테일러 하퍼 씨의 담당 간수시죠?"

모니카가 명함을 건네며 물었다.

"하퍼 씨의 죽음에 관해 묻고 싶어서 왔어요. 발견 당시 상태가 어땠나요? 혹시 피부 색깔이 파랬다거나…….."

"당신, 얼마 전 면회를 왔던 기자로구먼."

"맞아요. 근데 지난번 만났을 땐 돌이라도 씹어 먹을 것처럼 건강하던 사람이 왜 갑자기 심장마비로 죽었을까요?"

"당신은 저 안이 어떤 덴지 전혀 모르는군. 저 담 너머는 여기랑 전혀 다른 룰이 지배하는 곳이야. 먹히지 않으려면 잡아먹어야 살아남을 수 있어. 일주일에도 서너 명이 칼에 찔리거나 목뼈가 부러져 실려 나간다고. 하퍼 같은 피라미 한 마리 뒤졌다고 신경 쓸놈 아무도 없단 얘기지."

"하지만 적어도 부검은 할 거 아니에요?"

"부검 같은 소리 하고 있네. 그런 건 배만 갈랐다가 다시 꿰매는 수준이야. 그보다 당신이 신경 쓸 건 지금 현금을 얼마나 갖고 있느냐야. 아님 다른 걸 제안해도 좋고."

담당 간수가 음흉한 눈빛으로 모니카의 몸을 훑으며 말했다.

"하퍼가 뭔가를 남겼군요?"

간수는 대답 대신 누런 이를 드러내며 씩 웃었다. 그건 웃음이라기보다는 보이지 않는 손이 그의 얼굴을 마구 구긴 듯한 표정이었다. 모니카는 지갑에 든 현금을 확인했다.

"170달러 있어요."

"그 돈으로 군것질이나 하라구."

간수는 뒤도 안 돌아보고 길을 건넜다. 모니카는 허겁지겁 핸드백에서 쓸 만한 걸 찾아보았지만 핸드폰 정도가 고작이었다. 간수를 잡을 만한 뭔가가 필요했다. 그때 손목시계가 눈에 띄었다. 대학 입학식 때 아버지가 선물로 준 롤렉스였다.

"이건 어때요? 지금 팔아도 1,500달러는 받을 수 있어요."

간수가 걸음을 멈추고 돌아봤다.

"진품이 확실하겠지?"

"당연하죠. 아버지가 스위스 면세점에서 직접 사신 거예요."

간수는 시계에 박힌 다이아몬드 크기가 성에 안 차는지 햇빛에 이리저리 비춰 보더니 안주머니에서 뭔가를 꺼냈다. 화장실용 휴지 조각이었다.

"사흘 전 재심을 마치고 돌아오던 길에 이걸 주면서 부탁을 하더라고. 만약 자기한테 무슨 일이 생기면 이걸 자네한테 주라더라고. 원칙상 안 되는 일이지만 일단 맡아 뒀지. 시계는 요긴하게 쓰겠네."

간수는 시계를 들고 사라졌다. 모니카는 서둘러 휴지를 펼쳤다. 그런데 거기에는 전혀 예상치 못한 단어가 들어 있었다.

빅토르 로레의 어린 신관

이것이 하퍼가 남긴 다잉 메시지였다. 모니카는 메모를 읽고 잠시 혼란에 빠졌다. 그것은 이제껏 추적해 온 호크실드 가문과는 아무런 연관도 없는 고대 이집트 유물이었기 때문이다. 하지만 이 엉뚱한 단서가 호크실드 가문의 숨겨진 비밀로 이끌 줄은 꿈에도 몰랐다.

빅토르 로레는 이집트 고대 문명 최고의 발견 중 하나로 꼽히는 '왕가의 계곡'을 발굴한 프랑스 고고학자였다. 그중에도 '고대 이집트의 나폴레옹'이라 불리며 최고의 전성기를 이끈 투트모세 3세의 무덤을 발견한 것으로 유명했다. 투트모세 3세는 전 생애에 걸쳐 적어도 17회 넘게 원정을 했고 이집트 영토를 최대로 확장했던 위대한 파라오였다. 하지만 무덤을 발견할 당시 이미 오래전에 도굴된 상태여서 파라오의 미라를 비롯한 많은 부장품은 사라진 상태였다. 그런데 텅 빈 무덤 안에 투트모세 3세의 관 외에 또 다른 관이 하나 더 있었다. 그 관은 투트모세 3세의 관 아래 묻혀 있어 도굴을 면할 수 있었는데 안에는 15세 정도로 추정되는 어린 남자의 흉상이 들어 있었다. 투트모세 3세의 신관(神官)이라고 알려진 이 소년의 흉상은 놀라울 정도로 정교하게 세공되었을 뿐만 아니라 금과 보석으로 화려하게 장식되어 있었다. 가장 눈에 띄는 것은 신관의 눈이었는데 서로 다른 빛깔의 보석으로 장식되어 있었다. 오른쪽 눈에는 검정색 사파이어가, 왼쪽 눈에는 녹색 에메랄드가 박혀 있었다. 그리고 흉상 받침에 다음과 같은 글귀가 적혀 있었다.

'진리의 빛은 미래의 기억 속에 있으니 세상을 뒤져 아문-라의 사자(使者)를 찾아라. 사자는 모두 하나의 얼굴을 하고 있으니 그를 찾아 신의 목소리를 들어라. 그리하면 세게트 이아르의 문이 열리리라.'

한눈에 이 흉상의 가치를 알아본 로레는 석고를 발라 위장한 후 프랑스로 밀반입한다. 당시 많은 재산을 투입해 발굴을 진행했던 로레는 이 흉상을 박물관이 아닌 개인에게 거금을 받고 넘기게 되는데 그가 바로 조셉 호크실드였다. 조셉은 사업 수완뿐만 아니라 고고학에도 상당한 조예가 있었다. 특히 고대 이집트와 로마, 중국 유물에 관심이 많아서 엄청난 양의 유물을 모았던 것으로 알려져 있다. 그런데 그가 '빅토르 로레의 어린 신관'을 매입한 것이다. 그는 이집트 정부가 유네스코를 통해 반환을 요청하자 소장하고 있던 이집트 유물을 대부분 돌려줬다. 하지만 어쩐 일인지 이 석상만은 돌려주지 않았다. 그가 죽자 석상은 에브라임에게 상속됐고 현재는 오귀스트 벨몽이 소장하고 있는 것으로 알려진다. 이집트 문화재청을 비롯해 여러 박물관에서 석상을 연구할 수 있도록 대여를 요청했지만 아직까지 한 번도 세상에 공개된 적이 없었다. 이들은 왜 이 석상에 집착하는 것일까. 나는 그 비밀을 알아내기 위해 백방으로 뛰어다녔지만 작은 단서조차 발견할 수 없었다. 남은 건 석상을 소장하고 있는 당사자를 만나는 것뿐이었다. 나는 벨몽과 인터뷰하기 위해 비서실과 후원 단체 등에 인터뷰 요청을 했다. 그러던 중 한곳에서 연락이 왔다.

인터뷰 일정을 통보받고 모니카는 고개를 갸웃했다. 연락이 온 곳은 카이헨동 연구소였다. 그곳은 외부와의 접촉이 극도로 제한되어 있었다. 이제껏 그곳을 취재한 기자는 거의 전무하다시피 했다. 그런데 인터뷰 요청을 한 지 이틀 만에 소장과의 면담이 성사된 것이다. 그것은 악마 개구리를 인터뷰하기 전에 거쳐야 하는 일종의 면접 같은 것이었다. 정장을 차려입고 찾아간 모니카는 소장으로부터 몇 가지 질문을 받았다. 대부분 형식적인 것들이었다. 인터뷰 시간도 오 분이 채 되지 않았다. 질문을 마친 소장은 차후에 연락을 하겠다는 형식적인 인사를 하곤 면접을 마쳤다. 소장실을 나서던 모니카는 벨몽과의 인터뷰가 물 건너갔다는 걸 직감했다. 그들이 모니카를 만난 건 다른 이유 때문이었다. 어쩌면 그들의 뒤를 캐고 다니는 걸 눈치챘는지도 몰랐다.

"구린내가 팍팍 나네."

다른 방법을 강구해야 했다. 하지만 지금은 기분 전환이 필요했다. 모니카는 오랜만에 남편과 식사를 하기로 마음먹고 전화를 했다.

"당신이 이 시간에 웬일이야? 무슨 일 있어?"

사이먼이 걱정스러운 목소리로 물었다.

"내 남편한테 전화도 못 해? 그보다 당신, 오늘 저녁에 뭐 해? 오랜만에 레스토랑 가서 분위기 잡지 않을래?"

"나야 괜찮지."

"오케이. 그럼 이따 7시에 포시즌즈에서 보자. 내가 예약해 놓을게."

"거긴 너무 비싸지 않아?"

"가끔 기분 낼 때도 있어야지. 정장 입고 오는 거 잊지 마. 사랑해."

오랜만에 남편과 좋은 레스토랑에서 식사를 하려니 기분이 상쾌했다. 날씨도 화창했다. 모니카는 재킷을 벗어 팔에 걸치고 시원한 가을바람을 맞으며 건물을 나섰다. 계단을 내려가 주차장으로 향하려던 순간이었다. 리무진 한 대가 지나쳤다. 리무진은 온통 검은색으로 선팅이 되어 있었는데 지나는 순간 뒷좌석 유리창이 내려가며 타고 있던 사람들의 모습이 나타났다. 뒷좌석에 타고 있던 사람은 두 명이었다. 한 명은 한눈에 북유럽 출신인 걸 알 수 있을 만큼 눈부신 금발의 30대 남자였고 또 한 명은 이제 갓 사춘기를 지난 동양 청년이었다. 청년은 세상에 희망 따윈 남아 있지 않은 듯한 눈으로 창밖을 바라보다가 모니카와 눈이 마주쳤다. 그런데 청년을 보는 순간 모니카는 번개에 맞은 것처럼 그 자리에 굳어 버렸다. 청년은 빅토르 로레의 어린 신관이 되살아난 것처럼 닮아 있었다. 그중에도 두 눈은 흉상에서 검정색 사파이어와 녹색 에메랄드를 빼내 박아 넣은 것처럼 똑같았다. 모니카는 반사적으로 핸드폰을 꺼내 청년을 찍었다. 찰칵. 이윽고 리무진은 건물 너머로 사라졌다. 그제야 모니카는 정신을 차리고 사진을 확인했다.

"궁극의 아이……."

 편집장의 인맥까지 동원해 간신히 알아낸 청년의 신원은 지극히 평범했다. 그는 삼천 년을 죽지 않고 살아온 파라오의 신관이 아니라 카이헨동 연구소의 초청으로 한국에서 온 신가야라는 청년이었다. 과거 행적도 그다지 특별할 게 없었다. 가난한 어머니와 단둘이 살았고 말썽을 일으켜서 소년원을 들락날락했던 문제아에 불과했다. 그런 별 볼 일 없는 청년을 카이헨동 연구소에서 영주권까지 지원하며 초청한 것이다. 더욱 이상한 건 연구소에서 청년의 존재를 숨기려 한다는 점이다. 역시 뭔가 있었다. 나는 청년과 접촉하기 위해 며칠 밤을 연구소 앞에서 잠복했지만 청년은 나타나지 않았다. 다른 방법을 쓸 차례였다. 나는 그 청년과 함께 리무진에 타고 있던 금발 남자를 수소문했다. 남자의 이름은 요르겐 짐머만이었다. 독일에서 온 뇌 전문의이며 수석 연구원으로 근무하고 있었다. 나는 그에게 접근하기 위해 조심스럽게 뒤를 캤다. 그가 연구소에서 뭘 연구하는지는 알 수 없었지만 일상은 지극히 단순했다. 짐머만은 미혼으로 연구소에서 대부분을 보냈고 일이 끝나면 거의 매일 도심의 술집으로 향했다. 그가 자주 가던 술집은 꽤 유명한 바였는데 젊은 친구들이 좋아하는 분위기였다. 짐머만은 그곳에서 술을 마시며 매일 밤 여자들과 시간을 보내고 있었다. 나는 자연스럽게 접근하기 위해 바에서 그를 기다리기로 했다.

러시안 레드를 바른 건 결혼 후 처음이었다. 이제 서른을 앞둔 나이였지만 거울에 비친 모니카는 십 년 전과 비교해도 손색이 없을 정도로 아름다웠다. 가슴까지 파인 흰색 시폰 미니 원피스는 걸을 때마다 멋진 몸매를 보일 듯 말 듯 드러냈고 강렬한 러시안 레드 빛깔의 입술은 지나는 남성들의 가슴을 설레게 하기에 충분했다.

"아직 쓸 만하지?"

모니카는 거울 속 자신에게 윙크를 날렸다. 이제 모든 준비가 끝났다.

"아 참."

결혼반지가 남아 있었다.

"미안해, 사이먼. 비즈니스 때문이니까 이해해 줘."

모니카는 반지를 핸드백에 넣고 화장실을 나섰다.

바는 에너지를 주체 못 하는 젊은이들로 넘쳐 나고 있었다. 모니카는 오랜만에 대학 시절 기분을 만끽하며 바에 자리를 잡았다.

"뭘 드릴까요?"

록커처럼 머리를 기른 바텐더가 다가와 물었다.

"모히토 한 잔."

"모히토 한 잔 금방 대령이오."

바텐더는 모니카가 맘에 드는지 연신 힐끔거리며 칵테일을 만들기 시작했다. 그는 과시라도 하듯 얼음 채운 잔을 멋지게 돌려 가며 탄산수와 라임을 넣고는 피스타치오와 함께 가져왔다.

"처음 뵙는 분 같은데?"

"맞아요."

"나는 래리예요. 이 바의 사장이죠."

"반가워요, 래리. 난 모니카예요."

"모니카! 〈프렌즈〉에서 제일 좋아하던 캐릭터가 모니카였는데. 그쪽이 훨씬 더 예쁘다고 하면 작업이라고 생각하려나?"

"래리, 난 기다리는 사람이 있어요."

"오케이. 필요한 게 있으면 언제든지 불러요. 번개처럼 달려올 테니."

그제야 바텐더는 자리를 비켰다. 시계는 7시 15분을 가리키고 있었다. 짐머만이 나타날 시간이었다. 모니카는 마지막으로 손거울을 꺼내 화장을 확인하고 바 입구를 살폈다. 언제부턴가 비가 억수같이 내리고 있었다. 거리에는 미처 우산을 준비 못 한 사람들이 비를 피하려고 이리저리 뛰어다니고 있었다. 모니카는 긴장을 풀기 위해 모히토를 조금 마셨다. 그녀가 누군가에게 정체를 속여 가며 접근하려는 것은 이번이 처음이었다.

"이번 한 번만이야, 모니카."

모니카는 스스로를 위로하며 칵테일 잔을 들었다. 그때 문이 열리며 짐머만이 들어왔다. 그는 비를 맞아 흥건하게 젖어 있었다. 바텐더가 수건을 건네주자 짐머만은 입고 있던 트위드 재킷을 벗고 물기를 닦았다.

"늘 먹던 걸로."

짐머만이 바에 앉으며 말했다. 그러자 바텐더가 위스키 언더록을 건네줬다. 그는 잔을 받자마자 원샷을 하고 다시 한 잔을 주문했다.

모니카는 반대편 바에 앉아 조심스럽게 짐머만을 살폈다. 오늘따라 짐머만은 피곤해 보였다. 며칠째 집에 못 들어갔는지 수염이 덥수룩하게 나 있었고 머리도 헝클어져 있었다. 그는 목이 마른 듯 두 번째 잔도 이내 비우고 맥주를 주문했다.

"오늘따라 얼굴이 까칠한데."

바텐더가 맥주를 가져다주며 물었다.

"사람이 사람을 속여야 한다는 건 정말 못 해 먹을 짓이야."

"무슨 일인지 물어도 말 안 해 주겠지?"

"어차피 관심도 없잖아."

짐머만이 쓴웃음을 짓고는 맥주를 땄다. 그가 맥주를 비우는 사이 몇 명의 여자가 다가왔지만 그는 정중히 거절하고 혼자 묵묵히 술을 마셨다. 그 모습을 지켜보던 모니카는 자신이 짐머만에게 호감을 느끼고 있다는 걸 깨달았다. 사실 짐머만은 멋진 외모를 갖고 있었다. 190센티미터 가까이 되는 훤칠한 키에 지적인 얼굴을 하고 있었고 옷 입는 취향도 세련됐다. 독일어 악센트가 남아 있는 그의 발음도 이국적이었다. 마음만 먹으면 얼마든지 여자를 얻을 수 있는 남자였다. 짐머만도 그런 외모를 이용해 여자들과 시간을 보내고 있었다. 하지만 오늘은 혼자 있고 싶은지 주위 여자들에게 눈길도 주지 않았다. 그 모습이 오히려 모니카의 마음을 조용히 흔들었다.

"오늘은 날이 아닌걸."

모니카는 다음을 기약하기로 하고 술값을 탁자 위에 놓고 바를 나섰다. 거리에는 여전히 장대비가 쏟아지고 있었다. 이대로 나갔다가는 오랜만에 차려입은 원피스가 엉망이 될 게 뻔했다. 시폰 원피스는 그녀가 아끼는 옷 중 하나였다. 모니카는 택시가 지나가길 기다리며 처마 밑에서 비에 젖어 가는 도시 야경을 감상했다. 그때였다. 짐머만이 바에서 나왔다. 그는 먹구름이 낀 밤하늘을 슬쩍 보더니 어디론가 달려갔다. 그가 향한 곳은 길 건너편에 주차한 흰색 BMW였다. 그는 트렁크를 열고 안에 들어 있던 우산을 꺼내 바로 돌아왔다. 그러더니 모니카에게 우산을 내미는 것이었다.

"이걸 써요."

"하지만……."

"당신의 시폰 드레스가 젖으면 이 도시 남자들이 미쳐 버릴지도 몰라요. 그들을 살려 줘요."

짐머만은 우산을 쥐여 주고는 다시 바로 돌아갔다. 우산을 받은 모니카는 심장이 빠르게 뛰고 있다는 걸 알았다. 부드러운 짐머만의 갈색 눈과 마주치자 온몸에서 알 수 없는 화학반응이 일어나고 있었다. 이건 대학 시절에도 느껴 보지 못했던 감정이었다.

'정신 차려, 모니카. 저 사람은 취재 대상이란 말이야. 지금 무슨 생각을 하는 거야.'

모니카는 우산을 펴고 도망치듯 거리로 향했다.

나는 첫눈에 반할 수 있다는 사실을 믿지 않았다. 그건 그저 순간적으로 일어나는 강한 성욕의 일종이라고 생각했다. 시간이 지나면 배설과 함께 사라질. 그런데 그에게서 느낀 건 성욕과는 다른 묘한 감정이었다. 잠자고 있던 또 다른 내가 깨어나는 느낌이랄까. 하지만 그는 이번 취재의 열쇠를 쥔 사람이다. 쓸데없는 감정에 휩싸여선 안 된다. 그리고 내겐 사이먼이 있다. 마음을 다져 먹고 짐머만을 다시 만난 건 그 일이 있은 지 나흘 후였다. 나는 빌려준 우산을 돌려준다는 핑계로 그에게 접근할 생각이었다.

8시가 지났지만 짐머만은 나타날 기미가 없었다. 오늘 모니카는 지난번처럼 화려하게 꾸미지 않았다. 화장에 조금 더 신경을 썼을 뿐 평소에 입던 품이 넉넉한 블라우스에 청바지 차림을 하고 있었다. 월요일이라 그런지 바는 한산했다. 모니카는 석 잔째 칵테일을 주문하려다 말고 자리에서 일어났다.

"래리, 이 우산 좀 그분한테 전해 줘요. 부탁해요."

모니카는 바텐더에게 우산을 건네줬다.

"그 사람 선수예요. 조심하는 게 좋아요."

모니카는 대꾸 없이 바를 나섰다. 구름에 걸린 보름달이 운치 있게 밤하늘을 비추고 있었다.

"내가 왜 이러지?"

기다리는 내내 모니카는 마음을 졸였다. 취재 내용을 어떻게 끌어낼지에 대한 초조함이 아니었다. 그건 단지 그 남자에 대한 기다림이었다. 그를 다시 보고 싶었다. 이건 옳지 않다고 되뇌었지만 소용없는 짓이었다. 그녀의 눈은 바 입구에 고정되어 있었고 문이 열릴 때마다 심장이 뛰었다. 좋지 않은 징조였다. 그녀는 퓰리처를 꿈꾸는 전도유망한 기자였고 매일 밤 식사를 차려 놓고 기다리는 좋은 남편이 있었다. 모니카는 속죄라도 하려는 듯 핸드백에 넣어 두었던 반지를 꺼냈다.

"저기……."

누군가의 목소리에 모니카는 깜짝 놀라 돌아봤다. 짐머만이었다. 그가 빌려준 우산을 들고 서 있었다. 모니카는 반지를 도로 주머니에 넣었다.

"같이 한잔하지 않을래요?"

"우산을 돌려 드리려고 왔을 뿐이에요."

"혼자 보기에는 아까운 볼거리가 있어요. 같이 가요."

마법에 이끌리듯 짐머만과 간 곳은 차이나타운이 내려다보이는 어느 건물 옥상이었다. 만두 축제가 한창이던 거리는 번쩍이는 조명과 인파로 북적였다. 그 모습이 전기를 마시고 다시 부활한 용처럼 아름다웠다. 천막 노점상에서는 각양각색의 만두가 먹음직스럽게 진열되어 있었고 사람들은 만두를 오물거리며 공연을 보고 있었다. 높지 않은 옥상은 바닥에 인조 잔디가 깔려 있어 나름 아늑했다. 건물 사람들이 사용하는 작은 탁자와 의자도 거리가 내려다보이는 난간 곁에 운치 있게 놓여 있었다.

"잠깐만 기다려요. 금방 올 테니."

짐머만은 뭔가를 준비하려는 듯 어디론가 사라졌다. 그사이 모니카는 난간에 기대어 거리를 내려다봤다. 이제 막 중국 전통 사자춤이 시작된 참이었고, 그 주위에는 중국 전통 의상을 입은 사람들이 사자 인형을 향해 오색 종이를 뿌려 댔다. 그런 멋진 광경을 적당한 거리에서 보고 있자니 이 순간이 손에 잡힐 것처럼 풍성하게 느껴졌다. 시원한 가을바람까지 불고 있어 더할 나위 없었다. 이런 기분은 정말 오랜만이었다. 결혼을 하고 기자가 되고 매주 칼럼을 내보냈지만 정작 자신을 돌아볼 여유는 없었다. 모니카는 기사를 잠시 잊고 이 순간을 즐기고 싶어졌다.

'이건 스쳐 지나는 소나기 같은 거야. 내일 아침이면 흔적도 남아 있지 않아.'

그때 짐머만이 돌아왔다. 그의 손에는 샴페인 한 병과 딸기, 그리고 거리에서 사 온 만두가 들려 있었다.

"오래 기다렸죠?"

짐머만은 테이블 위에 준비한 먹거리를 세팅했다. 그 모습을 모니카는 조용히 지켜보고 있었다.

"잔이 없어요."

그러자 짐머만이 마술처럼 뒷주머니에서 샴페인 잔을 꺼냈다.

세팅이 끝나자 짐머만은 샴페인 뚜껑을 따서 각자의 잔에 따랐다.

"바텐더가 그러는데, 당신 선수래요."

폭죽이 밤하늘을 수놓자 축제는 절정에 달했다.

"당신은 어떻게 생각해요?"

"그런 거 같아요."

"맞아요. 나 선수예요. 그런데 왜 날 다시 찾아왔어요?"

"글쎄요."

짐머만이 잔을 들었다.

"이유 같은 건 알고 싶지 않아요. 다시 만나서 반가워요."

두 사람은 잔을 부딪쳤다. 경쾌한 유리잔 소리가 청명한 밤하늘에 울려 퍼졌다.

그날 이후 특별한 노력 없이 그를 만날 수 있었다. 그는 분명 나한테 호감을 갖고 있었다. 어느 정도인지 알 수는 없지만 적어도 먼저 전화를 걸 필요는 없었다. 그렇게 몇 번 그와 만났다. 만나는 동안 나는 연구소에서 무슨 일을 하는지 알아내려고 했지만 뇌에 관해 연구하고 있다고만 할 뿐 구체적인 내용은 말하지 않았다. 나는 적당한 시기를 봐서 그 청년에 관해 물을 작정이었다. 문제는 나였다. 만나는 횟수가 늘어날수록 그가 내 마음속에서 영역을 넓혀 가고 있었다. 그는 친절하고 매력적이었다. 멋진 머릿결을 갖고 있었고 세련된 매너로 대했다. 가끔씩 그와 살이 스칠 때면 현기증이 날 정도로 짜릿했다. 그러면 그럴수록 죄책감이 몰려왔다. 나에겐 사이먼이 있다. 난 그의 아내고 그를 사랑한다. 그리고 사이먼은 바보처럼 날 믿고 있다. 나는 서둘러 일을 마무리 짓는 게 좋겠다고 생각하고 짐머만에게 전화를 걸었다.

한 시간이 지났지만 그는 나타나지 않았다. 그는 약속 시간에 늦거나 사정이 생기면 반드시 전화를 걸었다. 그런데 지금은 전화도 받지 않았다. 뭔가 일이 생긴 게 분명했다. 모니카는 마지막으로 다시 번호를 눌렀다.

"여보세요?"

처음 듣는 여자 목소리였다.

"요르겐 짐머만 씨 핸드폰 아닌가요?"

"네, 맞아요. 그런데 짐머만 씨는 지금 수술 중이라 전화를 받으실 수 없어요. 누구라고 전해 드릴까요?"

짐머만은 골절상을 입고 워싱턴 인근 병원에서 수술을 받고 있었다. 모니카는 곧장 짐머만이 입원한 병원으로 달려갔다.

"무슨 일이에요? 교통사고인가요?"

모니카가 수술을 마치고 나오는 의사에게 물었다.

"부인이신가요?"

의사의 질문에 모니카는 멈칫했다.

"아니요. 그냥…… 친구예요."

"연구소에서 앰뷸런스에 실려 왔어요. 사고라는데, 제가 보기에는 누군가에게 흉기로 맞은 거 같아요. 쇠파이프 같은 걸로 말이에요."

"쇠파이프……."

회복실로 옮겨진 짐머만은 한동안 잠에서 깨어나지 않았다. 모니카는 일단 그가 깨어날 때까지 옆을 지키기로 하고 소파에 몸을 기댔다. 그때 핸드폰이 울렸다. 사이먼이었다. 모니카는 핸드폰을 들고 밖으로 나갔다.

"통화 괜찮아?"

사이먼의 목소리는 언제나처럼 푸근했다.

"괜찮아. 그런데 웬일이야?"

"오늘 월급날이잖아. 뭐 먹고 싶은 거 있나 해서."

"아무거나 상관없어. 당신이 만드는 거면."

"오늘따라 너무 상냥한데. 정말 아무 일 없는 거지?"

"언제는 안 그랬나. 새삼스럽게."

"일찍 들어와. 특별 메뉴로 준비해 놓을게."

"이따 봐. 사랑해."

모니카는 전화를 끊고 나서도 한참 동안 핸드폰을 응시했다. 오늘따라 사랑한다는 말이 미안하다는 말처럼 느껴졌다. 그때 짐머만이 깨어났다. 모니카는 병실로 들어갔다. 마취가 깨며 통증이 오는지 짐머만은 작게 신음을 냈다.

"당신이 여긴 어떻게…… 아, 그렇지. 미안해요. 못 나가서."

"지금 그게 중요한 게 아니잖아요. 괜찮아요? 간호사를 불러 줄까요?"

"아니요. 그냥 내 손을 잡아 줘요. 그게 진정제예요."

모니카는 잠시 망설이다가 짐머만의 손을 잡았다.

"눈을 떴는데 당신이 보여서 죽었구나 생각했어요."

"내가 저승사자처럼 보여요?"

"아니, 천사처럼 보여요."

모니카가 어이없다는 듯 미소를 지었다.

"무슨 일이 있었던 거예요? 의사 말로는 쇠파이프 같은 걸로 맞은 거 같다던데."

짐머만의 표정이 굳어졌다.

"괜한 걸 물었군요."

"대가를 치른 거예요."

"대가?"

"내 욕심을 채우려고 다른 사람을 이용했다가 대가를 치른 거죠."

"그 연구소에서 무슨 일을 하고 있어요? 뭘 연구하는 거죠?"

"말해도 믿지 않을 거예요."

"말해 봐요. 믿을지 말지는 내가 정할 테니까."

그러자 짐머만이 물끄러미 쳐다봤다.

"왜 날 기다리고 있었어요?"

"만나기로 했잖아요."

"아니, 그날 말이에요. 내가 우산을 빌려준 날. 당신은 그날 날 기다리고 있었어요."

"무슨 말인지 모르겠군요."

모니카는 당황한 기색을 들키지 않으려고 시선을 돌렸다.

"깨어난 걸 봤으니 이제 가야 할 거 같아요. 사무실을 너무 오랫동안 비웠어요. 더 늦으면 보스가 난리를 칠 거예요. 몸조리 잘해요."

모니카는 코트를 챙겨 회복실을 나서려 했다.

"당신이 왜 날 기다렸는지는 모르겠지만 당신이 있어서 너무 좋았어요. 그날도, 오늘도."

모니카는 말없이 회복실을 나섰다.

사이먼은 잠시 취재 노트를 덮었다. 그는 그날을 기억하고 있었다. 그날은 FBI에 입사 후 첫 월급을 받은 날이었다. 그리고 처음으로 아내의 외도를 의심한 날이었다. 그날 저녁 사이먼은 아내가 좋아하는 연어 스테이크와 링귀니 파스타를 준비해 놓고 기다리고 있었다. 아내는 스테이크를 오븐에 두 번 데우고 나서야 돌아왔다. 두 사람은 오랜만에 마주앉아 식사를 했다. 아내는 배가 고팠는지 준비한 음식을 남김없이 비웠다. 하지만 식사하는 내내 말이 없었다. 질문에는 단답형으로 대답했고 농담을 해도 형식적인 미소만 지을 뿐이었다. 식사가 끝나자 아내는 설거지를 하던 사이먼을 데리고 침실로 향했다. 그리고 사랑을 나눴다. 그날따라 아내는 열정적으로 사이먼을 끌어당겼다. 숨소리는 거칠었고 행위는 거침이 없었다. 결혼 후 나눴던 사랑 중 가장 격렬한 섹스였다. 그런데 사랑을 나누고 나자 알 수 없는 불안감이 엄습했다. 아내는 옆에 있었지만 그녀의 마음은 다른 곳에 있었다. 하지만 사이먼은 아무것도 묻지 않았다. 다시 익숙한 고통이 심장으로 스며들고 있었다. 예상대로 아내는 그날 사이먼 곁에 없었던 것이다.

그날 이후 나는 짐머만의 전화를 받지 않았다. 이대로 계속 만나다가는 어떻게 될지 장담할 수 없었다. 몇 번의 만남으로 우리는 어느새 서로의 마음 깊은 곳까지 이어지고 있었다. 그 사실을 부정하려고 하면 할 수록 그의 얼굴이 떠올랐다. 나는 그와의 만남을 끝내고 다른 방법을 찾기로 했다. 하지만 한번 연결된 인연은 한 사람의 의지대로 쉽게 지워질 수 없었다.

신문사 보안 게이트를 지나던 모니카는 움찔 멈춰 섰다. 짐머만은 화가 나 있었다.

"당신이 여긴 어떻게……."

"그래요. 나도 반가워요."

두 사람은 잠시 말없이 서로를 바라봤다. 주변에는 퇴근을 하던 많은 사람이 있었지만 모두 다른 차원의 허상처럼 무의미하게 스쳐 지나고 있었다.

"왜 갑자기 연락 두절이에요? 내가 뭘 잘못했어요?"

"우리는 더 만나선 안 돼요. 미안해요."

모니카는 짐머만을 무시하고 지나치려 했다. 하지만 짐머만은 순순히 보내 주지 않았다. 그는 모니카의 손목을 잡더니 어디론가 끌고 갔다.

"어딜 가는 거예요?"

"난 이런 식으로 끝낼 수 없어요."

짐머만이 향한 곳은 인근 레스토랑이었다. 미쉐린 가이드에 소개된 곳으로 모니카도 몇 번 식사를 하려 했지만 오래전에 예약이 끝나 자리를 잡을 수 없었던 곳이었다. 그런 곳을 짐머만은 예약도 없이 들어섰다. 입구에는 손님들이 길게 줄을 서고 있었지만 짐머만은 매니저와 몇 마디 인사를 나누더니 이내 자리를 잡았다.

"여긴 셰프 추천 코스가 괜찮아요. 먹을 만할 거예요."

모니카는 요리 따위엔 관심 없었다. 짐머만은 코스 요리 두 개와 위스키 언더록 더블을 주문했다.

"당신은 뭘 마시겠어요?"

"전 됐어요."

웨이터가 주문을 받고 사라지자 어색한 침묵이 이어졌다. 옆 테이블에는 이제 막 사랑을 시작한 연인들이 살가운 대화를 주고받고 있었다.

"한 가지만 대답해 줘요."

모니카가 고개를 들었다.

"날 만난 이유가 취재 때문이에요?"

모니카는 선뜻 대답할 수 없었다.

"대답해요!"

짐머만이 소리치자 주위 사람들이 모두 쳐다봤다.

"그래요. 취재 때문에 접근했어요. 됐어요?"

짐머만은 무너지는 듯한 슬픈 표정을 지었다. 그걸 본 모니카의 마음도 무너지고 있었다.

"이만 가는 게 좋겠어요. 미안해요. 짐머만."

모니카는 일어나 레스토랑을 빠져나왔다. 거리에는 비가 부슬부슬 내리고 있었다. 모니카는 우산도 쓰지 않은 채 무작정 걸었다.

"모니카! 기다려!"

짐머만이었다. 그가 달려오고 있었다.

"우린 더 이상 할 말이 없어요. 돌아가요."

"당신이 원하는 걸 전부 말해 주겠어요."

모니카가 걸음을 멈췄다.

"대신 조건이 있어요."

"뭐죠?"

"오늘 밤 나와 함께 지내. 오늘 이후 두 번 다시 날 보지 않아도 좋아요."

모니카는 망설였다. 취재 때문이 아니었다. 이미 마음은 먹었지만 두 번 다시 보지 않겠다는 말을 들으니 묘하게 상처가 됐다. 하지만 고민할 필요가 없었다. 짐머만이 모니카를 데리고 택시에 올랐다. 두 사람이 향한 곳은 가까운 호텔이었다. 호텔 방에 들어온 짐머만은 모니카를 침대에 던지고는 옷을 벗었다. 그리고 달려들었다. 모니카는 모든 걸 포기하고 짐머만의 손에 고스란히 자신을 맡겼다. 짐머만은 모니카의 옷을 벗기더니 허기진 산짐승처럼 파괴적으로 그녀의 몸을 끌어안았다. 아름다운 가슴에서부터 은밀한 곳까지 그녀의 체취를 남김없이 빨아들였다. 모니카는 눈을 감은 채 시간이 갈수록 부풀어 오르는 짐머만의 뜨거운 숨결을 묵묵히 받아들였다. 그렇게 얼마가 지났을까. 짐머만이 모니카의 가슴에 얼굴을 묻고 흐느끼는 것이었다. 그는 진심으로 모니카를 사랑하고 있었다. 모니카는 부드럽게 짐머만의 머리를 쓰다듬었다.

"미안해요…… 미안해요……."

짐머만은 한참을 모니카 품에 안겨 있었다. 저 멀리 경찰 사이렌 소리가 도시의 어둠을 반으로 가르며 멀어지고 있었다. 이윽고 진정이 되자 짐머만은 미니바에서 위스키를 꺼내 스트레이트로 원샷을 했다.

"당신이 뭘 원하는지 알아요."

"말하지 않아도 돼요. 이제 당신에게 듣고 싶지 않아요."

"아니. 약속은 약속이니까. 하지만 한 가지 명심해야 할 게 있어요. 이 비밀을 듣게 되는 순간 당신은 죽은 목숨이라는 거예요. 그래도 알고 싶어요?"

짐머만이 허풍을 떠는 게 아니라는 걸 그녀는 잘 알고 있었다.

"상관없어요. 어차피 기자라는 직업이 그런 거예요."

"그런 게 아니야. 이건 절대 피할 수 없는 거라고. 심장을 향해 날아오는 총알처럼."

"그렇겠죠. 그들은 세상을 지배하는 사람들이니까."

"그런데도 알고 싶어요? 목숨을 잃게 될 텐데?"

"그게 진실의 마력 아닐까요? 숨기면 숨길수록 더욱 알고 싶은…… 치명적이면 치명적일수록 더 캐내고 싶어지는…….."

짐머만은 미니바에 있던 위스키를 병째로 들이켰다. 그리고 이야기를 시작했다.

"당신이 찾는 그 아이는 미래를 기억하는 아이예요."

"미래를 기억한다고요?!"

"평생 자신한테 일어날 모든 일을 기억해요."

"그 말은 자신의 미래는 알 수 있지만 다른 사람의 미래는 보지 못한다는 거군요?"

"그래요. 자신이 겪게 될 미래만 알 수 있어요."

"하지만 그것만으로도 굉장한 위력을 발휘할 수 있겠군요. 누군 가의 엄청난 힘과 만나면."

"그래요."

"그렇다면 빅토르 로레의 어린 신관은 뭐죠?"

짐머만은 다시 위스키 한 모금을 물었다.

"이 아이들은 아주 오래전부터 존재해 왔어요. 언제부터인지는 아무도 몰라요. 역사에 남아 있는 기록 중 가장 오래된 건 기원전 26세기경 고대 이집트 쿠푸왕의 무덤이에요. 그 유명한 기자의 피라미드죠. 왕과 왕비의 방이 연결된 통로 중앙에 또 다른 비밀의 방이 있었어요. 미국의 고고학자 조지 라이즈너에 의해 발견된 이 방에는 17세 정도의 남자아이 미라와 다섯 개의 석판이 있었고, 석판에는 아이에 관한 내용이 적혀 있었어요. '아누비스의 사자'라고 불리는 이 아이는 금빛 옷을 입고 한 손에 황금 망치를 들고 죽음의 신 아누비스의 신전에서 어느 날 나타났다고 전해지는데 열 살도 안 된 나이에 대사제의 자리에 올랐어요. 그런데 석판에 적힌 기록에 의하면 이 아이한테는 놀라운 능력이 있었어요. 바로 미래를 보는 능력이에요. 쿠푸는 영토를 확장해 남쪽 엘레판티네까지 지배하게 되는데 원정을 갈 때마다 이 어린 사제의 신탁이 있었다고 해요. 쿠푸는 이 아이의 능력 덕분에 고대 이집트 왕조 중 최고의 황금기를 건설해요. 그런데 쿠푸의 대사제는 스무살도 안 된 어린 나이에 사망하게 돼요. 그 후로 쿠푸왕의 치세도 쇠락하죠. 그의 후계자였던 아들 카와프가 암살되고 왕국에는 내란이 끊이지 않아요. 그로부터 천 년 후 또 다른 왕이 이 아이를 발견하게 되는데 그가 바로 투트모세 3세예요. 그는 이집트 왕실에 전해 내려오는 아누비스의 사자에 관한 전설을 들으며 성장했어요. 그러던 어느 날 히타이트를 정복하던 중 석상과 똑같이 생긴 아이를 발견해요. 그런데 놀랍게도 그 아이한테 똑같은 능력이 있었던 거예요. 덕분에 투트모세 3세는 쇠퇴했던 왕권을 회복해요. 원정을 실시해 팔레스타인 지방까지 세력을 확대하죠."

"잠깐. 그러니까 궁극의 아이는 전 세대가 사망하고 나서 얼마 후 똑같은 얼굴로 다시 태어난다는 건가요?"

모니카가 상기된 얼굴로 물었다.

"얼굴뿐만 아니라 지문, 심지어 치열까지도 똑같아요. 놀라운 일이죠. 그때부터 이집트의 모든 파라오들은 이 아이들을 찾기 시작해요. 그들에게 이 아이들은 신이나 마찬가지였으니까. 하지만 이 아이들은 이집트에서만 출생하는 게 아니었어요. 모든 인종, 모든 국가에서 무작위로 태어나요. 때문에 이 아이들의 존재는 이집트 왕국과 함께 모래 속에 묻히게 돼요. 그 후 역사적으로 이 아이라고 추정되는 인물이 몇 명 있긴 했지만 확실한 증거는 없어요. 그중 가장 유력한 인물이 알렉산드로스 대왕이에요. 그의 궁정화가 아펠레스가 그린 초상화를 보면 아누비스의 사자가 부활한 것처럼 똑같은 얼굴을 하고 있어요. 뿐만 아니라 페르시아와의 전쟁에서 단 한 번의 패배도 없이 연승을 거둬요. 그라니코스전투, 이수스전투, 가우가멜라전투 등에서 보여 준 알렉산드로스 대왕의 전술은 이미 모든 걸 알고 있었다고밖에 말할 수 없을 정도로 놀라워요. 심지어 최대의 적인 다리우스 3세가 박트리아의 총독인 베소스에게 살해당할 것까지 예견했다고 해요. 그 후 이집트까지 정복한 알렉산드로스는 이집트를 시찰하던 중 자신과 똑같은 석상이 이집트 신전에 있다는 사실을 알고 충격을 받아요. 그래서 이집트의 모든 신전을 둘러보기 시작하죠. 아픈 몸을 이끌고 비하리야 사막을 건너 가장 거대한 아누비스의 사자 석상이 있던 카르낙 신전까지 방문했다가 서른세 살의 나이에 사망해요. 유일하게 서른을 넘긴 궁극의 아이라고 할 수 있죠. 그 후로 궁극의 아이는 역사 속에서 사라져요. 이들이 뛰어난 능력을 지녔음에도 빛을 보지 못한 데는 몇 가지 이유가 있어요. 그중 가장 큰 이유는 대부분 사람들이 이 아이들을 정신병자라고 치부해 버렸기 때문이에요. 미래와 현실을 혼동해 세상에 적응을 할 수가 없었던 거죠. 존 마이어스처럼. 그래서 대부분 어린 시절에 부모에게 버림당하거나 평생 정신병자 취급받으며 살다가 죽어요."

"그런데 그 아이를 조셉 호크실드가 찾아냈군요."

"그래요. 고대 이집트 유물에 관심이 많던 조셉 호크실드는 어느 날 런던의 암시장에 나온 아누비스의 사자 석상을 발견해요. 쿠푸왕의 무덤에서 도굴된 유물이었죠. 석상의 아름다움에 매료된 조셉은 석상을 구매해요. 그런데 얼마 후 빅토르 로레로부터 또 다른 구매 제안이 들어와요. 투트모세 3세의 무덤에서 발견한 흉상이었죠. 엄청난 시간차를 두고 똑같은 인물을 조각한 것에 의문을 가진 조셉은 어린 신관에 관해 조사하기 시작해요. 그러던 중 아누비스 사자의 석판에서 해답을 얻게 돼요. 바로 이집트 왕실에 전해 내려오는 미래를 보는 아이에 관한 전설이었어요. 하지만 그

때까지는 그저 전설이라고만 여겼어요. 그러던 1815년 프랑스 낭트 지방을 여행하던 조셉은 어느 날 집시촌을 지나게 돼요. 그리고 거기서 한 소년을 만나게 되죠."

"전설에 나오던 궁극의 아이였군요."

"그래요. 아이는 아누비스의 사자가 되살아난 것처럼 똑같은 얼굴을 하고 있었어요. 서로 다른 빛깔의 두 눈과 동서양을 정교하게 섞어 놓은 듯한 생김새까지. 조셉은 귀신에 홀린 듯 그 아이에게 다가가요. 그런데 그 아이가 기다렸다는 듯이 말하는 거예요. 당신은 세계를 지배하는 대부호가 될 거라고. 그러자 조셉이 물어요. 어떻게 하면 대부호가 되겠냐고. 그러자 아이가 말해요. 이제 곧 프랑스와 영국이 국운을 걸고 전쟁을 하게 될 거라고. 그 전쟁의 승자는 영국이 될 거고 당신은 영국의 국채를 사서 엄청난 부를 얻게 될 거라고. 얼마 후 아이의 예언대로 워털루전투가 벌어지자 조셉은 주저 없이 영국 국채를 사들여요. 그리고 놀랍게도 아이의 예언은 적중해요. 조셉은 곧바로 많은 돈을 지불하고 아이를 데려와요. 그때부터 호크실드가의 신화가 시작된 거예요. 영국 철도에서부터 수에즈운하까지. 아이의 능력을 등에 업은 호크실드 가문은 단 한 번의 실패도 없이 세계 최고의 부호가 되죠."

"그리고 호크실드가의 부를 물려받은 악마 개구리들도 아이의 능력을 이용해 세계를 지배하고 있군요."

짐머만이 무겁게 고개를 끄덕였다.

"여기까지가 내가 알고 있는 전부예요."

옷을 모두 입은 짐머만은 마지막 인사를 하려는 듯 모니카에게 손을 내밀었다.

"당신과 이런 식으로 만나게 돼서 마음이 아파요. 하지만……."

모니카가 말끝을 흐렸다.

"나도 미안해요. 이렇게 돼서."

짐머만의 마지막 인사는 자못 의미심장했다. 말을 마치자 짐머만은 방을 나섰다.

"마지막으로 부탁이 있어요."

짐머만이 멈춰 섰다.

"그 아이를 만나게 해 줘요."

짐머만은 들어선 안 될 이야기를 들은 듯 눈을 질끈 감았다.

"모니카, 이제 그 아이는 잊는 게 좋아요. 이대로 모든 걸 묻어요. 그게 당신이 살길이에요."

"난 이미 강을 건넜어요. 돌아갈 수 없어요. 마지막 부탁이에요. 신가야를 만나게 해 줘요."

짐머만은 잠시 고민을 하다가 입을 열었다.

"이틀 후 당신 생일날 오전 8시 30분에 월드 트레이드 센터 78층 로비에서 기다려요. 내 마지막 선물이 배달될 거예요."

이 말을 남기고 짐머만은 방을 나섰다.

이틀 후 모니카는 약속 시간보다 십 분 일찍 약속 장소에 도착했다. 78층 로비에 도착한 모니카는 신가야를 찾아보았지만 보이지 않았다. 로비에는 편안한 음악과 대화 소리만이 잔잔하게 이어지고 있었다. 모니카는 시간을 확인하고 로비 창가에 자리를 잡았다. 무엇 하나 특별한 것이 없는 아침이었다. 그런데 잠시 후 경비원 한 명이 다가왔다.

"모니카 켄 양이십니까?"

"그런데요?"

"혹시 신가야라는 사람을 아시나요?"

순간 모니카는 자리에서 벌떡 일어섰다.

"그 사람 어딨죠?"

"조금 전에 소란을 피워서 건물 밖으로 쫓아냈어요. 그런데 그 친구가 마지막 소원이라며 이 편지를 당신한테 전해 달라고 하더군요. 그리고 이 말도요."

경비원은 편지 봉투 한 장을 건넸다.

"뭐라고 했죠?"

모니카가 편지를 받으며 물었다.

"그게…… 정신이 좀 이상한 청년이더군요."

"뭐라고 했는지나 말해요!"

모니카가 소리쳤다.

"당신을 구하지 못해서 미안하대요."

경비원이 자리를 뜨자 모니카는 서둘러 편지를 개봉했다. 안에는 한 장의 편지가 들어 있었다. 하지만 아무것도 적혀 있지 않았다. 그저 빈 편지지일 뿐이었다. 뭔가 이상했다. 온몸에 불길한 예감이 퍼져 나갔다. 모니카는 편지를 핸드백에 넣고 로비를 빠져나가려 했다. 그런데 그때 저만치 하늘에서 굉음이 들렸다. 거대한 비행기였다. 비행기는 한 번의 망설임도 없이 곧장 모니카가 있는 곳을 향해 날아왔다. 사람들이 비명을 지르며 달아나기 시작했지만 모니카는 담담하게 비행기를 응시하고 있었다.

"심장을 향해 날아드는 총알…….."

모니카는 조용히 눈을 감았다.

다음 장은 없었다. 이로써 아내의 죽음에 관한 모든 비밀이 풀린 것이다. 하지만 십 년간 짊어지고 있던 짐이 사라진 건 아니었다. 오히려 더욱 무거워진 느낌이었다. 모니카가 넘긴 공은 이제 사이먼의 손에 넘어와 있었다. 용의자였던 신가야는 어느새 피해자로 변해 있었고 희생자였던 악마 개구리들은 세상을 지배하는 악당이 되어 있었다. 사이먼은 노트를 봉투에 넣고 생각에 잠겼다. 사이먼은 스스로 이성적인 인간이라고 생각하고 있었다. 사실이 그랬다. 지난 십 년간 수많은 사건을 맡았지만 한 번도 감정에 치우쳐 일을 그르친 적이 없었다. 이번 사건도 마찬가지였다. 적당한 거리를 두고 사건을 객관적으로 바라보려고 노력했다. 그런데 모니카가 등장하면서 파문이 일고 있었다. 사건은 지극히 개인적으로 변해 있었다. 사이먼은 세상이 공평하지 않다는 사실을 잘 알고 있었다. 돈과 권력을 가진 이가 못 가진 이보다 많은 혜택을 누리는 게 세상의 룰이었다. 그러나 이건 도를 지나쳤다. 사이먼은 이제껏 접하지 못한 분노를 느꼈다. 배후를 알게 된 순간 불이 붙어 버린 유정(油井)처럼 쉽사리 진화되지 않았다. 사랑하는 이의 목숨을 하찮게 대한 인간들에게 상응하는 대가를 치러 주고 싶었다. 그들이 저지른 짓이 얼마나 엄청난 일인지 뼈저리게 느끼게

해 주고 싶었다. 물론 혼자만의 힘으로는 역부족일 수도 있었다. 하지만 몸이 부서지는 한이 있어도 놈들을 이대로 내버려 둘 순 없었다.

"기다려, 모니카. 당신이 마무리 짓지 못한 기사, 내가 마무리 지어 줄게."

사이먼은 악마 개구리들과의 전쟁을 위해 뒤춤에 있던 총을 찾았다. 재장전을 위해서였다. 그런데 어쩐 일인지 총집이 비어 있었다. 주변을 살펴봤지만 총은 보이지 않았다. 마지막으로 총을 만진 건 짐머만을 만났을 때였다. 그 후로 총집에 꽂혀 있었고 만약을 위한 잠금장치도 있었다. 그런데 사라진 것이다. 누군가 훔쳐 간 게 분명했다. 하지만 누가 언제? 그때였다. 핸드폰이 울렸다. 발신자는 아내를 죽음으로 본 장본인이었다.

"무슨 염치로 나한테 전화를 한 거요."

"전화로는 말할 수 없소. 하지만 아주 중요한 일이오. 한 아이의 목숨이 걸린 문제란 말이오."

짐머만의 목소리는 다급했다.

"아이라니?"

"가야의 딸 미셸 말이오. 그 아이가 놈들에게 납치됐소. 그 아이를 구하려면 지금 당장 센트럴파크에 있는 이상한 나라의 앨리스 동상으로 오시오. 그리고 미셸 엄마한테도 조심하라고 전해요. 놈들이 무슨 짓을 할지 모르니까."

이 말을 끝으로 짐머만은 전화를 끊었다. 사건은 돌이킬 수 없는 소용돌이 속으로 휩쓸려 가고 있었다.

궁극의 아이 1

복수의 시작

엘리스는 한 시간 넘게 전화기에 매달려 있었다.

"데이나, 나 미셸 엄마야. 미셸이 아직도 집에 오지 않았단다. 혹시 방과 후에 본 적 있니?"

"글쎄요? 버스 탈 때 보니까 나무 아래 앉아 있었는데 그 후론 모르겠어요."

"그럼 오늘 어디 간다거나 누굴 만난다거나 말한 적 없어?"

"아니요. 미셸은 주로 혼자 다니거든요. 별로 말이 없어요."

"그래. 고맙다. 그래도 모르니까 혹시 미셸을 보거나 전화가 오면 꼭 나한테 알려 다오. 부탁해."

수화기를 내려놓고 엘리스는 나머지 전화번호부를 살폈지만 이제 걸 만한 친구는 남아 있지 않았다. 어느새 밤 10시가 지나고 있었다.

"분명히 또 어딘가에서 아빠 찾겠다고 돌아다니고 있을 거야. 이러다가 잔뜩 화가 나선 문을 벌컥 열고 들어올 거야. 뻔하지."

스스로를 위로했지만 불안감은 물먹은 스펀지처럼 부풀어 오르고 있었다. 엘리스는 다시 한번 미셸의 핸드폰으로 전화를 걸었다. 하지만 전화기가 꺼져 있다는 안내음이 들릴 뿐이었다.

"대체 왜 그러는 거니? 왜 날 못 잡아먹어서 안달이야!"

엘리스가 수화기를 집어 던지며 소리쳤다. 하지만 아무 대답도 돌아오지 않았다. 엘리스는 머리를 부여잡으며 흐느꼈다. 대체 이 못된 계집애는 어디서 뭘 하고 있는 걸까. 설마 괴한에게 납치됐다거나 사고가 난 건 아니겠지. 가슴에 사신이 걸터앉은 듯 답답했다. 엘리스는 서둘러 우울증 약을 찾아 물도 마시지 않고 씹어 삼켰다. 소파에 걸터앉아 심호흡을 하자 간신히 진정됐다. 그러자 도와줄 사람이 떠올랐다. 사이먼이었다. 그는 FBI 요원이고 이런 일에는 전문가였다. 엘리스는 부리나케 사이먼의 명함을 찾았다. 그때 전화벨이 울렸다.

"미셸이니? 지금 어딨어? 엄마가 잘못했어."

전화를 받자마자 엘리스가 소리쳤다.

"나예요."

사이먼이었다. 그가 텔레파시가 통한 듯 나타난 것이다.

"사이먼, 미셸이…… 미셸이 아직도 안 돌아왔어요. 전화도 없고 행방을 아는 사람도 없어요."

"짐머만의 말이 사실인가 보군."

"짐머만을 만났어요? 그 사람이 뭐라고 했는데요?"

"진정하고 지금부터 내가 하는 말을 잘 들어요, 엘리스. 일단 경찰에 실종 신고를 해요. 그러고 나서 집을 나와 안전한 곳으로 피해요. 친구 집이든 친척 집이든 어디든 상관없어요. 그 집은 위험하니까 되도록 멀리 피신해요. 만약 수상한 사람이 찾아오면 절대 문을 열어 줘선 안 돼요. 알겠죠? 미셸은 내가 찾아보도록 할게요."

"대체 무슨 일이에요? 설명을 해 봐요!"

"지금은 말해 줄 수 없어요. 잠시 후 모든 게 확실해지면 다시 전화할게요. 일단 피하고 내 전화를 기다려요."

말을 마치자 사이먼은 전화를 끊었다.

"여보세요? 여보세요! 젠장!"

문제가 생긴 게 틀림없었다. 그러나 지금은 사이먼을 믿고 기다리는 수밖에 없었다. 엘리스는 신고하기 위해 수화기를 다시 들었다.

"911입니다. 응급 상황을 말해 보세요."

"실종 신고를 하려고요. 제 딸이 아직 집에 돌아오지 않았어요."

"담당 경찰을 보내 드릴 테니 주소와 따님 성함을 말해 보세요."

"뉴저지 에디슨시 퍼트넘 에비뉴……."

순간 전화가 끊어지며 신호가 사라졌다.

"여보세요? 여보세요!"

엘리스는 다시 걸려고 시도했지만 수화기에 아무 소리도 잡히지 않았다. 외부선이 끊어진 모양이었다. 이런 일은 처음이었다. 그때 창문 너머에서 인기척이 들렸다. 푸른 달빛을 등진 몇 개의 그림자가 쥐처럼 빠르게 움직이고 있었다. 놀라서 넘어질 뻔한 엘리스는 서너 명의 그림자가 집 주위를 포위하고 있는 것을 가만히 보기만 할 수밖에 없었다. 그들은 유령처럼 소리도 없이 창가를 지나더니 문으로 향했다. 이윽고 그림자가 문을 따기 시작했다. 달그락…… 달그락…… 척추를 타고 소름이 온몸으로 퍼져 나갔다. 괴한들이 엘리스의 성을 침입하려 하고 있었다. 성안에는 아무런 방어 장비도 갖춰져 있지 않았다. 달아나야 했다. 하지만 엘리스는 지난 십 년간 단 한 번도 집 밖을 나간 적이 없었다. 뿐만 아니라 보행기 없이는 한 발자국도 움직일 수 없었다. 찰칵. 드디어 자물쇠가 해제됐다. 시간이 없었다. 엘리스는 보행기도 없이 걷기 시작했다. 그녀가 발을 내디딜 때마다 오래된 나무 바닥이 신음을 냈다. 끼이익. 문이 열리고 있었다. 심장이 터질 듯 펌프질을 해댔고 부신수질은 아드레날린을 최대치로 분비하고 있었다. 엘리스는 쓰러질 듯 위태롭게 걸어서 간신히 뒷문에 도착했다. 그런데 거기에는 또 다른 그림자가 기다리고 있었다. 외통수였다. 집 안으로 침입한 괴한은 한 명이 아니었다. 세 명의 괴한이 흩어져 엘리스를 찾고 있었다.

그들은 평범한 도둑이 아니었다. 손에는 소음기가 달린 총을 들고 있었고 어둠을 수색하던 능숙한 몸짓은 오랜 훈련으로 빈틈없이 다듬어져 있었다. 이대로라면 괴한들에게 발각되는 건 시간문제였다. 그때 문득 지난 십 년 동안 한 번도 들어가지 않았던 방이 떠올랐다. 그 방은 지하실 바닥 아래 숨겨져 있었다. 개인 방공호였다. 70년대에 이 집을 지은 집주인은 냉전시대 미국과 소련의 핵무기 경쟁에 두려움을 느껴 1미터 두께의 콘크리트 방공호를 지하에 만들었던 것이다. 그 방공호가 유일한 희망이었다. 엘리스는 곧장 지하실로 향했다. 문제는 지하실로 이어진 계단이었다. 엘리스에게는 에베레스트산만큼이나 멀고 험한 난관이었다. 하지만 지금은 그런 걸 따질 겨를이 없었다. 엘리스는 지하로 연결된 문을 향해 움직였다. 지하실 문은 부엌과 2층 계단 사이에 있었다. 한 발자국…… 두 발자국…… 이제 거의 문에 도착하려던 순간이었다. 괴한 한 명이 부엌으로 다가왔다. 몸을 숨겨야 했다. 부엌과 거실 사이에 설치된 커튼이 보였다. 어설프기 짝이 없지만 둔한 몸을 달리 숨길 만한 곳이 없었다. 엘리스는 커튼을 두르고 어둠 속에 몸을 기댔다. 드디어 괴한이 총을 겨누며 부엌으로 들어왔다. 간발의 차이였다. 엘리스는 기둥의 일부가 된 것처럼 꼼짝 않고 서 있었다. 괴한은 부엌을 수색하기 시작했다. 찬장 안까지 샅샅이 뒤졌지만 아무것도 발견하지 못하자 괴한은 다른 곳을 수색하기 위해 이동했다. 그런데 부엌을 나가기 직전 괴한이 엘리스가 숨은 곳을 응시하는 것이었다. 달빛에 엘리스가 숨은 커튼이 불룩하게 튀어나왔던 것이다. 괴한은 커튼을 확인하기 위해 총을 겨누며 다가왔다. 온몸의 땀구멍에서 식은땀이 비 오듯 흘러내렸다. 절체절명의 위기였다. 그때 창밖에서 요란하게 부서지는 소리가 들렸다. 옆집 부부가 싸움을 하며 집어 던진 화병이 깨지는 소리였다. 뒤를 이어 옆집 남편이 연신 욕을 해 대며 집을 나섰다.

갑작스러운 상황에 괴한은 수색을 멈추고 그림자 속으로 스며들었다. 절호의 기회였다. 엘리스는 허파 가득 공기를 빨아들이고는 지하실 문을 열었다. 끼이익. 오랫동안 방치된 손잡이가 비명을 질렀다. 괴한의 눈빛이 서치라이트처럼 엘리스를 비췄다. 이제 망설일 이유가 없었다. 엘리스는 지하실로 몸을 던지며 동시에 문을 잠갔다. 괴한이 달려들며 문을 열려고 했지만 낡은 문은 의외로 견고했다. 그사이 엘리스는 죽을힘을 다해 균형을 잡으며 계단을 내려갔다. 쿵쿵쿵. 무전을 받은 나머지 괴한들까지 몰려들어 문을 부수고 있었다. 몇 번 충격이 가해지자 문고리가 버티지못하고 부서지기 시작했다. 시간이 없었다. 엘리스는 정상인처럼 빠르게 발을 내디뎠다. 스스로도 놀라울 정도였다. 하지만 얼마 못 가 발이 삐끗하며 계단을 굴렀다. 엘리스는 지하실 바닥에 내동댕이쳐졌다. 몸 구석구석이 두들겨 맞은 것처럼 아팠지만 아픔을 추스를 여유 따윈 없었다. 엘리스는 기어서 방공호 입구로 향했다. 세월의 먼지에 가려진 손잡이를 쉽게 찾을 수 없었다. 꽈지직. 문고리가 떨어지기 직전이었다.

"제발. 빨리 나와라!"

손잡이가 잡혔다. 엘리스는 젖 먹던 힘까지 끌어내 문을 당겼다. 두꺼운 납으로 만들어진 입구는 무게가 상당했다. 하지만 엘리스도 평소의 엘리스가 아니었다. 육중한 문이 원을 그리며 반대편으로 넘어갔다. 쿵! 순간 지하실 문이 부서지며 괴한들이 들이닥쳤다.

"저기 있다!"

괴한들이 들이닥치고 있었다. 엘리스는 구르듯 방공호 안으로 몸을 던졌다. 방공호로 이어진 구멍에는 사다리처럼 손잡이 계단이 달려 있었다. 엘리스는 사다리를 잡고 입구를 도로 닫았다. 그리고 방사능도 스며들 수 없도록 빗장을 걸었다. 그것이 마지막 남은 한 방울의 힘이었다. 엘리스는 잡고 있던 사다리를 놓치며 바닥으로 떨어졌다. 머리를 부딪혔는지 정신이 아득했다. 문을 열려고 안간힘을 쓰는 괴한들의 소리가 과장되게 울렸다. 하지만 그마저도 멀어지더니 결국 암흑 속에 묻혔다.

센트럴파크에 있는 앨리스 동상은 환영이라도 하듯 양팔을 벌리고 커다란 버섯 위에 앉아 있었다. 그 옆에는 턱시도를 입은 토끼가 남은 시간을 재며 시계를 보고 있었다. 늦은 시간 공원은 인적이 드물었다. 가끔 조깅을 하는 사람이 가로등 불빛에 나타났다 사라질 뿐 한적했다. 올 때마다 느끼는 거지만 이곳은 뉴욕의 커다란 웜홀 같았다. 여기서 바라본 뉴욕은 전혀 다른 세상이었다. 사이먼은 시간을 확인했다. 10시 17분. 짐머만은 약속 시간보다 십오 분이 넘도록 나타나지 않았다.
"왜 나한테 미셸이 납치된 걸 알려 준 걸까?"
사이먼은 그를 믿을 수 없었다. 그는 악마 개구리를 위해 일하고 있었고 아내를 죽게 만든 장본인이었다. 그런 그가 미셸을 구하기 위해 위험을 무릅쓰고 전화를 건 것이다. 뭔가 꿍꿍이가 있는 게 분명했다.

"늦어서 미안하오. 나 역시 놈들에게 매여 있는 몸이라."

짐머만이었다. 그는 달려온 듯 숨을 헐떡이고 있었다.

"내가 왜 당신을 믿어야 하지? 당신은 놈들 하수인이고 내 아내도 죽게 만들었는데."

"왜냐면 나만이 당신을 도울 수 있으니까."

"하지만 악마 개구리들이 납치했다는 증거는 없지 않잖소?"

"그럼 이건 어떻소?"

짐머만이 플라스틱 공을 던졌다. 공 안에는 십 년 전 가야가 접은 종이 개구리가 들어 있었다. 미셸이 늘 지니고 다니던 물건이었다.

"지금 어딨지?"

"오귀스트 벨몽의 비밀 저택에 있소. 하지만 그곳이 어딘지는 나도 모르오. 십 년간 그곳을 들락날락했지만 매번 눈과 귀를 가린 채 갔으니까. 위치를 알고 있는 사람은 악마 개구리와 집사인 로드니뿐이오."

짐머만은 불안해 보였다. 이야기 도중에도 계속 주위를 살폈다.

"그럼 전화로 경고하면 될 걸 왜 여기까지 부른 거지?"

"그들이 왜 미셸을 납치했는지 이유를 아시오?"

사이먼이 미간을 찌푸렸다.

"미셸이 일곱 번째 궁극의 아이이기 때문이오. 방금 전 미셸의 첫 예언이 터져 나왔소. 봉인이 풀린 거요. 이제 미셸은 평생 놈들 손아귀에서 미래를 예언하며 살아야 하오."

"잠깐만."

정리가 필요했다. 미셸이 일곱 번째 궁극의 아이라면 이야기는 원점부터 다시 생각해야 했다. 나흘 전 시작된 가야의 암살, 십 년 전 엘리스와의 사랑, 다섯 명의 악마 개구리, 미셸의 납치, 그리고 일곱 번째 궁극의 아이. 사이먼은 비로소 가야가 죽은 지 십 년이 지난 지금 악마 개구리와 전쟁을 시작한 이유를 알 수 있었다.

"가야는 미셸이 놈들 손아귀에 들어가는 걸 막기 위해 십 년을 기다린 거야."

"이제야 말이 통하는군."

"그런데 이해가 안 가는 게 있소. 당신이 말한 궁극의 아이는 자신의 미래만을 기억한다고 했소. 그런데 십 년 전 죽은 가야가 어떻게 지금 벌어질 일을 알 수 있지?"

"왜냐면 가야는 진정한 궁극의 아이이기 때문이오."

"진정한 궁극의 아이?"

"그렇소. 궁극의 아이 중에는 몇백 년에 한 번 굉장한 능력을 가진 아이가 태어나오. 그 아이는 자신의 미래뿐만 아니라 다른 사람의 미래도 볼 수 있소. 진정한 예언자지. 가야가 바로 진정한 궁극의 아이요. 가야는 엘리스와 모니카, 악마 개구리들의 미래를 모두 간파하고 있었던 거요. 그렇지 않고는 이런 계획을 세울 수 없지."

사이먼은 소름이 끼쳤다. 그 말이 사실이라면 그것은 무서우리만치 엄청난 능력이었다.

"또 한 가지. 가야는 납치된 게 아니라 스스로 악마 개구리를 찾

아온 듯한 인상이었어. 그런데 왜 악마 개구리들과 갈라지게 된
거지? 대체 무슨 일이 있었던 거요?"

"당신 말대로 가야는 스스로 놈들과 계약을 했소."

"왜? 평생을 놈들 손아귀에서 벗어날 수 없다는 걸 알았을 텐
데."

"어머니가 죽어 가고 있었으니까. 가야의 집은 찢어지게 가난했
소. 빈민 중에도 최하층이었지. 어머니가 파출부를 해서 간신히
연명하는 수준이었소. 그런데 어느 날 어머니가 쓰러진 거요. 췌
장암이었지. 수술을 하면 살 수 있었지만 그럴 만한 여유가 없었
소. 가야는 어머니를 무척 사랑했소. 유일한 혈육이었으니까. 하
지만 이제 고등학생인 가야가 할 수 있는 일은 아무것도 없었소.
결국 가야는 극단적인 방법을 선택하오. 현금인출기를 부수고 돈
을 훔친 거요. 그런데 그 사건이 악마 개구리를 깨웠지. 한국 경찰
은 가야를 체포하자마자 지문을 채취했소. 가야의 지문은 아담의
유치원을 통해 곧장 악마 개구리에게 전송됐고, 그로부터 며칠 후
구치소로 변호사를 대동한 한 남자가 방문하오. 벨몽의 집사 로드
니였지. 가야를 만난 로드니는 제안을 하오. '널 여기서 빼내 주고
네 어머니를 살려 주겠다. 뿐만 아니라 네 어머니를 평생 돈 걱정
없이 편히 살게 해 주겠다. 대신 우리와 일을 하지 않겠느냐.' 가
야는 그 자리에서 제안을 수락하오. 하지만 그 제안에 치명적인
내용이 포함되어 있었소. 두 번 다시 어머니를 만날 수 없을 뿐 아
니라 연락도 할 수 없었지. 하지만 이미 사인을 한 후였소. 어머니
는 수술을 받고 완쾌됐소. 훌륭한 집에 좋은 개인 간호사도 생겼

소. 그 사실을 안 가야는 만족했소. 그 후로 향수병 때문에 괴로워했지만 나름 잘 버텼소. 그러던 어느 날 그 사건이 터진 거요."

  가야의 일과는 단순했다. 아침 7시에 기상해서 간단한 체조를 하고 식사를 한다. 식사를 마치고 나면 '스터디 룸'으로 들어간다. 거기에는 24시간 뉴스가 방영되는 열두 대의 TV와 세계 각국에서 방금 도착한 신문들이 놓여 있다. 프랑스의 『르 몽드』, 이탈리아의 『라 레푸블리카』, 일본의 『요미우리』 등을 번역한 것이다. 주요 기사에 밑줄이 쳐져 있고 어려운 용어에는 각주가 붙어 있다. TV는 현재 방송되고 있는 최신 뉴스들이다. CNN, 블룸버그 통신, BBC, FR3, 한국의 YTN도 있다. 오전 10시부터 점심시간까지 신문을 읽고 뉴스를 시청한다. 이것은 모두 미래의 기억을 저장하기 위한 프로그램의 일부이다. 지금 읽는 기사는 과거를 위한 기사이고 미래의 가야도 같은 시간 현재를 위해 미래의 기사를 읽고 있는 것이다. 오전 일과가 끝나면 점심 식사를 하고 한 시간가량 자유 시간을 갖는다. 그동안 가야는 게임을 하고 음악도 듣는다. 수영장에서 수영을 할 수도 있고 개인 영화관에서 최신 영화를 관람하기도 한다. 극장에는 백여 개의 좌석이 있지만 언제나 관객은 가야 혼자다. 오후 일과는 2시에 시작된다. 이 시간이 가장 괴로운 시간이다. 가야는 짐머만과 함께 예언을 시작한다. 야누스를 뇌에 삽입하고 무작위로 떠오르는 미래의 기억을 녹화한다. 특히 큰 계획을 앞둔 날에는 벨몽의 요구에 따라 기억을 찾는다. 그것은 지독히 고통스러운 과정이다. 뇌 속으로 전류가 흘러들 때마다 온몸의 세포가 타들어 가는 통증이 밀려온다. 진통제를 맞지만 소용없다. 벨몽은 자신이 원하는 기억이 나올 때까지 실험을 계속한다. 어떤 때는 고통을 참지 못하고 기절하는 경우도 있다. 그렇다고 실험을 멈추지는 않는다. 의식이 돌아오면 약간의 휴식 시간을 갖고 다시 시작한다. 그날도 가야는 예언의 방에서 야누스를 꽂은 채 실험대에 누워 있었다.

"진통제를 주사할게. 잠깐 어지러울 거야."

짐머만이 링거를 통해 마약 성분이 든 약물을 주사했다. 약물이 혈관을 타고 퍼지자 의식이 몽롱해졌다.

"자, 이제 야누스 칩에 연결할 거야. 참을 수 있지?"

가야가 고개를 끄덕였다. 짐머만은 전선을 가야의 머릿속으로 밀어 넣었다. 순간 가야는 주먹을 움켜쥐었다. 매일 겪는 일이지만 매번 몸이 떨릴 만큼 고통스러웠다. 하지만 이건 시작에 불과했다. 이윽고 야누스 칩과 연결되자 짐머만은 기억재생장치의 전원을 올렸다. 그러자 전류가 일정한 간격을 두고 뇌로 흘러들어 가기 시작했다. 이것은 일종의 전기 고문이었다. 가야는 이를 악물고 순간순간 몰려드는 고통을 참아 내야만 했다.

"이틀 후 미사일 방어 계획이 국회 예산 심사를 통과하는지 떠올려 봐. 되도록 빨리 끝내자. 너를 위해서도 지켜보는 날 위해서도."

가야는 정신을 집중해서 기억을 더듬었다. 미래를 기억하는 건 과거를 기억하는 것과 흡사한 일이었다. 다만 시계를 이틀 후로 돌려놓고 과거를 떠올리는 것처럼 기억의 철에서 내용을 찾는 것이다. 어찌 보면 간단하지만 생각만큼 쉽지는 않다. 스스로 미래에 있다고 믿을 정도로 완벽하게 자기최면을 걸어야 했다.

"오늘은 2001년 9월 9일이 아니라 9월 11일 화요일이다. 2001년 9월 11일이야……."

가야의 목소리가 점점 작아지며 무의식 속으로 서서히 침잠했다.

어디선가 비 오는 소리가 들렸다. 아스팔트를 적시는 우울하고 슬픈 빗소리였다. 이어서 차를 마시고 있는 악마 개구리들의 모습이 보였다. 커다란 스테인드글라스 옆에서 모두 검은 양복을 입고 은밀한 대화를 나누고 있었다. 그들은 가야를 발견하자 악수를 청하며 애도를 표하는 것이었다.

'왜들 저러지? 누가 죽었나?'

갑자기 암전됐다. 어둠 저편에서 빠르게 채널 돌아가는 소리가 들렸다. 여러 나라의 앵커들이 각국 언어로 다급하게 뉴스를 전하고 있었다. 곧이어 화면이 켜지며 CNN의 앵커가 나타났다.

"믿기지 않는 오늘 사건은 미국 본토가 공격당한 최초의 테러 사건으로 기록될 전망입니다. 다시 한번 말씀드리겠습니다. 오늘 오전 9시경 맨해튼의 월드 트레이드 센터에 민간항공기 두 대가 충돌했습니다. 오전 8시 46분에 보스턴에서 출발한 아메리칸 항공 소속 AA11편이 월드 트레이드 센터 북쪽 타워와 충돌했고, 뒤이어 오전 9시 3분에 유나이티드 항공 소속 UA175편이 남쪽 건물로 돌진, 그 자리에서 폭발했습니다. AA11편에는 승객과 승무원을 포함해 총 92명이 탑승하고 있었고 UA175기에는 총 65명이 타고 있었습니다. 정확한 사망자 수는 알 수 없으나 비행기에 타고 있던 승객들은 전원 사망한 것으로 전해지고 있습니다. 현재 현장은 생지옥을 방불케 하는……."

전원이 꺼진 것처럼 갑자기 앵커가 사라지더니 또 다른 장면이 눈앞을 스쳐 갔다. 주위는 코앞도 분간 못할 정도의 짙은 먼지 폭풍으로 뒤덮여 있었다. 뿌옇게 먼지를 뒤집어쓴 사람들이 천적을 피해 달아나는 물고기 떼처럼 일제히 뛰어오고 있었다. 그런데 어찌된 일인지 가야는 먼지 폭풍 속으로 들어가고 있었다.

"이봐. 제정신이야? 저긴 지옥이라고!"

도망치던 사람 중 한 명이 가야를 붙잡았다.

"이거 놔! 엄마!! 엄마!!!"

기억 속의 가야는 먼지 폭풍 속을 향해 처절하게 울부짖고 있었다.

'어딜 가는 거지? 엄마라니? 엄마한테 무슨 일이 생긴 건가?'

이번에도 장면이 끊어지며 암흑으로 변했다. 잠시 후 열한 개의 TV가 나타났다. 각 화면에는 일제히 명단이 지나가고 있었다.

"방금 전 공개된 충돌 항공기 탑승자 명단입니다. 지금 화면에 지나는 명단은 아메리칸 항공 AA11편 승객 명단입니다."

승객 이름이 화면 아래에 한 명씩 등장했다.

"캐롤 드미코, 45세. 로스앤젤레스 거주…… 스테파니 홀스, 21세. 로스앤젤레스 거주……."

아나운서는 차분한 목소리로 명단을 읽어 나갔다.

"정희연, 46세. 대한민국 서울 거주……."

어머니였다. 어머니의 이름이 어색한 영어 발음을 통해 들려왔다.

순간 현재의 가야가 번쩍 눈을 떴다.

"이걸 풀어요! 당장!"

가야가 몸부림을 치자 짐머만이 달려왔다.

"진정해. 뭘 봤기에 이러는 거야."

"풀라고요! 어서!"

짐머만은 하는 수 없이 가야의 몸에 장착된 전선을 모두 제거했다. 그러자 가야가 미친 듯이 실험실을 뛰쳐나갔다. 거실에는 오귀스트 벨몽을 비롯해 악마 개구리들이 모여 있었다. 그들은 차를 마시며 이야기를 나누고 있었다.

"무슨 일이냐? 중요한 거라도 기억해 낸 거냐?"

가야를 발견한 벨몽이 물었다. 흥분한 가야가 숨을 몰아쉬었다.

"진정하고 천천히 말해 봐라."

안톤 쉬프는 언제나처럼 흐트러짐 없이 정장을 차려입고 있었다.

"어머니…… 제 어머니가 위험해요."

호흡을 가다듬으며 가야가 말했다.

"그럴 리가. 네 어머니는 우리가 보호하고 있잖니."

킨데마이어가 차를 마시며 말했다.

"이틀 후 오전 8시 46분 월드 트레이드 센터에 항공기가 충돌해서 수천 명이 목숨을 잃게 될 거예요. 그런데 첫 번째 비행기에 어머니가 타고 있어요. 어머니를 살려 주세요. 당신들한텐 힘이 있잖아요. 이렇게 부탁합니다. 제발 살려 주세요."

가야가 무릎을 꿇고 사정을 했다. 그러자 벨몽이 시체를 게걸스럽게 파먹는 구더기를 보듯 인상을 찌푸렸다.

"일어나라. 어서!"

벨몽의 호통 소리가 거실에 울렸다.

"넌 신이다. 세상을 움직이는 신이야. 그런데 무릎을 꿇다니. 앞으로 두 번 다시 그딴 짓 하지 마라. 알았느냐?"

"어머니가 죽게 된다고요. 어머니를 구해 달란 말이에요! 이번 일만 도와주면 앞으로 당신이 하라는 대로 뭐든 할게요. 그러니 제발 살려 줘요!"

그러자 벨몽이 휠체어를 끌고 다가왔다.

"이리 와라."

벨몽이 부드럽게 가야의 머리를 쓰다듬었다.

"훌륭하구나. 어머니를 이토록 끔찍이 생각하다니. 알았다. 어머니를 구해 주마. 다른 사람들도 모두. 그러니 걱정 말고 돌아가거라. 오늘은 푹 쉬어. 로드니, 오늘 저녁은 가야가 좋아하는 한국 음식으로 하지. 긴장을 푸는 데 고향 음식만큼 좋은 건 없으니까."

"네, 어르신. 가시죠."

로드니가 가야를 안내했다. 방으로 돌아가며 가야는 벨몽과 악마 개구리들을 살폈다. 그들은 벨몽을 중심으로 둥그렇게 모여 뭔가를 은밀히 상의하고 있었다. 그 모습이 아담을 유혹하기 직전에 악마와 밀담을 나누는 뱀처럼 느껴졌다. 순간 불길하면서도 소름 끼치는 직감이 뇌리를 가로질렀다.

"당신들…… 죽게 내버려 둘 생각이군. 그렇지? 우리 어머니와 사람들을 죽게 내버려 둘 생각이야!"

"뭐 하고 있는 거야. 로드니, 데려가라니까!"

벨몽이 소리쳤다.

"이러지 마십시오. 제가 곤란합니다."

로드니가 가야를 끌고 방으로 향했다.

"당신들, 정말 나쁜 인간들이군. 목적을 위해서라면 누구도 죽일 수 있는 인간 말종이야. 가만두지 않겠어. 네놈들이 저지른 일에 대한 대가를 반드시 치르게 만들 테다. 내 말 명심해!"

순간 로드니가 가야의 목에 진정제를 주사했다.

차가운 밤바람이 겨울나기를 준비하던 나뭇가지를 흔들며 스산한 소리를 냈다.

"그 정도 테러라면 전쟁을 시작할 확실한 명분이 될 테니까. 그러면 놈들은 또다시 엄청난 돈을 벌 수 있을 테고."

한기가 스며드는지 사이먼은 옷깃을 세우며 말했다.

"가야가 집을 떠난 후 가야 어머니는 불편한 몸을 이끌고 삼 년 동안이나 찾아다녔소. 안 가 본 곳이 없었지. 그러던 중 로스앤젤레스에서 가야를 봤다는 소식을 듣게 된 거요. 그런데 불행히도 가야의 어머니가 탄 비행기가 테러범들에게 납치될 비행기였던 거요."

짐머만이 작게 한숨을 내쉬었다.

"다음 날 가야는 벨몽의 저택을 탈출했소. 다섯 겹이나 되는 보안방을 뚫고 말이오. 그리고 곧장 경찰서로 향했소. 이틀 후 월드 트레이드 센터에 비행기가 충돌할 거라고 경고를 했지. 하지만 아무도 믿지 않았소. 언제나처럼 말이오. 가야는 테러를 막기 위해 백방으로 뛰어다녔지만 그의 말에 귀를 기울이는 사람은 한 명도 없었소. 그리고 다음 날 가야는 자신의 예언대로 어머니를 태운 비행기가 월드 트레이드 센터에 처박히는 모습을 무기력하게 지켜봐야 했소. 그로부터 십 년이 지난 지금, 복수를 하고 있는 거요."

"당신 말대로라면 악마 개구리들이 테러가 일어나기 전에 이미 알고 있었다는 얘긴데. 그렇다면 당신도 알고 있었군."

짐머만의 표정이 굳었다.

"그래서 일부러 모니카를 그 시간에 그곳으로 부른 거야. 비밀이 새 나가는 걸 막으려고. 이런 개자식!"

사이먼이 분노를 참지 못하고 주먹을 날렸다. 190센티미터나 되는 거구가 맥없이 바닥에 나뒹굴었다.

"나도 모니카를 살리려고 최선을 다했소. 정말이오. 하지만 이미 선을 넘은 후였어. 악마 개구리에 관해 너무 많이 알아 버린 거요."

"쓰레기 같은 놈. 모니카는 진심으로 널 사랑했어. 어쩌면 나보다도 널 더 사랑했을지 몰라. 그런데 넌 목숨을 구걸하기 위해 모니카를 놈들에게 팔아넘겼어."

"미안하오. 미안해……."

짐머만이 흐느꼈다.

"지금 당장 네놈 모가지를 따 버리고 싶지만 참겠어. 그럴 가치도 없으니까. 하지만 명심해. 무슨 수를 써서라도 대가를 치르게 만들 테니까."

사이먼은 불운을 떼어 내듯 길바닥에 침을 뱉었다.

"그리고 두 번 다시 모니카 무덤 근처에 얼씬거리지 마. 한 번 더 눈에 띄면 그땐 내 손으로 장례를 치러 줄 테니까."

사이먼이 차갑게 발길을 돌렸다.

"나도 어쩔 수가 없었어. 거기가 아니더라도 모니카는 어차피 놈들 손에 죽게 될 목숨이었단 말이야. 당신은 놈들이 어떤 인간들인지 전혀 모르고 있어. 놈들은 미국 대통령도 맘대로 움직일 수 있는 인간들이라고. 그런데 나 같은 하찮은 놈이 뭘 어쩌겠냐고!"

짐머만이 울부짖었지만 사이먼은 거들떠보지 않았다. 그는 묵묵히 뉴욕의 웜홀 속으로 걸어 들어갔다. 그 순간이었다. 탕. 정적을 깨며 단발의 총성이 울렸다. 뒤이어 짐머만이 꼬꾸라졌다. 사이먼은 반사적으로 몸을 숙였다.

"이봐, 짐머만. 정신 차려!"

짐머만의 머리에서 붉은 선혈이 흘러나오고 있었다. 이미 숨을 거둔 후였다. 총성이 울린 곳은 멀지 않았다. 하지만 어둠이 내린 센트럴파크에서 범인의 위치를 정확히 파악하는 건 힘들었다. 사이먼은 은폐한 채 총성이 울린 방향을 응시했다. 아무런 움직임도 없었다. 범인이 노린 건 짐머만이었다. 이미 자리를 뜬 게 분명했다. 사이먼은 일단 911에 신고했다.

"여기 센트럴파크 앨리스 동상 앞인데 사람이 죽었소. 빨리 병력을 보내 줘요."

"알겠습니다. 신고자분 성함이 뭐죠?"

"사이먼 켄. FBI 요원이오."

전화를 끊고 사이먼은 곧장 엘리스의 번호를 눌렀다. 놈들이 엘리스를 노리고 있을지도 모를 일이었다. 뚜…… 뚜…… 뚜……. 불통 신호가 이어졌다. 불길했다. 사이먼은 재다이얼 버튼을 누르며 달리기 시작했다.

"제발 좀 받아요, 엘리스."

그러나 엘리스는 받지 않았다. 뭔가 일이 생긴 것이다. 사이먼은 공원을 빠져나와 거리로 향했다.

"택시!"

손을 흔들었지만 택시들은 투명 인간을 대하듯 무시하고 지나쳤다. 이 시간 뉴욕에서 택시를 잡는 건 하늘에서 별 따기보다 어려웠다. 사이먼은 차도로 나가 길을 막아섰다. 지나던 차 한 대가 급정거했다.

"너 미쳤어? 길 한가운데서 뭐 하는 짓이야?"

운전사가 소리쳤다. 사이먼은 신분증을 꺼내 보여 줬다.

"공무 수행 중이오. 차 좀 빌려야겠소."

사이먼은 운전사를 끌어내고 차를 출발시켰다.

10시가 넘은 시간이었지만 뉴욕의 다운타운은 헤드라이트 행렬로 만원을 이루고 있었다. 사이먼은 차를 몰고 센트럴파크를 가로질러 곧장 링컨터널로 향했다. 그사이 다시 911에 전화를 했다.

"여보세요? 지금 사람이 위험해요. 당장 경찰을 보내 줘요."

"위치가 어디죠?"

"뉴저지 에디슨시 퍼트넘 애비뉴 XX··번지예요. 서둘러요."

링컨터널은 언제나처럼 막혔다.

"내가 갈 때까지만 버텨요, 엘리스."

간신히 터널을 통과해 뉴저지 턴파이크로 들어선 사이먼은 액셀 러레이터를 깊숙이 밟았다. 신호를 무시하고 달려 엘리자베스 포트를 지나려던 순간이었다. 경광등을 켠 SUV 차량 두 대가 사이먼의 앞을 가로막았다. 그들은 갓길에 차를 대라는 신호를 보냈다.

"이런 제기랄! 하필이면 이럴 때······."

사이먼은 어쩔 수 없이 차를 세웠다. SUV는 포위하듯 앞뒤에 서더니 검은 양복을 입은 남자들이 내렸다. 얼핏 보기에도 정부에서 일하는 사람들인 걸 알 수 있는 차림새였다. 사이먼은 운전석 창문을 내리고 신분증을 보여 줬다.

"지금 급한 공무 수행 중이오. 무슨 일인진 모르지만 나중에 얘기합시다."

그러자 남자도 신분증을 보여 줬다. 그들은 국가안전보장국 소속이었다.

"차에서 내리시오."

"지금 급한 일이 있다니까."

남자는 팔짱을 낀 채 꿈쩍도 하지 않았다. 사이먼은 마지못해 차에서 내렸다. 그러자 갑자기 남자가 사이먼에게 수갑을 채우는 것이었다.

"이게 무슨 짓이야? 나도 정부 일 하는 사람이라고."

"당신을 요르겐 짐머만 살인 혐의로 체포하겠소."

"무슨 소리야? 난 목격자라고. 내가 신고했단 말이야!"

남자들은 사이먼을 자신들의 차량에 강제로 태웠다. 차 안에는 또 다른 요원 한 명이 기다리고 있었다. 문신을 한 요원이었다.

"요즘 자주 보는군. 근데 무슨 증거로 날 체포하는 거지?"

그러자 요원이 가방에서 증거 보관용 비닐봉투에 든 총 한 자루를 꺼내 들었다.

"이 총 알아보겠소? 이게 짐머만의 시체가 있던 현장으로부터 30미터 떨어진 풀숲에서 발견됐소."

사이먼의 총이었다. 그는 그제야 자신의 총을 훔쳐 간 범인이 누군지 깨달았다. 요원이 운전석 헤드레스트를 두드리자 차가 출발했다. 어둡게 선팅이 되어 있어 어디로 향하는지 알 수 없었지만 뉴욕을 벗어나고 있는 것만큼은 틀림없었다. 사이먼은 흐릿하게 스치는 창밖을 보며 생각했다.

'당신 총에 죽게 될 거라고 했소.'

가야가 짐머만에게 남긴 예언이었다. 이젠 놀랍지도 않았다. 암살 배후에 누가 있는지도 자명했다. 사이먼은 요원의 손등에 있던 문신을 응시했다.

"난 경찰에 신고를 했는데 왜 안보국에서 먼저 도착했을까."

문신 요원이 선글라스 너머로 사이먼을 바라봤다.

"왜냐면 날 계속 감시했을 테니까. 내가 사건을 포기하지 않을 거라는 걸 알고 있었으니까. 그리고 중요한 건 니들은 안보국 요원이 아니라 악마 개구리의 졸개라는 거야."

순간 사이먼은 양옆에 있던 요원들의 얼굴을 팔꿈치로 가격했다. 곧바로 앞에 앉은 문신 요원을 향해 무릎을 날렸다. 갑작스러운 공격에 요원들은 휘청했다. 그때를 놓치지 않고 사이먼은 문신 요원의 총을 빼앗았다.

"움직이지 마!"

사이먼이 이마에 총구를 겨누며 소리쳤다. 순간 옆에 앉은 요원들이 사이먼의 머리에도 총을 들이댔다. 세 개의 총구가 엇갈린 상황이 벌어졌다.

"차를 멈춰. 아니면 이 친구 머리에 구멍이 시원하게 뚫릴 거야."

하지만 문신 요원은 조금도 흔들리지 않았다.

"넌 분석 요원이야. 책상에 앉아서 보고서를 쓰는 게 하루 일과지. 과연 방아쇠를 당길 수 있을까."

그러자 사이먼이 망설이지 않고 총알을 장전했다.

"그래. 난 분석 요원이야. 단서를 모아 범인을 추측하지. 그런데 네가 한 가지 간과한 게 있어. 난 지금 아주 열받았어. 방금 전 내 아내를 죽인 범인을 찾았거든. 지금 그놈을 만나러 가는 길이야. 그런데 만약 어떤 놈이든 내 앞을 막는다면 쏴 죽일 생각이야. 자, 내가 허풍을 떨고 있나?"

사이먼이 눈빛만으로 죽일 듯 노려보며 말했다. 세 개의 총구 위로 식은땀이 흘러내렸다. 이윽고 문신 요원이 입을 열었다.

"차를 멈춰라."

요란한 타이어 노이즈와 함께 차가 섰다. 사이먼은 문신 요원에게 총구를 고정한 채 차에서 내렸다. 나머지 요원들도 총을 겨누고 따라 내렸다. 그들이 도착한 곳은 뉴욕의 외곽 도로였다. 주위에는 오가는 차량도 보이지 않았다.

"따라오면 우리 전부 엿 되는 거야."

사이먼은 문신 요원을 인질로 잡고 서서히 차에서 멀어졌다. 어느 정도 거리가 멀어지자 사이먼은 문신 요원의 목덜미를 총으로 가격해 기절시킨 후 어둠 속으로 사라졌다.

철옹성처럼 굳건하던 방공호 입구가 무너지고 있었다. 괴한들은 입구와 연결되어 있던 경첩을 부수고 있었다. 잠시 후 요란한 소리가 지하실에 울려 퍼지더니 이윽고 경첩이 떨어져 나갔다. 문을 열고 방공호로 잠입하려던 순간이었다. 쿵쿵쿵. 누군가 현관문을 두드렸다.

"계세요? 경찰입니다."

예상치 못한 방문에 괴한들은 일단 어둠 속에 몸을 숨겼다. 다시 쿵쿵쿵.

"엘리스 로자 씨, 신고받고 출동했습니다."

사이먼의 신고를 받고 출동한 경찰들이었다. 대답이 없자 경찰은 집 안을 살폈다. 문은 열려 있었고 바닥에 수상한 발자국이 사방으로 나 있었다. 침입 흔적이었다. 이상한 낌새를 챈 경찰이 총을 꺼내 들고 조심스럽게 집 안으로 들어갔다. 집 안을 수색하던 경찰 한 명이 부서진 지하실 문을 발견했다. 경찰은 총을 앞세우고 천천히 지하로 내려갔다. 불도 안 켜진 지하는 칠흑같이 어두웠다. 경찰은 벽에 있던 전등 스위치를 올렸다. 불이 들어오자 지하실 내부가 드러났다. 잡동사니로 가득한 지하실은 텅 비어 있었다. 그런데 보일러 옆 바닥이 공사를 한 것처럼 부서져 있었다.

"어이, 지하실로 와 봐. 뭔가 있다."

경찰이 무선으로 동료를 불렀다. 그리고 흔적을 확인하기 위해 바닥으로 다가갔다. 방공호 입구를 발견한 경찰은 조심스럽게 안을 살폈다. 순간 몸을 숨기고 있던 괴한이 방아쇠를 당겼다. 총알은 정확히 경찰의 관자놀이를 관통했다. 그때 지원 요청을 받은 동료 경찰이 지하실로 들어왔다. 괴한은 지체 없이 동료 경찰에게도 총을 발사했다. 목에 총을 맞은 경찰은 계단을 굴러 떨어졌다. 괴한들은 경찰들의 죽음을 확인하고 방공호로 한 명씩 내려갔다. 방공호는 지하실만큼이나 넓었다. 양쪽 벽에는 비상식량과 소모품을 비축할 선반이 있었고 간이침대도 보였다. 엘리스는 바닥 한가운데에 죽은 듯이 엎드려 있었다. 괴한 중 한 명이 발로 밀치자 엘리스가 돌아누웠다.

"당신들 뭐야…… 내가 뭘 어쨌다고 이러는 거야……."

엘리스가 희미하게 눈을 뜨며 중얼댔다.

괴한은 대꾸 없이 엘리스의 이마에 총구를 겨눴다. 이제 희망은 없어 보였다. 괴한이 방아쇠를 당기려던 순간이었다. 탕! 총소리가 방공호에 울려 퍼졌다. 그런데 총에 맞은 사람은 엘리스가 아니었다. 총을 겨눈 괴한이 엘리스 위로 쓰러졌다. 나머지 괴한들이 돌아서는 순간 다시 두 번의 총성이 울렸다. 털썩하는 둔탁한 소리를 내며 나머지 괴한들도 바닥에 쓰러졌다.

"엘리스, 괜찮아요?"

그제야 엘리스가 눈을 떴다. 사이먼이었다.

"다행이에요. 늦지 않아서. 조금만 늦었어도 큰일 날 뻔했어요."

사이먼이 엘리스를 부축했다.

"저 사람들 누구죠? 왜 날 죽이려는 거예요?"

"악마 개구리가 보낸 암살범이에요. 당신이 가야와 미셸에 관해 알고 있기 때문에 제거하려는 거예요. 올라갈 수 있겠어요?"

"좀 도와줘요."

사이먼은 엘리스를 도와 방공호를 빠져나갔다.

힘겹게 거실로 돌아온 엘리스는 소파에 주저앉았다. 온몸이 쑤셔 왔지만 지금 그것이 중요한 게 아니었다.

"미셸은 어떻게 됐어요?"

"미셸은 지금 악마 개구리들에게 잡혀 있어요."

"그 아이를 왜요? 그저 어린아이일 뿐인데."

"미셸은 그냥 어린아이가 아니에요. 가야의 뒤를 이을 일곱 번째 궁극의 아이예요."

"일곱 번째 궁극의 아이?"

사이먼은 궁극의 아이에 관해 간단하게 설명하자 이야기를 듣던 엘리스의 표정이 점점 백지장처럼 변했다. 이야기가 끝날 무렵 그녀는 이제야 모든 게 이해된다는 듯 깊은 한숨을 내쉬었다.

"지금 벨몽의 비밀 저택에 억류되어 있는 모양이에요. 하지만 그곳이 어딘지 알 길이 없어요. 일단 이곳을 빠져나가죠. 안전한 곳으로 옮긴 다음 미셸을 구할 방법을 찾아봐요."

사이먼이 엘리스를 데리고 집을 나서려 했다.

"아니, 난 찾을 수 있어요."

엘리스가 팔을 뿌리치며 소리쳤다.

"당신이 어떻게?"

"왜냐면 난 엄마니까. 당신이 도와준다면 분명 미셸을 찾을 수 있어요."

엘리스는 확신에 차 있었다. 그 확신이 어디서 비롯됐는지는 알 수 없었지만 이제껏 만난 어떤 사람보다도 강한 믿음을 갖고 있었다.

"그 전에 먼저 찾을 게 있어요."

"그게 뭔데요?"

"가야가 미셸에게 보낸 편지요."

궁극의 아이 1

혼돈

으뜸은 눈을 감고 방금 전 지나온 판공초 호수의 고요하고 푸른 물결을 떠올렸다. 해발 4,000미터에 위치한 수면은 부처의 거울처럼 잔잔했다. 하지만 지금 으뜸을 둘러싸고 있는 수많은 사람은 평온과 거리가 멀었다. 달라이 라마 으뜸 갸초는 아직 회복되지 않은 몸을 이끌고 인도와 중국의 국경이 접해 있는 창라(Chang La) 고개 국경 검문소에 도착해 있었다. 사흘 전 귀향을 결심하고 으뜸은 곧장 중국과 인도 정부로 티베트 방문에 관한 서한을 발송했다. 이에 중국뿐 아니라 인도 정부도 심한 우려를 표명했지만 으뜸은 자신의 뜻을 굽히지 않았다. 어차피 그는 중국 정부로부터 영원히 입국이 금지된 망명자였다. 입국 허가서 따윈 애초부터 기대하지 않았다. 죽음의 문턱에서 돌아온 그가 바라는 건 수구초심(首丘初心)이었다. 그의 나이 이제 여든을 바라보고 있었고 고향 땅을 밟지 못한 지 어언 반세기가 넘었다. 그 무엇도 그의 앞을 막을 순 없었다. 으뜬은 병원을 나온 후 롭상과 주치의 밍마, 그리고 몇 명의 경호원만을 대동하고 한 치의 망설임도 없이 이곳으로 향했다. 이 사실이 알려지자 방송국과 신문기자들이 몰려들었고 인도 주재 대사들은 각국의 입장을 발표하느라 여념이 없었다. 이들의 성명서는 정확히 두 부류로 나뉘어 있었다. 중국을 견제하는 미국, 일본, 일부 유럽 국가들은 쌍수를 들어 라마의 귀향을 환영했지만 러시아와 여러 아프리카 국가, 네팔 등은 우려를 표명했다. 특히 네팔은 라마가 자신들의 국경을 거쳐 중국으로 가지 못하도록 모든 조치를 취하겠다는 강한 경고까지 서슴지 않고 있었다. 반면 UN과 국제 인권 위원회, 가톨릭을 비롯한 종교 단체와 시민 단체 등은 일제히 라마의 행보에 지지를 보내고 있었다. 여기에 할리우드의 영화배우들과 힙합 가수들까지 합세해 이제 라마의 일거수일투족은 전 세계인의 주목을 받고 있었다. 그중에도 가장 예민하게 반응한 건 역시 중국이었다. 라마가 창라로 향하던 도중 중국은 인도 주재 대사를 급파했다.

"지금처럼 티베트 정세가 불안한 상황에서 급격한 행보를 보이시면 라마 자신이나 티베트, 그리고 중국 모두에게 해가 됩니다. 그런 상황이 벌어질 경우 저희 중국은 어떤 책임도 질 수 없습니다. 이쯤에서 발길을 돌리시고 치료를 마저 받으시는 게 어떨지요."

정중한 말투였지만 강한 압력이 담겨 있었다.

"이건 그저 한 늙은이가 죽기 전 고향 흙냄새를 맡으려는 작은 소망일 뿐입니다. 그게 무슨 정부가 나서서 책임을 질 일입니까."

중국 대사는 몇 번이고 건의했지만 라마는 묵묵히 갈 길을 갔다. 힘겹게 도착한 국경에는 또 다른 대혼란이 기다리고 있었다. 국경은 100미터도 안 되는 거리에 양측 초소가 나란히 마주 보고 있었는데 사뭇 다른 분위기였다. 인도 측 국경에는 전 세계에서 날아온 취재진이 장사진을 치고 있었고 대대 병력의 인도 군인들이 도로 양옆에서 취재진을 막고 있었다. 반면 국경 너머에는 중국 군인들이 인간 바리케이드를 형성한 채 도로를 점거하고 있을 뿐 취재진은 보이지 않았다. 그들은 헬멧과 진압복을 입고 있었지만 무기는 들고 있지 않았다. 하지만 어떤 차량도 지나갈 수 없도록 열을 맞춰 이중 삼중으로 도로를 장악하고 있었다. 그 뒤에 중국 외교부에서 파견된 고위 관리가 서 있었다. 공산당 배지가 달린 고급스러운 코트를 입고 있던 관리는 뒷짐을 지고 금테 안경 너머로 날카롭게 라마를 응시하고 있었다.

"정말 가시겠습니까? 라마."

롭상이 근심스러운 눈초리로 물었다.

"롭상, 저길 봐라."

으뜸이 가리킨 곳에는 풀 한 포기 없는 적막한 바위산이 첩첩이 늘어서 있었다.

"저기가 우리 고향 땅이다. 손을 뻗으면 닿을 수 있을 것처럼 가깝구나. 가고 싶지 않으냐?"

"가고 싶습니다. 하지만……."

"그럼 가자꾸나."

라마는 평범한 관광객처럼 차량에서 내려 중국 초소 옆에 있던 입국 관리소로 향했다. 작은 컨테이너만 한 크기의 관리소에는 두 명의 입국 심사관이 있었는데 유일하게 군복을 입지 않은 중국인이었다. 그들은 으뜬이 오는 걸 이미 알고 있었음에도 꽤나 긴장한 눈치였다.

"안녕하세요. 좋은 아침입니다."

으뜬이 여권과 비자를 내밀며 중국어로 인사를 건넸다. 하지만 심사관은 대꾸하지 않았다. 그는 여권을 꼼꼼히 살피더니 입국 거부 도장을 찍었다.

"으뜬 갸초 씨는 입국할 수 없습니다."

심사관이 차갑게 말했다.

"이유가 뭐죠?"

물론 이유를 알고 있었음에도 으뜬은 대답을 듣고 싶었다.

"당신은 중국에서 추방된 입국 금지 대상자입니다. 입국할 수 없습니다."

심사관이 여권을 돌려주며 말했다.

"고맙소."

으뜬은 공손히 여권을 받아 들고 관리소를 나섰다.

"이제 어쩌실 겁니까?"

롭상이 물었다. 으뜬은 잠시 주위를 둘러봤다. 취재진을 비롯해 그곳에 있던 모든 사람들의 눈동자가 온통 으뜬을 향하고 있었다.

으뜬은 이들이 싫었다. 이들의 관심이 지겨웠다. 그는 그저 고향으로 가고 싶을 뿐이었다. 그게 뭐 그리 대단한 일이란 말인가. 동물도 죽을 땐 자기가 태어난 곳으로 돌아가 생을 마치는데 한 인간이 고향에 가겠다는 것이 그리 대단한 일이란 말인가. 뿌옇게 구름 낀 하늘에 한 마리 이름 모를 새가 날고 있었다. 새는 끼룩─하는 소리를 내며 검문소 위를 지나 티베트의 광활한 하늘 위로 멀어져 갔다.

"네가 나보다 낫구나."

으뜬이 새가 사라진 하늘을 바라보며 부러운 듯 읊조렸다.

"돌아가시지요, 라마. 일단 상처를 치료하시고 다시 생각하셔도 늦지 않습니다."

주치의 밍마가 말했다.

"내가 고맙다는 말을 한 적이 있느냐?"

라마가 물었다.

"그런 말이 왜 필요합니까."

"고마웠다, 밍마. 그리고 롭상."

으뜬이 밍마와 롭상의 어깨를 부드럽게 잡으며 말했다. 그리고 걷기 시작했다. 으뜬이 향한 곳은 검문소 너머 고향 땅이었다. 그는 철조망을 지나 가로놓여 있던 차단막을 넘었다. 예상치 못한 상황이 벌어지자 각국 기자들은 분주하게 기사를 타전하기 시작했고 장교들은 긴박하게 상부와 연락을 취했다.

"라마……"

롭상이 서둘러 으뜬의 뒤를 따랐다. 으뜬은 검문소를 지나 중국 군인들이 가로막고 있는 저지선에 도착했다. 으뜸이 다가오자 군인들은 서로 팔짱을 끼더니 인간 바리케이드를 더욱 촘촘하게 형성했다.

"좀 비켜 주지 않겠나?"

으뜸이 정중히 물었지만 군인들은 대꾸 않고 무표정하게 바라봤다. 그 모습이 진시황의 무덤을 뚫고 일어선 병마용 같았다.

"그럼 어쩔 수 없지. 실례하겠네."

으뜸은 군인들 사이를 파고들려 했다. 그러자 맨 앞줄에 있던 군인 한 명이 으뜸의 팔을 붙잡으려 했다.

"건드려선 안 돼!"

이제껏 조용히 지켜보고 있던 중국 관리가 소리쳤다.

"무슨 일이 있어도 라마의 몸에 손을 대선 안 된다. 알아들었나!"

"옛!"

군인들이 복창했다. 으뜸은 군인 사이를 뚫고 들어가려 안간힘을 썼지만 역부족이었다. 그는 이제 여든을 앞둔 노인이었고 군인들은 갓 스물을 넘긴 장정들이었다. 처음부터 상대가 될 수 없었다. 한참 몸싸움을 벌이던 으뜸이 작은 신음을 내며 쓰러졌다.

"라마, 괜찮으십니까?"

롭상이 달려와 으뜸의 상처를 살폈다. 상처에서 피가 배어 나오고 있었다.

"밍마!"

롭상이 주치의를 불렀지만 밍마는 국경 너머에 있었다. 그는 어쩔 줄 몰라 하고 있었다.

"뭐 하고 있는 거야! 어서 오지 않고."

그제야 정신을 차린 밍마가 국경을 넘으려 하자 군인들이 앞을 가로막았다.

"이봐요, 라마가 지금 위험하다고요!"

롭상이 중국 관리를 향해 소리쳤다. 관리는 냉철한 눈으로 으뜬을 살폈다. 그의 얼굴은 창백했다. 관리는 잠시 고민하더니 검문소 군인에게 눈짓을 보냈다. 군인이 비켜서자 밍마가 달려와 붕대를 풀고 상처를 살폈다. 무리한 몸싸움 덕분에 꿰맨 부위가 벌어져 피가 흘러나오고 있었다. 밍마는 서둘러 상처를 소독하고 지혈제를 발랐다. 그제야 피가 멎으며 안정이 됐다.

"난 괜찮다."

으뜬이 다시 일어나려 하자 롭상이 말렸다.

"라마, 그만 돌아가시지요. 이러다 큰일 나겠습니다."

그러자 으뜬이 평온한 미소를 지으며 말했다.

"롭상, 우리가 지금 어딨는지 아느냐?"

"네, 알고 있습니다."

롭상의 눈에서 눈물이 흘러내렸다.

"우리 고향 땅이다. 이렇게 좋을 수가 없구나."

으뜬은 흙 한 움큼을 쥐더니 냄새를 맡았다. 수천만 년 동안 비와 이슬에 씻겨 온 대지의 향기가 가슴 깊이 전해졌다. 그러자 반세기 동안 쌓였던 피곤이 풀어지며 손과 발에서 따뜻한 땀이 배어나왔다. 고향의 향기란 그런 것이다. 으뜬은 완치된 사람처럼 벌떡 일어나 심호흡을 했다. 판공초 호수의 맑은 물을 흠뻑 빨아들인 안개가 고산의 청명한 공기와 함께 으뜸의 폐 속으로 밀려들었다.

"자, 다시 가 봐야지."

으뜸은 승복에 묻은 흙을 툴툴 털어 내고 군인들이 막고 있는 도로로 향했다. 군인들은 여전히 스크럼을 짜고 있었다.

"정말 이럴 겁니까?"

롭상이 중국 관리를 향해 소리쳤다.

"저분은 지금 서 있는 것도 힘든 몸이란 말입니다. 이렇게까지 할 필요는 없잖소!"

얼음처럼 냉정함을 유지하던 관리의 얼굴에 작은 일그러짐이 생겼다. 그는 국경 너머에서 지켜보고 있던 수많은 카메라를 의식하고 있었다. 카메라 한 대가 수백만, 아니 수천만의 눈을 대신하고 있었다. 관리는 핸드폰을 꺼내 어디론가 전화를 걸었다. 그는 한동안 대화를 나누더니 다시 돌아왔다.

"잘 들으시오. 우린 공식적으로 당신들의 입국을 허가한 적이 없소. 그러니 이제부터 당신들은 밀입국자요. 알겠소? 하지만 우린 당신들을 막지 않을 것이오. 대신 아무런 도움도 줄 수 없소. 차량도 제공할 수 없고 어떤 편의도 제공하지 않을 거요."

"고맙소."

으뜸이 미소를 지으며 대답했다.

관리가 손짓을 하자 홍해가 갈라지듯 군인들이 양옆으로 흩어지며 길을 만들었다. 그 너머로 티베트의 험준하지만 순박한 산들이 펼쳐졌다. 으뜸은 군인들을 지나 고향을 향해 걷기 시작했다.

그곳은 미국 영토에서 300해리가량 떨어진 공해상이었다. 사방으로 수평선이 펼쳐진 밤하늘을 세 대의 헬기가 날고 있었다. 미해군 로고가 선명한 씨호크에는 모임에 참석할 각국 요인들이 타고 있었다. 이들은 이름만 대면 알 만한 유럽 정계와 재계의 거물들이었다. 그들이 이 늦은 시각에 망망대해를 가로질러 향하던 곳은 한 대의 거대한 배였다. 그 배는 사십 년간 전 세계 전쟁터를 누비다가 얼마 전 퇴역한 재래식 항공모함이었다. 저만치 바다 위에 일렬로 늘어선 불빛이 나타났다. 목적지였다. 어두운 밤이었지만 달빛에 어렴풋이 드러난 항모의 위용은 대단했다. 주위에는 일정한 거리를 두고 한 대의 타이콘데로가급 순양함과 두 대의 이지스 구축함이 호위를 하고 있었다. 로스엔젤레스급 잠수함만 있으면 항모전단과 흡사한 규모였다. 이들은 모두 항모에 모이는 각국의 인사들을 경호하기 위해 반경 500킬로미터 내의 모든 목표물을 빈틈없이 추적하고 있었다. 헬기들은 한 치의 오차도 없이 항모 갑판 위에 착륙했다. 그와 동시에 갑판 요원들이 인사들을 선체 내로 안내했다.

"저게 마지막 헬기인가?"

그 모습을 함교에서 지켜보던 킨데마이어가 물었다.

"네. 마지막입니다."

옆에 있던 함장이 리스트를 확인하며 대답했다. 수평선 너머에 심상치 않은 구름이 모여들고 있었다.

"날씨는?"

"두 시간 후 폭풍이 몰려올 겁니다."

"회의하는 데 지장은 없겠지?"

"이 배는 태풍 속에서도 베트남 목표물을 향해 100여 대의 전투기를 출격시켰던 역전의 용사입니다. 폭풍 정도로는 꿈쩍도 않습니다."

"잘 부탁하네."

킨데마이어는 함교를 빠져나오며 위성전화기를 꺼내 들었다. 그가 전화를 건 곳은 벨몽의 저택이었다.

"무슨 일인가?"

벨몽이었다.

"회원들이 모두 집합했어. 이제 회의가 시작될 거야."

"나는 화상으로 참석할 테니 진행을 부탁해."

"가야는 어떻게 됐나? 다음 표적이 나 아니면 자네야."

킨데마이어는 좁은 철제 계단을 내려가고 있었다.

"그 문제는 해결됐으니 걱정하지 마."

"그 말은 아이를 찾았다는 건가?"

수많은 파이프라인이 사방으로 뻗은 좁은 복도를 지나던 킨데마이어가 멈춰 섰다.

"내가 말하지 않았나. 곧 찾게 될 거라고. 이미 예언도 시작됐어. 예언에 따라 조치도 취했고. 그러니 회의에만 집중해."

"다행이군. 회의가 끝나는 대로 곧장 아이를 보러 감세."

전화를 끊는 킨데마이어의 표정이 한결 편안해 보였다. 그는 회의실 입구에 도착해 있었다. 회의실은 전투기 격납고를 개조해 만든 곳으로 항공모함 내부라고는 상상도 할 수 없을 만큼 호화롭게 장식되어 있었다. 천장에는 수천 개의 크리스털로 이루어진 거대한 샹들리에가 매달려 있었고 그리스 신전을 연상시키는 조각상과 기둥으로 장식된 벽 중앙에는 금으로 만든 악마 개구리 엠블럼이 걸려 있었다. 그 아래 UN 주 회의실과 흡사한 계단식 공간이 펼쳐져 있었고 장미목으로 된 탁자가 단상을 중심으로 둥그렇게 늘어서 있었다. 탁자 위에는 회원들의 이름이 적힌 명패가 놓여 있었다. 전직 미국 대통령을 비롯해 현 영국 총리, 프랑스 외상 등 정계 인사들과 세계적인 기업 총수, 그리고 유수의 연구소 소장들이었다. 세계를 움직이는 기라성 같은 인물들이 비밀리에 공해상에 모여 악마 개구리들과 정기회의를 가지려 하고 있었다. 회의실은 만원이었다. 그들은 은밀하게 담소를 나누며 회의가 시작되기를 기다리고 있었다. 이윽고 킨데마이어가 회의장에 들어서자 회원들이 자리를 잡았다. 단상에는 악마 개구리들의 이름이 적힌 황금 명패가 놓여 있었다. 그중 사망한 세 명의 명패가 있는 탁자 위에는 하얀 국화가 한 송이씩 놓여 있었다. 킨데마이어는 단상에 준비된 탁자 중앙에 자리를 잡았다. 마이크를 켜자 삐 – 하는 소음이 회의실에 울려 퍼졌다.

"친애하는 동지 여러분. 바쁘신 중에도 회의에 참석하기 위해 이먼 곳까지 와 주셔서 진심으로 감사하오. 회의를 시작하기 전에 얼마 전 유명을 달리한 우리의 동지 나다니엘 밀스타인, 안톤 쉬프, 그리고 조셉 체임벌린 경을 위해 잠시 묵념을 하도록 하겠소."

그러자 모든 회원들이 예의를 갖췄다. 묵념은 약 일 분간 이어졌다.

"지금껏 우리 모임을 위해 물심양면으로 희생했던 상임위원 동지들의 장례는 차후 일정을 잡아 따로 거행하도록 하겠으니 많은 참석 부탁드리겠소. 그리고 최고 상임위원인 오귀스트 벨몽 경은 거동이 불편한 관계로 화상으로 회의에 참석하기로 했으니 양해바라오. 그럼 회의를 시작하기 전 의식을 거행할 테니 모두 기립하시오."

킨데마이어의 말에 따라 모든 회원이 자리에서 일어섰다. 그러자 단상 중앙에서 석상 하나가 올라왔다. 빅토르 로레의 어린 신관이었다. 조명을 받은 신관은 지금이라도 깨어날 것처럼 생동감이 넘쳤다. 석상이 나타나자 회원들이 일제히 다음 구절을 암송하기 시작했다.

"진리의 빛은 미래의 기억 속에 있으니 세상을 뒤져 아문-라의 사자를 찾아라. 사자는 모두 하나의 얼굴을 하고 있으니 그를 찾아 신의 목소리를 들어라. 그리하면 세게트 이아르의 문이 열리리라."

암송이 끝나자 모두 착석했다.

"그럼 지금부터 178회 정기 모임을 시작하겠소."

탕탕탕. 킨데마이어가 의사 진행봉을 두드리자 회의실 천장에 매달려 있던 거대한 샹들리에의 불이 꺼졌다.

어둠이 내린 랭리 공군기지 활주로에는 한 대의 비행기가 이륙을 기다리고 있었다. 마지막 테스트를 앞둔 무인 전폭기 X-47기였다. 철 가루를 뒤집어쓴 가오리 모양의 이 비행기는 칠 년간 6억 3,000만 달러라는 어마어마한 개발비가 들어간 차세대 무인 전폭기였다. X-47기는 이전의 무인 전투기와는 달리 완전 자율 비행형 무인기로, 원격조종이 아닌 입력된 프로그램에 따라 스스로 비행하고 목표물을 공격하는 최첨단 스텔스 전폭기였다. 이번 테스트는 야간에 움직이는 목표물을 원거리에서 공격하는 시험이었다. 비행 통제실에는 늦은 시각에도 불구하고 시험을 지켜보기 위해 국방부 관계자와 제작사를 비롯해 국방 예산 위원회 소속 상원의원들도 모여 있었다. 시험기의 상태를 모두 확인하자 시험 통제관이 참관인들 앞에 섰다.

"오래 기다리셨습니다. 이제 곧 X-47기의 마지막 시험비행을 시작하도록 하겠습니다. 이번 시험의 목적은 야간 기습 폭격 시 자율 폭격 시스템의 작동 상황과 정확성을 확인하는 것으로, 이제껏 실시된 시험의 최종 목적이라고 할 수 있습니다. 사용될 무기는 AGM-84 하푼 대함미사일로 기존 무기 체계와의 연동성도 함께 체크할 예정입니다. 현재 시험기의 해상 목표물은 좌표 위도 39.78, 경도 70.12 위치에서 시속 15노트 속도로 이동하고 있습니다. 시험기가 목표물까지 도착하는 시간은 약 삼십칠 분이며 모든 상황은 앞에 설치된 네 개의 모니터를 통해 보실 수 있습니다. 그럼 X-47기의 시험을 시작하도록 하겠습니다."

통제관이 신호를 주자 시험기 조종사가 프로그램을 입력하고 엔터 키를 눌렀다. 그러자 활주로에서 침묵을 지키고 있던 시험기가 서서히 엔진음을 높이더니 노즐에서 하얀 불꽃을 내뿜었다. 그리고 잠시 후 관제탑으로부터 이륙 허가가 떨어지자 가오리 모양의 최신예 무인기가 활주로를 지나 허공 속으로 사라졌다.

"오늘 주제는 21세기 밀레니엄 세계 질서 재편을 위해 현재 가장 문제로 대두되고 있는 중국의 성장과 그들을 우리 영향권 아래 두기 위한 구체적인 방법에 관해 토론해 보겠소. 먼저 이 문제를 수년간 연구했던 카이헨동 연구소 제임스 커닝햄 소장이 발표하겠소."

킨데마이어가 소개하자 소장이 단상으로 올라왔다.

"중국의 경제와 군사력, 향후 그들의 영향력에 관해서는 이미 보내 드린 보고서를 읽으셨기 때문에 잘 알고 계시리라 생각합니다. 아시다시피 중국의 GDP는 올해 6조 9,884달러에서 2020년에는 19조 달러로 팽창되는 반면, 미국 경제는 15조 달러에서 18.8조 달러로 증가하는 데 그칠 것으로 예상됩니다. 미국의 GDP가 글로벌 GDP의 17.7퍼센트로 그 비중이 사상 최저치로 낮아지는 데 반해 중국은 글로벌 GDP의 18퍼센트를 차지하며 상황이 역전되는 거죠. 중국의 국방비 지출은 현재 850억 달러로 미국의 13퍼센트에 불과하지만 지금과 같이 매년 15퍼센트 이상 증가한다고 가정했을 때 십 년 후에는 미국과 대등, 혹은 능가하는 군사력을 보유할 것으로 예상됩니다. 물론 이 모든 건 우리가 준비한 계획의 일부였습니다. 우리는 정체된 시장 확장과 세계 제패라는 우리의 목표를 달성하기 위해 중국의 자본화와 시장 개방에 노력을 기울여 상당한 성과를 거뒀습니다. 문제는 중국의 수뇌부가 우리 계획의 다음 단계인 민주화, 즉 공산당 일당독재 해체와 자본시장의 완전한 개방에 반대하고 있다는 겁니다. 물론 그 부분도 어느 정도 예상은 하고 있었습니다. 이제껏 모든 독재 정권의 중기 형태와 흡사하니까요. 그런데 이번 중국의 문제는 양상이 조금 다릅니다. 중국 정치는 관시(關係) 정치라고 불립니다. 일종의 파벌 정치죠. 현재 중국 공산당을 좌지우지하는 파벌은 모두 세 개입니다. 상해방(上海帮), 태자당(太子黨), 그리고 단파(團派). 문제는 이들 중 권력을 쥐고 있는 상해방과 미래의 권력 집단인 단파 수뇌부가 우리와의 연계를 강력하게 거부하고 있다는 겁니다. 그들은 우리 자본의 영향력으로부터 벗어나 완전한 독립 자본을 형성하려 하고 있습니다. 나아가 위안화를 세계 기축통화로 만들고 전 세계 화교 자본을 하나로 통합해 우리에게 대항하는 독립된 세계 재편 계획을 갖고 있다는 겁니다. 이들을 좌시할 경우 성공할 가능성이 높습니다. 그래서 현재 저희는 이들을 길들일 몇 가지 계획을 실행 중에 있습니다."

소장이 다시 킨데마이어에게 마이크를 넘겼다.

"우린 여러 차례에 걸쳐 중국 최고 수뇌부에게 우리의 뜻을 전했소. 우리의 요구는 간단했소. 자본시장을 완전 개방하고 나아가 미국과 영국처럼 민영 중앙은행시스템을 설립하라는 것이었소. 정치에 관한 조언도 잊지 않았소. 공산당 일당 체제는 소득수준이 높아질수록 반발을 받게 될 것이고 제2의 천안문 사태도 각오해야 할 거라고 했소. 중국 지도자들이 가장 예민하게 생각하는 부분이었소. 만약 우리의 조건을 받아들인다면 공산당 일당 체제를 유지할 수 있도록 지원을 아끼지 않겠다고 약속했소. 하지만 이들은 우리의 자비로운 제안을 전면 거부했소. 그래서 다음 단계로 넘어갔소. 물리적 압박이오. 우리는 이들을 압박할 가장 효과적인 방법을 찾았소. 첫 번째는 소수민족자치구의 독립이었소. 이를 위해 소수민족 중에도 가장 독립 요구가 활발한 티베트를 선택했소. 그리고 이들을 자극하기 위해 조금은 극단적인 방법을 사용했소. 바로 달라이 라마 암살이오.”

“하지만 그 계획은 실패하지 않았습니까?”

경청하고 있던 회원 중 한 명이 물었다.

“그렇소. 하지만 우리에게는 백업 플랜이 있소.”

“구체적으로 어떤 계획이죠?”

“라마의 측근 중 한 명을 포섭했소. 그가 계획을 완수할 것이오.”

북위 25도 58분, 동경 123도 27분에 위치한 무인도는 섬이 생긴 이래 최고로 긴장이 고조되어 있었다. ‘우미타카마루(海鷹丸)’라는 이름의 배 한 척 때문이었다. 일본 해양청 소속 3,100톤급 석유탐사선은 일본과 중국이 서로 영유권을 주장하는 센카쿠(댜오위다오) 열도 대륙붕에서 지질을 탐사하는 임무를 띠고 도착해 있었다. 이에 중국 정부는 강하게 비난하며 철수를 주장했지만 일본 정부는 당연한 주권 활동이라며 탐사를 강행하려 하고 있었다. 여기까지는 이제껏 있던 영토 공방과 비교해 특별할 것이 없었다. 그런데 중국의 한 단체가 끼어들며 사건이 복잡해졌다. 중국의 민간단체에서 파견한 선박이 센카쿠 열도로 접근해 탐사선 철수를 요구하며 시위를 벌인 것이다. 그러자 일본 해상청 소속 경비함이 출동해 물리적으로 영해 밖으로 밀어내려 했다. 이 과정에서 몸싸움이 벌어졌고 일본 해경이 발사한 고무총에 중국 민간단체 회원이 맞아 뇌사 상태에 빠진 것이다. 일본 해경은 헬기를 동원해 병원으로 옮겼지만 중국 민간단체 회원은 열한 시간 만에 사망했다. 이에 분개한 중국은 공식적인 사과와 배상을 요구했지만 일본 정부는 이를 거부하고 오히려 센카쿠 열도에 침범한 중국 민간단체 회원들을 구속하기에 이른다. 결국 중국은 센카쿠 열도로 해군을 출동시킨다. 이에 대항해 일본 역시 해군을 파견했고 두 나라 해군이 작은 탐사선을 가운데 놓고 첨예하게 대립하게 된 것이다. 이것은 제2차 세계대전 이후 최대 규모의 중일 함대 대치였다. 중국은 푸저우 해군기지에 정박 중이던 동해함대 소속 최신예 순양함 한 척과 구축함 두 척, 그리고 호위함 세 척을 센카쿠 열도로 출동시켰고 이에 대응해서 일본은 이지스 구축함 두 척과 미사일 구축함 세 척, 그리고 대잠헬기구축함 한 척을 파견한 상태였다.

겉으로만 보면 이것은 창과 방패의 싸움이었다. 중국의 순양함은 SS-N-22 선번 초음속 대함미사일을 탑재하고 있었다. 사정거리 250킬로미터에 시속 마하 2.5 이상에 달하는 이 미사일은 단한 발만으로도 일본의 구축함을 격침시킬 수 있는 능력을 보유하고 있었다. 그에 비해 일본의 구축함들은 동시에 200여 개의 목표물을 감지하고 SM-2 대공미사일을 이용해 한 번에 열여덟 개의 목표물을 격추시킬 수 있는 방어력을 갖추고 있었다. 하지만 이들이 보유하고 있는 ASM-2 공대함미사일은 사정거리가 170킬로미터밖에 되지 않았고 이지스함 대공방어 무기 체계가 선번 미사일을 완벽하게 요격할 수 있을지 미지수였다. 중국 함대는 이를 잘알고 있었기 때문에 함대 간의 거리를 선번의 사정거리인 250킬로미터로 유지하고 있었다.

"현재 적 함대의 위치는?"

중국 함대를 지휘하던 청융화 제독이 물었다. 그는 기함 함교에서 눈을 감은 채 전술을 구상 중이었다.

"북위 26도 38분, 동경 124도 11분에 위치하고 있습니다."

작전장교가 방금 수신된 레이더 탐색 보고서를 보며 대답했다.

"함대 간 거리는?"

"247킬로미터를 유지하고 있습니다."

"일본이 정한 영해 경계선까진 몇 킬로 남았나?"

제독은 함장석에서 내려와 작전 보드로 향했다. 투명한 보드판에는 인근 해역의 해도와 함께 아군과 적군의 위치가 그려져 있었다.

"11킬로미터 전방입니다."

"적군의 현재 동태는?"

"열두 시간째 제자리에서 꼼짝도 않고 있습니다."

"꼼짝도 않는다……."

낌새가 심상치 않았다. 해군 전술의 기본은 기동이었다. 계속적인 기동으로 위치를 변화시켜 적의 공격으로부터 함대를 방어하고 적의 반응을 파악하는 게 전통적인 전술이었다. 그런데 일본 함대는 진지를 구축한 것처럼 열두 시간째 요지부동이었다.

"적 잠수함은 발견됐나?"

"네 대의 대잠헬기가 인근 해역을 샅샅이 뒤지고 있지만 적 잠수함은 보이지 않습니다."

"우리가 모르는 뭔가가 있어."

제독이 일본 함대가 위치한 수평선 너머를 응시하며 중얼댔다.

"두 번째 물리적 압박은 국지전이오."

국지전이라는 말에 회의장이 술렁였다.

"아시다시피 현재 센카쿠 열도에는 중국과 일본 함대가 대치 중에 있소. 이 모든 게 우리의 시나리오요. 잠시 후면 일본의 탐사선이 지질 조사를 실시하게 될 거요. 그렇게 되면 중국은 무력행사를 할 수밖에 없을 거요. 그 첫 번째가 센카쿠 열도 영해 내로 함대를 진입시키는 것이오. 그와 동시에 함대 간의 국지전이 발발할 거요."

그러자 회원 한 명이 발언권을 요청했다. 그는 미국의 거대 방산 업체 총수였다.

"문제는 이 국지전에서 일본이 승리해야 한다는 겁니다. 그런데 현재 일본의 전력으로 중국 함대를 압도하기에는 무리가 있어요. 그들에게는 중국 함대를 제압할 공격 무기가 없단 말입니다."

"일리 있는 지적이오. 그래서 우리는 훌륭한 파트너이자 미래의 회원인 미합중국 대통령에게 도움을 요청했소. 안녕하십니까, 대통령님."

킨데마이어가 인사를 하자 벽면에 설치된 거대한 스크린 화면에 미 대통령의 얼굴이 나타났다. 그는 백악관 집무실에서 화상으로 회의를 지켜보고 있었다.

"안녕하십니까, 위원장님."

"늦은 시간에도 이렇게 회의에 참석해 주셔서 감사합니다. 대통령께서는 맥나마라 회원의 우려를 어떻게 생각하십니까?"

킨데마이어가 생수로 목을 축이며 물었다.

"아주 정확한 지적입니다. 미국 입장에서도 중국이 이번 국지전에서 승리하는 걸 원치 않습니다. 때문에 위원장님과 국방부 전략 고문의 조언을 받아들여 비밀리에 일본 해군에 사정거리 400킬로미터의 최신형 토마호크 대함미사일 열다섯 기를 지원한 상태입니다. 현재 센카쿠 열도에 파견된 구축함에 이 미사일을 장착한 것으로 알고 있습니다. 물론 이것은 대외비에 해당하는 일이므로 회원들께서 비밀을 유지해 줄 거라 믿습니다."

대통령의 말에 장내가 다시 술렁이고 있었다.

같은 시각. 악마 개구리들의 모임을 호위하던 **구축함** 전투통제실 레이더망에 작은 물체 하나가 포착됐다.

"레이더 장교님, 북서쪽 130킬로미터 전방에 **미확인 비행체가** 나타났습니다."

모니터를 지켜보던 담당 병사가 레이더 장교**에게 보고했다.** 물체는 자세히 보지 않으면 안 보일 정도로 작은 **크기였다.**

"갈매기야."

"그런데 육지에서 너무 멀리 나온 거 아닌가요?"

담당 병사가 물었다.

"갈매기는 육지에서 500킬로미터 밖까지 날기도 **해.**"

장교는 대수롭지 않다는 듯 자리로 돌아갔다. 그러나 사실 그것은 새가 아니었다. 방금 전 랭리 공군기지에서 **출발한 차세대 무** 인전폭기였다. 시험기는 목표물과의 거리 130킬로미터 지점에서 하푼 대함미사일을 투하하게끔 설정되어 있었**다. 위성항법장치** 가 무기 투하 위치에 도달한 걸 메인 컴퓨터에 **알리자 시험기는** 고도를 30,000피트에서 12,000피트로 하강**했다.** 그리고 고성능 레이더를 통해 목표물의 위치를 파악한 후 무기고를 **열었다.** 잠시 후 내부에 장착되어 있던 미사일 엔진에 불이 **붙었다.** 목표물은 130킬로미터 밖에서 이동 중인 퇴역 항공모함**이었다.**

항모 내에 위치한 회의실에서는 열띤 토론을 진행 중이었다.

"만약 일본이 이번 전투에서 승리할 경우 비밀리 제공한 무기에 관해 분명 중국이 눈치를 챌 텐데 어떻게 해명하실 생각입니까?"

회원 중 한 명이 대통령에게 물었다.

"미국은 이번 사건에 관해 철저히 중립을 지키는 모양새를 유지할 겁니다. 중국 역시 패배를 인정하기 쉽지 않을 것이기 때문에 우리가 제공한 무기에 관해 어떤 언급도 하지 않으리라 생각합니다."

미국 대통령이 대답했다.

"이번 국지전에서 패할 경우 중국 수뇌부는 상당한 타격을 입을 게 분명하오. 대외적으로뿐만 아니라 자국 내 입지도 상당 부분 줄어들 거요. 거기에 라마의 사망으로 티베트가 봉기하게 되면 중국 수뇌부는 사면초가에 빠지게 될 거요. 그때 우리는 다시 특사를 보내 거부할 수 없는 제안을 할 것이오."

킨데마이어의 말에 회의실은 호의적인 분위기로 변해 가고 있었다.

그때 한 회원이 발언권을 요청했다.

"말씀해 보시오, 허친스 회원."

킨데마이어가 허락하자 회원이 마이크를 들었다.

"하지만 내가 겪어 본 바로 중국은 그리 녹록한 상대가 아닙니다. 이번 국지전에서 패한다고 곧바로 고개를 숙이진 않을 거란 말입니다. 그들은 새로 진수시킨 항공모함을 이용해 다시 도전해 올 게 분명합니다. 그땐 어쩔 겁니까?"

질문에 킨데마이어가 잠시 침묵을 지켰다.

"물론 다음 계획이 있소."

"뭐죠?"

"더 큰 전쟁이오."

"이번엔 어디죠? 인도와의 국경 분쟁?"

회원이 집요하게 추궁했다.

"아니, 이번엔 한반도요."

한반도라는 말에 회의장이 크게 술렁였다.

"얼마 전 우리는 동북아에 긴장을 조성하기 위해 한국의 백령도에서 충돌을 일으켰소. 덕분에 한국은 방위 예산을 앞당겨 집행해 아파치 헬기 일개 대대와 수백 기의 헬파이어미사일 등을 구입했고 일본 역시 신형 이지스 구축함 구매 계획을 발표했지. 이는 중국에 상당한 압박으로 작용했소. 만약 중국이 이번에도 제안을 받아들이지 않을 경우 우리는 한반도에서 전면전을 일으킬 거요. 한반도를 지목한 데는 여러 가지 이유가 있지만 우선 경제적인 측면과 전쟁 후 중국을 압박할 수 있는 또 다른 카드가 있다는 점이오. 일단 한국은 쓸 만한 경제력과 국방력을 보유하고 있소. 게다가 한국민은 통일에 대한 염원이 대단하오. 이를 이용해 전쟁을 일으킬 경우 큰 부담 없이 전쟁을 승리로 이끌 수 있소. 한국 정치인들은 정권만 보장하면 말을 들을 거요. 어차피 역사 따윈 안중에도 없는 저능아들이니까. 두 번째는 한국과 중국의 영토 문제요. 한 국이 승리할 경우 곧바로 중국과 국경을 맞대게 될 거요. 그런데 문제는 이 국경 지역이 19세기에는 한국의 영토였다는 거요. 간 도라고 불리는 이 땅은 한국을 식민지로 만든 일본이 만주 이권을 양도받는 조건으로 1909년 청나라에 넘겼소. 일본의 패전 후 이 협약은 무효화됐지만 중국은 지금도 인정하지 않고 자국 영토로 귀속시키고 있소. 하지만 만약 한반도가 통일되고 국경을 맞닥뜨 리게 되면 이 문제를 표면화시켜 또 다른 국경 분쟁을 야기할 수 있소. 그렇게 되면 중국은 국경을 맞댄 대부분의 국가와 국경 분 쟁을 겪게 되는 사면초가에 빠지게 될 거요."

"하지만 이 경우는 우리도 상당한 부담을 안을 수밖에 없을 텐데 요. 우선 남한처럼 인구밀도가 높은 지역에서 전면전이 일어날 경 우 엄청난 수의 민간인 희생자가 발생할 거요."

회원이 받아치자 이번엔 카이헨동 연구소의 소장이 나섰다.

"저희 연구소에서 분석한 결과, 한반도에서 전면전이 일어날 경 우 전쟁이 마무리되는 시점까지 약 삼 개월에서 길게는 십 개월 정도 예상하고 있습니다. 만약 전쟁이 삼 개월 이내에 끝날 경우 희생자는 대략 70만 명에서 150만 명을 예상하고 있습니다. 하지 만 십 개월을 넘길 경우에는 350만에서 많게는 500만 명까지도 희생자가 늘어날 것으로 예상됩니다."

소장이 발표하고 나자 킨테마이어가 마이크를 이어받았다.

"남북한의 인구가 약 7,000만인 걸 감안할 때 나쁘지 않은 숫자 라고 생각되오. 또 한 가지 이점은 전쟁이 끝난 후 한반도를 확고

한 우리 영토로 만들 수 있다는 거요. 폐허에서 다시 일어나려면 우리 도움이 필요할 것이기 때문이오."

회원들은 소장의 분석을 긍정적으로 받아들이는 분위기였다. 그때 또 다른 회원이 발언권을 요청했다.

"지금 우리가 불안해하는 건 우리 모임의 중추적인 역할을 하는 인물을 아직 못 찾았기 때문입니다. 바로 궁극의 아이요. 그 아이가 있다면 우리는 지금 모든 상황을 꿰뚫고 앉아 편안히 계획을 세울 수 있을 겁니다. 대체 그 아이는 언제쯤 찾을 예정입니까?"

회원이 격앙된 목소리로 물었다. 그 말에 다른 회원들도 웅성댔다. 그러자 이제껏 침묵을 지키던 벨몽이 입을 열었다.

"그 아이는 이미 우리와 함께 있소."

그러자 장내가 심하게 요동쳤다.

"지금 어딨습니까? 그 아이를 보여 주시오."

"맞아요. 직접 확인해야겠소."

사방에서 동의하는 목소리가 튀어나왔다. 장내는 순식간에 달아올랐다. 그들은 살아 있는 신을 원했다. 벨몽은 이들의 갈증을 즐기듯 잠시 회의장을 응시했다. 이윽고 갈증이 광기로 변하려는 순간 입을 열었다.

"그렇게 원한다면 보여 주는 게 예의지. 로드니, 회원들께 아이를 보여 드려."

벨몽이 말하자 로드니가 화상카메라를 들고 어디론가 향했다. 잠시 후 카메라가 도착한 곳에는 한 소녀가 곤히 잠들어 있었다. 미셸이었다. 거대한 스크린 속의 미셸이 단상에서 조명을 받던 빅토르 로레의 어린 신관과 오묘하게 오버랩되고 있었다. 그 모습을 확인하자 회원들의 입에서 감탄사가 터져 나왔다.

"저 아이야. 틀림없어. 모든 게 일치해."

"드디어 찾았군. 궁극의 아이가 우리와 함께 있어."

박수가 이어졌다. 아이의 호흡 소리와 함께 박수 소리는 점점 커지더니 환호성으로 변했다. 심지어 눈물을 흘리는 이도 있었다. 이제 이들은 두려울 게 없었다. 미래가 이들 손에 있었던 것이다. 회의장은 자만과 광기, 그리고 힘에 대한 맹신이 지배하고 있었다. 그때였다. 엄청난 굉음과 함께 회의장 벽이 무너지며 거대한 폭발이 일어났다. 시뻘건 화염이 사방으로 뿜어져 나가며 환호성은 일순간에 비명으로 바뀌었다. 파편이 날아다니고 벽을 지탱하던 기둥이 무너져 내렸다. 세계를 손바닥에 놓고 우쭐대던 사람들이 개미처럼 사방으로 흩어지고 있었다. 그중 천장을 지탱하던 대리석 기둥 하나가 달아나던 킨데마이어를 향해 쏟아져 내렸다. 으악! 단발의 비명 소리와 함께 킨데마이어가 거대한 기둥 아래로 사라졌다. 시계는 정확히 12시 정각을 가리키고 있었고 벨몽은 위성을 통해 그 모습을 조용히 지켜보고 있었다.

궁극의 아이 1

마지막 날

　미셸이 숨겨 놓은 편지를 찾는 건 쉽지 않았다. 방이 넓진 않았지만 수많은 잡지와 소녀 취향의 물건들이 빼곡히 들어찬 작은 성 같았기 때문이었다. 사이먼은 책장과 서랍, 옷장 등을 샅샅이 뒤졌지만 편지는 꽁꽁 숨은 채 나타나지 않았다. 그러던 중 우연히 살핀 베개 속에서 부스럭하는 소리가 났다. 사이먼은 베개 시트를 벗기고 안을 살폈다. 편지였다. 겉봉에는 '내 딸 미셸에게'라고 적혀 있었고 필체도 일치했다. 미셸의 말대로 편지는 가야로부터 온 것이었다. 사이먼은 엘리스와 함께 편지를 개봉했다. 편지는 모두 세 장이었다. 첫 번째 장에는 가야가 직접 쓴 내용이 적혀 있었다.

안녕. 사랑하는 내 딸 미셸.

너를 직접 보지 못하고 편지를 쓰니 아빠 마음이 아프구나. 이 편지를 쓰려고 며칠을 고민했는데 막상 쓰려고 하니 머릿속이 하얗게 되었어. 하지만 제일 먼저 하고 싶은 말은 이거야. 널 사랑한다. 만난 적도, 본 적도 없지만 아빠는 목숨과도 바꿀 수 있을 만큼 널 사랑해. 그걸 꼭 기억해 줘. 그리고 부탁이 있단다. 아빤 네가 엄마를 잘 보살펴 줬으면 좋겠어. 엄마는 힘든 시간을 보내고 있을 거야. 여자가 혼자 살아가기에 세상은 너무 험하고 힘겨운 곳이야. 아마 눈물도 많이 흘릴 거야. 네 엄마는 마음이 여리고 착한 사람이거든. 그럴 때 아빠가 옆에 있어 줘야 하는데 그럴 수가 없어서 아빤 너무 속상해. 그때 미셸이 엄마 옆에서 힘이 되어 주면 아빠 정말 고마울 거야. 그리고 또 한 가지 부탁은 네가 아빠를 이해해 줬으면 한다는 거야. 아빠가 미셸과 엄마 곁을 떠난 건 모두 두 사람을 위해서였어. 지금은 힘들겠지만 때가 오면 아빠가 왜 떠나야 했는지 알게 될 거야. 그때 아빠를 용서해 줘. 우리 셋이 함께 살수 있다면, 단 하루만이라도 좋으니 같이 시간을 보낼 수 있다면 소원이 없을 텐데 그럴 수 없구나. 미안해. 이제 아빠는 중요한 일을 마무리 짓기 위해 또 떠나야 돼. 다시 한번 말하지만 널 사랑한다. 그리고 엄마에게 전해 줘. 처음 만났을 때처럼 지금도, 앞으로도 영원히 사랑한다고. 잘 있어, 미셸. 내 딸아.

편지를 읽은 엘리스의 눈에서 지난 십 년간 가슴속에 맺혀 있던 감정의 둑이 터지며 눈물이 폭포처럼 쏟아졌다.

"가야는 당신과 미셸을 지키기 위해 스스로 목숨을 끊었던 거예요. 살아 있었다면 놈들이 뒤를 쫓다가 두 사람의 존재를 더 일찍 알게 됐을 거고 가만두지 않았을 테니까."

엘리스는 편지를 부둥켜안고 서럽게 흐느꼈다. 눈물에는 미안함과 변치 않는 사랑에 대한 고마움이 배어 있었다.

"난 그런 줄도 모르고…… 당신을…… 당신을……."

엘리스는 한참 동안 울었다. 사이먼은 이토록 처절하게 우는 사람을 본 적이 없었다. 지난 세월 동안 얼마나 힘든 시간을 보냈는지 그녀의 눈물이 말해 주고 있었다. 평생 사랑했던 단 한 명의 남자. 하지만 고통스러운 기억을 남겨 둔 채 떠나 버린 남자. 그에 대한 그리움과 원망이 한 장의 편지로 녹아내리고 있었다. 그러자 잿빛으로 가득했던 엘리스의 집이 색을 띠기 시작했다. 온통 무채색이던 집 안이 그녀의 마음이 열리며 연한 초록빛으로 변하고 있었다.

"아직 남은 글이 있어요."

엘리스가 눈물을 닦으며 편지를 건네줬다.

추신 : 엘리스, 당신만이 미셸을 찾을 수 있어요. 마지막 날을 기억해 봐요. 두 번째 장은 벨몽을 위한 거요. 그에게 줘요. 그리고 마지막 장은 미셸의 미래를 위한 거요. 그날을 위해 잘 보관하라고 전해 줘요.

이것이 가야의 마지막 메시지였다. 사이먼은 나머지 두 장을 살펴봤지만 텅 비어 있었다. 그러나 빈 편지가 아니라는 걸 잘 알고 있었다.

"역시 당신 기억 속에 단서가 있어요. 떠올려 봐요. 마지막 날 가야와 있었던 일을."

엘리스는 감정을 추스르며 정신을 가다듬었다. 이제 미셸의 목숨은 엘리스의 손에 달려 있었다.

"마지막 날……."

엘리스는 눈을 감고 다시 과거로 넘어갔다.

잠결에 무심코 옆자리를 더듬던 엘리스는 눈을 떴다. 그녀가 잠들어 있던 곳은 대서양이 내려다보이는 게스트 룸이었다. 가야와 엘리스는 밤새 와인 세 병을 비우고 짐머만의 집에서 잠이 들었다. 엘리스는 무의식적으로 손을 뻗어 가야를 찾았다. 하지만 옆자리는 비어 있었다. 엘리스는 가운을 입고 방을 나섰다. 새벽의 저택은 파도 소리만이 운치 있게 들릴 뿐 고즈넉했다. 엘리스는 2층 계단을 내려와 거실로 향했다. 어제 마신 와인 때문에 심하게 갈증이 났다. 부엌문을 열던 엘리스는 발코니에 있던 누군가를 발견하고 멈춰 섰다. 가야가 담요를 두른 채 바다를 보고 있었다. 엘리스가 소리 없이 다가가 곁에 앉자 가야가 덮고 있던 담요를 나눠 주었다. 두 사람은 나란히 온기를 나누며 수평선을 바라봤다. 잠시 후 바다와 하늘 사이가 빛으로 갈라지며 해가 뜨기 시작했다. 태양은 마중 나온 구름을 선홍색으로 물들이며 서서히 고개를 내밀더니 이윽고 어둠을 완전히 밀어냈다.

"일출은 처음이에요."

가야가 입을 열었다.

"가야 씨는 갓 태어난 아기 같아요."

"엘리스가 웃으면 태양이 하나 더 생긴 것 같아요."

두 사람은 키스를 나눴다.

"이렇게 행복해도 되는 걸까요?"

엘리스가 가야 어깨에 기대며 물었다.

"왜 그런 말을 해요?"

"너무 행복해서 불안해요. 신이 우리를 질투할까 봐. 그래서 해코지할까 봐."

"만약 신이 우리를 질투한다면 내가 가만두지 않을 거예요."

"그래요. 혼내 줘요."

엘리스가 장난스럽게 입을 맞추며 말했다.

두 사람은 짐머만이 깨기 전에 집을 나섰다. 동이 틀 무렵 뉴욕은 하루 중 유일하게 고요했다. 가야와 엘리스는 모두가 떠나 버린 듯 한적한 뉴욕의 새벽길을 걸었다. 드문드문 조간신문을 배달하는 신문 트럭이 보일 뿐 차도도 한가했다. 두 사람은 중앙선을 점령하고 도로를 지그재그로 달리며 뉴욕의 한가로움을 즐겼다.

"이 냄새…… 킁킁…… 따라와요."

엘리스가 갑자기 가야의 손을 잡고 달리기 시작했다. 한 블록쯤 가자 오븐에서 막 구운 바게트를 꺼내는 베이커리가 보였다. 두 사람은 따끈따끈한 바게트를 샀다. 갓 구운 바게트는 일품이었다. 껍질이 부서지는 고소한 소리와 부드러운 속살은 차가운 아침 공기를 녹이고도 남았다. 두 사람은 서로의 입에 빵을 넣어 주며 정처 없이 걸었다. 그러던 중 5번가에서 엘리스가 걸음을 멈췄다. 그녀를 매료시킨 곳은 티파니 쇼윈도였다. 티파니 특유의 연한 푸른색으로 장식된 쇼윈도에는 여러 종류의 보석이 진열되어 있었다.

"왜 보석은 아름다운 걸까요? 별처럼 가질 수 없어서일까요?"

엘리스가 부러운 듯 다이아가 수놓인 장신구를 바라보며 물었다. 그러자 가야가 물끄러미 엘리스를 봤다.

"엘리스."

"네?"

가야가 주머니에서 작은 상자 하나를 꺼냈다.

"열어 봐요."

상자를 열어 보고 엘리스는 깜짝 놀랐다.

"세상에……."

상자 안에는 티파니 반지가 들어 있었다. 크지는 않지만 작은 다이아가 박힌 웨딩 반지였다. 엘리스는 별을 손에 넣은 듯 멍하니 바라보고 있었다. 그러자 가야가 반지를 엘리스의 손에 끼워 주었다. 반지는 맞춘 것처럼 꼭 들어맞았다.

"엘리스, 나랑 결혼해 줄래요?"

갑작스러운 고백에 엘리스는 어쩔 줄 몰라 했다. 하지만 가야는 오래전부터 준비한 듯 진지했다.

"단 하루라도 좋으니 당신이 내 아내였으면 좋겠어요."

두 사람은 곧장 인근 성당으로 향했다. 성당에는 신도들이 경건하게 새벽 미사를 보고 있었다. 두 사람은 미사가 끝나기를 기다렸다가 신부님에게 주례를 부탁했다. 얼마 전 정식 신부가 된 젊은 신부는 조금 당황했지만 사정을 듣더니 이내 승낙했다. 두 사람은 작은 부케를 준비해서 제단 앞에 섰다. 젊은 신부는 마땅히 준비한 주례사가 없어 간단한 성경 구절로 대신했다.

"사랑은 오래 참고 온유하며 투기하지 아니하며 자랑하지 아니하고 교만하지 아니하며 진리와 함께 기뻐하며 모든 것을 참고 견디느니라. 남편 신가야는 하느님의 말씀처럼 서로를 믿고 사랑하며 아내를 위해 모든 걸 희생할 수 있겠습니까?"

"네."

가야가 대답했다.

"아내 엘리스 로자는 하느님의 말씀처럼 남편을 평생 공경하며 믿고 따를 수 있겠습니까?"

"네."

엘리스가 대답했다. 서로를 바라보는 두 사람의 눈에는 이 세상 소중한 것들이 다 들어 있었다.

"이제 두 사람이 남편과 아내가 되었음을 선언합니다. 신랑은 신부에게 키스해도 좋습니다."

신부님의 말이 끝나기도 전에 두 사람은 서로의 입술을 뜨겁게 맞댔다. 둘의 결혼을 축복하는 은은한 종소리가 도시 구석구석 퍼져 나가고 있었다.

엘리스는 보행기를 꼭 쥐고 한 발자국씩 밖을 향해 내디뎠다. 그녀는 스스로를 가둔 집에서 십 년 만에 처음으로 나서고 있었다.

이유는 하나였다. 딸을 구하기 위해서.

"어딘지 기억이 났어요?"

사이먼이 물었다.

"거기가 분명해요."

엘리스가 사이먼이 몰고 온 자동차 뒷좌석에 타며 말했다.

"어딘데요?"

"렉싱턴 에비뉴 39번가."

사이먼이 서둘러 차를 출발시켰다. 두 사람이 탄 차는 규정 속도를 한참 넘어서 달렸다.

"그렇게 번화한 곳에 잡혀 있을 것 같지 않은데. 확실해요?"

"거기에 있는 게 아니에요. 하지만 일단 거기를 가야 찾을 수 있어요."

액셀러레이터를 깊숙이 밟자 엔진이 괴성을 지르며 최고 속도를 향해 치닫기 시작했다.

"엘리스, 정확히 가야가 뭐라고 했는지 말해 봐요."

사이먼이 룸미러에 반사된 엘리스를 보며 물었다.

"결혼식을 올리고 나서 우리는 여행사를 찾아갔어요."

비행기표의 행선지는 타히티였다. 비슷한 금액으로 호주와 태국도 가능했지만 엘리스는 주저 않고 신혼여행지로 타히티를 골랐다. 그곳을 선택한 데는 엘리스가 좋아하던 화가인 고갱의 영향이 컸다. 비행기표는 편도였다. 돈이 모자란 것도 있었지만 젊음만 양손에 쥐고 미지의 세계를 기약 없이 여행하고 싶었기 때문이다.

"오늘은 일찍 자야 돼요. 10시 비행기니까 적어도 8시 30분에는 공항에 도착해야 한다고요."

엘리스는 한껏 부풀어 있었다. 그런 엘리스를 바라보는 가야의 눈이 어딘지 슬퍼 보였다.

"타히티가 별로구나. 그럼 말하지. 다른 데로 갈까요?"

엘리스가 물었다.

"아니. 타히티가 좋아요. 나도 가 보고 싶었어요."

"그런데 왜 그런 표정을 지어요? 기쁘지 않아요?"

"엘리스, 지금 우리는 꼭 가야 할 곳이 있어요."

"어딘데요?"

가야가 엘리스를 데리고 간 곳은 그리시 스푼(Greasy Spoon)이란 이름의 작은 식당이었다. 길모퉁이에 자리 잡고 있던 식당은 네온 사인으로 된 메뉴가 창문에서 번쩍이고 기다란 바와 몇 개의 테이블이 늘어선, 미국 어디서나 볼 수 있는 흔한 곳이었다. 한 가지 독특한 점은 가게가 자리 잡은 곳이 번화한 사거리의 모서리여서 저 멀리 뉴욕의 마천루가 한눈에 보인다는 것이었다. 가야는 거리가 잘 보이는 테이블에 자리를 잡았다.

"이 식당은 뭐가 유명해요?"

엘리스가 메뉴판을 살피며 물었다.

"나도 처음이에요."

"그런데 왜 여기까지 온 거예요? 난 중국 요리가 먹고 싶었는데."

그러자 가야가 바짝 다가앉으며 말했다.

"지금부터 내가 하는 말을 잘 들어요, 엘리스. 이건 아주 중요한 얘기예요."

"무슨 얘긴데 그래요? 갑자기 그러니까 무서워요."

"걱정 말아요. 다 잘될 테니까. 모두 당신과…… 당신을 위한 거예요. 알겠죠?"

가야가 손을 포근하게 감싸며 말하자 엘리스가 고개를 끄덕였다.

"저기를 봐요."

가야가 가리킨 곳은 사거리 너머에 펼쳐져 있던 뉴욕의 마천루였다. 구름 한 점 없는 정오의 햇살 아래 고층 빌딩들이 하늘을 떠받치고 있는 아틀라스처럼 당당하게 위용을 드러내고 있었다.

"저 건물들을 잘 기억해요."

엘리스는 영문도 모른 채 건물들을 유심히 바라봤다.

"건물은 왜요?"

"십 년 후 엘리스가 아끼는 사람을 누군가 데려갈 거예요."

"그게 누군데요?"

"때가 되면 알게 돼요. 그 사람을 찾으려면 저 건물 중 지금은 없는 건물을 찾아가면 돼요. 다시 한번 말할게요. 저 고층 건물 중 지금은 없는, 새로 생긴 건물을 찾아가요. 그 건물 꼭대기 층에 그 사람이 있을 거예요. 하지만 그곳은 아무나 들어갈 수 없어요."

"그럼 어떻게 들어가요?"

"당신을 도와줄 사람이 나타날 거예요. 분명히. 그 사람 말을 따르면 사랑하는 사람을 구할 수 있을 거예요."

뜬금없는 말에 엘리스는 불안해했다.

"그런데 왜 갑자기 그런 말을 하는 거예요? 설마 날 두고 떠나는 건 아니죠?"

가야가 엘리스를 꼭 끌어안았다.

"난 절대로 당신을 떠나지 않아요. 언제나 당신 곁에서 당신과 내 가족을 지킬 거예요."

"정말이죠?"

"목숨을 걸고 약속해요."

가야가 엘리스와 새끼손가락을 걸며 말했다.

사이먼과 엘리스를 태운 자동차는 뉴저지 턴파이크를 빠르게 통과하고 있었다.

"그런데 정말로 목숨을 걸고 두 사람을 지켰군요."

사이먼이 몇 대의 차를 추월하며 말했다.

"그래요."

엘리스의 눈에 다시 눈물이 고여 있었다. 그사이 두 사람을 태운 차는 엘리자베스 포트로 들어서고 있었다.

"도와줄 사람이 나타날 거라고 했는데 그게 누군지는 몰라요?"

"전혀. 그저 도와줄 사람이 나타날 거라고만 했어요."

"그래서 어떻게 됐나요?"

사이먼이 무리하게 끼어들자 차들이 경적을 울려 댔다.

"점심 식사를 마치고 가야는 좋은 호텔에 방을 잡자고 했어요. 플라자나 월도프 아스토리아 같은. 신혼 첫날밤이었으니까요. 하지만 제가 반대했어요. 돈이 얼마 안 남아 있었거든요. 대신 우리는 먹고 싶은 걸 사서 집으로 갔어요. 그리고 타히티 여행 계획을 짜기 시작했죠."

집으로 돌아온 엘리스는 인터넷으로 타히티 여행에 관한 자료를 검색하고 있었다.

"보라보라섬이 유명하긴 한데 우리 형편으로는 어림도 없어요. 일단 본섬에 내려서 버스를 타고 소피텔 리조트라는 곳으로 가는 거예요. 거기가 가격 대 성능비 최고예요. 그곳에서 조금 쉬다가 저녁은 항구에 있는 포장마차로 가서 식사를 하는 거예요. 중식이 맛있다고 하네요."

엘리스는 잔뜩 들떠 있었다.

"아무리 허리띠를 조여도 지금 가진 돈으론 사흘도 못 버티겠는걸. 하지만 우리한테는 비장의 무기가 있어요."

엘리스가 책장에 꽂혀 있던 책 한 권을 뽑더니 숨겨 둔 비상금을 꺼냈다. 그동안 팁으로 받은 걸 모아 둔 돈이었다.

"짜잔!"

"엘리스, 그 돈은 쓸 수 없어요. 그건 당신이 힘들게……."

"그런 소리 말아요. 이제 우린 부부예요. 내 돈이 당신 돈이고 당신 돈이 내 돈이에요. 그리고 이렇게 신나는 일에 쓰려고 모은 거라고요. 이 돈이면 일주일은 버틸 수 있어요. 문제는 그다음인데……."

엘리스는 다시 인터넷에 접속해 타히티에서 할 수 있는 아르바이트를 찾기 시작했다. 그 모습이 가야를 더욱 슬프게 했다. 그에게는 시간이 얼마 남아 있지 않았다. 길어야 이제 열두 시간 정도였다. 그게 가야에게 주어진 삶의 여분이었다. 하지만 엘리스는 그 사실을 전혀 모르고 있었다. 알아서도 안 됐다. 가야는 살며시 다가가 등 뒤에서 엘리스를 안았다.

"나 이제 아무 데도 안 가니까 걱정 말아요."

너무도 듣고 싶은 말이었지만 가슴 저미는 말이었다. 가야는 영원히 돌아올 수 없는 길을 떠나기 전에 마지막 인사를 나누듯 엘리스를 침대로 안고 가서 사랑을 나눴다. 적어도 이 순간만큼은 그 무엇도 두 사람을 방해할 수 없었다. 신마저도 이 둘 사이에 끼어들 수 없었다. 그 사실을 확인하듯 가야는 엘리스의 영혼까지 깊숙이 스며들었고 모든 걸 불태워 버릴 것처럼 격렬하게 끌어안았다. 몇 번의 사랑을 나눈 후 두 사람은 샴페인을 마시며 살을 맞대고 누워 있었다.

"엘리스, 같이 만나고 싶은 사람이 있어요."

가야의 말에 엘리스가 벌떡 일어났다.

"오늘은 아무도 만나고 싶지 않아요. 우리 둘만 있고 싶다고요."

"아니, 이분은 꼭 만나야 돼요."

두 사람이 간 곳은 그라운드 제로였다. 아직도 당시 상황을 그대로 간직한 현장에는 잔해를 치우는 장비들과 생존자를 구조하는 소방관들이 분주히 움직이고 있었다. 두 사람은 임시 분향소에 국화 한 송이씩을 헌화했다.

"엄마. 오늘은 기쁜 소식을 전해 드리려고 왔어요. 엄마한테 며

느리가 생겼거든요. 놀라셨죠? 사실 저도 믿기지가 않아요. 이렇게 사랑스러운 여자가 아내가 되다니. 직접 봤으면 정말 좋아하셨을 텐데…….”

가야의 목소리가 떨리고 있었다. 무덤이라고 하기에는 너무도 처참한 현장을 바라보던 가야의 눈가가 촉촉해졌다. 그런 가야를 엘리스가 따뜻하게 감싸 주었다.

“엄마, 바로 이 사람이에요. 인사해요, 엘리스.”

가야가 눈가를 훔치며 엘리스를 소개했다.

“안녕하세요, 어머니. 직접 만나 뵙고 인사드렸으면 좋았을 텐데. 다른 건 모르겠지만 한 가지만은 약속드릴 수 있어요. 가야 씨를 세상에서 제일 행복한 남자로 만들어 줄 거예요. 어머니 몫까지 제가 잘할 거예요. 그러니 걱정 마시고 편히 쉬세요.”

기중기 소리가 요란한 잔해 속에서 갓 사랑의 결실을 맺은 두 사람이 서로를 의지한 채 떠나간 이에게 안부를 전하고 있었다.

길고 길었던 고속도로가 끝나고 있었다.

“그때까진 모든 게 완벽했어요. 세상에는 우리 둘뿐이었지만 둘만으로 충분했어요. 어머니께 인사를 드리고 우린 마빈 아저씨 식당으로 갔어요. 비록 해고당하긴 했지만 타지에서 온 저를 친절하게 대해 준 고마운 분이었거든요. 마빈 아저씨는 축하한다며 특제 스테이크를 만들어 주셨어요. 우리는 술까지 대접받고 집으로 돌아왔어요. 짐을 싸곤 곧바로 잠자리에 들었죠. 다음 날 아침 일찍 출발해야 했거든요. 그런데 새벽 4시경이었어요.”

비현실적으로 투명한 바다가 눈앞에 펼쳐져 있었다. 남태평양의 뜨거운 햇살을 받은 모래는 눈부시게 하얗고 해변을 따라 드문드문 꽂혀 있던 파라솔은 마티니 잔의 올리브처럼 진한 녹색을 뿜내고 있었다. 엘리스는 코코넛 칵테일을 마시며 선베드에 누워 있었다. 뜨거운 태양열에 모두 증발해 버린 듯 주위에는 아무도 없었다. 오직 쏴~ 하는 파도 소리만이 일정한 간격으로 들려올 뿐이었다. 그런데 어디에도 가야의 모습이 보이지 않았다. 갑자기 불안했다.

"가야 씨, 어딨어요? 장난치지 말고 나와요."

엘리스가 발을 디딜 때마다 바짝 마른 모래가 슬리퍼 속으로 파고들며 발을 뜨겁게 달궜다. 그때 저만치 옥색 바다에서 물을 헤치며 가야가 나타났다. 그는 물고기가 꽂힌 작살을 들고 엘리스를 향해 손을 흔들었다. 햇볕에 적당히 탄 가야는 행복해 보였다. 그제야 안심이 된 엘리스는 다시 선베드로 돌아가려 했다. 그때였다. 저 멀리 수평선에서 거대한 파도가 솟구쳤다. 파도는 포세이돈이 삼지창을 내리친 것처럼 순식간에 생겨났는데 해변을 향해 무시무시한 속도로 덮쳐 왔다. 하지만 가야는 파도를 발견하지 못하고 천진난만하게 수영을 즐기고 있었다.

'가야 씨, 위험해요. 어서 나와요!'

엘리스가 소리치려 했지만 누군가 음 소거 버튼을 누른 것처럼 아무 소리도 낼 수 없었다. 집채만 한 파도는 점점 거세지더니 엄청난 기세로 해변에 이르렀다. 뒤늦게 파도를 발견한 가야가 빠져

나오려 안간힘을 썼다. 그 순간 시퍼렇던 파도가 일순 시뻘건 핏빛으로 변하더니 가야를 덮쳤다.

"안 돼!"

엘리스가 비명을 지르며 깨어났다. 다행히 꿈이었다. 엘리스는 흐르는 땀을 닦으며 안도의 한숨을 내쉬었다. 하지만 찝찝한 기분이 뒷맛처럼 가시질 않았다. 엘리스는 옆자리를 살폈다. 가야가 안 보였다. 있어야 할 자리가 원래 아무도 없었던 것처럼 말끔했다.

'아침 식사를 사러 간 걸 거야. 잠시 후면 돌아올 거야.'

엘리스는 스스로를 위로하며 다시 누우려 했다. 그런데 베개맡에 뭔가 있었다. 편지였다. 섬뜩한 소름이 온몸으로 퍼져 나갔다. 끝을 맞춰 깔끔하게 접힌 편지는 불길한 기운을 잔뜩 품고 있었다. 엘리스는 떨리는 손으로 편지를 펼쳤다.

사랑하는 엘리스에게.

이 순간이 올 줄은 알았지만 실제로 마주하니 심장에 화살을 맞은 것처럼 고통스럽군요. 사람들은 운명에 관해 많은 얘기를 해요. 운명을 믿는 사람도 있고 스스로 개척한다는 사람도 있죠. 기억해요? 우리가 처음 만난 날 내가 물었죠. 운명을 믿느냐고. 그때 당신은 믿지 않는다고 했어요. 하지만 나는 알고 있었어요. 당신이 운명을 진심으로 믿고 있다는 걸. 엘리스, 우리는 태어날 때부터 만날 수밖에 없는 인연의 실로 연결되어 있었어요. 저 멀리 내 고향 한국에서부터 이곳 브루클린까지, 보이지 않지만 끊을 수 없는 실로 이어져 있었어요. 당신을 만났을 때 나는 우리의 운명을 모두 읽을 수 있었어요. 생에 단 한 번의 사랑. 오직 닷새만 허락된 사랑. 난 우리의 운명을 바꿔 보려고 노력했어요. 당신을 만나지 않으려고 했고 떠나 보려고도 했어요. 하지만 발버둥 치면 칠수록 빠져드는 늪처럼 당신은 어느새 내 곁에 있었어요. 그래서 나는 결심했어요. 당신과의 사랑을 받아들이기로. 그리고 지난 닷새간 잊지 못할 추억을 남겼어요. 엘리스, 이제부터 우리는 힘든 길을 걷게 될 거예요. 나는 상관없지만 당신이 겪게 될 힘든 날들을 생각하면 가슴이 찢어져요. 하지만 한 가지만은 약속할 수 있어요. 힘든 날들이 지나면 추운 새벽이 걷히고 따뜻한 아침 해가 뜨듯 행복한 날들이 계속될 거예요. 이제 나는 가야 해요. 당신을 두고 떠나려니 너무나 괴로워요. 하지만 이게 내 운명이에요. 사랑해요, 엘리스. 이 세상 그 누구보다도 당신을 사랑해요. 그리고 미안해요. 영원히 날 용서하지 말아요.

 편지를 모두 읽은 순간 엘리스는 그 자리에 주저앉고 말았다. 믿을 수가 없었다. 두 사람은 이제 막 결혼한 신혼이었다. 그런데 신혼 첫날밤에 가야가 편지 한 장을 남겨 두고 사라진 것이다. 엘리스는 직감적으로 가야를 두 번 다시 볼 수 없다는 걸 알았다. 정신이 아득하고 사지가 떨어져 나가는 것처럼 가슴이 저몄다.
"안 돼! 이대로 보낼 순 없어."
 엘리스는 옷도 제대로 챙겨 입지 않고 억수같이 쏟아지는 빗속으로 달려갔다.

 다리에서 바라본 새벽 2시의 뉴욕은 여전히 도도했다. 브로드웨이의 네온사인은 카니발이 열린 것처럼 매순간 옷을 갈아입으며 맵시를 뽐냈고 성냥갑처럼 빼곡하던 건물들은 막 잠에서 깨어난 것처럼 불을 환히 밝히고 있었다. 사이먼과 엘리스를 태운 자동차는 맨해튼으로 들어서고 있었다.

"나는 미친 듯이 가야를 찾았어요. 장대비가 쏟아지고 사방이 온통 불량배투성이였지만 오직 가야를 찾아야겠다는 생각뿐이었어요. 얼마를 달렸는지 기억도 나지 않아요. 숨이 턱까지 차서 들어선 골목 저편에 가야가 있었어요. 처음 만났을 때 입고 있던 점퍼에 가방을 메고 정처 없이 걷고 있었죠. 나는 너무 반가워서 이름을 부르려고 했어요. 그런데 그때 누군가 입을 틀어막더니 어디론가 끌고 가는 것이었어요. 코리아타운에서 만났던 그 노숙자였어요. 그가 날 끌고 상자 더미 뒤로 몸을 숨겼어요. 그 순간 여러 대의 자동차가 가야 주변으로 몰려들었어요. 하지만 가야는 담담했어요. 올 것이 온 것처럼. 그리고 천천히 고개를 돌리더니 나를 바라봤어요. 아직도 그 눈을 잊을 수가 없어요. 미안하다고…… 고맙다고…… 사랑한다고…… 용서해 달라고. 그 모든 걸 눈으로 말하고 있었어요. 그리고 잠시 후……."

엘리스는 말을 잇지 못했다. 브로드웨이를 지나던 차내에는 숙연한 분위기가 흐르고 있었다. 이후 목적지까지 가는 동안 두 사람은 침묵을 지켰다. 가야의 죽음을 애도하듯 엄숙하고 무거운 침묵이었다. 차창 너머로 스치는 차들의 헤드라이트가 죽음의 강을 건너는 영혼들처럼 느껴졌다. 그렇게 몇 블록을 지나자 그리시 스푼(Greasy Spoon)이라는 간판이 나타났다.

"저기예요."

사이먼이 식당 앞에 차를 세웠다. 새벽 2시가 가까웠지만 식당은 한창 영업 중이었다. 테이블에는 야심한 시간까지 도시의 뒤치다꺼리를 하느라 지친 인부들이 야식을 먹으며 하루의 피곤을 풀고 있었다.

사이먼은 엘리스와 함께 안으로 들어갔다. 식당은 십 년 전과 비교해 조금도 변한 게 없었다. 수명을 다한 네온사인이 불규칙적으로 깜빡이고 의자 시트가 누렇게 변색됐을 뿐 그대로였다. 육중한 몸집의 엘리스가 나타나자 식당 사람들이 모두 쳐다봤다.

"신경 쓰지 말아요."

사이먼이 사람들의 시선을 막으며 말했다. 엘리스는 가야와 앉았던 테이블로 향했다. 그곳은 이미 다른 손님들이 식사를 하고 있었다. 거친 생김새의 남자들이었다.

"저 테이블이에요."

엘리스가 가리키자 사이먼이 다가갔다.

"실례합니다. 공무 수행 중인데 자리를 양보해 줄 수 있겠소?"

사이먼이 신분증을 보여 주자 남자들은 욕이 섞인 불평을 늘어놓으며 비켜 줬다.

"자, 이제 뭘 하면 되죠?"

사이먼이 자리에 앉으며 물었다. 그러자 엘리스가 사거리 너머 고층 건물을 가리켰다.

"저 건물 중에서 그때는 없던 새로운 건물을 찾으라고 했어요. 그 건물 꼭대기 층에 미셸이 잡혀 있을 거라고요."

"십 년 전에는 없던 새로운 건물……."

사이먼은 엘리스가 가리킨 방향을 응시했다. 그곳에는 클라이슬러 빌딩을 비롯해 뉴욕을 대표하는 마천루들이 늘어서 있었다. 하지만 문제가 있었다. 지금은 밤이었다. 어둠 때문에 건물을 정확히 분간할 수 없었다. 엘리스의 저주받은 기억력이 처음으로 위력을 발휘할 기회였지만 어둠이 방해를 하고 있었다. 그래도 엘리스는 최선을 다해 기억 속의 건물과 현재의 건물을 비교했다. 그때였다. 지나던 순찰차 한 대가 주차한 사이먼의 자동차 옆에 멈춰서는 것이었다. 경찰은 차에서 내리더니 번호판을 살폈다.

"여길 나가는 게 좋겠어요."

사이먼이 조용히 말했다.

"왜요?"

"왜냐면 저 차는 내 차가 아니거든요. 그리고 난 지금 수배 중이에요."

"당신이 왜요? 당신은 FBI잖아요."

"사정은 나중에 설명할 테니 일단 나가요."

사이먼이 엘리스를 부축해서 일어났다.

"뒷문이 어디죠?"

사이먼이 종업원에게 묻자 주방 옆으로 난 작은 문을 가리켰다. 두 사람은 서둘러 뒷문으로 향했다. 그때 창문 너머에서 그 모습을 본 경찰이 식당으로 들어왔다.

"어이, 거기 두 사람. 잠깐 나 좀 봅시다."

두 사람이 멈춰 서자 경찰이 다가왔다.

"저 차, 당신들 거요?"

"저 차는 그러니까……."

사이먼이 선뜻 대답하지 못하고 웅얼거렸다.

"잠깐! 당신 어디서 많이 본……."

경찰이 수배자 목록에서 봤던 사이먼의 얼굴을 기억해 내려는 순간 사이먼이 주먹을 날렸다. 예상치 못한 공격에 경찰은 휘청했다. 뒤이어 사이먼이 팔꿈치로 목덜미 급소를 가격하자 경찰은 의식을 잃고 쓰러졌다.

"달아나요!"

그때를 놓치지 않고 두 사람은 곧장 뒷문으로 빠져나갔다. 하지만 재빠른 사이먼에 비해 엘리스는 도주가 여의치 않았다. 거구를 이끌고 달아나는 데는 한계가 있었다.

"조금만 힘을 내요. 잠시 후면 경찰들이 몰려올 거예요. 서둘러 여길 빠져나가야 해요."

"미안해요. 나 때문에."

간신히 건물을 빠져나온 두 사람은 반대편 거리로 향했지만 몇 발자국 내딛지도 않아 경찰차 사이렌 소리가 가까워졌다. 아마도 식당 주인이 신고를 한 모양이었다.

"이쪽으로."

사이먼이 엘리스의 손을 잡고 반대편 골목으로 향했다. 그런데 골목을 돌아서던 엘리스가 뭔가를 발견하고 멈춰 섰다.

"저거예요."

"뭐요?"

"저 건물이요. 저게 가야가 말했던 건물이에요."

엘리스가 가리킨 곳에는 1930년대 유행했던 네오 고딕식 건물 하나가 서 있었다. 50여 층짜리 건물은 비추는 조명 하나 없이 어둠 속에 서 있었는데 검은 망토를 두르고 있는 것처럼 음산했다.

"저 건물 안에 미셸이 있다는 거예요?"

"틀림없어요."

두 사람은 어둠을 장막 삼아 모습을 감추고 있던 건물을 바라봤다. 그때 코너를 빠르게 도는 사이렌 소리가 들렸다. 경찰이었다.

"이런 젠장! 이쪽이에요."

사이먼이 엘리스를 부축해 골목 반대편으로 향했다. 간신히 골목 끝에 다다랐을 때 경찰이 도착했다. 그들은 식당 주인에게 달아난 방향을 확인하곤 빠르게 뒤쫓아 왔다. 이 속도라면 채 일 분도 안 돼 잡힐 게 뻔했다.

"난 안 되겠어요. 당신이라도 달아나요."

"무슨 소리예요? 미셸을 구해야죠."

"이러다가는 둘 다 잡혀요. 당신이라도 달아나서 미셸을 구해 줘요. 부탁이에요."

"당신이 없으면 미셸을 구할 수 없어요. 포기하지 말아요."

사이먼이 엘리스를 부축해서 달리기 시작했다. 엘리스도 필사적으로 발을 내딛고 있었다. 뒷골목을 빠져나와 거리로 들어서던 순간이었다. 지원 요청을 받고 출동한 또 다른 경찰차가 정면에서 달려왔다. 사이먼은 반사적으로 방향을 틀었다. 하지만 반대편에선 방금 전 도착한 경찰들이 몰려오고 있었다. 진퇴양난이었다.

그 순간이었다. 어디선가 나타난 검은색 험머 한 대가 맹렬한 속도로 달려오더니 경찰차를 들이받는 것이었다. 경찰차는 험머에 밀려 약 10여 미터를 밀려가다가 가로등을 들이받고 멈췄다. 타고 있던 경찰들은 충격에 휘청대고 있었다. 그사이 험머는 핸들을 돌리더니 두 사람이 있는 곳으로 달려왔다.

"어서 타요!"

험머 운전사가 차 문을 열며 소리쳤다. 사이먼과 엘리스는 누군지 확인할 틈도 없이 차에 올랐다. 그러자 험머가 요란한 타이어 마찰음을 내며 출발했다. 정신을 차린 경찰차가 곧바로 뒤쫓아 왔다. 하지만 험머 운전사가 신호등 타이밍을 기막히게 맞추며 사거리를 빠져나가자 반대편 차선에서 달려오던 자동차와 경찰차가 충돌하고 말았다. 경찰차가 뒤따라오지 않는 걸 확인한 험머 운전사는 속도를 늦추고 차량 행렬 속으로 파고들었다.

"혹시 당신이 가야 씨가 보낸 사람인가요?"

한숨을 돌린 엘리스가 물었다.

"아니요. 저는 테드 씨의 부탁을 받고 온 사람입니다."

"테드 씨요? 그분은 누구죠?"

"이제 곧 만나게 될 거예요."

험머 운전사는 몇 블록을 지나더니 어느 건물의 지하 주차장으로 들어갔다. 게이트를 지나자 험머 운전사는 천천히 주차된 차들 사이를 지났다. 주차장을 한 바퀴 돌 무렵 구석에 주차되어 있던 차 한 대가 헤드라이트를 깜빡였다. 그러자 험머 운전사가 그 옆에 차를 댔다.

"저 차로 옮겨 타세요."

운전사의 말에 두 사람은 대기하고 있던 차로 옮겨 탔다. 연식은 오래됐지만 손질이 잘된 캐딜락 리무진이었다. 임무를 마친 험머는 곧장 주차장을 빠져나갔다. 캐딜락 운전사는 미행이 없나 주위를 확인하고는 차를 출발시켰다.

"당신을 생각해서 이 차를 선택했어요. 맘에 들어요?"

운전석에 있던 남자가 물었다. 어두워서 얼굴을 확인할 순 없지만 어딘지 낯익은 목소리였다. 하지만 정확히 누군지 기억나지 않았다.

"당신이 가야가 보낸 사람인가요?"

"날 모르겠어요? 엘리스."

그는 엘리스를 잘 아는 눈치였다. 엘리스는 몸을 굽혀 운전사의 얼굴을 유심히 살폈다. 남자는 환갑을 한참 넘긴 노인이었는데 풍기는 인상만으로도 상당한 재력가라는 걸 알 수 있었다. 시원하게 벗겨진 머리와 가지런히 다듬은 턱수염은 갈색 뿔테 안경과 잘 어울렸고 여유로운 눈매는 롱 아일랜드 대저택에서 손녀가 좋아하는 초콜릿을 사기 위해 맨해튼까지 리무진을 몰고 온 부자 할아버지를 연상시켰다.

"우리가 만난 적이 있나요?"

그러자 노인이 안경을 벗고 돌아보더니 낮은 목소리로 말했다.

"옛 같겠지만 세상엔 때라는 게 있어. 보내야 할 걸 잡으려다간 경을 치고 말지."

목소리를 듣는 순간 엘리스는 놀랄 수밖에 없었다.

"설마 당신, 그 노숙자?!"

그는 엘리스의 입을 틀어막았던 노숙자였다. 그가 구세주처럼 캐딜락을 타고 나타난 것이다.

"이제 알아보네. 사실 조금 섭섭했거든. 그래도 목숨을 구해 준 은인인데. 그리고 내 이름은 테드야. 이젠 노숙자가 아니라고."

캐딜락은 느긋하게 메디슨 에비뉴로 들어서고 있었다.

"그런데 당신이 어떻게……."

"부자가 됐냐고? 후후. 누구 때문이겠어? 다 자네 남자 친구 덕분이지. 기억나? 나를 처음 만났을 때."

"물론 기억나요. 그때도 코리아타운에서 쫓기고 있었죠."

"나는 쓰레기통을 뒤지고 있었고. 그때 자네랑 가야가 달려오더니 100달러를 주면서 놈들을 따돌려 달라고 했지."

"거기까지는 저도 알고 있어요."

"놈들이 사라지고 나서 난 그가 준 100달러를 들고 술 한잔하러 갔어. 역시 돈이 최고구나 생각하면서 잭 다니엘 한 병을 시켰지. 오랜만에 코가 삐뚤어지도록 마실 생각이었어. 그런데 그때 가야가 다시 나타났어. 그러더니 대뜸 이러는 거야. 여기서 돈을 쓰면 제로가 되지만 자기를 따라오면 부자로 만들어 주겠다고. 말도 안되는 소리였지. 거지가 100달러로 부자가 된다니. 나는 헛소리 말라고 하고는 술병을 따려고 했어. 그런데 그가 술병을 뺏으면서 이러는 거야. 지금 이 병을 따면 당신은 인생을 바꿀 기회를 날리는 거라고. 근데 그 눈이 무지하게 진지하더라고. 그래서 공돈 날린다 생각하고 그를 따라갔지. 그와 간 곳은 월스트리트였어. 거기서 그 돈으로 주식을 사더라고. 무슨 제약 회사였던 거 같아. 그런데 한 시간가량이 지나자 갑자기 주가가 뛰기 시작하는 거야. 알고 보니 그 회사에서 만든 발기부전 치료제가 FDA에서 승인을 받았다는 거야. 난 그 자리에서 100달러로 400달러를 벌었어. 그때 알았지. 그가 허튼소리를 하는 게 아니라는 걸. 그는 그 자리에서 투자할 리스트를 적어 줬어. 시간과 날짜도 같이 말이야. 그래서 물었지. 왜 나 같은 거지한테 이러냐고. 세상에 공짜는 없는 법이거든. 그러자 가야가 말했어. 이틀 후 새벽 4시경에 브루클린 뒷골목을 헤매는 한 여자를 구해 달라고. 자네였지. 그리고 십 년 후 다시 한번 자네를 구해 달라고 했어. 바로 오늘이야."

사이먼과 엘리스는 믿을 수 없다는 듯 서로를 바라봤다. 가야는 엘리스를 위해 정말 많은 걸 준비했던 것이다.

"그런데 부탁은 그것만이 아니었어."

두 사람을 태운 캐딜락은 어느 건물 앞에 도착했다.

"바로 저 건물 꼭대기에 있는 괴물의 집 입구를 찾아 달라는 거였지."

그곳은 방금 전 엘리스가 찾아낸 건물이었다. 중세의 성당을 무한대로 늘려 놓은 것 같은 건물은 두 사람의 예기치 않은 방문이 불쾌한지 사납게 굽어보고 있었다.

궁극의 아이 1

벨몽

　건물은 55층으로, 100층이 넘는 건물이 즐비한 뉴욕에서 눈에 띌 만한 높이는 아니었다. 하지만 가까이서 보니 주변을 압도하는 묘한 위용이 있었다. 건물은 노트르담 대성당을 고층 빌딩으로 개조한 듯 중세의 암울한 향취를 내뿜고 있었는데 제일 먼저 눈에 띈 것은 건물의 입구였다. 아치형 벽면을 따라 로댕의 지옥문을 연상시키는 조각상들이 빼곡히 늘어서 있었고 그 위에 원형 스테인드글라스가 설치되어 있었다. 최상층에는 고딕 건축에 사용되던 다발식 기둥으로 이루어진 펜트하우스가 몇 층에 걸쳐 자리 잡고 있었고 그 위에 청동으로 된 돔이 있었다. 한마디로 건축에 조예가 깊은 괴짜가 엄청난 돈을 들여 지은 기괴한 빌딩이었다.

"뭐 하는 건물이죠?"

엘리스가 물었다.

"아파트야. 호크실드 투자은행 대표 같은 인간들이 살고 있지."

"전부 벨몽의 수하들이겠군."

사이먼이 말했다.

"언제까지 기다리고 있을 거죠? 빨리 들어가야 되는 거 아니에요?"

엘리스는 일분일초가 아까웠다.

"어디로?"

"저기 입구 안 보여요?"

"입구야 있지. 하지만 꼭대기 층으로 갈 수 없다는 게 문제지."

"그게 무슨 말이에요?"

"가야의 부탁을 받고 난 저 괴상한 건물의 설계도를 구하기 위해 백방으로 알아봤어. 건물은 '아잠 샤로운(Azam Scharoun)'이라는 독일 건축가가 설계를 했는데 무슨 이유에선지 건물이 완성된 직후에 모든 설계도를 파기했어. 덕분에 건물 구조를 파악하는 데 꼬박 삼 년이 걸렸지. 그런데 이 건물은 설계 단계부터 이상했어. 우선 외벽이 1미터 두께의 강화 콘크리트로 이루어졌고 한 층당 하중을 지탱하는 철골 기둥이 무려 칠십 개나 돼. 게다가 최상층 펜트하우스 외벽에는 5센티 두께의 철판과 방탄 케블라까지 내장되어 있었어. 쉽게 말하면 융단폭격에도 살아남을 수 있는 55층짜리 요새라는 말이지. 더 이상한 건 맨 꼭대기 층과 연결된 엘리베이터나 계단이 전혀 없다는 거야. 펜트하우스는 입구도 없이 완전히 밀봉되어 있어. 애초부터 밖에서는 물론이고 안에 있는 사람도 나갈 수 없게 설계됐단 말이야."

"하지만 짐머만은 들어간 적이 있다고 했어요."

사이먼이 말했다.

"얘기를 끝까지 들어 봐. 나는 호기심이 많은 사람이야. 특히 이런 괴상한 걸 좋아하지. 그래서 오랫동안 펜트하우스를 관찰했어. 그런데 희미하긴 해도 분명 인기척이 있었어. 그 얘기는 어딘가 입구가 있다는 얘기였지. 나는 잠복을 하고 펜트하우스에서 사람이 나오기를 기다렸어. 그런데 몇 주가 지나도 쥐새끼 한 마리 꼼짝 않는 거야. 그러다가 문득 깨달았지. 입구는 건물 안에 없었던 거야."

"그럼 어딨죠?"

엘리스가 묻자 테드는 차를 몰고 어디론가 향했다. 그가 데려간 곳은 길 건너편 뒷골목에 위치해 있던 7층짜리 건물로 인적이 없는 폐가였다. 오래전 불이 꺼진 이발소 간판만이 덩그러니 매달려 있었다.

"내 생각이 맞다면 여기가 입구야."

"저 건물이 입구라고요?"

엘리스가 이해할 수 없다는 듯 물었다.

"이제 잠시 후면 저 건물 앞에 신문 배달원이 신문을 놓고 갈 거야. 그럼 그 신문을 가지러 한 노인이 나타날 테니 그를 따라가. 그럼 입구가 어딘지 알게 될 테니까. 내가 도와줄 수 있는 건 여기까지야."

"고마워요, 테드. 큰 도움이 됐어요."

그러자 테드가 씩 웃었다.

"가야가 마지막으로 이 말을 전해 달랬어."

테드가 윙크를 하며 가야 목소리를 흉내 냈다.

"엘리스, 당신은 할 수 있어!"

이 말을 남기고 테드는 사라졌다.

신문 배달원이 나타난 건 새벽 5시가 조금 지나서였다. 배달원은 여러 종류의 신문이 담긴 뭉치를 건물 앞에 던지고 지나갔다. 그리고 잠시 후 테드의 말대로 집사복을 말끔하게 차려입은 노인이 나타났다. 노인은 사주경계를 하듯 주위를 살펴더니 신문 뭉치를 들고 건물 안으로 들어가는 것이었다.

"폐가에 사는 집사라."

노인이 보이지 않자 사이먼은 조심스럽게 다가가 문을 열어 보았다. 문은 여러 겹의 자물쇠로 단단히 잠겨 있었다. 창문을 살폈지만 역시 두터운 철창으로 가로막혀 있었다. 사이먼은 건물 뒤로 돌아가 2층을 살펴봤다. 창문 하나에 철창이 보이지 않았다.

"여기서 잠깐 기다려요."

사이먼은 배수관을 타고 2층으로 올라갔다. 그리고 잠시 후 문이 열렸다.

"어서 와요."

사이먼이 집주인처럼 인사를 했다. 엘리스는 사이먼의 어깨를 보행기 삼아 안으로 들어섰다. 집 안은 사람이 안 산 지 오래됐는지 적막한 공기로 가득했지만 누군가 정기적으로 청소를 하는 모양이었다. 바닥에는 먼지 하나 없었고 가구들도 깔끔한 상태를 유지하고 있었다. 당장 사람이 들어와 살아도 될 정도였다. 하지만 어디에도 다른 건물로 이어진 입구 같은 건 없었다. 그때 어디선가 윙ᅳ 하는 모터 소리가 났다. 사이먼은 반사적으로 소리가 들린 방향으로 움직였다. 소리는 지하에서 비롯되고 있었다. 사이먼은 조심스럽게 계단을 내려갔다. 지하실에는 여러 종류의 상자와 공구 박스 등이 벽면 가득 쌓여 있었는데 어딘지 인위적인 냄새가 났다. 누군가 인적을 흉내 내기 위해 갖다 놓은 것처럼. 그런데 어둠 속에서 인기척이 느껴졌다. 집사였다. 집사는 진공청소기로 지하실 바닥을 청소하고 있었다. 그는 세심하게 먼지를 빨아들이고 상자들을 각 맞춰 정렬하더니 안심이 된다는 듯 신문 뭉치를 들고 한쪽 벽면으로 다가갔다. 사이먼과 엘리스는 들킬세라 납작하게 엎드려 동태를 살폈다. 벽면은 본래 색을 알아볼 수 없을 정도로 뿌옇게 바래 있었는데 한 부분을 누르자 벽이 갈라지며 입구가 나타나는 것이었다. 사람 하나가 들어설 만한 공간이었다. 집사가 들어서자 입구는 이내 함구하듯 사라졌다.

"문 한번 대단하군."

사이먼과 엘리스는 조심스럽게 집사가 사라진 벽면으로 향했다. 곰팡이로 얼룩진 벽에는 입구 흔적 따윈 없었다. 사이먼은 집사가 눌렀던 벽면을 살폈다. 희미하지만 주위보다 움푹하게 들어간 홈이 있었다.

"조심해요."

엘리스가 걱정스러운 눈초리로 말했다. 사이먼이 끄덕이고는 살며시 벽면을 눌렀다. 그러자 손바닥만 한 크기의 벽돌이 옆으로 밀리며 숨어 있던 버튼이 나타났다. 비밀번호 입력 장치였다.

"이런 게 있다는 얘긴 안 했잖아요."

"없다는 얘기도 안 했죠."

"이제 어떡하죠?"

엘리스는 초조했다. 하지만 사이먼은 여러 차례 위기를 넘기며 사건을 해결한 베테랑이었다.

"가야가 예언한 게 한 번이라도 틀린 적 있나요?"

"아니요."

"그럼 이번에도 맞을 거예요. 가야가 뭐라고 했죠?"

"나만이 미셸을 찾을 수 있다고 했어요."

"그럼 당신이 이 문을 열 수 있어요."

사이먼이 비켜서며 말했다.

"어떻게요? 난 비밀번호 같은 건 모른다고요."

"가야의 말을 믿어요, 엘리스."

엘리스는 어쩔 수 없이 입력 장치로 다가섰다. 숫자가 늘어선 열 개의 버튼이 입력을 기다리고 있었다. 엘리스는 숫자들을 바라보며 가야의 말을 하나씩 떠올렸다. 그러나 그가 했던 말 중에 비밀번호는 없었다.

"가야 씨는 비밀번호 같은 걸 말한 적이 없어요."

"다시 생각해 봐요. 분명 당신만이 열 수 있어요."

"번호 따윈 없었다니까요. 난 한번 들은 건 절대 잊지 않아요."

그때였다. 네 번째 날 그리시 스푼 식당에서 식사를 마치고 나오던 순간 가야와 나눴던 대화가 떠올랐다.

　계산을 치르고 식당을 나서던 엘리스가 갑자기 멈춰 서더니 가야에게 물었다.
"아 참. 그러고 보니 가야 씨 생일을 모르네. 언제예요? 그날은 내가 풀코스로 살게요."
　그러자 가야가 의미심장한 미소를 지으며 대답했다.
"조만간 생길 우리 딸 생일하고 똑같아요."
"뭐예요. 우린 이제 막 결혼했다고요."
　엘리스가 얼굴을 붉히며 가야의 옆구리를 찔렀다.

　그로부터 열 달 후 미셸은 정말 가야와 같은 날 태어났다.
"5월 14일……."
　가야와 미셸의 생일이었다. 가능성이 있었다. 엘리스는 문이 있던 벽으로 다가갔다. 그리고 버튼을 눌렀다.
　0…… 5…… 1…… 4.
　그러자 벽이 진동하더니 움직이기 시작했다. 쿠구궁. 둔탁한 소리를 내며 벽이 옆으로 비켜서자 긴 통로가 펼쳐졌다. 어둠 저편에서 퀴퀴한 바람이 두 사람을 스쳐 지나갔다.
"'열려라 참깨'가 따로 없군."
　사이먼이 놀라운 듯 통로를 바라보며 중얼댔다. 두 사람은 조심스럽게 통로로 들어섰다. 그러자 입구가 스스로 닫히며 통로에 불이 켜졌다. 갑자기 밝아지자 동공이 오그라들며 눈이 부셨다. 둥

그런 아치 형태인 통로는 온통 회색 콘크리트로 이루어져 있었는데 제2차 세계대전 당시 사용됐던 방공호를 연상시켰다. 그런데 통로 저편에 누군가 있었다.

"어서 오십시오. 엘리스 로자 양, 사이먼 켄 씨."

집사 로드니였다.

"어르신께서 두 분을 기다리고 계십니다. 그런데 그 전에……."

로드니가 예의 바르게 산탄총을 겨눴다.

"두 분이 갖고 계신 무기를 모두 제게 주셔야겠습니다."

방금 있었던 미사일 공격을 목격한 대통령의 입가에 어쩐 일인지 미소가 걸려 있었다. 모니터에는 아직도 항공모함 회의실 영상이 위성을 통해 전송되고 있었다. 공격을 받은 회의장은 그야말로 아수라장이었다. 세상을 발밑에 두고 호령하던 회원들이 고양이에게 서식지를 들킨 쥐처럼 이리저리 도망치고 있었다. 대통령은 그 광경을 유튜브에 새로 뜬 동영상 보듯 관람하고 있었다.

"뭐가 그렇게 즐거우십니까?"

수석보좌관인 빌이었다. 그는 대통령 선거 당시 벨몽이 추천한 인물이었다. 선거조직위원장을 거쳐 현재는 백악관 수석보좌관을 맡고 있었다.

"저 사람들도 도망칠 때가 있다는 게 재밌지 않아?"

대통령이 화면을 지켜보며 말했다. 사실 대통령은 이들이 맘에

들지 않았다. 이들의 광적인 권력욕도, 선민의식도, 심지어 입에
칼을 문 듯 내뱉는 냉정한 말투도 거슬렸다. 하지만 대선 당시 이
들의 힘이 절대적으로 필요하다는 현실을 깨닫고 손을 잡을 수밖
에 없었다. 지금도 그 일이 옳았는지 반문했지만 답을 내릴 수 없
었다. 그런데 누군가 이들의 뒤통수를 보기 좋게 날린 것이다. 대
통령은 궁극의 아이에 관해 들은 적이 있었다. 절대적인 힘을 가
진 아이. 바로 그 아이가 지금 세계 최고의 권력자 집단을 궁지에
몰린 생쥐 꼴로 만들고 있었다. 그때 전화기가 울렸다. 대통령 전
용 핫라인이었다.

"벨몽 경입니다. 최대한 침착하게 우호적인 느낌으로."

빌이 모니터를 끄며 말했다. 대통령은 간만에 지은 미소가 아쉬
운지 헛기침을 몇 번 하곤 수화기를 들었다.

"전화 바꿨습니다."

전화기 저편에서 작은 한숨 소리가 들렸다.

"불행한 일이 계속되고 있소. 상임위원들이 모두 암살됐소."

"아직 최고위원장님이 계시지 않습니까."

벨몽은 침묵을 지켰다. 빌이 반대편 소파에 앉아 얼음 같은 표정
으로 지켜보고 있었다. 빌의 별명은 CCTV였다.

"위원장님만으로도 충분하고요."

빌이 보일 듯 말 듯 고개를 끄덕였다. 대통령은 답답한지 넥타이
를 풀었다.

"대통령, 지금이야말로 당신의 도움이 절실하오."

"뭘 도와 드리면 될까요?"

"미사일 사용을 허가하시오."

대통령은 지그시 눈을 감았다.

"이미 그렇게 하기로 결정되어 있겠죠?"

벨몽은 대답하지 않았다.

"그렇게 하죠."

"다음 중간선거선 때 봅시다."

벨몽이 전화를 끊었다.

"굿 나이트."

대통령이 빈 전화기에 대고 허망한 인사를 했다.

"훌륭한 결정이십니다. 지금 당장 일본 총리한테 전화를 하도록 하겠습니다."

빌이 핫라인 전화기를 들며 말했다.

"이봐, 빌."

"네, 대통령 각하."

"라마는 어쩔 셈이야?"

빌이 수화기를 도로 내려놓았다.

"왜 그렇게 라마 사건에 관심이 많으십니까?"

대통령은 구두를 벗고 슬리퍼로 갈아 신었다. 그리고 인터폰 스위치를 눌렀다.

"루시, 여기 맥주 한 병 부탁해."

"네, 알겠습니다."

대통령은 인터폰 스위치를 놓고 창밖에 펼쳐진 워싱턴의 야경을 바라봤다. 백악관 담장 너머 워싱턴 기념탑이 이정표처럼 반짝이고 있었다.

"자네 술은 마시나?"

"안 마십니다."

대통령은 그럴 줄 알았다는 듯 고개를 끄덕였다. 그때 노크 소리
가 났다.

"들어와."

문이 열리며 비서가 들어왔다.

"말씀하신 맥주 가져왔습니다."

"고마워. 자넨 이제 들어가 봐."

"알겠습니다."

비서는 맥주와 간단한 안주를 탁자 위에 놓고 나갔다. 대통령은
맥주를 따서 보기에도 시원하게 들이켰다.

"이 맛도 모르는 인간이 어찌 세상을 다스리려 하나."

빌이 피식 미소를 지었다.

"미국 대통령으로서 묻지. 정말 라마를 죽일 생각인가?"

대통령이 빌의 눈을 똑바로 응시하며 물었다.

"아마도."

남은 맥주를 모두 마신 대통령은 병 입구를 만지작거렸다.

"라마가 사망하면 미국에는 호재로 작용할 수 있습니다. 중국을
소수민족 탄압과 인권유린으로 유엔 상임 위원회……."

"아까 왜 그렇게 라마 사건에 신경 쓰냐고 했지?"

대통령이 단박에 말을 잘랐다.

"왜냐면 라마는 내가 아주 좋아하는 사람이기 때문이야."

주위는 온통 잿빛이었다. 거친 모래와 투박한 바위, 심지어 하늘도 무채색이었다. 저 멀리 신기루처럼 푸른 초원이 펼쳐져 있었지만 걸어서 도착하려면 적어도 이틀은 걸릴 거리였다. 으뜬과 롭상, 그리고 주치의 밍마는 끝없이 펼쳐진 바위산과 모래사막을 가르는 비포장도로를 정처 없이 걷고 있었다. 얼마를 더 걸어야 인가가 나타날지 알 수 없었다. 다행히 더 이상 중국군은 보이지 않았다. 하지만 시야 너머에서 이들의 앞길을 통제하고 있을 게 분명했다.

"잠시 쉬었다 가자꾸나."

양치기들이 쌓아 놓은 돌담이 나타나자 라마가 발길을 멈추며 말했다. 이제 한 시간 조금 넘게 걸었을 뿐인데 으뜬은 땀을 비 오듯 흘리고 있었다.

"그러시지요."

롭상이 준비한 물통을 라마에게 건넸다. 라마는 목을 축이고 주치의 밍마에게 주었다. 언제부턴가 밍마는 입을 굳게 다물고 있었다. 그는 본래 과묵한 사람이었지만 오늘은 뭔가 달랐다. 그는 어딘지 불안해 보였다.

"자네 괜찮나?"

"예, 괜찮습니다. 상처는 어떠십니까?"

"참을 만하네."

말은 그렇게 했지만 몸이 심상치 않았다. 국경을 건넌 후부터 상처에서 고통이 느껴지지 않았다. 그것은 마취와는 다른 무감각이었다. 상처 부위에 미세한 벌레가 침입해 신경을 파먹으며 온몸으로 퍼져 나가고 있는 듯한 느낌이었다.

"자네 가족은 라싸에 도착하면 어떻게든 해 볼 테니 너무 걱정 말게."

밍마의 가족은 오래전에 중국 정부로부터 망명자의 가족으로 분류되어 투옥 생활을 하고 있었다. 그의 부모는 물론이고 아내와 아들까지 철저히 인생을 짓밟힌 채 근근이 목숨을 연명하고 있었다.

"감사합니다, 라마."

밍마가 대답했다. 그러나 짙게 그을린 얼굴에 각인된 깊은 시름이 걷힌 건 아니었다.

"그나저나 중국 정부가 어디까지 내버려 둘지 걱정입니다."

"아직 벌어지지 않은 일까지 걱정할 필요 없다. 지금 우리는 고향 땅을 밟고 있지 않느냐."

"예, 라마."

두 사람은 조용히 고향의 풍경을 바라보고 있었다. 그때 지나온 길 저편에서 누군가 스쿠터를 타고 달려왔다. 롭상이 지팡이를 움켜쥐며 으뜸 앞에 경계를 섰다. 스쿠터를 탄 남자는 먼지를 일으키며 일행 앞에 멈춰 섰다. 그는 털 달린 가죽점퍼에 갈색 머리를 치렁치렁 기른 백인 남자였다.

"당신 뭐야?"

롭상이 대뜸 물었다. 남자는 헬멧을 벗더니 오는 동안 마신 흙먼지를 뱉어 냈다.

"놀라게 해 드렸다면 죄송합니다. 저는 로이터통신의 헤럴드 바렛 기자입니다."

남자가 명함을 주자 롭상이 유심히 살폈다.

"허락하신다면 라마가 귀향하는 모습을 취재하고 싶습니다."

기자가 간절한 눈빛으로 으뜸을 바라봤다.

"자네 재주가 비상하구먼. 중국 정부가 취재를 허락하지 않았을 텐데."

으뜸이 물었다.

"이틀 전부터 중국 국경 인근에서 야영을 하고 있었습니다."

"그 말은 내가 국경을 넘을 줄 알고 있었다는 건가?"

"네. 넘으시리라 확신했습니다."

"왜 그렇게 생각했지?"

"죽음은 고향을 생각나게 하니까요."

으뜸이 웃자 기자가 따라 웃었다. 으뜸은 기자가 맘에 들었다. 그는 솔직하고 명쾌했다.

"같이 가세나."

라마가 다시 길을 재촉했다. 기자는 카메라를 꺼내 첫 번째 셔터를 눌렀다. 광활한 티베트의 대지를 배경으로 길을 떠나는 라마의 뒷모습에 그림자가 길게 드리우고 있었다.

일본 함대는 여전히 제자리에서 꼼짝하지 않고 있었다.

"왜 저러고 있는 걸까요? 그만큼 이지스 시스템에 확신이 있는 걸까요?"

작전장교가 물었다.

"제아무리 이지스 시스템이라고 해도 모든 미사일을 방어할 수 없어."

제독이 대답했다.

"그럼 외교적으로 해결될 거란 확신이 있는 걸까요?"

"군인은 정치 따윈 신경 쓰지 않는다. 특히 마쓰모토는 더더욱 관심 없을 거야."

마쓰모토는 일본 제3함대의 사령관이었다. 그는 패전 후 몰락한 일본 해군을 재건한 강철 같은 군인이었다. 청용화 제독은 그가 쓴 저서를 모두 읽었다. 그는 힘의 논리를 철저히 신봉하며 군대를 인정하지 않는 일본의 헌법을 정면으로 반박하고 있었다.

"그럼 뭘까요?"

제독은 잠시 생각에 잠겼다. 그는 신중한 사람이었다. 일본 함대의 전술을 파악하기 전엔 섣불리 움직이지 않을 생각이었다. 제독은 여러 가능성을 머릿속으로 그려 보았다. 그때 문득 스치는 생각이 있었다.

"함대를 이동한다."

"함대 이동!"

"동쪽으로 6해리 이동한다. 속력은 25노트."

"동쪽으로 6해리 이동! 속력 25노트!"

조타수가 확인을 위해 복창했다. 그러자 함대가 최고 속력으로 일제히 움직이기 시작했다. 지금 함대가 향하는 곳은 일본이 정한 배타적경제수역과 정확히 일치하는 지점이었다. 그것은 일종의 도발이었다. 군함이 이곳에 접근한다는 것은 선전포고나 다름없었다. 햇살을 보석처럼 흩뿌리던 파도를 헤치며 다섯 척의 군함이 센카쿠 열도를 향해 돌진하고 있었다. 이제 일본이 정한 배타적경제수역까지 1.5해리를 남겨 놓고 있었다. 그때였다.

"사령관님, 이것 보십시오."

레이더 장교가 말했다. 제독은 서둘러 레이더 모니터로 향했다.

"일본 함대가 움직이고 있습니다. 그것도 최고 속력으로 말입니다."

장교의 말대로 모니터의 점들이 움직이고 있었다. 그런데 그들이 움직이는 방향은 중국 함대와는 반대 방향이었다. 한마디로 달아나고 있었다. 마쓰모토는 후퇴를 모르는 군인이었다.

"함대 정지!"

순간 제독이 소리쳤다. 그의 명령과 동시에 함대 전체가 멈췄다. 제독은 다시 모니터를 살폈다. 함대가 정지한 지 채 일 분이 지나지 않아 일본 함대도 멈추는 것이었다.

"함대 간의 거리는?"

"283킬로미터입니다."

제독의 표정이 굳었다. 모니터에는 일본 함대를 표시하는 작은 불빛이 경고등처럼 반짝이고 있었다.

"거리를 유지하고 있어."

"그 말씀은…….."

"놈들에게 사거리 250킬로미터를 능가하는 미사일이 있다."

터널은 약 100미터 가까이 이어져 있었다. 중간중간 방탄 철문이 가로막고 있었고 매번 지문과 홍채를 인식해야 통과할 수 있었다. 일정한 간격을 두고 CCTV가 설치되어 두 사람의 일거수일투족을 지켜보고 있었다. 터널을 지나는 내내 세 사람은 굳게 입을 다물고 있었다. 이윽고 지루한 발자국 소리가 멈추자 엘리베이터가 나타났다. 엘리베이터 역시 주인을 확인해야 움직였다.

"타시지요."

로드니가 지문인식기에 손가락을 올리며 말했다.

"내 딸은 무사하겠지?"

엘리스가 매섭게 노려봤다.

"따님은 무사하십니다. 지금 가는 곳에 계시니 일단 타시지요."

로드니는 차분했다.

"이제껏 죽이려고 별짓을 다 하더니 왜 이리 친절한 거지?"

사이먼이 묻자 로드니가 사무적인 미소를 지었다.

"어르신께서 두 분을 뵙고 싶어 하십니다. 특히 엘리스 씨를요."

로드니는 열림 버튼을 누른 채 기다렸다. 엘리스가 결심을 한 듯 엘리베이터에 오르려 하자 사이먼이 붙잡았다.

"위험할지 몰라요."

"어차피 다른 방법이 없어요. 미셸을 구하려면 가야 해요."

엘리스가 오르자 사이먼이 한 박자 늦게 뒤를 따랐다. 문이 닫히고 엘리베이터가 올라가기 시작했다. 엘리베이터는 현기증이 날 정도로 빨랐다. 순식간에 50여 층을 통과하더니 문이 열렸다. 그러자 이제까지와는 전혀 다른 세상이 펼쳐졌다.

그들이 도착한 곳은 거대한 실내 농장이었다. 천장에는 태양광과 맞먹는 밝기의 조명이 설치되어 대낮같이 비추고 있었고 그 아래 감자, 토마토, 양파 등의 채소와 바나나, 키위 같은 과일이 자라고 있었다. 심지어 알로에와 각종 버섯도 보였다. 작물들은 각각의 환경에 맞춰 온도와 습도 등이 조절되는 설비 안에서 자동으로 재배되고 있었다. 각 구역은 유리벽으로 나뉘어 있었고 스프링클러와 자동 수확기가 스스로 작동하며 작물들을 돌보고 있었다. 로드니는 농장을 가로질러 갔다. 채소 구역을 지나 열대 과일 나무가 심어져 있는 곳을 통과하자 널찍한 바나나 나뭇잎 사이로 또 다른 엘리베이터가 보였다. 이번 엘리베이터는 투명한 유리로 이루어져 있었다. 세 사람이 올라타자 투명 엘리베이터는 농장 풍경을 발아래 펼치며 상승했다. 다음으로 도착한 곳은 베르사유 궁전을 방불케 하는 거대한 홀이었다. 홀은 3층까지 하나의 공간으로 이어져 있었는데 원형의 홀 바닥에는 오색의 대리석이 기하학적인 문양을 이루며 깔려 있었고 홀 천장에는 화려한 샹들리에가 매달려 있었다. 그중에도 눈에 띈 것은 홀 중앙에 있는 커다란 초상화였다. 그림 속의 인물은 서른쯤의 남자였는데 양손 끝을 피라미

드처럼 모으고 태평양 물을 작은 방울로 응축해서 떨어뜨린 것처럼 파란 눈으로 정면을 응시하고 있었다. 손 때문에 코와 입이 가려져 전체적인 생김새는 알 수 없었지만 눈빛만큼은 세상을 삼킬 듯 매서웠다. 전체적으로 왕의 거처처럼 호화로웠지만 어딘지 시간의 영역에서 비껴 나 있는 기묘한 공간이었다. 모든 것은 허공에 붕 뜬 것처럼 현실감이 없었고 새것이지만 오래전에 버려진 물건처럼 생동감이 없었다. 한마디로 처음부터 늙은 상태로 태어난 아기 같은 곳이었다.

"이쪽입니다."

로드니는 벽을 따라 둥그렇게 2층으로 연결된 계단으로 두 사람을 안내했다. 2층 중앙에 있던 문을 열고 들어서자 또 다른 공간이 나타났다. 그곳은 이제까지와는 달리 평범한 방이었다. 한쪽 벽에는 책이 가득 진열된 책장이 있었고 촛대와 트로피 등이 놓인 가구들이 요소요소 배치되어 있었다. 바닥에는 푸근한 카펫이 깔려 있었고 중앙에 자리 잡은 큼직한 벽난로에서는 장작이 타고 있었다.

"뭐 필요하신 건 없으십니까? 음료나 간단한 요깃거리라도 준비할까요?"

로드니가 공손히 물었다.

"그딴 건 필요 없으니까 내 딸이나 데려와!"

엘리스가 소리쳤다.

"기다리시면 곧 오실 겁니다. 그럼 편안한 시간 되십시오."

로드니가 사라지자 터줏대감처럼 웅크리고 있던 정적이 주위를 감쌌다. 이곳이 뉴욕 한복판이라고는 상상도 할 수 없을 만큼 완벽한 정적이 지배하고 있었다. 사이먼은 위치를 파악하기 위해 커튼을 젖히고 밖을 살폈다. 하지만 그건 무늬뿐인 창문이었다. 온통 콘크리트로 단단히 막혀 있었다.

"폐가의 집사, 밖을 볼 수 없는 창문. 재밌는 곳이군."

사이먼은 방 안을 살폈다. CCTV나 그밖에 감시 장치는 보이지 않았다. 혹시나 책장을 살폈지만 평범한 책장일 뿐이었다. 그런데 눈에 띈 책이 있었다. 『호밀밭의 파수꾼』이었다. 사이먼이 제일 좋아하는 책 중 하나였다. 사이먼은 책을 꺼내 첫 장을 펼쳐 보았다. 1951년에 발행된 초판본이었다. 저자인 제롬 데이비드 샐린저의 사인까지 첨부되어 있었다. 다른 책들을 살펴봤지만 역시 모두 초판본이었다.

"없는 게 없군."

그때였다.

"모든 건 보기 나름이지."

휠체어를 탄 벨몽이 2층 난간에서 내려다보고 있었다.

"어떤 놈은 가진 게 보이고 어떤 놈은 없는 게 보여. 어떤 놈은 10달러를 쥐고도 배가 부른데 어떤 놈은 10억 달러를 갖고도 배가 고프지. 왜 그럴까."

"오귀스트 벨몽?"

엘리스가 믿을 수 없다는 듯 물었다. 그는 어찌 보면 불쌍할 정도로 작고 보잘것없는 노인이었다. 머리카락이 거의 남아 있지 않은 머리에는 온통 검버섯이 피어 있었고 코에는 커다란 사마귀가 나 있었다. 등은 구부정했고 손가락은 젓가락처럼 앙상했다. 하지만 눈빛만은 이제 막 장인의 손으로 마무리된 일본도처럼 예리했다.

"실망한 모양이군. 세상을 지배한다는 인간이 이 모양이라서."

벨몽이 휠체어 전용 엘리베이터를 타고 내려왔다. 그의 무릎에는 읽은 책들이 수북이 쌓여 있었다. 가까이서 보자 그의 눈은 기묘한 깊이를 지니고 있었다. 끝없이 변화하는 요지경처럼 처음에는 북극의 빙하 같은 냉소가, 그다음은 돌이킬 수 없는 회한이, 그 아래에는 극한의 쾌락과 심연의 슬픔이 겹을 이루며 파란만장한 삶을 고스란히 투영하고 있었다. 눈빛만으로도 그가 인간이 도달할 수 있는 모든 감정의 끝을 경험했다는 걸 알 수 있었다.

"자네가 가야의 마음을 사로잡은 여인이로군."

벨몽은 엘리스의 작은 움직임도 놓치지 않았다.

"내 딸은 어딨어? 내 딸을 내놔!"

그동안 참았던 분노가 폭발하며 엘리스가 달려들었다. 순간 어디선가 발사된 전기 충격기의 전선이 엘리스를 향해 날아왔다. 이어서 10만 볼트의 강한 전기가 흘러들며 엘리스를 쇼크 상태에 빠뜨렸다.

"엘리스! 괜찮아요?"

사이먼이 엘리스를 부축하며 소리쳤다. 전기 충격기는 박제처럼 서 있던 로드니가 발사한 것이었다. 그는 언제부턴가 두 사람 뒤에서 모든 상황을 지켜보고 있었다.

"이게 무슨 짓이야!"

"잠깐 의식을 잃은 것뿐이야. 괜찮을 테니 걱정 말아."

벨몽은 읽은 책을 본래 있던 책장에 하나씩 끼웠다. 그의 움직임이 너무 느려서 주위의 시간마저 천천히 흐르는 것 같았다.

"우리를 죽이려다가 마음을 바꾼 이유가 뭐지? 왜 우리를 초대한 거냐?"

사이먼이 물었다.

"가야가 선택한 여자가 누군지 보고 싶었다. 일곱 번째 아이의 어미가 누군지 보고 싶었어."

마지막 책의 본래 자리를 못 찾았는지 벨몽은 책장을 기웃거리고 있었다.

"가야 어미를 보는 순간 가슴이…… 뭐라고 할까. 뭉클했다고 해야 하나. 그런 감정은 오랜만이었어. 피라는 게 유전자만 든 게 아니라는 걸 실감했지. 저 아이에게도 그런 게 있는지 궁금했다."

드디어 자리를 찾은 벨몽이 책을 끼웠다.

"그런 인간이 왜 가야 어머니를 죽게 내버려 뒀지? 가야는 너희를 위해 죽도록 일했어. 살려 달라고 무릎까지 꿇었다고. 나라도 네놈들을 가만두지 않았을 거야."

벨몽은 회개하듯 작게 한숨을 쉬었다.

"미래를 본다는 건 강물에 흩어진 책을 모으는 것과 흡사한 일이야. 어떤 부분은 휩쓸려 가고, 어떤 부분은 번져서 읽을 수가 없지. 중요한 건 클라이맥스를 찾았다고 섣불리 결말을 예상했다간 엄청난 대가를 치르게 된다는 거야. 질량보존의 법칙과 비슷한 거지. 한번 발을 헛디디면 그 아래는 상상 이상의 심연이 있거든."

"가야 어머니가 죽을 운명이었기 때문에 내버려 뒀다는 거냐?"

"불행히도 정해진 운명이란 존재한다. 제아무리 뽑아 버리려 해도 뽑을 수 없는 질긴 뿌리 같은 거지."

벨몽은 창가에 있던 춘란을 바라보고 있었다. 이제 막 꽃을 피운 춘란은 언젠가 창이 열리고 해가 비추기를 기다리듯 창문을 향하고 있었다.

"그럼 내 아내 모니카는? 네놈들이 내 아내를 죽였잖아!"

흥분한 사이먼이 소리쳤다.

"가야 어머니는 인류의 역사를 바꿀 운명 속에 타고 있었다. 한 사람을 구하려고 역사를 바꿀 순 없었어. 하지만 자네 아내는 역사의 뿌리가 아니었다. 미안한 얘기지만 그녀는 잔가지였어. 바람에 흔들리는 이파리였다."

"이런 개자식!"

사이먼이 달려들려고 하자 로드니가 조용히 총을 겨눴다.

"우리는 그 운명을 미리 알고 이익이 생기는 곳에 투자하는 것뿐이야. 그것이 우리가 미래를 대하는 룰이고."

벨몽은 자갈처럼 단단했다. 그는 자신의 가치관이 우주가 탄생할 때 결정된 법칙이라도 되는 것처럼 확고하게 믿고 있었다.

"당신이 미래를 바꾸건 말건 관심 없어. 난 내 딸이랑 돌아가겠어. 그러니 내 딸을 내놔!"

정신을 차린 엘리스가 소리쳤다.

"미안하지만 그건 허락할 수 없다."

"네놈 허락 따윈 필요 없어. 미셸은 어딨어!"

엘리스가 보행기도 없이 벨몽을 향해 걷기 시작했다.

"멈추세요, 엘리스 씨. 한 발자국만 더 움직이시면 또 이걸 쓸 수밖에 없습니다."

로드니가 경고했지만 엘리스는 멈추지 않았다. 로드니는 어쩔 수 없이 전기 충격기를 발사했다. 1밀리미터도 안 되는 얇은 선을 타고 번개와 맞먹는 전압의 전기가 흘러들어 갔다. 그런데 어쩐 일인지 엘리스는 벨몽을 향해 계속 걷고 있었다. 그녀는 10만 볼트를 이겨 내고 있었다. 로드니가 몇 번이고 충격기 버튼을 눌렀지만 엘리스를 막을 순 없었다. 엘리스는 거추장스러운 장신구를 떼어 내듯 전깃줄을 뜯어내더니 벨몽의 멱살을 움켜쥐었다.

"내 딸은 어딨어? 말해!"

순간 로드니가 엘리스에게 총구를 겨누자 벨몽이 손을 들어 막았다. 그녀가 숨을 쉴 때마다 질식할 만큼 강한 분노가 뿜어져 나왔다. 하지만 그 분노는 벨몽의 눈 속으로 빨려 들어가더니 흔적도 남지 않았다.

"어미가 자식을 만나겠다는데 어쩔 수 없군."

벨몽이 가운 주머니에 들어 있던 리모컨을 누르자 책장이 움직이더니 숨겨진 공간이 나타났다. 비밀의 방에는 손과 발이 포박된 채 의자에 묶여 있던 미셸이 있었다. 미셸은 알아볼 수 없을 만큼 창백하게 변해 있었다.

"하느님, 맙소사."

만신창이가 된 딸을 보자 엘리스를 지탱하고 있던 마지막 벽돌이 무너져 내렸다. 그녀는 미어지는 가슴을 붙잡고 미셸에게 달려갔다. 몇 번이나 휘청거렸지만 매 순간 모성이 버팀목이 되어 그녀를 붙잡아 주었다.

"미안해, 미셸……. 다 엄마 잘못이야. 지켜 주지 못해서 미안해."

눈물을 흘리며 미셸에게 다가가던 엘리스를 뭔가가 가로막았다. 유리 벽이었다. 미셸은 쇼윈도의 마네킹처럼 유리 안에 갇혀 있었다. 그리고 어딘지 이상했다. 엘리스를 보고 있었지만 초점이 풀려 있었고 눈도 깜빡이지 않았다.

"미셸, 엄마야. 대답 좀 해 봐."

엘리스가 유리 벽에 대고 애절하게 소리쳤지만 소용없었다.

"내 딸한테 무슨 짓을 한 거야! 이 나쁜 자식!"

이성을 잃은 엘리스가 벨몽에게 달려들려고 했지만 몇 걸음 딛지 못하고 쓰러지고 말았다. 지하 방공호에서 이곳까지, 그녀의 몸은 이미 한계를 넘은 상태였다. 아찔한 정신 속에서도 엘리스는 벨몽을 부술 듯 노려봤다.

"만약 내 딸한테 무슨 일이 생기면 그땐 네놈을 가만두지 않을 테다! 지옥 끝까지 쫓아가서 네놈 뼈를 갈아 마시겠어!"

엘리스가 저주를 퍼부었지만 벨몽은 꿈적도 안 했다. 그는 예상된 재난이 닥친 것처럼 지루한 표정이었다.

"미셸한테 무슨 짓을 한 거냐, 벨몽!"

보다 못한 사이먼이 나섰다.

"자네 심정은 충분히 이해해. 피를 흘려서 지켜 낸 자식이니까. 유일한 혈육이니까. 하지만 세상엔 어쩔 수 없는 일이 있어. 저 아이는 궁극의 아이로 태어났다. 그건 누구의 의도도 아니고 누구의 잘못도 아니야. 그저 저 아이의 운명인 거야."

"헛소리 마! 그건 네놈들이 만든 운명이야. 너희를 위해 만든 운명이라고!"

엘리스가 울부짖었지만 벨몽은 요지부동이었다.

"받아들여라. 그렇다고 달라지는 건 없어. 너희는 우리를 괴물이라고 부르겠지만 우리는 너희를 지배하기 위해 태어났고 너희는 지배를 받기 위해 태어났다. 그건 바뀌지 않아."

벨몽은 할 얘기를 다 한 듯 다시 엘리베이터로 향했다.

"제발, 내 아이를 보내 줘. 당신이 원하는 건 뭐든 다 할게. 기라면 기고 죽으라면 죽을게."

엘리스가 유리 벽에 매달려 애원했다. 그러나 벨몽은 오래전에 감정을 모두 소진해 버린 미라처럼 처절하게 울부짖는 엘리스를 뒤에 남겨 둔 채 엘리베이터에 올랐다.

"당신은 대체 뭐로 만들어진 인간이지? 세상을 다 가지고도 뭘 더 갖겠다고 이런 짓을 계속하는 거야! 당신에게 심장이란 게 있긴 한 거야!"

사이먼이 소리치자 벨몽이 멈췄다.

"심장……."

벨몽은 오랫동안 잊고 지냈던 추억의 물건을 떠올리듯 허공을 응시했다.

"사이먼……. 자네는 인간의 목숨 값이 얼마라고 생각하나?"

대답할 수 없는 질문이었다.

"나에게 인간의 목숨은 10달러다."

벨몽은 심장이 위치한 자리를 앙상한 손으로 쓰다듬었다.

"마치 천 년도 더 된 얘기 같군. 내가 대학을 졸업하고 호크실드의 후계자로 선택됐을 때 일이다. 나는 호크실드 가문이 운영하는한 무기 회사에서 일을 하게 됐어. 한창 전쟁이 막바지로 치닫던시절이라 회사는 눈코 뜰 새 없이 바빴지. 내가 배치받은 부서는전략기획실이었어. 말은 그럴듯하지만 무기를 필요로 하는 곳을찾아내서 대 주는 곳이었지. 그러던 어느 날 나는 보스와 함께 출장을 가게 됐어. 보스 이름이…… 이젠 늙어서 기억도 가물가물하군. 우리가 도착한 곳은 중국이었어. 정확히 말하면 중국과 몽골의 접경 지역이었지. 당시 중국은 한창 일본과 전쟁 중이었어. 하지만 우리가 도착한 곳은 전선과는 한참 떨어진 초원 지역이었지.우리는 미 정보국 요원 한 명과 동행했는데 거기서 할하족이라는몽골인을 만났어. 첫인상에 할하족은 양을 키우며 사는 순박한 사람들이었고 군인과는 거리가 멀어 보였지. 정보국 요원은 그들과협상을 벌였어. 우리의 목적은 단순했지. 할하족을 무장시켜 일본군의 후방을 교란하는 것이었어. 협상을 성공적으로 마친 후,우리는 밀수꾼들을 이용해 그들이 필요로 하는 무기를 공급했고할하족은 그 무기로 일본군의 후방에서 게릴라전을 펼쳤지. 그러던 어느 날이었다. 무기를 싣고 인도 국경을 넘어 할하족의 본거지에 도착한 나는 놀라운 광경을 목격하게 됐어. 그건 산더미처럼쌓인 사람의 코였어. 수천 개의 코가 초원의 풀밭을 시뻘겋게 물들이며 썩고 있는 거야. 너희들은 상상도 못 하겠지. 말로 표현할 수 없는 그 역겨운 냄새를……. 나는 그 자리에서 구토를 하고 말았어. 알고 보니 그 코는 할하족이 모아 온 일본군의 코더군. 할하족은 용병이었어. 일본군을 한 명 죽일 때마다 미화로 10달러를 받기로 되어 있었던 거야. 그래서 죽일 때마다 증거가 필요했고 할하족은 죽인 일본군의 코를 베어서 가져온 거야. 어떤 사람은 양가죽으로 된 가방 가득 코를 담아서 정보국 요원 앞에 쏟았지. 그러면 요원은 숫자를 세서 돈으로 바꿔 줬어. 할하족은 그 돈으로 함께 도착한 미군 피엑스 트럭에서 물건을 샀어. 분유, 밀가루, 옥수수, 초콜릿 따위였지. 그걸 들고 천연덕스럽게 자기 천막으로 가서는 가족들과 오붓하게 식사를 했어. 하루종일 양을 치다 온 것처럼 순박한 얼굴로 말이야. 그 광경을 보는 순간 모든 게 명쾌해졌어. 다이아몬드로 된 총알을 맞은 것처럼 정신이 번쩍 들었지. 그게 바로 우리가 살고 있는 세상이었던 거야. 사람을 죽인 대가로 돈을 받고 그 돈으로 음식을 사서 주린 배를 채우는 것. 거기에는 일말의 가책이나 인간에 대한 고뇌 따위 없었어. 그저 주린 배와 음식을 살 수 있는 돈이 있을 뿐이야."

"뭘 얘기하고 싶은 거냐?"

"인간은 변하지 않는다. 천 년 전에도, 천 년 후에도. 우리는 음식을 위해 살인을 할 거고 눈물을 흘리며 주린 배를 채울 거다."

벨몽은 커다란 눈으로 저 멀리 몽고 초원에 쌓여 있는 코의 무덤을 응시하고 있었다.

"이야기 즐거웠다. 하지만 우리 인연은 여기까지야."

벨몽이 엘리베이터에 몸을 실었다. 그러자 로드니가 총알을 장전했다.

"죄송합니다. 개인적인 감정은 없습니다."

로드니가 엘리스와 사이먼을 향해 총구를 겨눴다. 방아쇠를 쥔 손가락에 힘이 들어가려던 순간이었다.

"당신은 분명 운명을 믿는다고 했어! 그렇지?"

엘리스가 소리쳤다.

"나는 이제껏 두 명의 궁극의 아이를 목격했고 세 번째 아이와 함께 있다. 운명을 믿을 수밖에."

"당신에게 줄 게 있어."

엘리스가 천천히 일어나 편지 한 장을 꺼냈다.

"가야가 당신한테 주는 마지막 선물이야."

가야라는 말에 벨몽은 처음으로 긴장하는 눈치였다. 그는 마지막 남은 가야의 목표물이었다. 벨몽이 고개를 끄덕이자 로드니가 총구를 내리고 편지를 받아 전했다. 벨몽은 악귀를 쫓는 주문을 외우듯 편지를 응시하다가 펼쳤다. 편지는 텅 비어 있었다.

"로드니, 뜨거운 물을 가져와라."

벨몽은 편지의 비밀을 알고 있었다. 어쩌면 그가 가르쳐 준 트릭인지도 몰랐다. 로드니가 끓는 물이 든 커피포트를 가져오자 벨몽이 편지에 물을 부었다. 잠시 후 녹색 글자가 나타나기 시작했다.

너는 내가 죽이지 않는다. 너는 네가 가장 하찮게 여겼던 것 때문에 죽게 될 것이다.

이것이 메시지의 내용이었다.

"하찮게 여긴 것……."

메시지의 내용을 곱씹던 벨몽은 뜻을 이해했는지 일그러진 미소를 지었다.

"벨몽, 당신이 운명을 믿는다면 가야를 이길 수 없어. 왜냐면 가야는 운명을 볼 수 있으니까. 미셸을 돌려줘. 그것만이 당신이 살 수 있는 길이야."

엘리스가 최후통첩을 하듯 의미심장하게 말했다. 벨몽은 전쟁을 시작하려는 장군처럼 눈을 감고 생각에 잠겨 있었다. 그의 앙상한 손가락이 상상 속의 피아노를 두드리듯 까딱까딱 움직였다. 이윽고 결정을 내렸는지 시계를 바라봤다. 시계는 어느덧 오전 6시를 가리키고 있었다.

"지금 중국은 몇 시지?"

"오후 6시쯤 됐을 겁니다."

로드니가 대답했다. 그러자 벨몽이 다부진 눈으로 엘리스를 돌아봤다.

"제안을 하나 하겠다. 지금 나는 아주 중요한 계획을 실행 중이야. 오랜 시간 공들인 계획이지. 그 계획에 궁극의 아이의 예언은 포함되어 있지 않다. 순전히 나의 판단으로 만든 계획이야. 이제 잠시 후면 계획의 성패가 결정 날 거야. 내 제안은 이거다. 만약 그 계획이 내 생각대로 결론 난다면 저 아이는 나와 함께 있는다. 너희의 목숨도 끝이야. 하지만 만약 그 계획이 내 예상대로가 아닌, 엉뚱한 방향으로 결론 난다면 그땐 아이를 내주겠다. 물론 너희도 무사히 돌려보내 주겠어. 어때, 이 정도면 공정한 협상 아닌가? 신가야!"

벨몽이 가야의 영혼을 찾듯 허공을 향해 소리쳤다. 그러자 단 두 사람만이 사는 거대한 저택에 메아리가 울려 퍼졌다.

"대답이 없으면 수락한 걸로 알고 게임을 시작하겠다. 그리고 한 가지. 지금부터 어떤 일이 일어나도 움직여선 안 돼. 소리를 내서도 안 된다. 알아듣겠나?"

"그 말을 어떻게 믿지?"

"왜냐면 내가 한 말이기 때문이야."

선택의 여지가 없었다. 엘리스가 고개를 끄덕이자 벨몽이 로드니에게 눈짓을 했다. 지시를 받자 로드니는 가로막고 있던 유리 벽을 열고 미셸의 뇌에 전선을 연결했다.

"무슨 짓을 하는 거야!"

경악한 엘리스가 로드니에게 달려들며 소리쳤다. 순간 탕— 하며 총성이 울렸다. 총알은 다행히 엘리스의 발끝에 박혔다.

"우리는 이미 계약을 했을 텐데. 어떤 일이 있더라도 소리를 내거나 움직이지 않겠다고."

벨몽이 총을 겨누고 있었다.

"엘리스, 일단 지켜보자고요."

사이먼이 엘리스를 다독이자 로드니가 다시 전선을 연결하고 '꼴지의 뇌'의 전원을 켰다. 순간 미셸이 움찔하며 경련을 일으켰다. 그 모습을 본 엘리스가 파르르 떨었다.

"어린아이한테 무슨 짓이야! 이 나쁜 인간들아!!"

"아이는 괜찮으니까 잠자코 있어."

벨몽이 차갑게 말했다. 미셸의 뇌로 전류가 흘러들어 가며 점차 예언 모드로 들어갔다. 이윽고 상태가 안정되자 로드니가 말했다.

"시작하시지요."

벨몽이 미셸에게 다가가 조용히 귀엣말을 했다.

"미셸, 이제부터 내가 하는 말을 잘 들어라. 지금부터 너는 동중국 해에서 대치하고 있는 일본과 중국 함대의 상황을 기억해 내야 한다. 그리고 고향으로 향하는 달라이 라마에 관해서도 떠올려야 돼. 할 수 있겠지?"

미셸이 고개를 끄덕였다. 그녀의 눈동자가 꿈을 꾸듯 빠르게 움직였다. 그리고 예언이 시작됐다.

"북위 25도, 동경 123도 지점에서 중국의 동해함대와 일본의 제3 함대 이틀째 대치 중. 현지 시각 오후 7시경 중국 함대, 일본 지정 배타적경제수역으로 접근. 일촉즉발의 위기."

궁극의 아이 1

업(業, Karma)

두 함대는 280킬로미터 거리를 두고 여전히 대치 중이었다. 이제 중국 함대도 더 이상 기동하지 않고 상황을 주시하고 있었다. 청융화 제독은 적의 전술을 파악하고 고민에 빠져 있었다. 일본 함대가 비밀리에 보유한 무기는 미일 미사일 조약을 어기고 미국이 공급한 사정거리 400킬로미터 대함미사일이 분명했다. 이대로는 승산이 없었다. 현대전에서 무기의 성능은 전쟁의 승패를 좌우한다. 거리를 좁히지 않는 한 일본 함대가 선제공격하면 꼼짝없이 당할 수밖에 없었다. 그렇다고 상부의 허가 없이 일본 영해 안으로 들어갈 수도 없는 노릇이었다.

"어쩌실 겁니까? 사령관님."

부함장이 물었다.

"방법은 하나뿐이야."

"혹시 잠수함을……."

제독이 고개를 끄덕이자 함교에 긴장감이 고조됐다. 잠수함은 은밀한 습성상 기동훈련 때도 적의 탐지 능력을 파악하고자 타국의 영해를 비공식적으로 넘나들고 있었다. 그것은 중국뿐 아니라 러시아와 미국 잠수함도 마찬가지였다. 탐지가 되더라도 영해 침범에 관한 증거를 찾기 어렵기 때문에 국제재판소에 제소하거나 물리적으로 밀어낼 수 없었다. 하지만 지금 상황에 잠수함을 일본 영해에 침투시킨다는 건 선전포고나 다름없었다. 청융화 제독은 일단 적의 동태를 파악하며 기다리기로 했다. 그때였다. 통신장교가 방금 해군 사령부로부터 도착한 명령서를 들고 왔다.

"사령관님, 사령부에서 온 전문입니다."

전문은 해군 통례상 작전장교와 부함장이 함께 암호를 확인하고 개봉해야 했다.

"암호 일치를 확인합니다."

부함장이 기밀 금고에 보관되어 있던 암호를 꺼내 확인했다. 뒤를 이어 작전장교가 재차 확인했다.

"전문을 개봉한다."

함장이 전문을 펼쳤다. 그런데 내용을 읽어 내리는 제독의 표정이 점점 굳어 갔다.

"무슨 내용입니까?"

부함장이 물었다.

"일본 정부가 우리 정부의 마지막 제안을 거부했다."

"그렇다면…….."

"상부에서 선제공격을 허가했다. 잠수함 부대를 일본 영해로 진입시킨다."

대통령은 두 번째 맥주를 땄다. 평소 맥주를 즐기는 타입이었지만 오늘은 어쩐 일인지 아무 맛도 느낄 수 없었다. 시계추가 결정을 재촉하듯 궤적을 오가며 똑딱똑딱 소리를 내고 있었다.

"현재 탐사선은?"

"탐사 위치로 이동 중입니다. 한 시간 내에 도착할 겁니다."

빌이 대답했다.

"중국 함대의 위치는?"

"일본이 정한 영해 3킬로미터 밖에서 대치 중입니다."

생각이 없어졌는지 대통령은 맥주를 내려놓았다.

"이대로 대치 상태를 지속할 순 없습니다. 결단을 내리시지요."

빌은 언제나 냉철한 모습을 유지했다. 평소 그는 농담을 해도 웃는 적이 없었고 식사도 늘 혼자 했다. 업무 외에는 직원들과 말도 섞지 않았고 아무리 격한 논쟁이 벌어져도 표정 한번 흐트러진 적이 없었다. 점심으로 샌드위치 대신 배터리를 먹는다는 소문도 있었다. 대통령은 그런 빌이 처음부터 맘에 들지 않았다. 하지만 그를 싫어하는 진짜 이유는 그가 벨몽의 충성스러운 개이기 때문이다. 빌은 늘 벨몽으로부터 지시를 받았고 명령에 따라 움직였다. 그리고 정기적으로 대통령의 일거수일투족을 보고했다. 대통령은 집무실 한편에 놓인 책장으로 향했다. 그리고 책 한 권을 꺼냈다. 책의 제목은 『행복』. 저자는 으뜸 가초였다. 행복에 관한 라마의 생각을 제자들이 정리한 것으로 대통령이 가장 좋아하는 책이었다. 그러나 백악관에 들어온 후로 한 번도 꺼낸 적이 없었다. 대통령은 오랜만에 첫 장을 펼쳤다.

불빛을 찾으셨습니까?

으뜸의 친필 사인과 함께 적혀 있던 구절이었다.
"불빛이라."
그가 으뜸을 만난 건 지금으로부터 십 년 전 가을이었다. 당시 상원위원에 출마했던 대통령은 평소 존경하던 으뜸이 에모리대학에서 강의를 한다는 말을 듣고 선거 유세도 접은 채 강연장으로 향했다. 한 시간가량 진행된 강의는 감동적이었다. 강의 내내 으뜸은 염화시중의 미소를 띤 채 부처의 깨달음을 전했고 가끔씩 던진 엉뚱한 농담에 장내는 웃음바다가 됐다. 으뜸의 첫인상은 친근하면서도 인자했다. 하지만 어느 순간에는 면도칼처럼 매서웠고 깊이를 가늠할 수 없는 바다처럼 무궁무진했다. 강의를 듣는 동안 대통령은 잊고 있던 삶에 대한 열정이 되살아나는 기분이었다. 끝날 무렵 으뜸이 질문을 받자 대통령은 가장 먼저 손을 들었다.
"라마께선 정치란 무엇이라고 생각하시는지 듣고 싶습니다."

가장 궁금했던 질문이었다.

"후보께서는 뭐라고 생각하십니까?"

"정치에 입문한 지 얼마 안 돼서 짧은 식견이긴 하지만…… 저는 신뢰를 얻는 것이라고 생각합니다. 모두가 함께 살 수 있는 나라를 만들어 가고 있다는 신뢰."

그러자 라마가 옅은 미소를 지었다.

"맞습니다. 정치란 신뢰를 얻는 것입니다. 그 옆에 계신 분은 정치가 뭐라고 생각하십니까?"

으뜬이 그 옆에 앉아 있던 학생에게 물었다.

"욕망의 분배라고 생각합니다. 수많은 사람의 욕망을 어떻게 공평하게 나누느냐. 그게 정치 아닐까요?"

"맞습니다. 정치는 욕망의 분배입니다."

그러자 그는 다시 물었다.

"저는 라마의 생각이 듣고 싶습니다."

으뜬은 쉼표를 찍듯 허공을 응시하다가 대답했다.

"제가 생각하는 정치란 가장 어두운 밤에 희망의 불빛을 찾는 것입니다. 그 불빛이 제아무리 작고 보잘것없어도 거기에 빛이 있다면 사람들은 추운 밤이라도 당신을 따를 것입니다."

으뜬은 다음 질문을 받았다. 그 후에 누가 무슨 질문을 했는지 기억나지 않았다. 오직 라마의 대답만이 어머니의 체취처럼 대통령의 기억 속에 각인되어 있었다.

책을 덮으며 대통령은 자신도 모르게 한숨을 내쉬었다. 그는 오랜 꿈이던 미국 대통령이 됐고 지지율 40퍼센트를 유지하고 있었다. 봉착한 경제문제를 해결하기 위해 국회의 합의를 이끌어 냈고 국방비를 삭감하면서도 민생과 직결되는 복지 예산은 현행대로 유지하기 위해 애쓰고 있었다. 하지만 지금 그는 중간선거를 앞두고 악마 개구리와 협상을 해야만 했다. 그들은 선거 자금줄을 쥐고 있을 뿐만 아니라 여론을 움직이는 많은 단체를 거느리고 있었다. 이들의 제안을 거부하는 건 선거에서의 패배를 의미했다. 이것이 대통령이 된 후 실제로 겪게 된 현실이었다.

"이제 일본 총리에게 전화를 하시죠, 대통령 각하."

빌이 다시 재촉했다. 비록 악마 개구리들의 압력으로 일본에 미사일을 공급했지만 대통령의 허가가 없으면 일본 함대는 미사일을 발사할 수 없었다. 그것이 일본이 당면한 또 다른 현실이었다. 만약 이번 전쟁에서 일본이 승리한다면 중국의 기세가 꺾일 건 분명했다. 그러나 그럴 경우 미국과 중국의 관계 경색은 불가피했다. 그것은 경제 위기를 겪고 있는 미국에 치명타가 될 수도 있었다. 게다가 패배를 용인 못 한 중국이 또 다른 함대를 파견할 경우 미일 군사 협정에 따라 미국이 참전하게 될 수도 있었다. 사태가 악화된다면 악마 개구리들은 다음 단계로 한반도에서 전쟁을 일으킬 게 분명했다. 동북아 전체가 전쟁의 소용돌이에 휘말리는 것이다. 그것은 미국의 전쟁이기도 했다. 대통령은 맥주를 두고 위스키를 잔에 따랐다.

"라싸로 귀향 중이던 달라이 라마, 총상 악화로 사망. 티베트 전역에서 폭력 시위 발생. 중국군의 무력 진압으로 사망자 속출."

미셸의 예언을 들은 벨몽의 입가에 차가운 미소가 떴다.

눈발이 흩날리고 있었다. 기온은 영하로 내려가고 있었고 흙먼지가 날리던 비포장도로는 점점 가팔라지고 있었다. 으뜸은 청라 고개를 지나 부랑산을 오르고 있었다. 부랑(Burang)은 티베트어로 한 가닥의 털이란 뜻이다. 그러나 실제로 겪어 본 부랑은 매서운 추위와 거친 바위로 이루어진 험준한 산이었다. 군용 트럭이 지나는 거친 도로를 으뜸 일행은 두 발로 오르고 있었다.

"그런데 라마, 중국 정부가 라싸에 입성하는 걸 허가할 거라고 생각하십니까?"

유일한 수행 기자인 헤럴드가 으뜸의 모습을 사진에 담으며 물었다.

"자넨 어떻게 생각하나?"

으뜸은 안색이 안 좋았다.

"아마 허가하지 않을 겁니다. 그 전에 라마를 북경으로 압송하겠죠. 그들 입장에서 라마는 반란군 대장이니까요."

"이봐, 말조심해! 반란군이라니!"

뒤따르던 롭상이 소리쳤다.

"아니, 맞는 말이야. 그런데도 날 내버려 두는 이유가 뭐라고 생각하나?”

으뜬이 걸음을 멈추고 목덜미를 주물렀다.

“그들은 라마가 중간에 포기하길 원할 겁니다. 아니면…….”

헤럴드가 말꼬리를 흐렸다.

“아니면?”

연신 찍어 대던 셔터 소리가 멈췄다.

“죽길 바랄 겁니다.”

“자네, 말이 너무 심하잖아! 계속 이럴 거면 돌아가!!”

롭상이 헤럴드의 어깨를 밀치며 소리쳤다.

“아니, 정확한 지적이야.”

으뜬이 하늘을 가리켰다. 구름이 낀 하늘 저편에는 언제부턴가 헬기 한 대가 일행을 따라오고 있었다.

“그런데도 강행하시는 이유가 뭔지 궁금합니다. 정말 정치적인 의도는 없으신 겁니까?”

으뜬이 크게 심호흡을 했다. 얼음처럼 차가운 공기에 고향의 향취가 듬뿍 담겨 있었다.

“자네는 상대가 진실을 말하는지, 거짓을 말하는지 어떻게 구별하나?”

으뜬이 다시 길을 가기 시작했다.

“여러 몸짓을 종합해 봅니다. 눈동자가 흔들리거나 손으로 뭔가를 만지작댄다거나 하면 그건 100퍼센트 거짓말입니다.”

헤럴드가 다시 사진을 찍으며 대답했다. 라마가 걸음을 멈추고 헤럴드를 바라봤다.

"자, 맞혀 보게. 내가 지금 진실을 말하고 있나, 아님 거짓을 말하고 있나?"

라마의 눈은 판공초 호수의 푸른 물보다도 더 깊고 맑았다.

"죄송합니다. 전 그저 기자로서 물어야 할 걸……."

"자넨 좋은 기자가 될 거야."

순간 으뜸이 휘청했다.

"라마, 괜찮으십니까?"

헤럴드가 반사적으로 붙잡았다.

"나는 괜찮다. 걱정 마."

으뜸의 몸이 불덩이처럼 뜨거웠다.

"아무래도 안 되겠습니다. 쉬시는 게 좋겠습니다."

롭상이 부축하며 말했다. 그 와중에도 헤럴드는 으뜸의 모습을 카메라에 담느라 여념이 없었다.

"이봐, 사진만 찍을 게 아니라 좀 도와줘."

롭상은 배낭에서 침낭을 꺼내며 말했다. 헤럴드가 롭상을 도와 으뜸을 침낭 위에 눕혔다. 그런데 으뜸의 외투 사이로 붉은 피가 보였다. 롭상은 서둘러 외투를 벗기고 상처 부위를 살폈다.

"이런 세상에……."

상처는 독버섯이 자란 것처럼 시커멓게 변해 있었다.

"밍마! 밍마!!"

롭상이 서둘러 주치의를 불렀다. 그런데 언제부턴가 밍마는 일행과 거리를 둔 채 한참 뒤에서 따라오고 있었다. 오는 내내 말도 없었고 세상의 짐을 혼자 다 진 듯 무거운 표정을 하고 있었다.

"어서 오지 않고 뭘 꾸물대는 거야!"

롭상이 소리쳤지만 밍마는 잔뜩 긴장한 얼굴로 머뭇거리고 있었다.

"이건 독이에요."

헤럴드가 말했다.

"뭐?"

"독에 중독된 거라고요. 라마는 죽어 가고 있어요."

순간 롭상은 밍마를 바라봤다. 으뜸의 상처를 마지막으로 치료한 사람은 바로 밍마였다.

"설마 네가……."

롭상이 믿을 수 없다는 표정으로 바라보자 밍마가 주춤주춤하다가 달아나기 시작했다. 그때였다.

"밍마, 달아나지 마라!"

으뜸이 소리쳤다. 순간 밍마가 걸음을 멈췄다.

"달아나지 마."

으뜸이 힘겹게 몸을 일으켰다. 비록 멈춰 서긴 했지만 밍마는 갈등하고 있었다. 떨고 있는 그의 뒷모습이 버려진 고양이처럼 측은했다.

"다 내 잘못이다. 지난 십오 년간 네 고통을 알면서도 아무것도 하지 않은 내 잘못이야. 미안하다."

미안하다는 말에 밍마가 돌아섰다. 그의 눈에는 하염없이 눈물이 흘러내리고 있었다.

"라마, 전……."

"안다. 네 아버지는 옥중에서 병환으로 몸져누우셨고 아내와 아들은 망명자의 가족으로 낙인찍혀 허드렛일을 하며 목숨을 근근이 연명하고 있지. 넌 그 모든 게 네 잘못이라고 생각하고 있고. 하지만 아니다. 그건 내 잘못이야."

피로 흥건하게 젖은 낡은 승복이 차갑게 식어 가고 있었다.

"지난 십 년간 널 보며 나는 무척이나 괴로웠단다. 널 도와주려고 여러 방법을 써 봤지만 아무 도움이 안 됐지. 시간이 지날수록 그 짐은 점점 더 무거워졌단다. 그런데 오늘 네가 짐을 덜어 주었어."

그 말에 억장이 무너지며 밍마가 무릎을 꿇었다.

"아닙니다. 라마의 잘못이 아닙니다. 제가 죽일 놈입니다. 절 죽여 주십시오."

이마가 땅에 닿도록 머리를 숙인 밍마는 목이 메어 말을 잇지 못했다. 순간 롭상이 분을 참지 못하고 밍마의 멱살을 움켜쥐었다.

"이런 더러운 놈! 아무리 그렇다고 해도 어떻게 라마를⋯⋯. 라마께서 널 어떻게 대하셨는데!"

밍마는 눈을 질끈 감은 채 모든 비난을 고스란히 받아들이고 있었다. 차라리 뭇매라도 날아오길 빌었다. 아니나 다를까 화를 이기지 못하고 롭상이 부르르 주먹을 치켜들었다.

"누구였냐? 중국 놈들이었어? 그놈들이 뭐라고 하면서 꼬드겼냔 말이야!"

"그 손 내려놓아라, 롭상. 밍마를 놓아 줘."

라마가 간신히 새 나오는 목소리로 말했다.

"하지만 라마, 이놈은 우리를 배신하고 라마를……."

"부탁이다. 밍마를 비난하지 마라."

룹상은 어쩔 수 없이 멱살을 놓고 물러섰다. 으뜸의 곁을 지킨 지난 세월 동안 한 번도 흔들림이 없던 그의 눈에서 눈물이 흘러 내리고 있었다.

"나는 평생 부처의 길을 찾기 위해 수행을 했다. 명상을 하고 가 르침을 얻고 삶의 이치를 깨닫기 위해 노력했어. 하지만 매일 밤 눈을 감을 때면 한없이 부족함을 느꼈단다. 그리고 다음 날에 부 족함을 채우기 위해 또다시 수행했지만 단 한 번도 마음이 채워진 적이 없었어. 그런데 오늘 네가 부족함을 채워 주었단다. 내 손을 잡아라."

라마가 룹상과 밍마에게 손을 내밀었다. 룹상이 눈물을 닦으며 라마의 손을 잡았다. 하지만 밍마는 여전히 얼굴을 땅에 묻은 채 흐느끼고 있었다.

"라마께서 손을 잡으라고 하시지 않느냐!"

그제야 밍마가 손을 잡았다. 밍마의 가슴 깊은 곳에서부터 비롯 된 떨림이 으뜸의 손에 고스란히 전달되고 있었다. 본시 선한 그 의 천성이 돌이킬 수 없는 죄책감을 이기지 못하고 죽음을 생각하 고 있었다.

"너희는 꼭 너희 자신이 되어라. 다른 누구도 아닌 너희 자신이 되어야 해. 그게 부처의 길이다. 그게 우리가 태어난 이유야. 나 는 오늘 밍마 덕분에 비로소 내가 되었다. 나의 말과 나의 고뇌와 나의 행동이 이 자리에서 하나가 되었다."

밍마의 얼굴은 눈물과 콧물, 그리고 회한으로 엉망이 되어 있었다.

"밍마, 난 네 주머니에 뭐가 들어 있는지 안다. 아주 몹쓸 물건이지."

밍마의 주머니 속에는 작은 권총이 들어 있었다. 그는 라마의 죽음과 동시에 스스로 목숨을 끊을 생각이었다.

"절대 나 때문에 괴로워하거나 죄책감을 가져선 안 된다. 왜냐면 네가 내 삶에 가장 커다란 가르침을 주었기 때문이야. 넌 이 순간을 기억하고 얻은 가르침을 사람들에게 전하면서 너 스스로를 찾으면 된단다. 그게 날 위하는 길이야."

라마의 의식이 희미해지고 있었다.

"롭상, 내 동족들에게 전해 다오. 원수는 밖에 있는 것이 아니라 내 안에 있다고. 내 죽음 외에 다른 죽음이 있어서는 안 된다고."

"예, 라마."

롭상은 서서히 힘이 빠져 가는 라마의 손을 꼭 잡았다.

"고마웠다. 네게 할 수 있는 말은 이게 전부구나."

으뜸은 부처처럼 편안한 미소를 지으며 하늘을 바라봤다. 저 멀리 국경에서 만났던 이름 모를 새가 원을 그리며 날고 있었다.

"이놈아, 나도 고향에 왔다."

으뜸이 새를 향해 속삭이고는 눈을 감았다. 그리고 두 번 다시 뜨지 않았다. 뒤를 이어 롭상의 울부짖음이 부랑산에 울려 퍼졌고 넋이 나간 밍마가 총을 꺼내 자신의 머리에 겨눴지만 헤럴드가 몸을 던져 막았다. 하늘에는 이름 모를 새가 으뜸의 죽음을 애도하

듯 끼룩끼룩 울고 있었고 하얀 눈이 으뜬의 주검을 따듯하게 덮고
있었다.

라마의 죽음이 전해지자 티베트의 수도 라싸는 통곡의 물결로
넘쳐 났다. 라마가 머물던 포탈라궁에서는 전통에 따라 종을 구백
구십구 번 울렸고 모든 승려들은 흰색 승복을 입었다. 티베트 전
역의 라마교 사찰에서는 라마의 입적을 기리는 염불 소리가 끊이
질 않았고 신도들은 전통 스카프인 카딱을 머리에 쓰고 사찰을 찾
았다. 그러나 엄숙한 애도 행렬이 폭도로 변하는 건 한순간이었
다. 라마의 암살 시도 후 폭발했던 시위는 중국 정부가 급파한 군
병력과의 몸싸움 도중 대학생이 사망하는 사건이 벌어지면서 극
에 달했다. 그러나 사지에서 돌아온 라마가 시위 자제 성명을 발
표하면서 서서히 수그러들기 시작했고 라마가 국경을 넘어 라싸
로 향하고 있다는 소식이 전해지자 일순간이나마 환희로 바뀌었
다. 하지만 그것은 외줄을 타듯 위태로운 평화였다. 부랑산을 넘
던 라마가 입적했다는 소식이 전해지자 중국 정부의 독살설이 순
식간에 퍼졌고 슬픔은 또다시 분노로 돌변했다. 포탈라궁과 라싸
대학교에서 시작된 시위는 곧 티베트 전역으로 확산됐고 애도 행
렬은 티베트의 독립을 외치기 시작했다. 중국 정부는 라마의 죽음
과 아무런 연관이 없다고 발표했지만 이는 오히려 역효과를 일으
켰고 시위는 점점 더 격렬해졌다. 당황한 중국 정부는 군 병력을

10만에서 40만으로 늘렸고 이제 유혈 사태는 피할 수 없는 숙명이 되어 가고 있었다.

모든 게 계획대로 진행되고 있었다. 스위스 시계처럼 일말의 오차도 없었다. 벨몽은 당연하다는 듯 춘란 이파리를 부드러운 천으로 닦고 있었다.

"이게 전부 당신이 계획한 일이라고?"

사이먼이 물었다.

"계획의 일부이지."

"정말 궁금하군. 당신도 이런 짓을 하면서 두려움을 느끼는지. 당신의 계획 때문에 죽게 될 수많은 사람을 보면서 일말의 가책을 느끼는지."

"할하족은 자신들이 죽인 일본군의 얼굴을 기억했을까? 이건 내가 시작한 일이지만 내가 아니었어도 누군가에 의해 시작될 일이야."

이파리를 다 닦자 벨몽은 춘란에 물을 줬다. 그때 다시 미셸의 예언이 시작됐다. 그런데 이번 예언은 예기치 않은 작은 바람을 타고 엉뚱한 방향으로 기수를 돌렸다.

"조회 수 1,500만 7,850회…… 라마의 유언…… 너희는 꼭 너희 자신이 되어야 한다. 다른 누구도 아닌 너희 자신이 되어야 해. 그게 부처의 길이다. 그게 우리가 태어난 이유야……."

스프레이를 뿌리던 벨몽의 손이 멈췄다.

마지막으로 눈물을 흘린 게 언젠지 기억도 나지 않았다. 얼마 전 있었던 고등학교 총기 난사 사건 당시 담화를 발표하며 눈가를 훔치긴 했지만 그건 일종의 연기였다. 그만큼 대통령이라는 자리는 비정한 자리였다. 그런데 방금 올라온 뉴스를 지켜보던 대통령의 눈에서 눈물이 흘러내리고 있었다. 헤럴드가 부랑산에서 위성을 통해 올린 라마의 마지막 모습이었다. 라마의 죽음에 깊은 감명을 받은 헤럴드는 로이터통신 소속임에도 불구하고 전 세계 방송국에 라마의 마지막 모습을 송출했다. 그것은 기자로서 최후의 양심이자 라마에 대한 예의였다. 영상을 받은 방송국들은 곧장 긴급 뉴스로 타전했고 순식간에 전 세계로 퍼져 나갔다. 이것은 도미노처럼 수많은 사람에 의해 유튜브 영상으로 올랐고 최초 영상은 한 시간도 안 돼 조회 수 1,000만을 넘어섰다. 유튜브가 생긴 이래 최단기간 최고의 기록이었다.

"너 자신이 되어라……."

울림이 있었다. 심해에 가라앉아 있던 거대한 종이 잠에서 깨어난 것처럼, 이 간단한 문장이 대통령의 심금을 울리고 있었다. 라마의 유언은 지난 사 년 동안 지지율과 정치 공방, 그리고 악마 개구리의 압력 속에서 허우적대던 대통령을 단번에 십 년 전 강연장으로 데려왔다. 대통령은 거울에 자신을 비춰 보았다. 어느 것 하나 흠잡을 데 없이 말끔한 용모였다. 청운의 꿈을 품고 일리노이에서 올라왔을 때와 비교하면 전혀 다른 사람이라고 해도 믿을 만큼 세련되게 변해 있었다. 하지만 꿈을 꾸던 일리노이 청년은 보이지 않았다. 그의 꿈은 훌륭한 대통령이 되는 것이었다. 말 그대로였다. 누구나 꾸는 흔한 꿈이었고 쉽게 내뱉을 수 있는 간단한 말이었지만 막상 그 자리에 서니 무엇보다도 힘든 꿈이라는 걸 대통령은 절실하게 느끼고 있었다. 그리고 그는 지금 선거 자금과 지지율을 위해 부당한 전쟁을 허락하려 하고 있었다.

'불빛을 찾으셨습니까…….'

대통령이 거울 속 자신에게 물었다.

"글쎄요."

대통령은 쓴웃음을 짓고는 위스키 잔을 비웠다.

"이제 결정을 내리셔야 합니다. 시간을 더 끌면 전세가 불리해집니다. 그렇게 되면 대통령 각하의 중간선거도 보장해 드릴 수 없습니다."

빌이 무미건조한 목소리로 보챘다. 대통령은 아랑곳 않고 거울 속 자신을 응시하고 있었다.

"이봐, 빌. 내가 가장 나다울 때가 언젠 줄 알아?"

대통령이 물었다. 빌은 그저 특유의 무표정한 얼굴로 바라볼 뿐이었다. 대통령은 옷걸이에 걸려 있던 시카고 컵스 모자를 쓰더니 피칭 모션을 흉내 냈다.

"숙제를 제쳐 두고 야구를 했을 때야."

대통령이 핫라인 수화기를 들었다.

"일본 총리를 연결해 주게."

"예, 대통령님."

교환수가 대답했다. 잠시 후 일본 총리가 나타났다. 그 모습을 지켜보던 빌의 입가에 섬뜩한 미소가 그려졌다.

"잘 계셨습니까, 총리님. 기다리게 해서 미안합니다."

대통령이 관례대로 인사를 건넸다.

"결정은 내리셨습니까? 대통령님."

총리가 초조하게 물었다.

"네, 결정했습니다."

잠시 침묵이 흘렀다. 태평양을 전부 증발시킬 만큼 긴장된 침묵이었다. 이윽고 대통령이 입을 열었다.

"제 대답은 NO입니다."

순간 빌이 자리에서 벌떡 일어서며 소리쳤다.

"대통령 각하!"

하지만 대통령의 결정은 변하지 않았다.

"미사일 사용을 허가할 수 없소."

중국 잠수함 두 대가 일본 영해로 다가가고 있었다. 센카쿠 열도의 해저는 미로만큼이나 복잡했다. 잠수함이 침투하기에는 최적의 장소였다. 하지만 이를 모를 마쓰모토가 아니었다. 그는 잠수함 부대의 침투를 대비해 헬기 탑재 구축함을 네 대나 동원했던 것이다. 일본이 보유한 씨호크 대잠헬기는 모두 최신형이었다. 해저 150미터에서 잠이 든 잠수함 대원의 코 고는 소리까지 잡아낼 수 있었다. 게다가 센카쿠 열도처럼 한정된 공간에서 발각될 확률은 상당히 높았다.

"잠수함 부대가 지휘함을 공격하면 곧바로 사정거리 내로 이동한다."

"알겠습니다. 전 대원 전투 준비!"

부함장이 마이크에 대고 지시하자 전 대원들이 각자의 전투 위치로 이동했다.

"현재 적 함대의 위치는?"

"변동 없이 제자리를 지키고 있습니다."

"탐사선의 동태는?"

"탐사 위치까지 십오 분 남았습니다."

청용화 제독은 마지막 결정을 위해 잠시 생각에 잠겼다.

"탐사선이 탐사 위치에 도달하는 순간 공격을 개시한다."

함교의 모든 대원이 함교 중앙에 걸린 시계를 바라봤다. 초침이 빠르게 원을 그리는 동안 지휘실에는 실제 전투가 처음인 대원들의 침 삼키는 소리로 가득했다. 이제 시계는 14분을 지나 15분을 향해 달려가고 있었다. 제독은 다부진 눈으로 수평선 너머 일본 함대를 응시하고 있었다. 드디어 분침이 15분을 가리키려던 순간이었다. 제독은 발포 지시를 위해 함 내 마이크를 쥐었다.

"사령관님, 이걸 보십시오!"

레이더 장교가 다급하게 소리쳤다.

"무슨 일이야?"

제독이 모니터로 달려갔다.

"일본 함대가 물러가고 있습니다."

제독은 직접 모니터를 확인했다. 일본 함대를 표시하는 점들이 동쪽으로 움직이고 있었다.

"탐사선은?"

"탐사선도 철수하고 있습니다."

레이더 장교의 말대로 탐사선 역시 일본 본토를 향해 이동하고 있었다.

"전 함대 현 위치 대기!"

"뭐라고?"

벨몽의 미간이 일그러졌다.

"미합중국은 타국의 영토 문제에 개입할 생각이 없으며 어떤 국가의 입장도 지지하지 않는다. 뿐만 아니라 지금 동북아에 고조되고 있는 긴장이 최대한 빨리 외교적인 대화를 통해 해결되기를 바란다. 마지막으로 세계 지도자 중 한 명이며 위대한 철학자인 달라이 라마의 죽음을 진심으로 가슴 아프게 생각한다. 라마의 편안한 안식을 기원한다. 여기까지가 대통령께서 말씀하신 내용입니다."

예언을 토해 내던 미셸의 몸이 떨리기 시작했다.

"이제 그만해! 제발!"

보다 못한 엘리스가 미셸에게 달려가려 했다. 순간 벨몽이 총을 발사했다. 총알은 엘리스를 향하지 않았다. 무의식에 빠져 있던 미셸의 목덜미 옆에 날아가 박혔다.

"한 번만 더 주둥이를 놀려 봐. 그땐 너와 네 딸 모두 황천길로 보내 줄 테니."

엘리스는 눈물을 삼키며 물러설 수밖에 없었다.

"지금 뭐라고 했지? 미셸? 다시 말해 봐!"

벨몽의 얼굴이 점점 더 일그러지고 있었다. 그 모습이 인간의 탈을 벗고 본모습을 드러낸 마귀 같았다. 미셸의 예언은 계속됐다.

"극단으로 치닫던 동중국해 사태는 일단 일본 정부가 한발 물러섬에 따라 막을 내리게 됐습니다. 일본에 억류되어 있던 중국 민간단체의 회원들도 내일 오전 중으로 모두 석방될 거라고 일본 외교 당국자가 발표했습니다."

범접할 수 없을 것 같던 벨몽의 성이 균열로 흔들리기 시작했다.

"그럴 리가 없어. 뭔가 잘못된 거야. 기계에 문제가 생긴 게 분명해. 로드니, 야누스를 체크해 봐."

로드니가 야누스의 상태를 점검했다.

"장비는 정상입니다."

"그럼 골지의 뇌를 살펴봐!"

벨몽이 이성을 잃고 고함을 질렀다. 살얼음이 낀 호수 표면이 갈라지듯, 냉정을 유지하던 벨몽이 무너지고 있었다.

"어르신, 정 의심스러우시면 직접 확인하시죠."

로드니가 TV를 켰다. 그러자 TV에서 긴급 뉴스가 흘러나왔다.

"극단으로 치닫던 동중국해 사태는 일단 일본 정부가 한발 물러섬에 따라 막을 내리게 됐습니다. 일본에 억류되어 있던 중국 민간단체의 회원들도 내일 오전 중으로 모두 석방될 거라고 일본 외교 당국자가 발표했습니다."

앵커는 앵무새처럼 미셸의 예언을 그대로 반복하고 있었다.

"그럴 리가⋯⋯. 있을 수 없는 일이야."

벨몽이 연신 리모컨을 누르자 각국 언어로 방송되던 뉴스 화면이 빠르게 스쳐 지나갔다. 하나같이 동중국해 사태가 평화적으로 해결된다는 내용이었다. 뉴스는 거기서 끝이 아니었다.

"폭력으로 치닫던 티베트 사태가 라마의 유언이 전해지면서 점차 진정되고 있습니다. 라싸의 포탈라궁을 비롯해 티베트 전역에서 라마 죽음의 배후 수사와 티베트의 독립을 외치던 시위대들은 전 세계로 방영된 라마의 마지막 영상을 본 후 그의 유언에 따라 스스로 시위대를 해체하고 있습니다. 중국 정부는 모든 예를 갖춰 라마의 시신을 라싸로 이송할 것이라고 발표했으며 애도 기간 동안 티베트에 배치됐던 병력을 점진적으로 철수할 것이라고 밝혔습니다."

뉴스를 지켜보던 벨몽의 입가가 파르르 떨렸다.

"지금 당장 미국 대통령에게 전화해! 당장!"

전화벨이 울리고 있었다. 벨몽과 연결된 핫라인이었다. 빌이 반사적으로 전화를 받으려 했다.

"받지 마."

대통령이 말했지만 빌은 무시하고 수화기를 들으려 했다.

"미국 대통령으로 명령한다. 받지 마."

대통령은 단호했다. 빌이 어쩔 수 없이 수화기에서 손을 뗐다.

따르르릉…… 따르르릉……

"이제 어쩌실 생각입니까? 대통령 각하는 이길 수 없는 상대를
적으로 만드셨습니다."

빌의 말에 대통령이 돌아봤다.

"이길 수 없는 상대라……. 워털루에 도착했을 때 웰링턴 장군은
무슨 생각을 했을까? 나폴레옹의 대군을 보면서 말이야. 빌, 세상
에 이길 수 없는 상대란 없어. 다만 언제 어디서 이기느냐에 관한
문제야."

여전히 전화벨이 울리고 있었다.

"날이 밝는군. 오늘은 화창하겠어."

대통령이 기지개를 켜며 말했다. 워싱턴에 아침 해가 뜨고 있었
다.

"전화를 받지 않습니다."

로드니가 수화기를 내려놓으며 말했다.

"다시 해 봐!"

벨몽이 소리치자 로드니가 한 번 더 전화를 걸었다. 신호음이 계속됐지만 대통령은 받지 않았다.

"받지 않습니다."

"이놈이 감히……!"

흥분하자 벨몽은 이제까지와는 전혀 다른 사람처럼 보였다. 검버섯이 핀 피부 아래 숨겨져 있던 또 다른 자아가 표면으로 드러나고 있었다. 그 모습은 마치 인간의 탈을 벗고 본모습을 드러낸 마귀 같았다.

"커닝햄을 연결해! 버르장머리 없는 대통령 놈을 손봐야겠다. 태어난 걸 후회할 정도로 부숴 주마!"

로드니가 다시 수화기를 들었다. 그사이 벨몽은 분을 삭이지 못하고 휠체어를 이리저리 몰고 있었다.

"어르신, 커닝햄 소장입니다."

로드니가 수화기를 건네주자 벨몽이 대뜸 소리쳤다.

"커닝햄! 이번 주 안에 새 위원들을 선출할 테니 긴급회의를 소집해라. 다음 계획으로 넘어간다!"

"다음 계획이라 하심은……."

커닝햄이 물었다.

"한반도를 공략한다."

"알겠습니다."

"그리고 대통령에 관한 모든 신상을 뽑아 와라. 대학교 시절 여자 관계에서부터 선거 때 받은 자금 내역까지 하나도 남김없이 가져와. 대통령을 갈아야겠다."

"네. 준비하겠습니다."

전화를 끊고 벨몽은 가쁜 숨을 몰아쉬었다. 이제껏 그의 계획이 어긋난 적은 한 번도 없었다. 때문에 대통령의 반기는 더욱 충격적이었다. 그리고 그 충격은 고스란히 노쇠한 심장으로 전해졌다.

"당신은 졌어, 벨몽. 당신의 계획은 실패한 거야. 약속대로 미셸과 돌아가겠어."

그 모습을 지켜보던 엘리스가 말했다. 벨몽을 바라보는 그녀의 눈에서 더 이상 분노를 느낄 수 없었다. 오히려 연민으로 가득했다. 신이 되고자 허우적댔지만 그 역시 죽음을 연장하기 위해 안간힘을 쓰는 노인에 불과했다. 머뭇거릴 이유가 없었다. 엘리스는 미셸에게 다가갔다.

"그 아이를 데려갈 수 없다!"

벨몽이 소리쳤다. 그의 입에서 서슬이 퍼런 독이 뿜어져 나오는 것 같았다. 그러나 엘리스는 멈추지 않았다.

"로드니, 뭐 하고 있느냐. 저 계집과 요원 놈을 처리해!"

"하지만 어르신. 이미 계약을 하셨잖습니까."

로드니가 머뭇머뭇 말했다.

"네놈은 나와의 계약을 잊었느냐? 날 위해 영혼이라도 팔겠다고 했던 계약 말이다. 그러니 어서 저 둘을 해치워. 어서!"

한참을 망설이던 로드니가 결국 두 사람을 향해 총을 겨눴다.

"죄송합니다, 어쩔 수가 없군요."

로드니의 떨리는 손가락이 방아쇠를 당기려던 순간이었다.

"로드니, 십 년 전 내가 했던 말을 기억해요?"

미셸이었다. 미셸이 다시 예언을 시작하고 있었다. 그런데 미셸의 목소리가 가야를 닮아 있었다.

"내가 이곳을 떠나기 전날 당신에게 했던 말을 기억하나요?"

마치 가야가 무덤에서 살아난 것처럼 미셸이 서로 다른 빛깔의 눈으로 로드니를 응시하고 있었다. 그러자 어떤 상황에서도 특유의 평온함을 유지하던 로드니의 얼굴에 균열이 생겼다. 그는 십 년 전 그날을 생생히 기억하고 있었다.

저택에는 하루종일 가야의 처절한 울부짖음이 울려 퍼졌다. 벨몽이 어머니를 죽게 내버려 둘 거라는 사실을 안 가야는 방에 갇힌 채 저주를 퍼부었다. 하지만 벨몽은 눈 하나 깜짝 않고 악마 개구리들과 회의를 진행했다. 로드니는 회의가 진행되는 내내 그 소리를 듣고 있었지만 아무것도 할 수 없었다. 울부짖음은 늦은 밤이 되어서야 잦아들었다. 그러자 죽음 같은 정적이 저택을 가득 메웠다. 자정이 되어 벨몽이 잠자리에 들자 로드니는 간단한 식사를 준비해서 가야의 방문을 두드렸다.

"잠시 들어가겠습니다."

가야는 대답하지 않았다. 로드니는 조심스럽게 문고리를 돌렸다.

방은 칠흑같이 어두웠다. 가야는 구석에 쭈그리고 앉아 초점 잃은 눈으로 어둠을 응시하고 있었다. 그 모습을 보니 복수를 위해 악마에게 영혼을 판 검투사가 떠올랐다. 로드니는 그런 가야가 측

은했다. 이제 갓 스무 살을 넘긴 소년이 감당하기에는 너무도 잔혹한 운명이었다. 로드니는 위로할 말을 찾았지만 마땅한 말이 떠오르지 않았다.

"종일 굶으셨습니다. 두고 갈 테니 드십시오."

로드니는 식사를 탁자 위에 놓고 방을 나서려 했다.

"로드니, 당신은 왜 저런 인간을 위해 일하고 있죠?"

가야가 물었다.

"무슨 말씀이신지……."

"당신은 좋은 사람이에요. 그런데 왜 몇십 년 동안이나 저 사람 밑에서 일하는 거죠? 개처럼 무시당하면서."

로드니가 천천히 돌아섰다.

"잘못 보셨군요. 저는 나쁜 사람입니다. 아주 몹쓸 인간이죠."

"아니. 당신은 좋은 사람이에요. 저 사람들과는 달라요. 난 알 수 있어요."

로드니는 쉼표를 찍듯 작은 한숨을 내쉬었다.

"저는 오래전에 사람을 죽인 살인범입니다."

"당신이요? 믿을 수 없어요."

"사실입니다."

로드니는 어둠이 부담스러운지 스탠드 불을 켰다. 은은한 불빛이 망망대해의 무인도처럼 두 사람 사이에 동그란 빛의 섬을 만들었다.

"삼십 년 전 일입니다. 당시 저는 외과 의사였습니다. 이름만 대면 알 만한 병원에서 나름 인정받는 전문의였죠. 그리고 사랑하는 아내와 엠마라는 예쁜 딸이 있었습니다. 제 인생에서 가장 행복한 시절이었죠. 하지만 한 가지 근심거리가 있었습니다. 제 딸 엠마는 불치병에 걸려 있었습니다. 타이로신혈증이라는 유전병이었죠. 치료제는 없고 증상을 완화시키는 약이 있었는데 가격이 엄청났습니다. 의사 월급으로도 감당할 수 없는 금액이었죠. 때문에 저는 엄청난 빚을 지고 있었습니다. 벨몽 경을 만난 건 그즈음이었습니다. 어느 날 밤 심근경색으로 응급실에 실려 오셨죠. 상태가 워낙 안 좋아 서둘러 수술하지 않을 경우 사망할 수도 있었습니다. 저는 급히 수술을 시작했습니다. 긴 수술이었지만 다행히 수술은 성공적이었습니다. 경과도 좋아서 일주일 만에 퇴원하셨죠. 그런데 병원을 나서기 전에 벨몽 경이 명함 한 장을 주시면서 이렇게 말씀하셨습니다.

'자네는 운명을 믿나?'

저는 믿지 않는다고 대답했습니다. 그러자 웃으시면서 우리는 앞으로도 계속 만나게 될 운명이라는 말을 남기고 병원을 나서셨습니다. 특이한 분이라고 생각하고는 그 일을 잊고 있었습니다. 그로부터 일 년쯤 지난 어느 날이었습니다. 엠마의 약이 떨어진 저는 돈을 구하려고 백방으로 알아보고 있었습니다. 하지만 더 이상 돈을 꿀 곳이 없었습니다. 이대로 있다가는 엠마가 죽게 될 판이었죠. 생각다 못한 저는 어쩔 수 없이 검은돈을 빌리게 되었습니다. 덕분에 약을 구해 엠마를 살렸지만, 그때부터 빚이 눈덩이처럼 불어나기 시작했습니다. 한 달 후에는 두 배가 됐고 석 달 후에는 다섯 배로 늘어났죠. 제 월급으로는 이자 내기도 힘들었습니다. 장기라도 팔아야 할 형편이었죠. 그러던 어느 날 새벽에 긴급 호출을 받게 되었습니다. 응급실에 가 보니 가슴에 총격을 받고 혼수상태에 빠져 있는 한 남자가 실려 와 있었습니다. 저는 서둘러 응급조치를 취하고 수술 준비를 할 때였어요. 한 통의 전화가 걸려 왔습니다. 벨몽 경이었습니다. 응급실에 실려 온 남자의 상태를 묻길래 무슨 일이냐고 되묻자 한 가지 제안을 했습니다. 지금 수술하려는 환자를 죽게 내버려 둔다면 100만 달러를 주겠다고. 의사로서 절대 받아들일 수 없는 제안이었죠. 저는 거절하고 전화를 끊었습니다. 그리고 수술실로 들어갔습니다. 절개를 하고 집도를 하려는 순간이었습니다. 제 머릿속에서 벨몽 경의 제안이 떠나질 않는 겁니다. 100만 달러면 빚의 압박에서 단숨에 벗어날 수 있었죠. 수술을 하는 내내 저는 흔들렸습니다. 그러다가 끝내 제안을 받아들이기로 결심하고 말았죠. 저는 과도한 에피네프린을 주사했고 환자는 수술 도중 사망했습니다. 참담한 심정으로 수술실을 나오는데 환자의 딸이 저를 붙들고 울기 시작했습니다. 지금도 그 모습을 잊을 수가 없습니다. 제 팔에 매달려 울부짖던 그 아이의 모습을."

로드니는 잠시 말을 멈추고 눈가에 맺힌 눈물을 닦았다.

"나중에 알고 보니 그 환자는 전미 노동조합 위원장이었습니다. 그 일이 있은 후 의사로서의 제 신용은 바닥에 떨어졌고 결국 저는 의사를 그만둘 수밖에 없었습니다. 그보다 더 중요한 건 그 일을 저질렀을 때 의사로서의 저는 죽었다는 것입니다. 그 후로 이 일 저 일을 전전했습니다. 안 해 본 일이 없을 정도로요. 수술 전 벨몽 경의 제안을 거절했기에 100만 달러도 받지 못했으니 엠마의 치료비가 시급했거든요. 하지만 그 벌이로 치료비를 대기에는 턱없이 모자랐죠. 그러던 어느 날이었습니다. 일을 하고 있는데 아내가 다급하게 전화를 했습니다. 엠마가 혼수상태에 빠졌다는 겁니다. 저는 엠마를 안고 응급실로 달려갔습니다. 그런데 엠마는 더 이상 약으로 치료할 수 없을 만큼 악화되어 있었습니다. 유일한 방법은 간을 이식하는 것밖에 없었죠. 그렇지만 우리에게는 그럴 돈도, 엠마에게 맞는 간을 찾을 시간도 없었습니다. 죽는 걸 지켜보는 수밖에는 없었죠. 그때 벨몽 경의 명함이 생각났습니다. 저는 명함을 찾아 전화를 걸었습니다. 그리고 부탁했습니다. 우리 엠마를 살려 달라고. 그러자 벨몽 경이 물었습니다.

'자네 딸을 살려 주면 자네는 내게 뭘 해 줄 텐가?'

저는 뭐든 하겠다고 했습니다. 제 영혼이라도 필요하다면 드리겠다고 했죠. 그러자 벨몽 경이 말했습니다. 제안을 받아들이겠다고. 그리고 반나절도 안 돼서 이식할 간이 도착했습니다. 집도할 의사도 최고의 이식 전문의였죠. 수술은 성공적이었습니다. 안도의 한숨을 쉬는 찰나에 벨몽 경에게 전화가 왔습니다. 그리고 이렇게 말했지요."

"이제 자네의 영혼은 내 것이라고. 죽을 때까지 내 수족이 되어야 한다고."

가야가 대신 말했다. 그건 가야와의 계약이기도 했다.

"그 후로 어르신을 모시면서 목숨을 연명하고 있습니다."

이야기를 마치자 로드니는 쓸쓸한 미소를 지었다.

"그 후 엠마는 어떻게 됐나요?"

"스무 살이 되던 해에 저세상으로 갔습니다. 심부전증이었죠. 그만 쉬십시오."

로드니가 방을 나서려 했다. 그때였다.

"로드니, 지금부터 내가 하는 말을 잘 들어요."

로드니를 다시 현실로 부른 건 벨몽의 고함 소리였다.

"어서 쏘지 않고 뭘 하고 있어!"

벨몽이 소리쳤지만 로드니는 아직도 십 년 전 과거에서 완전히 돌아오지 못하고 있었다.

"로드니, 가야가 떠나기 전날에 당신에게 뭐라고 했죠?"

그 모습을 조용히 지켜보고 있던 사이먼이 물었다.

"왜 개처럼 무시당하면서 수십 년간 벨몽 경을 모시냐고 물으셨습니다."

"그래서 뭐라고 했죠?"

"제 딸을 구해 주셨기 때문이라고 했습니다."

"그러니 방아쇠를 당기란 말이야! 이 등신 같은 놈!!!"

고대부터 인간의 피를 빨며 살아남은 악귀를 닮은 듯한 벨몽이 소리쳤다. 하지만 로드니는 방아쇠를 당기지 않았다. 그가 벨몽의 명령을 거부한 건 이번이 처음이었다.

"그리고 가야가 뭐라고 했나요?"

사이먼이 물었다.

"이렇게 말씀하셨습니다. 언젠가 당신은 벨몽으로부터 또다시 죽음을 사주받을 거라고. 그때 당신 팔에 매달려 울던 환자의 딸과 죽은 엠마를 기억하라고."

로드니의 손이 떨리고 있었다. 마치 삼십 년 전 죽은 환자의 딸이 매달려 울고 있는 것처럼.

"어서 쏘지 않고 뭐 해! 이 병신 같은 놈아!!!"

벨몽의 고함이 저택에 울려 퍼졌다. 순간 로드니가 총을 내렸다.

"죄송합니다, 어르신. 저는 더 이상 다른 사람의 목숨을 빼앗는 짓은 못 하겠습니다."

"네놈이 감히 내 말을 거역해……? 네놈이!"

그때였다. 미셸이 벨몽을 향해 또 다른 예언을 토해 냈다.

"호크실드 투자은행 대표이자 전미 기업가협회 회장 오귀스트 벨몽, 23일 오전 7시 45분 사망. 사인은 심근경색. 향년 89세로 자신의 저택 거실에 쓰러져 있는 것을 집사가 발견."

벨몽을 노려보는 미셸의 눈매가 죽음의 신처럼 매서웠다.

"뭐라고……!"

벨몽의 얼굴이 백지장처럼 하얗게 변했다. 벽난로 위에 걸려 있던 괘종시계가 오전 7시 45분을 가리키고 있었다.

"그의 묘비명…… 인간의 목숨은 10달러다……."

예언을 마치자 미셸은 전원이 꺼진 것처럼 의식을 잃었다. 그와 동시에 누구도 침입할 수 없는 그곳에 정적과 함께 사신이 스며들었다.

"난 죽지 않는다……. 난 죽지 않아……!"

순간 분노를 참지 못하고 휠체어에서 일어서던 벨몽이 가슴을 움켜쥐며 바닥에 쓰러졌다.

"야, 약을 가져와라, 로드니……. 약을 가져와……."

벨몽이 괴로워하며 로드니를 향해 손을 뻗었다. 하지만 로드니는 그 모습을 지켜볼 뿐 움직이지 않았다.

"그리고 가야 씨께서 말씀하셨습니다. 언젠가 내 말을 믿게 되는 순간이 오면……."

로드니가 바닥을 뒹굴고 있는 벨몽을 차갑게 노려봤다.

"가만히 있으라고."

"로드니……, 약을 가져와……."

벨몽이 처절하게 몸부림쳤지만 이제 그의 곁에는 아무도 남아 있지 않았다. 그의 심장은 수명을 다한 채 꺼져 가고 있었다. 그 모습을 응시하던 로드니가 말했다.

"엘리스 씨, 사이먼 씨. 어서 미셸 양을 데리고 떠나십시오."

"당신은……."

엘리스가 물었다.

"저는 어르신의 임종을 지키겠습니다."

로드니가 씁쓸한 미소를 지으며 말했다. 그러자 엘리스가 미셸에게 다가갔고 사이먼이 뒤를 따랐다. 두 사람은 미셸의 팔과 다리에 묶여 있던 포박을 풀고 머리에 꽂혀 있던 전선들을 조심스럽게 제거했다. 작고 여린 미셸이 그제야 안식을 찾은 듯 엘리스에게 기댔다.

"집에 가자, 미셸."

엘리스는 미셸을 안고 엘리베이터로 향했다.

"거기 서."

벨몽이었다. 그가 마지막 숨을 몰아쉬며 노려보고 있었다.

"내가 가질 수 없다면…… 아무도 가질 수 없다……."

그는 마지막 순간까지 욕망을 내려놓지 못했다. 그는 떨리는 손으로 주머니에 있던 총을 꺼냈다.

"어르신!"

로드니가 달려들려는 순간 벨몽이 방아쇠를 당겼다.

탕―!

총성이 울리며 치명적인 쇳조각이 미셸을 향해 날아갔다. 사이먼이 몸을 날려 막으려 했지만 총알은 그의 반사 신경보다 빨랐다. 하지만 미셸에게는 엄마가 있었다. 엘리스가 스스로 중심을 무너뜨리며 몸으로 총알을 막아 냈다. 어깨를 관통하는 순간 엘리스는 정신이 아득해지며 온몸에 힘이 쭉 빠지는 것을 느꼈다. 둔탁한 소리와 함께 엘리스가 바닥에 쓰러졌다. 그 순간에도 엘리스는 미셸이 다치지 않도록 가슴에 꼭 안고 있었다. 멀어지는 의식 속에서 엘리스는 미셸을 살폈다. 미셸은 편안히 잠들어 있었다. 사이먼이 걱정스러운 눈으로 뭔가 말했지만 들리지 않았다. 엘리스는 고개를 돌려 벨몽을 바라봤다. 어린아이처럼 작은 벨몽의 손이 맥없이 바닥에 널브러져 있었다.

"가야 씨……, 우리가 미셸을 구했어……."

엘리스가 미셸의 작은 호흡을 느끼며 중얼거렸다. 주변 사물들이 경계를 허물며 하나가 되더니 이윽고 부드러운 어둠 속으로 사라졌다.

궁크의 아이 1

에필로그

뚜…… 뚜…… 뚜…….

바늘만 하던 기계음이 쇠가 불에 달궈지듯 서서히 커지더니 엘리스를 깨웠다. 그녀가 누워 있던 곳은 새하얀 벽으로 둘러싸인 병실이었다. 총알이 관통한 상처가 이곳이 현실이라는 걸 알려 줬다. 고통이 안도감을 준다니 아이러니했다. 미셸은 괜찮을까? 엘리스는 침대에서 일어나려 했지만 『걸리버 여행기』의 소인들이 온몸을 밧줄로 묶어 놓은 것처럼 꼼짝도 할 수 없었다. 어디선가 작은 숨소리가 들렸다. 머리에 붕대를 감은 미셸이 옆 침대에 누워 있었다. 치열한 전장을 뚫고 온 것처럼 미셸의 얼굴과 몸에는 여기저기 상처가 난 채로 두 눈을 꼭 감고 있었다. 엘리스는 미셸을 향해 손을 뻗었지만 닿을 수 없었다.

"미셸은 무사해요."

사이먼이 데이지 꽃다발을 한 아름 들고 서 있었다.

"머리는 왜 저래요?"

"벨몽이 뇌에 삽입했던 칩을 제거했어요. 나흘 후면 퇴원할 수 있대요."

엘리스는 그제야 마음을 놓았다.

"벨몽은 어떻게 됐어요?"

"당신한테 총을 쏜 후 저세상으로 갔어요. 스스로 화를 자초한 거죠."

엘리스는 죽음의 문턱에서도 발악을 하던 벨몽의 마지막 모습을 떠올렸다.

"그 많던 돈은 가지고 갔나요?"

"지옥에는 은행이 없는 걸로 아는데."

사이먼이 주머니에서 편지 한 장을 꺼내며 대답했다.

"이게 뭐예요?"

"오는 길에 당신 집에 들렀어요. 보고서에 들어갈 증거 사진이 필요했거든요. 그런데 이 편지가 있더라고요."

엘리스는 봉투를 살폈다. 엘리스의 이름과 주소만 적혀 있을 뿐 발신자 칸은 비어 있었다. 이런 편지를 보낼 사람은 한 사람뿐이었다.

"필요한 건 준비해 뒀어요. 오랜만에 둘이 오붓하게 대화 나눠요."

사이먼이 곁탁자를 가리키고는 방을 나섰다. 탁자에는 뜨거운 물이 담긴 세면대가 놓여 있었다. 엘리스는 서둘러 봉투를 뜯었다. 편지는 모두 네 장이었는데 첫 장에만 내용이 적혀 있을 뿐 나머지는 비어 있었다. 엘리스는 천천히 편지를 읽었다.

안녕. 엘리스.
이 편지를 받을 때쯤이면 당신은 모든 역경을 이기고 평온을 찾았겠군요. 다행이에요. 이게 내가 보내는 마지막 편지가 될 거예요. 지금 당신은 내 옆에서 잠들어 있어요. 당신이 작게 코 고는 소리가 들려요. 가끔씩 뒤척이며 아기 같이 잠꼬대를 하고 있어요. 그런데 십 년 후 당신한테 이런 편지를 쓰자니 조금은 슬프고 혼란스러워요. 하지만 꼭 써야만 했어요. 우린 제대로 된 이별 인사도 못 했으니까요. 하고 싶은 얘기가 너무 많아서 뭐부터 쓸까 고민하다가 결국 이 방법을 택했어요. 이건 십 년 후 당신과 지금 나와의 대화예요. 세 가지 질문을 받겠어요. 각각의 질문에 대한 대답은 다음 페이지에 적혀 있을 거예요. 자, 그럼 시작해요. 엘리스, 첫 번째 질문이 뭐죠?

십 년 전 가야가 엘리스에게 묻고 있었다. 엘리스는 잠시 생각에 잠겼다가 입을 열었다.
"운명은 정말 바꿀 수 없는 건가요? 그렇다면 더 나은 삶을 살기 위해서 애쓰는 우리들은 뭔가요?"
질문을 하고 엘리스는 두 번째 장을 뜨거운 물에 담갔다. 그러자 신기루처럼 녹색 대답이 나타났다.

운명은 바꿀 수 있어요. 벨몽이 이런 말을 했을 거예요. 운명이란 뽑을 수 없을 만큼 깊숙이 박힌 거대한 뿌리라고. 그 뿌리가 바로 당신이에요. 당신이 바뀌면 뿌리가 바뀌는 거예요. 운명을 바꾸고 싶으면 당신이 바뀌면 돼요.

엘리스는 눈을 감고 현재 자신의 모습을 그려 봤다. 어둠으로 가득한 동굴 속에 스스로를 자책하며 세상을 등진 여인이 울고 있었다. 그녀는 저주받은 기억력을 준 신을 원망하고 자신을 이렇게 만든 한 남자를 탓했지만 아무것도 바뀌는 건 없었다. 동굴을 만든 사람 역시 자신이었고 입구는 언제나 열려 있었다. 동굴 밖에는 십 년 전과 마찬가지로 따뜻한 햇볕이 내리쬐고 있었고 많은 사람들이 주어진 삶을 열심히 살고 있었다.
"당신은 날 진심으로 사랑했나요?"
엘리스는 세 번째 편지지를 물에 담갔다. 이번 대답은 애를 태우듯 천천히 나타났다.

당신은 내 목숨보다도 소중한 사람이에요. 당신을 만난 건 내 인생 최고의 행운이었어요. 사랑해요, 엘리스. 영원히.

엘리스의 눈에서 눈물이 흘러내렸다. 눈물은 흉터투성이가 된 엘리스의 가슴을 보듬으며 이제껏 닫혀 있던 마음의 문을 열고 있었다. 이제 스스로를 가두던 동굴에서 나와 세상으로 발을 내디뎌야 할 때였다. 엘리스는 눈물을 닦고 창밖을 바라봤다. 블라인드가 쳐져 있던 창 너머로 살아 있는 유기체처럼 빠르게 움직이는 뉴욕이 펼쳐져 있었다. 그곳은 욕망을 채우기 위해 끝없이 경쟁을 벌여야 하는 전쟁터였다.

"가야 씨, 난 이제 어떻게 살아가야 할까요?"

끝없는 인파와 자동차 행렬을 보며 엘리스가 물었다. 그녀는 두려움에 잠시 망설이다가 편지의 마지막 장을 물에 넣었다.

이제 잃어버렸던 당신의 꿈을 찾아가요. 당신은 훌륭한 화가가 될 거예요. 내가 장담해요. 그리고 지금부터 행복하게 살아요. 당신은 그럴 자격이 있어요. 난 언제나 곁에서 당신과 미셸의 행복을 응원할 거예요. 자, 이제 헤어져야 할 시간이에요. 당신을 만나서 정말 행복했어요. 당신과의 추억을 소중히 간직할게요. 그럼 잘 있어요, 엘리스. 안녕.

이것이 가야의 마지막 인사였다. 그는 마지막까지 엘리스의 곁을 든든하게 지키고 있었다.

"잘 가요, 가야 씨. 안녕……."

점점 희미해지던 글씨는 이윽고 사라졌다. 마치 이별 인사를 마친 가야가 멀어지듯. 엘리스는 글씨가 사라지고도 한참 동안 편지를 바라봤다. 그러자 이제껏 그녀를 괴롭히던 과거의 기억이 가야의 글과 함께 사라진 듯이 편안함을 느꼈다. 엘리스는 편지를 가슴에 품고 베개에 머리를 묻었다.

"행복……."

너무도 낯선 단어였다. 그녀와는 전혀 관계없는 단어라고 생각했다. 하지만 이 순간 그녀는 가슴 벅찬 행복을 느끼고 있었다. 자신을 지키기 위해 십 년을 기다린 연인과 사랑하는 딸이 곁에 있기 때문이다. 엘리스는 오랜만에 편안히 눈을 감고 잠을 청했다. 꿈속에서 그토록 보고 싶던 가야를 만날 수 있길 기대하며.

2부에서 계속